I0610859

LA

GALERIE DES OISEAUX.

Imprimerie de Carpentier-Méricourt,
Rue de Grenelle Saint-Honoré, N° 59.

LA
GALERIE DES OISEAUX,

Dédiée à Son Altesse Royale

Madame, Duchesse de Berri.

PAR M. L. P. VIEILLOT,

Continuateur de l'Histoire des Oiseaux dorés, auteur de celles des Oiseaux chanteurs de la Zone Torride et de l'Amérique septentrionale, de l'Ornithologie française, l'un des savans collaborateurs des deux éditions du nouveau Dictionnaire d'Histoire naturelle et du Tableau encyclopédique et méthodique des trois Règnes de la Nature, etc.;

ET PAR M. P. OUDART,

PEINTRE EN HISTOIRE NATURELLE, ET UN DES ÉLÈVES LES PLUS DISTINGUÉS DE M. VANSPEANDONCK.

TOME PREMIER.

Première et deuxième Parties.

PARIS,

CONSTANT-CHANTPIE, ÉDITEUR, RUE SAINTE-ANNE, N° 20.

1825.

AVIS DE L'ÉDITEUR.

Le premier plan de cet ouvrage ayant paru inadmissible,
on a dû le changer; en effet, annoncer les descriptions et les
figures de tous les oiseaux que renferment les galeries du
Muséum d'histoire naturelle, c'était indiquer un ouvrage qui
n'aurait pu être terminé après cinquante ans de travaux; aussi
a-t-on abandonné une pareille entreprise, et s'est-on attaché
à le réduire pour le présenter d'une manière agréable aux
gens du monde par des figures dessinées avec soin et d'après
nature; à le rendre utile et même nécessaire à celui qui veut
s'adonner à l'étude d'une des branches les plus belles et les
plus intéressantes de l'histoire naturelle, en indiquant les
caractères distinctifs des nombreux individus qui composent
cette classe. Non content de signaler par la plume leurs attributs distinctifs, on les a fait figurer, afin qu'on puisse en
saisir les différences avec plus de facilité. Indépendamment
de ce grand avantage, dont on n'a jusqu'à présent aucun
exemple, nous présentons l'image d'un oiseau de chaque
division, coloriée avec soin sur l'individu le plus parfait qu'on
a pu se procurer, comme on l'a déjà dit dans cet ouvrage,
que de nombreux souscripteurs ont daigné accueillir favora-
blement, tant en France que dans le reste de l'Europe. On
y trouve la partie historique de chaque division, celle de
l'individu figuré, sa description, l'indication des mâles,
femelles et jeunes, le signalement des caractères d'ordres, de

tribus, de familles et de genres, une phrase linnéenne et latine, une synonymie d'après Linnée, Buffon, Brisson, Latham, etc., et trente-deux planches de becs et de pieds. Exactitude, finesse des traits, vérité et vivacité des couleurs, rien n'a été négligé pour que les figures puissent, du moins autant qu'on le peut, approcher de la nature, et soutenir la comparaison avec les modèles.

Les six premières livraisons n'étant point le travail de M. Vieillot, et n'offrant de rapports avec son ouvrage que par les descriptions et les figures, doivent être réunies et placées en forme de supplément à la fin des volumes, de la manière indiquée dans l'*Avis au relieur.*

AVIS AUX RELIEURS.

Les articles seront placés ainsi qu'il suit :

L'Avis de l'Éditeur.	La première Partie.
La Dédicace.	La deuxième Partie.
L'Introduction.	

Chacune des planches en face de leur description ; cependant, comme il se peut que des souscripteurs désirent que toutes soient renvoyées à la fin du tome, et que d'autres préfèrent que toutes soient mises dans leur ordre numérique à la fin du deuxième tome, ou reliées séparément en forme d'atlas, les relieurs doivent les consulter à cet effet.

Les trente-deux planches des becs et pieds doivent être placées immédiatement après les planches, dans leur ordre alphabétique, d'abord les becs, ensuite les pieds, à la fin du deuxième tome ou de l'atlas.

Les six premières livraisons doivent toujours être ensemble comme au supplément, après en avoir retiré la Dédicace et l'Introduction pour les mettre aux places indiquées ci-dessus.

A Son Altesse Royale

Madame la Duchesse de Berry.

MADAME,

En me permettant d'offrir cet ouvrage à Votre Altesse Royale, en m'autorisant à le publier sous les auspices de votre auguste nom, c'est à-la-fois accorder à mes travaux le prix le plus honorable, et leur assurer le succès le plus flatteur que puisse ambitionner un artiste français. Vivement pénétré de la protection bienveillante que Votre Altesse Royale daigne accorder à mes efforts, j'essaierois en vain de lui exprimer ma reconnoissance, ce sentiment dans mon cœur égale les sentiments d'admiration et d'amour dont je prie Votre Altesse Royale d'agréer l'assurance, ainsi que celle du profond respect et de l'entier dévouement avec lesquels j'ai l'honneur d'être,

Madame,

De Votre Altesse Royale,

Le très humble, très fidele,
et très obéissant serviteur.

P. OUDART.

INTRODUCTION.

SI BUFFON, cet interprète sublime de la nature, a pu, comme homme, s'étonner des grandes et nombreuses difficultés que lui offroit l'entreprise d'une description et d'une histoire des oiseaux; comme écrivain, son génie sut bientôt lui indiquer la route à ouvrir pour vaincre de pareils obstacles, et lui inspirer, sur cette intéressante partie de l'histoire naturelle, un Traité qu'il lui fait qualifier modestement d'*esquisse*, mais ouvrage qui « servira long-temps, comme il l'a dit lui-même, dé base ou de point « de ralliement auquel viendront se rapporter les nouvelles découvertes « que le temps amènera. »

L'une de ces principales difficultés, étoit « *le défaut de termes, en au-* « *cune langue pour exprimer les nuances, les teintes, les reflets et les mé-* « *langes, c'est-à-dire, de donner, par le discours, une idée des couleurs,* « *souvent seuls caractères essentiels pour reconnoître un oiseau et le dis-* « *tinguer de tous les autres :* aussi cet auteur illustre ne trouva-t-il d'autre « moyen d'y suppléer, que celui de faire non seulement graver, mais « peindre les oiseaux à mesure qu'il pouvoit les recevoir vivant (1). »

Cette *Ornithologie physique*, bornée aux oiseaux dont il étoit parlé dans l'histoire naturelle, n'est plus complète, si on la compare à l'état actuel de cette partie de la galerie du jardin du roi.

Soutenus par l'exemple d'un aussi grand maître, aidés des lumières que

---

(1) Voyez son plan de l'histoire naturelle des oiseaux.

répand son immortel ouvrage, nous entreprenons aujourd'hui de publier une *Collection ornithologique* de tout ce qui existe et pourra successive-ment exister dans la galerie du jardin du roi, la seule en Europe où se trouve un ensemble aussi nombreux et aussi parfait en ce genre.

Phaëton fut cause de sa perte en voulant devenir l'égal du soleil; nous craindrions le même sort si nous osions prétendre rivaliser avec notre modèle, en nous décorant du titre de ses continuateurs pour cette partie de l'histoire naturelle. Loin donc de notre pensée une présomption aussi dangereuse.

Notre ouvrage se bornera à présenter le dessin exact et colorié de chaque oiseau; à ce dessin sera jointe une simple notice descriptive de l'oiseau et de ses habitudes les plus connues.

Notre unique but, en publiant cette collection, est de rendre, pour ainsi dire, portative, la galerie des oiseaux, ou du moins d'en rendre con-tinuelle la publicité, et de généraliser ainsi l'utilité des trésors qu'elle renferme.

De tous les avantages qui nous paroissent devoir résulter de notre en-treprise, nous n'en signalerons que les suivants :

D'abord, les regnicoles et les étrangers y trouveront une connoissance préliminaire des oiseaux si parfaite, qu'en venant à Paris pour en visiter la galerie, ils y reconnoîtront aussitôt l'exactitude de notre copie, et pour-ront, à leur retour dans leurs foyers, porter à ceux à qui l'âge ou les infirmités, ou les occupations ordinaires, interdiroient un pareil voyage, l'assurance d'avoir, dans notre collection, un moyen facile et sûr de jouir, sur cet objet, des effets si souvent consolateurs de l'illusion.

En second lieu, dans les provinces, un grand nombre de personnes se font une étude ou un délassement de la peinture ou de la broderie. Beau-coup donnent la préférence aux objets d'histoire naturelle; si elles veulent s'occuper du genre des oiseaux, il leur manque des modèles qui puissent leur donner une idée vraie des formes de ces oiseaux, et de la variété des couleurs dans leurs plumages. Que notre ouvrage soit placé sous les yeux de ces personnes guidées par le goût autant que par l'instruction dans leurs travaux, bientôt elles n'auront plus rien à desirer pour fixer leur choix dans ce genre.

Enfin, jusqu'à présent tous les ouvrages sur cet objet n'ont pas laissé aux naturalistes et aux amateurs la liberté de classer eux-mêmes leurs oiseaux ; ces amis de la science trouveront dans notre collection ce nouvel avantage : car nos livraisons se feront de manière que nos souscripteurs pourront suivre dans leur classement, soit leur méthode particulière, soit celle adoptée pour la galerie dont nous leur transmettrons les détails si précieux. A cet effet, chaque livraison sera numérotée sur la couverture seulement. Pour prévenir toutefois la confusion dans le texte de la notice descriptive, au haut de chaque page sera répété le nom donné à l'oiseau au bas de chaque planche, avec un numéro d'ordre relatif à la livraison dont il fera partie.

D'après des considérations aussi déterminantes, nous ne craignons pas d'être taxés de témérité ni même d'orgueil, en espérant que les amateurs des sciences, et particulièrement de l'histoire naturelle, accorderont leurs suffrages à une entreprise que le desir seul de contribuer au progrès de l'étude et des arts, nous a fait concevoir, et pour le succès de laquelle notre exactitude scrupuleuse à faire paroître nos livraisons, prouvera la constance de nos efforts, et la franchise de notre zéle à justifier la confiance de nos souscripteurs,

Non verbis sed factis convincere, telle est la loi que nous nous imposons.

GALERIE

DES OISEAUX.

———

ORDRE 1er. ACCIPITRES, *Accipitres*, Linnée.

Pieds courts ou médiocres, robustes et musculeux.

Jambes charnues entièrement couvertes de plumes jusqu'au talon (vulgairement genou.)

Tarses nus et réticules ou emplumés en tout ou partie.

Doigts, au nombre de quatre, trois devant, fendus, très flexibles, verruqueux sous les jointures, totalement séparés où l'intermédiaire et l'extérieur réunis à leur base par une membrane; un derrière articulé au bas du tarse sur le même plan que les antérieurs, embrassant le juchoir avec son ongle, et portant à terre sur toute sa longueur.

Ongles mobiles, plus ou moins retractiles, épais à la base, comprimés latéralement, crochus, aigus ou un peu obtus; l'intermédiaire presque toujours avec une trachée saillante et comme pectinée sur le côté, planche AA, n° 1.

Bec robuste, couvert à sa base d'une membrane, crochu à sa pointe.

Rectrices, quatorze au plus, douze au moins.

Tous les oiseaux de cet ordre sont carnivores; les uns préfèrent les charognes, les autres la chair palpitante; quelques uns vivent principalement de poissons; les petits de presque tous naissent clair-voyant, prennent eux-mêmes la nourriture et ne quittent le nid qu'en état de voler.

———

1ère FAMILLE. VAUTOURINS, *Vulturini*, Illiger.

Tarses nus, plus courts que le doigt intermédiaire.

Doigts extérieurs réunis à leur base par une membrane.

Ongles peu pointus.

Bec couvert ou entouré à sa base par une membrane simple ou caronculée, crochu à sa pointe.

Narines nues, quelquefois couvertes de soies rares.

Tête ou *Gorge* imparfaitement emplumée.

Yeux à fleur de tête, dirigés de côté.

Jabot saillant, nu, quelquefois laineux.

Ailes longues.

Queue composée de douze ou quatorze rectrices.

1ère DIVISION. VAUTOUR, *Vultur*, Linnée.

Bec droit et couvert à sa base d'une cire glabre, robuste, gros, comprimé
latéralement, convexe en dessus, à bords droits, crochu à l'extrémité de
la mandibule supérieure; l'inférieure plus courte que celle-ci et obtuse à
sa pointe. pl. A, n° 1.

Narines lunulées ou arrondies, transversales.

Langue canaliculée, à bords lisses ou garnies d'aiguillons, échancrée
à son extrémité.

Bouche très grande et fendue presque jusque sous les yeux.

Tête et *Cou* en partie dénués de plumes.

Jabot saillant, garni de duvet à l'extérieur.

Tarses nus et réticulés.

Doigt intermédiaire alongé, uni à sa base avec l'extérieur par une
membrane épaisse, et totalement séparé de l'interne; celui-ci et le pouce
à-peu-près égaux et plus courts que l'externe.

Ongles peu retractiles, courbés, épais à leur racine, comprimés par les côtés, peu aigus; l'intérieur et le postérieur beaucoup plus grands que celui du milieu; planche A A, n° 2.

Première rémige plus courte que la sixième; les troisième et quatrième les plus longues de toutes.

Rectrices, douze ou quatorze.

Cette division est composée de cinq espèces bien distinctes, dont deux se trouvent en Europe; celle de cet article et le vautour griffon. Espéces étrangères. Les Vautours *Oricou*, *Grand*, des *Indes*, et *Changoun*.

Les Vautours ont le port incliné, à demi horizontal, position qui indique la bassesse de leur naturel; s'ils sont à terre, où ils se tiennent communément, leurs ailes sont ordinairement pendantes, et leur queue traînante; leur vol est pesant, et ils ont beaucoup de peine à prendre leur plein essor; enfin ce sont les seuls oiseaux de proie qui volent et vivent en troupes. Les Vautours sont lâches, infects, dégoûtants, bassement gourmands, voraces et cruels; ils ne combattent guères les animaux vivants que quand ils ne peuvent s'assouvir sur les morts; encore se mettent-ils en nombre, et plusieurs contre un, ils s'acharnent sur les cadavres au point de les déchiqueter jusqu'aux os. La corruption, l'infection les attirent au lieu de les repousser. Dans les oiseaux comparés aux mammifères, les Vautours semblent réunir la force et la cruauté du tigre avec la lâcheté et la gourmandise du chacal.

On rencontre plus de Vautours dans les régions méridionales que dans les contrées septentrionales; cependant ils ne paroissent pas redouter le froid et chercher la chaleur de préférence, puisqu'ils vivent dans nos pays et en plus grande quantité sur les plus hautes montagnes, et ne descendent dans la plaine que rarement; néanmoins en Égypte, où ils sont très nombreux, on les voit plus souvent dans la plaine que sur les lieux élevés; ils s'approchent des lieux habités, se répandent, dès le point du jour, dans les villes et les villages, et rendent des services essentiels aux habitants en se gorgeant de toutes les immondices qui sont dans les rues.

Dans nos climats, les Vautours habitent, durant la belle saison, nos montagnes les plus hautes, les plus désertes, les Alpes et les Pyrénées : c'est là qu'ils construisent leur nid dans les rochers escarpés et dans des lieux inaccessibles. Par une suite de leur conformation, ils ne portent pas dans leurs serres la nourriture destinée à leurs petits ; mais ils en remplissent leur jabot et la leur dégorgent dans le bec. Ils quittent en hiver nos contrées et vont le passer sous un climat plus doux.

LE VAUTOUR NOIR. *Vultur Niger,*
Linnée Gmelin.

Pl. Ière.

Capitis plumulis et corpore nigris; supercilliorum plumilis albo-griseis (Senior).

Capitis plumilis fuscis rufoque mixtis ; corpore nigrescente - fusco (adultus.)

Capitis plumilis cinereis et fuscis; regione oculari alba; collari cinereo; corpore obscure fusco, subtus dilutiore; alarum tectricibus superioribus albo apice marginatis (juvenis.)

Capite et corpore fuscis et sordide cinereo variis (junior) lingua levigatâ; naribus rotundis; rectricibus 12.

Vautour Noir, *Brisson , Ornithologie , tome* 1, *page* 457, n° 4. |

Vultur Niger, *Gmelin, Systema naturæ, édit.* 13, n° 9. Latham, *index,* n° 11. | Vieux.

Black Vulture, *Lath. Synopsis ,* tome 1 , *page* 16, n° 14. |

Ægypius Niger, *Savigny, Oiseau d'Égypte et de Syrie.* |

Arrian, *Picot de La Peyrouse, Encyclopédie méthodique. Sonnini , édition de Buffon, tome* 38, *page* 138. |

Grauer geier, Vultur cinereus. Wolf et Meyer. | Adulte.

Taschenbusch der deutschen Vogelkunde, page 4, n° 1. |

Grand Vautour, *Buffon*, *Hist. nat. des Oiseaux*,
format in-4°, tome 1, *page* 158 (1).
    Vautour d'Arabie, *Brisson*, *Appendix*, *page* 29.
    Vautour *idem*, *tome* 1, *page* 453, n° 1.
    Vultur Monachus, *Linn.*, *Gm. Syst. nat.*, n° 4.
Latham, *Index*, n° 9.
    Vultur cinereus, *Linn.*, *Gm.*, n° 6. *Lath. Index*, n° 2.
    Arabian. Vulture, *Lath. Synopsis*, *tome* 1, *page* 8.
    Cinereous Vulture, *idem*, *page* 14.
                    Jeune d'un an ou deux.

Le plumage de ce Vautour, qu'on trouve en Europe sur les Alpes et les Pyrénées, et qu'on rencontre aussi en Afrique, depuis l'Égypte jusqu'au cap de Bonne-Espérance, étant sujet à changer depuis le jeune âge jusqu'à l'âge avancé, a donné lieu à des doubles et triples emplois, comme on le voit dans la synonymie. Il en est de même pour le *Vautour griffon* et le *Neophron percnoptère* que nous possédons en France.

Brisson et les auteurs qui ont donné au Vautour Noir des pieds vêtus jusqu'aux doigts se sont trompés, car il a les tarses nus; cette erreur ne proviendroit-elle pas de ce que les longues plumes des jambes descendent quelquefois assez bas pour couvrir le tarse en entier, ainsi que l'a fort bien remarqué Edwards dans la description de son *Vautour Noir couronné*. Si ce n'est pas ce motif, ils s'en sont donc rapportés à Belon qui a cru que tous les Vautours avoient les jambes garnies de plumes jusqu'au-dessus des doigts (*Oiseaux*, chap. 2, page 85.) Au reste, il est certain que tous les Vautours d'Europe, à l'exception des *Vultur aureus*, *barbarus* et *barbatus*, qui sont le *Gypoëte* ou la *Phène*, qu'on a distraits de genre Vautour, ont la plus grande partie du tarse nue.

Le Vautour Noir a trois pieds et demi de longueur totale, et porte un collier de plumes longues, étroites et hérissées; la peau nue de la tête et du cou est bleue, et garnie de duvet; le bec noirâtre; la cire, les tarses et les doigts sont bleuâtres; les jambes ont des plumes longues et pendantes sur les côtés, et sont emplumées jusqu'au-dessous du talon;

---

(1) La figure de la pl. enl. numéro 425 est défectueuse, en ce qu'on a donné à cet oiseau des pieds totalement emplumés, et des doigts jaunes.

le corps, les ailes et la queue sont noirs; les sourcils d'un gris-blanc. Il
a, dans sa première année, un plumage varié de brun et de gris-sale. Le
duvet de la tête et du cou, dans sa deuxième année, est gris et brun; le
tour de l'œil, blanc; le collier, cendré; le corps brun, mais plus clair
en dessous. Dans la troisième année, le duvet devient totalement brun,
et le corps, brun-noirâtre; enfin dans la quatrième, le duvet de la tête
et le plumage sont noirs. Un individu sous son plumage parfait est vivant à la Ménagerie du Museum d'Histoire naturelle.

2ème DIVSION. NEOPHRON, *Percnopterus*, Savigny.

Bec droit, long, délié, arrondi en dessus, entouré, à sa base, d'une
cire dépassant la moitié du bec; mandibule supérieure à bords droits,
crochue vers son extrémité; l'inférieure plus courte, obtuse à sa pointe,
pl. A, n° 2.

Narines grandes, lancéolées, longitudinales.

Langue oblongue-linéaire, dépourvue d'aiguillons.

Bouche fendue jusque sous les yeux.

Tête et *cou* plus ou moins dénués de plumes.

Jabot saillant, à peau colorée et très plissée.

Tarses nus, déliés et réticulés.

Doigt intermédiaire long, réuni avec l'extérieur par une membrane,
à sa base, l'intérieur et le postérieur à-peu-près égaux, et plus courts que
l'extérieur.

Ongles peu rétractiles, courbés, épais à leur base, comprimés par
les côtés, presque convexes; l'extérieur et le postérieur égaux en longueur à celui du milieu, plus gros et plus crochus; l'extérieur le plus
court et le plus foible, pl. AA, n° 2.

Première rémige plus courte que la cinquième; la troisième la plus
longue de toutes.

Queue étagée, à quatorze rectrices.

Cette division n'est jusqu'à présent composée que d'une seule espéce.

Le Vautour noir,
Vultur niger.

Audebert del.   Litho. de C. Motte.

LE PERCNOPTÈRE. *Neophron Percnopterus*, Savigny.

Pl. II.

Corpore albo (mas. senior) fusco (femina et junior) facie ingluvie que croceis.

Vultur Percnopterus, *Linn. Syst. naturœ, édit.* 12, *n°* 7. *Gmelin, édit.* 13, *n°* 7.

Vultur Leucocephalus, *Gm. n°* 10 (1). Petit Vautour, *Buffon, Hist. nat. des Oiseaux,* tome 1, *pag.* 164, *et pl. enl. n°* 449 (2). Ourigourap, *Levaillant, Ois. d'Afrique, pl.* 14. Vultur Angolensis, *Latham, Index, n°* 17. Ash-Coloured Vulture, Var. A. *Latham, Synopsis, tome* 1, *page* 15, *n°* 9. Weifskiipfiger geier, Vultur Leucocephalus, *Meyer, taschenbusch der deutschen Vœgelkunde, page* 7, *n°* 2. } Adulte et vieux.

Vultur Fuscus, *Linn. Gm., n°* 8. *Latham, Index, n°* 10. Vautour Brun, *Brisson, tome* 1, *page* 131, *n°* 2. Vautour de Malte, *Buffon, tome* 1, *page* 161, *pl. enl.* 427. } Femelle ou jeune.

---

(1) *Plumis niveis, remigibus rectricibusque nigris, torque plumarum albo.* Telle est la phrase spécifique de Gmelin; doit-elle s'appliquer, comme le dit M. Temminck dans l'introduction de la seconde édition de son Manuel, page 12, au Vautour Griffon ou fauve, et non pas à notre Percnoptère? Quant à nous, nous persistons à croire qu'elle indique ce dernier, car le premier n'a dans aucun âge un plumage couleur de neige (*plumis niveis.*)

(2) La pl. enlum. de Buffon manque d'exactitude en ce que la queue est carrée à son extrémité, et composée seulement de douze pennes.

Maltese Vulture, *Lath. Synopsis, tome* 1, *p.* 15 *n°* 9.
Vultur Lencocephalus, *Lath. Index, n°* 4.
Sacre Égyptien, *Belon, Ois., page* 110.
Vautour d'Égypte, *Brisson, tome* 1, *page* 131, *n°* 3. }Femelle ou jeune.
Idem. Sonnini, édit. de Buffon, tome 38, *page* 131.
L'Alimoche, le Vilain, *Picot de La Peyrouse, En-
cyclopédie.*

Buffon s'est trompé en disant qu'il faut séparer les *Vautours bruns* et
d'*Égypte* décrits par Brisson, le second n'étant pas un vautour, mais un
oiseau d'un autre genre, auquel Belon a cru devoir donner le nom de
Sacre égyptien. Aujourd'hui que ces deux vautours sont mieux connus,
nous ne doutons nullement de leur identité, seulement celui d'Égypte
est d'un âge moins avancé que l'autre, et tous les deux appartiennent à
l'espèce du *petit Vautour* (notre Neophrons percnoptère).

Le Pline françois s'est encore mépris, lorsqu'il dit « que son *Vautour
de Norwège,* ou à *tête blanche,* paroît être d'une espèce différente des
vautours bruns et d'Égypte du méthodiste françois, car il en diffère en
ce qu'il a le bas des jambes et les pieds nus ; tandis que les deux autres les
ont couverts de plumes. » N'est-ce pas une faute typographique ? car
Brisson, qu'il nous semble avoir consulté, donne à ces deux oiseaux les
pieds nus, tels qu'ils le sont réellement, et qu'ils doivent les avoir, puisque
ce sont, comme nous venons de le dire, des individus de l'espèce de
petit vautour ou de vautour de Norwège ; mais non pas du *Vautour à
tête blanche* de Brisson, lequel a les pieds vêtus jusqu'aux doigts, selon
Schwenckfeld qui le premier l'a décrit, et que nous croyons cependant
s'être trompé.

Comment encore concilier Sonnini avec lui-même, qui, dans son
édition de Buffon, à l'article du *petit Vautour,* dit dans une note : « Je
ne pense pas que cette espèce soit la même que le *Vautour* d'Égypte
ou le *Percnoptère* de Linnée et d'Hasselquitz », tandis que dans une
autre (article du vautour d'Égypte) il assure que celui-ci a beaucoup
de rapports avec le petit vautour ou le vautour de Norwège, et qu'il
lui donne pour synonymes le Percnoptère de Linnée. Comme l'on
trouve ailleurs des preuves de notre assertion, nous n'aurions pas indiqué

ces erreurs, si elles n'étoient dans un ouvrage que l'on consulte tous les jours.

Cette espéce, que l'on rencontre en France sur les Alpes et les Pyrénées, est connue des Français qui fréquentent l'Égypte, sous la dénomination de *Poule de Pharaon;* les Turcs l'appellent *Akbohas,* c'est-à-dire *père blanc;* les Égyptiens et les Maures, *Rachamad,* noms que l'on a appliqués mal-à-propos à d'autres oiseaux, comme le pélican, la cigogne, le cygne.

Elle cherche sans cesse les charognes les plus puantes; elle exhale elle-même une odeur infecte, et dès qu'elle est morte, elle se putréfie. C'est un crime que de tuer ces Vautours près du Caire, aussi ne sont-ils point farouches en Égypte, on les y voit sur les terrasses des maisons, dans les villes les plus populeuses et les plus bruyantes, n'être point inquiets, et vivre en toute sécurité au milieu des hommes, qui les ménagent et les nourrissent avec soin. Ils fréquentent aussi les déserts, et ils y dévorent les cadavres des hommes et des animaux qui périssent dans ces vastes espaces consacrés à la plus aride stérilité. On trouve aussi ces Vautours en Syrie et dans quelques autres contrées de la Turquie; mais ils y sont moins nombreux qu'en Égypte, parcequ'ils n'y jouissent pas des mêmes prérogatives, et qu'une antique considération n'y accompagne pas leur existence; car ils étoient des oiseaux sacrés chez les anciens Égyptiens.

M. *Levaillant,* qui a vu cette espéce au cap de Bonne-Espérance, nous apprend que les grands Namaquois l'appellent *Ourigourap,* qui, dans la langue de ces peuples, signifie *Corbeau blanc.* Les Hottentots l'appellent *Hoa-goop,* et les Hollandois *White ckraai,* noms qui ont la même signification de Corbeau blanc.

Elle est rare aux environs du cap de Bonne-Espérance, très commune chez les petits Namaquois, et en bien plus grand nombre sur les bords de la rivière d'Orange et chez les grands Namaquois; elle y est peu farouche et se laisse aisément approcher. Les sauvages ne lui font aucun mal, parcequ'elle purge leurs enceintes des immondices qui y sont toujours en abondance. Elle niche dans les rochers, et sa ponte est de trois ou quatre œufs.

Ce Percnoptère, sous son plumage parfait, a le sinciput, le tour des yeux et les joues, jusqu'aux oreilles, d'une couleur safranée, plus vive à la base du bec; la gorge, garnie d'un duvet rare et fin, qui laisse apercevoir la peau, jaunâtre, ridée et capable d'une grande extension; l'occiput et tout le cou sont couverts de plumes longues, effilées et blanches; le corps est généralement de cette couleur; les grandes pennes des ailes sont noires; les moyennes, d'une teinte fauve sur leur côté extérieur, et noirâtres sur l'intérieur; la queue est étagée et d'un blanc un peu roux; le bout du bec et les ongles sont noirâtres; les pieds couleur de chair. Longueur totale deux pieds deux à six pouces.

Le plumage de la femelle est d'un brun-sombre : celui des jeunes est mélangé de gris-blanc-sale; le bec, couleur de corne, brunâtre vers le bout; les ongles sont noirâtres. On prétend que les vieilles femelles ressemblent au mâle adulte.

L'individu, décrit par *Bruce*, sous le nom de *Rachamad*, est sous son plumage parfait. Il en est à-peu-près de même du *Vultur Angolensis*, du *petit Vautour* de Buffon, et de l'*Ourigourap* de Levaillant.

Le *Vautour de Malte*, le *Vautour Brun* de Brisson, le *Sacre d'Egypte*, le *Limoche* et le *Vilain*, de Picot de La Peyrouse, sont des femelles ou des jeunes.

3ème DIVISION. ZOPILOTE, *Gypagus. Vultur*, Linnée.

Bec droit et entouré d'une cire dans le premier tiers de sa longueur, convexe en dessus, mandibule supérieure à bords dilatés, crochue vers le bout; l'inférieure plus courte, et arrondie à sa pointe, pl. A, n° 3.

Narines amples, oblongues, caronculées, ou simples, ouvertes, et situées vers l'origine de la cire.

Langue cannaliculée et membraneuse, à bords dentelés.

Yeux à fleur de tête, dirigés latéralement.

Tête et *cou* dénués de plumes.

Le Percnoptère,
Neophron Percnopterus.

P. Oudart del.　　　　　　lith. de C. Motte.

Jabot saillant.

Tarses nus, réticulés.

Doigt intermédiaire alongé, réuni avec l'extérieur à sa base par une membrane; le postérieur le plus court de tous.

Ongles médiocres, peu pointus, celui du milieu le plus fort et le plus long de tous; les latéraux égaux; le postérieur court et plus émoussé que les autres.

Première et cinquième rémiges égales; les deuxième, troisième et quatrième graduelles entre elles et les plus longues de toutes.

Queue à douze rectrices.

Cette division renferme trois espèces qui habitent dans le nouveau continent; celle de cet article, le *Condor* et le *Zopilote de la Californie*.

Les Zopilotes ne pénètrent pas dans le nord de l'Amérique au-delà des Florides; ils ont un genre de vie analogue à celui des Vautours, dont ils se distinguent en ce qu'ils ont le pouce plus court, ainsi que son ongle qui en outre est moins pointu. Le nom qu'on leur a généralisé est tiré du mot mexicain *tzopilotl* qui signifie *roi des Vautours*, et non pas *roi des tzopilotls*, comme le disent quelques auteurs : *tzo* signifiant Vautour, et *pilotl* roi, chef, mots que Fernandez et Hermandez rendent en latin par ceux de *regina aurarum* (reine des auras.)

LE ZOPILOTE, *dit le* ROI DES VAUTOURS,
Gypagus Papa.

Pl. III.

Rufescenti albus; remigibus rectricibusque nigris; naribus carunculatis; vertice colloque denudatis (Senior.)

Corpore nigricante; subtus albo longitudinaliter maculato; cristá nigrá. (*adultus.*)

Saturate cærulescens; ventre uropygiique lateribus albis (Junior.)

Roi des Vautours, *Brisson, Ornith.*, tome 1, page 470, *pl.* 36.

Buffon, Hist. nat., des Oiseaux, tome 1, *pag.* 169, *pl. enl.* 428.

King Vulture, *Latham*, *Synopsis*, *tome* 1, *page* 7, *n°* 9.

Vultur Papa, *Linn.*, *Gm. Syst. nat.*, *édit.* 13, *n°* 3. *Latham*, *Index*, *n°* 7.

Iriburubicha, *de Azara, apuntamientos Para la Historia natural de de los passaros del Paraguay y Rio de la Plata, tom.* 1, *pag.* 15, *n°* 1.

Les Guaranis, peuplade du Paragay, confondent sous la dénomination d'*iribu* ce Zopilote, et les Gallinazes Aura et Urubu; les Espagnols les nomment très improprement *Corbeaux*. Ce sont des oiseaux qui, dans l'Amérique méridionale, rendent de grands services en purgéant la surface de la terre des immondices et des débris d'animaux morts qui, en se corrompant, infecteroient l'atmosphère; ils sont paisibles, exempts de cruauté et respectés par tous les autres oiseaux; leur vue est perçante et étendue; leur odorat est très sensible; ils souffrent la privation de nourriture avec une patience extraordinaire, et ils ont assez de force pour soutenir leur vol à une grande hauteur, sans se fatiguer. Ils ne crient point; ils marchent à pas pesants et leur corps se soutient horizontalement; ils prennent leur essor avec quelque peine, et après avoir fait plusieurs sauts; ils tournoient ensuite dans les airs pendant plusieurs heures, pour découvrir les charognes dont ils se nourrissent, sans jamais attaquer le plus petit oiseau, ni le plus foible mammifère. Ils se perchent sur les plus gros arbres, vivent seuls ou par paires; mais ils ont coutume de se réunir en troupes pour s'acharner sur les animaux morts.

M. de Azara, à qui on est redevable de détails très intéressants sur le Zopilote Papa, l'a décrit sous le nom d'*Iribubicha*, qui signifie chef ou roi des iribus; c'est aussi celui sous lequel les Guaranis le connoissent, parcequ'ils croient que les autres *iribus* (nos gallinazes) le respectent; et ils fondent leur opinion sur ce que, quand celui-ci s'abat sur un corps mort, les autres s'éloignent aussitôt pour lui céder la place. Les Espanols l'appellent *Corbeau blanc*. Il ne passe pas le 32ᵉ degré de latitude australe; mais il devient plus nombreux à mesure qu'il s'avance vers le nord. Il fuit de loin lorsqu'il se trouve à terre ou sur un arbre isolé; mais on l'approche et on le tue aisément dans les bois, où l'on a placé des charognes pour appât. On assure qu'il fait son nid dans un trou d'arbre, et que sa ponte est de deux œufs.

Cette espéce est connue à Cayenne sous le nom de *Roi des Courou-
mous*, et non pas Couroumons, comme le disent des auteurs. Ce bel
oiseau, dit Buffon, n'est ni propre, ni noble, ni généreux; il n'attaque
que les animaux les plus foibles, et se nourrit de rats, de lézards, de
serpents, et même des excréments des animaux et des hommes : sa
principale nourriture sont les charognes, aussi a-t-il une très mauvaise
odeur, et les sauvages même ne peuvent manger de sa chair. Dans la
note que Sonnini a mise dans son édition de Buffon, tom. 38, pag. 176,
il lui rapporte ce que Bartram dit d'un oiseau dont les Crecks ou Mus-
cogules font de la queue un étendart royal auquel ils donnent un nom
qui signifie *queue d'aigle*, sur laquelle ils peignent une bande rouge
entre les taches brunes, quand ils vont à la guerre, et qu'ils portent
neuf, propre et blanc dans les négociations et autres occasions pacifi-
ques; mais ce rapprochement nous paroît fautif, car le Roi des Vautours
a la queue totalement noire, à quelque âge que ce soit; et c'est certainement la queue d'un tout autre oiseau, et probablement celle du Pygar-
que à tête blanche qui se trouve dans les Florides de même que dans
divers états de l'Amérique septentrionale.

Il s'élève entre les narines une espéce de crête qui ne s'alonge ni se
retire, et qui tombe indifféremment d'un côté ou de l'autre; elle est
d'une substance molle et son extrémité est formée d'un groupe très remarquable de verrues. On remarque sur la tête une couronne de peau
nue et rouge de sang; une bandelette de poils noirs et très courts va
d'un œil à l'autre par l'occiput; au-dessous de la partie nue du cou est
une espéce de fraise, dont les plumes sont dirigées les unes en avant et
les autres en arrière; elle est assez ample pour que l'oiseau puisse, en se
resserrant, y cacher son cou et une partie de sa tête. Derrière l'œil sont
de grosses rides qui vont se joindre sur l'occiput à une bande charnue,
saillante et orangée, qui de là descend jusqu'au collier. Ces rides cachent
le canal auditif, qui est fort petit et auprès duquel viennent se réunir
d'autres rides qui s'étendent jusqu'au bec; entre ces rides on aperçoit
du duvet, de même que sur le reste des côtés de la tête. Les paupières
sont rouges et l'iris a la couleur et l'éclat des perles.

Le Zopilote, âgé de quatre ans, a le bec jusqu'à la membrane, les tarses, les pennes et les grandes couvertures supérieures des ailes, la queue et un trait sur le dos noirs, la membrane et la crête sur le bec, orange; la peau nue de la base du bec, pourpre; le cou, incarnat sur les côtés, pourpre au-dessous de la tête, jaune en devant, et d'un violet-noirâtre près de la bande et des rides de l'occiput. Tout le reste du plumage et l'iris blancs; une foible teinte de rouge se fait remarquer sur le blanc du cou et de la partie supérieure du dos. M. de Azara soupçonne que cette teinte distingue le mâle. Longueur totale, deux pieds deux à trois pouces.

Le même, à trois ans, ne présente d'autres différences que d'avoir quelques couvertures supérieures des ailes noires au milieu des blanches.

La tête entière, lorsque l'oiseau est âgé de deux ans, est ainsi que la partie nue du cou d'un noir tirant sur le violet avec un peu de jaune au cou; une teinte noirâtre règne sur les parties supérieures de même que sur les inférieures, avec des taches longues et blanches; la crête est noire, ne tombe d'aucun côté, et est partagée à son extrémité par trois protubérances fort petites; enfin il est, dans sa première année, d'un bleuâtre-noirâtre, à l'exception du ventre et des côtés du croupion qui sont blancs; en soulevant les plumes sous le corps, on en voit aussi de blanches. Le tarse est verdâtre; la mandibule supérieure d'un noir-rougeâtre; l'inférieure, d'un orangé mêlé de noirâtre, avec des taches longues et noires; la partie nue de la tête et du cou de cette couleur; l'iris noirâtre de même que la crête, laquelle ne consiste à cet âge qu'en une excroissance charnue et solide.

4ème DIVISION. GALLINAZE, *Catharista*. *Vultur*, Linnée.

Bec alongé, droit jusqu'au-delà du milieu, garni à sa base d'une cire très étendue, comprimé latéralement, convexe en dessus; mandibule supérieure, à bords droits, crochue vers le bout; l'inférieure plus courte, obtuse à sa pointe, pl. A, n° 4.

Narines grandes, situées sur la partie antérieure de la cire, oblongues, et percées à jour.

Langue charnue, cannaliculée, à bords dentelés.

Yeux à fleur de tête, dirigés latéralement.

Tête et *cou* dénués de plumes, ou mamelonnés.

Jabot saillant, glabre.

Tarses nus, sans écailles.

Doigt intermédiaire long, tendu, réuni à sa base avec l'intérieur par une membrane; l'intérieur et le postérieur égaux.

Ongles courts, foibles, émoussés et recourbés; le postérieur le plus court de tous, pl. A A, n° 3.

Première rémige moyenne; les troisième et quatrième les plus longues de toutes.

Queue carrée ou cunéiforme, à 12 rectrices.

Cette division n'est composée que de deux espéces qui se trouvent dans l'Amérique, l'*Urubu* et l'*Aura*.

Les Gallinazes ont les mêmes habitudes et les mœurs des Zopilotes; on les trouve dans l'Amérique méridionale et septentrionale. Selon M. de Azara, les Urubus tiennent toujours leur cou un peu retiré, passent la plus grande partie du jour sur les arbres et sur les palissades, afin de découvrir si quelqu'un s'arrête pour quelque nécessité naturelle, ou jette quelques débris de viande desséchée. Ils se réunissent pour l'ordinaire plusieurs ensemble sur le même arbre, et comme personne ne les tourmente, ils vivent par-tout tranquilles et en sûreté. Lorsqu'ils sont rassemblés sur les charognes, si quelque bruit ou quelque objet les effraie, tout-à-coup ils prononcent la syllabe *hu* d'un ton nasillard, et c'est le seul cri qu'il font entendre seuls ou en troupes; ils n'attaquent ni ne harcellent aucun animal, et quand ils tombent plusieurs sur un cadavre d'un petit volume, chacun d'eux cherche à en déchirer un morceau, comme il peut, sans avoir de débats avec ses concurrents. Ils commencent à en dévorer les yeux, ensuite la langue, et ce qu'ils peuvent tirer des intestins par l'anus; et si le corps mort a le cuir fort dur, et qu'un chien ou toute autre bête carnassière ne l'ait pas entamé, ils l'abandonnent après avoir arraché les parties qu'on vient d'indiquer; mais s'ils rencontrent une ouverture, ils dévorent toute la chair jusqu'aux os qu'ils ne laissent couverts que de la peau. Quand ils se sentent blessés ils rejettent tout ce qu'ils ont avalé.

Les *Auras*, qui pénètrent beaucoup plus dans le nord de l'Amérique que les Urubus, ont la même manière de vivre; mais ils sont moins farouches, et se tiennent, selon de Azara, souvent seuls ou par paires; cependant, dans d'autres contrées, on les voit comme les Urubus, soit sur les arbres, soit à terre, soit dans les airs, presque toujours en troupes. Leur odorat est si fin qu'à peine une charogne est-elle exposée dans un lieu où il n'y en a aucune, qu'on les voit venir de toutes parts, volant en spirale et descendant peu à peu jusqu'auprès de leur proie. Ils paroissent friands des œufs des *Alligators* qui, sans les Gallinazes, deviendroient si nombreux qu'ils feroient déserter le pays. A l'époque où les femelles Alligators déposent leurs œufs à terre, ces oiseaux se tiennent sur les arbres voisins, les suivent de l'œil, et remarquent l'endroit où elles cachent leurs œufs, qu'elles croient mettre à l'abri de tout danger en les enfermant dans le sable; sitôt qu'elles sont retournées à l'eau, ils descendent de leur observatoire, et à l'aide de leur bec et de leurs griffes, ils les déterrent et les dévorent. Les petits naissent aveugles, et sont appâtés, dans les premiers jours de leur naissance par le père et la mère qui leur dégorgent dans le bec la nourriture que ceux-ci apportent dans leur jabot; ce que ne font aucuns oiseaux de proie, à l'exception des Vautours et des Zopilotes.

LE GALLINAZE AURA. *Catharista Aura.*

Pl. IV.

Nigra nitens; remigibus fuscis; Rostro cineraceo (Senior.)
Nigro fuscoque varia. (Junior.)
Vultur Aura, var. A. *Latham, Index,* n° 8.
Vultur Jota, var. B. *Linn., Gm. Syst. nat.,* n° 5.
Turkey Buzzard. *Catesby, Car. tome* 1, *page* 294, *pl.* 6.

L'Zopilote dit Roi des Vautours,
Cypagus papa.

S. Oudart del.   Lith. de C. Motte

Vautour Aura, *Vieillot, Hist. nat. des Oiseaux de l'Amérique sep-*
tentrionale, tome 1, page 25, pl. 2 bis.

Acabiray. *De Azara apuntamientos para la Hist. nat. de los paxa-*
ros, etc. tom. 1, pag. 23, n° 3.

L'Aura, quand il vole, tient les ailes plus élevées que le reste, de
sorte qu'elles semblent ne faire qu'une seule pièce avec le corps, lorsque l'oiseau ne les agite pas; ce qui a lieu le plus souvent. Il vole sans
cesse près de terre et avec beaucoup d'aisance, cherchant à découvrir
quelque proie dans la campagne. Il change rarement de direction, et
passe les jours en l'air, comme si cet état d'action continuelle lui étoit
plus naturel que le repos; il paroît néanmoins, à chaque instant, vouloir
se poser. Selon Bartram, qui a observé l'Aura dans les Florides, il
frappe les ailes l'une contre l'autre, s'avance un peu, puis frappe encore ses ailes, et ainsi de suite à chaque temps de vol, comme s'il étoit
toujours prêt à tomber et toujours faisant effort pour se relever; ce qui
nous paroît contredire là manière de voler qu'indique de Azara. Au reste,
il est moins vorace que les Urubus, recherche moins les corps morts, se
nourrit également de limaçons, d'insectes, ne poursuit point les oiseaux,
et n'est point querelleur.

Noseda, cité par de Azara, dit que le nid de l'Aura ne consiste qu'en
un léger enfoncement en terre dans les halliers, à la lisière des bois,
sans aucune disposition de matériaux; que la ponte est de deux œufs
blancs, un peu tachetés de rougeâtre, et que les petits naissent couverts
d'un duvet blanc, et les yeux fermés.

On a souvent confondu l'Aura et l'Urubu, et même dans les pays
qu'ils habitent, car les naturels de la Louisiane les appellent indistincte-
ment *Carancro,* et ceux des Florides et des Carolines, *Carion-Crown,*
on *Turkay-Buzzard.* Suivant de Azara, qui a très bien distingué ces deux
espéces, les Guaranis nomment l'Aura *Iribu-Acabiray,* qui veut dire
Iribu à tête rasée ou tête chauve. Il est assez commun dans le Brésil,
le Paraguay, et passe aussi au sud de la rivière de la Plata.

L'individu dont on a publié la figure dans l'Histoire des oiseaux de
l'Amérique septentrionale, n'avoit pas encore acquis son plumage parfait,
de même que celui décrit par M. de Azara. Il a dans son jeune âge les

plumes du manteau d'un noir changeant en violet sur leur milieu, et brunes sur leurs bords; cette dernière couleur s'étend davantage sur les couvertures supérieures des ailes, sur les pennes secondaires, et sur toutes les latérales de la queue; la tige des premières est d'une nuance terne d'un côté, et blanche de l'autre; toutes sont en dessous d'un gris-blanc lustré; la collerette est noire, avec des reflets d'un bleu d'acier bruni, ainsi que toutes les parties inférieures sur lesquelles les reflets sont peu apparents; le bec est blanc-cendré; la cire qui le recouvre jusqu'au-delà de l'ouverture des narines, d'un rouge-violet; l'iris d'un jaune léger; des poils courts et noirs se font remarquer devant l'angle antérieur de l'œil, et celui-ci est entouré de jaune. Une autre ligne de poils noirs et courts va d'un œil à l'autre, en passant sur la tête qui, dans le reste, est d'un rouge tirant sur le pourpre foncé; on voit sur le bas de l'occiput des rides de cette même teinte, et d'autres de couleur de paille, laquelle est encore celle de la base du bec. Le tarse n'a point d'écailles sur le devant et sur sa moitié supérieure; dans les endroits où il est dénué d'écailles, sa couleur est jaune de paille. Quelques individus l'ont d'un blanc-rougeâtre; la tête, le haut du cou sur un pouce et demi de hauteur, et le devant jusqu'à la poitrine sont nus, quoique les plumes des côtés du cou en recouvrent la partie antérieure. Longueur totale vingt-cinq à vingt-sept pouces.

On ne remarque point de brun sur le plumage de l'oiseau vieux; il est alors d'un beau noir à reflets.

5ème DIVISION. IRIBIN, *Daptrius*.

Bec droit dès la base, garni d'une cire poilue, épais, robuste, comprimé latéralement, convexe en dessus; mandibule supérieure crochue à sa pointe; l'inférieure plus courte, anguleuse en dessous, foiblement échancrée vers le bout, et obtuse, pl. A. n° 6.

Narines arrondies, tuberculées en dedans.

Orbites, Gorge, Jabot nus.

Tarses grêles, médiocres, réticulés.

Le Gallinaze Aura,
Catharista Aura.

P. Oudart del.

Lith. de C. Motte.

Doigts extérieurs unis à leur base par une membrane, l'intermédiaire long; les latéraux plus courts, à-peu-près égaux entre eux.

Ongles médiocres, pointus; les extérieurs les plus longs et les plus forts.

Première rémige courte; troisième, quatrième et cinquième les plus longues de toutes.

Queue arrondie, à douze rectrices.

Cette division ne contient qu'une seule espèce que l'on trouve à Cayenne, mais dont on ne connoît ni les habitudes, ni les mœurs, ni même la nourriture.

L'IRIBIN NOIR, *Daptrius Ater.*

Pl. V.

Niger; cauda basi albâ aut albo radiatâ.

L'Iribin noir, 2ᵉ édit. du nouveau *Dictionnaire d'Histoire naturelle,* tome 16, *page* 387.

Nous avons vu plusieurs individus de cette espèce, dont deux sont au Muséum d'Histoire naturelle, qui ne diffèrent entre eux qu'en ce que l'un a les pennes de la queue d'un beau blanc à sa base, et que l'autre les a rayées de noir et de blanc depuis leur origine jusqu'au milieu; du reste, leur plumage est d'un noir à reflets bleuâtres; le bec et les ongles sont d'un noir mat; les pieds jaunes; l'iris est d'un cendré-noirâtre; longueur totale quatorze à quinze pouces.

6ᵐᵉ DIVISION. RANCANCA, *Ibycter*, Falco. Linnée.

Bec droit et garni d'une cire glabre à sa base, convexe en dessus; mandibule supérieure à bords droits, crochue vers le bout, l'inférieure plus courte, peu pointue, pl. A. n° 7.

Narines ovales, presque obliques.

Joues, Gorge et *Jabot* dénués de plumes.

Tarses nus, réticulés, courts, forts.

Doigts extérieurs unis par une membrane à leur base.

Ongles peu crochus, presque égaux, pointus, l'intermédiaire et le postérieur les plus forts et les plus longs de tous.

Première rémige courte, quatrième, cinquième et sixième les plus longues de toutes.

Queue à douze rectrices.

Cette division n'est composée que d'une seule espèce qui se trouve dans l'Amérique méridionale.

Quoique tous les Ornithologistes aient rangé cet oiseau dans l'ordre des Accipitres, d'après ses caractères, on ne peut cependant convenir qu'il y soit bien placé, puisqu'il n'en a, selon les voyageurs et les naturalistes instruits qui l'ont observé dans son pays natal, ni le vol élevé, ni la vue perçante, ni les habitudes, ni les mœurs, ni les goûts. Cependant nous nous sommes déterminés à le classer provisoirement dans la famille des vautourins, parcequ'il présente quelque analogie avec les vautours, dans les parties de la tête et de la gorge qui sont dénuées de plumes, dans son jabot nu et proéminent, dans la conformation de son bec et de ses ongles; mais ce n'est ni un vautour, ni un aigle, ni un faucon, ni même un caracara; car il n'a nulle inclination à la voracité, ni à la rapine; il est doux et paisible; il se nourrit de fruits, de semences, et quelquefois d'insectes, comme fourmis, sauterelles, etc. Étant peu farouche, on l'approche facilement. Il niche sur les arbres, et sa ponte est de trois à cinq œufs, ronds et blancs. On ignore la manière dont les petits sont nourris dans le nid, ce qui néanmoins est très essentiel pour pouvoir le classer convenablement.

LE RANCANCA A VENTRE BLANC. *Ibycter Leucogaster.*

Pl. VI.

Niger nitens; ventre albo; genis, juguloque purpureo-rubris.
Petit aigle d'Amérique. *Buffon, Hist. nat. des Oiseaux,* tome 1, *pl. enl. n°* 427 (incorrecte.)

L'Ibrbin Noir.
Daptrius Ater.

Falco aquilinus, *Linn. Gm. Syst. nat.*, n° 110.

Falco formosus, *Lath.*, *Index*, n° 91.

Red-Throated Falcon, *Lath.*, *Synopsis*, *tome* 1, *page* 97 n° 82.

Les Rancancas dont la voix est forte et rauque, redoublent leurs cris lorsqu'ils aperçoivent quelqu'un, et font entre eux un bruit effroyable; ils fuient les lieux habités et se tiennent dans les forêts solitaires de la Guyane. Ils volent en troupes et accompagnent pour l'ordinaire les Toucans, parceque apparemment ils se nourrissent des mêmes substances, d'où vient que les créoles et les nègres les ont appelés *Capitaines des gros becs*.

Quoique nous ayons cité dans la Synonymie Gmelin et Latham, la description qu'ils donnent de cette espéce présente des différences qui nous font douter si c'est réellement de cet oiseau dont ils ont voulu parler. Le Rancanca a de seize à dix-huit pouces de longueur; la peau nue de la gorge, et du devant du cou d'un rouge pourpré et parsemé de quelques poils; le bec totalement jaune chez des individus, noir en dessus chez d'autres; la cire grise; les côtés de la tête et le tour des yeux dénués de plumes et de la teinte du devant du cou; l'iris et les tarses rouges; les ongles noirs; les paupières garnies de cils noirs et roides; le reste du plumage de cette couleur à reflets foibles, excepté le ventre et les parties postérieures qui sont blancs. La femelle ne diffère du mâle qu'en ce que le noir est moins foncé; et que le tour des yeux est gris.

7me DIVISION. CARACARA, *Polyborus*. *Falco*, Linnée.

Bec droit, épais et entouré à sa base d'une cire large et poilue, alongé, étroit en dessus, très comprimé par les côtés; mandibule supérieure crochue; l'inférieure plus courte et obtuse, pl. A. n° 5.

Narines un peu elliptiques, obliques, situées vers le milieu du bec.

Face nue.

Jabot laineux.

Tarses nus, réticulés.

Doigts alongés, un peu grèles; extérieurs réunis à leur base par une membrane.

Ongles médiocres, peu crochus, presque obtus, l'intermédiaire presque droit, le postérieur le plus fort de tous.

Première rémige courte; troisième et quatrième les plus longues de toutes.

Queue à 12 rectrices.

Nous-devons une parfaite connoissance de trois espéces de cette division à M. de Azara qui les a observées au Paraguay et à la rivière de la Plata; quant à la quatrième, que dans le nouveau Dictionnaire d'Histoire naturelle l'on y a joint provisoirement, il n'est pas certain que ce soit réellement une espéce distincte de celle du Caracara proprement dit. Deux des autres, le *Chimango* et le *Chimachima*, diffèrent de ce dernier en ce qu'elles n'ont ni le front ni la gorge dénués de plumes.

Les Caracaras, dit le savant naturaliste espagnol, volent horizontalement et avec plus de vitesse que les aigles et les buses; leur démarche est plus aisée que celle de tous les oiseaux de proie; ils s'avancent jusques dans les lieux habités, se posent sur les arbres, sur les toits des maisons ou sur la terre, et ils ne prennent aucun soin pour se cacher. Le mâle et la femelle se tiennent ordinairement ensemble, et quand ils sont en amour, ils renversent leur tête en arrière jusqu'à ce qu'elle s'applique sur le dos. On voit souvent ces oiseaux en grand nombre sur les charognes; les uns font leur nid à la cime des arbres, et de préférence sur ceux qui sont les plus chargés et embarrassés de lianes; mais dans les contrées ou de pareils arbres ne se trouvent point, ils construisent leur nid dans quelque hallier. Les autres, comme le *Chimango*, le placent sur les sables où abondent les trous de fourmis, ou sur les élévations de terre formées par ces insectes. Les Caracaras se rapprochent des vautours en ce qu'ils recherchent les charognes, et ils joignent à cette nourriture les petits mammifères, les gallinacés, les reptiles, les insectes, les vers de terre, et même les coquillages terrestres.

Le Rancanca, *Ibycter Leucogaster.*

P. Oudart del.

Lith. de G. Engelmann.

LE CARACARA proprement dit, *Polyborus Vulgaris.*

Pl. VII.

Vertice, corpore supra rectricumque apice nigricantibus; capitis lateribus, gulâ caudâque albidis; corpore subtus fusco et albo transversim striato. (adultus) *Capite corporeque supra fuscis, subtus rufuscente-albo, fusco longitudinaliter maculato.*

Buzard du Brésil, *Brisson, Ornith. tome* 1 , *pag.* 4o5, *n°* 31.

Caracara, *Buffon, Hist. nat., tome* 1 , *page* 222.

Falco Brasiliensis, *Linn., Gm. Syst. nat., édit.* 13, *n°* 64; *Lath., Index, n°* 4o.

Caracara, *de Azara, apuntamientos Para la Historia nat. de los paxaros del Paraguay, y Rio de la Plata, tom.* 1 , *page* 42, *n°* 4.

Marcgrave a décrit le Caracara d'un manière si incorrecte, qu'on n'a pu le déterminer avec précision; en effet, des auteurs en ont fait un *Milan*, d'autres un *Épervier*, un *petit Aigle*, et d'autres un *Faucon* ou un *Buzard*. Mais il nous a paru, d'après ses caractères, pouvoir être le type d'une nouvelle division que nous avons placée dans la famille des Vautourins, d'après plusieurs parties nues de sa tête, son jabot saillant, ses yeux à fleur de tête, ses doigts antérieurs, alongés, et son goût pour la charogne.

Le nom de Caracara est celui que cet oiseau porte au Paraguay, et est tiré de son cri qui semble exprimer ce mot. On l'appelle *Caroncho* à la rivière de la Plata. Cette espéce est très nombreuse dans l'Amérique australe, et presque autant que toutes les espéces des oiseaux de proie ensemble. Le Caracara vit isolé de ses semblables ou par paire; mais quand un seul ne peut prendre sa proie, quatre ou cinq se rappellent quelquefois, et se réunissent pour se mettre à sa poursuite; c'est ainsi que M. de Azara les a vus donner la chasse aux hérons, aux buses, et à d'autres gros oiseaux. Le Caracara est tellement vorace, qu'il est capable de ravir la proie à tous les oiseaux rapaces, les aigles exceptés; quoique assez courageux pour y parvenir, il prend l'épouvante et est mis en fuite par les moqueurs, les hirondelles, les tyrans, qui le suivent dans son vol, et le frappent à coups de bec sur le dos, il est vrai qu'il les dédaigne pour en faire sa nourriture; il prend cependant les petits poulets, s'il les trouve seuls ou écartés.

Cette espèce niche à la cime des arbres ou dans quelque hallier, construit son nid avec des bûchettes et de petites lianes, avec lesquelles elle forme une aire spacieuse, presque plate, et tapissée d'une couche épaisse de crin, disposé sans art. La ponte est de deux œufs fort pointus par un bout, pointillés et tachés de rouge-de-sang sur un fond rouge-tanné.

Le plumage des Caracaras n'est pas dans tous les individus entièrement pareil; celui dont nous publions la figure est au Muséum d'Histoire naturelle, et celui de M. de Azara a vingt-un pouces de longueur totale; le dessus de la tête et du corps, le bout de la queue, les couvertures supérieures de la partie extérieure de l'aile, les pennes du milieu et toutes les petites couvertures noirâtres; les autres couvertures brunes; les six premières rémiges blanches, rayées et pointillées de brun, avec la pointe noirâtre; la gorge, les côtés de la tête et la queue blanchâtres; le devant du cou et toutes les parties postérieures rayés transversalement de brun et de blanc, avec des lignes transversales noirâtres et blanches sur la première partie et sur la poitrine; les couvertures inférieures de la queue blanchâtres, avec des lignes brunes, peu sensibles; le bec d'un bleu-blanchâtre; la cire orangée; l'iris mêlé de gris et de roux, les pieds jaunes. La cire s'étend sur une grande partie du bec, couvre le *capistrum*, s'étend au-dessus de l'œil et sur les joues en entier.

Des individus ont des teintes plus foibles ou d'un brun-pâle et des taches sur la poitrine. Chez d'autres, ces couleurs sont plus foncées.

Chez le jeune la tête, le dessus du corps et des ailes sont bruns, les pennes de la queue d'un blanc-roussâtre, rayées en travers de brun, et terminées de roux-foncé; la gorge et les parties inférieures d'un blanc-roussâtre; pur sur la gorge, et tacheté longitudinalement de brun sur le reste. Le mâle et la femelle se ressemblent.

2ᵉᵐᵉ FAMILLE. GYPAËTES, *Gypaeti*.

Mandibule inférieure du bec garnie en-dessous et sur les côtés d'un faisceau de plumes, roides et allongées.

Ailes longues.

Doigts au nombre de quatre, trois devant, un derrière.

Iʳᵉ DIVISION. PHÈNE, *Phene* ; Savigny. *Falco*, Linnée, Gmelin. *Vultur*, Latham.

Bec grand, droit et couvert à sa base d'une cire molle, cachée sous des plumes sétacées, couchées et dirigées en avant, très-robuste, comprimé latéralement, arrondi en-dessus ; mandibule supérieure crochue et un peu renflée vers le bout ; l'inférieure plus courte, droite et obtuse à sa pointe. Pl. A, n° 8.

Narines obliques, ovales, couvertes par les plumes effilées du *capistrum*.

Langue épaisse, charnue, échancrée.

Bouche très-fendue.

Jabot peu proéminent et couvert de duvet.

Tarses courts, épais, robustes et emplumés.

Doigts extérieurs réunis à leur base par une membrane.

Ongles forts et aigus ; l'interne et le postérieur plus grands et plus crochus que les autres.

Première rémige plus courte que la quatrième ; la troisième la plus longue de toutes.

Queue à douze rectrices.

Cette division ne contient qu'une seule espèce qui se trouve en Europe, en Afrique et en Sibérie, dont les plus hautes montagnes lui servent de retraite, et où elle se tient dans les rochers les plus escarpés. Doués d'une grande force, mais manquant de fierté et de courage, les Gypaëtes n'attaquent ordinairement que des animaux faibles et sans défense, se rassemblent en petites troupes et s'acharnent sur la même proie, qui n'est souvent qu'un amas de chair morte et corrompue.

C'est un fléau très-redoutable pour les troupeaux qui paissent dans les vallons des Alpes, où ces oiseaux font une guerre cruelle aux brebis, aux agneaux, aux chèvres et même aux veaux; les chamois, les lièvres, les marmottes et d'autres quadrupèdes sauvages deviennent aussi leurs victimes. L'homme lui-même n'est pas à l'abri de leur voracité; lorsque ces oiseaux le rencontrent dans leur sauvage retraite, plusieurs se réunissent, volent autour de lui, et, à coups d'ailes redoublés, ils cherchent à l'étourdir, pour le précipiter dans les abymes et l'y dévorer. Ils nichent dans les rochers les plus escarpés, ou sur la cime des plus grands arbres; construisent leur aire de perches et de branches d'arbres si étendues qu'un char peut être à l'abri dessous; du moins tel était celui dont parle Gesner. Les œufs sont blancs et tachetés de brun.

LA PHÈNE DES ALPES, *Phene ossifraga,* Savigny.

Pl. VIII.

Albido rutila; vertice albo (adultus) nigro (junior); dorso fusco; tæniâ nigrâ supra et infra oculos.

Vautour doré, *Brisson, Ornith., tome* 1, *page* 458, *n°* 5.

Vautour barbu, *idem, Supplément, page* 26, *n°* 13.

Falco barbatus, *Linn.; Gm., Syst. nat., édit.* 13, *n°* 38.

Vultur barbarus, *idem, n°* 13; *Lath., Index, n°* 5.

Vultur barbatus, *Lath., Index, n°* 6.

Golden Vulture, *Lath., Synopsis, tome* 1, *page* 18, *n°* 13.

Beardet Vulture, *idem, page* 11, *n°* 6.

Sonnini s'est mépris en donnant comme une espèce particulière et dis-

Le Caracara, (proprement dit)
Phalcenus vulgaris

tincte le Gypaète qui se trouve en Égypte, car il est reconnu aujourd'hui que c'est le même oiseau que celui qui habite l'Europe. Les Allemands lui donnent le nom de *Læmmer geïer* (Vautour des agneaux), sous lequel Buffon n'en parle que très-succinctement, mais assez pour induire en erreur, puisqu'il le présente pour le même que le *Condor*; avec lequel il n'a rien d'analogue, si ce n'est la rapacité.

On rencontre le Gypaète sur les Alpes, les Pyrénées et les grandes montagnes les plus inaccessibles : cependant il descend pendant l'hiver dans les vallons. On en vit, en 1819, une si grande quantité dans les environs de Saxe-Gotha, que, ne trouvant point de nourriture suffisante pour leur grand nombre, ils dévorèrent deux enfants; ce qui donna lieu au gouvernement de mettre leur tête à prix. Pallas a vu cette espèce sur les montagnes graniteuses d'Odon-Stschelon en Sibérie; elle y niche, et n'y reste que pendant la belle saison. On l'a trouvé aussi dans la Mongolie, où elle porte le nom d'*Icello*.

Le dessus de la tête est blanc chez les adultes et les vieux, noir chez les jeunes; l'occiput, le cou et le dessous du corps sont d'un blanc lavé de roux ou d'orangé (différence occasionnée par l'âge chez les mâles), plus foncé sur la gorge et la poitrine, et plus faible sur le ventre et les jambes; le dessous des ailes est gris; les plumes de la queue, des couvertures supérieures des ailes et du croupion sont d'un gris clair et bordées de noir; le bout des couvertures alaires est moucheté d'orangé avec la tige des plumes blanche; un brun très-foncé règne sur le reste du plumage. La femelle n'a presque pas d'orangé sur son vêtement, qui est alors d'un brun roussâtre; l'iris est d'un rouge vif; le bec un peu pourpré; les paupières sont rouges, et les doigts couleur de plomb. Longueur totale, quarante-huit pouces; envergure, huit pieds.

3ème FAMILLE. ACCIPITRINS, *Accipitrini.*

Tarses nus ou emplumés jusqu'aux doigts, de la longueur du doigt intermédiaire, ou un peu plus longs.

Doigts extérieurs unis à leur base par une membrane, ou totalement séparés; l'interne versatile chez plusieurs. Pl. A A, n°° 1 et 4.

Ongles rétractiles, très-crochus, aigus; l'intermédiaire canaliculé en-dessous ou totalement rond.

Bec couvert à l'origine d'une cire nue ou velue, crochu à sa pointe.

Narines glabres, quelquefois garnies de soies roides et rares.

Yeux renfoncés, dirigés de côté.

Jabot emplumé ou laineux.

Tête et cou parfaitement emplumés.

Queue composée de douze rectrices.

A. *Ailes longues.*

1ère DIVISION. AIGLE, *Aquila*, Brisson. *Falco*, Linnée, Latham.

Bec grand, presque droit et garni à sa base d'une cire poilue, comprimé latéralement, anguleux en-dessus; mandibule supérieure à bords dilatés, crochue et acuminée à sa pointe; l'inférieure plus courte, droite et obtuse. Pl. A, n° 9.

Narines transversales, elliptiques.

Langue charnue, épaisse, entière, émoussée.

Bouche très-fendue.

Cuisses et jambes couvertes de plumes longues et pendantes.

Tarses emplumés jusqu'aux doigts, courts et robustes.

Doigt intermédiaire uni à sa base avec l'externe par une membrane, et totalement séparé de l'interne.

Ongles interne et postérieur plus longs et plus crochus que celui du milieu; celui-ci canaliculé et pectiné en-dessous; l'interne le plus court de tous.

Rémiges troisième et quatrième les plus longues de toutes.

Queue à douze rectrices.

La Phène des Alpes, Phene Ossifraga.

udart f.t   Lith. de G. Engelmann.

Cette division est composée de cinq ou six espèces, dont trois se trouvent en Europe. Les Aigles, qui sont pour la plupart un fléau redoutable, ont un naturel sombre et tyrannique, se tiennent ordinairement sur les plus hautes montagnes, les rochers les plus âpres et les plus inaccessibles; naturellement silencieux, ils jettent de temps à autre un cri aigu, perçant et lamentable; tous vivent par couples et s'approprient un canton capable d'assouvir leur voracité; ils volent à une très-grande hauteur, lorsque le ciel est pur et serein; mais beaucoup plus bas quand il est couvert. On trouve leur aire dans les rochers les plus escarpés, ou à la cime des grands arbres. La ponte est le plus souvent de deux œufs. Ils se nourrissent de mammifères, d'oiseaux et de reptiles.

L'AIGLE DE THÈBES, *Aquila heliaca*, Savigny.

Pl. IX.

Capite rufo; corpore supra aurato-fusco; subtus saturatè fusco; dorso albo admisto; caudâ cinereâ, versus apicem nigro transversim striatâ; abdomine flavescente-fusco (senior).

Capite colloque fulvescentibus et albidis; corpore supra fusco; subtus fulvescente, fusco-nigricante longitudinaliter striato; caudâ fuscâ (adultus et junior.)

Aigle de Thèbes, *Savigny, Syst. des Ois. d'Égypte et de la Syrie.*

Aquila Chrysaetos, *Leisler, Ann. der Wetter, vol. 2.*

Falco mogilnik, *Latham, Index, page* 17, *n*° 28; *Gmelin, Syst. nat., n*° 56.

Falco Imperialis, *Naumann, Naturgeschichte der Vœgel Deutschlands, pl. 6* (vieux), *pl. 7* (jeune).

Russian Eagle, *Latham, Synopsis, tome* 1, *page* 43, *n*° 24.

Aquila mogilnik, *S. G. Gmelin, nov. comm. petrop.* 15, *page* 445, *vol.* 11, B.

On ne rencontre point cette espèce en France; mais elle se trouve dans

les montagnes du Tyrol, dans diverses autres parties de l'Allemagne , en
Russie et en Égypte. L'oiseau, sous son plumage parfait, a la tête et
l'occiput d'un roux ardent; le corps d'un brun doré en‑dessus, l'abdomen
d'un roux jaunâtre ; une partie des couvertures supérieures de l'aile, blanche;
la queue d'un gris cendré avec une large bande noire vers son extrémité ,
qui est d'un gris jaunâtre; la cire et les doigts jaunes; l'iris d'un jaune
blanchâtre; les narines linéaires à bord supérieur échancré.

Le jeune , dont nous devons la connaissance à Johann‑Andres Naumann,
diffère tellement du vieux, qu'on le prendrait facilement pour une espèce
distincte. Ce n'est qu'après trois ou quatre ans qu'il se revêt de l'habit
qui caractérise l'âge avancé. Sa longueur est à‑peu‑près de deux pieds
et demi; le bec d'un jaune blanchâtre; l'iris d'un vert jaunâtre; la tête et
le cou sont couleur de paille et blanchâtres; le dessus du cou et le dos,
bruns ; cette couleur est plus claire le long de la tige , sur les couvertures
des ailes, et plus foncée sur les grandes. Leur extrémité est d'un jaune
tirant sur le brun; les pennes sont d'un brun noirâtre ; les parties infé‑
rieures d'un jaune de paille, rayé en longueur de brun‑noirâtre; les cu‑
lottes, les plumes des jambes et des tarses, couleur de paille claire, de
même que les couvertures inférieures de la queue; celle‑ci est brune et
d'une nuance plus claire à sa pointe, avec du jaune‑brun sur le côté
extérieur.

2ème DIVISION. PYGARGUE , *Haliaetus* , Savigny.
Falco , Linnée , Lath.

Bec grand , presque droit et couvert d'une cire à sa base, convexe en‑
dessus , comprimé latéralement, dilaté sur les bords de sa partie supérieure,
crochu et acuminé à sa pointe; l'inférieure plus courte et obtuse à son
extrémité.

Narines grandes, lunulées, transversales.

Langue charnue, épaisse, entière.

Bouche fendue jusques sous les yeux.

L'Aigle de Thèbes, - Aquila Heliaca.

P. Oudart del.t

Lith. de G. Engelmann.

Cuisses et jambes couvertes de plumes longues et pendantes.

Tarses réticulés, courts, nus, robustes.

Doigts totalement séparés; l'externe versatile.

Ongles arqués, aigus; l'intérieur et le postérieur les plus longs; l'externe le plus court; l'intermédiaire avec une rainure profonde et un rebord finement dentelé sur son côté intérieur, aplati en-dessous et creusé en gouttière.

Rémiges première et septième presque égales; troisième, quatrième et cinquième les plus longues de toutes.

Cette division renferme cinq ou six espèces, dont une se trouve en France : parmi les Pygargues, il en est, sur-tout ceux de l'Europe et de l'Amérique septentrionale, qui tiennent un des premiers rangs parmi les oiseaux, par leur taille, leur vigueur et leur férocité. Ils sont assez forts pour faire leur proie des jeunes cerfs, des daims et des chevreuils; mais moins valeureux, moins diligents et plus lourds que l'aigle, ils ne chassent que pendant quelques heures dans le milieu du jour, et restent tranquilles le matin, le soir et la nuit. Outre les mammifères, dont ils font leur principale nourriture, ils vivent aussi de poissons, et même quelques-uns n'ont pas d'autres aliments. Ils nichent dans les rochers, ou à la cime des plus grands arbres. Leur ponte est ordinairement de deux œufs. On trouve des Pygargues dans les quatre parties du monde.

LE PYGARGUE-GIRRENERA, *Haliaetus girrenera. Falco*, Linn.

Pl. X.

Corpore castaneo; capite, collo et pectore albis; remigibus primariis nigris (senior).

Capite, collo pectoreque albis, lineâ longitudinali pennarum mediâ fuscâ (adultus).

Aigle des Grandes-Indes, *Buffon, Hist. nat. des Ois., tome* 1, *page* 136, *pl. enl., n°* 416 (adulte).

Falco pondicerianus, *Linn.; Gm., Syst. nat., édit.* 13, *n*° 71; *Lath., index*, n° 46 (idem).

Pondicherry Eagle, *Lath., G*^*al* *synopsis, tome* 1, *page* 41, *n*° 21, (idem); 2e *Suppl., page* 32, *n*° 28.

On rencontre cette espèce dans l'Inde, au Bengale, à Pondichéry, au Coromandel et à Malabar. C'est, dans ces contrées, un oiseau consacré à Vishnou, que les Brachmans accoutument à venir, à des heures réglées, prendre ses repas dans le temple de ce dieu, en frappant sur un plat de cuivre. La vénération que les gentils ont pour ce Pygargue tient à des motifs purement mythologiques. On les voit souvent sérieux, stupides et ébahis à son aspect; et si, en sortant le matin de leur maison, ils l'aperçoivent se dirigeant vers le lieu où ils vont traiter quelques affaires, c'est un heureux augure, qui ne leur permet pas de douter du succès le plus complet. On le trouve aussi, selon Latham, à la Nouvelle Hollande, où il porte le nom que nous lui avons conservé. Il n'attaque que des animaux faibles; extrêmement vorace, tout lui est bon; œufs, oiseaux et entrailles d'animaux à demi pourris.

Le Girrenera, sous son plumage parfait, est d'un blanc de neige trèspur sur la tête, le cou en entier et la poitrine; d'un beau marron sur le reste du plumage, à l'exception des pennes primaires, qui sont noires, et du dessous de la queue, qui est d'un gris blanchâtre, et dont l'extrémité est de cette dernière teinte; lorsque son vêtement n'a pas encore acquis cette perfection, toutes les pennes blanches sont noires seulement sur leur tige. La cire est bleuâtre; le bec, grisâtre; les pieds sont jaunes, et les ongles noirs. Longueur totale, quinze à seize pouces.

3ème DIVISION. BALBUZARD, *Pandion*, Savigny. *Falco*, Linn.

Bec grand, presque droit et garni d'une cire poilue à sa base, robuste, arrondi en-dessus, comprimé latéralement; mandibule supérieure dilatée

Le Pygargue Girrenera, haliaetus. Girrenera.

P. Oudart del.t

Lith. de G. Engelmann.

sur ses bords, crochue et acuminée à sa pointe ; l'inférieure plus courte, droite et obtuse à son extrémité.

Narines lunulées, obliques.

Langue charnue, épaisse, obtuse.

Bouche à peine fendue jusqu'à l'angle antérieur des yeux.

Cuisses et *jambes* couvertes de plumes courtes et serrées.

Tarses nus, réticulés, courts, très-épais et garnis d'écailles nombreuses et raboteuses chez les vieux. Pl. AA, n° 4.

Doigts totalement séparés, épais et rudes ; l'extérieur versatile.

Ongles égaux, longs, très-crochus, très-aigus, ronds en dessous. Pl. AA, n° 8.

Ailes longues.

Remige, première un peu plus longue que la cinquième ; déuxième et troisième les plus longues de toutes.

Queue à douze rectrices.

Cette division contient trois ou quatre espèces, dont une se trouve en France. Ces oiseaux de proie sont de puissans destructeurs des habitans de l'eau, et ne vivent guère que de poissons qu'ils prennent à quelques pieds de profondeur. Leur vue est très-perçante ; doués d'une très-grande patience, ils passent des heures entières immobiles sur un arbre ou un rocher, près d'un étang ou d'une rivière, à épier leur proie. Leur genre de vie les tient toujours dans le voisinage des eaux, sur les bords des lacs, des rivières, et souvent sur les côtes maritimes. Ils nichent dans les crevasses de rochers escarpés, ou à la cime des grands arbres dans les forêts les plus épaisses. Leur ponte est de deux à quatre œufs. Les petits voient dès leur naissance, prennent eux-mêmes la nourriture que leur apportent le père et la mère.

LE BALBUZARD AMÉRICAIN, *Pandion americanus.*

Pl. XI.

Corpore supra nigricante-fusco, subtus fronteque albis ; tæniā capitis collique lateribus nigricante ; pectore fusco maculato (senior.)

Corpore dilate fusco et sordide albo vario (junior.)

Faucon pêcheur de la Caroline, *Buffon, Hist. nat. des Ois., tom.* 1, *pag.* 142.

Falco carolinensis, *Linn., Gm., Syst. nat., édit.* 13, *n°* 26, *var. y.*

Falco haliætus, *Latham, index, n°* 30, *var.* B.

Fishing hawk, *Catesby, Carol., tom.* 1, *pl.* 2.

Osprey, *Latham, general synopsis, tom.* 1, *pages* 45 et 46, *n°* 26, *var.* A.

L'aigle pêcheur, *Vieillot, Hist. des Ois. de l'Amérique septentrionale, tom.* 1, *pag.* 29, *pl.* 4.

Des ornithologistes, comme on le voit dans la synonymie, donnent cet oiseau pour une variété du Balbuzard d'Europe, tandis que d'autres en font une espèce particulière et distincte; en effet il diffère de celui-ci par des couleurs plus sombres sur les parties supérieures, et un blanc presque pur sur les inférieures; de plus, sa taille est plus svelte, sa tête moins grosse, et ses ailes ont plus de longueur. Du reste tous les deux ont les mêmes habitudes, le même genre de vie, et le même appétit pour les poissons. Le balbuzard de cet article se trouve dans l'Amérique septentrionale et aux îles Antilles, car je crois que c'est le même oiseau que l'*aigle pêcheur* du père Dutertre (*Hist. génér. des Antilles, tom.* 2.) Il se tient, pendant l'hiver, sur les bords de la mer, à l'embouchure des fleuves ou sur les rivages des grands lacs, et au printemps dans l'intérieur des terres, du moins les individus que j'ai vus aux environs de New-Yorck se comportent ainsi. Quand il pêche, pendant l'été, il s'élève à une grande hauteur, plane au-dessus des eaux, et lorsqu'il aperçoit un poisson se jouer sur cet élément, il descend avec la rapidité de la foudre, plonge, disparaît un instant, et reparaît à la surface de l'eau avec sa proie entre ses serres. Il construit son nid sur les grands arbres isolés et dans les rochers les plus élevés. La ponte est de trois ou quatre œufs blancs et tachetés de brun-sombre.

Le vieux a le bec noir, la cire bleue, l'iris jaune; le dessus de la tête, du cou et du corps, les ailes et la queue, d'un brun-noirâtre; une bande de cette couleur part du coin de l'œil, s'étend vers l'occiput, descend sur les côtés du cou et se perd sur les epaules; le front, les côtés de la gorge, et toutes les parties postérieures, sont d'un beau blanc, avec quelques taches brunes

Le Balbuzard Américain. - Pandion Americanus.

P. Oudart del.t   Lith. de G. Engelmann.

sur la poitrine ; les pieds sont jaunes. L'adulte en diffère par sa couleur d'un brun moins sombre Longueur totale, vingt-trois pouces. Le jeune est d'un brun-clair sur les parties supérieures, dont les plumes sont bordées de blanc-sale ; la bande longitudinale de la tête et du cou est variée de brun et de blanc ; il y a beaucoup plus de taches sur les parties inférieures.

4ème DIVISION. CIRCAÈTE, *Circaetus. Falco,* Linnée.

Bec robuste, garni d'une cire un peu velue et droit à sa base, convexe, comprimé latéralement ; mandibule supérieure, à bords presque droits, crochue à sa pointe ; l'inférieure droite, plus courte, obtuse à son extrémité.

Narines poilues, ovales, transversales.

Langue charnue, épaisse.

Bouche fendue jusqu'aux yeux.

Cuisses et *jambes* garnies de plumes longues et pendantes.

Tarses nus, réticulés, allongés et gros.

Doigts un peu courts, les extérieurs unis à leur base par une membrane, l'intérieur totalement libre ; les latéraux et le pouce à peu près égaux.

Ongles un peu courts, presque d'égale longueur, peu crochus ; l'interne et le postérieur, les plus forts et les plus longs de tous.

Ailes longues, première rémige plus courte que la sixième, troisième la plus longue.

Queue à douze rectrices.

Cette division n'est composée que de deux espèces, dont une se trouve en France ; et l'autre, dont il va être question, habite le Sénégal.

LE CIRCAÈTE GRIS, *Circaetus cinereus.*

Pl. XII.

Obscure cinereus ; remigibus primariis nigris ; caudâ supra fuscâ, albido transversim striatâ, subtus cinereâ, fasciis albis.

Circaète gris, 2e *édit. du nouv. Dict. d'hist. nat., tom. 23, pag. 445.*

On trouve cet oiseau de proie au Sénégal, et sa dépouille fait partie de

la collection du Muséum d'histoire naturelle. Comme il m'a paru se rapprocher plus de ce genre que de tout autre, je me suis décidé à l'y classer.

Il est généralement d'un gris un peu sombre, et tirant au roussâtre sur
quelques plumes, ce qui semble indiquer qu'il n'est pas encore sous son
plumage parfait. Les pennes primaires des ailes sont noires; la queue est
brune en dessus, avec cinq bandes blanchâtres et transversales, grise en
dessous avec le même nombre de bandes d'un blanc pur; les tarses et la cire
sont jaunes; le bec est noirâtre. Longueur totale, vingt-un pouces neuf
lignes.

5ème DIVISION. BUSARD, *Circus. Falco*, Linnée.

Bec médiocre, presque droit et garni d'une cire poilue à sa base, comprimé latéralement, un peu anguleux en dessus; mandibule supérieure à
bords dilatés, crochue, et acuminée à sa pointe; l'inférieure plus courte,
obtuse.

Narines oblongues, en partie couvertes par des poils roides.

Langue épaisse, charnue, échancrée à son extrémité.

Tarses allongés, déliés, nus et réticulés.

Doigts extérieurs unis à leur base par une membrane; l'interne totalement libre.

Ongles grêles, très-pointus; l'externe, le plus petit; l'interne et le postérieur égaux à celui du milieu, ou sensiblement plus grands.

Ailes longues; première rémige plus courte que la deuxième; troisième
et quatrième les plus longues de toutes.

Queue composée de douze pennes.

Cette division est composée de vingt-deux espèces, dont la plupart se
plaisent dans les marais; elles nichent dans les buissons marécageux, les
joncs, les roseaux, et se nourrissent d'oiseaux, de petits quadrupèdes, de
reptiles, de poissons, et même d'insectes. Les unes ont une collerette composée de rangs de petites plumes courtes, roides, serrées et quelquefois
frisées, lesquelles entourent la tête, en partant du menton et remontant en
forme d'arc vers la nuque; cette collerette est nulle chez les autres. On

Le Circaète Gris, - Circaëtus Cinereus.

Oudart del.t

Lith. de G. Engelmann.

donne ordinairement aux premières le nom de *Soubuse.* La ponte est de quatre œufs ; les petits naissent couverts de duvet, clairvoyants, et prennent eux-mêmes la nourriture que le père et la mère leur apportent.

LE BUSARD MONTAGU, *Circus montagui.*

Pl. XIII.

Supra cinereo-cærulescens ; ventre abdomineque albis, cinereo-cærulescente longitudinaliter maculatis ; remigibus intermediis nigro transversim striatis ; primoribus supra subtusque, nigris (mas.)

Supra rufa ; nuchâ, maculis duabus propè oculos, tectricibus caudæ superioribus albis ; corpore subtus rufo, fusco longitudinaliter striato ; cibus lateralibus fusco rufoque transversim maculatis (femina.)

Falco cineraceus, *Montagu ornithological, dictionnary, suppl.*

Busard montagu, 2e *édit. du Nouv. Dict. d'hist. nat., tom.* 31, *pag.* 411, *au mot* Soubuse.

Les auteurs avaient toujours confondu ce busard avec celui dit l'*Oiseau Saint-Martin* ; mais on doit à M. Montagu d'avoir très-bien distingué ces deux espèces, qui diffèrent principalement entre elles, en ce que celui de cet article a la sixième penne de l'aile plus courte que la première, et la troisième la plus longue de toutes ; tandis que chez l'oiseau Saint-Martin la première penne de l'aile est plus courte que la sixième, et que les troisième et quatrième sont d'égale longueur. De plus les ailes, en repos, du premier, atteignent le bout de la queue, mais elles ne vont, chez le dernier, que jusqu'à un pouce de son extrémité.

On rencontre cette espèce en France, en Pologne, en Angleterre et en Allemagne. Elle arrive dans les marais de la Picardie, au mois d'avril, niche à terre dans les roseaux et les buissons marécageux ; sa ponte est de deux à six œufs d'un blanc-bleuâtre. Elle se nourrit de reptiles et de poissons.

Chez le mâle, sous son plumage parfait, la tête, le cou, la gorge, la poitrine, les plumes scapulaires, les pennes intermédiaires et secondaires des ailes, leurs couvertures supérieures, une grande partie de celles du dessus de la queue et le dessus de ses pennes, sont d'un gris-bleuâtre, un peu sombre sur le manteau, mais plus clair sur les rémiges intermédiaires, la gorge, le devant du cou, la poitrine et les deux pennes du milieu de la queue; les quatre pennes suivantes ont à l'intérieur quatre ou cinq grandes taches noirâtres sur un fond gris; ce gris est remplacé sur les autres par du blanc; les taches noirâtres deviennent rousses sur les deux plus extérieures de chaque côté; le ventre et l'abdomen portent des marques d'un gris-bleuâtre et longitudinales sur un fond blanc; les jambes et les couvertures inférieures de la queue sont tachetées de roux sur un même fond; une bande transversale, composée de plusieurs taches noires, se fait remarquer sur le milieu des pennes intermédiaires de l'aile; toutes les primaires sont noires dessus et dessous; leurs couvertures inférieures, blanches et marquées de brun; le bec est noir; la cire verdâtre; l'iris d'un jaune brillant; le tarse d'un jaune-orangé. Longueur totale, seize pouces.

La femelle a toutes les parties supérieures et les ailes d'un roux un peu sombre, avec du blanc sur la nuque; et deux taches de cette couleur près des yeux, et séparées par un trait brun qui s'avance sur le *lorum*; les couvertures supérieures de la queue, blanches; les plumes de la gorge et de toutes les parties postérieures, rousses et tachetées longitudinalement de brun sur le milieu; les grandes pennes des ailes d'un cendré sombre, avec des bandes transversales et leur extrémité noirâtres; les plumes du pli de l'aile et de ses couvertures inférieures rousses, avec un peu de brun vers le bout; toutes les pennes latérales de la queue avec des taches transversales brunes et roussâtres; les deux intermédiaires tachetées de cendré et de brun. Longueur totale, dix-sept pouces et demi.

Le jeune a ses yeux entourés d'une grande tache d'un blanc roussâtre, laquelle remonte sur le front et couvre le haut des joues; la nuque blanche et variée de petites taches brunes; le dessus de la tête, du cou et du corps, le milieu des scapulaires, des petites et moyennes couvertures et ses pennes secondaires, de cette couleur; ces dernières entourées de roux; les grandes couvertures et les pennes primaires, noirâtres, et terminées de blanc avec une tache brune transversale vers la base; les plumes des couvertures supérieures de la queue, de cette même couleur, à l'exception des plus grandes.

Le Busard montagu, Circus montagu.

F. Oudart del.t   Lith. de G. Engelmann

qui sont blanchâtres, avec leur tige d'une teinte sombre; la gorge, toutes les parties postérieures, rousses, avec un trait longitudinal très-étroit sur le milieu de chaque plume; la queue brune en dessus, avec dix bandes transversales, alternativement de cette teinte et d'un blanc roussâtre sur toutes les latérales; la plus extérieure de chaque côté d'un roux rembruni, et blanchâtre à sa base; cette couleur s'obscurcit sur les autres, à mesure que les pennes approchent des deux intermédiaires; toutes sont terminées de blanc-roussâtre, et ont en dessous de larges bandes transversales de cette couleur et brunes.

6ᵉᵐᵉ DIVISION. BUSE, *Buteo,* Brisson. *Falco,* Linnée.

Bec presque droit et couvert d'une cire à sa base, arrondi en dessus, comprimé latéralement; mandibule supérieure, dilatée sur ses bords, crochue et accuminée à sa pointe; l'inférieure, plus courte, obtuse.

Narines un peu arrondies, ouvertes, poilues en arrière.

Lorums garnis de quelques poils divergens ou couverts de plumes serrées et en forme d'écailles.

Langue épaisse, charnue, échancrée.

Tarses courts, un peu épais, nus et réticulés ou vêtus.

Doigts extérieurs réunis à leur base par une membrane, l'interne totalement libre.

Ongles interne et postérieur égaux et les plus forts de tous; l'externe court et grêle.

Ailes longues, première rémige plus courte que la septième ou d'égale longueur; troisième, quatrième et cinquième les plus longues de toutes.

Queue composée de douze pennes.

La famille des buses est répandue sur toute la terre; comme tous ses congénères, elle fait la chasse aux petits quadrupèdes, oiseaux, reptiles et insectes; mais parmi elles, il en est qui sont plus courageuses et plus féroces que les autres, telles sont particulièrement celles dont les pieds sont couverts de plumes presque jusqu'aux doigts. Parmi les autres on en remarque qui n'ont ni énergie, ni courage, ni activité, et dont la physionomie et le

port indiquent une grossièreté stupide ; aussi leur nom est-il passé en pro-
verbe, pour désigner la sottise et l'ignorance, et l'on dit *qu'il n'est pas
possible de faire d'une buse un épervier*, pour exprimer qu'on ne saurait
faire d'un sot un habile homme. Ces buses ne chassent pas leur proie en la
poursuivant au vol ; trop lourdes, trop paresseuses pour attaquer de vive
force, elles demeurent immobiles plusieurs heures de suite, sur un arbre,
un buisson, une pierre, une motte de terre, attendant patiemment que
quelque gibier passe à leur portée pour se jeter sur lui et le dévorer. Telle
est principalement la *buse à poitrine barrée ;* mais il en est tout autrement
de la *buse changeante,* qu'on persiste à présenter comme un individu de
cette espèce, quoiqu'elle en soit une très-distincte par ses habitudes, son
naturel, et la variation de son plumage.

Ces oiseaux de proie nichent sur les arbres ou dans les grands buissons ;
leur ponte est de quatre œufs ; les petits naissent clairvoyants, prennent
eux-mêmes la nourriture que leur apportent le père et la mère. Cette division est composée de vingt-quatre espèces et de trois sections. Les espèces
de la première ont les *lorums garnis de poils divergens et les tarses emplumés ;* chez la seconde les *lorums sont couverts de plumes en forme
d'écailles,* et *les tarses à demi-emplumés ;* les espèces de la troisième ont les
lorums pareils à ceux de la première et les *tarses nus.*

LA BUSE NOIRE ET BLANCHE. *Buteo melanolencus.*

Pl. XIV.

*Corpore subtus albo ; supra, alisque nigris ; caudâ fasciis sex nigris et
albis.*

Buse noire et blanche, 2ᵉ *édit. du nouv. Dict. d'hist. nat.*, *t.* 4, *p.* 482.

Le dessus du corps et des ailes est noir ; la tête avec quelques taches
de cette couleur est d'un fond blanc ; toutes les parties inférieures d'un blanc
de neige ; la queue porte six bandes alternatives de ces deux couleurs ; le
bec est noir ; la cire, les paupières, les coins de la bouche et les doigts sont
jaunes. Longueur totale, dix-sept à dix-huit pouces. Cette espèce se trouve
à la Guiane.

La Buse noire et blanche, *Buteo melanoleucus*.

Oudart del.t   Lith. de G. Engelmann.

7ème DIVISION. MILAN, *Milvus. Falco*, Linnée.

Bec incliné dès sa base et garni d'une cire, anguleux en desssus, comprimé latéralement; mandibule supérieure à bord dilatés, crochue et aigue à sa pointe; l'inférieure droite, obtuse.

Narines elliptiques, obliques.

Langue charnue, épaisse, entière.

Tarses courts, nus et réticulés.

Doigts extérieurs réunis à leur base par une membrane; l'interne totalement libre.

Ongles médiocres, faibles, pointus.

Ailes longues; première et septième rémiges égales: quatrième la plus longue de toutes.

Queue étagée ou fourchue, à douze pennes. Cette division se compose de deux sections et de trois espèces, dont deux se trouvent en Europe et l'autre à la Nouvelle-Hollande. Les milans ont le vol facile, et peuvent s'élever à une très-grande hauteur; mais ils n'ont ni le courage ni la fierté des autres oiseaux de proie : ils choisissent leur proie parmi les animaux les plus petits ou les plus abjects; fuient lâchement devant des assaillans moins grands et plus faibles qu'eux; se perdent dans les nues pour échapper à leur poursuite, et, s'ils sont atteints, ils se laissent vaincre et ramener honteusement à terre sans chercher à se défendre. Ils nichent sur les arbres ou dans les rochers; leur ponte est composée de trois ou quatre œufs; les petits naissent couverts de duvet, et prennent eux-mêmes la nourriture que leur apportent le père et la mère.

A. *Queue étagée.*

LE MILAN A QUEUE ÉTAGÉE, *Milvus sphenurus*.

Pl. XV.

Plumis capitis collique elongatis, angustis, acutis, dilute fulvis, in medio longitudinaliter albo striatis ; corpore supra tectricibusque alarum superioribus albo, rufo, fuscoque variis ; caudâ cuneatâ.

Milan à queue fourchue, 2ᵉ *édit. du nouv. Dict. d'Hist. nat., tom.* 20, *pag.* 564.

On ne connaît que l'extérieur de cette espèce de la Nouvelle-Hollande. Elle a les plumes de la tête et de la nuque allongées, étroites, pointues, et d'un fauve très-clair avec du brun sur les bords de plusieurs, et des raies longitudinales blanches sur leur milieu; celles des parties inférieures larges, arrondies, et des mêmes couleurs; le dessus du corps, les plumes scapulaires, les couvertures supérieures des ailes, variées de blanc, de roux, et de brun; les pennes alaires noires; celles de la queue d'un gris roussâtre, plus clair à leur extrémité et marbrées en dessus, sur leur côté intérieur, d'une nuance plus foncée; le bec rougeâtre; les pieds jaunes. Longueur totale dix - neuf pouces environ.

8ᵉᵐᵉ DIVISION. ÉLANOIDE, *Elanoïdes. Falco*, Linnée.

Bec court, incliné et garni d'une cire à sa base, arrondi en dessus, comprimé latéralement; mandibule supérieure à bords presque droits, crochue et acuminée à sa pointe; l'inférieure plus courte, droite et obtuse.

Narines ovales, en partie couvertes de poils.

Langue charnue, échancrée.

Bouche très-fendue.

Tarses courts, nus et réticulés.

Doigts totalement séparés.

Ongles très-crochus et fort aigus.

Ailes longues; première et deuxième rémiges à peu près égales et les plus longues de toutes.

Queue plus ou moins fourchue, à douze pennes.

Des quatre espèces dont cette division se compose, deux se trouvent en Afrique et les deux autres dans l'Amérique. Les élanoïdes sont des oiseaux de haut vol qui fendent les airs avec la rapidité de l'hirondelle; ils se nourrissent d'oiseaux, de petits serpens et d'insectes. Leur nid et leurs œufs ne sont pas connus.

Le Milan à queue étagée, *Milvus sphenurus*.

L'ÉLANOIDE RIOCOUR, *Elanoïdes riocourii.*

Pl. XVI.

Corpore supra cinereo-subcærulescente; subtus niveo; rectricibus duabus extimis, longissimis, apice nigris.

Nous devons la connaissance de cet oiseau à M. le comte de Riocour, naturaliste très-judicieux et excellent observateur, qui l'a reçu du Sénégal. On ne le trouve qu'aux environs de Gorée, où il n'est que de passage, car les voyageurs ne l'y ont pas rencontré dans toutes les saisons. Comme chez les hirondelles, sa vie est presque toute aérienne : il s'élève sans efforts, glisse dans les airs avec la plus grande aisance, précipite sa course, la ralentit, et se tient stationnaire et immobile pour se plonger sur sa proie ; et si elle échappe à sa poursuite, il indique sa colère par des cris assez semblables à ceux de notre crinerelle, *cri, cri, cri* : bientôt après, plus heureux ou moins maladroit, s'il surprend un oiseau, il le plume et le déchire par lambeaux sur la place même, la faiblesse de ses serres ne lui permettant pas de le porter plus loin. Je dois ces détails à M. de Riocour, d'après les notes que lui ont fait passer ses amis du Sénégal.

Il a le dessus de la tête et du cou, le dos, le croupion, les plumes scapulaires, les pennes des ailes et le dessus des rectrices d'un joli cendré un peu bleuâtre, mais sombre sur le dos et le croupion, plus clair sur les rémiges, et passant au noir sur quelques plumes scapulaires ; l'extrémité de la plupart des pennes secondaires et des grandes couvertures supérieures des ailes, le côté interne des pennes caudales, à l'exception des deux intermédiaires, le bord et les côtés du front, le dessous des ailes et toutes les parties inférieures, d'un très-beau blanc de neige ; le tour de l'œil, d'un cendré noirâtre ; une grande tache noire sur le pli de l'aile ; la queue longue de huit pouces ; les deux plumes les plus éloignées du centre dépassent les plus proches d'elles de trois pouces et demi ; elles sont alors étroites et terminées par une petite tache noire, cette tache se fait aussi remarquer au bout des trois premières rémiges ; toutes portent une tige de cette couleur ; les pennes caudales vont en diminuant de longueur jusqu'aux deux intermédiaires, qui n'ont que trois

pouces et demi : bec noir; pieds orangés; ongles jaunes. Longueur totale,
dix-sept pouces. La femelle ou le jeune se distingue du mâle adulte, en ce
que les deux longues pennes de la queue ont moins de longueur, et qu'il n'y
a point de noir dans l'aile.

9ème DIVISION. ICTINIE, *Ictinia. Falco,* Linnée.

Bec court, droit et garni d'une cire à sa base, comprimé latéralement, à
dos étroit; mandibule supérieure à bords dilatés en forme de dent, crochue
et acuminée à sa pointe; l'inférieure plus courte, obtuse, échancrée vers le
bout. Pl. B, n.º 1.

Narines lunulées, obliques.

Langue charnue.

Tarses courts, grêles, nus et réticulés.

Doigts extérieurs réunis à leur base par une membrane; l'interne totalement libre.

Ongles courts, peu aigus.

Ailes longues; première-rémige plus courte que la sixième; troisième la
plus longue de toutes.

Queue à douze pennes.

Les deux espèces qui composent cette division se trouvent dans l'Amérique. Elles se tiennent le plus souvent dans les bois sur les arbres élevés,
volent à une très-grande hauteur, et restent long-temps stationnées dans les
airs, d'où elles s'élancent avec rapidité pour saisir les gros insectes, les
oiseaux et les serpens, leur nourriture de préférence.

L'ICTINIE OPHIOPHAGE, *Ictinia ophiophaga.*
Pl. XVII.

*Capite, collo, corporeque suprà albo cinereis; ante occulos arcuá nigrá;
scapulariis, dorso, tectricibus alarum minoribus saturate griseis; remigibus, uropygio, caudáque nigris.—(mas.)—Capite, gulá, palpebris, loris
rufescente cinereis (feminâ).*

Faucon ophiophage, 2e *édit. du nouv. Dict. d'Hist. nat.,* tom. 11,*page*
103. *(femelle)*

L'Élanoïde riocour, Elanoïdes riocourii.

Hart del.   Lith. de G. Engelmann.

1.º Ictinie ophiophage. *Ictinia ophiophaga*.

Oudart, d'après le dessin de M.ʳ Prêtre.   Lith. de G. Engelmann.

Mississip. Kite, *Wilson*, *American ornitology. Pl.* 25, *n°* 1. *(mâle.)*

On rencontre cette ictinie dans l'Amérique septentrionale, particulièrement sur les bords du Mississipi. Elle se tient fréquemment au haut des airs, où elle décrit des cercles, le plus souvent avec les gallinazes, dont elle a la manière de voler, au point qu'on la prendrait alors pour un individu de la même espèce, mais en miniature.

Chez le mâle la tête, le cou et les barbes extérieures des pennes secondaires sont d'un gris blanc; toutes les parties inférieures, d'un cendré blanchâtre; la cire, les pennes et un petit cercle en avant de l'œil, noirs; le dos, le croupion, les plumes scapulaires et les couvertures supérieures de l'aile, d'un cendré sombre; les pennes primaires d'une couleur basanée rougeâtre sur chaque côté de leur tige; leurs couvertures légèrement nuancées de cette teinte, les plus grandes en partie blanchâtres; tout le plumage supérieur, blanc à son origine; les scapulaires, tachetées de cette couleur, mais les taches ne sont visibles qu'en soulevant les plumes; la queue est d'un noir de jais; le bec de cette couleur; les pieds sont d'un rouge orangé.

La femelle a la tête, le cou et toutes les parties inférieures d'un gris-blanc, qui prend un ton roussâtre sur la tête, la gorge, les paupières et les *lorums*; cette dernière couleur entoure presque l'œil en entier; du reste elle ressemble au mâle.

10ᵉᵐᵉ DIVISION. FAUCON, *Falco*, Linnée.

Bec incliné et garni d'une cire à sa base, épais, un peu comprimé latéralement, arrondi en dessus; mandibule supérieure à bords dilatés, dentée, crochue et acuminée à son extrémité; l'inférieure plus courte, convexe en dessous, droite, obtuse et échancrée à sa pointe. Pl. B., n° 2.

Narines orbiculaires, tuberculées dans le milieu.

Langue charnue, canaliculée, échancrée à son bout.

Tarses nus, réticulés.

Doigt intermédiaire réuni à la base avec l'extérieur par une membrane, totalement séparé de l'interne.

Ongles presque égaux.

Ailes longues; deuxième rémige la plus longue de toutes.

Queue à douze pennes.

Linnée a réuni sous le nom générique de *falco* tous les oiseaux de proie diurnes, à l'exception des vautours; d'autres naturalistes n'ont appliqué cette dénomination qu'à un petit nombre, qui en effet ont des caractères particuliers et distincts de ceux de tous les autres; c'est pourquoi nous avons adopté leur manière de voir, et nous ne composons cette division que d'environ vingt-deux espèces.

LE FAUCON PIGMÉE, *Falco cærulescens.*

Pl. XVIII.

Dorso nigro cærulescente; temporibus lineâ albâ inclusis; corpore subtus pallide aurantio (mas) corpore suprà nigricante; subtus rufescente albo (femina).

Faucon du Bengale, *Brisson, Ornithologie, supplément tome 6, page 20, n° 38.*

Falco cærulescens *Linn., Gm., Syst. nat., édit.* 13 *n°* 9.

Little black and orange indian hawk, *edwards ois. pl.* 108.

Bengal falcon. *Latham, Synopsis, tome* 1, *page* 112, *n°* 97.

Quoique de la plus petite taille parmi les accipitres, ce faucon est doué d'un courage et d'une force qui le mettent en parallèle avec l'aigle; craint de tous les oiseaux, il ose attaquer ceux qui lui portent ombrage, et fait une guerre cruelle aux animaux qui lui servent de pâture. On le trouve dans les grandes Indes et particulièrement au Bengale.

Le dessus de la tête et du corps, les ailes et la queue sont d'un noir bleuâtre. Les sourcils et une bande bordée de noir en dessous et descendant de l'œil sur les côtés du cou, le front, la gorge et toutes les parties inférieures sont d'un blanc orangé; le dessous de l'aile est couvert de nombreuses taches de différentes formes et d'un roux jannâtre; des taches rondes et de la même teinte forment quatre bandes transversales sous les pennes caudales; l'iris, les paupières, la cire et les pieds sont jaunes; le bec est noir. Longueur totale, six pouces et demi. La femelle diffère du mâle par des couleurs plus ternes.

Le Faucon pygmée, *Falco cœrulescens*.

P. Oudart del.   Lith. de G. Engelmann

B. *Ailes courtes ou moyennes.*

I I^{ème} DIVISION. MACAGUA, *Herpetotheres. Falco,* Linnée.

Bec incliné et couvert d'une cire à sa base, très-fort, épais, très-comprimé latéralement; mandibule supérieure, crochue, acuminée à son extrémité; l'inférieure, plus courte, arrondie en dessous, obtuse et échancrée sur la pointe de manière à y recevoir le bout de la supérieure, pl. B., n° 3.

Narines orbiculaires, tuberculées dans le milieu.

Tarses courts, robustes, nus, réticulés.

Doigts courts, forts; latéraux égaux; l'intermédiaire réuni à la base avec l'extérieur par une membrane, et totalement séparé de l'interne.

Ailes moyennes; troisième, quatrième et cinquième rémiges les plus longues de toutes.

Queue à douze pennes.

Cette division est composée d'une espèce qui se trouve au Paraguay et à Cayenne. Elle habite les bois qui bordent les Savanes noyées, les marais, et se perche sur les branches sèches et élevées. Lorsque le *macagüa* est fort repu, on aperçoit son jabot saillant et nu comme celui du *caracara;* il fait la guerre aux serpens, les combat et les tue à coups d'ailes. Son nid et ses œufs ne sont pas connus.

LE MACAGUA RICANEUR, *Herpetotheres cachinnans.*

Pl. XIX.

Corpore fusco albidoque vario; annulo nigro verticem album cingenti; capite cristato; palpebris albis.

Macagüa, de *Azara apuntamientos para la Hist. nat. de los paxaros del Paraguay y Rio de la Plata,* tom. 1, pag. 81, n° 15.

Falco cachinnans, Linn., Gm., Syst. nat., édit. 13e, n° 18.

Le macagüa proprement dit, 2e *édit. du nouv. Dict. d'Hist. nat.,* tom. 18, pag. 317.

Laughing falcon. Lath. Synopsis, tom. 1, pag. 85, n° 71.

Cet oiseau, d'un naturel doux et même stupide, prononce son nom distinctement, soit en liberté, soit en esclavage. On lui donne l'épithète de *cachinnans*, parce que, dit Rolander, il jette des cris pareils à des éclats de rire, dès qu'il aperçoit un homme; ces cris, suivant M. de Azara, sont aigus, successifs, et précipités, surtout à la vue d'un objet qui l'offusque. Il est connu dans l'intérieur des terres de Cayenne sous le nom de *pagani*, dénomination qu'y portent la plupart des oiseaux de proie.

Une tache noire part de l'angle des mandibules, et occupe les côtés et le derrière de la tête qui, dans le reste, est couverte de plumes blanches, longues de dix-huit lignes, et susceptibles de se relever en forme de huppe, à la volonté de l'oiseau : cette couleur présente un collier sur le revers du cou, et règne sur toutes les parties inférieures; le reste du plumage est brun, avec quelques taches blanches, en forme de croissant, sur une partie des ailes et à l'extrémité de quelques-unes de leurs pennes; des bandes brunes et blanches, irrégulièrement placées et transversales, sont sur la queue. Des individus ont les plumes du dessus de la tête, du collier, de la gorge et de toutes les parties inférieures, d'un blanc jaunâtre; le dos, le croupion et le dessus des ailes, d'un brun uniforme; les pennes alaires noires à l'extérieur, avec des bandes transversales, brunes et d'un jaunâtre-sale; la queue traversée par du brun et du jaunâtre. Bec noir; paupières blanches; iris roux; cire et pieds jaunes. Longueur totale, dix-huit pouces.

12eme DIVISION. ASTURINE, *Asturina. Falco,* Linnée.

Bec très-robuste, presque droit, couvert d'une cire à sa base, comprimé latéralement, un peu allongé, convexe en dessus; mandibule supérieure à bords dilatés, très-crochue, très-aiguë; l'inférieure plus courte, droite, obtuse.

Narines lunulées.

Langue charnue.

Tarses, un peu grêles, nus, réticulés.

Doigts extérieurs réunis à leur base par une membrane; l'interne totalement libre.

Le Maragua ricaneur, Herpethotheres cachinnans.

L.r Oudart del.   Lith. de G. Engelmann

Ongles allongés, très-crochus, acuminés.

Ailes moyennes; première rémige courte; quatrième et cinquième les plus longues de toutes.

Queue à douze pennes.

Cette division ne contient que deux espèces qui se trouvent à Cayenne, et dont le genre de vie est peu connu; elles vivent d'oiseaux, et nichent sur les arbres. Leurs petits, comme ceux de leurs congénères, naissent clairvoyans, et prennent eux-mêmes la nourriture que leur présentent le père et la mère.

L'ASTURINE CENDRÉE, *Asturina cinerea.*

Pl. XX.

Cinerea; subtùs albo transversim lineata; remigibus primariis fasciis saturate cinereis et nigricantibus; rectricibus intùs albis, extùs cinereis fasciis duabus nigris (mas.) alis suprà cinereo nigroque transversim lineatis; subtùs lineis griseo-albis; caudâ fasciis sex latis, nigris et griseis (femina.)

L'asturine cendrée, *Vieillot,* 2e édit. *du nouv. Diction. d'hist. nat.,* tom. 3, *pag.* 41.

Le mâle porte un plumage gris-cendré; cette couleur est en dessous traversée par de fines lignes blanches; on remarque sur les ailes des bandelettes d'un cendré foncé et noirâtres; les couvertures inférieures de la queue sont blanches en dedans et à leur extrémité; les supérieures, terminées de blanc; les pennes, cendrées à l'extérieur, blanches à l'intérieur, à la pointe, avec deux larges bandes noires vers leur extrémité; le bec est bleuâtre en dessus, jaunâtre en dessous; la cire, bleue; les pieds, jaunes. Longueur totale quinze pouces.

La femelle, qui diffère du mâle par une taille plus longue de cinq pouces, a sur le dessus des pennes alaires de grandes taches en forme de raies, d'un gris foncé et noires; ces mêmes taches sont d'un gris blanc en dessous, et étroites sur les pennes secondaires, dont le dessous est gris et rayé transversalement de noirâtre; la queue est traversée par six larges bandes, dont trois noires et trois grises, et terminée de gris-blanc.

Quoique nous isolions cet oiseau, nous lui trouvons des rapports avec l'épervier mille raies, décrit dans la 2ᵉ *édition du nouv. Dict. d'hist. nat.* et dans Latham, sous le nom d'american brown hawk (*falco fuscus* de son index), et figuré dans Jean-François Miller, tab. 18. Cependant celui-ci est plus petit, n'ayant que la taille de notre épervier, et ne se rapproche particulièrement de l'asturine que par la quanttité de raies qu'on remarque sur son plumage.

13ᵉᵐᵉ DIVISION. SPIZAETE, *Spizaëtus. Falco*, Linnée.

Bec grand, presque droit et garni d'une cire à sa base, comprimé latéralement, convexe en dessus; mandibule supérieure à bords dilatés, crochue et acuminée à son extrémité; l'inférieure droite, plus courte et obtuse.

Narines elliptiques.

Langue charnue, épaisse, échancrée.

Tarses allongés, un peu grêles, nus et réticulés ou vêtus.

Doigts faibles, courts; les extérieurs unis à leur base par une membrane; l'interne totalement libre.

Ongle postérieur, le plus long et le plus fort de tous.

Ailes médiocres, première rémige plus courte que la huitième; quatrième et cinquième, les plus longues de toutes.

Queue à douze pennes.

Cette division est composée d'environ douze espèces qui peuvent se subdiviser en deux sections, attendu que les pieds sont totalement nus chez les uns et couverts de duvet chez les autres. Le plus grand nombre se trouve dans l'Amérique méridionale. On leur donne le nom d'*aigle*, d'après leur taille, mais elles diffèrent des véritables aigles, en ce qu'elles ont les ailes plus courtes que la queue, des tarses élevés et grêles, ce qui les rapproche des autours et des éperviers, et ce qui a donné lieu aux dénominations d'*aigles-autours* ou d'*éperviers-aigles*, que des auteurs leur ont imposées.

Les spizaètes se nourrissent d'oiseaux et de mammifères, nichent sur les arbres élevés et dans les rochers, nourrissent leurs petits dans le nid, en

— L'Asturine cendrée, Asturina cinerea.

leur présentant les alimens, que ceux-ci, nés clairvoyans, prennent eux-
mêmes dès leur naissance.

LE SPIZAETE HUPPÉ, *Spizaëtus ornatus.*

Pl. XXI.

*Cristatus; fuscus; subtùs rufo-albus; gulâ albidâ; femoribus albo ni-
groque fasciatis; pedibus lanatis.*

L'aigle moyen de la Guyane, *Mauduit, Encyclopédie méthodique,
pag.* 475. — *Sonnini, édit. de Buffon, tom.* 38, *pag.* 53.

Falco ornatus, *Lath. index Suppl. pag.* 7, *n°* 21.

Crested goshawk, *Lath. Synopsis,* 2ᵉ *suppl., pag.* 37, *n°* 38.

Esparvero Calzado, *de Azara, apuntamientos, para la hist. nat. de
los paxaros del Paraguay y Rio de la Plata, tom.* 1, *pag.* 70, *n°* 23.

Le plumage de ce spizaëte varie tellement depuis son premier âge jusqu'à sa vieillesse, qu'on ne peut en donner une description parfaite; cependant l'individu dont nous publions la figure nous paraît être sous la
livrée de l'oiseau adulte.

Il porte une huppe composée de cinq ou six plumes longues et pendantes
sur le cou dans l'état de repos; les plumes de la tête et des parties supérieures du corps sont d'un brun mêlé de quelques raies transversales fauves;
le dessus et les côtés du cou, de cette couleur; le devant, la gorge, et le
haut de la poitrine blancs; le ventre est semé de taches noires, les unes
rondes, les autres oblongues et disposées de façon qu'elles forment des
raies transversales, mais coupées par le fond blanc; les plumes des jambes
et des tarses sont blanches et rayées de noir; la queue est traversée par des
bandes noires et d'un brun lavé; le bec est d'un noir bleuâtre; l'iris, la cire et
les doigts sont jaunes; les ongles, noirs. Longueur totale, vingt-cinq pouces.

Des individus ont une huppe noire et blanche; les plumes de la tête de
ces couleurs; toutes les parties antérieures du corps d'un blanc plus ou
moins roussâtre et tacheté de noir. D'autres ont la huppe et le dessus de la
tête noirs; la gorge et le devant du cou, d'un beau blanc, enfermé entre deux
traits noirs et légèrement variés de blanc; ces traits prennent naissance aux

coins des mandibules, et descendent jusqu'aux épaules; le reste de la tête et du cou, d'un gris rougeâtre; les épaules, noires; la queue, traversée par des bandes noires et cendrées; les ailes, brunes en dessus, avec des bandelettes noirâtres et transversales. Plusieurs présentent encore d'autres différences, surtout dans le jeune âge. Cette espèce se trouve dans l'Amérique méridionale.

14ème DIVISION. ÉPERVIER, *Sparvius. Falco*, Linnée.

Bec incliné et garni d'une cire à sa base, convexe en dessus, comprimé latéralement; mandibule supérieure à bords dilatés, crochue et acuminée à sa pointe; l'inférieure plus courte, droite et obtuse à son extrémité.

Narines presque ovales.

Langue charnue, épaisse, échancrée à sa pointe.

Bouche très-fendue.

Tarses allongés, plus ou moins grêles, nus, réticulés.

Doigts longs; les extérieurs réunis à leur base par une membrane; l'interne totalement libre.

Ongles longs, très-arqués, très-aigus; l'interne et le postérieur, les plus grands de tous.

Ailes moyennes; première rémige courte; quatrième, la plus longue de toutes.

Queue à douze pennes.

Cette division est composée de trente-quatre espèces, sous les noms d'épervier et d'*autour*. On en rencontre dans toutes les parties du monde, faisant la chasse aux oiseaux et aux petits quadrupèdes.

L'ÉPERVIER NOIR, *Sparvius niger*.

Pl. XXII.

Niger; pennis colli superioris basi albis; caudâ albo maculatá; remigibus primariis albo-cinereis, nigro maculatis.

L'épervier noir, *Encyclopédie méthodique*.

Le plumage de cette jolie espèce est généralement d'un beau noir; les

Le Spizaète huppé. *Spizaëtus Ornatus*.

P. Oudart del.

Lith. de G. Engelmann.

plumes de la nuque et du dessus du cou sont blanches à leur base; et chaque penne de la queue porte en dessus trois taches de cette couleur un peu glacée de gris et quatre en dessous d'un blanc pur; ces taches, isolées sur les pennes, forment des bandes transversales, lorsque celles-ci sont étalées; la première de ces bandes se trouve vers leur origine sur le premier tiers de la queue, la seconde sur le deuxième et la troisième à quelque distance de son extérieur; les grandes rémiges sont d'un gris blanc avec quelques petites taches noires variées de cendré; les intermédiaires, pareilles à l'extérieur, et les secondaires, noires; le bec est noir; l'iris, jaune; la cire et les pieds, orangers. Longueur totale neuf pouces.

Cette espèce, qu'on rencontre au Sénégal, où elle est très-rare, nous a été communiquée par M. Vereau, marchand naturaliste.

4ème FAMILLE. ÆGOLIENS, *Ægolii*.

Pieds vêtus, rarement totalement nus.

Doigts velus ou glabres; l'externe versatile chez la plupart.

Ongles très-rétractifs, robustes, crochus, aigus.

Bec terminé en forme de croc, garni à sa base d'une cire molle, couverte par des plumes sétacées et couchées en avant.

Tête et cou parfaitement emplumés.

Yeux grands, gros, saillans; plumes de l'orbite disposées en rayons.

Oreilles très-grandes, couvertes d'une valve cutanée.

Jabot nul.

1ère DIVISION. CHOUETTE, *Strix*, Linnée.

Bec le plus souvent incliné dès son origine, garni d'une cire molle couverte par des plumes sétacées, épais, comprimé latéralement; mandibule supérieure à bords dilatés; crochue, aigue à sa pointe; l'inférieure droite, plus courte, obtuse, échancrée vers le bout.

Narines orbiculaires, ou ovales ou elliptiques, cachées sous les plumes.

Langue canaliculée, épaisse, charnue, obtuse, échancrée à sa pointe.

Bouche très-fendue.

Tête, *oreilles*, et *yeux* grands.

Tarses le plus souvent couverts de duvet.

Doigts extérieurs réunis à leur base par une membrane; l'interne totalement libre.

Rémiges première, deuxième et troisième ordinairement dentelées sur les bords.

Queue à douze pennes.

Cette division est composée d'environ soixante espèces, qui sont répandues dans les quatre parties du monde. Presque toutes sont nocturnes, cherchent leur nourriture, les unes pendant la nuit, les autres pendant les crépuscules, et un très-petit nombre pendant le jour. Tous font une guerre cruelle à ces petits animaux qui dévorent les graines et les végétaux. Comme chez la plupart les yeux sont offusqués par le grand éclat du jour, elles se tiennent cachées dans un trou d'arbre ou de muraille, dans les crevasses de rocher, et dans les vieux édifices, tant que le soleil est sur l'horizon. Les chouettes ne se réunissent jamais en troupes, et se tiennent rarement en familles; on les rencontre presque toujours seules ou seulement par paires composées du mâle et de la femelle. Celles qui habitent le Nord voyagent ordinairement à l'automne et c'est dans cette saison que les espèces qui se cachent dans les cavernes et les bois, s'approchent des habitations rurales, auxquelles elles rendent des services essentiels, en s'introduisant dans les greniers pour y détruire les rats et les souris, qu'elles saisissent avec autant d'adresse que les chats; cependant leur utilité semble toujours méconnue, tant est puissant le préjugé qui les fait prendre en horreur! Ces oiseaux nichent, les uns dans des fentes de rocher, de muraille et dans un arbre creux, les autres, mais en plus petit nombre, sur les poutres des édifices, à terre, dans des touffes d'herbes, et quelques-unes dans un trou qu'elles creusent elles-mêmes. La ponte est de deux à quatre œufs; les petits naissent couverts d'un duvet épais, y voient dès leur naissance, et prennent d'eux-mêmes les alimens que le père et la mère leur présentent entiers ou par lambeaux.

L'Épervier noir, *Sparvius niger*.

P. Oudart del.   Lith. de G. Engelmann.

A. *Point d'aigrettes sur la tête.*

LA CHOUETTE TENGMALM, *Strix tengmalmi.*

Pl. XXIII.

Corpore suprà fusco, albo vario; subtùs albo, fusco maculato; digitis hirsutis.

Petite chevêche d'Uptande, *Buffon, édit. de Sonnini, tom.* 40 *pag.* 183.

Chevéchette de Tengmalm, *Daudin, Ornith., tom.* 2, *pag.* 205.

Strix noctua, *Tengmalm, act. Stockholm* 1783., *trim.* 1.

Strix Tengmalmi *Gmelin systema naturæ édit.* 13, *n*° 44. *Latham. index n.*° 42.

Strix dasipus, Rauchfüfsiger Kauz, *wolf et meyer, taschenbuch der deutschen vogelkunde, pag.* 82.

Tengmalm's owl, *Latham, gen. synopsis,* 2ᵉ *suppl., p.*, 66.

Cette espèce qu'on rencontre dans le nord de l'Europe, en Allemagne et quelquefois dans les Vosges et en Lorraine, niche dans un trou d'arbre; sa ponte est de deux œufs blancs. Le mâle a la tête, le dessus du cou et du corps, les ailes et la queue d'un brun nuancé de noirâtre et moucheté de blanc, particulièrement sur les deux premières parties; cette dernière couleur est parsemée de taches brunes sur le dessous du corps; la collerette et les sourcils sont blancs; le tour de l'œil et les *lorums*, noirs; les tarses et les doigts sont couverts d'un duvet blanchâtre; le bec est jaune. La femelle est d'un brun grisâtre en dessus avec un plus grand nombre de taches blanches sur les parties supérieures.

B. *Tête ornée de deux aigrettes.*

LE HIBOU MOUCHETÉ, *Strix maculosa.*

Pl. XXIII *bis.*

Alba; capite, facie pectoreque transversim striatis; corpore suprà fusco maculoso.

Hibou moucheté, *Vieillot, 2ᵉ édit. du nouv. Dict. d'hist. nat., tom.* 7, *pag.* 44, pl. 5o des pl. coloriées, faisant suite aux pl. enl. de Buffon (mâle.)

Le naturaliste Péron a rapporté du cap de Bonne-Espérance deux ou trois individus de cette espèce qui ont vécu plusieurs années à la ménagerie du Muséum d'histoire naturelle.

Cette espèce a le menton, le bas-ventre, les couvertures inférieures de la queue et les plumes des tarses d'un beau blanc. Cette couleur règne aussi sur le reste du plumage; mais elle est parsemée de mouchetures brunes sur les parties supérieures du corps, rayée en travers sur la tête, la face, la gorge, la poitrine et le haut du ventre; l'extrémité de la collerette, le tour de l'œil, le bec et les ongles sont noirs; sept bandes alternativement brunes et blanches traversent la queue, les aigrettes sont de moyenne hauteur; longueur totale, seize pouces environ.

Cette description et la figure que nous publions doivent se rapporter à la femelle, dont le mâle diffère en ce qu'il n'a point de taches blanches sur les parties supérieures, à l'exception de la tête et des aigrettes, et en ce que ses couleurs sont plus foncées.

FIN DE LA PREMIÈRE PARTIE.

La Chouette Tengmalm, *Strix Tengmalmi*.

P. Oudart del.   Lith. de C.ᵉ Engelmann

Le Hibou moucheté, Strix maculosa.

P. Oudart del.   Lith. de G. Engelmann

ORDRE 2me. SYLVAINS, *Sylvicolæ. Picæ* et *Passeres,* Linnée.

Pieds courts ou moyens.

Jambes parfaitement emplumées, très rarement nues au-dessus du talon.

Doigts, 2-2, 3-1, très rarement 2-1; les extérieurs le plus souvent soudés, au moins à leur base; le postérieur articulé au bas du tarse sur le même plan que les antérieurs; cerclant le juchoir et portant à terre sur toute sa longueur, pl. AA, n°s 6 et 7.

Ongles grêles, courbés, pointus, rarement obtus.

Bec de diverses formes.

Parmi les oiseaux de cet ordre, les uns vivent d'insectes, d'autres de baies et de fruits, quelques uns sont carnivores et entomophages, et un grand nombre se nourrissent de graines, que les uns avalent entières, tandis que d'autres les dépouillent de leur péricarpe. Chez tous, les petits naissent aveugles, sont appâtés dans le nid et ne le quittent qu'en état de voltiger.

1ère TRIBU ZYGODACTYLES, *Zygodactyli.*

Deux Doigts devant, deux ou un seul derrière.

1ère FAMILLE. PSITTACINS, *Psittacini.*

Bec incliné dès sa base, et garni d'une membrane à son origine, crochu et aigu au bout de sa partie supérieure, entier ou crenelé sur la pointe de l'inférieure.

Tarses réticulés (pl. AA, n° 6); quatre doigts.

Ière DIVISION. ARA, *Macrocercus. Psittacus*, Linnée.

Bec très robuste, très comprimé par les côtés, convexe dessus et dessous; mandibule supérieure à bords très anguleux et garnie en dedans, vers le bout, d'un cran transversal; l'inférieure plus courte, retroussée, obtuse (pl. B., n° 6.)

Narines orbiculaires, ouvertes, situées dans la membrane.

Langue charnue, épaisse, entière, obtuse.

Tempes et *Joues* nues chez les uns; ces dernières seulement en partie couvertes de plumes chez les autres.

Tarses plus courts que le doigt externe antérieur.

Doigts antérieurs réunis à leur base.

Ailes à deuxième et troisième *rémiges*, les plus longues de toutes.

Queue très longue, étagée et composée de douze pennes.

Les Aras sont recherchés à cause de la richesse de leur plumage, sur lequel on voit éclater des reflets, de l'azur, de l'or et du pourpre; mais ils ont une voix extrêmement rude et croassante, et leur intelligence paroît moins vive que celle des Perroquets et des Perruches; cependant il faut en distinguer l'*Ara Hyacinthe*. On les trouve entre les tropiques, et seulement en Amérique; ils sont dociles, peu défiants et même lourds. Ils causent de grands dommages aux plantations de café et de cacao, sur lesquelles ils fondent en grand nombre. Les Aras ne volent point en troupes, se tiennent ordinairement par paires, et on en voit rarement sept ou huit ensemble; ils s'agitent et crient lorsqu'ils voient quelqu'un. Ils ne vont point à terre, d'où ils s'éléveroient difficilement, vu la grande longueur de leurs ailes et leurs pieds courts; s'ils veulent s'envoler, ils s'élèvent de dessus les arbres, et choisissent les plus hauts pour se percher. Leur vol est horizontal et médiocrement élevé. On trouve leur nid dans des arbres creux; leur ponte n'est que de deux œufs, dont le mâle partage l'incubation avec sa femelle. Les petits ne crient point pour exprimer leurs besoins, et ils l'annoncent en frappant de leur bec le tronc des arbres.

Cette division est composée d'environ dix espèces.

L'ARA HYACINTHE, *Macrocercus Hyacinthinus.*

Pl. XXIV.

Cyaneus; capite colloque dilutioribus; orbitis gulaque nudis, flavis.

Guacamayo Azul, *De Azara, apuntamientos Para la historia natural de los Paxaros del Paraguay y Rio de la Plata*, tom. 2, *pag.* 402, *n°* 273. Psittacus Hyachintinus, *Latham, Index.* Ara Hyacinthe, 2ᵉ *édit. du Nouveau Dict. d'Hist. nat.*, tom. 2, *page* 260. Ara Azuvert, *idem, pag.* 259.

M. De Azara a rencontré plusieurs paires de cette espéce entre le vingt-septième et le vingt-neuvième degré de latitude australe, et jamais plus au nord; cependant on lui a assuré qu'elle se trouve jusqu'au trente-troisième degré et demi. Elle niche non seulement dans les trous d'arbres, mais aussi, et même plus souvent dans ceux qu'elle creuse sur les bords perpendiculaires des rivières Parana et d'Urugay. Elle a les habitudes et le cri à très peu près pareils à ceux des autres; mais elle est susceptible d'une grande éducation. Un individu, que nous avons vu vivant à Paris, imitoit parfaitemeut la voix de l'homme, le cri des perroquets, et les divers bruits qu'il entendoit; il étoit très jovial, très caressant, et d'une très grande docilité.

Tout le plumage est bleu, mais plus foible sur la tête que par-tout ailleurs, changeant en vert de mer sur les parties supérieures, et d'une couleur d'acier-bruni sur les inférieures; les ailes et la queue, le bec et le tarse sont noirs; l'iris et le bord de la paupière, d'une nuance de fleur de romarin; la membrane du bec est d'un beau jaune, large de deux lignes à la base de la mandibule supérieure; elle diminue de longueur jusqu'à l'angle de la bouche, d'où s'étend une seconde membrane étroite qui embrasse la mandibule inférieure, et s'avance vers l'œil; les joues sont en très grande partie couvertes de plumes, ce qui distingue cet Ara de ses congénères. Longueur totale vingt-six pouces; La femelle est un peu plus petite que le mâle, et le jeune d'un bleu plus terne.

Cet Ara est en double emploi dans le nouveau Dictionnaire d'Histoire naturelle, comme on le voit dans la Synonymie.

2ᵉᵐᵉ DIVISION. KAKATOÈS, *Cacatua*, Brisson.
Psittacus, Linnée.

Bec très robuste, convexe dessus et dessous, comprimé latéralement; mandibule supérieure à bords très anguleux ou dentés; l'inférieure plus courte, émoussée, retroussée vers le bout, avec une profonde échancrure sur le milieu de son extrémité, dont chaque bord se termine souvent en pointe aiguë, pl. B., n° 7.

Narines orbiculaires, situées dans la membrane.

Langue épaisse, charnue, entière, obtuse.

Orbites glabres.

Joues nues ou emplumées.

Doigts antérieurs réunis à leur base.

Troisième Rémige, la plus longue de toutes; plusieures secondaires, presque aussi longues que les primaires chez plusieurs.

Queue égale ou seulement arrondie, composée de douze pennes.

La plupart des Kakatoës se distinguent des Aras et des Perroquets en ce qu'ils ont la tête ornée d'une huppe, composée de plumes longues, rangées sur deux lignes, se couchant et se redressant au gré de l'oiseau. On les trouve dans les parties les plus reculées de l'Inde, où ils fréquentent, dit-on, les marais; ils habitent principalement les îles Moluques, les Philippines, celles de la Sonde et de la mer Pacifique. Rien de plus amical et de plus familier que l'humeur de ceux qu'on nous apporte vivants; ils s'apprivoisent facilement, mais ils apprennent difficilement à parler. Ils semblent devenir volontairement les commensaux de l'homme, ils recherchent sa société, et posent leurs nids sur sa cabane rustique, et même dans les villes sur les toits des maisons. Remplis d'intelligence et de docilité, ils paroissent écouter la voix de leur maître, et chercher à pénétrer sa pensée; leur affection, leur douce amitié, leurs caresses font sentir ce que leur langue ne peut exprimer. Leurs mouvements sont pleins de grace et de douceur; ils aiment qu'on les caresse, et lorsqu'on leur passe la main sur le dos, ils s'accroupissent et battent

L'Ara Hyacinthe.
Macrocercus hyacinthinus.

les ailes de volupté. Le mâle et la femelle ont beaucoup de tendresse
l'un pour l'autre, ils se donnent des baisers en se prenant le bec et se dégorgeant réciproquement leurs aliments. Ils mangent volontiers de tout;
fruits, graines, œufs, pâtisserie, etc. Les noms de *Kakatoës*, *Cacatou*,
Cacacua, sont dérivés des cris des espéces à plumage blanc. On connoît
à présent environ dix espéces.

LE KAKATOÈS ROSE, *Cacatua Rosea*.

Pl. XXV.

Capite, collo, corporeque subtus roseis; supra, alis caudaque cinereis.
Kakatoës à tête rose, 2ᵉ édit. du nouv. Diction. d'Hist. nat., tome 17,
page 12.

Le pays qu'habite ce Kakatoës que l'on voit au Muséum d'Histoire
naturelle nous est inconnu, mais nous soupçonnons qu'il se trouve
dans l'Inde. La tête, le cou et tout le dessous du corps sont rose; le
dessus est d'un joli gris, plus foncé sur les ailes et sur la queue; le bec
est blanc chez l'individu mort, et les pieds sont bruns. Longueur totale,
douze pouces.

3ᵉᵐᵉ DIVISION. PERROQUET, *Psittacus*, Linnée.

Bec entier, robuste, comprimé par les côtés, à bords tranchants, convexe dessus et dessous; mandibule supérieure munie en dedans d'un
rebord intérieur et transversal, et à bords plus ou moins anguleux;
l'inférieure plus courte, obtuse, retroussée à son extrémité, quelquefois
échancrée vers le milieu (pl. B., n° 8.)

Narines glabres, orbiculaires, ouvertes, situées dans la membrane.

Langue charnue, épaisse, arrondie à sa pointe, entière ou terminée
en pinceau.

Joues nues ou emplumées.

Doigts antérieurs réunis à leur base (pl. AA., n° 6.)

Rémiges première, seconde et troisième à-peu-près égales, et les plus longues de toutes.

Queue courte, composée de douze rectrices presque égales.

Les oiseaux de ce genre se divisent en deux grandes classes, la première renferme les Perroquets proprement dits, les amazones, les crikes, les papegais et les loris à queue égale. La deuxième se compose des perruches dont les pennes de la queue sont longues, inégales ou étagées, et de celles à queue courte. Tous ont les deux mandibules mobiles, et se servent de leur bec pour monter, sans quoi ils ne peuvent grimper. Pour parvenir à une hauteur quelconque, ils saisissent avec leur bec une partie de la branche sur laquelle ils veulent s'élever, et y posent ensuite leurs pieds l'un après l'autre, et quand ils veulent descendre ils s'appuient sur l'extrémité de la mandibule supérieure. Tous, dans l'état sauvage, se nourrissent de baies et de fruits, après les avoir déchirés par lambeaux; ils joignent à ces nourritures des amandes, des graines et des pepins qu'ils dépouillent de leur péricarpe avant de les avaler.

Tout le monde sait que des Perroquets et des Perruches apprennent aisément à parler, imitent tous les bruits qu'ils entendent, le miaulement du chat, l'aboiement du chien, le cri des oiseaux, et qu'ils saisissent les inflexions de la parole, mais la nature a refusé cette faculté à un certain nombre.

Ces oiseaux vivent fort long-temps, et l'on porte la durée de leur existence à quarante ans; cependant il en est qui vont encore plus loin, car on cite un Perroquet, dans le nouveau Dictionnaire d'Histoire naturelle, qui vivoit encore à quatre-vingts ans.

On rencontre des Perroquets et des Perruches dans toutes les régions chaudes des deux continents, mais jamais sous les climats froids. Ils nichent sur les grosses branches, près du tronc, ou dans un trou d'arbre; leur ponte est ordinairement de deux œufs. Ils font remonter de leur jabot la nourriture destinée à leurs petits, et c'est en se la dégorgeant mutuellement que le mâle et la femelle se donnent des preuves de leur affection. On en connoît à présent environ cent soixante-douze espéces.

Le Kakatoès Rose.
Cacatua Rosea.

LE PERROQUET A PALETTE, *Psittacus discurus.*

Pl. XXVI.

Vertice nucaque dilute cæruleis; dorso viridi; collo, corporeque subtus flavo-viridibus; rectricibus intermediis disciforme terminatis.

Cette espéce, dont on voit un individu au Muséum d'Histoire naturelle, se trouve à Mindanao; elle a le dessus de la tête et la nuque d'un bleu-clair, les joues, la gorge, le cou en entier, et toutes les parties inférieures d'un vert-jaune; le dos, le croupion, les couvertures supérieures des ailes et de la queue d'un beau vert, les rémiges de cette couleur en dehors, noirâtres en dedans, noires et d'un blanc-bleuâtre en dessous; les rectrices intermédiaires vertes; les latérales bleues à l'extérieur, noirâtres à l'intérieur, et toutes d'un bleu-clair en dessous; les deux du milieu terminées par un filet long de deux pouces, et dont le bout présente une palette composée de plumes bleues; le bec est blanc, dans l'oiseau mort, les pieds sont bruns, longueur totale, neuf pouces et demi jusqu'à l'extrémité des filets, et de huit jusqu'au bout des latérales, qui sont d'égale longueur.

2ème FAMILLE. MACROGLOSSES, *Macroglossi.*

Langue très longue, lombriciforme.
Doigts au nombre de quatre ou seulement de trois.

Ière DIVISION. PIC, *Picus,* Linnée.

Bec garni à sa base de plumes sétacées, et dirigées en avant, robuste polyèdre, droit, et terminé en forme de coin; mandibule supérieure plus ou moins sillonnée en dessus, pl. B., n° 9.
Narines ovales, ouvertes, plus ou moins cachées sous les plumes du capistrum.

Langue susceptible de se lancer en avant, hors le bec, munie vers le bout d'épines recourbées en arrière, et terminée en pointe aiguë et cornée.

Tarses courts, annelés, pl. AA, n° 7.

Deux doigts devant, deux ou un seul en arrière, les antérieurs réunis à leur base, pl. AA., n°. 7; ou seulement trois doigts, deux devant, un derrière.

Ongles arqués, aigus.

Ailes à penne bâtarde courte; troisième et quatrième rémiges les plus longues de toutes.

Queue composée de dix ou douze rectrices concaves, à tiges roides, élastiques, très aiguës pour la plupart.

Presque tous les Pics se tiennent dans les bois, et se perchent rarement. Ils se cramponnent au tronc des arbres et les parcourent de bas en haut, et jamais de haut en bas, en tenant toujours le corps verticalement; ce n'est point en portant en avant un pied, ensuite l'autre qu'ils s'avancent, mais par petits sauts. Tous, ou du moins ceux dont on connoît le habitudes, nichent dans des trous d'arbres qu'ils percent eux-mêmes. Leur ponte est ordinairement de quatre ou cinq œufs; les petits sont appâtés dans le nid, et ne le quittent que couverts de plumes. On trouve des Pics dans toutes les parties du monde, et on en décrit à-peu-près quatre-vingts espèces, parmi lesquelles il s'en trouve dans les pays étrangers qui juchent assez souvent, et parcourent très rarement les arbres en y grimpant; d'autres qui cherchent leur nourriture à terre. Plusieurs joignent aux insectes, leur principal aliment, les baies et les fruits.

LE PIC A VENTRE ROUGE, *Picus rubriventris*.

Pl. XXVII.

Fronte mentoque flavis; capite, pectore ventreque rubris; mystacibus, alis et cauda nigris.

Carpentero vientre roxo. *De Azara, apuntamientos para la Hist. nat. de los passaros del Paraguay y Rio de la Plata, tom.* 2, *pag.* 316, *n°* 255.

Perroquet à palettes
Psittacus diophthalmus

N. Oudart del.   Imp. de C. Motte

·Pic à ventre rouge, 2ᵉ *édit. du nouv. Dict. d'Hist. nat., tom.* 26, *pag.* 1o3. Pic à front jaune, *idem pag.* 75.

M. De Azara a rencontré ce Pic au Paraguay où il se tient dans les bois, et M. Delalande, naturaliste attaché au Muséum d'Histoire naturelle, l'a rapporté du Brésil; il grimpe, mais il se perche quelquefois comme les autres oiseaux.

Une moustache noire va de la narine à la nuque, et entoure l'œil, dont les paupières sont nues et jaunes; le front et le haut de la gorge, d'un jaune qui tire à l'orangé; les plumes de la tête d'un rouge très vif, une bande blanche s'étend sur la nuque et le dos; elle est bordée du bleu turquin qui régne sur les scapulaires et les petites couvertures des ailes; le reste du dos et les couvertures supérieures de la queue sont d'un blanc lavé de jaune; une petite tache blanchâtre se fait remarquer derrière l'œil et se prolonge sur les côtés du cou; sa partie antérieure est d'un brun-jaunâtre; la poitrine et le ventre sont rouges; le bas-ventre porte des petits festons noirs et blancs; les grandes couvertures supérieures, les pennes des ailes et de la queue sont noires; le tarse est vert, et l'iris brun. Longueur totale sept pouces un quart.

Le savant naturaliste espagnol dit qu'il n'y a point de différence entre le mâle et la femelle; cependant nous avons sous les yeux un individu apporté du Brésil, qui nous paroît être celle-ci, ou un jeune. Il se distingue du précédent en ce qu'il a le sinciput, l'occiput et le dos noirs.

NOTA. Cet oiseau qu'on voit au Muséum d'Histoire naturelle y est étiqueté sous le nom de *Pic à front d'or*, avec la citation de d'Azara; cependant cette dénomination n'a été donnée à aucun Pic par cet auteur, et n'est pas non plus dans la traduction de son ouvrage par Sonnini, au contraire il y est désigné sous ceux que nous avons indiqués dans la Synonymie. Quant à l'épithéte latine, *coronatus*, qu'on lui a imposée d'après Illiger, nous ne l'avons point adoptée, parceque ce naturaliste n'en a fait mention dans aucun de ses ouvrages. Il est bien vrai qu'il l'a ainsi nommé dans le Muséum de Berlin; mais nous croyons que des dénominations qui n'ont pour soutien que des collections doivent être rejetées, sans quoi la nomenclature, déja trop embrouillée, le deviendroit au point de ne plus se reconnoître, d'après la multitude de noms purement arbitraires, que chacun a le droit d'imposer aux oiseaux de sa collection, mais que l'on doit écarter, dès qu'ils ne sont pas dans un ouvrage imprimé. Du moins telle est notre manière de voir.

2ème DIVISION. TORCOL, *Yunx*. Linnée.

Bec garni à sa base de petites plumes dirigées en avant, longicône, à dos arrondi, plus court que la tête, entier, acuminé. Pl. C., n° 10.

Narines déprimées, larges, un peu concaves.

Langue cylindrique, extensible, lombriciforme, à pointe cornée, aiguë et lisse.

Tarses annelés et nus.

Deux Doigts devant, réunis à leur base, deux derrière entièrement séparés.

Ailes à penne bâtarde, très courte ; les première et deuxième rémiges les plus longues de toutes.

Queue à douze rectrices flexibles, arrondies à leur pointe.

Cette division se compose de trois espèces, dont une se trouve en Europe, et les deux autres dans l'Amérique méridionale. La direction de leurs doigts et leur langue extensible les rapprochent des Pics ; mais elles en diffèrent en ce que leur bec est aigu et trop foible pour percer le tronc des arbres, même les plus gâtés, et en ce qu'elles ne se servent point de leur queue pour en faire un appui lorsqu'elles grimpent ; ce qu'elles font à l'aide de leurs ailes seules. On les voit quelquefois perchées sur les branches, sauter de l'une à l'autre, les saisissant fortement avec leurs doigts, et tenant souvent leur corps en travers. Elles nichent ordinairement dans les trous d'arbres.

LE TORCOL DE CAYENNE, *Yunx minutissima.* Gmelin.

Pl. XXVIII.

Vertice rubro (mas.) *nigro* (femina)*, corpore supra, rufo-cinereo, subtus albescente.*

Très petit Pic de Cayenne. *Buffon, Histoire naturelle des Oiseaux,* tom. 7, pag. 37, *pl. enl. n° 786, fig. 1.*

Pic à ventre rouge.

Picus Rubri ventris.

Yunx minutissima, *Gmelin, Syst. nat., édit.* 13, n° 2.
Picus minutus, *Latham, index*, n° 55.
Minute Woodpecker, *Latham, Synopsis, tome* 1, *page* 596, n° 48.

Ce Torcol, dont on ne connaît que l'extérieur, se trouve à la Guiane. Il a trois pouces et demi de longueur totale; le bec noir; le sommet de la tête rouge; ses côtés bruns et marqués de blanc, de même que l'occiput, sur un fond noir; le dessus du cou et du corps d'un roux grisâtre; les plumes des parties inférieures d'un gris blanc et bordées de brun; les pennes des ailes et de la queue, de cette couleur, de même que les pieds.

La femelle ne diffère du mâle qu'en ce que le sommet de sa tête est noir. Cette espèce diffère du Torcol d'Europe, quant aux caractères génériques, en ce que la deuxième penne de l'aile est courte, et que les troisième, quatrième et cinquième sont les plus longues de toutes; tandis que chez l'autre ce sont les deuxième et troisième.

3ème FAMILLE. AURÉOLES, *Aureoli.*

Pieds grêles et très-courts.
Doigts au nombre de quatre ou de trois, les antérieurs réunis jusque au-delà du milieu, pl. B B, n° 1.

1er DIVISION. JACAMAR, *Galbula. Alcedo,*
Linnée.

Bec long, un peu grêle, entier, tétragone, pointu, droit ou un peu incliné. Pl. C, n° 1.
Narines ovales, closes en arrière, ouvertes en devant.
Langue courte, cartilagineuse, pointue.
Bouche garnie de soies sur les côtés.
Tarses courts, en partie emplumés.

Ailes moyennes, à penne bâtarde, courte (1), première et sixième rémiges
à-peu-près égales, la troisième la plus longue de toutes.

Queue composée de douze rectrices, l'extérieure de chaque côté très-
petite.

Des sept espèces que renferme cette division, une habite les Grandes-
Indes; et les six autres se trouvent dans l'Amérique méridionale, où la
plupart se tiennent isolées dans les vastes forêts de la Guiane et du Brésil,
ordinairement sur les branches basses des arbres, et vivent d'insectes. On
ne connaît ni les jeunes, ni le nid, ni les œufs.

LE JACAMAR VERT A LONGUE QUEUE,

Galbula macroura.

Pl. XXIX.

*Corpore supra viridi-aureo; gulâ rufescente aut albâ; corpore subtus
rectricibusque totis lateralibus rufis.*

Latham a fait mention de cet oiseau, et l'a représenté comme une variété
du Jacamar vert: il est vrai qu'ils présentent de très-grands rapports dans
les couleurs et leur distribution; mais celui de cet article diffère de l'autre
par la longueur de sa queue, qui est parfaitement étagée. Nous connaissons plusieurs individus de cette race, qui sont au Muséum d'Histoire
naturelle et dans la collection de M. Baillon. Ils ont été apportés de l'île
de la Trinité.

La tête, le dessus du cou, le dos, les couvertures supérieures de la
queue, celles des ailes et leurs pennes secondaires, sont d'un beau vert-
doré à reflets, plus prononcé sur le croupion et les couvertures supérieures
de la queue; la poitrine présente les mêmes couleurs; la gorge et le devant

(1) Cette penne est implantée à l'extrémité de la phalange du long doigt, et immédiatement au-dessous de la première rémige, dont elle a la roideur et la texture; et elle
reste toujours dans son état de repos, lorsque l'aile se déploie en éventail.

Le Torcol de Cayenne, Yunx Minutissima.

P. Oudart f.t   Lith: de G. Engelmann.

du cou sont roussâtres ou blancs; le ventre, les parties postérieures et toutes les pennes latérales de la queue, d'un roux foncé; ses deux intermédiaires, pareilles au dos; les grandes pennes alaires, brunes; le bec est noir, et le tarse jaunâtre. Longueur totale, dix pouces.

4ème FAMILLE. PTEROGLOSSES, *Pteroglossi.*

Bec grand, cellulaire.

Langue en forme de plume.

Doigts au nombre de quatre; les antérieurs réunis jusque au-delà du milieu.

Ière DIVISION. TOUCAN, *Ramphastos*, Linnée.

Bec plus, ou moins épais que la tête à sa base, long, gros, convexe en-dessus, crènelé sur les bords; mandibules courbées en en-bas, vers le bout. Pl. C., n° 2.

Narines orbiculaires, situées près du front.

Langue médiocre, étroite, cartilagineuse, barbue sur les bords.

Tarses nus, annelés.

Ailes courtes, un peu concaves, à penne bâtarde courte; troisième et quatrième rémiges les plus longues de toutes.

Queue à dix rectrices.

Cette division se compose de treize espèces bien connues et de deux sections, dont la première renferme les Toucans proprement dits, et la deuxième ceux qu'on appelle *Aracaris.* Ceux-ci diffèrent des précédents, en ce qu'ils ont le bec moins long et moins gros, plus dur et plus solide; la queue plus longue à proportion et sensiblement étagée. Chez les autres, au contraire, le bec est très-grand et d'une substance mince et légère; les pennes de la queue sont à-peu-près égales entre elles. Tous ces oiseaux n'habitent que dans l'Amérique méridionale, vont ordinairement par petites troupes de six à dix, ont le vol lourd et d'une pénible exécution : ils s'élèvent cependant à la cime des plus grands arbres, où ils aiment à se percher, et se tenir toujours dans une agitation continuelle. Ils sont très-attentifs à ce qui se passe autour d'eux, n'avancent qu'avec défiance, et ce n'est que rarement qu'ils se posent à terre. Ils sautillent obliquement, d'assez mauvaise grace, et les jambes ouvertes presque d'un palme.

Les Toucans se nourrissent de fruits, et joignent quelquefois à cet aliment les œufs et les petits d'oiseaux qu'ils dénichent, après avoir chassé les père et mère; mais, hors l'époque des couvées, ils mangent des fruits, des insectes et des bourgeons : quand ils veulent avaler les petits oiseaux pris dans le nid, des morceaux de viande ou un fruit, ils les lancent en l'air, et par un léger mouvement du bec ils les font sauter, jusqu'à ce que les morceaux se présentent convenablement pour être avalés : alors, par un autre mouvement, ils les font entrer dans leur large gosier; mais si le morceau est plus gros que son ouverture, ils l'abandonnent sans chercher à le diviser.

Ils font leur nid dans des trous d'arbres, et leur ponte n'est que de deux œufs.

Selon les anciens voyageurs, le nom de *Toucan* signifie *plume* au Brésil; selon d'autres, il vient du cri de ces oiseaux, *Toucaraca*. On les appelle à Surinam *Bonarabeck* ou *Rojocaï*, soit qu'il y ait quelque ressemblance entre leur bec et la banane, soit parce qu'ils ont coutume de s'en nourrir, soit enfin pour ces deux causes réunies.

LE TOUCAN-ARACARI GRIGRI, *Ramphastos Aracari*, Linnée.

Pl. XXX.

Viridis; fasciâ abdominali, dorso uropygioque rubris; abdomine flavo.
Grigri, *Buffon, Hist. nat. des Ois.*, tome 7, page 126, *pl. enl.*, n° 166, *sous le nom de Toucan vert du Brésil.*
Ramphastos aracari, *Linn.*, *Gm.*, *Syst. nat.*, édit. 13, n° 3. *Latham, index*, n° 11.

Pl. 29.

Le Jacamar vert, à longue Queue. — *Galbula Macroura*.

P. Oudart del.

Lith. de G. Engelmann

Aracari, *Lath.*, *G^{al} synopsis, tome* 1, *page* 332, *n*° 10.

On rencontre ce *Toucan* au Brésil, de même qu'à la Guiane, où il est connu sous le nom de *Grigri*, d'après son cri aigu et bref. Il a seize pouces huit lignes de longueur totale; la tête, la gorge et le cou noirs; une petite tache marron sur les oreilles; le haut du dos, les plumes scapulaires et les couvertures des ailes, d'un vert obscur; le croupion et les couvertures supérieures de la queue, d'un rouge vif; le dessous du corps d'un jaune de soufre, mêlé d'un peu de rouge au haut de la poitrine, avec une bande transversale de la même teinte. Il y a encore entre cette bande et le ventre un faible mélange de rouge et de fauve, ainsi que sur les plumes des jambes et celles qui recouvrent la queue en-dessous, dont le fond est d'un jaune olivâtre; les ailes et la queue sont d'un vert obscur à leur extérieur; l'iris est jaune; le tour des yeux, glabre et jaunâtre; la prunelle noire; une ligne blanche entoure le bec, dont la partie supérieure est de cette couleur, avec une bande noirâtre et longitudinale; les pieds sont d'un vert noirâtre. Les couleurs du bec varient selon l'âge de l'oiseau, et sans aucun ordre constant dans chaque individu.

5ème FAMILLE. BARBUS, *Barbati.*

Bec garni de soies à sa base.
Doigt interne ou externe dirigé en arrière (1).

A *Doigt interne tourné en arrière.* Pl. B B, n° 2.

1ère DIVISION. COUROUCOU. *Trogon*, Linnée.

Bec plus court que la tête, garni à sa base de soies dirigées en avant,

(1) Ce caractère, qu'on ne trouve que chez les Couroucous, a échappé jusqu'à présent à tous les ornithologistes; car aucun, que je sache, n'en a fait mention, et ce n'est que depuis peu que j'en ai connaissance. Il résulte de la disposition des doigts de ces oiseaux que chez eux c'est l'interne des deux antérieurs, qui est le plus long; tandis que chez tous les autres zygodactyles, c'est l'extérieur de ces doigts.

plus large que haut, presque toujours dentelé sur les bords, crochu à sa pointe. Pl. C, n° 3.

Narines orbiculaires, situées près du *capistrum* et cachées sous les soies.

Langue courte, triangulaire, pointue.

Bouche ample.

Cou court.

Tarses en partie couverts de plumes, et plus courts que le doigt le plus long.

Doigts antérieurs réunis jusqu'au milieu. Pl. B B, n° 2.

Ailes moyennes, à penne bâtarde courte; les troisième et quatrième rémiges les plus longues de toutes.

Queue composée de douze rectrices.

Cette division renferme dix-sept espèces, qui se trouvent en Afrique, dans les Grandes-Indes et dans l'Amérique méridionale. Elles sont placées aux premiers rangs par la richesse de leur plumage, sur lequel on retrouve les belles et brillantes couleurs qui distinguent les Colibris, les Oiseaux-Mouches, et les Soui-Mangas : mais si leur habit, paré des teintes les plus éclatantes, les élève à ces rangs, elles n'ont pas un physique avantageux; car leurs pieds sont courts, et nullement proportionnés à leur taille et à leur grosseur; de plus leur queue longue et large leur donne un port lourd et sans aucun agrément.

Les Couroucous sont solitaires et très-jaloux de leur liberté, ne fréquentent jamais les lieux habités ou découverts, font au contraire leurs délices du silence des déserts, et fuient même la société de leurs semblables. L'intérieur des forêts les plus sombres est le lieu où ils passent leur vie. Perchés sur le milieu des arbres, rarement à leur cime, et sur les branches basses, ils guettent les insectes qui passent à leur portée et les saisissent avec adresse. On les entend rarement crier, si ce n'est dans le temps des amours; leur voix est forte, sonore, monotone, mélancolique, et semble prononcer les mots *couroucouis* ou *couroucouais*, dont on a tiré leur nom au Brésil et à la Guiane. Les espèces dont on connaît le genre de vie, nichent dans des trous d'arbres vermoulus, qu'ils élargissent avec leur bec, de manière qu'ils puissent s'y retourner en tous sens. La ponte est de deux à quatre

œufs; les petits naissent tout nus, mais leurs plumes pointent deux ou trois jours après leur naissance.

Ces oiseaux habitent dans la zone torride, en Afrique, dans les Grandes-Indes et en Amérique.

LE COUROUCOU ORANGA, *Trogon Atricollis*.

Pl. XXXI.

Fronte, genis, gulâque nigris; collo, dorso, uropygio et rectricibus duabus intermediis viridi-aureis; ventre aurato-flavo; remigibus nigris, albo intus marginatis.

Couroucou oranga, *Levaillant, Hist. nat. des Couroucous, pl.* 8. — *Vieillot,* 2ᵉ *édit. du nouv. Dict. d'hist. nat., tome* 8, *page* 318.

Le mâle de cette espèce, qu'on rencontre à la Guiane et au Brésil, a le front, les côtés de la tête et la gorge, noirs; le dessus de la tête et du cou, le dos, le croupion, les deux pennes intermédiaires de la queue et le bord extérieur des trois suivantes de chaque côté, d'un beau vert-doré; celles-ci noires en-dedans; les deux latérales les plus éloignées du centre rayées transversalement de blanc et de noir en-dehors; les pennes des ailes, de la dernière couleur, et frangées de blanc à l'intérieur; leurs couvertures supérieures, variées de petits zigzags noirs et gris; le devant du cou, d'un vert doré à reflets; la poitrine et les parties postérieures, d'une très-belle couleur aurore; le bec jaune; les pieds bruns. Longueur totale, neuf pouces environ. On soupçonne que la femelle diffère du mâle principalement en ce qu'elle est blanche où celui-ci est aurore, et que, dans le reste, ses couleurs sont moins brillantes. Le jeune est d'un brun roussâtre sur toutes les parties supérieures, sur la queue, le devant du cou, la poitrine, les flancs et les ailes; d'un blanc fauve sur le ventre et l'abdomen; brun sur le bec et les pieds.

B. *Doigt extérieur dirigé en arrière.*

2.ème DIVISION. BARBICAN, *Pogonia.* Bucco, Linnée, Gmelin.

Bec garni à sa base., sur les côtés et en-dessous, de longues soies dirigées en avant ; comprimé latéralement, robuste, épais : mandibule supérieure à dos caréné, avec deux dents obtuses sur chaque bord, cannelée longitudinalement, fléchie en arc, pointue; l'inférieure droite, sillonnée transversalement en-dessous, arrondie à sa pointe. Pl C, n° 4.

Narines très-petites, orbiculaires, situées près du *capistrum.*

Langue épaisse, entière.

Orbites nues.

Tarses annelés et nus.

Deux doigts devant réunis à leur base; deux derrière, totalement séparés.

Ailes à penne bâtarde; première rémige courte; deuxième, troisième et quatrième les plus longues de toutes.

Queue à dix rectrices.

Cette division n'est composée que d'une seule espèce.

LE BARBICAN DE BARBARIE, *Pogonia erythromelas.*

Pl. XXXII.

Corpore supra, pectoris parte anteriori, remigibus rectricibusque nigris ; dorsi medio et hypochondriis albis ; gutture, ventrisque medio rubris.

Barbican, *Buffon,* tome 7, page 132, *pl. enl. n°* 602.

Bucco dubius, *Linnée; Gmelin, Systema naturæ, édit.* 13, *n°* 16; *Latham, Index, n°* 16.

Doubtful barbet, *Latham, Synopsis,* tome 1, page 506, *n°* 16.

Le Couroucou Oranga, Trogon Otricollis.

Cet oiseau, dont on ne connaît que l'extérieur, se trouve en Afrique, où il est assez rare. Nous soupçonnons, d'après sa physionomie, que ses mœurs et ses habitudes présentent de grands rapports avec celles des barbus.

Le dessus de la tête, du cou et du corps, les ailes, la queue, le haut de la poitrine et les flancs, sont d'un noir à reflets violets; une grande tache blanche se fait remarquer sur le milieu du dos; les côtés du haut du ventre sont de cette couleur, avec une légère teinte de jaune sur quelques plumes; les joues, la gorge et le devant du cou, d'un rouge foncé; le reste de la poitrine, le milieu et le bas du ventre, d'un rouge plus clair; le bec est couleur de corne; les pieds sont couleur de chair; et les yeux entourés d'une peau nue d'un rougeâtre clair. Longueur totale, neuf pouces.

3ᵉᵐᵉ DIVISION. BARBU. *Bucco,* Linnée.

Bec lisse, garni à sa base de soies dirigées en avant; comprimé latéralement, médiocre, épais, convexe en dessus : mandibule supérieure dentée vers le milieu et crochue à sa pointe chez les uns; édentée, crochue et crénelée sur le bout chez les autres.

Narines orbiculaires, couvertes par les soies.

Bouche fendue jusqu'au-dessous de l'œil.

Tarses nus, annelés.

Deux doigts devant réunis à leur base; deux derrière totalement séparés.

Ailes moyennes, à penne bâtarde très-courte; troisième, quatrième et cinquième rémiges les plus longues de toutes.

Queue à dix rectrices.

Cette division est composée de deux sections et d'environ huit espèces.

La contenance des barbus est triste, sombre et sérieuse; leur figure est massive, leur ensemble assez mal fait. Ils se tiennent dans les lieux couverts, jamais dans les plaines; ne vont ni par troupes, ni par paires. Leur vol est pesant et court; ils ne se posent que sur les branches basses, et ont beaucoup de peine à se mettre en mouvement; une fois posés, c'est pour long-temps, aussi les approche-t-on facilement. Ils se nourrissent de fruits, de scarabées et d'autres gros insectes. On trouve leur nid dans un arbre creux, et leur ponte est de deux à quatre œufs.

* *Mandibule supérieure munie d'une ou de deux dents sur chaque bord.*
Pl. C, n° 5.

LE BARBU A GORGE NOIRE. *Bucco* Niger.

Pl. XXXIII.

Niger; subtus albus; striâ supra oculari flavâ, utrinque ad collum productâ; torque albo.

Barbu de l'île de Luçon, *Sonnerat, Voyage, pag.* 68, *pl.* 34.

Barbu à gorge noire, *Buffon, Hist. nat. des Ois., tom.* 7, *pag.* 103.

Pogonius stephensii, *Leach, misc., pl.* 116.

Bucco niger, var B., *Linn., Gm., Syst. nat., édit.* 13, n° 8.

Black-throated barbet, *Lath., Synopsis, tom.* 1, *pag.* 501, *n°* 8.

Chez cette espèce, que l'on trouve aux Grandes-Indes et en Afrique, le front est rouge; le reste de la tête, la gorge, le cou et le milieu du dos sont noirs; on remarque, au-dessus de l'œil, une raie jaune, d'abord demi-circulaire, ensuite droite et blanche; une seconde, verticale et noire, s'étend entre la précédente et la gorge; et une troisième, blanche et longitudinale, se termine sur la poitrine, qui est de la même couleur, ainsi que les parties postérieures; une tache jaune se trouve entre le cou et le dos; les couvertures supérieures, les pennes des ailes et celles de la queue sont noires; parmi les premières, quelques-unes ont leurs bords blancs, tandis que les autres sont frangées de jaune; les rémiges et les rectrices portent à leur extérieur une bordure pareille; le bec et les pieds sont noirs.

Barbican de Barbarie, *Pogonia Erythromela*.

P. Oudart del.   Lith. de G. Engelmann

Barbu à gorge noire, *Bucco niger*.

P. Oudart del.   Lith. de G. Engelmann.

** *Mandibule supérieure crénelée sur sa pointe.* Pl. C, n° 6.

LE BARBU TAMATIA, *Bucco tamatia.*

Pl. XXXIV.

Rufo-fuscus; subtus rufo-albus, nigro maculatus; gulâ fulvâ; collo lunulâ rufo nigroque variâ; pone oculos maculâ nigrâ.

Tamatia, *Buffon, Hist. nat. des Ois.*, tom. 7, *pag.* 94.

Barbu à ventre tacheté, de Cayenne, *idem, pl. enl.*, n° 746, *fig.* 1.

Bucco tamatia, *Linn., Gm., Syst. nat.*, édit. 13.—*Latham, index, n°* 1.

Spotted-bellied barbet, *Latham, Synopsis, tom.* 2, *pag.* 494, *n°* 1.

Comme tous ses congénères, ce barbu de la Guyanne se tient dans les endroits les plus solitaires des forêts, et reste toujours éloigné des habitations; il recherche de préférence, pour se poser, les branches les plus garnies de petits rameaux et de feuilles, y reste long-temps et prend un air grave, en retirant entre ses épaules sa grosse tête, qui paraît alors couvrir tout le devant du corps.

Il a le front et le dessus de la tête roussâtres; un demi-collier varié de noir et de roux sur le cou; une tache noire derrière les yeux; la gorge d'un roux orangé, le dessus du corps tacheté de noir sur un fond blanc roussâtre; le dessus, d'un brun nuancé de roux; le bec et les pieds noirs. Longueur totale, six pouces et demi.

4ᵉᵐᵉ DIVISION. CABÉSON, *Capito. Bucco,* Linnée.

Bec entier, garni à sa base de soies divergentes, comprimé latéralement, conico-convexe, épais; mandibule supérieure inclinée à sa pointe. Pl. C, n° 7.

Narines rondes, ouvertes, glabres.

Bouche fendue jusque sous les yeux.

Tarses nus, annelés.

Deux doïgts devant réunis à leur base; deux derrière totalement séparés.

Ailes moyennes à penne bâtarde, très-courte; troisième, quatrième et cinquième rémiges les plus longues de toutes.

Queue à dix rectrices.

Cette division se compose de huit espèces dont les mœurs et les habitudes sont pareilles à celle des barbus.

LE CABÉSON A GORGE BLEUE. *Capito Cyanocollis.*

Pl. XXXV.

Capite rubro nigroque striato; gulâ et collo anteriore cyaneis; occipite corporeque supra viridibus, subtus dilute viridi; pectore rubro maculato *(mas.) pectoris maculis rubris nullis (femina.)*

Barbu à gorge bleue, *Levaillant, Hist. des Barbus, pl.* 21.

Cabéson à gorge bleue, 2e *édit. du nouv. Dict. d'hist. nat., tom.* 4, *page* 498.

Le mâle de cette espèce, que l'on trouve en Afrique et dans les Grandes-Indes, a deux bandes sur la tête, l'une rouge et l'autre noire; les joues, la gorge et le devant du cou, d'un bleu de ciel; deux taches rouge sur la poitrine; l'occiput, le dessus du cou et du corps, et une partie des ailes, d'un vert brillant; les rémiges primaires, brunes; le dessous du corps, d'un vert clair; le bec brun en dessus, blanchâtre en dessous, les pieds couleur de plomb.

La femelle est un peu plus petite que le mâle, et en diffère en ce qu'elle n'a point de taches rouges sur la poitrine, et en ce que la couleur bleue est moins étendue sur le devant du cou.

5ème DIVISION. MONASE, *Monasa. Cuculus,* Linnée.

Bec lisse, alongé, garni à sa base de soies dirigées en avant, conique, un peu comprimé latéralement, entier; les deux mandibules courbées en en bas et pointues. Pl. C, n° 8.

Narines orbiculaires, ouvertes, et en partie cachées sous les soies.

Bouche fendue jusqu'aux yeux.

Barbu Tamatia, Bucco Tamatia.

P. Oudart del.   Lith. de G. Engelmann.

Cabézon à gorge bleue, Capito Cyanocollis.

V. Oudart del. Lith. de G. Engelmann.

Tarses nus, annelés.

Deux doigts devant réunis à leur base; deux derrière totalement séparés.

Ailes moyennes, à penne bâtarde courte; deuxième et troisième rémiges les plus longes de toutes.

Queue à dix rectrices.

Cette division se compose de trois espèces qui habitent l'Amérique méridionale. Les monases ont été distraits du genre des Coucous, par M. Levaillant, qui les appelle *Barbacou*, d'après leur rapport avec ceux-ci et les barbus, rapports saisis d'abord par Buffon, lorsqu'il dit que ces oiseaux paraissent faire la nuance entre les coucous et les barbus; en effet ils participent des uns et des autres en ce qu'ils ont, comme les premiers, le bec lisse et un peu arqué, et qu'il est garni de soies à sa base, comme chez les derniers; ils se rapprochent encore de ceux-ci par leurs mœurs tranquilles et par leur affection pour la solitude, dont on a tiré leur dénomination générique. Ils vivent d'insectes, et nichent dans un trou d'arbre ou en terre. Leur ponte est de quatre œufs.

LE MONASE A FACE BLANCHE, *Monasa personata.*

Pl. XXXVI.

Nigricans ; fronte, loris, gula albis.

L'espèce inédite dont nous donnons ici la description, se trouve au Brésil et à l'île de la Trinité. Tout son plumage est d'un noir ardoisé, plus foncé sur les parties supérieures que sur les inférieures; il faut cependant excepter le front, les *lorums* et le haut de la gorge, qui sont blancs; les plumes du menton sont susceptibles de se relever, et forment alors une sorte de barbe hérissée. Le bec est rouge; les pieds sont bruns. Longueur totale, dix pouces.

6ème DIVISION. MALKOHA, *Phœnicophaus. Cuculus,* Linnée.

Bec plus long que la tête, garni à sa base de soies divergentes, épais, entier, arrondi, lisse, aminci brusquement et arqué vers le bout. Pl. C, n° 9.

Narines orbiculaires, latérales, situées à la base du bec.

Orbites mamelonnées.

Tarses nus, annelés.

Deux doigts devant réunis à leur base; deux derrière totalement séparés.

Ailes à penne bâtarde courte; troisième et quatrième rémiges les plus longues de toutes.

Queue à dix rectrices.

Les deux espèces que renferme cette division se trouvent aux Grandes-Indes; elles se nourrissent de fruit; c'est à quoi se borne ce que l'on sait de leur genre de vie.

LE MALKOHA A TÊTE ROUGE, *Phœnicophaus pyrrhocephalus.*

Niger, subtus albus; vertice generumque parte coccineis, circulo albo cinctis; caudæ aspice albo.

Malkoa proprement dit, 2ᵉ *édit. du nouveau Dict. d'hist. nat., som.* 18, *pag.* 46.

Cuculus pyrrhocephalus, *Linn., Gm., Syst. nat. édit.* 13, *n°* 40; *Latham, index, n°* 47.

Redheaded cuckow, *Latham, Synopsis, tom.* 1, *pag.* 544, *n°* 44; *Index Zoology, pl.* 6.

Cet oiseau, qui est connu à Ceylan sous le nom de *Malkoha*, a le bec d'un jaune verdâtre; le sommet de la tête et une partie des joues, d'un rouge éclatant, entouré d'une bande blanche : l'occiput et le dessus du cou, d'un vert noirâtre tacheté de blanc; le devant du cou, le dos, les ailes et la queue, d'un noir nuancé d'un peu de vert; les pennes caudales, terminées de blanc; la poitrine et le ventre, de cette couleur; les pieds, d'un bleu pâle. Longueur totale, 15 pouces.

Le Monase à face blanche, *Monasa Personata*.

P. Oudart del.   lith: de G. Engelmann

Pl. 37.

Malkoha à tête rouge, Phœnicophaus Pyrrhocephalus.

...dart del.
Lith de G. Engelmann.

6ème FAMILLE. IMBERBES, *Imberbi*.

Bec sans soies à sa base, arqué ou seulement crochu à sa pointe.

1ère DIVISION. TACCO, *Saurothera. Cuculus.* Linnée.

Bec plus long que la tête, lisse, comprimé latéralement; convexe en dessus, droit, dentelé sur les bords de la mandibule supérieure, courbé seulement à sa pointe, pl. B, n° 5.

Narines oblongues, couvertes par une membrane.

Langue aplatie, pointue, cartilagineuse.

Orbites nues.

Tarses glabres, annelés.

Deux doigts devant réunis à leur base; deux derrière totalement séparés.

Ailes moyennes, à penne bâtarde courte, deuxième et troisième rémiges les plus longues de toutes.

Queue à dix rectrices.

Cette division n'est composée que d'une seule espèce, qui se trouve dans les grandes îles Antilles, où elle vit d'insectes, et principalement de petits lézards, que l'on appelle *anolis*. Le naturel du Tacco est si peu sauvage, qu'il se laisse souvent approcher à la portée de la main; aussi pourrait-on le tuer avec un bâton, surtout au moment où, immobile sur une branche, il est prêt de fondre sur sa proie. Son vol est peu élevé; il bat des ailes en partant, et fait alors entendre son cri *qua, qua, qua,* file et semble glisser sur un plan incliné.

LE TACCO VIEILLARD, *Saurothera vetula.*

Pl. XXXVIII.

Corpore subfusco, subtus testaceo; orbitis rubris; gulâ cinereâ (mas.) *gulâ jugaloque cinereo-albis* (femina.)

Tacco *Buffon, Hist. nat. des Ois.,* tom. 6, *page* 401, *pl. enl., n°* 772, *sous le nom de* Coucou à long bec. — Coucou dit le Vieillard, *idem, page* 398.

Cuculus Vetula, *Linn., Gm., Syst. nat., édit.* 13, *n°* 4 (mas.) — Cuculus pluvialis, *idem,* n° 24 (*femina.*)

Long-billed cuckow, *Lath., Synopsis, tom.* 1, *page* 535, *n°* 32 (*mâle.*) — Rain cuckow, *idem, page* 536, *n°* 33 (*female.*)

Cet oiseau, assez commun à Saint-Domingue, y est connu sous plusieurs dénominations; telle est celle de *Tacco,* d'après un de ses cris; d'autres l'appellent *pie* d'après un autre cri et quelques-uns, *oiseau de pluie,* parce qu'il les redouble, lorsqu'il doit pleuvoir; enfin le nom de *rieur* vient de ce qu'il semble faire des éclats de rire, quand il prononce les syllabes *qua, qua, qua,* ou *cra, cra, cra;* cri qu'il jette en volant, ou s'il voit un animal qui lui porte ombrage. Lorsqu'il prononce *Tacco,* il articule durement la première syllabe, et descend d'une octave pleine sur la seconde. Il ne fait jamais entendre ce mot qu'après avoir remué la queue de bas en haut, et il répète ce mouvement chaque fois qu'il change de place.

Le Tacco fréquente indifféremment les terres cultivées, les savanes, les buissons et les forêts. Outre les chenilles et les petits lézards dont il se nourrit, il fait aussi la chasse aux jeunes rats, aux couleuvres, aux grenouilles, et même, assure-t-on, aux petits oiseaux. Il place son nid sur les arbres, dans la fourche des grosses branches, le compose de petites racines sèches, de mousse et de feuilles. La ponte est de quatre ou cinq œufs d'un blanc sale, tacheté de noir.

Le mâle a les paupières rouges et nues; l'iris, d'un jaune rembruni; le dessus de la tête et du cou, le dos, le croupion, les ailes et la queue, d'un gris nuancé d'un vert-olive; la gorge, le devant du cou, et la poitrine, cendrés; les parties postérieures, rousses; les rectrices étagées et toutes les latérales, terminées par deux grandes taches, l'une noire, l'autre blanche; les pieds, d'un gris cendré; le bec, d'un gris un peu rembruni, ordinairement long de deux pouces. Longueur totale, seize pouces. La femelle est un peu plus petite que le mâle, et en diffère en ce que toutes les parties supérieures sont d'un gris olivâtre; la gorge et le devant du cou, d'un gris-blanc.

On voit par la synonimie que les auteurs se sont mépris, en donnant cette femelle pour une espèce particulière. Le *Quapachtotlolt* des Mexicains présentente de grands rapports avec le Tacco, par son cri, qui ressemble à un

Le Tacco vieillard, Saurothera Vetula.

P. Oudart del. Lith. de G. Engelmann.

éclat de rire, et par sa taille; il n'en diffère que par son ventre noir, par son bec d'un noir bleuâtre et son iris blanc. Est-ce bien une espèce distincte, ou seulement une variété locale?

2ème DIVISION. SCYTHROPS, *Scythrops*, Latham.

Bec plus long que la tête, robuste, convexe, comprimé latéralement, entier, crochu à sa pointe; mandibule supérieure sillonnée sur ses côtés. Pl. D, n° 1.

Narines arrondies, bordées d'une membrane, situées latéralement et à la base du bec.

Langue cartilagineuse, épaisse à son origine, bifide à son extrémité.

Orbites nues.

Tarses glabres, annelés.

Deux doigts devant, réunis à leur base; deux derrière, totalement séparés.

Ailes médiocres, à penne bâtarde courte; deuxième rémige la plus longue de toutes.

Queue à dix rectrices.

La seule espèce qui compose cette division habite dans la Nouvelle-Hollande; elle paraît au port Jackson vers le mois d'octobre, et disparaît en janvier. On croit qu'elle se retire et niche dans la Nouvelle-Galles méridionale.

LE SCYTHROPS GOËRANG, *Scythrops Novæ Hollandiæ*.

Pl. XXXIX.

Capite, collo et corpore subtus cinereis; dorso, alis caudâque plumbeo-cinereis.

Anomalous hornbill, *Withe's, journ. tab.*, pag. 142.

Scythrops Novæ Hollandiæ, *Lath., index*, n° 1.

New-Holland channel-bill, *Lath., Synopsis*, 2e *suppl.*, pag. 96, *pl.* 124.

Perroquet-calao, *Buffon, édit. de Sonnini, tom.* 64, *pag.* 98.

Scythrops goèrang, 2ᵉ *édit. du nouv. Dict. d'Hist. nat., tom.* 30, *pag.* 456.

Les naturels de la Nouvelle-Hollande ont imposé à cet oiseau le nom de *Goe-re-e-gang*, dont on a fait par abréviation celui de *Goèrang*. Soit qu'il vole, soit qu'il se repose, il étend souvent sa queue en éventail, et fait entendre alors un cri fort, aigu, désagréable, et qui a des rapports avec celui que le coq jette, quand il aperçoit un oiseau de proie. On ne voit les scythrops que le matin et le soir, quelquefois au nombre de sept ou huit, mais le plus souvent par paires. Leur apparition et leurs cris sont, disent les natifs, un indice certain de vent ou d'orage. Étant d'un naturel sauvage et méchant, on ne peut les adoucir ; ils refusent toute nourriture, et pincent rudement ceux qui les approchent. Leurs alimens favoris sont les graines de certains arbres que les Anglais appellent *Red-Gan* et *Peppermui*.

La tête, le cou et le dessous du corps sont d'un gris-cendré ; le dos et le dessus des ailes, d'un gris de plomb, et chaque plume de ces parties est terminée de noir ; la première couleur est plus foncée sur les pennes alaires qui ont leur extrémité de la dernière ; la queue est cunéiforme, d'un cendré foncé, et frangée de blanc à sa pointe ; toutes ses pennes, à l'exception des deux du milieu, portent des raies transversales, blanches, de même que leurs couvertures inférieures, les jambes et le bas-ventre ; les pieds sont d'un noir-bleuâtre ; l'œil est entouré d'une peau nue et rouge. Longueur totale, vingt-cinq pouces.

3ᵉᵐᵉ DIVISION. VOUROU-DRIOU, *Leptosomus. Cuculus,* Linnée, Gmelin.

Bec plus long que la tête, robuste, comprimé latéralement, un peu trigone, à dos étroit ; mandibule supérieure crochue et échancrée vers le bout, pl. D, n° 2.

Narines oblongues, obliques, à bords saillans, situées vers le milieu du bec.

Tarses nus, annelés.

Deux doigts devant, réunis à leur base ; deux derrière, totalement séparés.

Le Schytthrops Goërang, *Schythrops novæ hollandiæ*.

...dart del.

Lith. de G. Engelmann.

Ailes allongées ; première et deuxième rémiges les plus longues de toutes.
Queue à douze rectrices.

Cette division n'est composée que d'une seule espèce, qui se trouve à Madagascar.

LE VOUROU-DRIOU VERT, *Leptosomus viridis.*

Pl. XL.

Viridi-œneus ; subtus splendide griseus ; capite colloque cinereis ; vertice nigricanti-œneo ; caudâ œquali, viridi-aureâ, subtus nigrâ (mas.)

Capite, gulâ, colloque anteriori fusco et rufo transversim striatis ; dorso et uropygio fuscis ; corpore subtus dilute rufo nigricantique vario ; caudâ splendide fuscâ, apice rufâ (femina.)

Vourou-driou, *Buffon, Hist. nat. des Ois.*, tom. 6, *pag.* 395, *pl. enl.*, *n°* 587, *sous le nom de* grand Coucou de Madagascar.

Cuculus afer, *Linn., Gmel., Syst. nat., édit.* 13, *n°* 41. — *Lath.*, *index*, n° 34.

African cuckow, *Lath., Synopsis*, tom. 1, *pag.* 532, *n°* 30.

Les Madégasses appellent *Vourou-Driou* le mâle de cette espèce, et distingue la femelle par le nom de *Comb.* Le premier a le sommet de la tête noirâtre, avec des reflets verdâtres et couleur de cuivre ; les *lorums*, traversés obliquement par un trait noir ; le reste de la tête, la gorge et le cou, cendrés ; la poitrine et les parties postérieures, d'un gris-blanc ; tout le dessus du corps, les pennes moyennes des ailes et le dessus de la queue, d'un vert changeant et couleur de cuivre ; les grandes rémiges, d'un noir-verdâtre ; le bec, d'un brun foncé ; les pieds, rougeâtres. Longueur totale, quinze pouces.

La femelle, ou l'individu donné pour telle, est rayée transversalement de brun et de roux sur la tête, la gorge et le dessus du cou ; d'un brun uniforme sur le dos, le croupion, et les couvertures supérieures de la queue ; brune sur les petites couvertures supérieures des ailes, lesquelles sont terminées de roux ; d'un vert obscur sur les grandes, dont les bords et l'extrémité sont roux ; de la même couleur, sur les rémiges, que le mâle, avec du roux à l'extérieur des secondaires; d'un roux clair et varié de noirâtre, sur le devant du cou et sur toutes les parties postérieures; d'un brun lustré, sur les pennes de la queue, qui est rousse à son extrémité. Longueur totale, dix-sept pouces et demi.

4ᵉᵐᵉ DIVISION. COULICOU, *Coccyzus*. *Cuculus*, Linnée, Gmelin.

Bec épais à sa base, lisse, allongé, convexe en dessus, comprimé latéralement, entier, arqué, aigu; mandibules d'égale longueur.

Narines ovales, à demi-closes par une membrane renflée.

Langue courte, grêle, pointue.

Tarses nus, annelés, plus allongés que le doigt le plus long.

Deux doigts devant, réunis à leur base; deux derrière, totalement séparés.

Ailes moyennes, arrondies, à penne bâtarde courte; troisième, quatrième et cinquième rémiges les plus longues de toutes.

Queue à dix rectrices.

Cette division renferme dix-neuf espèces que les auteurs ont classées avec les coucous, mais M. Levaillant a eu raison d'en distraire plusieurs qu'il appelle *Couas*, et auxquelles nous avons joint les Coulicous qui se trouvent dans l'Amérique; en effet ceux-ci diffèrent des coucous en ce qu'ils ont les tarses totalement dénués de plumes et plus longs; les ailes plus courtes et arrondies; de plus ils présentent des dissemblances tranchantes dans leur propagation, puisqu'ils construisent un nid, soit dans un arbre creux, soit sur ses branches, couvent leurs œufs et nourrissent leurs petits; tandis que les vrais coucous confient leur progéniture aux soins d'oiseaux qui leur sont totalement étrangers. On rencontre des coulicous ou des *couas* aux Grandes-Indes, en Afrique et en Amérique; une seule espèce se trouve dans le midi de l'Europe, mais elle y est très-rare.

Le Vourou-driou vert, *Leptosomus viridis*.

P. Oudart del.   Lith. de G. Engelmann

LE COULICOU TAIT-SOU, *Coccyzus cæruleus.*

Pl. XLI.

Capite, collo, corpore, alis caudáque cæruleis.
Coucou bleu de Madagascar, *Brisson, Ornith.*, tom. 4, *pag.* 557, *n*° 26.
Tait-Sou, *Buffon, Hist. nat. des Ois.*, tom. 6, *pag.* 191, *pl. enl.*,
n° 295, *fig.* 2, *sous le nom de* Coucou bleu de Madagascar.
Cuculus cæruleus, *Linn.*, *Gmel.*, *Syst. nat.*, *édit.* 13, *n*° 15.
Blue cuckow, *Lath.*, *Synopsis*, tom. 1, *pag.* 531, *n*° 29.

Tait-Sou est le nom que cette espèce porte à Madagascar. Tout son plumage est d'un beau bleu à reflets verts et violets sur les ailes, et très-
éclatans sur la queue; les yeux sont entourés d'une peau nue et rouge;
le bec et les pieds sont noirs; le jeune est d'un bleu-vert sans reflets. On
voit au Muséum d'Histoire naturelle un individu dont la robe est en grande
partie blanche. Il y a des Tait-Sous qui sont, suivant Mauduyt, un quart
plus petits que les autres; est-ce une différence de sexe, ou une race distincte de celle-ci?

5ème DIVISION. COUÇOU, *Cuculus,* Linnée.

Bec médiocre, entier, lisse, arrondi, un peu comprimé latéralement,
arqué, pl. D, n° 3.

Narines ouvertes, ovales, garnies d'une membrane saillante sur les
bords.

Langue aplatie, entière, courte, terminée en flèche.

Bouche assez fendue.

Jambes couvertes de plumes longues et pendantes.

Tarses emplumés au-dessous du talon, pas plus longs et souvent plus
courts que le doigt le plus allongé.

Deux doigts devant, réunis à leur base; deux derrière, totalement séparés;
postérieur externe versatile.

Ailes longues, pointues; première rémige ordinairement plus courte que
la septième; troisième la plus longue de toutes.

Queue à dix rectrices.

Cette division est composée de trente-quatre espèces, nombre moins considérable que dans les ouvrages de Linnée, de Buffon, etc., parce qu'avec raison on en a retiré une grande partie pour les diviser particulièrement, non-seulement d'après leurs caractères, et surtout parce qu'ils n'ont point les mœurs et les habitudes des vrais coucous. En effet ceux-ci ne font point de nids, pondent dans ceux d'autres oiseaux, et confient leur progéniture à des mères étrangères, qui en ont soin comme de leurs propres petits ; tandis que les autres construisent un nid, couvent leurs œufs, et nourrissent leur famille.

La cause de ce phénomène, qu'on remarque aussi chez deux oiseaux de l'Amérique [1] qui, d'après leurs attributs, diffèrent essentiellement des coucous, est encore inconnue ; cependant M. Hérissaut l'attribue à la conformation particulière des viscères qui s'oppose à l'incubation. Dans les autres oiseaux, dit-il, l'estomac est presque joint au dos, et totalement recouvert par les intestins ; dans les coucous, au contraire, l'estomac est placé d'une manière toute différente : il se trouve dans la partie inférieure du ventre, et il recouvre absolument les intestins. De cette position de l'estomac, il s'ensuit qu'il est aussi difficile au coucou de couver ses œufs et ses petits, que cette opération est facile aux autres oiseaux, dans lesquels les parties qui doivent peser presque immédiatement sur les œufs ou sur les petits sont molles, et capables de se prêter sans danger à la compression qu'elles doivent éprouver ; il n'en est pas de même dans les coucous : les membranes de leur estomac sont chargées du poids de leur corps, et comprimées entre les alimens qu'il renferme et des corps durs ; elles éprouveraient conséquemment une compression douloureuse et contraire à la digestion. (*Mémoires de l'Académie des sciences*, année 1752.)

Un point très-important reste encore à éclaircir : il est certain que la femelle coucou dépose ses œufs dans des nids étrangers, le plus souvent un seul dans chaque ; mais quels moyens emploie-t-elle à cette fin, surtout dans ceux des petits oiseaux, comme fauvettes, pouillots, pipis, etc. ; nids

---

[1] *Passerines des pâturages et tangavio* , *voy*, l'Encyclopédie méthodique.

Le Coulicou Faib-sou, Coccyzus cœruleus.

P. Oudart del.   Lith de G. Engelmann.

qui sont bien loin d'avoir les proportions qu'exigent sa grosseur et une consistance assez forte pour supporter son poids sans être déformés. Celui du pouillot, par exemple, présente encore plus de difficultés que les autres, attendu qu'il est construit en forme de four, avec une très-petite entrée sur le devant; malgré cela la femelle coucou y dépose un œuf sans nullement l'endommager, ce qui est une preuve certaine qu'elle y introduit l'œuf sans y entrer, et probablement d'une des deux manières dont il va être question. M. Levaillant nous dit qu'il a remarqué que la femelle d'un coucou d'Afrique avait avalé son œuf après l'avoir pondu, l'avait conservé dans son œsophage jusqu'au moment où elle l'a regorgé dans le nid dont elle avait fait choix. Un autre naturaliste m'a assuré avoir surpris la femelle de notre coucou à l'instant où elle venait de pondre à terre, et l'avoir vu prendre l'œuf avec son bec, et le transporter dans un buisson voisin où était le nid d'une fauvette babillarde. Ces deux faits méritent d'être pris en considération.

LE COUCOU CUIVRÉ, *Cuculus cupreus,* Latham.

Pl. XLII.

Aureo-cupreus; abdomine femoribusque flavis.

Cuculus cupreus, *Mus. lev.,pl. de la page* 159. — *Latham, index suppl., pag.* 29, *n*° 1.

Cupreous cuckow, *idem, Synopsis,* 2ᵉ *suppl., pag.* 134.

Coucou cuivré, *Vieillot,* 2ᵉ *édit. du nouv. Dict. d'Hist. nat., tom.* 8, *pag.* 227.

Cette espèce, que M. Delalande fils a rapportée du cap de Bonne-Espérance, et dont un individu est déposé au Muséum d'Histoire naturelle, a le bec et les pieds noirs; la tête, le cou, et toutes les parties supérieures, d'un vert métallique brillant à reflets d'or, et d'un rouge de cuivre; toutes les plumes ont leur extrémité arrondie, et sont disposées les unes sur les autres comme des écailles; le ventre et les cuisses sont d'une belle couleur jonquille; la queue est faiblement étagée, et les deux pennes, les plus extérieures de chaque côté, portent vers leur bout une tache blanche triangulaire. Cet oiseau présente une certaine analogie avec le coucou doré d'Afrique; mais il en diffère par la couleur du dessous du corps, par sa queue plus longue, et une taille un peu plus forte à proportion.

6ème DIVISION. ANI, *Crotophaga*, Linnée, Gmelin.

Bec ridé ou lisse, arqué, entier, comprimé latéralement, anguleux sur les bords, à dos caréné.

Narines ouvertes, ovales, latérales, situées à la base du bec.

Langue étroite, un peu aplatie, acuminée.

Tarses glabres, annelés.

Deux doigts devant réunis à leur base; deux derrière totalement séparés.

Ailes courtes; première rémige courte, deuxième moins longue que la sixième; quatrième et cinquième les plus allongées de toutes.

Queue à huit rectrices.

Ce genre est divisé en deux sections d'après la forme du bec, et composé de trois espèces qui se trouvent en Amérique.

Les ailes des anis sont faibles et leur vol très-borné; ils ne peuvent soutenir le vent; et les ouragans en font périr un grand nombre. Étant d'un instinct très-social, on les voit toujours en troupes, dont les moindres sont de huit ou dix, et quelquefois de vingt-cinq on trente : ils ne se séparent guère et se tiennent sans cesse ensemble, soit en volant, soit en se reposant; et lorsqu'ils se perchent sur les arbres , c'est le plus près qu'il leur est possible les uns des autres. Quoique ardens en amour, la bonne intelligence qui règne entre eux n'en souffre aucune atteinte, il n'y a point de querelles, ils nichent en commun; les mâles et les femelles travaillent ensemble à la construction du nid, qui sert à plusieurs femelles à la fois; la plus pressée n'attend pas les autres, qui agrandissent le berceau pendant qu'elle couve les œufs; cette incubation commune se fait dans le plus parfait accord; et s'il arrive que les œufs se trouvent mêlés ou remués, une seule femelle fait éclore les œufs étrangers avec les siens; elle les rassemble, les entasse et les entoure de feuilles, afin que la chaleur se répartisse sur toute la masse, et ne puisse se dissiper. Quand les petits sont éclos , les mères, qui

Le Coucou cuivré, *Cuculus cupreus*.

ont couvé ensemble, nourrissent indifféremment toute la famille naissante.

Ani est le nom que ces oiseaux portent au Brésil; les Mexicains les appellent *cacalotolt*, qui signifie *oiseau ayant du rapport au corbeau.* On le nomme dans nos colonies de l'Amérique, *bout-de-petun* ou *bout-de-tabac*, *oiseau diable*, *amanguas*, perroquet noir, etc.

A. *Bec ridé plus épais que large.* (Pl. D, n° 5).

L'ANI DES SAVANNES, *Crotophaga ani.*

Pl. XLIII.

Nigro-Violacea; marginibus pennarum cupreo-viridi micantibus, remigibus rectricibusque concoloribus.

Ani des savannes, *Buffon, Hist. nat. des Ois., tom.* 9, *pag.* 420, *pl. enl. n°* 102, *fig.* 2, sous le nom de petit bout-de-petun.

Crotophaga ani, *Linn. Gm. Syst. nat. édit.* 13, *n°* 1.

Razor-billed blackbird, *Catesby, car. tab.* 3.

Lesser ani, *Lath., tom.* 1, *page* 360, n° 1.

Cette espèce, qu'il ne faut pas confondre avec l'ani des palétuviers quoique portant l'un et l'autre à très-peu près la même livrée, et ne différant guère que par la taille que celui-ci a plus longue, se trouve dans les grandes îles Antilles, à Cayenne, au Brésil et au Paraguay. Elle construit un nid très-solide, quoique grossier, avec des petites branches d'arbrisseaux que lient des filamens de plantes, et en garnit l'intérieur de feuilles. Ce nid est fort évasé et élevé de bords; il a quelquefois plus de dix-huit pouces de diamètre, et sa capacité est proportionnée à la quantité de femelles qui doivent y pondre, puisqu'elles nichent ordinairement en commun, ainsi que nous l'avons dit ci-dessus. Le petit nombre de celles qui couvent en particulier, pratiquent, avec des brins d'herbes, une séparation dans le nid, afin de contenir leurs œufs. Toutes les couvent avec des feuilles ou de l'herbe à mesure qu'elles les pondent, et encore dans le temps de l'incubation, lorsqu'elles sont obligées de les quitter pour chercher leur nourriture. Leurs œufs sont recouverts d'une couche blanche que l'on enlève aisément avec un couteau, et qui alors laisse à découvert un très-beau vert bleuâtre.

L'aliment des anis est tout à la fois animal et végétal; les petits serpens, les lézards, les chenilles, les vers, les grosses fourmies et d'autres insectes, paraissent néanmoins avoir la préférence. Ils se posent sur les bœufs pour manger les tiques, les vers et les insectes nichés dans le poil de ces animaux. A défaut de nourriture animale, ils vivent de différentes espèces de graines, comme le maïs, le millet, le riz, l'avoine sauvage, etc.

Une attitude ordinaire à cette espèce, est de retirer le cou et serrer la tête contre le corps, ce qui leur donne un air souffrant et transi; c'est ainsi que j'ai vu souvent ces oiseaux à Saint-Domingue surtout, lorsqu'ils sont perchés. Ils ne sont ni craintifs ni farouches, et ne fuient jamais bien loin; on les apprivoise facilement, et on prétend, qu'en les prenant jeunes, on peut leur apprendre à parler. Ils se tiennent en grand nombre dans les savannes, toujours dans les endroits découverts, un peu ombragés, et jamais dans les grands bois.

Le plumage du mâle est généralement d'un noir à reflets violets et verts dorés; celui de la femelle est d'une couleur plus sombre et plus mat; le bec et les pieds sont noirs. Longueur totale, treize pouces et demi.

B. Bec lisse et aussi épais que large.

L'ANI GUIRA-CANTARA, *Crotophaga piririgua.*

Pl. XLIV.

Ex flavicante alba; caudâ alisque fuscis; capite in medio fusco ad latera flavicante; collo in medio flavicante ad latera fusco.
Guira acangatara, *Marcgrave* 1, *Hist. bras., page* 216.
Guira-cantara, *Buffon, Hist. nat. des Ois., tome* 6, *page* 407.
Cuculus guira, *Linn., Gm., Syst. nat., édit.* 13, n° 32.
Brasilian cristed cuckow, *Lath. Synopsis, tome* 1, *page,* 158, n° 36.

L'Ani des Savannes. Crotophaga ani.

Prêtre del.t   Lith. de G. Engelmann

Piririgūa, *de azara, apuntamientos para la, hist. nat. de los paxaros del Paraguay y Rio de la Plata, tome 2, page* 340, n° 262.

Nous devons à M. de Azara la partie historique de cet oiseau, qui jusqu'alors était peu connue. Ce savant naturaliste, à qui l'on est redevable d'une histoire très-intéressante des oiseaux de l'Amérique méridionale, le décrit sous le nom de *piririgua*, et le réunit aux anis d'après ses mœurs et et ses habitudes. On l'appelle encore au Paraguay *piririta;* ces deux dénominations expriment son cri le plus ordinaire, qu'il répète soit en volant, soit en repos; il prononce aussi quelquefois *piriri*, comme s'il riait, et d'autre fois *guoagua*, du ton de quelqu'un qui pleure. Cet oiseau n'est point farouche. Il cherche sa nourriture de côté et d'autre dans les plantations, les enclos, les bosquets, autour des bœufs, dans les pâturages, mais il ne se pose jamais sur ces animaux. Il se nourit de grillons, de sauterelles et de petits lézards.

Le peririgua et l'ani des savannes sont deux espèces si amies, que leurs troupes se mêlent fréquemment, et qu'elles travaillent souvent ensemble à la construction d'un grand nid, dans lequel toutes les femelles déposent leurs œufs, les couvent, nourrissent et élèvent les petits, comme s'ils étaient de la la même espèce. Cependant il arrive plus ordinairement que chaque troupe fait un nid particulier et assez spacieux pour contenir les œufs de toutes les femelles de la bande. Elle le place sur des buissons hauts et épais, le compose de rameaux à l'extérieur, garnit le dedans de feuilles sèches, et lui donne une forme assez aplatie. Les œufs sont exactement en ellipse allongée, aussi gros à un bout qu'à l'autre, d'un vert bleuâtre, avec des veines blanches qui s'effacent par un léger frottement, et mettent totalement à découvert la belle couleur du fond. Le guira-cantara montre un tel courage à l'époque de ses couvées, qu'il attaque avec acharnement, et met en fuite, les *caracaras* ou tout autre oiseau, s'il passe près de son nid.

Les plumes de l'occiput sont longues de quinze lignes, et forment une huppe qui n'est jamais totalement couchée, et que cet oiseau relève un peu, surtout lorsqu'il est en colère. Ces plumes ont leur tige noirâtre et leurs bords dorés; les côtés de la tête sont d'un blanc jaunâtre; l'occiput est noir et blanchâtre, les plumes de la partie postérieure du cou et du haut du dos ont du blanc le long de la tige, du blanchâtre sur les bords, et du brun foncé sur le reste ; le bas du dos et toutes les parties inférieures sont blancs ; les couvertures supérieures des ailes, noirâtres et bordées de blanchâtre ; quelques-unes de celles-ci et les pennes, brunes ; le reste de l'aile est noirâtre, la queue, blanche à son origine, sur la longueur de trois pouces ; les rectrices intermédiaires sont ensuite brunes, les autres noires avec une tache blanche à leur extrémité ; le bec et l'iris, orangés ; les cils d'un vert noirâtre ; le tour de l'œil est d'un jaune bleuâtre ; longueur totale, quinze pouces. Le plumage n'est pas tout-à-fait coloré de même chez des individus, ce qui paraît caractériser les femelles ou l'âge peu avancé.

7ème DIVISION. INDICATEUR, *Indicator. Cuculus,* Linnée, Gmelin.

Bec plus court que la tête, un peu fléchi en arc, dilaté à sa base, convexe en dessus, entier, un peu rétréci vers le bout ; mandibule supérieure inclinée à sa pointe ; l'inférieure retroussée à son extrémité (pl. D, n° 4.)

Narines petites, concaves, à demi-couvertes par les plumes du capistrum.

Langue aplatie, courte, triangulaire.

Tarses nus, annelés.

Deux doigts devant unis à leur base ; deux derrière totalement séparés.

Ongles forts, crochus, acuminés.

Ailes moyennes ; première et deuxième rémiges les plus longues de toutes.

Queue à douze rectrices.

Les deux espèces qui composent cette division se trouvent dans l'Afrique méridionale. Le nom qu'on leur a imposé vient de ce qu'elles servent de guide aux habitans, pour découvrir les ruches d'abeilles sauvages qu'elles indiquent en criant. On trouve leur nid dans un arbre creux, et leur ponte est de quatre ou cinq œufs. Ils se nourrissent d'insectes, de cire et de miel.

L'Ani Guira Cantara, Crotophaga Piririgua.

LE GRAND INDICATEUR, *Indicator major.*

Pl. LXV.

Corpore supra viride-olivaceo; uropygio albo; semi-collari nigro; gulâ pectoreque pallide flavis; ventre sordide albo; (mas.) fronte flavescente-albo maculatâ; dorso flavescente-olivaceo; gulâ pectore ventrisque lateribus nigricante variis (femina).

Indicateur, *Buffon, Hist. nat. des Ois.*, tome 6, *page* 392.

Grand indicateur, *Levaillant, Oiseaux d'Afrique, pl.* 241, *fig.* 1 et 2.

Cuculus indicator, *Linn. Gm., Syst. nat., édit.* 13, n° 42. — *Latham, index, n°* 36.

Honey cuckow, *Latham, Synopsis,* tome 2, *page* 533, n° 31.

Honey guide, *Sparrmann, act. angl.* 67, *pag.* 38, *tab.* 1.

Cet oiseau, ne pouvant qu'avec beaucoup de difficulté avoir le miel dont il paraît très-friand, a l'instinct d'appeler l'homme à son aide, en lui indiquant le nid des abeilles par un cri fort aigu, qui, selon des voyageurs, semble exprimer les mots *chirs, chirs,* et selon d'autres, les syllabes *wicki, wicki,* qui, dans la langue hottentote, signifie *miel.* Il fait entendre ce cri le matin et le soir, et semble appeler les personnes qui sont à la recherche du miel dans les déserts de l'Afrique ; celles-ci lui répondent d'un ton plus grave, en s'approchant toujours. Dès que l'oiseau les aperçoit, il va se placer sur l'arbre qui renferme une ruche, et si les chasseurs tardent à s'y rendre, il redouble ses cris, vient au-devant d'eux, et, par plusieurs allées et venues, la leur indique d'une manière très-marquée. Tandis qu'on se saisit de ce que contient la ruche, il reste dans les environs, et attend la part qu'on ne manque pas de lui laisser. L'existence de l'indicateur est précieuse pour les Hottentots, aussi ne voient-ils pas de bon œil celui qui le tue. Sa peau, selon M. Levaillant, est épaisse, et le tissu en est si serré, que, tant qu'elle est fraîche, on peut à peine la percer avec une épingle. Cette épaisseur le préserve de l'aiguillon des abeilles, à qui il fait une guerre continuelle; celles-ci, dont il détruit un grand nombre, s'attachent de préférence à ses yeux, et viennent quelquefois à bout de lui donner la mort. On trouve son nid dans un trou d'arbre, et la ponte est de trois ou quatre œufs d'un blanc sale. Le mâle a le dessus de la tête et du cou, le manteau et les couvertures supérieures des ailes d'un vert olive rembruni, qui, sous certains aspects, prend un ton jaunâtre; le croupion blanc; les couvertures supérieures de la queue de cette couleur, variée de noirâtre; les pennes des ailes, d'un brun olivacé et liserées de vert-olive en dehors; les trois dernières pennes latérales de la queue, blanches, avec une tache brune à leur bout; toutes les autres d'un brun olivacé à l'intérieur et en partie blanches en dehors; la gorge, le devant du cou et la poitrine, d'un jaune pâle, comme ondé de gris blanc sale sur le milieu du cou, et varié de taches noires sur la gorge; toutes les parties postérieures d'un blanc jaunissant: le bec, les pieds et l'iris bruns. Longueur totale, six pouces et demi.

La femelle diffère par une taille plus petite, et en ce que la couleur olive des parties supérieures est d'un ton plus jaunâtre; que le front est piqueté de blanc jaunâtre; que la gorge, le devant du cou, la poitrine et les flancs sont variés de brun-noir sur un fond blanc jaunâtre. Les jeunes lui ressemblent.

8ème DIVISION. TOULOU ou COUCAL, *Corydonix*. *Cuculus*, Linnée, Gmelin.

Bec caréné, arqué de son milieu à son extrémité, comprimé latéralement, pointu.

Narines étroites, percées longitudinalement dans une membrane, situées près du capistrum.

Langue large, un peu découpée à sa pointe.

Tarses annelés et nus.

Deux doigts devant réunis à leur base; deux derrière totalement séparés; l'extérieur postérieur versatile.

Ongle du pouce très-long, presque droit, subulé.

Ailes courtes, arrondies, à penne bâtarde très-courte, étroite et aiguë; première rémige la plus courte de toutes; quatrième et cinquième les plus longues.

Le Grand Indicateur. *Indicator Albajor.*

Queue à dix rectrices.

Parmi les douze espèces que renferme cette division, les unes se trouvent en Afrique, d'autres dans l'Asie orientale, et quelques-unes dans l'Australasie. Linnée, Gmelin, Latham, etc. ont classé parmi les coucous celles qu'ils ont décrites; mais M. Levaillant en fait avec raison un groupe particulier sous le nom de *coucal*. En effet elles se distinguent des véritables coucous, en ce qu'elles ont l'ongle du pouce pareil à celui de l'alouette, que leurs tarses sont plus allongés que chez ces coucous, et de plus, totalement dénués de plumes, et que leurs ailes sont courtes et arrondies, tandis que ceux-ci les ont longues et pointues. On a très-peu de renseignemens sur leur genre de vie; on sait seulement qu'elles se nourrissent principalement de sauterelles, de grillons, de criquets et d'autres insectes, que le mâle et la femelle ont beaucoup d'affection l'un pour l'autre, et que leur vol est court et peu élevé.

LE TOULOU RUFALBIN, *Corydonix pyrrholeucus.*

Pl. XLVI.

Vertice et collo superiore nigricantibus; corpore suprâ rufo-fuscescente, subtus sordide albo; tectricibus caudœ transversim striatis.

Coucou du Sénégal, *Brisson, tome* 4, *page* 120, *n*° 7, *pl.* 8, *fig.* 1.

Le rufalbin, *Buffon, Hist. nat. des Ois., tome* 6, *page* 70, *pl. enl., n*° 332, sous le nom de coucou du Sénégal.

Cuculus senegalensis, *Linn., Gm., Syst. nat., édit.* 13, *n*° 6, *Latham, index n*° 19.

Strait-heeled cuckow, *Lath. Synopsis., tome* 1, *page* 525, *n*° 18.

On rapproche le rufalbin du houhou d'Égypte, *cuculus ægyptius;* en effet, ces deux oiseaux présentent une grande analogie dans leur plumage et dans leur genre de vie. Selon Sonnini qui les a observés en Égypte et sur la côte occidentale de l'Afrique, dans le pays des Yolofs, ils volent mal, ne peuvent s'élever ni même traverser du même temps une espace de quelque étendue; si dans l'intervalle ils ne rencontrent pas un arbrisseau pour se poser, ils sont bientôt obligés de se laisser, pour ainsi dire, tomber

par terre; enfin, ils ne possèdent de la faculté de voler qu'autant qu'il leur
en faut pour attraper les sauterelles, les grillons et les criquets dont ils
composent leur subsistance. Ils ne sont point farouches, et l'on peut les
approcher de très-près. Ils vivent par couples, et se plaisent auprès des
lieux habités. Leur voix est grave.

Le plumage de ces oiseaux n'est pas tout-à-fait le même pour tous, celui
dont nous publions la figure, a environ 14 pouces de longueur totale; la
tête et le dessus du cou couvert de plumes dures, épaisses, noirâtres, dont
la tige est d'une couleur plus foncée et plus brillante; celles des côtés et
du devant du cou, d'un blanc roussâtre avec leur tige plus éclatante et plus
apparente; le dos et les plumes scapulaires sont d'un roux rembruni; le
croupion et toutes les couvertures de la queue, rayées transversalement de
brun et de blanchâtre; la poitrine, le ventre, les jambes d'un blanc légèrement teint de roussâtre; les couvertures supérieures des ailes rousses; leurs
pennes de cette couleur, plus rembrunie à leur bout; celles de la queue
noirâtres; le bec est noir, le tarse gris-brun; l'iris, d'un beau rouge.

7ème FAMILLE. FRUGIVORES, *Frugivori*.

Bec plus court que la tête; dentelé.
Doigts antérieurs unis à leur base par une membrane ; l'externe
versatile.

Ière DIVISION. MUSOPHAGE, *Musophaga*, Latham.

Bec un peu triangulaire et glabre à sa base, robuste, comprimé latéralement
vers le bout, caréné en dessus, dentelé sur ses bords, incliné à sa pointe; man-
dibule supérieure quelquefois prolongée sur le front en forme de disque.
Narines ovales, ouvertes, situées à la base du bec ou vers le milieu.
Langue charnue, un peu épaisse, courte, entière.
Tarses nus, annelés.
Doigts antérieurs, réunis à leur base par une membrane; l'externe
versatile.

Le Toulou Rufalbin, Coridonix Senezalensis.

Ailes courtes ; première et deuxième rémiges les plus coutes de toutes ;
cinquième et sixième les plus longues.

Queue à dix rectrices.

On ne connaît que la nourriture des trois espèces qui composent cette
division, elle consiste en baies et en fruits qu'elles cherchent sur les arbres
où elles se tiennent ordinairement.

A. *Base de la mandibule supérieure prolongée sur le front.—Narines
situées vers le milieu du bec.* (Pl. D, n° 6.)

LE MUSOPHAGE VIOLET, *Musophaga violacea.*

Pl. XLVII.

Violacea ; striga aurium alba.

Musophaga violacea. *Schr. der. berl. gesell.* 9, 8, 16, *tab.* 1.

Royal cuckow, *lev. mus. pl. in p.* 167.

Violet plantain-eater, *Lath. synopsis.*, 2ᵉ *suppl., page* 104, *pl.* 125.

Musophaga violacea. *Latham, index, n° 1.*

Musophage violet, 2e *édit. du nouv. dict. d'hist. nat., tome* 22, *page* 90.

Cette rare espèce, qu'on rencontre en Afrique, au Sénégal et à la côte de
Guinée, fréquente les plaines et les bords des rivières, surtout de celles de
la province d'Acra, où elle se nourrit principalement des fruits du plantain,
musa paradisiaca et *sapientum.*

Selon Latham, qui le premier a décrit cet oiseau, la base de la mandibule
supérieure s'élève au-dessus de la tête, de manière qu'elle cache sa liaison
avec le crâne, et laisse un vide entre elle et le front ; mais cette élévation n'est
nullement apparente sur l'individu mort ; il semble qu'alors cette base adhère
tellement au sommet de la tête que l'on croirait qu'elle en fait partie. Le bec est
d'un beau jaune ; une peau nue, qui s'avance sur le côté de la mandibule inférieure à quatre lignes environ et couvre les *lorums*, entoure les yeux et s'étend
un peu au delà ; l'iris est brun, et les paupières sont pourpres ; des plumes
courtes, fines et déliées couvrent la tête et la nuque ; elles sont, ainsi que
le reste du plumage d'un beau violet, à reflets pourpres, verts sur les ailes

et moins apparens en dessous du corps; une bande blanche part des yeux
et passe au-dessus des oreilles; la queue est cunéiforme et assez longue; les
pieds sont noirâtres et très-forts. Longueur totale 18 pouces.

B. *Base de la mandibule supérieure ne dépassant pas l'origine du front.
— Narines situées près du capistrum.* (Pl. D, n° 7).

LE MUSOPHAGE VARIÉ, *Musophaga variegata.*

Pl. XLVIII.

*Suprâ fusca ; dorso cinereo mixto; tectricibus alarum superioribus
ardosaceis; corpore subtus albo, fusco longitudinaliter striato.*

African pheasant, *Lath. synopsis.*, 1ᵉʳ suppl., page 210, n° 13.
Phasianus africus, *idem, index*, n° 8.
Le faisan d'Afrique, *Buffon*, édit. de Sonnini, tome 42, page 250.
Musophage varié, 2ᵉ édit. du nouv. dict. d'hist. nat., tome 22, page 92.
Ce musophage, qui n'est pas rare au Sénégal, n'a point de parties dénuées
de plumes, sur les côtés de la tête. Les plumes de l'occiput et de la nuque
sont brunes, blanches, longues, étroites, et présentent une sorte de huppe
tombante sur la nuque; le dessus de la tête, le cou, le dos et le croupion sont bruns; les plumes du bas du cou, bordées de gris blanc, et
celles du dos, de gris cendré; les pennes des ailes présentent le même fond
de couleur, et portent à l'extérieur une bordure ardoisée; leurs couvertures
supérieures sont de cette dernière teinte; la gorge, la poitrine, le ventre,
les jambes et les couvertures inférieures de la queue sont blancs, avec un
trait longitudinal brun sur le milieu de chaque plume, et un gris cendré
sur les bords; la queue est pareille aux ailes; le bec jaune; les pieds sont
bruns. Taille du précédent.

Cette description ne peut pas tout-à-fait convenir à tous les individus de
cette espèce; il en est qui offrent quelques différences, peut-être occasio-
nées par l'âge ou les sexes. Tel est, entre autres, celui dont Latham a fait un
faisan (*phasianus africanus*); ainsi que Sonnini, dans son édition de Buffon,
sous le nom de *faisan* d'Afrique. Cet oiseau a le bec jaune; les plumes de

Le Musophage Violet, Musophaga Violacea.

Le Musophage varié, *Musophaga variegata.*

C. Oudart, Del.

Lith. de Denanne, Rue d'Enghien, N.39.

la huppe brunes dans le milieu, et blanches sur les côtés; le dessus de la
tête noirâtre; les plumes du dos d'un cendré bleuâtre avec un trait noirâtre
près de leur tige; le menton et le devant du cou d'une couleur de rouille rembrunie; les côtés du cou blanchâtres et un peu bigarrés de brun; les plumes
de la poitrine et du ventre blanches avec des traits noirs le long de leur tige;
les ailes d'un cendré bleuâtre et noirâtre à leur extrémité; l'aile bâtarde
noire; les huit premières pennes de la queue blanches, sur leur côté interne
du milieu à la pointe, ensuite d'une couleur de plomb rembrunie, et noires
à l'extérieur; les deux intermédiaires de cette couleur à leur extrémité et
brunes dans le reste; les pieds noirs, et dix-huit pouces de longueur totale.

2ème DIVISION. TOURACO, *Opaethus. Cuculus,* Linnée, Gmelin.

Bec plus court que la tête, garni à sa base de plumes effilées et dirigées
en avant, convexe en dessus, un peu arqué, comprimé latéralement, dentelé du milieu à la pointe, pl. E, n° 1.

Narines orbiculaires et cachées en grande partie sous les plumes du
capistrum.

Langue cartilagineuse, plate, pointue.

Bouche fendue jusque sous le yeux.

Tarses nus, annelés.

Doigts robustes, antérieurs réunis à leur base par une membrane;
l'externe versatile.

Ongles forts et aigus.

Ailes courtes à penne bâtarde courte; troisième et quatrième rémiges,
les plus longues de toutes.

Queue à dix rectrices.

Cette division se compose de trois espèces qui se trouvent en Afrique.
Ces beaux oiseaux volent lourdement, battent beaucoup des ailes et ne
font pas de grands trajets; en revanche ils sont d'une agilité surprenante
à sauter de branche en branche et à parcourir toutes celles des plus grands
arbres, sans pour cela déployer leurs ailes. Ils ne se nourrissent que de

fruits, fréquentent les forêts et nichent dans de grands trous d'arbre. Le mâle et la femelle se quittent rarement et partagent l'incubation. Nous devons ces détails à M. Levaillant, qui a observé les touracos dans ses voyages en Afrique.

LE TOURACO PAULINE ou A HUPPE ROUGE,
Opœthus erythrolophus.

Pl. XLIX.

Cristâ rubrâ; collo, dorso, alarum tectricibus superioribus, rectricibus pectoreque cupreis; oculis albo circumdatis.

Touraco pauline, *Vieillot*, 2ᵉ *édit. du nouv. dict. d'hist. nat.*, tome 34, page 306.

On doit la connaissance de ce touraco à Mᵐᵉ Pauline de Ranchoup, qui l'a possédé vivant à Paris, et chez laquelle nous l'avons vu; quoiqu'il fût doux et familier, il n'a pas survécu long-temps à son esclavage; le climat et une nourriture peu substantielle ont abrégé ses jours.

Sa huppe est rouge et composée d'un grand nombre de plumes effilées et très-déliées, qui, s'élevant de chaque côté, s'appliquent les unes contre les autres, et se réunissent à leur sommet pour former une sorte de crête qui imite un casque ancien. Ce casque s'étend jusque sur le haut du cou, dont les plumes présentent les mêmes formes et prennent la même direction que celles de la tête et de la nuque. Les plumes qui recouvrent les narines, le cou en entier, la gorge, la poitrine, le dos, les couvertures supérieures, les pennes secondaires des ailes, les tectrices du dessus de la queue et ses pennes sont d'une couleur de cuivre très-lisse et lustrée; le ventre et l'abdomen d'un vert de cuivre un peu terne et à reflets d'un vert-bleuâtre; les pennes primaires et intermédiaires des ailes d'un beau rouge en dehors, et d'un rouge très-clair en dedans; une grande plaque blanche entoure l'œil, s'étend d'un côté jusqu'au bec, de l'autre jusqu'au sourcil, et remonte sur le front où elle prend une légère teinte de rouge, le bec est d'un jaune qui tend à l'orangé; l'œil grand, rougeâtre et très-brillant, les paupières sont couvertes de petits points pourprés; les pieds d'un gris noirâtre; la queue est arrondie.

Pl. 49.

Le Touraco Pauline, Opœtus Erythrolophus.

P. Oudart, Del.

Lith. de Demonne, rue d'Enghien, N.º 39.

4ème DIVISION. *Des Psittacins.* MICROGLOSSE, *Microglossus,* Geoffroy Saint-Hilaire ; *Psittacus,* Linnée, Gmelin.

Bec incliné dès sa base et garni d'une membrane à son origine ; mandibule supérieure dentée vers le milieu et vers le bout, très-recourbée et très-aiguë à son extrémité ; l'inférieure plus courte, profondément échancrée, obtuse à sa pointe.

Narines orbiculaires, ouvertes, situées dans une membrane.

Langue petite, en forme de tubérosité ovale et creusée à sa pointe. (Pl. D, n° 8).

Joues nues.

Tarses courts.

Deux doigts devant, deux derrière antérieurs réunis à leur base ; postérieurs totalement séparés.

Ailes grandes ; deuxième et troisième rémiges, les plus longues de toutes.

Queue à douze rectrices.

La seule espèce dont cette division est composée se trouve dans l'Inde.

LE MICROGLOSSE NOIR, *Microglossus aterrimus.*

Pl. L.

Cristatus ; Niger (adultus) griseus (junior.)

Corbeau des Indes, *gravures de Vander Meulen,* 1707 ;

Grand cacatua noir, *Edwards, glan., pl.* 316 ;

Kakatoës noir, *Buffon, ois., tome* 6, *page* 97 ;

Psittacus aterrimus, *Linn., Gm., syst. nat.,* édit. 13, *n°* 93 ;

Black cockatoo, *idem, synopsis, tome* 1, *page* 260, *n°* 66 ;

Ara à trompe, *Levaillant, hist. des perroquets, tome* 1, *page,* 36 *pl.* 12 *et* 13 ;

Microglosse, *Geoffroy Saint-Hilaire ; Mémoire lu à l'Académie des Sciences.*

Cet oiseau, que depuis peu nous avons vu vivant à Paris, porte une huppe composée de plumes nombreuses, longues, étroites, effilées, pointues et noirâtres. La peau nue des joues est couleur de chair, le reste du plumage d'un noir lustré avec des reflets bleuâtres; le bec et les pieds sont d'un noir mat. Tel est cet individu sous son vêtement parfait, mais dans sa première année sa livrée semble couverte d'une poudre grise. On le trouve à l'île de Ceylan.

C'est en captivité un être doux, familier, qui court avec vitesse, et se nourrit de pain et de graines. Il jette, surtout lorsqu'on l'approche, un cri qui peut se comparer à un croassement rauque. Ce cri paraît partir du larynx inférieur; car on ne voit dans sa langue aucun mouvement qui l'indique. Son bec ne reste pas toujours entr'ouvert, comme le dit l'auteur du règne animal, car il le ferme hermétiquement, lorsqu'il est dans l'inaction.

Il se distingue de tous les oiseaux de sa famille, par la forme de sa langue, que M. Levaillant compare à la trompe de l'éléphant, et que M. Geoffroy Saint-Hilaire a eu occasion d'observer dans un individu vivant, et sur laquelle il a publié des détails du plus grand intérêt dans un mémoire lu à l'Académie des Sciences le 6 juillet 1821, et intitulé: *Organes de la déglutition et du goût des perroquets microglosses.* Ce savant professeur a eu la complaisance de me le communiquer et de me permettre de l'insérer dans cet ouvrage, ainsi que de publier le dessin de la la langue figurée sur la pl. D, n° 8, et qu'il a fait exécuter sur l'animal vivant : c'est ainsi qu'il s'exprime.

« On chercha à comprendre ce que M. Levaillant avait entendu par l'expression bien vague d'une trompe qui remplace la langue (chez son ara à trompe), et en s'aidant du texte et des figures de l'auteur, on s'arrêta à l'idée que ces aras de l'Inde se distinguaient des véritables aras, tous d'Amérique, et même de tous les autres perroquets par une langue cylindrique, terminée par un petit gland corné. *Voyez le règne animal, tome* 1er, *page* 434.

« Rien de tout cela n'est vrai, ni les faits présentés par l'auteur original, ni les interprétations que ces faits ont suggérées. L'analogie est sans puissance pour juger d'une forme inconnue; on ne la devine pas : il faut la voir pour la rendre. C'est une erreur à effacer de nos livres et un fait de plus d'organisation à y introduire.

« M. Levaillant veut peindre à l'esprit quelque chose extraordinaire qui le frappe, et il s'arrête au mot de *trompe*, insinuant qu'il se fonde sur une analogie par la remarque que l'objet de ses considérations est un organe de préhension.

« Ne serait-ce là qu'une expression métaphorique, elle manquerait déjà de justesse ; car il est évident qu'elle porte sur une fausse idée, que l'on s'est faite de la trompe d'un éléphant. Cet objet est essentiellement le nez allongé de l'animal, et il devient accidentellement un organe de mouvement ; tout allongement de parties dans l'organisation animale étant nécessairement passible de ce résultat.

« Mais le mot trompe n'est point ici employé au figuré ; car plus loin notre auteur, oubliant que la base qu'il a donnée à ses raisonnemens est tout entière une supposition de lui, une création de son esprit, compare les relations et les différences des deux trompes. « *Celle de l'éléphant*, dit-il, *est au-dessus de la bouche et peut se rouler et se ployer eu tous sens, quand dans les aras indiens, la trompe occupe l'intérieur du bec et remplace de cette manière la langue, dont cependant cette trompe ne fait jamais l'office, étant privée de la faculté de se rouler ou de se ployer.* »

« Que le mot *trompe* ait été dans le principe la désignation caractéristique du prolongement nasal de l'éléphant, on a bien pu cependant en étendre la portée à tout autre appareil de même ordre, et le consacrer comme terme générique, pour désigner un excédant de l'organe olfactif formé partout ailleurs de tiges creuses, conjuguées, allongées et mobiles. Mais il répugne de le transporter chez les oiseaux où n'est et ne peut être la chose. Encore mieux répugne-t-il de le transporter d'un système organique à un autre.

« Laissant de côté cette expression erronée de trompe, il suffit que je sache que l'appareil dont il est ici question existe en dedans des mandibules, pour que je ne puisse douter que ce ne soit la langue et ses dépendances. C'était parce qu'on avait remarqué la mobilité de toutes ces parties, que, pour expliquer cette circonstance, on avait eu recours à la

considération des effets analogues de la trompe de l'éléphant, comme si ce
n'était pas le propre de la langue d'être avec cette même mobilité, et de
gouverner le cours de toutes choses dans la cavité buccale.

« L'ensemble est donné, c'est l'appareil hyoïdien et ses dépendances. *Le
principe des connexions* va fournir la détermination de chaque pièce de
l'hyoïde, et d'autant plus sûrement que le point de départ n'est susceptible
ici d'aucune incertitude. La langue termine tout appareil hyoïdien; ce petit
bout noir décrit sous la forme d'un gland creusé à sa pointe, dit M. Levaillant;
corné, a dit M. Cuvier, en fera tout du moins partie. J'y ai regardé très-
attentivement, ce n'en est pas un fragment, c'est toute la langue.

« J'avoue que j'ai été très-étonné de ce résultat. On sait que ce qui distingue les perroquets du plus grand nombre des oiseaux, c'est la qualité
charnue et le grand volume de leur langue : tout ample qu'est leur bec,
celle-ci en remplit toute la capacité; il n'est donc rien de plus remarquable
que de voir que ce qui existe avec une si grande exagération dans une famille,
présente tout à coup le contraire dans une de ses subdivisions. Cette langue est
réduite aux plus petites dimensions, sans cependant rien perdre de son
efficacité, comme organe du goût; voilà ce dont il ne m'est pas permis de
douter, et ce qui explique une habitude de l'oiseau, racontée par M. Levaill-
lant, et que j'ai pareillement constatée. Ces perroquets émiettent tout ce
qu'on leur donne, et recueillent chaque miette sur le centre de leur langue
qui prend alors une forme de cuilleron. Il est évident qu'ils agissent ainsi
par sensualité; car, s'ils n'avaient en vue que de s'approvisionner et de
et de remplir leur estomac, ils trouveraient à le faire à bien moins de
frais et de fatigues.

« Comme tous les perroquets, ils brisent sans difficulté les noix, les
noisettes et toute espèce de noyau ; mais, quand ils en ont détaché les
amandes, il ne leur arrive pas, ainsi qu'à leurs congénères, de les écraser
pour les avaler en gros fragmens : l'entrée de leur œsophage le permettrait
cependant, puisque cette ouverture est assez grande pour que les amandes
entières y puissent être reçues.

« Un ara à trompe a garde d'en agir ainsi. J'ai vu cet oiseau attentif à
gruger tout ce qu'on lui donnait, du pain, du sucre, des amandes, et à

toujours porter sur l'extrémité de sa langue chaque parcelle qui se trou-
vait détachée, et il en faisait la déglutition, retenant la masse principale
entre les tranchans des demi-becs; ou bien, pour avoir sans embarras la
jouissance entière de son appareil de déglutition, cette masse principale
était reprise et conservée momentanément par une des pattes.

« La langue de ces oiseaux a été comparée à un gland : c'est en effet une
tubérosité de forme ovale ; son grand diamètre est transversal, et large de
trois lignes ; le petit diamètre est de moitié tout au plus. Toute petite qu'est
cette langue, elle saisit habilement tout fragment qui est d'une dimension au-
dessous de son volume : c'est qu'elle se plisse et devient concave à la ligne mé-
diane ; elle est dans le vrai fortement préhensile, ce dont elle est redevable à
ses os propres ou aux glossohyaux, qui, rapprochés l'un de l'autre par les
muscles de la langue, deviennent une sorte de pince pour tout ce qui s'engage
dans leur intervalle.

Je n'ai pu prendre connaissance des pièces hyoïdiennes qu'à travers les
membranes et les muscles de tout cet ensemble de parties mais, aidé de la
connaissance que j'avais de l'hyoïde des autres perroquets, j'en ai pu présenter
la détermination sans craindre de me tromper.

L'apohyal est la pièce planche D, lettre E ; il paraît que sa tête apo-
physaire, qui est ordinairement prolongée et portée sur le basihyal a plus de
longueur que chez les perroquets à grosse langue ; la figure l'indique sous la
lettre G. Le cératohyal, dans tous les perroquets, est ordinairement un os
ramassé, semblable de forme, comme d'usage, à la rotule : la lettre H
montre sa place. J'ai pu distinguer le basihyal et l'urohyal, qui sont des pièces
médianes de la couche inférieure, quand il arrivait à l'oiseau de lever tout
l'appareil, ce qu'il a coutume de faire dans l'acte de la déglutition ; mais la
figure n'en peut donner d'indice. (*Voy.* pour la signification de ces nouvelles
dénominations, la *Philosophie anatomique*, tom. I, pag. 147.)

Des observations qui précèdent, il résulte que ce que M. Levaillant et
ses commentateurs ont considéré comme la trompe ou la langue des aras
indiens comprend tout l'appareil hyoïdien ; que c'est ce même appareil, mais
également frappé de réduction dans toutes ses parties, étant partout dans des
conditions rudimentaires.

« Ainsi cette trompe qui s'avance, selon le récit de M. Levaillant, c'est tout l'hyoïde et ses annexes qui se portent en avant. Les divers mouvemens de cette trompe qui, comparés à ceux de la trompe de l'éléphant, paraissaient manquer de souplesse, sont les mouvemens ordinaires de l'appareil, mouvemens qui lui font exécuter l'acte de déglutition. Quand cet appareil se retire, c'est tout l'organe respiratoire, la trachée-artère et le larynx qui agissent sur lui, en descendant ou se plongeant dans la poitrine; l'hyoïde ne se retire que parce qu'il est emporté.

« La glotte, visible entre les apohyaux qui servent à sa suspension, reste le plus souvent ouverte : avec l'hyoïde porté en avant, son ouverture est longitudinale; avec cet appareil refoulé dans le pharynx, l'ouverture est transversale, ou même entièrement ovale.

« La glotte, dans ce dernier cas, ne peut se fermer, et c'est la seule position que puisse admettre l'animal pour faire entendre ses cris.

« Si l'on réfléchit à cette organisation de la langue et du larynx, on conçoit que M. Levaillant ait échoué dans sa tentative de faire articuler à ces oiseaux le mots les plus faciles. Ils ne lui ont jamais, dit-il, paru porter la moindre attention à ses leçons; mais c'est parce qu'ils n'ont pas l'organe avec lequel on puisse parler. Leur langue n'existe qu'en vestiges, toute-puissante encore pour la dégustation et la saisie des alimens; mais elle est bien loin de pouvoir remplir l'immense étendue de leur bouche.

« Ce fait d'un organe porté à un si grand raccourcissement, tient à un autre non moins remarquable, auquel je ne sache point que personne ait encore fait attention, c'est la brièveté et le raccourcissement de la mâchoire inférieure elle-même. Celle-ci a perdu en longueur ce qu'elle a acquis d'une manière si demesurée en largeur. De sa forme il résulte que cette mâchoire occupe la région du cou, que la tête est prolongée extraordinairement au delà, et que c'est là ce qu'explique cette avance si grande du demi-bec supérieur.

« Ayant, par cette discussion, porté l'attention des ornithologistes sur ce fait organique qui signale véritablement les aras indiens, et ayant de plus, je crois avec certitude, démontré que le nom de ara à trompe contient un énoncé erroné; je propose, pour cette division des perroquets, une dénomination prise de leur réelle organisation, celle de *microglosse* (perroroquets à petite langue).

Le . Microglosse noir, Microglossus Aterrimus.

2ᵉᵐᵉ TRIBU. ANISODACTYLES, *Anisodactyli.*

Trois doigts devant, très-rarement deux; un derrière, quelquefois versatile; l'externe toujours dirigé en avant.

1ʳᵉ FAMILLE. GRANIVORES, *Granivori.*

Bec brévi-cône, épais ou grêle, quelquefois croisé.
Tarses annelés; quatre doigts, trois devant, un derrière, rarement versatile.

A. *Pouce versatile articulé sur le côté interne du tarse, souvent dirigé en
avant. Pl.* B B. nº 5.

1ʳᵉ DIVISION. COLIOU, *Colius,* Linnée.

Bec épais à sa base, convexe en dessus, un peu aplati en-dessous, entier;
mandibule supérieure, un peu fléchie en arc, courbée à sa pointe, couvrant
les bords de l'inférieure; celle-ci plus courte et droite. Pl. E. nº 2.
Narines rondes, petites, cachées sous des plumes dirigées en avant.
Langue courte, cartilagineuse, aplatie, lacérée à sa pointe.
Tarses nus, annelés.
Doigts totalement séparés; pouce court.
Ongles très-arqués, le postérieur le plus court de tous.
Ailes à penne bâtarde, courte; deuxième et troisième rémiges les plus
longues de toutes.
Queue composée de douze pennes.
Les huit espèces que renferme ce genre ne se trouvent que dans les
contrées chaudes de l'Afrique et de l'Asie. Elles vivent en famille, et cha-
cune niche dans les mêmes buissons. Les colious dorment suspendus aux
branches, la tête en bas, et pressés les uns contre les autres; ils marchent
comme les *martinets,* en s'appuyant sur la longueur du tarse; portent le plus
souvent les quatre doigts dirigés en avant, et grimpent à la manière des per-

roquets, en s'aidant du bec. Leur nourriture consiste en fruits, graines, bourgeons d'arbres et des pousses tendres des plantes potagères.

LE COLIOU HUPPÉ DU SÉNÉGAL, *Colius Senegalensis.*

Pl. LI.

Vinaceo-grisescens; caudâ cærulescente; capite cristato; nuchâ cyaneâ (mas.) *nuchâ cinereâ* (femina).

Le coliou huppé du Sénégal, *Brisson, ornithologie, tome* 3, *pag.* 3o6, *n*° 2, *pl.* 16, *fig.* 3.

Le coliou huppé du Sénégal, *Buffon, Hist. nat. des Oiseaux, tom.* 4, *pag.* 4o4, *pl. enl. n*° 282, *fig.* 2.

Colius Senegalensis, *Linn., Gm.-Syst. nat., édit.* 13, *n*° 1.

Idem, *Latham, index, n*° 2.

Sénégal Coly, *idem, Synopsis, tom.* 2, *pag.* 101, *n*° 2.

Ce coliou, qui est assez commun au Sénégal et qu'on rencontre dans diverses autres contrées de l'Afrique, porte une huppe composée de plumes déliées d'un gris clair un peu vineux; cette couleur règne aussi sur le reste de la tête, la gorge, toutes les parties postérieures, le bas du dos, le croupion et les couvertures de la queue; la nuque est d'un beau bleu céleste; le haut du dos et les couvertures supérieures des ailes sont d'un gris un peu foncé; les pennes de la queue d'un gris tirant au bleu et très-étagées; celles des ailes d'un gris-brun en dehors et rousses en dedans; le bec est rouge à sa base et noir à sa pointe; les tarses sont gris, et les ongles bruns. Longueur totale, 12 pouces. La femelle diffère du mâle en ce que sa nuque est grise au lieu d'être bleue. Le jeune, le nid et les œufs ne sont pas connus.

B. *Doigt postérieur toujours dirigé en arrière.* pl. B B. n° 6.

2ᵉᵐᵉ DIVISION. BEC-CROISÉ, *Loxia,* Linnée, Gmelin.

Bec comprimé sur les côtés, crochu à la pointe de ses deux parties;

Le Coliou huppé du Sénégal, Colius Senegalensis.

mandibules croisées en travers l'une sur l'autre, et un peu courbées en sens contraire, pl. E, n° 3.

Narines petites, rondes, et cachées sous des petites plumes dirigées en avant.

Langue cartilagineuse, courte, entière.

Tarses nus, annelés.

Doigt intermédiaire soudé à la base avec l'extérieur, totalement séparé de l'interne.

Ongles très-crochus.

Rémiges, première, deuxième et troisième les plus longues de toutes.

Queue composée de douze pennes.

Selon Montbeillard, la différente direction des mandibules provient du premier usage que ces oiseaux font de leur bec (il serait, dit-il, toujours croisé du même côté, si certains individus ne se donnaient pas l'habitude de prendre leur nourriture à gauche, au lieu de la prendre à droite); cette assertion paraît fondée, puisqu'on voit des bec-croisés qui les portent dirigées de ces deux diverses manières. Ces parties s'étant accrues à leur extrémité et ne pouvant se rencontrer, il en résulte que ces oiseaux ne peuvent ni béqueter, ni saisir les petites graines autrement que de côté. La nature, qui a des vues fixes, et dont toutes les productions ont dans leur développement un but déterminé, leur a donné des mandibules ainsi conformées, afin qu'ils puissent soulever et détacher les écailles des pommes de pin pour en saisir l'amande; à cet effet, ils placent le crochet de la partie inférieure au-dessous de l'écaille, et la séparent avec celui de la supérieure. Ils se servent encore de ces crochets pour taillader la pulpe des pommes et des poires, dont ils ne mangent que les pepins, et pour grimper en s'accrochant aux branches, à la manière des perroquets.

Les becs-croisés de l'Europe et de l'Amérique septentrionale ont des mœurs, des habitudes et un instinct analogues. Ils se tiennent dans les contrées les plus boréales, et se réunissent en troupes nombreuses pour voyager. La plupart pénètrent plus ou moins dans le sud pendant l'été, ou à l'arrière-saison; les autres restent sédentaires dans leur pays natal. Ceux qui habitent l'Europe s'avancent quelquefois dans l'intérieur de la France, et les bec-croisés leucoptères se montrent aux mêmes époques dans l'état de Newiork ; mais aux approches de la douce température, tous ou presque tous les voyageurs retournent dans les climats froids, leur résidence favorite , où, dès le mois de février, on en voit déjà s'occuper d'une nouvelle génération. Les pins et les sapins, sur lesquels ils trouvent presque toujours leur aliment préféré, leur servent encore d'asile pour y construire leur nid. Ils font ordinairement deux pontes annuelles, et chacune est composée de quatre ou cinq œufs.

Cette division ne contient que trois espèces bien connues ; dont deux se trouvent en Europe.

LE BEC-CROISÉ LEUCOPTÈRE, *Loxia leucoptera.*

Pl. LII.

Pennis albidis, margine rubris ; uropygio dilute rubro ; crissoexalbido ; caudâ alisque nigris ; alarum fusciâ duplici albâ (mas.). *Capite, corpore suprâ, alis caudâque fuscis ; uropygio flavescente-viridi ; gulâ exalbidâ fusco masculatâ* (femina).

White Winged Grosbill, *Lath., Synopsis, tom.* 2 , *pag.* 108, *n°* 2.

Loxia falcirostra , *idem , index , n°* 2.

Loxia leucoptera, *Linn., Gm., Syst. nat.,* édit., 13, *n°* 12.

Le bec-croisé leucoptère, *Buff. édit. de Sonnini, tom.* 47 , *pag.* 65.

Le bec-croisé leucoptère, 2ᵉ *édit. du nouv. Dict. d'Hist. nat., tom.* 3, *pag.* 339.

Cette espèce habite en été la baie d'Hudson, et en hiver le Canada et le nord des états de la Pensylvanie et de Newiork ; irrégulière dans ses courses périodiques, elle fréquente aussi des contrées plus septentrionales que celles-ci, pendant la mauvaise saison ; car il paraît vraisemblable que c'est de ce bec-croisé dont parle Mackenzie, et qu'il a rencontré au mois de décembre par la latitude de 56 dégrés 9 minutes nord, dans les forêts qui entourent le fort de la Fourche, et sur les bords de la rivière de la Paix. C'est presque le seul oiseau sylvain qui ose se montrer alors dans ces régions glacées, sans doute parce que les neiges et les frimats ne peuvent le priver totalement de la graine des arbres conifères et des baies, qui ne se détachent qu'au printemps. Il vivifie ces forêts désertes et silencieuses, par un ramage qui, selon ce voyageur anglais, n'est pas sans agrément.

On trouve encore ces bec-croisés sur les bords du lac Ontario, où il suffit, pour en prendre un grand nombre pendant l'hiver, de répandre de l'urine sur la neige. Telle est leur avidité pour cette sorte d'aliment, qu'ils se jettent aussitôt dessus et se laissent approcher d'assez près pour qu'on puisse les tuer à coups de bâton, et même les saisir à la main.

Ces oiseaux, que les habitans de la terre du Labrador appellent *asitchou achashish*, se montrent à la baie d'Hudson dans le courant du mois de mars, et n'y fréquentent que les lieux plantés de pins. Ils construisent leur nid sur les branches vers le milieu de l'arbre, le composent d'herbes sèches, liées ensemble avec de la terre, et en tapissent l'intérieur avec des plumes. La ponte est de cinq œufs blancs, tachetés de jaunâtre. Les petits quittent leur berceau au mois de juin, et accompagnent leurs père et mère dans les voyages qu'ils entreprennent tous les ans au mois de novembre.

Le mâle a le bec noirâtre; la tête, le cou, le dessus du corps et les côtés de toutes les parties inférieures rouges, avec un mélange de gris sur le ventre; les côtés de la tête sont tachetés de noir; un trait de cette même couleur borde le front, passe à travers l'œil et se perd sur les oreilles; une bande pareille traverse le dos, sur lequel le rouge paraît plus foncé qu'ailleurs. Quelques taches noirâtres s'étendent en longueur sur les flancs; les couvertures inférieures de la queue sont blanches et noires; cette dernière teinte couvre aussi ses pennes, celles des ailes et leurs couvertures supérieures; l'autre règne encore sur quelques plumes de leur partie antérieure, ainsi qu'à l'extrémité des grandes tectrices et des rémiges secondaires les plus proches du dos; les pieds sont bruns; la queue est fourchue. Longueur totale, 5 pouces 8 lignes.

La femelle est moins grosse et moins longue que le mâle; elle en diffère encore par son plumage, qui est brun sur la tête, le dessus du cou, le dos, les ailes et la queue; le croupion est vert-jaunâtre; le haut et les côtés de la poitrine sont verdâtres; les flancs de cette teinte, mais rembrunie; le milieu du ventre est blanchâtre; les parties postérieures sont brunes; les couvertures inférieures de la queue, bordées de gris; la gorge est blanchâtre et tachetée de brun. Longueur totale 4 pouces et demi.

3ᵉᵐᵉ DIVISION. DUR-BEC, *Strobiliphaga. Loxia,* Linnée, Gmelin.

Bec robuste, entier, gros, conico-convexe; mandibule supérieure courbée vers le bout par-dessus l'inférieure; celle-ci plus courte, obtuse à son extrémité. pl. E, nº 4.

Narines rondes, ouvertes, cachées sous des petites plumes dirigées en avant.

Langue épaisse et comme tronquée à sa pointe.

Tarses nus, annelés.

Doigt intermédiaire soudé à la base avec l'extérieur, et totalement séparé de l'interne.

Rémiges deuxième et troisième les plus longues de toutes.

Queue composée de douze pennes.

Les dur-becs ont été classés dans le genre *loxia* de Linnée; cependant leur bec présente une forme différente qui les rapproche de certains bouvreuils, dont ils diffèrent cependant par la manière dont la mandibule inférieure est terminée, et en ce que les narines sont totalement cachées sous des petites plumes. Ce dernier caractère leur est commun avec les bec-croisés; ils en ont aussi des habitudes, et ils se nourrissent des mêmes alimens. Cette division n'est composée que de deux espèces.

LE DUR-BEC ROUGE, *Strobiliphaga enucleator.*

Pl. LIII.

Sordide roseo, fusco griseoque varia; lineâ alarum duplici albâ; rectricibus totis nigricantibus (mas.). *Vertice uropygioque fuscis et aurantiis; corpore suprà fusco; subtus cinereo* (femina) *corpore griseo* (junior).

Le gros-bec du Canada, *Brisson, ornith. tom.* 3, *pag.* 250, *nº* 15, *pl.* 12, *fig.* 3.

Le Bec-croisé Leucoptère; Loxia Leucoptera.

Le dur-bec, *Buffon, Hist. nat. des Ois.*, pl. enl., n° 135, *fig.* 1.

Loxia enucleator, *Linn., Gm., Syst. nat.*, édit. 13, n° 3, idem, Lath.

Haken-kernbeisser, *Wolf et Meyer, Taschenbuch, etc., pag.* 142.

Greasted Bulfinch, *edwards, ois, pl.* 123, 124.

Pine Grosbeak, *Lath., Synopsis, tome* 2, *page* 111, n° 5.

Cette espèce est répandue dans le nord des deux continens et pénètre rarement dans les régions tempérées. On la voit quelquefois en Angleterre et en France, dans les environs de Strasbourg; on la rencontre aussi en Allemagne, dans le nord de l'Europe, très-rarement en Amérique au delà de l'Arcadie, mais elle est commune au Canada, dont les habitans l'appellent *bouvreuil*, d'après quelque analogie dans la conformation du bec et dans la couleur rouge du mâle. Les naturels de la baie d'Hudson, où elle paraît au mois de mai, la nomment *wuscinithow*. Comme elle vit principalement de semences corticales, on doit la chercher dans les forêts de pins.

Le mâle est doué d'une voix sonore et mélodieuse; il chante ses amours dès le mois de février, se fait entendre nuit et jour au printemps, et se tait dans les autres saisons. La femelle place son nid sur les arbres moyens, en garnit l'extérieur de buchettes et l'intérieur de plumes, et d'autres matériaux duveteux. La ponte est de quatre ou cinq œufs blancs.

Le bec est brun en dessus et gris en dessous; l'œil est placé entre un trait brun et une tache d'un blanc sale; la tête, le cou, le manteau et le croupion sont d'un rouge incarnat, varié de brun sur le dos; ce même rouge est encore répandu sur la gorge et les parties postérieures, mais il a moins d'éclat que sur les parties supérieures; les plumes des jambes sont grises; les petites couvertures des ailes brunes et bordées en dehors d'un blanc nuancé de rose: les rémiges et les rectrices ont leur extérieur gris et sont brunes dans le reste, ainsi que les plumes qui recouvrent les narines; des individus ont les pieds de cette couleur, tandis que d'autres les ont noirs, de même que le bec. Longeur totale, huit pouces environ. Tel est le plumage du mâle adulte.

La femelle en diffère en ce qu'elle est d'un brun nué d'orangé sur la tête et le croupion, la nuque et les joues; d'un gris brun sur le dos et les plumes scapulaires; cendrée sur les parties inférieures, avec une faible nuance d'orangé; en général la livrée des mâles adultes ou vieux et des femelles est sujette à varier; en effet les uns sont d'un rouge uniforme et terne; d'autres présentent un mélange de rouge, de gris, de brun et de verdâtre; ce dernier vêtement indique toujours des jeunes mâles à l'époque de leur première mue. Tous ceux-ci ne prennent leur belle parure qu'à l'âge de deux ans; ils sont dans leur premier âge, d'un gris cendré; ensuite ils deviennent olivâtres sur la tête, le cou, le croupion et les couvertures supérieures de la queue, avec une faible nuance de cette couleur sur la poitrine; toutes les couvertures supérieures des ailes sont terminées de gris-blanc; leurs pennes secondaires bordées à l'extérieur de la même teinte et d'un vert-olive, qui blanchit sur le bord des autres pennes; celles-ci, dans le reste, sont brunes, ainsi que les pennes de la queue dont le dehors est olivâtre.

3ème DIVISION. BOUVREUIL, *Pyrrhula. Loxia,* Linnée, Gmelin.

Bec robuste, épais, convexe dessus et dessous, arrondi ou comprimé latéralement; mandibule supérieure plus longue que l'inférieure, en couvrant les bords, fléchie vers le bout, à dos retréci ou bombé, quelquefois crénelée sur le milieu de ses bords, creuse en dedans et à palais lisse; l'inférieure arrondie et un peu dirigée en haut à sa pointe.

Narines petites, rondes, ouvertes, en partie cachées sous des petites plumes dirigées en avant.

Langue épaisse, charnue, entière, un peu obtuse.

Tarses nus, annelés.

Doigt intermédiaire soudé à la base avec l'extérieur et totalement séparé de l'interne.

Rémiges deuxième et troisième les plus longues de toutes.

Queue composée de douze pennes.

Linnée et les naturalistes qui ont suivi son système, ont classé les bouvreuils avec les gros-becs; Brisson et d'autres auteurs les en ont séparés, et je crois avec raison, puisqu'ils en diffèrent essentiellement par la forme du bec. Les bouvreuils ont aussi quelques habitudes qui leurs sont particulières, et

Le Dur-bec rouge, *Strobiliphaga enucleator.*

P. Oudart, del.

Lith. de Domanne, Rue d'Enghien, N.º 39.

quelques-uns une aptitude naturelle à s'approprier, et même à perfectionner des sons étrangers ; faculté qu'on n'a pas encore remarquée dans les gros-becs. Plusieurs sont, en captivité, susceptibles d'une grande familiarité et d'un attachement durable pour celui qui les soigne.

On voit rarement les bouvreuils sur les grands arbres, s'ils s'élèvent à leur cime, c'est pour y trouver dans les bourgeons un aliment préféré, pour chanter leurs amours et y jeter leurs cris de ralliment, quand ils sont égarés. Toutes les espèces du nord se trouvent dans les bois pendant l'été et n'en sortent qu'à la fin de l'automne pour s'approcher des lieux habités. On voit alors les bouvreuils d'Europe par familles, ou en troupes assez nombreuses, composées des individus du même canton; ils ne se mêlent jamais avec d'autres oiseaux, comme font à cette époque les verdiers, les friquets, les bruans, les pinsons, etc. On ne les rencontre au printemps que par paires. Chez quelques espèces l'union du mâle et de la femelle est si intime qu'ils restent appariés jusqu'à la mort.

Ils cherchent leur nourriture sur les arbres, les arbrisseaux, les plantes et très-rarement à terre. Ils sont seminivores, c'est-à-dire qu'ils vivent de graines dépouillées de leur péricarpe, et les font macérer dans leur jabot pour les dégorger à leurs petits comme font les serins, les chardonnerets, les linots, etc.; on trouve leur nid dans les buissons, où il est toujours à une certaine élévation. La ponte est de quatre ou cinq œufs, et leurs petits naissent couverts d'un léger duvet.

Cette division est composée d'environ vingt-quatre espèces dont une seule se trouve en Europe; parmi les autres, le plus grand nombre habite en Amérique.

A. *Bec entier, à dos rétréci,* pl. E., n° 5.

LE BOUVREUIL AZURÉ, *Pyrrhula cærulea.*

Pl. LIV.

Cærulea; fronte nigrâ ; vertice rubro; occipite albo; alis caudâque atris.

Ce bouvreuil qu'on trouve au Brésil, diffère de celui d'Europe par son bec un peu caréné en dessus et moins bombé. Un bleu à reflets éclatans règne sur presque tout son plumage, savoir, sur les joues, les tempes, la nuque, les petites couvertures supérieures de l'aile, celles de la queue, le dos, le croupion, la gorge, le devant du cou, la poitrine, les parties postérieures, le bord externe des grandes tectrices alaires, des rémiges secondaires, et des rectrices; cette couleur prend un ton noirâtre sur les côtés du dessous du corps, sur le devant du cou et sur les jambes, selon l'incidence de la lumière; le front est d'un noir velouté auquel succède sur le milieu du *vertex* une tache d'un beau rouge, bordée par des plumes blanches et assez longues pour former une petite huppe; lorsque l'oiseau les redresse; ces plumes couvrent totalement l'occiput. Les grandes couvertures supérieures des ailes, leurs pennes, celles de la queue, le menton, le bec et les pieds sont noirs. Longueur totale, six pouces trois lignes. Chez des individus, les plumes blanches sont moins longues et moins fournies; chez d'autres il n'y a aucun vestige de blanc et la couleur bleue est terne; peut-être ceux-ci sont-ils des femelles ou des jeunes mâles. Je dois la connaissance de cette espèce, à M. Bonjour, qui a eu la complaisance de me confier l'individu dont je publie la figure, et qui le conserve dans la plus belle collection d'oiseaux d'Europe que je connaisse à Paris.

B. *Bec entier, comprimé latéralement*, pl. E, n° 6.

LE BOUVREUIL A GORGE ORANGÉE, *Pyrrhula auranticollis*.

Pl. LV.

Nigra; vertice nuchæ lateribus, gulâ crissoque fusco-aurantiis (mas.). *Virescente-fusca; gulâ, abdomine, tectricibus caudæ inferioribus aurantiorufis* (femina).

Bouvreuil de Portorico, *Daudin, Ornith.*

Bouvreuil à gorge orangée, 2e *édit. du nouv. dict. d'Hist. nat., tome* 4, *pag.* 300.

On doit la connaissance de ce bouvreuil de Portorico, à feu Mauger, naturaliste très-zélé pour les progrès de l'Ornithologie. Le peu de distance qui

Le Bouvreuil azuré *Pyrrhula cœrulea.*

P. Oudart, del.   Lith. de Demanne, Rue d'Enghien, n.º 39.

Le Bouvreuil à gorge orangée, *Pyrrhula aurauticollis.*

P. Oudart, del.

Lith. de Demonne, Rue d'Enghien, N°39.

sépare cette île de celle de Saint-Domingue, me fait présumer qu'il n'est pas étranger à cette colonie, d'autant plus que l'une et l'autre possèdent les mêmes animaux. On ne connaît que son cri, siflet aigu qu'il fait entendre quelquefois, lorsqu'il est perché à la cime d'un arbre.

Le plumage du mâle serait totalement d'un noir lugubre, s'il n'était égayé par le rouge-brun orangé qui règne sur le dessus de la tête, les côtés de la nuque, la gorge, les plumes de l'anus et les couvertures inférieures de la queue; le bec et les pieds sont noirs. Longueur totale, six pouces neuf lignes.

La femelle, dont la livrée est d'un brun-verdâtre qui approche de la couleur de tabac, a la gorge, le bas-ventre et les tectrices inférieures de la queue d'un roux-orangé terne et mélangé de gris sur la première partie; cette couleur grise se rembrunit à l'extérieur des rémiges.

C. *Bec entier, bombé en tous sens*, pl. E, n° 7.

LE BOUVREUIL D'EUROPE, *Pyrrhula europæa.*

Pl. LVI.

Cinerea; artubus nigris; pectore rubro; tectricibus caudæ remigumque posticarum albis (mas.). *Subtus fusco-ferruginea* (femina).

Capite cinereo, pectore rufescente-griseo; ventre fulvo (junior).

Le bouvreuil, *Briss.*, *Ornith.*, tom. 3, pag. 308, n° 1.

Idem, *Buffon*, *Hist. nat. des Ois.*, tome 4, *page* 372, *pl. enl.*, n° 145.

Loxia Pyrrhula, *Linn.*, *Gm.*, *Syst. nat.*, *édit.* 13, n° 4, idem, Lath.

Rothbrüstiger kernbeisser, *Wolf et Meyer, taschenbuch, etc., pag.* 147.

Bulfinch, *Lath., Synopsis, tom.* 2, *pag.* 143, n° 51.

Il existe dans cette espèce deux races qui ne diffèrent entre elles que par la grosseur. Elles ont le même genre de vie; mais les gros font bande à part, quoiqu'ils habitent souvent les mêmes cantons que les petits. Quelquefois on les voit ensemble sur le même arbre, où ils sont attirés par la nourriture qui leur est commune; c'est pour peu de temps; car dès qu'ils le quittent chaque famille se sépare. On les distingue encore par un chant différent. Joli plumage, belle voix, gosier flexible, familiarité, attachement; telles sont les qualités qui ont mérité à cet oiseau la place qu'il occupe dans nos volières. Le bouvreuil étonne par ses sons harmonieux, et doit à l'art leur perfection. Ces petites phrases exprimées d'une manière si touchante, ces caresses si douces, si tendres, et prodiguées avec une satisfaction sensible, sont dues souvent aux leçons d'une jeune et naïve institutrice.

Le chant naturel du bouvreuil est composé de trois cris distincts, qui paraissent exprimer les syllabes *tui, tui, tui;* l'un se fait entendre d'abord seul lorsqu'il débute, ensuite trois ou quatre fois; à ces coups de sifflets succède un gazouillement enroué et finissant en fausset. Il a en outre un autre cri doux et plaintif qu'il répète fort souvent et qu'il fait entendre sans aucun mouvement du bec et du gosier, mais qu'il accompagne d'un remuement dans les muscles de l'abdomen.

Cette espèce, qui possède toutes les qualités qu'on peut désirer dans les oiseaux qu'on destine à son amusement, est nuisible dans l'état sauvage; car elle fait du dégât dans nos vergers, en mangeant et détruisant les bourgeons des arbres fruitiers, surtout des pruniers, poiriers et pommiers. Le mâle et la femelle restent appariés pendant toute l'année, vivent ensemble et s'éloignent peu l'un de l'autre. Ils habitent ordinairement les bois situés sur les montagnes, et ne les quittent qu'à la mauvaise saison pour descendre dans les plaines. On en voit alors près des habitations, le long des haies, dans les vergers et les bosquets. Ils vivent de baies, de graines, des bourgeons du bouleau, de l'aune et du tremble. Quelques-uns restent au printemps dans les jardins et les charmilles, où ils font leur nid; ils le placent ordinairement dans l'épaisseur des buissons isolés, et préfèrent ceux d'épine blanche. Le mâle aide la femelle dans la construction du nid et la nourrit pendant l'incubation; ils composent ce berceau de petites boisettes à l'extérieur, arrangées négligemment dans la bifurcation d'une branche, et en garnissent l'intérieur de fibres ou du chevelu des racines. La ponte est de cinq ou six œufs d'un blanc bleuâtre, avec des taches rouges, et d'un pourpre obscur.

Chez le mâle, la tête, le menton, les ailes et la queue sont d'un noir lustré, à reflets violets; la gorge, le devant du cou, la poitrine, le haut du

Le Bouvreuil d'Europe, Pirrhula Europœa.

L.' Oudart, del.

Lith. de Demanne, rue d'Enghien, N.º 39.

ventre et le bord extérieur dé la dernière plume des grandes couvertures alaires, d'un beau rouge; le dessus du cou, le dos, les petites couvertures des ailes, la moitié des moyennes, d'un cendré bleuâtre; le croupion, le bas-ventre et les couvertures inférieures de la queue, blancs; le bec est noir, les pieds sont noirâtres. Longueur totale, cinq pouces et demi.

La femelle diffère du mâle en ce que le noir est sans reflets et qu'une teinte d'un cendré vineux remplace le rouge.

Le jeune a la tête et le dessus du corps d'un gris-cendré; la gorge et la poitrine d'un gris-roussâtre, le ventre fauve; une bande transversale roussâtre sur les ailes; le bas-ventre et le croupion d'un blanc sale; le bec noirâtre.

D. Bec crénelé vers le milieu et sur les bords de sa partie supérieure,
pl. E, n° 8.

LE BOUVREUIL NOIR, *Pyrrhula nigra.*

Pl. LVII.

Nigra; maculâ albâ humeri basique remigum primarium exteriorum.
Little blach bulfinch, *Catesby car.* 1 *pl.* 68.
Le bouvreuil noir du Mexique, *Buffon, Histoire nat. des Ois tom.* 4, *page* 304.
Idem, *Brisson, Ornith., tome* 3, *page* 316, n° 3.
Loxia nigra, *Linn., Gm., Syst. nat., édit.* 13, n° 40. Idem, *Lath., index,* n° 59.
Black grossbill, *Lath., Synopsis, tome* 2, *page,* 147, n° 60.

Le bec de cet oiseau présente une conformation particulière, car, outre qu'il est crénelé, sa base supérieure est plus élevée que le front. Je l'ai eu vivant à la Havane, dans les États-Unis et en France; c'est pourquoi je puis assurer qu'il est d'un naturel doux et si craintif que quoique armé d'un bec robuste, il n'osait disputer sa nourriture à des oiseaux renfermés dans sa volière et beaucoup plus faibles que lui. Je ne l'ai jamais entendu chanter; mais il jetait assez souvent un petit cri aigu, surtout quand on l'inquiétait.

On le trouve à l'île de Cuba et au Mexique. Tout son plumage est d'un noir profond, sans reflets, à l'exception du pli de l'aile, de l'origine des premières rémiges et des couvertures inférieures de l'aile qui sont d'un beau blanc; le bec et les pieds, d'un brun-noirâtre; là queue est étagée. Longueur totale, quatre pouces un quart.

4ème DIVISION. GROS-BEC, *Coccothraustes. Loxia*, Linnée, Gmelin.

Bec robuste, droit, bombé, conique, pointu; mandibule supérieure aussi ou plus élevée que le front, à son origine, communément à bords lisses, rarement munie sur chaque bord vers sa base d'une dent aiguë, ou d'un angle saillant vers le milieu, couvrant les bords de l'inférieure, à palais concave et strié longitudinalement.

Narines petites, ouvertes, rondes, à demi-cachées par les plumes du *capistrum* chez la plupart.

Langue épaisse, bifide à son extrémité.

Tarses nus, annelés

Doigt intermédiaire soudé à la base avec l'externe et totalement séparé de l'interne.

Rémiges première, deuxième et troisième les plus longues de toutes.

Queue composée de douze pennes.

Les quatre-vingts espèces que renferment cette division n'ont pas tous le bec conformé de même; les uns l'ont à sa base aussi ou plus élevé que le front à bords lisses, tandis que chez d'autres la mandibule supérieure est munie d'une angle saillant vers le milieu, et chez une seule, garnie d'une dent aiguë à son origine, ce qui a donné lieu à trois sections. Illiger les classe dans le même genre que les fringilles. En effet on ne peut disconvenir que le bec de celles-ci ne présente aucune différence avec celui des deux premières sections, si l'on n'a pas égard à son élévation; mais si on adopte cette réunion, on ne peut se dispenser de lui imposer un nom générique, tout autre que celui de *gros-bec;* car il paraîtrait ridicule si on l'appliquait aux *chardonnerets, tarins, bengalis, sénégalis*, etc., etc.

Les gros-becs sont seminivores, baccivores et entomophages; ils mangent

Le Bouvreuil noir, *Pirrhula nigra*

F.ᵉ Oudart, del.

Lith. de Denanne, rue d'Enghien, N.ᵒ 39.

rarement des insectes, quand ils sont adultes, mais le plus grand nombre
en donnent à leurs petits dans les premiers jours de leur naissance; d'autres
cassent les noyaux pour en avoir l'amande, et tous dépouillent les graines
de leur péricarpe avant de les avaler. Ils construisent leur nid dans les buissons, sur les arbres, et le placent à une élévation plus ou moins grande. La
ponte est ordinairement de quatre ou cinq œufs. Les petits naissent couverts
de duvet.

Plusieurs sont, il est vrai, privés d'un chant très-remarquable; mais on
ne doit pas généraliser cette privation à toutes les espèces, comme l'a fait
Montbeillard, à l'article du cardinal huppé, puisque cet oiseau et plusieurs
de ses congénères ont un fort beau ramage. La plupart vivent par couples;
d'autres s'isolent peu de temps après les couvées; plusieurs restent en famille jusqu'au printemps et quelques-uns se réunissent en bandes nombreuses.

A. *Bec à bords lisses, pl.* E, *n°* 9.

LE GROS-BEC ROSE-GORGE, *Coccothraustes rubricollis.*

Pl. LVIII.

*Capite, mento, corpore suprà, alis caudáque nigris; gutture rubro; pec-
tore, ventre, uropygio albis* (mas.).

Corpore suprà nigricante, subtus albo et fusco maculato (femina).

Le gros-bec de la Louisiane, *Briss., Ornith., tome* 3, *pag.* 247, *n°* 14,
pl. 12.

Le rose-gorge, *Buff., Hist. nat. des Ois., pl. enl., n°* 153, *fig.* 2.

Loxia ludoviciana, *Linn., Gm., Syst. nat., édit.* 13, *n°* 38, Idem, *Lath.,
index, n°*

Fringilla punicea, *Linn., Gm., n°* 81. Idem. *Lath., n°* 34.

Red-breasted grosbeak, *Lath., Synopsis, tom.* 2, *pag.* 526, *n°* 24.

Red-breasted finch, *idem, pag.* 272, *n°* 30; *Pennant, Arct. zool., tom.* 2,
pag. 372, *n°* 243.

Moineau à poitrine et ventre pourprés, *Buff.*, *édit. de Sonnini*, *tom.* 48, *pag.* 240.

Ce bel oiseau, que je n'ai rencontré qu'une seule fois dans le sud de l'état de Newiork, se voit plus communément sur les bords du lac Ontario et à la Louisiane. Rare partout, il n'habite les contrées septentrionales que pendant l'été, fréquente les grands taillis, et ne se plaît que dans les endroits les plus fourrés. Il place son nid sur les arbres touffus, le compose de petites bûchettes en dehors et d'herbes fines en dedans. La ponte est de quatre ou cinq œufs blancs et tachetés de brun.

Trois couleurs dominent sur le plumage du mâle : un noir foncé est répandu sur la tête, le dessus du cou, le menton, le dos, les petites et les grandes couvertures supérieures des ailes, sur le bord extérieur de leurs pennes et de celles de la queue ; un blanc pur règne sur les côtés du cou, la poitrine, le ventre, le croupion, les moyennes tectrices de l'aile, à l'origine de ses quatre premières pennes ; à l'extrémité de ses grandes tectrices et de ses pennes secondaires, où il prend la forme de mouchetures irrégulières. On remarque encore cette couleur sur le côté interne des six rectrices les plus extérieures. Un rouge éclatant occupe la gorge, le devant du cou et descend par un trait longitudinal sur la poitrine : cette couleur est encore indiquée par des taches sur la partie antérieure de l'aile et sur les flancs ; les couvertures sous-alaires sont roses ; le bec est blanc, et faiblement nuancé de brun à sa pointe ; les plumes des jambes sont de la dernière teinte. Longueur totale, six pouces dix lignes.

Des individus du même sexe ont les flancs tachetés de noir ; plusieurs plumes de la gorge frangées de blanc et quelques-unes tachetées de rouge sur le menton. Celui qui est figuré dans les planches enluminées de Buffon a la gorge et la poitrine roses ; mais cette nuance n'est pas naturelle ; la couleur rouge de l'oiseau qui a servi de modèle au dessinateur avait été dégradée par les fumigations du soufre qu'on employait alors au Musée d'Histoire naturelle pour la conservation des peaux. Latham décrit une variété dont les côtés de la poitrine et les plumes des jambes sont d'un brun ferrugineux, et dont les couvertures inférieures de la queue sont d'un jaune pâle. On doit encore rapporter au mâle le *red-breasted finch* de Pen-

Pl. 38.

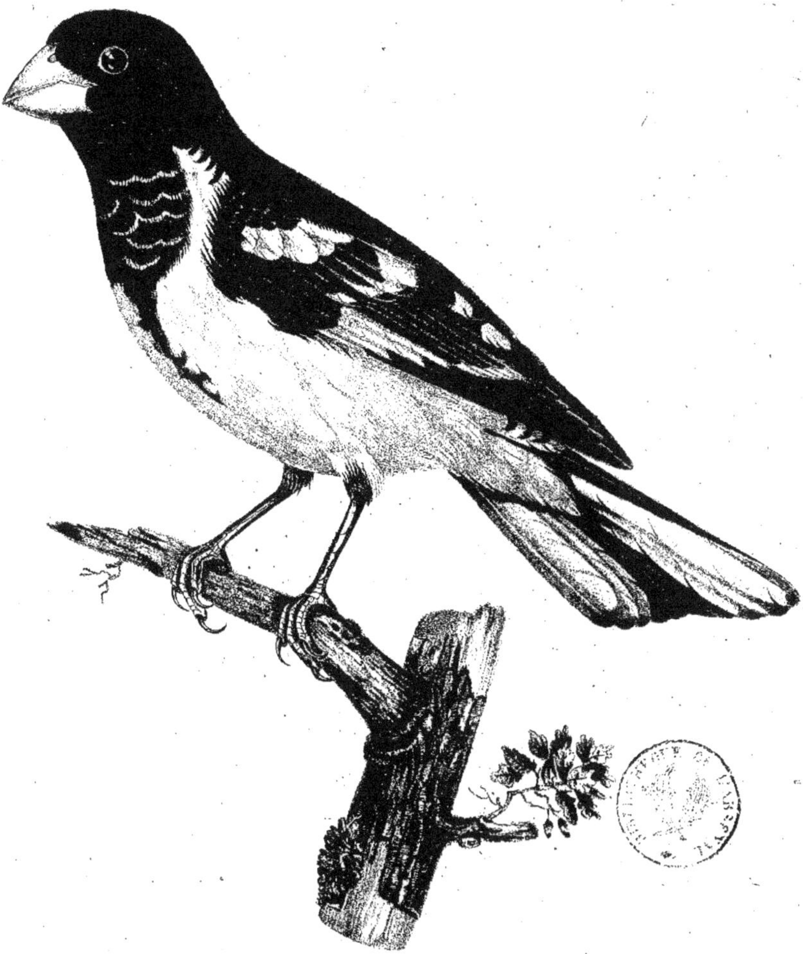

Le Gros-bec Rose-gorge. Coccothraustes Rubricollis.

...ct del.   Lith. de Donnanne, rue d'Enghien, N.° 39.

nant et de Latham, présenté par ces ornithologistes et ceux qui les ont
copiés pour une espèce particulière. Quoiqu'ils aient placé cet oiseau dans
un autre genre, on ne peut disconvenir que c'est réellement un gros-bec à
gorge rouge, quand on compare sa description à celle du précédent. Cet
oiseau a été vu avec six ou sept de ses semblables, à Sandyhook, péninsule
qui est à l'entrée de la baie de Newiork. Il a le bec et le ventre blancs; des
marques de la même couleur sur les ailes; la gorge, le devant du cou et
la poitrine d'un beau rouge; la tête, le dessus du cou, le dos, les ailes, la
queue et les pieds noirs. Telle est la description faite par Pennant, qui le
premier en a parlé sans faire mention de ses dimensions et de ses proportions.

La femelle a le bec noirâtre; les plumes de la tête, du cou et du dos de
cette teinte dans leur milieu, et brunes sur les bords; les couvertures supérieures des ailes pareilles à la tête, et terminées de blanc; la gorge et toutes
les parties postérieures de cette couleur et tachetées de brun; les rémiges
et les rectrices d'un brun sombre; les latérales de la queue d'un blanc sale
en dedans. Le gros-bec noirâtre, *loxia obscura*, a un plumage tellement
analogue à celui de cette femelle, que je ne balance pas à les réunir, d'autant plus qu'on le trouve dans les mêmes contrées.

Les jeunes mâles, sous leur première livrée, ressemblent à leur mère; mais
ils portent ensuite un vêtement dont les couleurs ne prennent de l'éclat et
de la pureté que dans leur deuxième année; avant d'y parvenir, elles sont
distribuées de cette manière : le bec est brun en dessus, couleur de corne
en dessous; la tête, le dessus du cou et du corps sont d'un blanc-jaunâtre,
tacheté de brun-noirâtre; les ailes et la queue noires; les petites couvertures alaires, l'extrémité des pennes secondaires, l'origine des quatre premières rémiges, l'intérieur des rectrices latérales, le ventre et les parties postérieures blancs; la gorge est de la même couleur, et pointillée de rose
foncé; le devant du cou et la poitrine sont tachetés de brun et de rouge;
les couvertures inférieures des ailes comme chez le mâle, et les pieds bruns.

B. *Mandibule supérieure, munie d'un angle saillant sur chaque bord,
vers le milieu, et inclinée à sa pointe, pl.* E, *n°* 10.

LE GROS-BEC A TÊTE NOIRE, *Coccothraustes erythromelas.*

Pl. LIX.

Rubra; remigibus rectricibusque obscurioribus; capite atro (mas. *) aureo-virescens; subtus flava; remigibus olivaceo-viridibus rufoque extus marginatis (* femina.*)*

Black-headed grosbeak, *Lath., Synopsis, tom.* 2, *pag.* 150, *pl.* 43.

Gros-bec à tête noire, 2ᵉ *édit. du Nouv. dict. d'Histoire naturelle, tom.* 13, *pag.* 547.

Loxia erytrhomelas, *Lath., index, n°* 70. Idem, *Linn., Gm., Syst. nat., édit.* 13, *n°* 83.

Chez le mâle de cette espèce, qu'on trouve à Cayenne, le bec est blanc à sa base et sur le milieu de la mandibule inférieure; le reste est noir; la tête et la gorge sont de cette couleur; le corps est d'un rouge sombre, tendant au noir sur les ailes et la queue; celle-ci est un peu arrondie, et les pennes ont leur extrémité pointue; les pieds sont bruns; le plumage de la femelle est, en dessus, d'un verdâtre orangé, avec quelques taches semées çà et là; les côtés du cou sont d'un rouge orangé foncé, le dessous du corps est jaune; les pennes des ailes et de la queue sont d'un vert-olive et bordées de roux à l'extérieur.

C. *Mandibule supérieure garnie d'une dent à sa base et sur chaque bord,
pl.* E, *n°* 11.

LE GROS-BEC PONCEAU, *Coccothraustes ostrina.*

Pl. LX.

Nigra; capite, gutture, collo, pectore caudâque ostrinis.

Le Gros-bec à tête noire, *Coccothraustes Erythromelas*.

L. Oudart del.

Lith. de Demanne, rue d'Enghien, N. 59.

Loxie ponceau, *Vieillot*, *Hist. nat. des Oiseaux chanteurs de la zone torride*, pag. 79, *pl.* 48.

Idem, 2ᵉ *édition du Nouveau dict. d'Hist. naturelle, tom.* 13, *pag.* 548.

Idem, *Encyclopédie méthodique, ornithologie, pag.* 1018.

Ce gros-bec des Indes et de l'Afrique, se distingue de tous ses congénères par son bec armé d'une dent un peu aigüe à la base et sur chaque bord de sa partie supérieure. Un rouge-ponceau domine sur la tête, la gorge, le cou, la poitrine, les flancs et la queue; le reste du plumage, le bec et les pieds sont noirs. Longueur totale, 5 pouces 3 lignes.

5ᵉᵐᵉ DIVISION. FRINGILLE, *Fringilla.*

Bec moins épais que la tête, à bords droits, entier, brévicone, pointu; mandibule supérieure couvrant les bords de l'inférieure, droite, rarement inclinée vers le bout, à palais creux et strié longitudinalement.

Narines rondes, couvertes en tout ou en partie par des plumes très-courtes et dirigées en avant.

Langue épaisse, arrondie, à pointe comprimée et bifide.

Tarses nus, annelés.

Doigt intermédiaire soudé à la base avec l'externe, totalement séparé de l'interne.

Ailes moyennes; les quatre premières rémiges, à peu près égales entre elles, et les plus longues de toutes.

Queue à douze rectrices.

Cette division est composée d'environ cent cinquante-quatre espèces, dispersées dans cinq grouppes, d'après quelques dissemblances dans la conformation du bec : les uns l'ont parfaitement conique, les autres un peu ovale, plusieurs aigu, grêle, et comprimé latéralement à son extrémité; quelques-uns un peu obtus et incliné vers le bout, et d'autres denté à la base de sa partie inférieure.

Les fringilles sont décrites dans les ornithologies françaises sous les noms de *moineau, pinson, verdier, veuve, linotte, chardonneret, tarin, senegali, bengali, serin, sizerin.* Les habitudes, les mœurs et l'instinct n'étant pas les mêmes pour toutes, elles se divisent naturellement en petites familles. Les espèces qui vivent entre les tropiques et dans les régions voisines sont sédentaires, tandis que, parmi celles des zones tempérées et glaciales, il en est qui abandonnent leur pays natal aux approches des frimats, pour chercher dans des contrées plus méridionales la nourriture dont les privent les glaces et les neiges; elles s'éloignent plus ou moins de leur domicile d'été, selon que l'hiver est plus ou moins froid.

Ces oiseaux vivent de graines, qu'ils dépouillent de leur péricarpe avant de les avaler. Ils ont un jabot dans lequel elles se macèrent, avant de passer dans le gésier, et dont ils les font remonter pour les donner à leurs petits.

Quoique tous soient granivores, il s'en trouve parmi eux qui mangent des insectes, mais ordinairement ils n'en prennent qu'afin d'en nourrir leurs petits; et dès que le bec de ceux-ci a acquis la force nécessaire pour concasser la graine, ce n'est plus pour eux un aliment préféré.

A l'exception de la veuve à épaulettes, tous les autres sont monogames. Les espèces des zones tempérées et glaciales n'ont qu'une saison d'amour; mais celles de la zone torride en ont plusieurs; les unes nichent dans les buissons, les autres sur les arbres, et plusieurs donnent à leur nid une forme élégante. La ponte est de trois, de quatre ou de cinq œufs, rarement unique; car souvent des fringilles en font deux, trois et quelquefois quatre, ce qui dépend de la chaleur plus ou moins prolongée des contrées qu'elles habitent. La plupart des mâles ont un chant ordinairement agréable, et le ramage de quelques-uns plaît presque autant que celui du rossignol. Tous s'accoutument à l'esclavage, et beaucoup font l'ornement de nos volières.

_ Le Gros-bec ponceau, *Coccothraustes Ostrina.*

P. Oudart del.t   Lith. de G. Engelmann.

A. *Bec droit, robuste, parfaitement conique, à pointe, sans compression et un peu aiguë, pl.* F, *n°* 1.

LA FRINGILLE A DEUX BRINS, *Fringilla superciliosa.*

Pl. LXI.

Verticis collique lateribus nigris; superciliis, gulâ, jugulo, ventre, tectricumque alarum apice albis; rectricibus duabus intermediis longissimis, angustis.

La veuve à deux brins, 2ᵉ *édition du Nouveau dict. d'Histoire naturelle, tom.* 12, *pag.* 216.

Cette espèce fait partie de la belle famille d'oiseaux que l'on appelle veuve, et qu'on trouve en Afrique et dans les grandes Indes; mais cette dénomination, dit Montbeillard, qui paraît bien leur convenir, soit à cause du noir qui domine dans leur plumage, soit à cause de leur longue queue traînante, ne leur a été imposée que par une méprise. Les Portugais les appelèrent d'abord *oiseaux de Widha,* c'est-à-dire de *Juida,* royaume d'Afrique, où ils sont très-communs. La ressemblance de ce mot avec celui qui signifie *veuve* en langue portugaise aura pu tromper des étrangers qui auront pris l'un pour l'autre, et cette erreur se sera accréditée d'autant plus aisément, que le nom de veuve paraissait à plusieurs égards fait pour ces oiseaux. Les femelles ne sont jamais parées d'une longue queue, et les mâles ne la portent que pendant six mois, qui ne sont pas les mêmes pour tous, ce qui paraît dépendre, pour les jeunes, du jour de leur naissance, et pour les adultes, du climat où ils se trouvent. Le savant coopérateur du Pline français a présenté ces longues plumes comme une fausse queue, et son sentiment a été adopté dans le règne animal, ainsi que dans le Dictionnaire de Sciences naturelles; mais l'observation fait connaître que c'est une erreur pour toutes les veuves, à l'exception de celle à épaulettes. En effet, ce nom de fausse queue, qui convient très-bien à quelques plumes de cette veuve, ne peut s'appliquer aux longues pennes des autres. Celles-ci ne sont point, comme le dit Montbeillard et les auteurs qui l'ont copié sans vérifier, *quelques plumes des couvertures supé-*

rieures de la queue, qui se développent sous diverses formes, mais bien chez les veuves *au collier d'or, en feu, à quatre brins* et *dominicaine,* les quatre rectrices intermédiaires, qui, avec les huit latérales, complètent le nombre de douze, que les mâles, les femelles et les jeunes portent en tout temps. Je ne suis pas le seul qui ait indiqué ces longues plumes pour appartenir à la queue, car l'exact Brisson et Latham en font mention pour les veuves qu'ils ont décrites : frappé de cette contradiction pour un fait aussi facile à vérifier, j'ai examiné de nouveau, et avec la plus grande attention, la queue des mâles sous leur habit de noce, vivans ou morts, et il résulte de cet examen, réitéré sur un grand nombre d'individus, que je puis certifier que les quatre grandes plumes sont les pennes intermédiaires de la queue, et ne font pas partie des couvertures supérieures. Ces longues plumes ne sont qu'au nombre de deux chez la veuve de cet article, et sont accompagnées de dix pennes latérales.

Latham et Gmelin ont classé les veuves dans le genre *emberiza* (bruant), mais Brisson et Montbeillard me paraissent bien fondés à les ranger avec les pinsons et les moineaux, d'après la conformation de leur bec.

La veuve à deux brins, dont je dois la connaissance à un savant ornithologiste hollandais, M. Temminck, porte une bandelette blanche au-dessus des yeux, laquelle se prolonge jusque sur les côtés de la nuque; une autre de la même couleur part de la base supérieure du bec et s'étend en longueur sur le milieu du *vertex;* le dessus, les côtés de la tête et du cou sont noirs : cette teinte représente une sorte de ceinture sur le milieu de la poitrine, et règne aussi sur le manteau, les couvertures supérieures, les pennes des ailes et le dessus de la queue ; un blanc de neige domine sur la gorge, le devant du cou, le reste de la poitrine, le ventre et les parties postérieures, sert de bordure aux plumes scapulaires, et termine les petites et moyennes couvertures alaires ; ce qui donne lieu à deux bandes transversales sur l'aile : cette couleur forme encore une frange très-étroite sur les bords des pennes caudales, est répandue sur la moitié des rectrices les plus extérieures et sur les deux intermédiaires, qui ont six pouces de longueur; celles-ci sont étroites, à barbes décomposées, déliées, légèrement bordées de noir, et dépassent les autres de quatre pouces. Les pieds sont d'un rouge qui prend un ton brun sur le bec. Longueur totale, 9 pouces.

La Fringille à deux lignes, *Fringilla Superciliosa*.

Vuidert delt.　　　　　Lith de C.^e Engelmann.

B. *Bec un peu ovale à pointe courte et un peu obtuse, pl. F, n° 2.*

LA FRINGILLE VENTURON, *Fringilla citrinella.*

Pl. LXII.

Fronte, nuchâ, uropygio, corporeque subtùs flavis; abdomine albido; dorso fuscescente maculato; tectricibus alarum minoribus virescentibus; modicis nigricantibus, apice flavo-viridibus; alis caudâque fuscis, margine virescente-flavis.

Serin d'Italie, *Brisson, Ornith.*, tom. 3, *pag.* 182, *n°* 51.

Le venturon de Provence, *Buffon, Hist. nat. des Oiseaux,* article du serin, *pl. enl., n°* 658, *fig.* 2.

Fringilla citrinella, *Linn., Gm., Syst. nat.,* édit. 13, *n°* 16. Idem, *Latham, index, n°* 58.

Emberiza brumalis, *Linn., Gm., n°* 41. Idem, *Lath., n°* 47.

Citril finch, *Lath., Synopsis,* tom. 2, *pag.* 297, *n°* 64.

Brumal bunting, *idem, pag.* 199, *n°* 42.

Bruant du Tirol, *Buffon, édit. de Sonnini,* tom. 40, *pag.* 130.

On rencontre cette espèce en Italie, en Grèce, en Turquie, en Autriche, dans nos provinces méridionales, quelquefois en Lorraine et en Bourgogne, très-rarement aux environs de Paris et dans nos contrées septentrionales. Le chant du mâle est agréable et varié. La femelle place son nid sur les arbres touffus des campagnes et des jardins, particulièrement sur les cyprès, surtout en Italie, le construit de laine, de crin et de plumes. La ponte est de quatre ou cinq œufs. Le mâle s'allie facilement avec une femelle serin, et il résulte de cette alliance des petits qui peuvent se reproduire jusqu'à la troisième génération; c'est un fait dont on ne peut douter, puisqu'il a lieu dans nos volières.

L'image du venturon, que Buffon a publiée dans les planches enluminées, manque d'exactitude, surtout quant à la forme du bec. Il en est de même pour le *cini,* figuré sur cette même planche n° 1; aussi en est-il résulté une confusion qui a donné lieu à l'erreur où sont tombés presque tous les ornithologistes, qui ont pris l'un pour l'autre. Cette méprise existe dans la deuxième

édition du *Nouveau Dictionnaire d'Histoire naturelle*, où l'on a placé le venturon dans la section du *chardonneret*, tandis qu'il devait occuper celle du
cini, et celui-ci celle du venturon.

Cette espèce a le bec très-court et ovale, le front jaune, une sorte de collier
entre l'occiput et la nuque, le croupion et toutes les parties inférieures de
cette couleur, qui est plus claire sur le bas de la poitrine et sur le ventre,
prend un ton blanchâtre sur l'abdomen et sur les couvertures inférieures de
la queue : elle est coupée par quelques taches brunes et longitudinales sur les
côtés du dessous du corps : le dos est tacheté de brunâtre sur un fond jaune ;
les petites couvertures supérieures des ailes sont verdâtres, les moyennes
noirâtres et terminées de jaune-vert ; les grandes terminées de même sur un
fond verdâtre ; les rémiges et les rectrices brunes et frangées en dehors de
jaune-verdâtre. Les pieds couleur de chair, le bec est brun en dessus, blanchâtre en dessous. Longueur totale, quatre pouces trois quarts. La femelle
est un peu plus petite que le mâle, et porte des couleurs moins vives.

C. *Bec à pointe épaisse, inclinée et un peu obtuse*, pl. F, *n*° 3.

LA FRINGILLE A TÊTE MARRON, *Fringilla Italiæ.*

Pl. LXIII.

*Capite, nuchâque castaneis ; gulâ, juguloque nigris ; superciliis, genis,
fasciâ alarum albis ; remigibus rectricibusque fuscis* (mas.)

*Superne nigricante et rufescente varia, inferne cinereo alba ; superciliis,
tæniâ alarum albo rufescentibus, capite, nuchâque rufescente fuscis* (femina.)

Capannaia scherzofa, *Ornith. italienne.*

Moineau à tête marron ou d'Italie, 2ᵉ *édition du Nouveau Dictionnaire
d'Histoire naturelle, tom.* 12, *pag.* 199.

Gros-bec cisalpin, *Temminck*, 2ᵉ *édition du Manuel d'ornith., pag.* 351.

On a confondu ce moineau avec celui de France (*fringilla domestica*) ;
mais on a reconnu depuis que c'était une espèce différente, ou plutôt une

La Fringille venturon. Fringilla Citrinella.

P. Oudart del.

Lith. de Remence rue d'Enghien N.89

La Fringille à tête marron, Fringilla Italiæ.

P. Oudart del.

Lith. de Demonne, rue d'Enghien, N.º 39

race constante qui est commune en Italie. Il semble tenir le milieu entre le moineau franc et le friquet, car il se rapproche de ce dernier par la couleur de la tête, et par l'habitude de se tenir de préférence dans les champs.

Le mâle, en été, a la tête et la nuque d'une belle couleur de marron foncé, les *lorums*, la gorge et le devant du cou, noirs; un trait blanc au-dessus de l'œil; les joues, les côtés de la gorge, et une bandelette sur l'aile de cette couleur; les plumes du dos, noires dans le milieu, et rousses sur les bords; le croupion, gris-cendré; la poitrine et les parties postérieures, d'un blanc nué de gris très-clair sur les côtés; les rémiges, brunes et noires; la queue de la première teinte; le bec noir; les pieds d'un brun-rougeâtre. Longueur totale, 5 pouces 4 à 6 lignes. Chez le même, en hiver, la tête et la nuque sont d'un marron moins vif; le dessus du corps, les ailes et la queue, avec des teintes moins vives; la couleur blanche paraît un peu nuée de gris, et les plumes du devant du cou sont terminées de blanc; le bec est couleur de corne. La femelle ressemble à celle du moineau franc.

D. *Bec à pointe comprimée latéralement, plus ou moins allongée, grêle et très-aiguë, pl. F, n° 4.*

LA FRINGILLE BEAU-MARQUET, *Fringilla elegans.*

Pl. LXIV

Fronte, capistro, gulâ rubris; collo anteriori flavo, vertice cinereo, corpore suprà veridi-olivaceo; pectore nigro, albo, viridi transversim striato (mas.)

Capite, collo integro, cinereis; dorso rectricibus alarum superioribus sordide olivaceo-viridibus (junior.)

Le beau-marquet, *Buffon, Hist. nat. des Ois.*, tom 3, *pag.* 497, *pl. enl.*, *n°* 203, *fig.* 1.

Fringilla élégans, *Linn., Gm., Syst. nat., édit.* 13, *n°* 61.

Beautiful finch, *Lath., Synopsis, tom.* 2, *pag.* 266, *n°* 19.

Ce bel oiseau d'Afrique, que nous voyons quelquefois vivant dans nos volières, a le bec, le front, la gorge rouges; la tête et le dessus du cou gris-bleuâtres ; le devant de la dernière partie jaune ; le dos et les couvertures supérieures des ailes d'un vert-olive; celles de la queue, ses pennes et le croupion d'un roux rembruni ; la poitrine et le haut du ventre rayés de blanc, de noir, et de vert ; les parties postérieures blanches, les pieds rouges. Longueur totale, 4 pouces 2 lignes.

Le jeune est gris sur la tête, la gorge, le cou en entier, et les parties posté-rieures, avec des raies transversales brunes et rougeâtres sur celles-ci ; les pieds sont couleur de chair.

E. *Mandibule inférieure bidentée sur chaque bord, vers son origine,*
pl. F, n° 5.

LA FRINGILLE SIZERIN ou BORÉALE, *Fringilla borealis.*

Pl. LXV.

Vertice sanguinolento ; mento nigro ; pectore purpurescente-rubro ; fasciâ alarum duplici albidâ ; uropygio albo rubroque maculato (mas.)
Pectore albo, fusco maculato (femina.)

Petite linotte de vigne, *Brisson, Ornith., tom.* 3, *pag.* 138, *n°* 31.
Le sizerin, *Buff., Hist. nat. des Ois., tom.* 4, *pag.* 216.
Fringilla linaria, *Linn., Gm., Syst. nat., édit.* 13, *n°* 29.
Lesser redpole, *Lath., Synopsis, tom.* 2, *pag.* 305, *n°* 75.
Rothplattiger haenfling, *Frisch, pl.* 10, *mâle et femelle.*

Quoique Brisson, Buffon et Mauduyt aient très-bien distingué ce sizerin et le cabaret, en les donnant comme deux espèces très-différentes, d'autres ornithologistes plus modernes ne les ont pas moins confondues. Je citerai entre autres M. Temminck, qui, dans la deuxième édition de son *Manuel d'ornithologie*, prétend que je me suis trompé en les séparant ; mais je crois que s'il les eût comparés scrupuleusement, il ne m'aurait pas fait ce re-proche, et surtout s'il eût connu leur genre de vie et le chant des mâles.

Au reste ce sizerin se plaît dans les lieux plantés d'aulnes dont il aime les graines, ainsi que celles de l'ortie-grièche, du chardon et du pavot ; mais

La Fringille Beau marquet, *Fringilla Elegans.*

P. Oudart del.t   Lith de G. Engelmann.

en volière il préfère le chènevis à la navette et au millet. Il mange au prin‑
temps les boutons des jeunes branches du chêne, du bouleau, etc. Peu sau‑
vage, on l'approche de très-près sans l'effaroucher; d'un naturel doux, il se
familiarise promptement avec la cage; peu défiant, il se prend facilement dans
les piéges qu'on lui tend.

Nous ne voyons cette espèce que pendant l'hiver, et elle ne se rencontre
aux environs de Paris que tous les sept ou huit ans. Elle forme alors des
troupes souvent très-nombreuses, qui fréquentent les bois, où elles se tiennent
à la cime des chênes, des bouleaux, des peupliers; ce sizerin s'accroche, comme
les mésanges, à l'extrémité des petites branches, et en parcourt toutes les
sommités avec une vivacité étonnante. Il quitte la France et les contrées
voisines vers le mois de mars, et pousse alors ses excursions fort avant
dans le nord. Othon Fabricius l'a rencontré au Groenland, où il niche; je
l'ai vu aux États-Unis dans les mois de décembre et de janvier; il y
pénètre plus ou moins; ce qui paraît dépendre de la force du froid. La
femelle place son nid entre les branches des arbrisseaux et le compose de trois
couches : la première, qui est la plus épaisse, est tissue d'herbes sèches, entre‑
mêlées de quelques petits rameaux; celle du milieu est plus mince, et
mélangée de plumes et de mousse; le duvet, d'une espèce de fromager, forme
le lit sur lequel elle dépose cinq œufs d'un blanc verdâtre, tacheté de roux,
principalement vers le gros bout.

Le ramage du mâle est faible et plaintif; il babille sans cesse, soit en volant,
soit en cherchant sa nourriture, d'où lui est venu l'épithète latine *querula*;
d'autres l'appellent *petit-chéne*, parce qu'on le voit souvent sur cet arbre;
enfin les oiseleurs de Paris le désignent par le nom de *grand-cabaret*, pour
le distinguer de l'oiseau qu'ils nomment simplement *cabaret*.

Le mâle a le sommet de la tête d'un rouge de sang; les *lorums* et le haut
de la gorge noirs; le devant du cou et la poitrine d'un rouge pourpre
inclinant au rose; le ventre et les parties postérieures d'un beau blanc; l'oc‑
ciput, le manteau et les flancs variés de gris et de brun sombre; le croupion
tacheté de cette couleur sur un fond blanc; les couvertures inférieures des ailes
blanches; les supérieures d'un brun obscur; les petites et les grandes terminées
de blanc; les pennes brunes, et bordées de blanc-roussâtre en dehors; la queue

parcille et frangée dé blanchâtre; le bec blanc en été, brun en dessus, jaunâtre sur les côtés et en dessous en hiver; les pieds bruns. Longueur totale, 5 pouces. Les couleurs sont, pendant la mauvaise saison, plus ternes, et le blanc est nuancé de roussâtre.

La femelle est un peu plus petite que le mâle, et en diffère encore par son front blanc; par le devant du cou et la poitrine, qui sont de cette couleur et tachetés de brun sur les côtés, et enfin par des teintes moins chargées. Le jeune mâle a aussi le front blanc; les plumes du sommet de la tête rouges et terminées de gris-blanc; le reste du plumage comme la femelle.

6ème DIVISION. PASSERINE, *Passerina*.

Bec entier, conique, moins large que la tête, un peu robuste, droit, rétréci vers le bout, à bords inférieurs, quelquefois supérieurs, fléchis en dedans, à ouverture dirigée obliquement et en en-bas; mandibule supérieure couvrant au moins à sa base les bords de l'inférieure, à palais aplati, épais et lisse. Pl. F, n° 6.

Narines ouvertes, arrondies, glabres chez les uns, cachées sous des petites plumes dirigées en avant chez les autres.

Langue épaisse, un peu échancrée à sa pointe.

Tarses nus, annelés.

Doigt intermédiaire soudé avec l'externe à sa base, totalement séparé de l'interne.

Ailes moyennes; deuxième et troisième rémiges ordinairement les plus longues de toutes.

Queue à douze rectrices.

Des trente-deux espèces dont cette division est composée, la plupart habitent l'Amérique. Elle est subdivisée en deux sections, d'après la conformation de l'ongle postérieur. Dans la première, se trouvent les espèces qui ont cet ongle arqué et plus court que le doigt; dans la seconde, celles dont le même ongle est plus long que le doigt, presque droit et subulé. Les passerines tiennent aux bruans par plusieurs caractères; mais elles en diffèrent principalement en ce qu'elles n'ont point de tubercule osseux à l'intérieur de

La Fringille sizerin, *Fringilla Borealis.*

P. Oudart del.

Lith. de G. Engelmann.

leur mandibule supérieure ; ce ne seront pas moins des bruans pour les ornithologistes qui n'attachent aucune importance à cet attribut, parce que,
disent-ils, on ne le voit pas quand le bec est fermé, ou qui n'en parlent pas,
ainsi que l'a fait Linnée, pour qui toutes nos passerines sont des *emberiza*.
Il y a encore d'autres différences dans la conformation du bec de celles-la et
des bruans, mais moins tranchées, qu'on saisit néanmoins assez facilement
quand on compare ces oiseaux en nature. Plusieurs passerines ont été classées
dans le genre *fringilla*. En effet, au premier aperçu, leur bec se présente à
peu près sous les mêmes formes ; mais, en l'examinant avec attention, l'on
s'aperçoit que les bords, surtout de la partie inférieure, rentrent en dedans ;
que la supérieure a le palais lisse et presque de niveau avec ses bords, que
son ouverture se dirige en en-bas ; tandis que les *fringilla* ont les bords du
bec droits, et le palais creusé et comme strié.

Les espèces de la première section se perchent nuit et jour, soit sur les
arbres, soit dans les buissons, d'où elles descendent à terre pour chercher
leur nourriture ; celles de la seconde se tiennent plus souvent à terre que perchées, et y restent toujours pendant la nuit ; c'est ainsi que se comportent les
passerines de neige et grand montain. Toutes se nourrissent de petites graines
entières ou dépouillées de leur péricarpe et d'insectes. Les unes nichent sur
les arbres, d'autres dans les buissons, les herbes et les halliers. Le nombre
de leur ponte dépend de la température du pays qu'elles habitent, et est composée de trois, de quatre ou de cinq œufs. Les premiers alimens qu'elles apportent à leurs petits sont toujours des insectes, des chenilles, et des vermisseaux.

LA PASSERINE NONPAREIL ou LE PAPE,
Passerina ciris.

Pl. LXVI.

*Capite violaceo ; corpore subtùs uropygioque rubris ; dorso viridi et
olivaceo* (senior.)

*Capite cæruleo violaceo ; corpore suprà saturatè viridi ; ventre griseo
aut rubro flavoque vario ; hypochondriis viridibus* (adultus.)

Suprà saturatè viridis, subtùs viridi-olovaceus (femina et junior.)

Verdier de la Louisiane, *Brisson, Ornith.*, tom. 3, *pag.* 200, *n°* 55 ; *Appen.*, *pag.* 74.

Le pape, *Buffon, Hist. nat. des Ois.*, tom. 4, *pag.* 176, *pl. enl.*, *n°* 159, *fig.* 1 *et* 2.

Emberiza ciris, *Linn.*, *Gm.*, *Syst. nat.*, *édit.* 13, *n°* 24 ; idem, *Lath.*, *index*, *n°* 61.

Painted bunting, *Lath.*, *Synopsis*, tom. 2, *pag.* 206, *n°* 54.

Parmi les beaux oiseaux, celui-ci doit être placé au premier rang, d'autant plus qu'à la richesse de son vêtement il joint un naturel doux, familier, et un ramage mélodieux. Son chant ressemble beaucoup à celui de la fauvette à tête noire ; mais il est moins fort et plus agréable dans un appartement. Cette espèce, qui se plaît sur les orangers et y niche, est commune dans les Florides et à la Louisiane, plus rare dans la Caroline méridionale, et ne pénètre pas plus au nord dans les États-Unis. Les Espagnols l'appellent *mariposa*, et les Anglais *nonpareil*.

Le nom de *pape*, qu'on lui donne en France, vient du camail violet qui couvre la tête du mâle jusqu'au-dessous des yeux, lequel descend sur la partie supérieure et les côtés du cou, et revient sur la gorge ; le devant du cou, les parties postérieures, le croupion et les couvertures de la queue sont d'un rouge éclatant ; le dos est du même rouge chez des individus, mais le plus souvent varié de vert tendre et d'olivâtre obscur ; les grandes couvertures alaires sont vertes, les petites d'un bleu violet ; les pennes et celles de la queue d'un brun-rougeâtre ; les pieds bruns ; le bec est d'un gris rembruni. Longueur totale, 5 pouces et demi.

La femelle est d'un vert foncé sur la tête et toutes les parties supérieures ; d'un vert-olive sur les inférieures, plus chargé sur la poitrine ; d'un vert rembruni, bordé de vert clair sur les ailes et la queue. Les jeunes lui ressemblent ; les mâles, après leur première mue, ont la tête et le cou d'un bleu-violet ; le dessus du corps d'un vert foncé ; le dessous de la même couleur, mais varié de gris et de jaune sur le ventre ; les flancs verts ; les couvertures supérieures, les pennes des ailes et de la queue brunes et bordées de vert à l'extérieur.

La Passerine Nonpareil ou le Pape, *Passerina ciris*.

P. Oudart del.   Lith. de G. Engelmann.

7ᵉᵐᵉ DIVISION. BRUANT, *Emberiza*.

Bec entier, un peu robuste, conique, un peu comprimé latéralement, pointu, à ouverture oblique et dirigée en enbas; mandibule inférieure à bords fléchis en dedans et rétrécis; la supérieure plus étroite, un peu creusée à l'intérieur, et munie d'un tubercule osseux, saillant, longitudinal ou arrondi. Pl. F, n° 7.

Narines orbiculaires, ouvertes, en partie cachées sous des petites plumes dirigées en avant.

Langue épaisse, fendue à la pointe.

Tarses nus, annelés.

Doigt intermédiaire réuni à la base avec l'extérieur, et totalement séparé de l'intérieur.

Ailes moyennes; deuxième et troisième rémiges, à peu près égales et les plus longues de toutes.

Queue à douze rectrices.

Cette division est composée de trente-huit espèces, qui sont répandues en Europe, en Afrique, en Asie et dans l'Amérique. Les bruans ont, de même que tous les séminivores, les deux mandibules mobiles, et un jabot dans lequel les graines sont macérées avant de passer dans l'estomac. Tous vivent principalement de semences qu'ils cherchent à terre, et très-rarement sur les arbres; ils sont aussi entomophages, et ils tuent les insectes avant de les manger, soit à coup de bec, soit en les secouant contre un corps dur; ils déchirent les gros par lambeaux et avalent les autres entiers. C'est avec ce seul aliment qu'ils nourrissent leurs petits nouvellement nés; ensuite ils leur dégorgent les graines à demi digérées. Ces oiseaux ont peu d'aptitude à s'approprier des chants étrangers, et généralement le ramage des mâles n'est pas aussi varié ni aussi agréable que celui des fringilles.

La plupart des bruans, qui habitent les contrées septentrionales, les quittent à l'automne, s'avancent plus ou moins dans le Sud, et y reviennent aux approches du printemps; les uns plus tôt, les autres plus tard. Ils fréquentent de préférence les haies et les bosquets; plusieurs, cependant, ne se plaisent que dans les prairies ou dans les champs cultivés; quelques-uns font leur domicile dans les roseaux et y nichent; tandis que d'autres préfèrent les buissons; quelques-uns construisent leur nid à terre dans une touffe d'herbes ou dans des halliers. Tous font ordinairement deux pontes par an, composées de quatre ou cinq œufs. Le mâle aide la femelle dans la construction du nid, la soulage dans le travail de l'incubation, pendant quelques heures du jour, la nourrit quand elle couve, et partage avec elle les soins qu'exigent les petits. Ceux-ci naissent couverts d'un léger duvet, et quittent leur berceau avant de pouvoir voler, chez les espèces qui nichent à terre, dans les herbes ou au pied d'un buisson.

LE BRUANT HUPPÉ, *Emberiza cristatella.*

Pl. LXVII.

Cristâ, capite, genis, colli parte anteriori nigris; corpore subtus superciliisque flavis; dorso viridi; tectricibus alarum remigibusque nigricantibus, virescente flavo marginatis; rectricibus intermediis nigrescentibus, lateralibus flavis.

Crestado Amarillo, *de Azara, apuntamientos para la hist. nat. de los paxaros del Paraguay y Rio de la Plata, tom. 1, pag. 464, n° 129.*

Le bruant huppé jaune, *ornithologie de l'Encyclopédie méthodique, page 928, n° 18.*

Cette espèce dont on doit la connaissance à M. de Azara, se trouve en Amérique, sous le 29e degré de latitude australe, et se familiarise facilement avec la cage. Nous avons publié son article dans la 2e édition du *Nouveau Dictionnaire d'Histoire Naturelle;* mais c'est mal à propos qu'elle est placée dans le genre gros-bec, car elle n'appartient point à ce groupe, mais bien à celui du bruant, comme nous l'a fort bien observé notre ami M. Baillou, mais trop tard pour pouvoir rectifier cette erreur. De plus, nous avons vu plusieurs individus vivans à Paris, et nous nous sommes assuré que c'étaient de vrais bruans, ayant le bec garni en dedans du tubercule osseux qui distingue parfaitement cette division.

La huppe est noire dans le milieu, de même que le dessus de la tête, les joues, la gorge et la moitié du devant du cou; un trait jaune s'étend depuis les narines jusqu'au delà des yeux; les côtés de la tête et du cou, le pli de l'aile, le dessous du corps et des ailes sont de la même couleur; les plumes de la nuque sont noires dans leur milieu et d'un jaune verdâtre dans le reste; le dos est vert; les couvertures supérieures et les pennes des ailes sont noirâtres et bordées d'un jaune verdâtre; les quatre rectrices intermédiaires noirâtres, et les autres d'un jaune pur; le bec est noir en dessus et blanc en dessous. Longueur totale, 6 pouces 1 quart.

2ème FAMILLE. ÆGITHALES, *Ægithali.*

Pieds médiocres, grêles.

Tarses nus, annelés.

Doigts extérieurs joints seulement à leur origine, chez les uns, jusqu'au delà du milieu, chez les autres; l'intérieur libre ou uni à la base avec l'intermédiare; pouce et ongle postérieur quelquefois plus longs que les autres.

Bec très-court, un peu robuste, conico-convexe, entier, rarement échancré, à pointe arrondie et épaisse ou étroite et aiguë, quelquefois inclinée.

1ère DIVISION. MÉSANGE, *Parus.*

Bec à base garnie de petites plumes dirigées en avant, rarement glabre, entier, court, conique, subulé, droit, un peu robuste, pointu; mandibule supérieure quelquefois recourbée à sa pointe, plus longue que l'inférieure.

Narines orbiculaires, petites, couvertes par les plumes du *capistrum.*

Langue ordinairement tronquée à son extrémité, quelquefois entière.

Tarses grêles.

Doigt intermédiaire soudé à sa base avec l'externe, totalement séparé de l'interne.

Ongle postérieur plus long que les antérieurs.

Ailes à penne bâtarde [1], courte ou moyenne; deuxième, troisième et

---

[1] Cette penne est implantée à l'extrémité de la phalange du long doigt, et immédiatement au-dessous de la première rémige; elle a la roideur et la texture de celle-ci, et elle reste toujours dans un état de repos lorsque l'aile se déploie en éventail.

quatrième rémiges à peu près égales entre elles, et les plus longues de toutes
  Queue à douze rectrices.

Cette division est composée de vingt-neuf espèces qui vivent de graines,
d'amandes, de baies, de bourgeons et d'insectes. Plusieurs sont carnivores à
l'occasion; celles qui mangent des graines les dépècent et ne les avalent que
par parcelles; pour y parvenir elles les assujétissent sous leurs serres et les
percent à coup de bec; toutes déchirent par lambeaux les autres alimens. Les
unes cherchent sous les feuilles les araignées, les chenilles, les larves; d'autres
se cramponnent sur le tronc des arbres, et, dans cette position, saisissent
adroitement les petits animaux qui se réfugient sous l'écorce et dans les lichens. Aucune ne grimpe, comme le disent des ornithologistes, à la manière des *pics* et des *grimpereaux;* car les mésanges ne changent de place
qu'en s'aidant de leurs ailes ou en sautant de côté.

Les espèces carnivores se rapprochent des *pies grièches* par leur courage
et leur audace; elles attaquent les petits oiseaux, surtout lorsqu'ils sont
affaiblis par la maladie, ou qu'ils sont pris dans un piége, et leur percent
le crâne pour manger la cervelle. C'est principalement dans les volières
qu'elles deviennent plus cruelles et plus carnassières, on doit donc les tenir
séparées des autres prisonniers; d'autant plus qu'armées d'un bec dur et
aigu, munies de muscles robustes, elles immolent facilement une victime à
laquelle la Nature a refusé des moyens de défense.

D'un naturel vif et pétulant, les mésanges sont continuellement en action; on les voit voltiger sans cesse d'un arbre à l'autre, en visiter toutes les
branches, se suspendre à l'extrémité des plus faibles rameaux, s'y tenir dans
toutes les positions, souvent la tête en bas, et en suivre le balancement sans
lâcher prise, mettre en pièces les bourgeons pour s'en nourrir, et parcourir
le tronc en furetant dans toutes les fentes et les gerçures de l'écorce. Elles se
posent rarement à terre; plusieurs passent toujours la nuit dans un creux
d'arbre, d'où il est difficile de les faire sortir. Ce gît est encore le magasin où
elles resserrent les petites provisions, dont elles font des amas pour la mauvaise saison. Cette prévoyance leur est tellement naturelle, que si elles décou-
vrent dans une volière un petit réduit, elles ne manquent pas d'y porter une
partie de la nourriture qu'on leur donne.

Le Bruant huppé, Emberiza cristatella.

P. Oudart delt.   Lith. de G. Engelmann.

De tous les petits oiseaux, ceux-ci sont les plus hargneux et les plus courageux; ils indiquent leur colère par le renflement de leurs plumes, des attitudes violentes, des mouvemens précipités et des redoublemens de cris.

Les mésanges forment, après les couvées, des bandes composées d'une ou de deux familles, se rappellent sans cesse, se réunissent un instant, se quittent de nouveau pour se réunir encore. Elles paraissent craindre de s'éloigner autant que de s'approcher de près. Le besoin d'une union plus intime dissout la société dans les premiers jours du printemps; alors chaque couple s'isole dans les bois; d'autres préfèrent les lieux marécageux, et ont un instinct et des mœurs différentes des autres; car tous les détails dans lesquels nous sommes entrés ne conviennent qu'à toutes ou presque toutes les espèces de la première section. *Voyez* les articles des *mésanges moustache* et *remiz*.

Les unes mettent beaucoup d'art dans la construction de leur nid, surtout ces dernières et la mésange à longue queue, le suspendent à des roseaux ou à l'extrémité des branches; plusieurs donnent pour berceau à leurs petits le creux d'un arbre. Quelques-unes sont très-fécondes et même plus qu'aucun autre oiseau, à raison de leur petitesse, car leurs pontes vont jusqu'à dix-huit à vingt œufs. Celles-ci nourrissent leur nombreuse famille avec un zèle et une activité infatigables, y sont très-attachées, les défendent avec courage contre les agresseurs, fondent sur leur ennemi avec une telle intrépidité, qu'elles le forcent souvent de respecter leur faiblesse.

On trouve des mésanges dans l'ancien Continent, du Nord au Midi de l'Europe, en Afrique, en Asie, dans le nord de l'Amérique et à la Nouvelle Hollande; mais on n'en a pas encore découvert dans le sud du nouveau Continent.

A. *Bec droit pointu, pl.* F, *n° 8.*

LA MÉSANGE AZURÉE, *Parus cyanus.*

Pl. LXVIII.

Corpore suprà pallide cœrulescente, subtus niveo; uropygio et vertice ex cano albidis; cervicis albâ fasciâ latâ; humeris tectricibusque caudæ cœruleis (mas).

Vertice cinereo-albo; cæruleo colore pallidiore (femina)

Grosse mésange bleue, *Briss. Ornith., tom.* 3, *pag.* 348, *n°* 3.

Idem, *Buffon, Hist. nat. des Ois., tom.* 5, *pag.* 455.

Parus cyanus, *Linn., Gm., Syst. nat., édit.* 13, *n°* 16.

Idem, *Lath. index, n°* 3, *Pallas, nov. comm. petrop.* 14; *n°* 588, *pl.* 23, *fig.* 2.

Azure titmouze, *Lath. Synopsis, tom.* 2, *pag.* 538, *n°* 3.

Lazur maise, *Wolf et Meyer, taschenbuch der deutschen vögelkunde,* *pag.* 270, *n°* 4.

Parus indicus, *Aldrov. Ornith.,* 2, *pag.* 1007, *n°* 16.

Parus Sæbyensis, *Sparrm. mus. Carlson., pl.* 25. Idem, *Lin., Gm., n°* 17.

Aldrovande est le premier qui ait décrit cette mésange, et qui en ait publié la figure d'après une peinture qu'il soupçonnait être de fantaisie, ou du moins celle d'un oiseau imaginaire ou très-défiguré et venant de l'Inde; mais depuis on a reconnu que c'était une espèce qui ne se trouve que dans le nord de l'Europe, et que Pallas et le Péchin ont vue en Sibérie. On la trouve aussi dans la Sudermanie, et elle est très-nombreuse dans les bois de la Sibérie et de la Russie, aux environs de Synhirsk, dans le gouvernement de Casan; contrées qu'elle quitte pendant l'hiver pour se répandre aux environs de Pétersbourg et même dans ses faubourgs. On la rencontre aussi en Pologne, mais seulement pendant la mauvaise saison. Son cri a beaucoup de rapport avec celui du moineau franc; cependant il est moins fort et assez agréable. Le nid, les œufs et les petits ne sont pas connus. Le seul individu que j'ai vu en nature est dans la riche et nombreuse collection de M. le comte de Riocour qui a eu la complaisance de me l'envoyer de Nancy pour le faire dessiner.

Le mâle a le bec d'un bleu noirâtre, qui se dégrade sur les bords; le front, le dessus de la tête, les joues et toutes les parties inférieures du corps de couleur blanche, avec une tache bleue, oblongue et irrégulière sur la poitrine et le milieu du ventre. Une raie de la dernière teinte qui part du bec, passe à travers les yeux, entoure la tête et descend sur la nuque; elle est bordée en-dessous d'un trait plus pâle; les *lorums* sont noirs; les ailes variées de blanc et de bleu; le dos et le croupion de la dernière teinte, mais

Le Mésange azurée, *Parus Cyaneus.*

P. Oudart del.

Lith. de G. Engelmann.

plus faible; les couvertures supérieures de la queue d'un bleu plus foncé; celles des ailes et leurs pennes secondaires, terminées de blanc; les primaires bordées de même à l'intérieur, ainsi que les rectrices qui dans le reste sont bleues; les pieds et les ongles noirs. Longueur totale, 5 pouces et demi. La femelle diffère du mâle en ce qu'elle n'a point de tache bleue sur la poitrine et le ventre; que le vertex est d'un gris-blanc; que la couleur bleue est moins pure, et que la bande oculaire a moins de largeur sur la nuque. On a vu dans la Synonymie que le *parus sæbyensis* est un individu de cette espèce, isolé mal à propos par des auteurs, et décrite dans l'édition de Buffon par Sonnini, tom. 52, pag. 329, sous le nom de *mésange de Sæby*.

B. *Mandibule supérieure un peu recourbée sur l'inférieure, pl.* F, *n°* 9.

LA MÉSANGE MOUSTACHE, *Parus biarmicus.*

Pl. LXIX.

Rufus; vertice cano; caudá corpore longiore; capite barbato; crisso nigro (mas).

Barbá crissoque nigro caret (femina).

Mésange barbue, *Briss., Ornith.,* tom. 3, *pag.* 567, *n°* 12.

Mésange barbue ou moustache; *Buffon, Hist. nat. des Ois.,* tom. 5, *pag.* 418, *pl. enl.* 618.

Parus biarmicus, *Linn., Gm., Syst. nat., édit.* 13, *n°* 12. Idem, *Lath., index, n°* 23.

Least blutcherbird, *Edw., Ois., pl.* 55.

Bearded titmouse, *Lath., Synops.,* tom. 2, *pag.* 452, *n°* 20.

Barthmeïse, *Wolf et Meyer, taschenbuch der deutschen vögelkunde, pag.* 273.

Si l'on peut juger de l'oiseau en liberté par l'oiseau en captivité, on ne balancera pas à présenter cette mésange comme une espèce dont les mœurs sont plus douces et plus sociables que celles de ses congénères. En effet, le mâle et la femelle montrent beaucoup d'attachement l'un pour l'autre, et se prodiguent ces petits soins familiers et naturels aux sérins de Canarie, du moins c'est ainsi que se sont conduits les individus que j'ai conservés dans mes volières, et l'affection du mâle pour sa compagne serait encore à un degré plus grand, si, comme on le dit, lorsque celle-ci repose, il a soin de la couvrir de ses ailes, pour la mettre à l'abri des injures de l'air.

Ces mésanges sont nombreuses en Hollande, et on en voit assez fréquemment en Angleterre, où elles sont sédentaires, surtout dans les marais qui sont entre Erith et Londres. On les rencontre quelquefois en France, surtout pendant l'hiver, aux environs d'Abbeville, ou à défaut d'autres nourritures, elles vivent de petits limaçons aquatiques, appelés *ambrettes*, qu'elles avalent entiers avec leurs coquilles. A cette époque, elles courent sur la glace comme une lavandière au bord de l'eau; outre cet aliment, elles mangent aussi la graine des roseaux et les insectes.

Douées d'une industrie remarquable, elles suspendent leur nid entre trois roseaux et le composent de matériaux mollets, duveteux et artistement arrangés. La ponte est de quatre ou cinq œufs d'un blanc rougeâtre, tacheté de brun.

Le mâle porte une petite touffe de plumes noires assez longues et en forme de moustache sur chaque côté de la tête; le bec est d'une couleur orangée, lorsque l'oiseau est vivant, et d'un jaune terne après sa mort; la tête est d'un gris de perle; l'iris jaune; la gorge et le devant du cou sont d'un blanc argenté, moins pur sur la poitrine, teint de gris dans quelques individus, et d'une couleur rosacée dans d'autres; le reste du dessous du corps est roussâtre; les couvertures inférieures de la queue sont noires; une partie des supérieures des ailes d'un blanc jaunâtre, les petites noirâtres; les grandes bordées de roux, ainsi que les pennes moyennes; les primaires frangées de blanc à l'extérieur; les rectrices entièrement rousses, à l'exception de la première de chaque côté qui est noirâtre à sa base et d'un cendré roux vers son extrémité; les pieds sont noirs. Longueur totale, 6 pouces 1 quart.

La femelle en diffère par une taille moins longue, et en ce qu'elle n'a point de moustaches; en outre sa tête est ferrugineuse, et le reste des parties supérieures d'un gris rembruni; les flancs et les couvertures inférieures de la queue sont d'un gris roussâtre, et ses pennes de la couleur du dos; quelquefois le dessus de la tête est tacheté de noir.

La Mésange moustache, *Parus biarmicus*.

P. Oudart del.t   Lith. de G. Engelmann.

C. *Bec droit fin, effilé et aigu*, pl. F, n° 10.

LA MÉSANGE REMIZ, *Parus pendulinus.*

Pl. LXX.

Vertice albo; fasciá oculari nigrá; remigibus rectricibusque fuscis, margine utroque ferrugineo (mas).

Coloribus pallidioribus (femina).

Rufo griseus; vertice cano; alis caudáque nigricantibus, rufo marginatis; remigibus primoribus margine albis (junior).

Mésange de Pologne, *Briss.*, *Ornith.*, tom. 3, *pag.* 565, n° 11, *pl.* 29, *fig.* 2.

Mésange de Pologne ou Remiz, *Buffon*, *Hist. nat. des Ois.*, tom. 5, *pag.* 423, *pl. enl.* n° 608, *fig.* 3.

Mésange du Languedoc, *Idem*, *pl. enl.*, n° 708, *fig.* 1, (jeune).

Parus pendulinus, *Linn.*, *Gm.*, *Syst.*, *nat.*, *édit.* 13, n° 13. *Lath.*, *index*, n° 18.

Parus Narbonensis, *Linn.*, *Gm.*, n° 14. idem, *Lath.*, n° 19, (junior).

Penduline titmouse, *Lath.*, *Synopsis*, tom. 2, *pag.* 547, n° 16.

Languedoc titmouse, *idem*, *pag.* 54, n°. 17, (jeune).

Beutelmeise, *Wolf et Meyer*, *Taschenbuch der deutschen vögelkunde*, *pag.* 274.

Le nom imposé à cette mésange est celui sous lequel elle est connue en Pologne, où elle fréquente les lieux aquatiques, ainsi qu'en Sibérie, dans le Piémont et en France. Elle suspend son nid à l'extrémité d'une branche flexible, pendante au-dessus de l'eau, l'attache avec du chanvre, du lin ou d'autres matières capables de le soutenir en l'air; lui donne la forme d'une bourse ou d'une cornemuse, place l'ouverture sur le côté, ordinairement sur celui qui est tourné en face de l'onde, le compose du duvet des fleurs du saule, du peuplier, du tremble, etc.; elle entrelace ordinairement ce duvet avec des brins de racine, en forme un tissu épais, serré, et presque aussi solide que du carton; l'intérieur est garni d'une couche du même duvet, mais plus fin, sur lequel la femelle dépose quatre ou cinq œufs d'un blanc de neige et de la grosseur de ceux du troglodyte; elle fait ordinairement deux pontes par an. Ces oiseaux sont si méfians qu'on ne peut les prendre dans aucun piége.

Le mâle a le sommet de la tête blanc; un bandeau noir sur le front, lequel enveloppe l'œil et le dépasse; l'occiput et le dessus du cou d'un gris-blanc ou cendré; les plumes scapulaires et le haut du dos d'une couleur de marron; le bas du dos et le croupion gris; la gorge blanche; les parties postérieures d'un blanc un peu rosé ou roussâtre; les couvertures supérieures des ailes d'un blanc rougeâtre et terminées de roussâtre; les pennes des ailes et les latérales de la queue bordées en dehors de la dernière teinte sur un fond noirâtre; les deux rectrices intermédiaires frangées de blanc; le bec noir; le tarse gris de plomb. Longueur totale, 4 pouces. La femelle ressemble au mâle, mais ses couleurs sont moins vives, surtout sur le dos.

Le jeune, qu'on a mal à propos décrit pour une femelle, ou qu'on a eu tort de présenter comme une espèce distincte et particulière, est gris sur la tête; d'un gris roussâtre sur le dessus du corps, d'un blanc roux en dessous.

2ème DIVISION. TYRANNEAU, *Tyrannulus*.

Bec court, garni de quelques poils à sa base, assez robuste, conico-convexe, entier, un peu incliné seulement à la pointe de sa partie supérieure. *Pl.* F, *n*° 11.

Narines petites, arrondies, couvertes d'une membrane.

Langue cartilagineuse, bifide à son extrémité.

Tarses nus, annelés.

Doigt intermédiaire soudé à la base avec l'externe, totalement séparé de l'interne; pouce articulé près de ce doigt et susceptible de se tenir de côté

Ongle postérieur le plus long de tous.

Les quatre premières rémiges les plus longues de toutes.

Queue à douze rectrices.

La Mésange Rémiz, *Parus pendulinus.*

P. Oudart del.   Lith. de G. Engelmann.

Cette division ne contient qu'une espèce que l'on trouve à Cayenne et dont on ne connaît que l'extérieur. Elle fait la nuance entre le *roitelet* et la *mésange*, d'où lui est venu le nom de *roitelet-mésange* que Buffon lui a imposé. Elle se rapproche du premier par sa petite taille et son plumage, et de la dernière par son bec court et robuste; mais, ayant des caractères qui lui sont particuliers, je me suis déterminé à la classer dans une autre division; car certainement elle est très-déplacée dans le genre *sylvia* où l'a mise Latham, et dans Gmelin où elle est présentée comme une variété du *motacilla regulus*.

LE TYRANNEAU HUPPÉ, *Tyrannulus elatus*.

Pl. LXXI.

Oliveo-virescens; cristâ flavâ et nigrâ; gulâ griseâ; corpore subtus dilute flavo; remigibus rectricibusque lateralibus nigrescentibus.

Le roitelet-mésange, *Buffon*, *Hist. nat. des Ois.*, tom. 5, *pag.* 375, *pl. enl. n°* 708, *fig.* 2, *sous le nom de mésange huppée de Cayenne.*

Sylvia elata, *Lath.*, *index*, *n°* 153.

Motacilla regulus, Var. B, *Linn.*, *Gm.*, *Syst.*, *nat.*, *édit.* 13, *n°* 48.

Gold-crested Wren; Var. A, *Lath.*, *Synopsis, tom.* 2, *pag.* 510, *n°* 145.

Ce petit oiseau se tient sur les arbrisseaux dans les savanes noyées de la Guyane, et cherche sa nourriture en s'accrochant à l'extrémité des branches, comme font les roitelets et les mésanges.

Il a sur le sommet de la tête une petite huppe jonquille et noire; le reste de la tête, le dessus du cou, le dos et les deux pennes intermédiaires de la queue d'un vert-olive sombre; les rectrices latérales et les rémiges noirâtres; les secondaires bordées d'un jaune vif à l'extérieur, et les couvertures alaires frangées d'un jaune clair; la gorge grise; la poitrine d'un gris verdâtre; le ventre et les parties postérieures d'un jaune faible; le bec et les pieds noirs. Longueur totale, 3 pouces 2 lignes. Les couleurs de la femelle sont moins vives que chez le mâle.

3ème DIVISION. MANAKIN.

Bec trigone à sa base, plus haut que large, court, convexe en dessus, comprimé vers le bout; mandibule supérieure courbée et échancrée à son extrémité; l'inférieure retroussée et acuminée à sa pointe. *Pl.* F; n° 12.

Narines ovales, ouvertes en devant, couvertes à la base d'une membrane et de petites plumes.

Langue....

Tarses nus et annelés.

Doigt intermédiaire soudé avec l'extérieur jusqu'au delà du milieu, et avec l'interne à la base.

Ailes courtes; première rémige moins longue que la sixième, quatrième la plus allongée de toutes.

Queue à douze rectrices.

Cette division contient vingt-quatre espèces qui, toutes, se trouvent dans l'Amérique, entre les tropiques. On ne connaît qu'une partie de leurs habitudes naturelles, et leur nid et leurs œufs sont encore à connaître. Elles se plaisent dans les grands bois des climats chauds, ne fréquentent jamais les lieux découverts ni les campagnes voisines des habitations. Elles ont le vol rapide, court et peu élevé, ne se perchent pas au faîte des arbres, mais à une moyenne hauteur. Leur nourriture de choix sont les petits fruits, et elles vivent aussi d'insectes. On rencontre les manakins le matin, depuis le lever du soleil jusqu'à neuf ou dix heures, en petites troupes de huit à dix, et chaque troupe est composée d'individus de la même espèce. Quelquefois ces troupes se réunissent et se mêlent même avec d'autres espèces de genre différent. Lors de ces réunions, ils font entendre un petit gazouillement fin, agréable, et gardent le silence le reste du jour. Hors cette espèce d'assemblée, ils vivent solitaires, seul à seul, et se retirent dans les endroits les plus fourrés des forêts. Quoiqu'ils ne fréquentent ni les marais ni le bord de l'eau, ils se plaisent dans les lieux humides et frais, qu'ils préfèrent aux endroits secs et chauds.

Le Tyranneau huppé. *Tyrannulus elatus*

LE MANAKIN VARIÉ, *Pipra serena.*

Pl. LXXII.

Nigra; fronte albâ; uropygio cyaneo; ventre flavo.

Le manakin varié, *Buffon, Hist. nat. des Ois.*, tom. 4, pag. 423, *pl. enl.* n° 324, *fig.* 2, *sous le nom de manakin à front blanc.*

Le manakin à front blanc, *Brisson, Ornith.*, tom. 4, pag. 457, n° 9, *pl.* 36, *fig.* 2.

Pipra serena, *Linn., Gm., Syst. nat., édit.* 13, n° 11 ; idem, *Lath., index*, n° 5.

White fronted manakin, *Lath., Synopsis,* tom. 2, *pag.* 521, n° 3.

Ce manakin, qu'on trouve à la Guyane et au Brésil, où il n'est pas très-commun, a le front d'un blanc mat; le reste de la tête, le bec, les pieds, le cou, le dessus du corps, les ailes, la queue, la gorge, la poitrine et les flancs noirs, avec une tache d'un jaune-orangé sur le milieu du haut de la poitrine; le ventre et les parties postérieures de cette couleur; le croupion et les couvertures supérieures de la queue d'un bleu de ciel. Longueur totale, 3 pouces 2 à 3 lignes. L'individu décrit par Buffon est d'une belle couleur d'aigue marine sur le sommet de la tête, qui est noir chez celui de cet article. Peut-être que celui-ci est la femelle, qui n'est pas connue, et l'autre un mâle.

4ème DIVISION. PARDALOTE, *Pardalotus.*

Bec très-court, un peu robuste, à bords dilatés à sa base, entier, conoïde, à pointe épaisse; mandibule supérieure un peu arquée; l'inférieure droite, convexe en dessous. Pl. G, n° 1.

Narines petites, couvertes d'une membrane.

Langue....

Tarses nus, annelés.

Doigt intermédiaire réuni à la base avec l'externe, l'interne totalement séparé.

Ailes à première, deuxième et troisième rémiges les plus longues de toutes.
Queue à douze rectrices.

Nous sommes à notre grand regret, privés de la partie historique des Pardalotes; car on ne connaît que leur physique. On sait seulement qu'ils se trouvent à la Nouvelle-Hollande. Cette division n'est composée que de deux ou trois espèces.

LE PARDALOTE POINTILLÉ, *Pardalotus punctatus.*

Pl. LXXIII.

Vertice nigro, alboque maculato; corpore suprà virescente-flavo, subtus flavo; remigibus rectricibusque nigris, albo maculatis; uropygio rubro (mas.)
Gulâ, ventre albidis; hypochondriis rufescentibus (femina.)

Le pardalote pointillé, *Vieillot, 2ᵉ édit. du Nouv. Dict. d'Hist. nat.,* tom. 24, pag. 529.

Idem, *Encyclopédie méthodique, pag.* 511.

Chez ce pardalote, le bec est noir, la tête et la nuque de cette couleur et tachetées d'une teinte plus pâle; les plumes du dos et des couvertures supérieures des ailes d'un brun foncé dans le milieu, et d'un jaune brunâtre sur les bords; le bord de l'aile, ses pennes et celles de la queue noirs et tachetés de blanc; toutes les parties inférieures d'un blanc jaunâtre, avec une teinte rouge sur la poitrine; le bas du dos est d'un jaune terne; le croupion rouge; les pieds sont couleur de chair. Longueur totale, 3 pouces.

Nous avons sous les yeux trois individus qui présentent dans leur plumage des dissemblances. Celui que nous avons fait figurer pour un mâle a le bec et les pieds noirs; les plumes de la tête, les ailes et la queue de cette couleur et mouchetées de blanc; le dos tacheté d'un vert-jaune, les sourcils blancs; les couvertures supérieures de la queue rouges; le dos marqué d'un vert-jaune; les côtés du cou gris; la poitrine, le ventre et les flancs jaunes. Le second, que nous soupçonnons être une femelle, est d'un noir moins beau et moucheté de jaune sur la tête; noirâtre, avec des mouchetures jaunes sur les ailes et la queue; blanc sur la gorge; jaune sur les parties pos-

Le Manakin varié, Pipra decena.

P. Oudart del.   Lith. de G. Engelmann.

Le Pardalote pointillé, *Pardalotus punctatus*.

P. Oudart del.   Lith. de G. Engelmann.

térieures, et blanchâtre sur leurs côtés. Le troisième diffère de celui-ci en ce que la gorge et toutes les parties inférieures sont jaunâtres.

3ème FAMILLE. PÉRICALLES, *Pericalles.*

Pieds médiocres, grêles.

Tarses annelés, nus.

Doigts au nombre de quatre : trois devant, un derrière; les externes joints seulement à leur base; l'interne libre; le postérieur mince, articulé au niveau des autres.

Bec conico-convèxe, court ou médiocre, plus ou moins épais, échancré, courbé ou seulement incliné vers le bout de sa partie supérieure.

1ère DIVISION. PHIBALURE, *Phibalura.*

Bec conico-convexe, court, épais, robuste; mandibule supérieure un peu arquée, échancrée vers sa pointe. Pl. G, n° 2.

Narines petites, couvertes d'une membrane, situées à la base du bec.

Langue....

Tarses nus, annelés.

Doigt intermédiaire soudé à la base avec l'externe, totalement séparé de l'interne.

Rémiges, deuxième et troisième les plus longues de toutes.

Queue grêle, très-longue, fourchue et composée de douze rectrices.

La seule espèce qui compose cette division se trouve au Brésil : il en est comme de la précédente, nous ne connaissons que sa dépouille.

LE PHIBALURE A BEC JAUNE, *Phibalura Flavirostris.*

Pl. LXXIV.

Capitis pennis elongatis, nigris et rubris; gulâ, ventre flavis; abdomine nigro maculato; collo anteriori albo et nigro vario; corpore suprà flavo et nigro; caudâ furcatâ.

Phibalure à bec jaune, *Vieillot*, 2ᵉ édit. du *Nouv. Dict. d'Hist. nat.*, tom. 25, *pag.* 522.

Ibidem, *Encyclopédie méthodique, pag.* 784.

Chez ce bel oiseau, qu'on trouve au Brésil, les plumes du dessus de la tête sont longues, susceptibles de se relever en forme de huppe, à la volonté de l'oiseau, noires, rouges, et plusieurs des côtés bordées de gris ; une marque noire entoure l'œil, présente plus de largeur et est bordée de blanc en dessous ; la gorge et le ventre sont jaunes ; les plumes du devant du cou blanches et terminées de noir ; celles du dessus de cette partie, du dos, des scapulaires, du croupion et des couvertures supérieures de la queue jaunes, et terminées par une tache noire ; les rémiges et les rectrices de la dernière couleur ; de même que les ongles ; l'abdomen et les parties postérieures jaunes et noires ; le bec et les pieds jaunes. Longueur totale, 8 pouces 3 lignes.

2ᵉᵐᵉ DIVISION. NÉMOSIE, *Nemosia.*

Bec formant à sa base un petit angle dans les plumes du front, peu robuste, conico-convexe, effilé, un peu comprimé latéralement, pointu ; mandibule supérieure couvrant les bords de l'inférieure, très-faiblement arquée du milieu à la pointe, légèrement entaillée vers le bout. Pl. G, n° 3.

Narines arrondies, situées à la base du bec.

Langue cartilagineuse, étroite, pointue.

Tarses nus, annelés.

Doigt intermédiaire soudé avec l'externe à la base, et totalement séparé de l'interne.

Ailes moyennes ; deuxième et troisième rémiges les plus longues de toutes.

Queue à douze rectrices.

Quoique cette division ne soit composée que de quatre espèces, je crois qu'on pourrait en augmenter le nombre si on y ajoutait quelques oiseaux qu'on a donné pour des fauvettes ; mais aucuns ne peuvent être classés dans le genre *tanagra*, dans lequel on en a rangé deux, savoir : les *tanagra pileata*, et *gularis*, qui sont de véritables némosies. Leur partie historique est totalement inconnue.

La Phibalure à bec jaune, *Phibalura flavirostris*.

P. Oudart del.   Lith. de G. Engelmann.

LA NÉMOSIE A GORGE JAUNE, *Nemosia flavicollis*.

Pl. LXXV.

Capite, collo superiore, remigibus et rectricibus nigris; dorso, uropygio, gulâ flavis; pectore cinereo-albo.

Un beau jaune domine sur la gorge, le dos, le croupion et sur les couvertures supérieures de la queue; cette couleur est remplacée par un noir profond sur la tête, le dessus du cou, les rémiges et les rectrices; une petite tache blanche se fait remarquer vers la base des quatrième, cinquième et sixième pennes alaires; le devant du cou et la poitrine sont d'un gris presque blanc; le ventre et les parties postérieures de la dernière couleur; le bec est noir en dessus, couleur de corne en dessous; les pieds sont noirâtres. Longueur totale, 5 pouces. On trouve cet oiseau au Brésil: nous soupçonnons que c'est un mâle, dont la femelle et le jeune ne sont pas connus.

3ème DIVISION. TANGARA, *Tanagra*.

Bec conoïde, un peu trigone à sa base, à bords courbés en dedans, rétréci et incliné vers le bout; mandibule supérieure échancrée à son extrémité; l'inférieure entière. Pl. G, n° 4.

Narines rondes, ouvertes, en partie cachées sous les plumes du *capitsrum*.

Langue cartilagineuse, bifide à sa pointe.

Tarses nus, annelés.

Doigt intermédiaire réuni à la base avec l'externe, et totalement séparé de l'interne.

Ailes moyennes; les quatre premières rémiges les plus longues de toutes.

Queue à douze rectrices.

Les vrais tangaras, c'est-à-dire les oiseaux auxquels on ne peut refuser ce nom, présentent entre eux quelques différences dans la forme du bec; mais, selon moi, elles ne sont pas assez tranchantes pour les diviser autrement

qu'en deux sections, dont l'une contiendrait les espèces dont le bec est aussi
large que haut à sa base et allongé; l'autre, celles qui l'ont plus large que
haut à son origine et court. Quant aux autres oiseaux qu'on a classés dans ce
genre, l'on doit les en exclure, il y sont très-déplacés et doivent composer de
nouvelles divisions, auxquelles nous avons appliqué les dénominations de
némosie, *jacapa*, *pyranga*, *arremon*, *habia* et *tachyphone*.

Les tangaras sont baccivores, entomophages et séminivores, cherchent
leur nourriture dans les buissons, sur les plantes et sur les arbres, dont ils
parcourent les branches pour saisir les insectes de la même manière que certaines fauvettes. Presque tous sont remarquables par la richesse de leur plumage; mais peu ont une voix agréable. Leur vol est vif; leur naturel actif,
inconsidéré, et leurs mouvemens sont brusques; ils descendent rarement à
terre, et quand ils y sont, leurs pas sont des sauts. Ils fréquentent l'intérieur
des bois, lorsque certaines baies les y attirent; les uns se tiennent ordinairement sur la lisière des forêts, dans les lieux arides, et se cachent dans les
broussailles; tandis que d'autres préfèrent la cime des arbres; quelques-uns
se montrent près des habitations rurales, se plaisent dans les jardins et les
savanes.

Des espèces aiment à vivre en troupes, d'autres en familles, et plusieurs
s'isolent de leurs semblables. Toutes sont sédentaires sous la zone torride,
font plusieurs couvées par an, mais composées d'un moindre nombre d'œufs
que celles des oiseaux qui vivent sous les zones tempérées.

LE TANGARA MULTICOLOR, *Tanagra multicolor.*

Pl. LXXVI.

*Corpore suprà nigro; capitis lateribus nigro alboque striatis; gulâ, ventre
flavis; pectore, uropygio fusco-rubescente; caudâ nigrâ et albâ* (mas).

*Capite colloque cinereis; dorso sordidè viridi; pectore et ventre pallidè-
flavis; alis caudâque fuscis* (femina).

Capite corporeque cinereis (junior).

Le pinson à tête noire et blanche, *Buffon, Hist. nat. des Ois., tom.* 4,
pag. 140.

La Rémosia à gorge jaune, *Nemosia flavicollis*.

P. Oudart del!. Lith. de G. Engelmann.

Bahama finch, *Catesby*, *car.* 1, *pl.* 42.

Fringilla zena, *Linn.*, *Gm.*, *Syst. nat.*, *édit.* 13, *n°* 13.

Idem, *Lath.*, *index*, *n°* 46.

Orange finch, *Lath.*, *Synopsis*, *tom.* 2, *pag.* 276, *n°* 40.

Ce tangara, que j'ai trouvé dans les bois de St.-Domingue, pendant l'hiver du nord de l'Amérique, et que j'ai pris en mer dans le canal de Bahama, île où l'a vu Catesby, vit solitaire sur la lisière des forêts ou dans leur intérieur. Je ne balance pas à indiquer pour sa synonymie, celle donnée ci-dessus, quoique les auteurs le présentent pour une *fringille*, mais cette erreur de leur part provient de ce qu'ils ne l'ont décrit que d'après la mauvaise figure publiée par Catesby ; en effet, le bec est si mal dessiné, qu'on peut aisément le prendre pour celui d'un pinson.

Le mâle a la tête, le manteau, les couvertures supérieures des ailes, leurs pennes et celles de la queue d'un beau noir, coupé sur les côtés de la première partie par une raie blanche qui passe au-dessus de l'œil, et s'étend jusqu'à l'occiput, et par une autre de la même couleur qui part des coins de la bouche, parcourt les joues et descend sur les côtés de la gorge; le menton, l'extrémité des grandes couvertures alaires, la base des premières rémiges et les quatre rectrices latérales les plus extérieures de la queue sont d'un beau blanc; la gorge et le devant du cou jaunes; la poitrine, le haut de l'aile, le croupion et les tectrices supérieures de la queue d'un beau mordoré; le ventre est d'un jaune jonquille; l'abdomen d'un jaune pâle dans le milieu et bleuâtre sur les côtés; le bec et les pieds sont noirs. Longueur totale, 6 pouces 2 lignes. Le plumage n'est pas le même pour tous, ce qui paraît dépendre de l'âge plus ou moins avancé. Entre autres, j'ai remarqué un individu qui a le dos, le croupion, les couvertures supérieures de la queue variés de noir et de jaune verdâtre; la poitrine orangée; le ventre et les parties postérieures d'un gris-blanc; les flancs d'une nuance plus chargée; le haut de l'aile noir et la taille un peu moins forte. Je soupçonne que c'est un jeune mâle dont le vêtement n'est pas encore parvenu à sa perfection.

Chez la femelle, la tête et le cou sont cendrés; le dos est d'un vert sale; la poitrine et le ventre sont d'un jaune terne; les ailes traversées par une raie d'un blanc sale; leurs pennes et celles de la queue brunes et marquées de blanc Les jeunes portent une livrée généralement d'un gris cendré sur la tête et le corps.

4ème DIVISION. HABIA, *Saltator.*

Bec épais à la base, robuste, convexe en dessus, comprimé latéralement et à bords tranchans; mandibule supérieure un peu fléchie en arc, couvrant les bords de l'inférieure, entaillée et courbée vers le bout; l'inférieure droite et un peu plus courte. Pl. G, n° 5.

Narines petites, ouvertes, orbiculaires, situées près du *capistrum.*

Langue épaisse, pointue.

Tarses nus, annelés.

Doigt intermédiaire réuni à la base avec l'extérieur, totalement séparé de l'intérieur.

Ailes moyennes, les quatre premières rémiges à peu près égales entre elles et les plus longues de toutes.

Queue à douze rectrices.

Les huit espèces qui composent cette division, se trouvent sous les tropiques; les unes fréquentent les halliers, les broussailles épaisses et fourrées, et ne pénétrent point dans les grands bois; les autres se montrent dans les lieux découverts et se trouvent quelquefois dans l'intérieur des forêts. Elles se cachent peu, se perchent, pour l'ordinaire, jusqu'aux trois quarts de la hauteur des arbres, ne descendent que rarement à terre, marchent par sauts et peu vite. Elles sont moins farouches, moins inquiètes et moins vives que les grives.

Ces oiseaux, qui portent au Paraguay le nom d'*habia*, sont sédentaires, vivent seuls ou par paires. Ceux, dont l'on connaît une partie des habitudes, nichent à la moitié de la hauteur des buissons; leur ponte est composée de deux ou trois œufs; les petits sont nourris dans le nid et ne le quittent qu'en état de voler.

Le Tangara multicolor, *Tanagra multicolor*.

P. Oudart del.   Lith. de G. Engelmann.

L'HABIA VERT-OLIVE, *Saltator olivaceus.*

Pl. LXXVII.

Obscurè olivaceus, subtùs rufescens aut griseus; mento albido.

Le grand tangara, *Buffon, Hist. nat. des Oiseaux, tom.* 4, *pag.* 239, *pl. enl., n° 205, sous le nom de grand tanagra des bois de Cayenne.*

Tanagra magna, *Linn., Gm., Syst. nat., édit.* 13, *n°* 26.

Idem, *Lath., index, n°* 8.

Grand tanager, *Lath., Synopsis, tom.* 2, *pag.* 220, *n°* 7.

On ne connaît dans cette espèce que l'habitude de se tenir indifféremment dans les grands bois et les lieux découverts.

Le mâle et la femelle portent à peu près le même vêtement. Le dessus de la tête, le derrière du cou, tout le dessus du corps, les ailes et la queue sont d'un vert-olive sombre; on remarque deux traits sur les côtés de la tête; l'un blanc, entre le bec et l'œil, et l'autre noir au-dessous des yeux; le menton est blanc et bordé de noir; la gorge nuancée de jaune, avec une bandelette noire; les côtés de la tête et du cou cendrés; le devant du cou, la poitrine et les parties postérieures sont d'un jaune roussâtre ou gris; les couvertures inférieures de la queue rousses, le bec et les pieds noirâtres. Longueur totale, 8 pouces environ. Latham indique un individu qui a la poitrine d'un cendré fauve, et a décrit le précédent, ainsi que Gmelin, avec des couleurs un peu différentes que celles indiquées ci-dessus; il me paraît que cette description est prise sur la planche enluminée de Buffon, qui en effet, manque d'exactitude, car la nôtre est d'après nature.

5ᵉᵐᵉ DIVISION. ARREMON, *Arremon.*

Bec conico-convéxe, médiocre, un peu fort, à bords recourbés en dedans; mandibule supérieure échancrée et fléchie vers le bout; l'inférieure droite, entière et pointue. Pl. G, n° 6.

Narines ovales, à demi couvertes vers la base par une membrane et des petites plumes.

Langue cartilagineuse, bifide à sa pointe.

Bouche ciliée latéralement.

Tarses nus, annelés.

Doigt intermédiaire réuni à la base avec l'externe; et totalement séparé de l'interne.

Ailes moyennes; première rémige plus courte que la septième; quatrième et cinquième les plus longues de toutes.

Queue à douze rectrices.

La seule espèce qui compose cette division se trouve à la Guyane et au Paraguay; si l'on en excepte le chant que le mâle fait entendre dans cette dernière contrée, tandis qu'il est silencieux dans l'autre, ses habitudes naturelles n'offrent pas de dissemblance dans l'un ou l'autre pays. Elle se tient ordinairement à terre, ne se repose que rarement sur les branches les plus basses des arbres, et ne fréquente point les endroits découverts. Étant d'un naturel stupide, tranquille et solitaire, on l'approche facilement. Il paraît que, lorsque le mâle a été observé à Cayenne par Sonnini, il n'était point dans la saison des amours, car il gardait un profond silence, d'où est venu le nom d'*oiseau silencieux* que lui a donné Buffon; mais à cette époque il a, selon de Azara, un chant agréable et varié.

« Cet oiseau, dit l'éloquent historien de la nature, est d'une espèce que nous ne pouvons rapporter à aucun genre, et que nous ne plaçons après les tangaras que parce qu'il a dans sa conformation extérieure quelques rapports avec eux. » M. Desmarets, *Histoire des Tangaras*, l'a mis dans sa division des tangaras colluriens; Latham le classe dans son genre *tanagra*; en effet, il a dans ses caractères quelque analogie avec les tangaras et les colluriens, ou pie-grièches; enfin de Azara l'a mis à la suite de ses *tordos de bosque* (troupiales des bois), comme une espèce distincte de ceux-ci par divers attributs. Ainsi donc, l'oiseau silencieux n'étant pas réellement un tangara, ni un collurien, ni un troupiale, nous nous croyons fondé à le placer dans une division particulière et distincte. On ne connaît ni son nid ni ses œufs.

Sᵗᵉ Habia vert-olive. Saltator Olivaceus.

L'ARREMON A COLLIER, *Arremon torquatus.*

Pl. LXXVIII.

Viridis; capite subtùsque incanus; superciliis, vittâ oculari, fasciâque jugulari, nigris.

L'oiseau silencieux, *Buff.*, *Hist.*, *nat.*, *des Ois.*, *pl. enl. n° 78, sous le nom de tangara de la Guyane.*

Tanagra silens, *Lath.*, *index*, *n° 42.*

Turdo torquato, *de Azara, Apuntamientos para la historia natural de los paxaros del Paraguay y rio de la Plata, tom. 1, pag. 330, n° 78.*

Cet oiseau a le sommet de la tête traversé dans le milieu par une bandelette bleuâtre et bordée de noir sur chaque côté; les sourcils blancs, les côtés du cou et la nuque d'un gris bleu; un demi-collier noir sur le devant du cou; une teinte blanchâtre à la poitrine et au ventre; un gris clair légèrement nuancé de bleuâtre sur le reste des parties inférieures; un vert-olive foncé sur toutes les supérieures; le bord des ailes jaune et une tache de la même couleur au-dessus du pli de l'aile; les rémiges noires en dedans; la queue pareille; le bec entièrement noir ou seulement en dessus, et orangé sur les bords de sa partie supérieure et en dessous; les pieds couleur de chair. Longueur totale, 6 pouces 2 à 4 lignes.

Tous les individus de cette espèce ne portent pas un plumage pareil; ce qui paraît dépendre des sexes, de l'âge et des localités. Les uns ont le dessus du corps d'un gris terreux; une bordure blanche au pli de l'aile; d'autres ont une bande noirâtre sur le dessus de la tête; les couvertures supérieures des ailes lavées de jaune.

6ᵉᵐᵉ DIVISION. JACAPA, *Ramphocelus.*

Bec robuste, comprimé latéralement, convexe en dessus, épais; mandibule supérieure couvrant les bords de l'inférieure; entaillée et inclinée vers le bout; l'inférieure à côtés dilatés transversalement, plus ou moins prolongés vers les yeux. Pl. G, n° 7.

Narines rondes, à demi couvertes par les plumes du *capistrum*.

Langue....

Tarses nus, annelés.

Doigt intermédiaire uni à sa base avec l'externe, totalement séparé de l'interne.

Ailes moyennes; première et cinquième rémiges à peu près égales; deuxième, troisième et quatrième les plus longues de toutes.

Queue à douze rectrices.

Les deux seules espèces dont cette division est composée se trouvent dans l'Amérique méridionale, l'une au Brésil et l'autre à la Guyane. On n'en connaît ni le nid ni les œufs, et on n'a que très-peu de renseignemens sur leurs mœurs et leurs habitudes.

LE JACAPA SCARLATTE, *Ramphocelus coccineus.*

Pl. LXXIX.

Capitis, colli corporisque pennis apice coccineis, in reliquo viridi-nigres-centibus; alis caudáque nigris (mas).

Suprà nigricans; subtùs sordidè ruber (femina).

Capite, collo, corporeque suprà griseis; subtùs cinereo-rufescente (junior).

Le cardinal, *Briss., Ornith., tom.* 3, *pag.* 42, *n°* 24, *pl.* 3, *fig.* 1.

Le scarlatte, *Buffon, Hist. nat. des Ois., tom.* 4, *pag.* 245.

Tanagra brasilia, *Linn., Gm., Syst., nat., édit.* 13, *n°* 2. Idem, *Lath., n°* 2.

Tanagra rubra, *Var.,* B. *Linn., Gm.,* Idem, *Lath.. Var.,* A.

Scarlet sparrow, *Edwards, Glean., pl.* 343.

Brasilian tanager, *Lath., Synops., tom.* 2, *pag.* 215, *n°* 2.

Ce jacapa, ayant une taille et un plumage analogues à ceux du tangara du Canada de Buffon, décrit dans la 2.e édition du *Nouveau Dictionnaire d'Histoire Naturelle*, sous le nom de *Pyranga noir et rouge*, il est facile de les confondre, si l'on se borne à cette analogie ou si on ne les compare en nature; ce que n'ont pas fait Latham et Gmelin, qui ont donné le scarlatte pour une variété de ce dernier, après l'avoir présenté comme

L'Tremon à collier, Arremon torquatus.

P. Oudart del.t   Lith. de G. Engelmann

une espèce distincte. Ces auteurs paraissent avoir été induits en erreur par les mauvaises figures des pl. enl. n°s 127 et 156, dont Buffon a lui-même reconnu la défectuosité; car ils auraient vu que la couleur rouge du tangara du Canada est d'une autre nuance; que son bec présente une forme différente; que les plumes de la tête et du cou n'ont pas la structure de celles des mêmes parties du scarlatte, et qu'elles ne jettent aucun reflet, que celles des jambes ne sont point noires, et qu'enfin les plumes rouges sont blanches dans le milieu, et d'un gris sombre à la base; tandis que le scarlatte les a noires ou d'un noir verdâtre très-foncé à l'intérieur. C'est à l'ignorance de ces faits qu'on doit attribuer le double emploi qu'on reproche à ces auteurs.

Indépendamment des dissemblances très-prononcées que je viens d'indiquer, il en est une autre aussi tranchée dans la demeure habituelle de ces deux oiseaux. Le scarlatte appartient aux climats chauds du Brésil et ne se montre jamais dans l'Amérique septentrionale; l'autre, au contraire, ne se plaît que dans les régions tempérées, habite le Méxique et le sud des États-Unis pendant l'hiver, et passe la belle saison dans le nord jusqu'au Canada.

Le chant du mâle scarlatte est fort et sonore, mais sa phrase est courte. Tout ce que l'on sait de ses habitudes se borne à dire qu'il vole en troupe, qu'il est peu défiant et qu'il s'apprivoise facilement. Comme il se nourrit d'insectes, de baies et ne touche point aux graines, on ne peut le conserver en captivité qu'en lui donnant du pain trempé dans du lait et des fruits.

La belle couleur rouge, qui brille sur la tête, le cou et tout le corps du mâle, jette des reflets argentés sur le sinciput, la gorge et le manteau; quand on le pose entre l'œil et la lumière; les ailes, la queue et les plumes des jambes sont d'un noir profond; le bec est de cette couleur, mais blanc à la base des branches de la mandibule inférieure; les pieds sont noirs. Longueur totale, 6 pouces environ.

La femelle est noirâtre sur les parties supérieures; d'un rouge terne sur les inférieures; noire sur les ailes et la queue. Chez le jeune, la tête, le cou et le dessus du corps sont gris; cette couleur prend une légère nuance de roussâtre sur les parties inférieures; les ailes, la queue et le bec sont bruns.

7ème DIVISION. TOUIT, *Pipillo*.

Bec robuste, épais à sa base, conico-convexe, pointu; mandibule supérieure échancrée sur chaque côté et courbée à son extrémité; l'inférieure à bords fléchis en dedans. Pl. G, n° 8.

Narines rondes, glabres, ouvertes.

Langue épaisse, bifide à sa pointe.

Bouche ciliée.

Tarses nus, annelés.

Doigt intermédiaire soudé à la base avec l'externe, totalement séparé de l'interne.

Ailes courtes, les quatre premières rémiges à peu près égales et les plus longues de toutes.

Queue à douze rectrices.

Nous ne connaissons qu'une seule espèce qui puisse être classée dans cette division, espèce que des ornithologistes présentent pour un *bruant* et d'autres pour une *fringille*. Cette différence dans les opinions indique qu'elle n'est pas facile à classer dans un système méthodique. Cependant quand on examine scrupuleusement la forme de son bec, on s'aperçoit qu'il participe de l'un et de l'autre; mais qu'il en diffère par des attributs qui lui sont particuliers, comme d'avoir sa partie supérieure échancrée et courbée à son extrémité; motif qui nous a paru suffisant pour le retirer des places qu'on lui fait occuper, puisque ceux-ci ont le bec droit et entier. N'étant pas non plus une *pie-grièche* ainsi que l'ont pensé les auteurs du Journal de Physique, qui ont publié la figure du mâle dans le tome II de cet ouvrage, page 570, sous le nom de *pie-grièche noire de la Caroline;* ce dont il est facile de se convaincre en comparant leurs caractères génériques, cette espèce doit donc être le type d'une nouvelle division, d'autant plus qu'elle s'éloigne de tous par son naturel et par ses habitudes, comme on le verra ci-après.

Les touits se trouvent dans l'Amérique septentrionale, au centre des États-Unis pendant l'été et le quittent à l'automne pour s'hiverner dans les provinces du sud. Ils nichent à terre dans les ronces, ou seulement au milieu

Le Tacapa scarlatte, *Ramphocelus coccineus*.

P. Oudart del.   Lith. de G. Engelmann.

d'un tas de feuilles tombées. La ponte est de quatre ou cinq œufs. Leur nourriture consiste en insectes, et diverses graines.

LE TOUIT NOIR, *Pipillo erythrophthalmus*.

Pl. LXXX.

Capite, gutture, alis, caudâ corporeque suprà nigris; subtus albo; hypochondriis flavescentibus (mas).

Corpore suprà, alis caudâque fusco-olivaceis (femina et junior).

Towhee bird; *Catesby, car.* 1, *pl.* 38.

Le pinson de la Caroline, *Briss., Ornith., tom.* 3, *pag.* 169, *n°* 44.

Le pinson noir aux yeux rouges, *Buffon, Hist. nat. des Ois., tom.* 4, *pag.* 141.

Emberiza erytrophthalma; *Linn., Gm., Syst. nat., édit.* 13, *n°* 44. Idem, *Lath., index, n°* 48.

Towhe bunting, *Lath. Synopsis, tom.* 2, *pag.* 199, *n°* 43.

Des Américains appellent cet oiseau towhe d'après son cri, qui m'a paru exprimer en français le mot *touit*. Les Anglais qui habitent l'Amérique septentrionale, le nomment *bulfinch* (bouvreuil), parce qu'ils ont trouvé quelques rapports dans son plumage avec celui de notre bouvreuil. Cette espèce est nombreuse dans les états de New-Yorck, du New-Jersey et de la Pensylvanie où elle passe l'été, et d'où elle émigre à l'automne pour se tenir pendant l'hiver dans les parties sud des États-Unis. Ayant les ailes courtes, elle ne peut voler à une certaine hauteur, ni se soutenir long-temps en l'air; aussi ne voyage-t-elle qu'en voltigeant de haies en haies, de bosquets en bosquets; elle semble connaître la faiblesse de son vol, car elle ne s'élève jamais ou que très-rarement au sommet des grands arbres; et quoiqu'elle soit très-friande des fruits du chêne, on ne la voit point à leur cime, où le gland est toujours en plus grande abondance que sur les branches basses; elle n'y parvient même qu'à l'aide des arbrisseaux et des buissons qui sont dans les environs. Le touit ne mange ordinairement que ceux qui sont tombés; et les cherche à terre, ainsi que d'autres graines dont il se nourrit, en écartant avec son bec les feuilles sèches qui les cachent.

Au mois de septembre, on rencontre ces oiseaux en familles, et à la fin d'octobre, en bandes nombreuses qui se rendent dans le sud et qui voyagent de compagnie avec d'autres petits granivores. Ils se plaisent pendant la saison, époque où chaque paire est isolée, dans l'épaisseur des taillis et sur la lisière des grands bois. Le mâle se tient souvent, au printemps, sur les arbres de moyenne hauteur, pour y déployer toute l'étendue de son gosier. Quoique son ramage ne soit composé que d'une phrase courte, il est si agréable qu'on regrette qu'il se taise pour le restant de l'année, dès qu'il a des petits; alors il ne fait plus entendre que le cri dont on a tiré son nom.

La femelle cache son nid à terre, dans l'herbe, parmi les feuilles tombées et quelquefois au pied d'un buisson de ronces. Ce nid est spacieux, épais, composé de feuilles et d'écorce de vigne à l'extérieur, de petites tiges d'herbe sèche à l'intérieur et à moitié couvert de gramen. La ponte est de quatre à six œufs couleur de chair pâle, avec des taches rousses, plus nombreuses vers le gros bout.

Le mâle a la tête, la gorge, le cou, le dos, le croupion, les pennes alaires et caudales d'un noir lustré; la poitrine et le ventre blancs; les flancs d'un jaune rembruni; cette teinte s'éclaircit sur les parties postérieures et est coupée sur les jambes par un anneau noir; les six pennes les plus extérieures de la queue sont blanches depuis le milieu jusqu'à leur pointe; une marque de la même couleur se fait remarquer sur les cinq premières rémiges; les pieds sont bruns; les paupières et l'iris rouges; le bec est noir. Longueur totale, 6 pouces 8 lignes.

La femelle diffère du mâle par son bec brun, par la tête, le cou, le dessus du corps d'un olivâtre rembruni; cette teinte est plus claire sur la dernière partie; les flancs et les couvertures inférieures des ailes sont d'un jaunâtre sale; les rémiges et les rectrices pareilles à la tête; mais d'une nuance plus foncée. Les jeunes lui ressemblent avant leur première mue, et les mâles prennent à leur départ pour le sud, les couleurs distinctives de leur sexe. Ces oiseaux étant couverts de plumes soyeuses et longues, paraissent plus gros qu'ils ne le sont réellement.

Le Tourt noir, *Pipillo erythrophthalma*.

P. Oudart del.

Lith. de G. Engelmann.

8ème DIVISION. PYRANGA, *Pyranga*.

Bec robuste, un peu dilaté à sa base, convexe en dessus et en dessous, mandibule supérieure couvrant les bords de l'inférieure, entaillée vers le bout, fléchie à sa pointe, munie sur chaque bord vers le milieu d'une fausse dent obtuse. Pl. A, n° 9.

Narines arrondies, ouvertes, très-petites, en partie cachées sous les plumes du *capistrum*.

Langue cartilagineuse, bifide à son extrémité.

Tarses nus, annelés.

Doigt intermédiaire soudé à la base avec l'externe, totalement séparé de l'interne.

Ailes moyennes; deuxième troisième et quatrième rémiges les plus longues de toutes.

Queue à douze rectrices.

Les pyrangas ont été confondus avec les tangaras par tous les ornithologistes, à l'exception cependant de M. Desmarets qui, dans son bel ouvrage sur ces oiseaux, en fait une section particulière, et les désigne par le nom de *tangaras colluriens*, d'après quelques rapports dans leur bec avec celui des pies-grièches. Les huit espèces que l'on a classées dans cette division, appartiennent à l'Amérique, et deux, savoir : les *tanagra mississipensis* et *canadensis*, se trouvent, pendant toute la belle saison, dans les États-Unis. Ce sont les seules dont on connaisse les mœurs, les habitudes et tout leur genre de vie. Elles se nourrissent d'insectes qu'elles saisissent au vol ou sur les arbres, de baies, de fruits tendres et de diverses semences qu'elles avalent entières. Plusieurs sont parées de couleurs brillantes, mais la nature leur a refusé un chant remarquable. Ces oiseaux ne se réunissent point en troupes, se tiennent toujours seuls ou par paires, fréquentent les vergers, mais ils habitent de préférence dans l'intérieur des bois. Ils nichent sur les arbres de moyenne hauteur, et leur ponte est de quatre ou cinq œufs.

LE PYRANGA BLEU ET JAUNE, *Pyranga cyanicterus.*

Pl. LXXXI.

Suprà cyaneus, subtùs flavus; remigibus nigris.

Pyranga bleu et jaune, *Vieillot,* 2ᵉ *édit. du Nouv. Dict. d'Hist. Nat.,* tom. 28, *pag,* 290. Idem, *Ornithologie de l'Encyclopédie méthodique., pag.*

Ne connaissant que la dépouille de cet oiseau, je suis forcé de me borner à sa description physique. Un beau bleu d'azur domine sur la tête, le cou en entier, la gorge, le dos, le croupion, les couvertures supérieures des ailes, l'extérieur de leurs pennes primaires, les tectrices du dessus de la queue, ses deux rectrices intermédiaires et le bord des latérales; la même couleur règne aussi sur le dos, mais il en jaillit des reflets verdâtres, tandis qu'elle est pure sur les autres parties et brillante sur le devant du cou et le haut de la poitrine; une tache du même bleu se fait remarquer sur les côtés de l'estomac et s'avance un peu sur le devant en forme de demi-cercle, le reste du plumage est d'un jaune éclatant; l'intérieur des grandes rémiges et le bec sont noirs; les pieds couleur de chair. Longueur totale, 7 pouces. Cet oiseau a été apporté de l'Amérique méridionale.

9ᵉᵐᵉ DIVISION. TACHYPHONE, *Tachyphonus.*

Bec longi-cone, assez robuste, convexe en dessus, un peu comprimé latéralement; mandibule supérieure échancrée, droite ou un peu inclinée vers son extrémité, l'inférieure entière. Pl. G, n° 10.

Narines oblongues, situées près du *capistrum.*

Langue pointue, fendue à sa pointe.

Doigt intermédiaire soudé à la base avec l'externe, totalement séparé de l'interne.

Ailes moyennes; deuxième, troisième et quatrième rémiges les plus longues de toutes.

Le Tyranga bleu et jaune, *Tyranga cyanicterus*.

P. Oudart del.   Lith. de G. Engelmann.

Queue à douze rectrices.

Parmi les sept espèces que renferme cette division, il en est plusieurs qu'on a classées avec les tangaras, magasin où l'on a placé et où l'on place encore des oiseaux très-disparates par les caractères et le genre de vie, ce dont on peut se convaincre, si l'on jette seulement un coup d'œil sur certaine collection publique dont la nomenclature varie presque tous les mois; preuve incontestable des connaissances acquises entre quatre murailles par ceux qui se sont chargés de cet emploi. Au reste, on ne connaît guère ou plutôt on ne connaît pas les mœurs, les habitudes des tachyphones. On sait seulement que quelques-uns se plaisent dans les bosquets, y vivent d'insectes, de baies et de graines, mais on ignore où ils nichent et de quel nombre d'œufs leur ponte est composée.

LE TACHYPHONE LEUCOPTÈRE, *Tachyphonus leucopterus.*

Pl. LXXXII.

Niger nitens ; maculâ alarum albâ (mas).

Rufus, subtùs dilutior (femina et junior)

Tangara noir, *Buffon, Hist. nat. des Ois.*, tom. 4, pag. 257, *pl. enl.* n° 176, *fig.* 2.

Tanagra nigerrima, *Linn., Gm., Syst., nat., édit.* 13, n° 45.

Oriolus leucopterus, *Idem*, n° 40. Idem, *Lath.*, n° 31.

Guyana tanager, *Lath., Synopsis*, tom. 2, pag. 225, n° 15.

White-Winged oriole, *Idem*, tom. 1, pag. 440, n° 29.

On voit par la synonymie que Gmelin a fait un double emploi, en donnant cet oiseau pour un *oriolus*, ensuite pour un *tanagra*, et une erreur très-grave en le classant dans deux genres qui n'ont entre eux aucun rapport. Latham a commis aussi la même faute dans son *Synopsis;* mais il n'est pas rangé dans son Index, parmi les *tanagra*. Cette erreur paraît provenir de ce que Pennant a décrit dans son *Arctic Zoology* ce même oiseau, comme espèce particulière, sous la dénomination de *white-backed oriole*, d'après un

individu qui a été vu dans l'état de New-Yorck, parmi des troupiales commandeurs. Il n'est pas non plus inutile d'assurer que le *tangaroux* de
Buffon, pl. enl. n° 711, n'est point la femelle de cette espèce, ainsi qu'il le
dit, mais un oiseau d'une autre espèce et d'un autre genre, comme Manduyt
l'a bien remarqué dans l'Encyclopédie méthodique. Cependant la véritable
femelle ressemble parfaitement à ce tangaroux, mais elle en diffère essentiellement par la forme du bec, que celui-ci a totalement pareil à celui des
bataras.

Le tachyphone leucoptère se trouve à Cayenne, à l'île de la Trinité et au
Paraguay, car je ne doute pas que c'est le *tordo nigro cabijas blancas* de
M. de Azara. Le plumage du mâle est totalement d'un noir lustré à l'exception d'une marque blanche qui couvre le haut des ailes en dessus et en dessous; la première couleur se rembrunit à l'intérieur des rémiges et des rectrices, elle est mate sur le bec et les pieds. Longueur totale, 6 pouces et demi
environ. La robe de la femelle est entièrement rousse, mais plus foncée sur
les parties supérieures que sur les inférieures. Le jeune lui ressemble.

4ème FAMILLE. TISSERANDS.

Pieds médiocres, un peu forts.

Tarses nus, annelés.

Doigts au nombre de quatre, trois devant, un derrière, les extérieurs
réunis seulement à leur base, l'interne totalement libre; le postérieur épaté.

Bec robuste, médiocre ou allongé, à base nue, et formant un angle aigu
ou arrondi dans les plumes du front, longi-cône, pointu, rarement échancré
vers l'extrémité de sa partie supérieure.

Ière DIVISION. LORIOTS, *Oriolus.*

Bec droit, un peu déprimé, conico-convexe, un peu robuste, comprimé
vers le bout; mandibule supérieure formant à sa base un angle aigu dans
les plumes du front, échancrée sur chaque bord et inclinée vers son extrémité; l'inférieure plus courte à pointe entaillée, aiguë et retroussée.
Pl. G, n° 11.

Le Tachyphone leucoptère, *Tachyphonus leucopterus*.

P. Oudart del.   Lith. de G. Engelmann.

Narines ovales, placées dans une membrane, ouvertes par en haut.

Langue cartilagineuse, bifide et frangée à son extrémité.

Tarses nus, annelés.

Doigt intermédiaire soudé à sa base avec l'externe, totalement séparé de l'interne.

Ailes à penne bâtarde; deuxième et troisième rémiges les plus longues de toutes.

Queue à douze rectrices.

Des neuf espèces que renferme cette division, une seule habite en Europe; les autres se trouvent en Afrique, dans les Grandes-Indes et en Australasie. Jusqu'à présent on n'a pas encore vu de véritables loriots dans l'Amérique; les oiseaux de cette partie du monde auxquels on a donné ce nom d'après leurs couleurs jaune et noire, sont des *troupiales*, des *carouges* et des *baltimores*.

Nous n'avons point ou très-peu de notions sur les mœurs et les habitudes des loriots exotiques; mais à en juger par l'analogie, on peut soupçonner qu'ils ont le même genre de vie que celui d'Europe, dont le nid est remarquable par sa texture. Il le place à l'extrémité des branches d'un arbre élévé, le construit avec beaucoup d'art, l'attache à la bifurcation de plusieurs petites branches, enlace autour des rameaux; qui forment cette bifurcation, de longs brins de paille, de chanvre ou de laine, dont les uns allant droit d'un rameau à l'autre, forment le bord du nid par devant, et les autres pénétrant dans son tissu en passant par dessous et venant se poser sur le rameau opposé, donnent de la solidité à l'ouvrage. La couche sur laquelle la femelle dépose ses œufs est composée de mousse, de toiles d'araignées, du nid soyeux des chenilles, de plumes et d'autres matières mollettes. Tous les loriots se nourrissent d'insectes, principalement de chenilles, de baies et de fruits tendres.

LE LORIOT D'OR, *Oriolus auratus.*

Pl. LXXXIII.

Auratus; circo oculari, remigibus, rectricibus partim nigris.

Loriot d'or, *Le Vaillant, Hist. nat. des Ois. d'Afrique, pl.* 260.

Loriot, Loriot d'or, 2ᵉ *édition du Nouv. Dict. d'Hist. Nat., tom.* 18, *pag.* 194.

Le mâle de cette espèce, qu'on trouve au Sénégal et dans diverses contrées de l'Afrique, est assez généralement d'un beau jaune d'or, avec une tache noire autour de l'œil, qui s'étend vers le bec et vers les tempes ; cette couleur domine sur les ailes et la queue ; les rémiges et quelques plumes de leur couverture sont bordées de jaune en dehors : cette teinte termine les rectrices, couvre totalement la plus extérieure de chaque côté, et les autres latérales par gradation ; l'iris est d'un brun rouge foncé ; le bec et les pieds sont d'un rougeâtre un peu rembruni. Longueur totale, 8 pouces.

La femelle diffère du mâle en ce que le jaune est pâle et le noir sale. Le jeune est d'un vert-olive qui se rembrunit sur les ailes et la queue ; le bec et les pieds sont bruns.

2ᵉᵐᵉ DIVISION. TISSERIN, *Ploceus.*

Bec robuste, longicone, convexe en dessus, un peu comprimé par les côtés, entier, presque droit, effilé, pointu ; mandibule supérieure formant à sa base un angle aigu dans les plumes du front ; l'inférieure à bords un peu fléchis en dedans. Pl. G, n° 12.

Narines oblongues, couvertes d'une membrane.

Langue cartilagineuse, frangée à sa pointe.

Tarses nus, annelés, robustes.

Doigt intermédiaire soudé à la base avec l'externe, totalement séparé de l'interne.

Ailes à penne bâtarde chez plusieurs ; deuxième et troisième rémiges les plus longues de toutes.

Queue à douze rectrices.

On rencontre les quinze espèces de cette division en Afrique et dans les Grandes-Indes, et il en est peu d'aussi industrieuses dans la structure du nid : elles lui donnent diverses formes ; les unes, comme le *Baglafecht,* prennent toutes les précautions pour mettre leur postérité à couvert de l'humidité, et de la voracité de leurs ennemis. Celui-ci roule son nid en spirale et à

Le Loriot d'Or, *Oriolus auratus*.

P. Oudart del.t   Lith. de G. Engelmann

peu près comme un nautile, le suspend à l'extrémité d'un rameau, au-dessus
d'une eau dormante, et place l'entrée dans la partie inférieure, toujours du
côté de l'est, c'est-à-dire du côté opposé à la pluie. D'autres, comme le *ne-
licourvi*, composent le berceau destiné à leur jeune famille avec de la paille
et des joncs entrelacés avec adresse, le suspendent à une branche flexible
au bord d'un ruisseau, pratiquent au haut une poche dans laquelle sont les
œufs, et y adaptent un tuyau allongé, tourné en en bas, et au bout duquel est
l'entrée. Le nid du *tisserin d'Abyssinie* ou *à tête noire* n'est pas moins remarquable : il est pyramidal, toujours suspendu, comme les précédens, au-
dessus de l'eau. L'ouverture est sur l'une des faces de la pyramide, ordinairement tournée à l'est. La cavité de cette pyramide est séparée en deux par
une cloison, ce qui forme pour ainsi dire deux chambres : la première, où
est l'entrée du nid, est une espèce de vestibule où l'oiseau s'introduit d'abord,
ensuite il grimpe le long de la cloison intermédiaire, puis il redescend jusqu'au fond de la seconde, où sont les œufs. On voit par ces détails que le
nom générique appliqué à ces oiseaux leur convient sous tous les rapports,
surtout aux mâles, qui semblent être les seuls architectes et constructeurs de
ces petits chefs-d'œuvres ; du moins c'est ainsi que se comportent les tisserins voilés que je conserve dans ma volière, tandis que les femelles restent
spectatrices et oisives, peut-être en agissent-elles autrement dans l'état de
liberté.

LE TISSERIN MASQUÉ, *Ploceus personatus.*

Pl. LXXXIV.

Fronte gulâque nigris; corpore suprà dilute olivaceo, subtùs flavo (mas).
Capite olivaceo; gulâ flavâ. (Idem hiemalis et femina).
Capite corporeque suprà, pallidè olivaceis, subtùs griseis (junior).

Ce petit oiseau du Sénégal qui se plaît à vivre dans nos volières, est le por-
trait en miniature du tisserin voilé, et, comme celui-ci, s'étourdit sur les
rigueurs de sa captivité, en construisant plusieurs nids avec des herbes sèches
artistement tissues, et lui donnant la forme d'une boule dont l'ouverture est
en dessous.

Le mâle, en été, a le front, les joues et la gorge d'un beau noir, finissant en pointe sur le devant du cou, qui dans le reste est, ainsi que l'occiput et toutes les parties inférieures, d'un jaune jonquille; la nuque, le dessus du corps, les ailes et la queue sont d'une couleur d'olive, plus foncée sur les rectrices et les rémiges dont les secondaires ont leur bord extérieur jaune; le bec est noir; les pieds couleur de chair. Longueur totale, 3 pouces et demi. Le même, en hiver, a la tête, la gorge d'un vert-olive, et est du reste pareil au précédent, mais les teintes sont plus ternes; le bec est couleur de corne. La femelle ressemble à ce dernier pendant toutes les saisons, et le jeune à celle-ci, si ce n'est qu'il est gris en dessous, et d'une couleur olive terne en dessus.

3ème DIVISION. ICTÉRIE, *Icteria*.

Bec un peu robuste, convexe en dessus, longicône, un peu arqué, entier, pointu; mandibules à bords fléchis en dedans. Pl. H, n° 1.

Narines rondes, à demi couvertes d'une membrane.

Langue cartilagineuse, bifide à sa pointe.

Bouche ciliée.

Tarses nus, annelés.

Doigt intermédiaire soudé à la base avec l'externe, totalement séparé de l'interne.

Ailes moyennes; deuxième troisième et quatrième rémiges les plus longues de toutes.

Queue à douze rectrices.

Nous ne connaissons qu'une seule espèce dans cette division, qui, mal jugée par les auteurs d'après la figure inexacte publiée par Catesby, a été donnée pour un *merle* par Brisson et Buffon, et présentée par Latham et Gmelin pour un *muscicapa*, quoiqu'elle n'appartienne à aucun de ces deux genres; en effet, elle a le bec autrement conformé et un genre de vie très-différent, ainsi qu'on le verra par la suite. Elle habite et niche dans les buissons de l'Amérique septentrionale, où elle arrive au printemps et d'où elle part à l'automne.

Le Tisserin masqué, *Ploceus personatus*.

P. Oudart del.t   Lith. de G. Engelmann.

L'ICTÉRIE DUMICOLE, *Icteria dumicola.*

Pl. LXXXV.

Griseo-viridis; gulâ flavâ; jugulo pectoreque aurantiis; ventre albo; oculis albo circumdatis, subtùs lineâ nigrâ (mas).

Lateribus capitis nigrâ non lineatis (femina, junior).

Yellow-breasted chat, *Catesby, car. tom.* 2, *pag.* 5o.

Le merle vert de la Caroline, *Briss., Ornith., tom.* 2, *pag.* 315, *n*° 55.

Idem, *Buffon, Hist. nat. des Ois., tom.* 3, *pag.* 396.

Muscicapa viridis, *Linn., Gm., Syst., nat.,* édit. 13, *n*° 35. Idem, *Lath., Index, n*° 58.

Chattering fly-catcher, *Lath., Synopsis, tom.* 2, *pag.* 35o, *n*° 48.

L'ictérie dumicole, *Vieillot, Hist. nat. des Ois. de l'Amérique, tom.* 1, *pag.* 85, *pl.* 55.

On rencontre cette espèce dans diverses provinces des États-Unis, particulièrement dans celles de la Caroline, de Pensylvanie et de New-York, où, dès son arrivée, au retour des beaux jours, chaque paire va établir sa résidence dans des buissons fourrés de noisetiers, de vignes, d'épines et dans des taillis épais. Très-jalouse de sa possession, elle semble s'irriter contre tout ce qui en approche; aussitôt que le mâle aperçoit le moindre objet qui lui porte ombrage, il manifeste son inquiétude par une variété de monosyllabes si bizarres, qu'il est difficile d'en donner une description satisfaisante; mais qu'on peut imiter facilement, au point de tromper l'oiseau lui-même et s'en faire suivre pendant un quart de mille; alors il répond par des cris constans, jetés rapidement et qui expriment sa colère · cependant si on examine son extérieur, il semble insensible à tout ce qui se passe autour de lui. Sa voix s'échappe de place en place dans les broussailles; d'abord les sons ont de la ressemblance avec le sifflement que font, en volant, les ailes d'un canard ou d'une sarcelle. On remarque dans les sons de l'élévation et de la rapidité en commençant, ensuite ils sont plus bas, plus lents et finissent par être détachés; d'autres cris qui leur succèdent imitent en quelque sorte les aboiemens d'un petit chien et sont suivis de sons variés, sourds, partant du gosier, répétés chacun huit ou dix fois de suite, qui ont plus de rapports à la voix d'un quadrupède qu'à celle d'un oiseau; enfin tout ce babillage se termine par des cris assez semblables au miaulement d'un chat, mais beaucoup plus enroués. Tous ces sons sont rendus avec une grande véhémence et de tant de façons différentes, que l'oiseau semble être à une grande distance et en même-temps très-près de celui qui l'écoute, de sorte que d'après ces manœuvres de ventriloque, on est fort embarrassé de déterminer l'endroit d'où vient la voix. Si le temps est doux et serein et s'il fait clair de lune, le mâle babille de cette étrange manière, presque sans interruption, pendant toute la nuit, comme s'il disputait avec ses propres échos, mais probablement dans l'intention d'attirer une femelle, car lorsque la saison est avancée, on l'entend rarement à cette époque. Dans tout le temps de l'incubation, ses cris ont plus de force et sont plus continuels. Lorsqu'il s'aperçoit qu'on l'a vu, il cherche moins à se cacher, et quelquefois il s'élève dans les airs presque perpendiculairement, à la hauteur de trente à quarante pieds, tenant ses jambes pendantes, descendant de même qu'il monte par élans répétés, comme s'il était ému de colère. On peut attribuer le bruit qu'il fait et tous ses mouvemens à son extrême affection pour sa femelle et ses petits; car en tout autre temps qu'à l'époque des amours, on l'entend rarement.

Les insectes, les baies et surtout le fruit de la morelle (*solanum carilonense*) sont les alimens dont cette espèce se nourrit. Elle niche dans les buissons les plus fourrés, et sa ponte est de quatre ou cinq œufs.

Le mâle a la tête, le dessus du cou et du corps gris-verts; les pennes des ailes bordées de cette couleur en dehors, et brunes dans le reste; l'œil entouré de blanc, avec un trait noir en dessous; une bandelette blanche part de la mandibule inférieure et descend sur les côtés de la gorge, qui est d'un jaune vif, changeant en orangé sur le devant du cou et de la poitrine; les parties postérieures sont blanches, les pennes de la queue grises en dessous; le bec et les pieds sont noirs. Longueur totale, 6 pouces 4 lignes.

Chez la femelle, les couleurs sont moins vives, et elle n'a ni marque noire sur les côtés de la tête, ni les yeux entourés de blanc. Le jeune est en dessus d'un gris verdâtre sale, et en dessous d'un jaune très-pâle; du reste il ressemble à sa mère.

L'Ictérie dumicole, *Icteria Dumicola*.

P. Oudart pinx.   Lith. de Langlumé.

4ᵉᵐᵉ DIVISION. CAROUGE, *Pendulinus.*

Bec un peu grèle, arrondi, longicône, un peu incliné, à bords fléchis en dedans, ordinairement aigu à sa pointe; mandibule supérieure à base prolongée dans les plumes du front et y formant un petit angle pointu. Pl. H, nᵒ 2.

Narines plus ou moins dilatées, couvertes d'une membrane.

Langue cartilagineuse, bifide à son extrémité.

Tarses nus, annelés.

Doigt intermédiaire soudé à la base avec l'externe, totalement séparé de l'interne.

Ailes moyennes; deuxième et troisième rémiges les plus longues de toutes.

Queue à douze rectrices.

On ne connaît jusqu'à présent que douze espèces dans cette division, qui toutes habitent l'Amérique, et dont la plupart montrent la même adresse dans la construction de leur nid que les tisserins, surtout les *carouges solitaire* et *banana:* le premier le suspend à l'extrémité des branches les plus flexibles, et ne fait entrer dans sa construction que de la filasse de chanvre ou des herbes analogues. Il lui donne la forme d'une écuelle un peu profonde, d'une grandeur proportionnée à sa grosseur, et attachée à deux rameaux par les oreilles; quoique fragile en apparence, ce berceau, jouet des vents, est d'une texture assez forte pour résister à leur impétuosité; le second le construit d'une manière totalement différente, le compose de petites fibres de feuilles entrelacées les unes dans les autres, et lui donne la forme de la tranche d'un globe creux coupé en quatre parties égales; il sait fixer son travail sous une feuille de bananier, de manière que celle-ci sert d'abri et en fait elle-même partie.

La plupart des carouges se tiennent par paires; ceux qui vivent en familles ont l'instinct social des troupiales, avec lesquels ils se mêlent quelquefois. Ils ne fréquentent point les plaines ou très-rarement, se plaisent dans les taillis, les bosquets, s'y cachent dans les endroits les plus fourrés, cherchent leur nourriture tantôt sur les arbres, tantôt à terre. Ils sont entomo-

phages et baccivores. Comme les graines céréales sont pour eux un aliment
dédaigneux, on les rencontre très-rarement dans les terres ensemencées, où
abondent les troupiales de l'Amérique septentrionale, mais ces oiseaux n'y
restent que pendant la belle saison. Leur ponte est de quatre ou cinq œufs,
et ils en font ordinairement plusieurs par an dans les contrées méridionales
du nouveau continent.

LE CAROUGE CHRYSOCÉPHALE, *Pendulinus chrysocephalus.*

Pl. LXXXVI.

Niger; capite, nuchâ, uropygio, tectricibus caudæ inferioribus, alarum-
que parte anteriori flavis (mas).

Capite nigro et flavo; tectricibus caudæ inferioribus nigris (femina).

Oriolus chrysocephalus, Linn., Gm., Syst., nat., édit. 13, *n°* 20. Idem,
Lath., Index, n° 30..

Goldhooptige gelbschulterichte, *Merrem, beyt.* 1, *pag,* 14, *pl.* 3.

Le carouge à tête jaune d'Amérique, *Brisson, Ornith., Suppl., pag.* 38,
n° 32.

Gold-headed oriole, *Lath., Synopsis, tom.* 1, *pag.* 447, *n°* 32.

Montbeillard présente cet oiseau pour une variété du petit-cul jaune;
mais c'est une méprise; celui-ci en diffère trop par la forme de son bec, qui
est bien celui d'un troupiale, tandis que l'autre a celui d'un carouge; de
plus leur plumage est bien différent. Le mâle de l'espèce, que nous décrivons, se rapproche du carouge esclave par ses couleurs jaune et noire, mais
elles sont distribuées différemment. Il a le bec, les pieds, le front, les joues,
le cou, la gorge, la poitrine et le ventre d'un beau noir; le dessus de la
tête, la nuque, la partie antérieure de l'aile, les plumes de l'anus, les couvertures de la queue et le bas des jambes, au-dessus du genou, d'un jaune éclatant; les pennes des ailes et de la queue d'un noir terne. Longueur totale,
7 pouces environ.

La femelle en diffère en ce que la marque jaune que celui-ci a sur le

Le Carouge chrisocéphale, Pendulinus chrisocephalus.

P. Oudart del.   Lith. de G. Engelmann.

haut de la tête, ne s'étend pas sur la nuque et est mélangée de noir; en outre les couvertures inférieures de la queue sont de la dernière couleur, de même que la plupart des plumes de l'anus. On trouve ce carouge dans l'Amérique méridionale.

5ème DIVISION. BALTIMORE, *Yphantes.*

Bec polièdre, entier, à bords droits, un peu grèle et aigu; mandibule supérieure formant à sa base un angle pointu dans les plumes du front. Pl. II, n° 3.

Narines dilatées, couvertes d'une membrane.

Langue cartilagineuse, frangée à son extrémité.

Tarses nus, annelés.

Doigt intermédiaire soudé à la base avec l'externe et totalement séparé de l'interne.

Ailes moyennes; deuxième et troisième rémiges les plus longues de toutes.

Queue à douze rectrices.

La seule espèce dont cette division est composée se trouve dans l'Amérique septentrionale. Elle a de grands rapports avec les carouges dans son genre de vie et l'intelligence qu'elle montre, pour mettre sa progéniture à l'abri de ses ennemis, en plaçant et construisant son nid de manière qu'ils ne peuvent en appprocher sans courir des dangers. Elle vit solitaire et voyage, de même que notre loriot, par famille composée du père, de la mère et des petits, lorsqu'elle quitte son domicile d'été pour aller passer l'hiver dans les parties sud des États-Unis. Elle fréquente les bosquets, les savanes et les campagnes plantées d'arbres fruitiers. Les insectes, les chenilles, sont les alimens qu'elle préfère; et, à leur défaut, elle se nourrit de baies et de petits fruits tendres. Elle descend rarement à terre et dans les champs cultivés, à moins qu'elle n'y soit forcée par le défaut de nourriture: c'est alors qu'elle avale entières diverses graines. Elle ne fait ordinairement qu'une couvée dans le nord de l'Amérique, après laquelle elle en émigre pour n'y revenir qu'au printemps suivant.

LE BALTIMORE VULGAIRE, *Yphantes baltimore.*

Pl. LXXXVII.

*Capite, gulâ, collo, tectricibus alarum superioribus, remigibus nigris;
corpore subtùs aurantio* (mas, æstate).

Niger flavo mixtus (idem, hieme).

Suprà viridi-olivaceus, subtùs pallide flavus (femina et junior).

Baltimore; *Catesby, car.* 1, *pl.* 48.

Le Baltimore, *Buffon, Hist. nat. des Ois., tom.* 3, *pag.* 231, *pl. enl.
n°* 506, *fig.* 1, mâle en été; *fig.* 2, mâle en hiver.

Oriolus baltimore, *Linn., Gm., Syst., nat., édit.* 13, *n°* 10. Idem, *Lath.,
index, n°* 20.

Baltimore, *Lath., Synopsis, tom.* 1, *pag.* 433, *n°* 19.

Cet oiseau, qu'on trouve dans l'Amérique depuis les Florides jusqu'au
Canada, arrive au centre des États-Unis dans les mois d'avril et de mai,
et en part dans les mois d'août et de septembre. Il fréquente les taillis et
niche quelquefois dans les vergers qui sont près des habitations rurales. On
ne le voit point dans les marais et on le rencontre très-rarement dans l'intérieur des forêts et dans les terres ensemencées. Il s'apprivoise difficilement si on le prend adulte, et ne survit, surtout au printemps, que peu de
mois à la perte de sa liberté. Il tombe en langueur et meurt presque toujours à l'époque fixée par la nature pour son départ. Il en est tout autrement lorsqu'on le prend dans le nid et qu'on lui donne des alimens qui se
rapprochent de ceux qui lui sont naturels, et surtout si on les varie; on le
conserve alors pendant plusieurs années, et il montre autant de docilité,
de familiarité que divers carouges et troupiales, et un tel attachement pour
celui qui l'a élevé, qu'en recouvrant même sa liberté, il revient à sa voix
lui en donner des preuves, en lui prodiguant ces caresses et ces tendres
agaceries qui font du serin des Canaries le plus aimable des oiseaux. Enfin
il joint à ces qualités celle d'avoir une grande affection pour ses petits; il les
suit si on les enlève, et les nourrit dans leur prison. On regrette de ne

pas entendre chanter le mâle dans d'autres saisons qu'au printemps, car il est doué d'un ramage agréable.

La plupart des cassiques, des troupiales et des carouges, bâtissent leur nid et le suspendent avec une sagacité et une intelligence remarquables ; mais le baltimore les surpasse dans ce travail et semble n'avoir rien oublié pour tirer de sa construction toutes les commodités possibles. Il y pratique deux ouvertures, l'une au sommet qui sert d'entrée, l'autre sur le côté, à un tiers de sa hauteur, pour donner la becquée à sa jeune famille, qui, d'après la profondeur du nid, ne peut, dans ses premiers jours, s'élever jusqu'en haut pour la recevoir ; c'est peut-être aussi par cette petite ouverture à claire-voie, et close dans l'intérieur pendant l'incubation, qu'ils rendent leurs ex-crémens. Ce berceau est suspendu à une branche horizontale de platane, de tulipier ou de pommier, avec des filamens de plantes coriaces que le constructeur renforce avec des poils et des crins pour leur donner plus de consistance et les mettre en état de résister aux coups de vent. Il attache si solidement cette espèce de corde autour de la branche, que les plus grandes secousses ne peuvent endommager le nid, qui est composé de laine, de gramen, tissus ensemble avec beaucoup d'adresse. Dans les cantons où le baltimore ne peut trouver ces divers matériaux, il le construit avec des herbes sèches et lui donne néanmoins la même solidité, en le fixant par tous les bords aux branches qui lui servent de soutien. Sa forme est celle d'une bourse profonde, aussi large dans le haut que dans le bas, et longue de près de six pouces ; l'ouverture du sommet a un pied de circonférence, et celle du côté a quinze à dix-huit lignes de largeur. La ponte est de quatre ou cinq œufs blancs, tachetés de rouge et de la grosseur de ceux du bruant proyer (*emberizia miliaria*).

Le mâle ne prend son plumage parfait qu'à l'âge de deux ans, et il ne le conserve dans cet état que pendant l'été. Il subit deux mues annuelles, la première, qui est longue, a lieu en août et en septembre, et l'autre, qui est prompte, au commencement du printemps. Cette différence dans la durée de ces deux mues m'a également frappé chez plusieurs oiseaux de l'Amérique du nord, tels que chez le *chardonneret jaune*, la *passerine bleue*, l'*ortolan de riz*, et est en opposition avec le sentiment des naturalistes, qui regardent la chaleur comme le moyen le plus prompt et le plus favorable à un changement de plumes, puisque le climat sous lequel ces oiseaux se trouvent est beaucoup plus chaud à l'époque de la première mue qu'à celle de la seconde. A l'automne, le noir qui occupe la tête, le cou et la gorge est plus ou moins marbré de jaune, et l'orangé perd toujours son éclat: Les jeunes mâles ne prennent leurs attributs qu'au printemps; ils se distinguent alors des vieux par des couleurs moins brillantes; la couleur noire des parties antérieures n'est chez tous qu'à l'extrémité des plumes, qui sont jaunes dans le reste de leur étendue, et, pour peu qu'elles soient en désordre, la dernière teinte perce à travers la première.

Le vieux mâle a le bec d'un bleuâtre sombre; l'iris brun; les pieds noirs; une sorte de capuchon de la dernière couleur, lequel enveloppe la tête, la gorge, finit en pointe sur le devant du cou et couvre encore le haut du dos, les plumes scapulaires et les grandes couvertures alaires, qui sont bordées de jaune en dehors, les rémiges, dont l'extérieur est blanc, la totalité des rectrices intermédiaires et les latérales jusqu'à un tiers de leur longueur. Tout le reste du plumage est d'un bel orangé, foncé sur la poitrine, clair sur le bas du dos, le croupion, les couvertures supérieures de la queue et ses pennes latérales dans la partie qui n'est pas noire. Longueur totale, 6 pouces 4 lignes.

La femelle a le bec couleur de corne, plus sombre en dessus qu'en dessous; la tête et les parties supérieures du cou et du corps d'un vert olive; les plumes du dos brunes dans le milieu; celles de la partie antérieure de l'aile noirâtres et frangées de vert-olive; ses couvertures supérieures bordées et terminées de blanc; toutes ses pennes d'un brun obscur; les primaires grises en dehors, et les secondaires blanches à l'extérieur; la queue pareille à la tête; les parties inférieures d'un jaune souci, très-dégradé sur la gorge et très-clair sur le ventre. D'après ces détails, il ne doit plus rester aucun doute sur la vraie femelle du baltimore, si mal indiquée dans tous les ouvrages d'ornithologie, puisque j'ai pris celle que je viens de décrire avec son nid et ses petits, qui lui ressemblent totalement et ne prennent de nouvelles plumes qu'après l'hiver.

Le Baltimore vulgaire, Yphantes Baltimore.

P. Oudart del.   Lith. de Ch. Engelmann.

6ème DIVISION. TROUPIALE, *Agelaius*.

Bec droit, robuste, épais, convexe en dessus, à bords droits, longicône, pointu; mandibule supérieure formant à sa base un angle aigu dans les plumes du front. Pl. H, n° 4.

Narines dilatées, couvertes d'une membrane.

Langue cartilagineuse, bifide à sa pointe.

Tarses nus, annelés.

Doigt intermédiaire réuni à la base avec l'externe et totalement séparé de l'interne.

Ailes moyennes; première et cinquième rémiges égales, deuxième et troisième les plus longues de toutes.

Queue à douze rectrices.

Toutes les espèces de cette division, au nombre de vingt-huit à trente, se trouvent en Amérique. Elles sont entomophages, baccivores et granivores; elles tuent les insectes avant de les avaler, et mangent les graines et les baies entières; quelques-unes sont encore vermivores. Toutes ou presque toutes ont les mêmes allures, comme de vivre en société pendant la plus grande partie de l'année, de fréquenter les plaines, les champs cultivés et les vergers; les unes se retirent, à l'époque des couvées, dans l'intérieur des bois; mais c'est le petit nombre; d'autres n'habitent que les savanes, et quelques-unes fixent leur domicile dans les roseaux. Celles qui se trouvent dans l'Amérique septentrionale, voyagent à l'automne du nord au sud, et au printemps du sud au nord. Il en est qui se tiennent alors en bandes nombreuses, tandis que d'autres restent en familles. Les troupiales sédentaires dans les îles Antilles vivent pendant toute l'année ordinairement par paires. La plupart montrent une grande industrie dans la construction de leur nid et le suspendent à l'extrémité des rameaux les plus flexibles; on en voit ordinairement plusieurs sur le même arbre; d'autres lui donnent une forme ordinaire et le cachent soigneusement : la ponte est ordinairement de quatre ou cinq œufs.

Les troupiales, de même que les carouges, les baltimores et les cassiques, amassent dans l'œsophage la nourriture destinée à leurs petits, et la leur dégorgent dans le bec. Plusieurs sont susceptibles d'une certaine éducation ; ils ont la faculté d'imiter la voix articulée, et montrent en captivité beaucoup d'intelligence et de gentillesse. L'espèce la plus commune dans les États-Unis (le *troupiale commandeur*), a un genre de vie tellement analogue à celui de l'*étourneau*, qu'on la confond souvent sous la même dénomination. C'est sans doute d'après ce motif qu'on les a classés au Muséum d'histoire naturelle dans le même genre ; cependant il suffisait de comparer leurs becs, pour s'apercevoir de cette méprise, puisqu'ils sont très-différens. Linnée et les méthodistes qui ont adopté sa méthode, ont rangé les troupiales et les loriots dans le même cadre : ceux-ci, en effet, se rapprochent des autres par l'adresse et l'industrie qu'ils montrent dans la construction de leur nid ; mais ils en diffèrent essentiellement par la forme du bec, ainsi qu'on peut s'en convaincre en comparant les figures que nous en donnons ; ils en diffèrent encore par leur genre de vie et par leur appétit pour des alimens auxquels les troupiales ne touchent jamais.

LE TROUPIALE ROUGE ET NOIR, *Agelaius militaris*.

Pl. LXXXVIII.

Niger ; pectore, jugulo, gulâ, humerisque sanguineis ; alis caudâque nigris (mas senior).

Suprà obscure et dilute fuscus ; subtùs, coccineus ; imo ventre, cruribus, remigibus ; rectricibusque obcurè fuscis (adultus).

Griseus, nigro punctatus, fasciâ oculorum atrâ (junior).

Troupiale de la Guyane, *Briss.*, *Ornith.*, *tom.* 2, *pag.* 107, *n°* 18, *pl.* 1, *fig.* 1.

Idem, *Buffon*, *Hist. nat. des Ois.*, *tom.* 3, *pag.* 218, *pl. enl*, 536.

Troupiale de Cayenne, *Idem*, *pl. enl. n°* 236.

Le troupiale tacheté de Cayenne, *idem*, *pag.* 223, *pl. enl. n°* 448, *fig.* 1 *et* 2.

Le cardinal brun, *Brisson*, *tom.* 3, *pag.* 51, *n°* 30.

Oriolus Guyanensis, *Linn.*, *Gm.*, *Syst. nat.*, *édit.* 13, *n°* 9.

Idem, *Lath.*, *index*, *n°* 16. Oriolus Americanus, *idem*, *n°* 15.

Tanagra militaris, *Linn.*, *Gm.*, *n°* 17. Idem, *Lath.*, *index*, *n°* 38.

Oriolus melancholicus, *Linn.*, *Gm.*, *n°* 17. Idem, *Lath.*, *index*, *n°* 33.

Militaris tanager, *Lath. Synopsis*, *tom.* 1, *pag.* 242, *n°* 40.

Gujana oriole, *Idem*, *tom.* 2, *pag.* 340, *n°* 15.

Shomburger, *Lath.*, *idem*, *pag.* 441, *n°* 31.

Tordo de gollado tercero, *de Azara apuntamientos para la Hist. Natur. de los paxaros del Paraguay y rio de la Plata, tom.* 1, *pag.* 309, *n°* 70.

Cet oiseau n'est point, comme l'a pensé Montbeillard, une simple variété du *troupiale commandeur*, qui en diffère par une grande partie de son plumage et de son genre de vie; de plus, l'un et l'autre ne se montrent jamais dans les mêmes contrées : le premier habite la Guyane et le Paraguay, l'autre ne se trouve que dans l'Amérique septentrionale, depuis la Nouvelle-Espagne jusqu'au Canada. Le savant collaborateur de Buffon, Latham, et Gmelin, ont fait des doubles et triples emplois en donnant comme des espèces distinctes le troupiale de cet article, sous sa livrée d'adulte et de jeune âge. (*Voyez* la Synonymie.)

Cette espèce, que Sonnini a observée à la Guyane, et dont le mâle a un ramage agréable et imitateur, donne à son nid une forme longue, cylindrique et le suspend aux branches des arbres. Elle se tient au Paraguay, dans les marais et dans les campagnes qui les avoisinent, se pose sur les joncs et sur les autres plantes, et cherche à terre sa nourriture. Quoiqu'elle ne soit point farouche, elle se cache communément dans les joncs et les broussailles, plutôt pour y trouver sa pâture, que par crainte ou par défiance.

Chez ce troupiale, dans l'âge avancé, toutes les parties supérieures, les ailes et la queue sont d'un beau noir; le pli de l'aile, la gorge et toutes les parties postérieures d'un rouge vif; les rectrices paraissent, vues sous un certain jour, comme moirées transversalement d'une couleur de plomb; l'iris est noir, ainsi que le dessus du bec, dont le dessous est d'un bleu céleste; les pieds sont noirâtres. Longueur totale, 6 à 7 pouces.

Le même, lorsqu'il est adulte, diffère du précédent en ce que le noir est remplacé par du noirâtre; que chaque plume de cette couleur est bordée de gris; que le rouge des parties inférieures est varié de traits blanchâtres qui terminent chaque plume : l'intérieur des rémiges et l'extrémité des rectrices sont grisâtres.

Le jeune, avant sa première mue, n'a aucun indice de rouge dans sa livrée; les plumes des parties supérieures sont brunâtres et bordées de gris ou d'un jaunâtre plus ou moins sombre; la gorge est sans tache et brune; un trait de la même couleur passe immédiatement sous les yeux, se prolonge en arrière en deux traits noirs parallèles, dont l'un accompagne le trait brun par-dessus et l'autre embrasse l'œil par-dessous; le bec est d'un gris bleuâtre; les pieds sont couleur de chair.

7ème DIVISION. CASSIQUE, *Cassicus*.

Bec plus long que la tête, entier, robuste, convexe en dessus, droit, longicône, pointu, gibbeux à la base de sa partie supérieure, et formant un angle arrondi dans les plumes du front. Pl. H, n° 5.

Narines rondes, ouvertes, situées près du *capistrum*.

Langue pointue, cartilagineuse et bifide à son extrémité.

Tarses nus, annelés, forts.

Doigt intermédiaire soudé à la base avec l'externe, totalement séparé de l'interne.

Ailes moyennes; première rémige plus courte que la cinquième, troisième et quatrième les plus longues de toutes.

Queue à douze rectrices.

Quoiqu'à l'exemple de M. de Lacépède, nous ayons séparé les cassiques, les carouges, les troupiales, les baltimores et les loriots, que Linnée et Latham ont classés dans leur genre *oriolus*, on doit néanmoins les réunir pour n'en former qu'une seule famille, attendu que tous se rapprochent par plusieurs caractères, par quelques habitudes et par la même industrie dans la

Le Troupiale noir et rouge, *Agelaius militaris*.

P. Oudart del.   Lith. de G. Engelmann

construction de leur nid, ainsi que nous l'avons vu dans les articles précédens.
Les cassiques n'en montrent pas moins que les autres. L'yapou (*oriolus
persicus*, Linn.) lui donne une forme singulière : c'est celle d'une cucurbite
étroite, surmontée de son alambic ; il est composé simplement d'herbes desсé-
chées, et il n'y entre ordinairement ni crin ni autre substance semblable.
L'on voit souvent plusieurs centaines de ces nids suspendus au même arbre
et agités par les vents. Celui du cassique rouge (*oriolus hœmorhous*, Linn.)
est suspendu aux branches des arbres qui s'avancent sur les rivières, et composé de brins d'herbes desséchées ; le fond est beaucoup plus épais que le
reste ; l'ouverture n'est pas tout à fait à la partie d'en haut, elle est un peu
plus basse et conduite obliquement, de sorte que de quelque côté que la
pluie vienne, elle ne peut entrer dans ce berceau. Mais si on consulte leurs
attributs génériques, on voit entre tous ces oiseaux des différences frappantes ;
en effet, le bec des cassiques est lisse, droit, très-fort, très-dur, et la mandibule supérieure s'avance sur le front en forme d'angle arrondi, et quelquefois
plus haut que cette partie. Nous avons dit précédemment que celui des carouges est grêle, un peu arqué, que la base de sa partie supérieure est moins
avancée sur le front et se termine en pointe ; le bec des troupiales est droit
comme celui des cassiques, plus épais à sa base que celui des carouges, et se
prolonge de la même manière sur la tête. Les mandibules des baltimores
sont à leur origine comme celles des troupiales, mais l'angle frontal de la
supérieure est moins prononcé ; et elles présentent dans leur forme, comme
l'a fort bien observé le savant collaborateur de Buffon, une pyramide à cinq
pans, dont deux pour la supérieure et trois pour l'inférieure. Enfin, le bec
des loriots diffère presque totalement de celui de tous les autres, en ce qu'il
est déprimé à sa base, recourbé et échancré vers le bout de sa partie supérieure, et retroussé à l'extrémité de l'inférieure.

Les cassiques se plaisent dans les bois, ne fréquentent point les campagnes, cherchent leur pâture sur les arbres, dans les broussailles et à terre,
marchent avec aisance et ne voyagent point. Ils se nourrissent de vers, d'insectes, de baies et de graines qu'ils avalent entières. Tout leur convient en
captivité, et ils y montrent la docilité des troupiales ; ils ont la même aptitude pour articuler des paroles, imiter le cri de divers animaux et appren-

dre des airs sifflés. La ponte est de deux à quatre œufs, et ils en font plusieurs dans l'année. On trouve les cassiques dans l'Amérique méridionale, au Brésil, à la Guyane, au Paraguay, etc.

LE CASSIQUE NOIR, *Cassicus niger.*

Pl. LXXXIX.

Niger viridi violaceoque mutans (mas).
Niger, minus nitens (femina).
Obscure fuscus (junior).

Ainsi que je l'ai remarqué chez les *quiscales, anis,* etc., il existe deux races ou deux espèces très-voisines dans les cassiques noirs, lesquelles ne diffèrent entre elles que par la taille et toutes les proportions relatives; du reste elles se ressemblent parfaitement. L'une a douze pouces de longueur totale, et l'autre en a seize.

Le chant du mâle est varié, étendu et ne manque pas d'agrément. Il jette souvent un cri qui semble exprimer *ga-ha-ha,* et quelquefois il prononce le mot *poupoi.* Cette espèce, d'un caractère solitaire, habite de préférence les lieux remplis de broussailles et de buissons, ne fréquente point les campagnes découvertes et s'élève rarement à la cime des arbres. Elle suspend son nid aux branches basses, lui donne la forme d'une bourse sphérique à sa base, longue de dix-huit à vingt-quatre pouces; son extérieur est composé d'herbes desséchées, de divers matériaux flexibles et tissés avec art; l'intérieur a dix pouces de diamètre, et est rempli dans le fond de feuilles sèches sur lesquelles la femelle dépose trois ou quatre œufs marbrés de gris-brun et presque sphériques.

Le plumage du mâle est noir sous un aspect, mais sous d'autres cette couleur jette des reflets verts et violets; le bec est d'un noir mat; l'iris jaune; les pieds sont bruns ou noirs. La femelle n'en diffère que par un vêtement à reflets moins apparents. Le jeune est totalement d'un brun sombre. On trouve cette espèce à Cayenne et dans quelques-unes des grandes îles Antilles.

Le Cassique noir, *Cassicus niger*.

5ème FAMILLE. LEIMONITES, *Leimonites.*

Pieds médiocres, un peu robustes.

Tarses annelés, nus.

Doigts au nombre de quatre : trois devant, un derrière; les extérieurs soudés à leur base, le postérieur épaté.

Bec médiocre, droit, entier, à pointe obtuse, ou un peu renflée, ou aplatie.

Ière DIVISION. STOURNELLE, *Sturnella.*

Bec droit, entier, convexe en dessus, dilaté et obtus à sa pointe; mandibule inférieure, formant à sa base un angle arrondi dans les plumes du front. Pl. H, n° 6.

Narines rondes, couvertes d'une membrane saillante.

Langue cartilagineuse, plate, fourchue à son extrémité.

Tarses nus, annelés.

Doigt intermédiaire réuni à la base avec l'externe, totalement séparé de l'interne; pouce plus long et plus robuste que les doigts latéraux, pl. B B, n° 8.

Ongle postérieur le plus long et le plus fort de tous.

Ailes moyennes; première et cinquième rémiges à peu près égales, deuxième, troisième et quatrième les plus longues de toutes; deux secondaires très-prolongées.

Des deux espèces dont cette division est composée, l'une se trouve dans l'Amérique septentrionale et l'autre dans sa partie méridionale. La première, qui est le type de ce petit groupe, a été classée jusqu'à présent dans celui de *l'étourneau,* lequel renferme un grand nombre d'oiseaux très-disparates, quant aux caractères génériques. Les stournelles en diffèrent assez, comme dit Buffon pour celui de cet article, afin de mériter un nom distinct, et il a assez de rapports pour mériter un nom analogue: aussi l'a-t-il appelé *stourne,* dénomination que j'aurais conservée, si depuis elle n'eût pas été employée pour signaler des oiseaux qui ne présentent avec lui aucun rapprochement; c'est pourquoi je l'ai remplacée, afin d'éviter la confusion, par un nom qui en donne la même idée.

Les stournelles ont le bec terminé comme celui de l'étourneau; mais il en diffère en ce que la mandibule supérieure forme dans les plumes du front une échancrure profonde, assez large, arrondie à son extrémité et à peu près pareille à celle des cassiques; tandis que chez les vrais étourneaux cette échancrure est étroite et pointue; de plus, chez les premiers, le doigt postérieur est aussi long que l'intermédiaire et beaucoup plus que les latéraux. Ce même doigt est, chez les derniers, plus court que celui du milieu, et ne dépasse pas les autres. Si l'on porte son attention sur les ailes, on voit que celles des étourneaux ont une petite plume bâtarde qu'on cherche inutilement chez les stournelles; que la première rémige est la plus longue de toutes, et que toutes les secondaires sont beaucoup plus courtes que les primaires, ce qui n'existe pas chez ceux-ci. (*Voyez* ci-dessus). On voit par ces détails que, comme la plupart de toutes les divisions, celle-ci a plusieurs ramifications; mais, en ne donnant de la valeur qu'à une seule, il en est résulté que des auteurs ont placé les stournelles parmi les étourneaux; d'autres avec les cassiques, et quelques-uns avec les alouettes.

Les stournelles ne se plaisent que dans les prairies et les marécages; en effet, ils y restent toute l'année et y nichent, d'où est venu à celui dont nous publions la figure, le nom américain de *meadow-ark* (alouette de prés). Leur ponte est de cinq à sept œufs, et leur nourriture consiste en insectes et en diverses semences.

LE STOURNELLE A COLLIER, *Sturnella collaris.*

Pl. CX.

Suprà fusco, rufescente et nigricante varia; subtùs flava; fasciâ pectorali nigrâ, curvâ; rectricibus lateralibus albis.

Large lark, *Catesby, Carol.* 1, *pl.* 33.

L'étourneau de la Louisiane, *Briss., Ornith.*, *tom.* 3, *pag.* 191.

Le stourne ou l'étourneau de la Louisiane, *Buffon, Hist. nat. des Ois.*, *tom.* 3, *pag.* 192, *pl. enl. n°* 256.

Le fer-à-cheval ou le merle à collier, *idem, tom.* 3, *pag.* 37.

Sturnus ludovicianus, *Linn., Gm., Syst., nat., édit.* 13, *n°* 3. Idem, *Lath., index, n°* 3.

Alauda magna, *Linn., Gm., n°* 11.

Louisiane stare, *Lath., Synopsis, tom.* 2, *pag.* 6, *n°* 3.

Cette espèce habite, comme je l'ai dit ci-dessus, les prairies et les marais des États-Unis, et des individus portent leurs courses jusque dans la Guyane. Elle ne se perche sur les arbres que lorsqu'elle est pourchassée, y reste peu de temps, et n'y passe jamais la nuit. Elle est sédentaire dans une grande partie de l'Amérique septentrionale; néanmoins un grand nombre en émigre aux approches des frimats. On y voit une plus grande quantité d'individus en automne qu'en toute autre saison, parce qu'alors ceux qui nichent à la Nouvelle-Écosse, au Canada, et dans des régions encore plus boréales, quittent leur pays natal et séjournent alors au centre des États-Unis.

Ces oiseaux courent avec vitesse, ont le vol vif, planent et filent comme la perdrix grise ; et s'ils sont poursuivis, ils vont, dès qu'ils sont posés à terre, se blottir au pied d'un buisson ou dans une touffe d'herbes, et toujours du côté opposé à l'objet qui les effraie. Ils remuent la queue de haut en bas quand ils sont sans inquiétude, et horizontalement si on les surprend. Ce dernier mouvement est un indice certain qu'ils sont prêts à s'envoler. Ils restent par familles pendant l'hiver, et s'isolent par paires au printemps; chaque couple s'approprie alors un canton où il ne souffre aucun être de son espèce.

Le mâle est très-attaché à sa femelle, et tous les deux montrent une grande affection pour leur progéniture. On le voit souvent, pendant l'incubation, posé sur les clôtures des champs, où il réjouit sa compagne par un ramage assez agréable, mais dont la phrase est courte : l'un et l'autre font entendre un sifflement aigu quand on leur porte ombrage. Ils construisent leur nid à terre, au milieu d'une plante touffue et avec des herbes sèches. Une seule ponte annuelle de cinq à six œufs blancs, parsemés de taches et de quelques grandes mouchetures d'un brun rougeâtre, surtout sur le gros bout, est le résultat de leurs amours. Les petits ne se séparent de leur père et mère qu'au printemps. Les vers, les insectes, diverses semences, et principa-

lement les graines de l'ornithogale, à fleurs jaunes, composent leur nourriture.

Le mâle a trois bandes longitudinales sur le sommet de la tête, lesquelles
naissent à l'origine de la mandibule supérieure; celle du milieu est rousse et
s'élargit sur l'occiput; les deux autres sont d'un brun noirâtre; une tache
d'un jaune foncé se fait remarquer sur chaque côté près du bec, et un trait
noir en arrière de cette partie. Les joues et les tempes sont grises; le dessus
du cou et du corps est varié de gris, de brun, de noir et de roux: la première couleur occupe le bord des plumes; les trois autres sont sur leur milieu; les deux dernières dominent seules sur le croupion; les petites et les
moyennes couvertures alaires ont une bordure grise : cette teinte prend un
ton ardoisé sur la partie antérieure de l'aile; ses grandes couvertures sont
rousses et tachetées de noir; les rémiges brunes en dedans, grises dans le
milieu et rousses à l'extérieur; les quatre premières pennes de la queue sont
blanches avec une petite tache noire vers leur extrémité; celle qui les suit de
chaque côté est rayée de brun en dedans, et les autres portent des taches
noirâtres sur un fond brun; toutes sont pointues et un peu étagées. La gorge
est blanche à son origine, et ensuite du jaune vif qui règne sur les parties
postérieures. Une marque d'un beau noir se dessine en forme de fer-à-cheval
sur le bas du cou, et se termine en pointe sur la poitrine; les flancs sont
parsemés de taches noires, les couvertures inférieures de la queue rousses;
les pieds jaunâtres; le bec est brun en dessus et couleur de corne en dessous. Longueur totale, 9 pouces 4 lignes. Telle est la robe du mâle pendant
l'été, mais après la mue et pendant l'hiver, il porte celle indiquée par Buffon
pour son étourneau de la Louisiane. A cette époque, le fer-à-cheval est varié
de gris, et le jaune des parties inférieures présente un mélange de grisâtre
et une nuance moins vive.

La femelle diffère du mâle par des couleurs moins pures et par la plaque
noire qui a moins d'étendue. Le jeune est brun où les adultes sont noirs; le
jaune du dessous du corps est peu apparent et on n'aperçoit qu'un très-
petit vestige du fer-à-cheval.

Le Sturnelle à collier, *Sturnella colaris*.

L' Oudart del.t   Lith. de G. Engelmann.

2.ème DIVISION. ÉTOURNEAU, *Sturnus.*

Bec droit, tendu, entier, un peu déprimé, à pointe obtuse et un peu aplatie; mandibule supérieure à bords un peu évasés, plus longue que l'inférieure. Pl. H, n° 7.

Narines à ouverture longitudinale, couvertes en dessus par une membrane un peu gonflée.

Langue cartilagineuse, aplatie, fendue et coupée carrément à son extrémité.

Tarses nus, annelés.

Doigt intermédiaire réuni à la base avec l'extérieur, et totalement séparé de l'intérieur, pouce et doigt externe égaux, pl. B B, n° 9.

Ongle postérieur le plus long de tous.

Ailes moyennes; à penne bâtarde très-petite et grêle; première, deuxième et troisième rémiges les plus longues de toutes.

Queue à douze rectrices.

Dans les quinze espèces dont les auteurs ont composé cette division, on n'y trouve que trois ou quatre véritables étourneaux, attendu que tous les autres n'ont aucun des caractères indiqués pour ce groupe : tels sont les *sturnus collaris, mauritinus,* qui sont la fauvette des Alpes en double emploi; le *gallinaceus,* qui est un martin; les *sturnus mexicanus, obscurus,* qui sont des troupiales; le *cinclus* (merle d'eau), qui est le type d'un genre particulier; les *sturnus ludovicianus, militaris* et *loyca,* qui font partie du genre précédent; les *viridis* et *olivaceus,* qui ne sont pas assez connus pour être certain qu'ils soient de vrais étourneaux. Daudin et Sonnini ont encore augmenté leur nombre en y rangeant mal à propos notre martin pêcheur sous le nom d'*athis;* le quiscale barite sous celui de *barita;* le *crispicollis,* qui est un polochion; le *geoffroy,* qui doit être le type d'une nouvelle division; les *choucador* et l'*éclatant,* qui se rapprochent, il est vrai, de l'étourneau par quelques habitudes, mais qui en diffèrent essentiellement par leurs caractères génériques. Enfin, on voit encore au Muséum d'histoire naturelle le troupiale commandeur (*oriolus phœniceus*), classé dans le même cadre; il suffisait cependant de comparer son bec à celui de l'étourneau pour s'apercevoir qu'il y était très-déplacé.

Les étourneaux, dont deux espèces habitent en Europe, se tiennent par bandes nombreuses depuis l'automne jusqu'au printemps, époque où ils s'isolent par paires, et à laquelle le mâle fait entendre un chant ou plutôt un gazouillement presque continuel. Ils nichent indifféremment dans un trou d'arbre, de muraille ou de rocher. La ponte est de quatre ou cinq œufs: ils en font ordinairement deux par an; mais la seconde n'est pas aussi nombreuse que la première. Leur nourriture consiste en limaces, vermisseaux, scarabées, baies et diverses graines qu'ils avalent entières.

L'ÉTOURNEAU UNICOLOR, *Sturnus unicolor*.

Pl. XCI.

Niger nitens (mas). *Pallidior* (femina). *Fuscus* (junior).
De la Marmora, Mémoire lu à l'Académie de Turin, 18 *août* 1819.
L'étourneau unicolor, *Themminck, Manuel d'ornithologie,* 2ᵉ *édit.*, pag. 131.
Idem, *Encyclopédie méthodique, Ornithologie, pag.* 632.

Cette espèce, dont on doit la connaissance à M. de la Marmora, se trouve dans les îles de Sardaigne et de Corse, où elle se tient et niche dans les rochers; elle s'approche quelquefois des habitations et se perche alors sur les toits des maisons.

Le mâle est d'un noir lustré à reflets légers, pourprés, peu éclatans, mais assez mats sur les parties inférieures; le bec est noirâtre à la base et jaune dans le reste; les pieds sont d'un brun jaunâtre. La femelle n'en diffère qu'en ce que les reflets ont moins d'éclat. La livrée du jeune est totalement brune, comme celle de notre étourneau dans son premier âge; et après sa première mue on voit à l'extrémité des plumes quelques taches blanchâtres qui disparaissent au printemps.

L'Étourneau unicolor, *Sturnus unicolor*.

P. Oudart del.					Lith. de G. Engelmann.

3ème DIVISION. PIQUE-BOEUF, *Buphaga.*

Bec droit, entier, presque quadrangulaire, un peu comprimé latéralement, à pointe renflée dessus et dessous, obtuse. Pl. II, n° 8.

Narines ovales, couvertes d'une membrane voûtée, situées à la base
du bec.

Langue cartilagineuse, pointue.

Tarses nus, annelés.

Doigts totalement séparés.

Ailes médiocres, à penne bâtarde, petite; deuxième et troisième rémiges
les plus longues de toutes.

Queue à douze rectrices.

La seule espèce admise dans cette division se trouve en Afrique, depuis
le Sénégal jusqu'au Cap de Bonne-Espérance. Elle se nourrit d'insectes,
principalement de ces vers ou larves qui éclosent et vivent dans la peau des
bœufs; aussi voit-on souvent ces oiseaux se poser sur le dos de ces animaux
et d'autres gros quadrupèdes, pour entamer leur cuir à coups de bec et
en tirer ces vers.

LE PIQUE-BŒUF ROUSSATRE, *Buphaga rufescens.*

Pl. XCII.

Suprà rufescente fuscâ; subtùs dilute fulvâ.

Le pique-bœuf, *Briss., Ornith., tom.* 2, *pag.* 457, *n°* 1, *pl.* 42, *fig.* 2.

Idem, *Buff., Hist. nat. des Ois., tom.* 3, *pag.* 175, *pl. enl. n°* 293.

Buphaga Africana, *Linn., Gm., Syst. nat., édit.* 13, *n°* 1. Idem, *Lath.,
n°* 1.

African beef-eater, *Lath., Synopsis, tom.* 1, *pag.* 359, *n°* 1, *pl.* 12.

La tête, le cou en entier, le dos et les couvertures supérieures des ailes
sont d'un brun roussâtre; les trois premières rémiges rousses; les autres
brunes; les rectrices de cette couleur en dessus, roussâtres en dessous,

étagées et un peu pointues; le croupion, la poitrine et les parties postérieures d'un fauve clair; les pieds bruns; le bec est jaune à sa base et rouge
à sa pointe; l'iris bordé d'un cercle jaune et ensuite rouge. Longueur totale, 8 pouces. La femelle ne diffère du mâle que par une taille un peu plus
petite et par son bec plus terne. Le jeune, le nid, les œufs, ne sont pas
connus.

4ème FAMILLE. CARONCULÉS, *Carunculati.*

Pieds médiocres, un peu forts.

Tarses nus, annelés.

Doigts au nombre de quatre; trois devant, un derrière.

Bec glabre à sa base, comprimé, plus ou moins courbé, rarement échancré, à pointe étroite ou un peu dilatée.

Tête ou *mandibule inférieure* caronculée.

1ère DIVISION. GLAUCOPE, *Callœas.*

Bec voûté, épais, entier, courbé vers le bout; mandibule supérieure couvrant les bords de l'inférieure; celle-ci plus courte, et garnie à sa base de
deux fanons caronculés et pendans. Pl. H, n° 9.

Narines déprimées, à demi couvertes d'une membrane saillante et demi-
cartilagineuse.

Langue presque cartilagineuse, dentelée en scie sur ses bords, bifide et
ciliée à sa pointe.

Tarses allongés, maigres, carénés sur leur partie postérieure.

Doigt intermédiaire réuni à la base avec l'externe, et totalement séparé de
l'interne.

Ongle postérieur le plus long de tous.

Ailes courtes.

Queue à douze rectrices.

La seule espèce dont cette division est composée se trouve à la Nouvelle-
Zélande, et se tient presque toujours à terre, où elle cherche les insectes et
les vers, sa principale nourriture; elle vit aussi de baies et, dit-on, de petits

Le Piquebœuf roussâtre, *Buphaga rufescens*.

P. Oudart del.   Lith. de C. Engelmann.

oiseaux. Sa voix est flûtée, son ramage assez agréable, sa chair délicate et savoureuse. C'est à quoi se borne jusqu'à présent sa partie historique.

LE GLAUCOPE CENDRÉ, *Callæas cinerea.*

Pl. XCIII.

Cinerea.

Callæas cinerea, *Lath.*, *index*, *n°* 1.

Glaucopis cinerea, *Linn.*, *Gm.*, *Syst. nat.*, *édit.* 13, *n°* 1.

Cinereous Wattle-bird, *Lath.*, *Synopsis*, *tom.* 1, *pag.* 354, *n°* 1, *pl.* 14.

Glaucope cendré, 2e *édit. du Nouv. Dict. d'Histoire Nat.*, *tom.* 13, *pag.* 225.

C'est à Forster qu'on doit la découverte de cette espèce, qui, comme une grande partie de celles des terres australes, a des attributs singuliers qui la distinguent de tous les oiseaux des autres continens. Ses longues jambes et ses ailes courtes sont des indices que la nature l'a destinée plutôt à courir qu'à voler et se percher. On ne connaît ni le jeune, ni le nid et les œufs.

L'iris est d'un bleu éclatant, de même que la base des caroncules, qui, dans le reste, sont d'un jaune orangé; tout le plumage est cendré; cette couleur prend un ton sombre sur la tête; les pieds sont noirâtres; le bec est noir, la queue étagée. Longueur totale, 13 pouces et demi.

2ème DIVISION. CRÉADION, *Creadion.*

Bec fléchi en arc, comprimé latéralement, entier, pointu, étroit, pl. H, n° 10, ou déprimé à son extrémité.

Narines longitudinales, couvertes d'une membrane.

Langue cartilagineuse, le plus souvent ciliée à sa pointe.

Tête ou *mandibule inférieure* caronculée.

Tarses nus, annelés.

Doigt intermédiaire soudé à la base avec l'externe, totalement séparé de l'interne.

Ailes moyennes, à penne bâtarde très-courte; deuxième et troisième rémiges les plus longues de toutes.

Queue à douze rectrices.

Les quatre ou cinq espèces que renferme cette division ont été dispersées dans divers groupes ; cependant nous avons cru qu'on pouvait les réunir dans un seul, mais composé de deux sections d'après la conformation de la pointe du bec, qui est déprimée chez une seule (*sturnus carunculatus*, Lath.), et étroite chez les autres. Il en est de leur histoire ainsi que de celle de la plupart des oiseaux qui, comme elles, n'habitent que l'Australasie et la Polynésie, on a très-peu de notions sur leurs mœurs, leur genre de vie et leurs amours.

LE CRÉADION A PENDELOQUES, *Creadion carunculatus.*

Pl. XCIV.

Fusco-griseus, subtùs albidus; abdominis medio flavo; lateribus colli caruncula cylindriceâ.

Wattled bee-eater, *White's journ., pl. pag.* 144, *mâle; id., pag.* 240, *femelle.*

Wattled bee-eater, *Lath.,* 2ᵉ *suppl., pag.* 150, *n°* 4.

Wattled crow, *Idem, pag.* 119, *nᵘ* 27.

Merops carunculatus, *Lath., index, n°* 20.

Corvus paradoxus, *Idem, suppl., n°* 10.

Pie à pendeloques, *Daudin, Ornith., tom.* 2, *pag.* 246, *pl.* 16.

Créadion à pendeloques, 2ᵉ *édit. du Nouv. Dict. d'Hist. nat., tom.* 8, *pag.* 391.

Cette espèce est très-nombreuse à la Nouvelle-Zélande, où elle se plaît sur les bords de la mer. Elle est si courageuse, qu'elle met en fuite des oiseaux beaucoup plus forts et plus grands qu'elle. Ce créadion, grand babillard, fait entendre à chaque instant divers cris, dont les naturels ont tiré le nom de *goo-gwar-neck* qu'ils lui ont imposé. Il se nourrit d'insectes, mais il préfère ceux qui sucent le miel de différentes sortes de plantes nommées *banksia.*

Le mâle a le bec noir ; les caroncules charnues, orangées, cylindriques,

Pl. 95.
de grand. nat.

Le Créadion à pendeloques, Creadion carunculatus.

P. Oudart del.   Lith. de G. Engelmann

longues de dix lignes, et pendantes sur chaque côté de la tête, dont le sommet est noirâtre; le dessus du corps brun; les plumes du dessous d'un blanc sale, et blanchâtres sur leur tige; le milieu du ventre jaune; les pennes des ailes et de la queue noirâtres; les rectrices latérales blanches à leur extrémité; les pieds brunâtres. Longueur totale, 13 à 14 pouces.

L'individu signalé par White, pag. 240, pour la femelle, a le bec plus courbé que le mâle, une queue plus courte et une taille plus grosse. Elle est privée de caroncules; les plumes de la gorge sont d'une couleur sombre, longues, et pendantes confusément.

Le jeune se distingue par une taille plus petite, ayant à peine douze pouces de longueur. Tout son plumage est plus clair; les lignes du milieu des plumes plus nombreuses, plus larges à l'extrémité, ce qui fait paraître cette partie comme tachetée. Généralement ces créadions diffèrent beaucoup entre eux; des individus ont le dessus de la tête jusqu'aux yeux, et le cou en arrière noirs; les parties supérieures du corps d'un cendré sombre, et chaque plume bordée de blanchâtre, avec quelques traits blancs sur le cou et sur le dos; le dessous du corps d'une nuance plus pâle, avec quelques taches obscures; les pieds ferrugineux, et les caroncules rouges. D'autres n'ont aucun indice de jaune sur le ventre.

3ème DIVISION. MAINATE, *Gracula*.

Bec convexe en dessus, robuste, un peu arqué, mandibule supérieure échancrée et courbée vers le bout; l'inférieure plus courte, comprimée latéralement. Pl. II, n° 11.

Narines oblongues, glabres, ouvertes, situées près du *capistrum*.

Langue cartilagineuse, pointue, bifide à son extrémité.

Tête caronculée.

Tarses nus, annelés.

Doigt intermédiaire réuni à la base avec l'externe, totalement séparé de l'interne.

Ailes moyennes; les quatre premières rémiges un peu graduelles et les plus longues de toutes.

Queue à douze rectrices.

Des dix-neuf espèces dont Latham a composé ce genre, une seule y est à sa place. En effet, on y voit entre autres des martins [1], des quiscales [2], des merles [3], un martin pêcheur [4], un picucule [5], un loriot [6], une coracine [7], etc. Cette seule espèce est le mainate religieux, que l'on trouve dans les Indes, où il est fort recherché à cause de sa douceur, sa familiarité, et surtout ses talens pour imiter en peu de temps le sifflet, le chant, la parole et généralement tout ce qu'il entend. Sa nourriture consiste en insectes et divers fruits.

LE MAINATE RELIGIEUX, *Gracula religiosa.*

Pl. XCV.

Nigro-violaceâ; maculâ alarum albâ; fasciâ nudâ, flavâ.

Le mainate, *Briss., Ornith.*, tom. 2, *pag.* 3o5, *n°* 49, *pl.* 28, *fig.* 2.

Idem, *Buffon, Hist. nat. des Ois.*, tom. 3, *pag.* 406, *pl. enl. n°* 268.

Gracula religiosa, *Linn., Gm., Syst. nat.*, édit. 13, *n°* 1. Idem, *Lath., Index, n°* 1.

Minor grakle, *Lath., Synopsis, tom.* 1, *pag.* 455, *n°* 1.

Cette espèce, que l'on connaît dans l'Inde sous le nom de *minor* ou *mino*, paraît composée de deux races dont une ne diffère de l'autre que par une taille moins forte ; tel est le petit mainate d'Édwards, pl. 17. On les trouve dans diverses parties de l'Inde et dans les îles de Sumatra et de Java, où elles sont connues sous la dénomination de *maynoa.*

Tout le plumage est d'un noir très-lustré et enrichi de reflets bleus, verts et violets sur diverses parties. Une double crête jaune, irrégulièrement découpée, prend naissance derrière l'œil, sur chaque côté de la tête, tombe

---

[1] *Gracula calva, tristis.*

[2] ——— *quiscala, barita.*

[3] ——— *cristatella, longirostra.*

[4] ——— *athis.*

[5] ——— *cayanensis.*

[6] ——— *viridis.*

[7] ——— *nuda.*

Pl. 95

Le Mainate religieux, *Gracula religiosa.*

P. Oudart del.

Lith. de G. Engelmann

en arrière, où chaque partie se rapproche l'une de l'autre, et est séparée sur l'occiput par une bande de plumes longues, étroites, et partant de la base du bec; celles du sommet de la tête sont très-courtes et imitent le velours noir. Le bec est rouge à son origine et jaune vers le bout; l'iris de couleur noisette; les pieds sont d'un jaune orangé et les ongles bruns. Longueur totale 10 pouces trois quarts.

L'individu décrit par Brisson a les pennes des ailes, depuis la seconde jusqu'à la huitième incluse, blanches dans le milieu : cette couleur est coupée par le noir de la tige, n'occupe sur la seconde rémige que le côté intérieur, et sur la huitième que le côté extérieur. Le petit mainate d'Edwars diffère du précédent par une taille moins longue et par la forme des deux crêtes, qui se réunissent derrière l'occiput et embrassent la tête d'un œil à l'autre. Enfin, le grand mainate est de la taille du choucas, et il a le bec et les pieds jaunes sans aucune trace de rougeâtre. On le trouve dans l'île de Hainan en Asie. Le mainate de Boutius est une espèce distincte et particulière, et non pas une variété des précédens.

7ème FAMILLE. MANUCODIATES ou OISEAUX DE PARADIS, *Paradisei.*

Pieds médiocres, forts ou grêles.
Tarses nus, annelés.
Doigts au nombre de quatre, trois devant, un derrière.
Plumes cervicales ou hypocondriales longues et de diverses formes.
Bec emplumé à sa base, comprimé latéralement, robuste ou grêle, fléchi à sa pointe, le plus souvent échancré.

Ière DIVISION. MANUCODE, *Cicinnurus.*

Bec garni à sa base de très-petites plumes dirigées en avant, grêle, convexe en dessus, un peu comprimé par les côtés; mandibule supérieure finement entaillée et fléchie vers de bout; l'inférieure plus courte et droite. Pl. I, n° 1.

Narines recouvertes par les plumes du *capistrum* et nullement apparentes.

Langue médiocre, cartilagineuse, ciliée à sa pointe.

Tarses nus, annelés.

Doigt intermédiaire soudé à la base avec l'externe et totalement séparé de l'interne.

Ailes allongées, à penne bâtarde très-courte; première rémige plus courte que la sixième; deuxième et troisième les plus longues de toutes; secondaires égales entre elles, ou à peu près.

Plumes hypocondriales larges, allongées, tronquées à leur extrémité.

Queue à douze rectrices; les deux intermédiaires filiformes, bouclées à leur pointe.

Cette division ne renferme qu'une espèce que l'on trouve dans l'Asie orientale. Elle se nourrit principalement de baies, et se tient habituellement dans les buissons. On lui a donné le nom de *roi des oiseaux de paradis*, parce que, dit-on, elle leur sert de conducteur dans les diverses courses qu'ils entreprennent.

LE MANUCODE ROYAL, *Cicinnurus regius*.

Pl. XCVI.

Castaneo-purpureus; subtùs albidus; fasciâ pectorali viridi-aureâ; rectricibus duabus intermediis filiformibus, apice lunato pennaceis.

Le petit oiseau de paradis, *Brisson, Ornith., tom.* 2, *pag.* 136, *n°* 2, *pl.* 13, *fig.* 2.

Le manucode, *Buffon, Hist. nat. des Ois., tom.* 3, *pag.* 163, *pl. enl. n°* 496.

Le roi des oiseaux de paradis, *Sonnerat, Voyag. pag.* 156, *pl.* 95.

Paradisea regia, *Linn., Gm., Syst. nat., édit.* 13, *n°* 2. Idem, *Lath., Index, n°* 2.

King paradise bird, *Lath., Synopsis, tom.* 1, *pag.* 475, *n°* 2.

On rencontre ce bel oiseau à Sop-clo-o, l'une des îles Arou, et particulièrement à Vood-sir, mais on ne l'y voit que pendant la mousson de l'ouest. Il y vient de la Nouvelle Guinée, à ce que croient les natifs, qui assurent

Le Manucode Royal, Cicinnurus Regius.

P. Oudart del.

Litho. de C. Motte.

n'avoir jamais trouvé son nid. Il est d'un naturel solitaire, ne se perche jamais sur les grands arbres, voltige de buissons en buissons, et se nourrit de baies rouges que produisent certains arbrisseaux. Les insulaires le prennent avec des lacets faits d'une plante qu'ils appellent *gumunally*, et avec de la glu qu'ils tirent du fruit à pain (*artocarpus communis*).

Une petite tache noire se fait remarquer à l'angle interne de l'œil ; le sommet de la tête est d'un bel orangé velouté ; le cou, la gorge sont d'un mordoré brillant, satiné, mais plus foncé sur la dernière partie, au bas de laquelle se trouve une raie transversale blanchâtre, suivie d'une large bande d'un vert doré à reflets métalliques. La raie est jaune dans des individus, et le ventre mélangé de vert et de blanc ; tandis que chez d'autres ce dernier est d'un gris-blanc, de même que l'abdomen et les couvertures inférieures de la queue ; on voit sur chaque côté du ventre, au-dessous des ailes, de larges plumes grises à leur base et dans la plus grande partie de leur longueur, traversées ensuite par deux lignes, l'une blanche, l'autre très-étroite, d'un beau roux, et toutes terminées par une riche couleur de vert d'émeraude doré. Le dos, les couvertures supérieures et les pennes des ailes sont d'un rouge velouté ; les rémiges jaunes en dessous ; les rectrices d'un beau rouge ; les deux filets qui tiennent lieu des deux pennes intermédiaires, se prolongent très-loin au delà des ailes, se replient sur eux-mêmes en dedans, à leur extrémité, sont garnis dans cette partie de barbes assez longues, et forment un rond dont le centre est vide ; ce cercle est d'un vert d'émeraude à reflets dorés ; le bec et les pieds sont d'un jaune un peu brunâtre ; les ailes dépassent la queue dans leur état de repos ; l'iris est jaune. Longueur totale, 5 pouces et demi de l'extrémité du bec à celle de la queue.

2ème DIVISION. SIFILET, *Parotia*.

Bec garni de plumes courtes jusqu'au delà du milieu, grêle, comprimé latéralement, très-droit ; mandibule supérieure échancrée et fléchie vers le bout ; l'inférieure entière et plus courte. Pl. I, n° 2.

Narines totalement cachées sous des plumes.

Langue....

Tarses nus, annelés.

Doigt intermédiaire soudé à la base avec l'externe, totalement séparé de l'interne.

Plumes hypocondriales allongées, flexibles, décomposées et très-nombreuses chez les mâles seuls.

Queue à douze rectrices.

La seule espèce qui compose cette division se trouve à la Nouvelle-Guinée.

LE SIFILET A GORGE DORÉE, *Parotia sexsetacea.*

Pl. XCVII.

Cristata; atra; vertice genisque violaceo-nigris; jugulo, maculâ cervicis pectoreque viridi-nitentibus; regione aurium utrinque pennis setaceis tribus longissimis.

Oiseau de paradis à gorge dorée. *Sonnerat, Voyag., pag.* 158, *pl.* 97.

Le sifilet ou manucode à six filets, *Buffon, Hist. nat. des Ois., tom.* 3, *pag.* 171, *pl. enl. n°* 633.

Paradisea aurea, *Linn., Gmel., Syst. nat., edit.* 13, *n°* 7.

Paradisea sexsetacea, *Lath., index, n°* 9.

Gold breasted, Paradise bird, *idem, Synopsis, tom.* 1, *pag.* 481, *n°* 6.

Ce bel oiseau porte une petite huppe, qui s'étend sur le sommet de la tête un peu au delà des yeux; les plumes, qui la composent, s'élèvent de la base du bec, sont fines, roides, peu barbues, et tellement mélangées de noir et de blanc, que l'ensemble de ces couleurs présente un ton gris de perle. Trois filets noirs, de cinq à six pouces de longueur, partent de chaque côté de la tête, se dirigent en arrière et sont terminées par des barbes plus longues que les autres, et qui, en s'épanouissant, présentent une forme ovale. Des plumes noires, à barbes désunies, naissent sur les côtés du ventre, recouvrent les ailes en repos, enveloppent presque en entier les pennes de la queue, et se relèvent obliquement. Celles de la gorge sont étroites à leur origine, larges à leur extrémité, d'un beau noir de velours dans leur milieu, et de couleur d'or changeante en violet sur les côtés, avec des reflets de diverses nuances vertes. On remarque derrière la tête une

Le Sifilet à gorge dorée. *Parotia sexsetacea.*

R. Oudart del.

Litho de C. Motte.

sorte de collier pareil aux plumes de la gorge; la queue est d'une nuance de velours noir le plus riche et le plus moelleux; plusieurs de ses pennes ont des barbes longues, séparées et flottantes. Le bec est noir, l'iris jaune, la queue étagée; les pieds sont noirâtres. Longueur totale, 10 à 11 pouces.

3ème DIVISION. LOPHORINE, *Lophorina*.

Bec garni en dessus et jusqu'au milieu de plumes allongées; très-comprimé latéralement, grêle, droit, à dos étroit; mandibule supérieure échancrée et fléchie vers le bout, l'inférieure droite, plus courte. Pl. I, n° 3.

Narines ovales, cachées sous les plumes.

Langue. ...

Tarses nus, annelés.

Doigt intermédiaire uni à la base avec l'externe, totalement séparé de l'interne.

Ailes courtes; première rémige large et en forme de sabre, troisième et quatrième les plus longues de toutes.

Queue à douze rectrices.

La seule espèce qui compose cette division se trouve dans la partie de la Nouvelle-Guinée, nommée *Serghile*.

LA LOPHORINE SUPERBE, *Lophorina superba*.

Pl. XCVIII.

Fronte cristatâ; capite, cervice abdomineque viridibus; gulâ violaceâ, sericeâ; caudâ mediocri, cærulescenti-atrâ.

Oiseau de paradis à gorge violette, surnommé le Superbe, *Sonnerat, Voyag., pag.* 157, *pl.* 96.

Le manucode noir de la Nouvelle-Guinée, dit le Superbe, *Buffon, Hist. nat. des Ois., tom.* 3, *pag.* 169, *pl. enl., n°* 632.

Paradisea superba, *Linn., Gmel., edit.* 13, *n°* 6; *idem, Lath., index n°* 7.

Superb paradise bird, *Lath., Synopsis, tom.* 1, *pag.* 479, *n°* 5.

Les habitans de la Nouvelle-Guinée portent à Salawar cette espèce, les précédentes et la suivante, dans des bambous creux, après les avoir fait sécher à la fumée, autour d'un bâton, et leur avoir ôté les entrailles, les ailes, la queue et les pieds; ce qui fait qu'on en voit très-rarement sans être mutilés. Les Papous appellent le Superbe *Shagawa*, ou autrement *oiseau de Serghile*; il porte à Ternate et Tidor, où il s'en vend beaucoup, le nom de *Suffo-o-Kokotoo* (oiseau de paradis noir); la gorge est de cette couleur, à reflets violets : les plumes de sa partie inférieure s'étendent sur le devant du cou et sur la poitrine, ensuite elles s'écartent sur les côtés du ventre, dont elles laissent le milieu à découvert; cet ornement présente à son extrémité la forme d'une queue d'hirondelle; il est d'un vert bronzé, changeant en violet; le dos, le croupion, les ailes, les couvertures de la queue, et ses pennes offrent la même couleur, mais à reflets violets, selon la direction de la lumière. Les longues plumes, qui partent des épaules, se relèvent tantôt très-haut, tantôt plus ou moins, sur le dos, s'inclinent en arrière et forment comme une espèce de mantelet, qui s'étend presque jusqu'au bout des ailes. Elles ont à la vue et au toucher l'éclat et le moelleux du velours; celles qu'on voit sur le dessus du bec et qui se présentent comme deux petites huppes, sont noires, de même que les mandibules, le ventre et les pieds. Longueur totale, 8 pouces 8 lignes.

4ème DIVISION. SAMALIE, *Paradisea.*

Bec robuste, convexe en dessus, garni à sa base de petites plumes veloutées, comprimé latéralement; mandibule supérieure à échancrure usée vers le bout. Pl. I, n° 4.

Narines percées à jour, à demi couvertes par les plumes du *capistrum.*

Langue à pointe déchiquetée et aiguë.

Tarses nus, annelés, robustes.

Doigt intermédiaire réuni à la base avec l'externe, et totalement séparé de l'interne.

Ongles forts et très-crochus.

Ailes à penne bâtarde, moyenne; première rémige plus courte que la septième; quatrième et cinquième les plus longues de toutes.

La Lophorine superbe, *Lophorina superba*.

Queue à douze rectrices, y compris les deux longs brins.

Plumes hypocondriales très-longues, flexibles, décomposées, ou *plumes cervicales* médiocres et roides.

Ce groupe est divisé en deux sections et composé de cinq espèces, qui se trouvent à la Nouvelle-Guinée. Toutes sont remarquables par la richesse de leurs couleurs et un luxe de plumes placées, chez les uns sur les côtés de dessous du corps, et chez une seule sur la partie supérieure du cou.

Leur partie historique manque de renseignemens sur leurs mœurs, leurs habitudes et généralement sur leur genre de vie; il faut cependant en excepter l'oiseau de paradis proprement dit (*paradisea apoda*), le plus commun de tous, le premier connu, et sur lequel nous allons entrer dans quelques détails. Les Portugais le nomment *Passaros de Sol;* les habitans de Ternate *Manuco Dewata* (oiseau de Dieu), *Hurong Papua* (oiseau des Papous); d'autres l'appellent *Soffa* ou *Stoffa;* il est connu à Amboine et Banda sous le nom de *Manu-Key-Arou* (oiseau des îles Key et Arou), et il porte dans ces îles celui de *Fanaan.*

Cette espèce reste dans les îles d'Arou pendant la mousson sèche ou de l'ouest, et retourne à la Nouvelle-Guinée au commencement de la mousson pluvieuse ou d'est. Elle voyage en bandes composées de trente à quarante individus, sous la conduite d'un autre oiseau qui vole toujours au-dessus de la troupe. Ce chef est, dit Valentin, dans le voyage de Forster, noir et tacheté de rouge; mais, jusqu'à présent, personne ne dit l'avoir vu en nature. Ces oiseaux de paradis ne s'en séparent jamais, soit qu'ils volent, soit qu'ils se reposent; mais cet attachement pour leur guide cause quelquefois leur perte, quand il se pose à terre; car ils ne peuvent s'envoler que très-difficilement, à cause de la forme et de la disposition particulière de leurs plumes. Ils se perchent sur les grands arbres, particulièrement sur le Waringa à petites feuilles, et à fruits rouges dont ils se nourrissent (*Ficus Benjamina,* Forster). L'étendue, la quantité, la longueur, la souplesse de leurs plumes hypocondriales leur permettent bien de s'élever fort haut, les aident à se soutenir dans l'air, à le fendre avec la légèreté et la vitesse de l'hirondelle, ce qui les a fait désigner par le nom d'*Hirondelle de Ternate;* mais si le vent devient contraire, ce luxe de plumes nuit à la direction du vol, et alors ils

n'évitent le danger qu'en s'élevant perpendiculairement dans une région
d'air plus favorable, et ils continuent leur route. Quoiqu'ils prennent
toujours leur vol contre la direction du vent, et qu'ils évitent le temps
d'orage, ils sont quelquefois surpris d'une bourrasque; c'est alors qu'ils
courent les plus grands dangers : leurs plumes longues et flexibles se bou-
leversent, s'enchevêtrent; l'oiseau ne peut plus voler; ses cris répétés annoncent sa détresse; il lutte en vain contre l'orage; son embarras augmente;
sa frayeur redouble l'impuissance de ses efforts, il chancelle et tombe. Les
Indiens, attirés par ses cris, le saisissent et le tuent, et il n'échappe à la mort
qu'en gagnant promptement une élévation d'où il peut reprendre son vol.

Le nom que nous avons imposé à cette division vient de celui *Samaliek*,
que les Indiens de l'est de Céram ont donné à *l'oiseau de paradis des
Papous*, ou *la petite Samalie*, qu'on a eu tort de présenter comme un individu de l'espèce du précédent, dont il diffère par une taille moindre, par
certaines habitudes, et la distribution de quelques couleurs.

LA SAMALIE ROUGE, *Paradisea rubra.*

Pl. XCIX.

*Cristatella; gulâ viridi-aureâ; corpore suprà flavo, ventre fusco; pennis
hypocondriis rubris.*

L'Oiseau de paradis rouge, *Vieillot, Oiseaux dorés ou à reflets métalliques*, tom. 2, pag. 14, pl. 3.

La Samalie rouge, *idem*, 2ᵉ *édit. du nouv. Dict. d'Hist. nat.*, tom. 30,
pag. 114.

Nous ne connaissons pas la partie de l'Inde où se trouve cette espèce,
dont nous n'avons encore vu que trois individus; probablement qu'elle
habite dans les mêmes contrées que ses congénères.

Un noir velouté entoure la base du bec; les plumes du sinciput sont plus
longues que les autres, et présentent la forme d'une petite huppe, séparée
en deux parties par le milieu; ces plumes, celles du dessous du cou et du
haut de la gorge, sont serrées, fermes, veloutées, et d'un vert doré; le
dessus du cou, le haut du dos, le croupion, les côtés de la gorge et de la

poitrine jaunes; le bas de cette partie, le ventre, la queue bruns; cette couleur est plus claire sur l'abdomen et plus foncée sur la poitrine. Une touffe
de plumes très-nombreuses, très-longues, décomposées, et d'un rouge vif,
partent des côtés du corps, au-dessous des ailes, et s'étendent beaucoup au
delà des pennes caudales; les deux filets sont longs de 22 pouces, d'un
noir brillant, convexes en dessus, concaves en dessous, un peu aplatis sur
les côtés, terminés en pointe, garnis à leur base de barbes courtes et très-
fortes. Longueur totale, 9 pouces environ.

8ème FAMILLE. CORACES, *Coraces*.

Pieds médiocres, un peu forts.

Tarses nus, annelés.

Doigts au nombre de quatre; trois devant, un derrière épaté.

Bec en couteau, épais, glabre ou couvert de plumes à sa base, entier ou
échancré, rarement plus long que la tête.

A *Bec emplumé à sa base*.

1ère DIVISION. CORBEAU, *Corvus*.

Bec long, robuste, convexe en dessus, garni à sa base de plumes effilées
et dirigées en avant, droit ou un peu arqué, à bords tranchans; mandibule
supérieure quelquefois échancrée vers son extrémité. Pl. I, n° 5.

Narines ovales et cachées sous les plumes.

Langue plate, fourchue à sa pointe.

Tarses nus, annelés.

Doigt intermédiaire soudé avec l'externe à la base, totalement séparé de
l'interne.

Ailes longues, à penne bâtarde allongée, échancrée; première rémige
plus courte que la sixième; deuxième, troisième et quatrième les plus longues
de toutes.

Queue à douze rectrices.

Linnée et Latham ont classé dans cette division, composée de vingt-

deux espèces, les corbeaux, les corneilles, les pies et les geais, qui ont, il est
vrai, des rapports intimes dans les caractères du bec et des pieds; mais la nature a donné aux deux derniers des attributs distincts, qui les ont plus ou
moins éloignés des autres. En effet les corbeaux, les corneilles et les choucas
ont les ailes longues et les pennes de la queue égales entre elles, ou à peu
près; les pies en diffèrent principalement par leurs ailes plus courtes et
par leur queue très-longue et fort étagée; les geais ont le bec moyen, tendu,
moins arrondi en dessus, avec une fausse échancrure vers le bout de sa
partie supérieure, qui est recourbée sur l'inférieure; les ailes moins longues
à proportion que celles des corbeaux et des corneilles; mais elles ont plus
d'étendue que celles des pies, et, dans l'état de repos, elle ne dépassent pas
la moitié de la queue, qui est arrondie ou égale à son extrémité; enfin la
plupart des geais se distinguent encore des précédens en ce que les plumes
du dessus de la tête sont soyeuses, longues, étroites, et susceptibles de se
relever en forme de huppe, au gré de l'oiseau.

Si on examine la marche, le vol, le naturel et tout le genre de vie de
ces oiseaux, on remarque aussi entre eux de l'analogie et des dissemblances.
Les corbeaux, les corneilles et les choucas marchent posément sans sauter;
volent avec aisance et très-haut. Les pies et les geais sont toujours en action
quand ils sont à terre, et font autant de sauts que de pas, tantôt droits,
tantôt obliques; leur vol est moins soutenu et moins élevé; ils battent des
ailes par intervalles, et planent de haut en bas pour se percher; tandis que
les autres planent horizontalement et long-temps à une très-grande hauteur.
Tous ces oiseaux se rapprochent en ce qu'ils ont une disposition naturelle
à dérober et à cacher ce qu'ils peuvent attraper. Ils se nourrissent des mêmes
alimens, et presque tous sont omnivores. Tous ont une disposition naturelle
à imiter la voix de l'homme et le cri des animaux.

Les corbeaux proprement dits, s'ils ne sont inquiétés, quittent très-rarement le canton où ils se sont établis; se tiennent par couple, et en famille
seulement à l'époque où leurs petits viennent de quitter le nid; mais dès que
ceux-ci peuvent se suffire à eux-mêmes, ils s'isolent du père et de la mère,
et s'apparient. Ils ont de l'analogie avec les vautours par leur corps exhalant
l'infection, par une grande sagacité d'odorat, par leur voracité, et leur

La Samalie rouge, *Paradisea rubra*.

appétit pour la charogne; ils vivent aussi de chair palpitante, et mangent les petits quadrupèdes. Des corbines vont à la voirie, mais il n'en est pas de même pour les freux et les choucas : ils ne sont point carnivores, et ils se nourrissent, ainsi que les autres, de fruits, de graines, de vers et d'insectes.

Les corbeaux nichent de préférence dans les rochers, et, à leur défaut, à la cime des plus grands arbres; c'est aussi dans les rochers qu'ils passent la nuit, et ils ne fréquentent les plaines que pour y chercher leur nourriture. Les corneilles habitent les forêts, construisent leur nid vers le milieu des arbres; les choucas nichent dans les vieux édifices, ou dans des trous en terre. Tous emploient les mêmes matériaux , savoir des rameaux et des racines pour l'extérieur, des herbes fines, de la mousse pour l'intérieur. La ponte est de deux à cinq œufs. Tous retiennent dans l'œsophage la nourriture destinée à leurs petits, et la dégorgent dans leur bec. Ceux-ci naissent nus, ne quittent leur berceau qu'en état de voler, et sont encore quelque temps après nourris par le père et la mère.

LE CORBEAU NOIR ET BLANC, *Corvus leucophœus.*

Pl. C.

Nigro alboque constanter varius; pennis colli antici et pectoris superioris, longis, angustis.

Variété du corbeau commun, *Buffon, Hist. nat. des Ois.*, tom. 3, p. 13.

Corvus feroensis, var., *Linn., Gmel., Syst. nat., edit.* 13, n° 2.

Corvus borealis albus, var. o., *Lath., index, n°* 1.

Corbeau blanc du Nord, *Briss., Ornith., suppl., pag.* 33, n° 11, *pl.* 2, *fig.* 1.

Ce corbeau, le plus féroce et le plus carnassier de tous, se tient principalement dans les îles de Feroë, où il fait souvent sa proie des agneaux ; il ose même attaquer les beliers et d'autres animaux, lorsque les grands hivers le privent de toute autre nourriture. Les auteurs donnent cet oiseau pour une variété du corbeau commun, mais nous le regardons comme une espèce distincte et particulière, puisqu'il ne s'allie point avec celui-ci, qui habite la même contrée; au contraire il se tient toujours isolé. Il diffère des corbeaux noirs variés de blanc, qu'on rencontre dans le nord dé l'Europe, par un plumage régulièrement marqué de ces deux couleurs, par une taille et un bec plus forts.

Il a vingt-quatre pouces au moins de longueur totale; la grosseur d'une forte poule; le bec long de trois pouces un quart; la queue de neuf; le tarse de trois, et le doigt du milieu d'un pouce six lignes. Les plumes qui se prolongent sur les narines, celles du dessus et des côtés de la tête, de la gorge, du ventre, les couvertures inférieures de la queue, les supérieures des ailes et leurs pennes primaires sont d'un blanc pur; les trois secondaires les plus proches du corps, les scapulaires, l'occiput, le dessus et les côtés du cou, le dos, le croupion, noirs. Cette couleur est plus foncée et à reflets bleus sur le devant du cou et sur la poitrine; elle règne encore sur les flancs, les jambes, et sur plusieurs longues plumes de l'estomac, dont les autres sont blanches, de même qu'une partie des pennes de la queue. Toutes les plumes du corps ont, à leur origine, un duvet gris; le bec, l'iris et les pieds sont noirs.

2ème DIVISION. PIE, *Pica*.

Bec plus ou moins garni à sa base de plumes sétacées, dirigées en avant, robuste, médiocre, entier, en couteau, à bords tranchans; mandibule supérieure droite ou un peu fléchie en arc. Pl. I, n° 6.

Narines rondes et cachées sous les plumes du *capistrum*, ou oblongues et presque totalement à découvert.

Langue cartilagineuse, aplatie, fourchue à la pointe.

Tarses nus, annelés.

Doigt intermédiaire soudé à la base avec l'externe, totalement séparé de l'interne.

Ailes courtes, à penne bâtarde, grêle, allongée, échancrée vers le bout; troisième et quatrième rémiges les plus longues de toutes.

Queue longue, à douze rectrices étagées.

Des quinze espèces dont cette division est composée, les unes habitent l'Afrique et l'Asie, d'autres l'Amérique, quelques-unes l'Australasie, et la seule

7/3 de Grand. nat.

Le Corbeau noir et blanc, *Corvus Leucophaeus*.

P. Oudart del.   Lith. de G. Engelmann.

qui se trouve en Europe est aussi répandue dans quelques cantons des États-Unis. Elles se rapprochent des geais pour leur genre de vie, se tiennent dans les bois, par familles ou par paires, et jamais en troupes nombreuses. Elles ne cessent de voleter en tous sens, de branche en branche, avec assez d'agilité, en faisant fréquemment entendre leurs cris. Leur vol est bas, horizontal et en ligne droite; elles battent des ailes par intervalles, et elles les plient un peu avant que de se poser. Leur nourriture, qu'elles cherchent à terre, consiste en baies, petits fruits, insectes, vers et petites graines. Leur démarche est vive et sautillante en ligne droite ou oblique, et elles portent alors souvent la queue relevée. Les unes cachent leur nid avec beaucoup de soin, tandis que d'autres (*la pie d'Europe*) le posent à découvert, le plus souvent à la cime des grands arbres, et le construisent avec beaucoup d'art. Ainsi que les freux et les geais, la plupart s'occupent en automne à faire des amas de provisions, dans un trou en terre, au milieu des champs, et, de même que le corbeau, elles apprennent aisément à contrefaire la voix des autres animaux et la parole de l'homme. Leur ponte est de quatre à huit œufs; les petits naissent nus, ne quittent le nid qu'en état de voler, et sont encore long-temps à pouvoir se suffire à eux-mêmes.

LA PIE ACAHÉ, *Pica chrysops.*

Pl. CI.

Capite corporeque obscurè cœruleis ; subtùs flavescente ; caudâ apice albâ (mas.); *corpore subtùs albo* (femina).

Uracca acahé, *de Azara, Apuntamientos para la Hist. Nat. de los paxaros del Paraguay y rio de la Plata, tom.* 1, *pag.* 253, *n°* 53.

La Pie acahé, 2ᵉ *édit. du Nouv. Dict. d'Hist. nat., tom.* 26, *pag.* 124.

Nous devons la connaissance de cette espèce à M. de Azara, qui a étudié son genre de vie au Paraguay, où elle est commune. Elle s'approche volontiers des habitations rurales, et se familiarise tellement, qu'elle pond en captivité. On l'y nourrit de viande, de maïs, d'insectes, et principalement d'œufs, son aliment de choix, qu'elle perce et vide avec adresse, sans en rien perdre. Elle fait une guerre cruelle aux poussins qui s'écartent de leur mère, se jette dessus, et leur perce le crâne pour en dévorer la cervelle. Elle dévaste aussi le nid des oiseaux qui ne sont pas assez forts pour défendre leurs petits. Les cris de cette pie sont forts et tristes, ni agréables ni déplaisans; à chaque fois qu'elle en jette, elle avance le corps, élève et baisse le croupion. Elle fait son nid sur les arbres, le cache avec soin, le compose de petites bûchettes et de racines à l'extérieur, de matières douces à l'intérieur. La ponte est de quatre ou cinq œufs presque blancs, teints d'un peu de bleu terreux au gros bout, et partout tachetés de brun.

Une tache d'un bleu céleste se fait remarquer derrière l'œil; elle s'étend sur l'occiput et sur une petite partie du cou, où elle diminue graduellement de longueur. Une petite marque d'un bleu vif, haute de quatre lignes, large de six, elliptique, et composée de petites plumes verticales, surmonte l'œil et s'élève en forme de sourcils; une autre, d'un bleu plus foncé, couvre la paupière inférieure et se joint à une troisième, qui est triangulaire, de la même couleur, et située sur la partie inférieure du bec; la queue, dont l'extrémité est blanche, le dessus et les côtés de la tête, le cou et toutes les parties supérieures, sont d'un bleu turquin, presque noir; toutes les inférieures sont jaunâtres dans le mâle, blanches chez la femelle; le bec est d'un noir luisant; l'iris d'une belle couleur d'or; le tarse noir; les plumes qui couvrent le dessus et les côtés de la tête sont serrées, droites, un peu fermes, décomposées, rudes et frisées; elles paraissent, à la vue et au toucher, comme une coiffe de velours noir, et forment sur la suture coronale une huppe haute de huit lignes et aussi large que la tête. Longueur totale, 13 pouces et demi.

3ème DIVISION. GEAI, *Garrulus*.

Bec médiocre, garni à sa base de plumes sétacées, dirigées en avant, robuste, tendu, à bords tranchans; mandibule supérieure à échancrure usée vers le bout, inclinée brusquement à sa pointe. Pl. I, n° 7.

Narines presque ovales, ouvertes, glabres ou cachéessous les plumes du *capistrum*.

Langue cartilagineuse, un peu aplatie, fourchue à son extrémité.

Tarses nus, annelés.

Doigt intermédiaire soudé à la base avec l'externe, totalement séparé de l'interne.

La Pie acacho, Pica chrysops.

P. Oudart del.   Lith. de C.¹ Engelmann.

Ailes médiocres, à penne bâtarde, courte, arrondie à son extrémité ; les trois premières rémiges étagées ; les quatrième et cinquième les plus longues de toutes.

Queue carrée ou arrondie, à douze rectrices.

Cette division contient onze espèces répandues en Europe, en Asie et en Amérique.

Les geais ont beaucoup de rapports avec les pies ; mais celles-ci s'en distinguent par la forme du bec et par une queue plus longue et très-étagée. Ils sont omnivores, vivent de graines, d'insectes, de baies et même de chair ; mais ils n'avalent point tous les morceaux entiers, car, s'ils sont d'une certaine grosseur, ils les posent sous leurs pieds et les déchirent ; c'est ainsi qu'ils dépecent les glands et les petits oiseaux. Leur naturel est très-pétulant ; leurs mouvemens sont brusques et leurs sensations vives. Si quelque objet leur porte ombrage, ils se rallient par un cri particulier, et semblent vouloir en imposer par leur nombre et leurs clameurs désagréables. Sont-ils à terre, ils sautillent sans cesse ; sont-ils sur un arbre, ils en parcourent toutes les branches avec la plus grande célérité, et se posent rarement sur celles qui sont mortes ou totalement dépouillées de leur verdure. Le feuillé le plus épais est l'endroit où ils se plaisent. On les rencontre ordinairement dans les bois, et rarement dans les plaines. Ils sont moins méfians et moins rusés que les pies et les corneilles ; aussi donnent-ils plus souvent dans les piéges qu'on leur tend. Ils vivent en famille ou par paires pendant une grande partie de l'année ; et, quoiqu'on en voie un grand nombre ensemble, quand ils voyagent, ils se tiennent toujours à une certaine distance les uns des autres, et jamais en troupes serrées.

Ces oiseaux nichent dans les bois, les taillis, quelquefois dans les vergers, sur de vieux arbres, et préfèrent les plus touffus. Ils placent leur nid vers le milieu, contre le tronc ou à la bifurcation de deux grosses branches ; le construisent sans art avec des petits rameaux secs et des racines, dont le chevelu forme la couche intérieure. La ponte est de quatre à six œufs. De même que les précédens, ils conservent la nourriture destinée à leurs petits dans l'œsophage, d'où ils la font remonter pour la leur distribuer. Ceux-ci naissent nus, ou à peu près, ne quittent leur berceau qu'en état de voler, et sont encore long-temps après nourris par leurs père et mère. Tous vivent de fruits, de baies, d'insectes, de vers, de chair et d'œufs. Ils avalent les baies, les graines entières, et ils dépouillent de leur enveloppe les châtaignes, les faînes, et les glands, s'ils ne sont très-petits, en les fixant sous leurs pieds; c'est aussi de cette manière qu'ils posent les noix pour en tirer l'amande. Ils déchirent par lambeaux les petits oiseaux, qu'ils attaquent rarement, s'ils ne sont faibles ou malades, ou pris dans un piége. Enfin, les espèces sédentaires dans le Nord font des provisions pour l'hiver.

LE GEAI BLEU HUPPÉ, *Garrulus cristatus.*

Pl. CII.

Cristatus; corpore guláque cœruleis; tectricibus alarum lineis transversis nigris; collari nigro (mas.).

Cristâ breviori; gulâ dilutè griseâ (femina).

Cristâ brevissimâ; corpore suprà cœrulescente-cinereo; subtùs sordidè albo (junior).

Le geai bleu du Canada, *Briss., Ornith., tom.* 2, *pag.* 54, *n*° 2, *pl.* 4, *fig.* 2.

Idem, *Buff., Hist. nat. des Ois., tom.* 3, *pag.* 120, *pl. enl. n*° 529.

Blue jay, *Catesby, Carol.* 1, *pl.* 15. Idem, *Lath., Synopsis, tom.* 1, *pag.* 386, *n*° 20.

Corvus cristatus, *Linn., Gmel., Syst. nat., edit.* 13, *n*° 8. Idem, *Lath., Index, n*° 19.

Cette espèce, qu'on rencontre sur les côtes orientales de l'Amérique septentrionale, depuis la Louisiane jusqu'à la baie d'Hudson, et sur les côtes occidentales, depuis la Californie jusqu'à la baie Nootka et encore plus au nord, est nombreuse dans toutes ces contrées; mais elle ne l'est jamais autant dans les États-Unis qu'à l'automne, époque de leur émigration du nord au sud. On en voit alors, quelquefois dans le même jour, des bandes de deux à trois cents, qui voyagent de compagnie, et qui suivent la même direction. Ces oiseaux se dispersent dans la matinée pour chercher leur nourriture, s'appellent et se rallient lorsqu'ils la trouvent en abondance; et dès qu'ils sont rassasiés, ils se dispersent de nouveau. Cependant ils se réunissent toujours vers la chute du jour, pour passer la nuit dans le même canton et s'acheminer ensemble au lever de l'aurore. Leur point de réunion est ordinairement sur la lisière des forêts, surtout de celles où les chênes sont en plus grand nombre, et dont le fruit est alors leur principale nourriture. Leur passage dure environ quinze jours; néanmoins on en rencontre encore après, mais en petit nombre. Ces traîneurs ne s'éloignent guère du centre des États-Unis, pendant la mauvaise saison.

Ce geai, naturellement plus sauvage et moins défiant que celui d'Europe, s'approche des habitations, et donne dans tous les piéges qu'on lui tend. Pris adulte ou vieux, il supporte volontiers l'esclavage et semble même s'y plaire; mais dès les premiers jours du printemps il s'inquiète, se chagrine, refuse toute nourriture, dessèche et périt si on ne lui rend la liberté.

L'intérieur des bois où serpente un ruisseau est, pendant l'été, son domicile habituel; il se cache dans l'endroit le plus fourré, et, quoique par ses cris il décèle sa retraite, on le découvre difficilement; parce qu'il se tient au centre ou au pied des buissons les plus épais, et qu'alors il s'élève rarement à la cime des arbres. Son naturel le rapproche de notre geai, il en a la pétulance et la vivacité, mais il n'est point aussi piaillard, et ses accens, quoique analogues, sont plus doux et moins forts.

Il construit son nid avec des bûchettes à sa base, de petites racines sur le contour, du chevelu et des herbes fines à l'intérieur. La ponte est de quatre à six œufs d'un vert olivâtre, parsemé de taches couleur de rouille. Il en fait ordinairement deux par an.

La belle couleur bleue qui domine sur la huppe s'étend aussi sur toutes les parties supérieures, sur la queue, les couvertures et les pennes secondaires des ailes; elle est traversée de raies noires sur les dernières parties, dont le bord externe est d'un bleu violet, et l'extrémité blanche; les rémiges primaires sont en dehors pareilles à l'aigrette, et noirâtres en dedans; les rectrices portent des lignes transversales noires, et toutes les latérales ont à leur extrémité une grande marque blanche; cette dernière couleur, nuancée de lilas et de gris, règne sur les côtés de la tête et du cou; la bande noire, qui naît entre le bec et l'œil, sert de bordure à la huppe, fait ensuite un demi-ceintre en arrière des oreilles, se prolonge sur les côtés du cou, et se termine en forme de hausse-col sur le haut de la poitrine; les plumes qui couvrent les narines sont grises : la gorge est d'un bleu clair; le dessous du corps d'un gris de souris qui se dégrade insensiblement sur les parties les plus inférieures. Le bec et les pieds sont noirs; l'iris est couleur de noisette. Longueur totale, 10 pouces 9 lignes. La gorge ne prend une teinte bleue que chez les vieux mâles.

La femelle porte une huppe moins longue et des couleurs moins vives; la gorge est d'un gris clair. Les jeunes ont les ailes et la queue pareilles à celles des précédens; une huppe moins apparente; les parties supérieures d'un cendré bleuâtre; les inférieures d'un blanc sale.

4ème DIVISION. CORACIAS, *Coracia*.

Bec garni à sa base de plumes sétacées, dirigées en avant, plus long que la tête, entier, un peu grêle, arrondi, convexe en dessus, arqué, pointu.

Narines un peu arrondies, ouvertes, cachées sous les plumes du *capistrum*, pl. I, n° 8.

Langue cartilagineuse, médiocre, bifide à son extrémité.

Tarses nus, annelés.

Doigt intermédiaire réuni à la base avec l'externe, totalement séparé de l'interne.

Ailes longues; première rémige la plus courte des primaires; deuxième moins allongée que la sixième; quatrième et cinquième les plus longues de toutes.

Des trois espèces que contient cette division, l'une se trouve en Europe, l'autre dans la Nouvelle-Hollande, et la troisième en Afrique. La première, qui est la seule dont on connaisse le genre de vie, a des habitudes analogues à celles des pies et des corbeaux; comme eux elle est attirée par tout ce qui brille, et comme eux elle cherche à se l'approprier. On l'a vue même, dit Montbeillard, enlever du foyer des cheminées des morceaux de bois tout allumés, et mettre ainsi le feu dans la maison. Quoique d'un naturel vif et inquiet, elle se prive à un certain point : on la nourrit d'abord lorsqu'on

Le Geai bleu huppé, Garrulus cristatus.

Lith. de G. Engelmann.

veut l'élever, avec une sorte de pâte faite avec du lait, du pain et des graines ; mais par la suite elle s'accommode volontiers de tous les mets qu'on sert sur nos tables.

Elle habite ordinairement les rochers ; mais il semble qu'elle préfère ceux qui sont situés du côté de l'occident, à ceux qui sont à l'orient et au midi, quoiqu'ils présentent à peu près les mêmes sites et les mêmes expositions. C'est dans les plus escarpés qu'elle construit son nid ; sa ponte est de quatre ou cinq œufs.

LE CORACIAS A BEC ROUGE, *Coracia erythroramphos.*

Pl. CIII.

Violaceo-nigricans ; rostro pedibusque luteis aut rubris.
Le coracias, *Briss., Ornith., tom.* 2, *pag.* 3, *n°* 1, *pl.* 1 , *fig.* 1.
Idem, *Buffon, Hist. nat. des Ois., tom.* 3, *pag.* 1, *pl. enl., n°* 255.
Corvus graculus, *Linn., Gmel., Syst. nat., edit.* 13, *n°* 18. Idem , *Lath.,
Index , n°* 41.
Red legged Crow, *Lath., Synopsis, tom.* 1, *pag.* 401, *n°* 39.
Steinrabe, *Wolf et Meyer, Taschenbuch der deutschen Vögel Kunde,
pag.* 101, *n°* 7.

Ce coracias fréquente les Alpes, les montagnes de la Suisse , celles de l'Auvergne, mais on ne le voit point, dit-on, sur les montagnes du Bugey et dans toute la chaîne qui borde le pays de Gex jusqu'à Genève. On le retrouve encore dans les îles de Crète, de Candie, en Perse, et même en Égypte, selon Hass-el-Quits (*Voyage , pag.* 238, *n°* 19). Il arrive dans cette contrée vers le temps où le Nil débordé est prêt à rentrer dans son lit ; y est attiré par les insectes et les grains nouvellement semés et ramollis par le premier travail de la végétation, car il est également granivore et insectivore. Son cri est aigu quoique assez sonore, et fort semblable à celui de l'huitrier. Il le fait entendre presque continuellement, et on prétend qu'il apprend à parler. Il établit son nid au haut des vieilles tours abandonnées et des rochers escarpés; sa ponte est de quatre ou cinq œufs blancs, tachetés de jaune sale.

Cet oiseau est totalement d'un noir à reflets violets, verts et pourprés, selon l'incidence de la lumière; le bec et les pieds sont rouges; les ongles noirs. Longueur totale, 15 pouces. La livrée du jeune n'est pas connue. Chez des individus le bec et les pieds sont jaunes.

5ème DIVISION. CHOQUART, *Pyrrhocorax.*

Bec droit et garni à la base de plumes courtes, dirigées en avant, médiocre, convexe en dessus, un peu grêle; mandibule supérieure un peu arquée et à échancrure usée vers le bout. Pl. I, n° 9.

Narines orbiculaires, ouvertes, cachées sous les plumes du *capistrum*.

Langue cartilagineuse, aplatie, bifide à la pointe.

Tarses nus, annelés.

Doigt intermédiaire réuni à la base avec l'externe, totalement séparé de l'interne.

Ailes longues; première rémige plus courte que la cinquième, troisième la plus longue de toutes.

Queue à douze rectrices.

Une des trois espèces que contient cette division se trouve en Europe; la deuxième à la Nouvelle-Hollande; quant à la troisième (*choquart sicrin*), on n'est pas certain de bien connaître son pays natal, ni qu'elle appartienne réellement à cette division : tout ce qu'on sait du genre de vie de la première se borne à dire qu'elle habite les Alpes, niche sur les arbres et dans les rochers; que sa ponte est de quatre ou cinq œufs; qu'elle se nourrit d'insectes, de vers de terre, de larves, de graines germées; et qu'étant nombreuse, elle fait du dégât dans les champs nouvellement ensemencés.

Le Coracias à bec rouge, Coracia erythroramphos.

LE CHOQUART DES ALPES, *Pyrrhocorax alpinus*.

Pl. CIV.

Niger parumper nitens; rostro luteo; pedibus nigris, aut rubris, aut flavis.

Le choucas des Alpes, *Briss.*, *Ornith.*, tom. 2, *pag.* 30, *n*° 8, *pl.* 1, *fig.* 2.

Idem, *Buffon*, *Hist. nat. des Ois.*, tom. 3, *pag.* 76, *pl. enl.*, *n*° 531.

Corvus pyrrhocorax, *Linn.*, *Gmel.*, *Syst. nat.*, edit. 13, *n*° 17.

Idem, *Lath.*, *Index*, *n*° 40.

Alpine crown, *Lath.*, *Synopsis*, tom. 1, *pag.* 183, *n*° 11.

Schnee rabe, *Wolf et Meyer*, *Taschenbuch der deutschen Vögel Kunde*, *pag.* 100, *n*° 6.

Ce choquart a le bec jaune; les pieds de cette couleur à un certain âge, rouges dans l'âge avancé, et noirs dans la jeunesse. Cette dernière teinte domine seule sur tout son plumage, avec quelques reflets peu sensibles. Longueur totale, 15 pouces. On ne connaît ni la livrée du jeune, ni la couleur des œufs.

6ème DIVISION. CASSENOIX, *Nucifraga*.

Bec garni à la base de plumes sétacées, dirigées en avant, épais, droit, robuste, entier, convexe en dessus, comprimé par les côtés, à pointe un peu déprimée et presque tronquée; mandibule supérieure un peu plus longue que l'inférieure. Pl. I, n° 10.

Narines petites, longues, ouvertes, cachées sous les plumes du *capistrum*.

Langue cartilagineuse, courte, frangée, bifide et cornée à son extrémité.

Tarses nus, annelés.

Doigt intermédiaire soudé à la base avec l'externe, et totalement séparé de l'interne.

Ailes à penne bâtarde, courte et arrondie à la pointe; troisième et quatrième rémiges les plus longues de toutes.

Queue à douze rectrices.

La seule espèce que renferme cette division se trouve en Europe. Elle préfère, pour sa résidence, les hautes montagnes de l'Auvergne, de la Savoie, de la Suisse, le Bergamasque en Autriche, les Alpes; on la voit très-rarement en Angleterre, et on la rencontre aussi en Russie, en Sibérie, au Kamtschatka, et même dans le nord de l'Amérique, selon Latham.

Quoique les cassenoix ne soient point des oiseaux de passage, ils sont quelquefois erratiques. Ils se réunissent, dans certaines années, en troupes très-nombreuses, quittent leurs montagnes, se répandent dans les plaines, et toujours de préférence dans les lieux plantés de sapins. Leur passage ou leur voyage se fait en automne, et ils mettent ordinairement entre chacun un intervalle de six à neuf ans. A cette époque, ils sont tellement affaiblis par le défaut de nourriture, qu'ils se laissent approcher assez pour être tués à coups de bâton, et même pris à la main; il suffit alors de leur présenter des appâts, et ils donnent en foule dans tous les piéges qu'on leur tend. On prétend qu'ils causent un grand préjudice aux forêts, en perçant les gros arbres à la manière des pics, ce qui leur occasione une guerre continuelle de la part des propriétaires; c'est une des raisons qui les empêchent de se perpétuer dans nos contrées, et les force de se réfugier dans les forêts escarpées. Ces oiseaux ayant les pennes de la queue usées par le bout, on suppose qu'ils grimpent comme les pics; mais, ce qui est certain, c'est qu'ils nichent, comme ceuxci, dans des trous d'arbres. Leur cri est semblable à celui de la pie, et leur ponte de cinq ou six œufs.

LE CASSENOIX MOUCHETÉ, *Nucifraga guttata.*

Pl. CV.

Fusca, albo-punctata; alis caudâque nigris; rectricibus apice albis; intermediis apice detritis (mas); *rufescente-fuscâ* (femina).

Le cassenoix, *Briss., Ornith., tom.* 2, *pag.* 59, *n*° 1, *pl.* 1, *fig.* 1.
Idem, *Buff., Hist nat. des Ois., tom.* 3, *pag.* 122, *pl. enl., n*° 50.
Corvus caryocatactes, *Linn., Gmel., Syst. nat., edit.* 13, *n*° 10.
Idem, *Lath., Index, n*° 39.

Le Choquart des Alpes, Pirrhocorax Alpinus.

Oudart del.

Litho de C. Motte.

Le Cassenoix moucheté, Nucifraga guttata.

V. Oudart del.   Lith. de C. Motte.

Nut-cracker, *Lath., Synopsis, tom.* 1, *pag.* 400, *n°* 38.

Nusscrabe, *Wolf et Meyer, Taschenbuch der deutschen Vögel Kunde, pag.* 103, *n°* 9.

Cet oiseau, peu méfiant et peu rusé, est aussi babillard que la pie, vit, comme elle, de toute sorte de proie, et cache ce qu'il n'a pu consommer.

Son plumage est remarquable par un grand nombre de mouchetures blanches et triangulaires, semées sur un fond brun, qui est la couleur dominante de tout son vêtement. Ces mouchetures sont petites sur les parties supérieures du corps, plus larges sur la poitrine, et nulles sur le sommet de la tête; les ailes et la queue sont d'un noir brillant; quelques rémiges ont du blanc vers leur extrémité; cette teinte n'est indiquée que par une très-petite tache à la pointe de six ou sept autres, et termine les rectrices; l'iris est couleur noisette; le bec et les pieds sont noirs. Longueur totale, 13 pouces environ. La femelle ne diffère du mâle qu'en ce que la teinte brune tend au roussâtre.

7ème DIVISION. TÉMIA, *Crypsirina.*

Bec médiocre, robuste, couvert à la base de petites plumes veloutées, convexe en dessus; mandibule supérieure fléchie et entaillée vers le bout. Pl. I, n° 11.

Narines très-petites, rondes, peu visibles, et situées près des plumes du *capistrum.*

Langue. . . .

Tarses nus, annelés.

Doigt intermédiaire soudé le long de la première articulation avec l'externe, et totalement séparé de l'interne.

Ailes courtes, à penne bâtarde; première rémige la moins longue des primaires; quatrième et cinquième les plus longues de toutes.

Queue très-longue, étagée, à dix rectrices.

La seule espèce dont cette division est composée, se trouve dans l'île de Waigiou. C'est à quoi se borne tout ce que l'on sait de son genre de vie.

LE TÉMIA VARIABLE, *Crypsirina varians.*

Pl. CVI.

Sericeo-nigra, viridi purpureoque varia; caudâ cuneiformi, elongatâ.
Le témia, *Levaillant, Ois. d'Afrique, pl.* 56.
Corvus varians, *Lath., index, suppl.,* n° 52.
Changeable crow, *Idem, Synopsis,* 2e *suppl., pag.* 119, *n°* 26.
Le témia proprement dit, 2e *édit. du nouv. Dict. d'Hist. nat., tom.* 33,
pag. 31.

Cet oiseau, que M. Levaillant a décrit le premier, est de la taille du
merle, mais plus allongée. Son corps est couvert de plumes longues, à barbes
soyeuses, douces au toucher, de couleur noire, à reflets verdâtres ou purpu-
rins, selon les différens aspects de la lumière; celles du *capistrum*, des joues
et de la gorge très-serrées, d'un noir velouté; les ailes et le dessous des pennes
de la queue noirâtres; celles-ci d'un vert sombre en dessus; les quatre intermédiaires égales entre elles, beaucoup plus longues que les autres, dont la
plus extérieure, de chaque côté, est très-courte; le bec, les pieds et les
ongles sont noirs.

B *Bec glabre à sa base.*

8ème DIVISION. ASTRAPIE, *Astrapia.*

Bec nu à la base, très-comprimé par les côtés, pointu; mandibule supérieure étroite en dessus, entaillée et fléchie à la pointe. Pl. J n° 1.

Narines rondes et glabres.

Langue.....

Tarses nus, annelés, robustes.

Doigt intermédiaire réuni à la base avec l'externe, totalement séparé de
l'interne.

Ongles forts, très-crochus.

Queue très-longue, très-étagée, à douze rectrices.

Il en est de la seule espèce de cette division, comme de la précédente; on
ne connaît que son extérieur.

Le Témia variable, Oxypsirina variona.

L'ASTRAPIE A GORGE D'OR, *Astrapia gularis*.

Pl. CVII.

Purpureo-nigricans; capistro genisque tomentosis; cervice fasciâque pectorali viridi-nitentibus; sub gulâ lunulâ cupreo-aureâ, fulgidissimâ.

Paradisea gularis, *Lath.*, *Index*, n° 5.

Paradisea nigra, *Linn.*, *Gmel.*, *Syst. nat.*, edit. 13, n° 5.

Gorget paradise bird, *Lath.*, *Synopsis*, tom. 1, *pag.* 478, n° 4, *pl.* 20.

Le paradis à gorge d'or, *Vieillot, Ois. dorés*, *pl.* 8 *et* 9.

L'astrapie à gorge d'or, 2ᵉ *édit. du Nouv. dict. d'Hist. nat.*, tom. 3, *p.* 37.

Chez cette très-belle espèce, que l'on trouve à la Nouvelle-Guinée, deux touffes de plumes longues et soyeuses partent du dessus des yeux, s'étendent sur les côtés du cou, et forment, chez l'oiseau parfait, une double huppe qui dépasse la tête; celle-ci est d'un noir à reflets; les plumes de l'occiput, du dessus du cou, du haut du dos, sont d'un vert doré, changeant en violet, selon la direction de la lumière; ces plumes, étroites à la base, larges et arrondies à leur extrémité, sont couchées les unes sur les autres, comme des écailles de poisson; celles de la gorge ont la même forme, jettent sous divers aspects des reflets dorés ou de couleur de cuivre de rosette, et présentent sur le bas de la gorge une espèce de hausse-col très-éclatant; les côtés de la poitrine et du ventre sont d'un très-beau vert; les rémiges primaires noires; cette couleur se change en violet sur les secondaires; les rectrices ont leurs barbes extérieures noires et les intérieures violettes; les intermédiaires sont d'un beau violet velouté : vues de face, elles prennent une belle teinte ondée vers leur extrémité, et offrent à l'œil cette fleur chatoyante de diverses prunes violettes, à l'époque de leur maturité; toutes sont en dessous d'un beau marron. Longueur totale, 28 pouces, dont la queue en tient 20. La femelle, dont M. Levaillant a publié la figure dans ses oiseaux de paradis, est noire, plus petite, et est privée du luxe et de la magnificence que présente le plumage du mâle.

9ᵉᵐᵉ DIVISION. QUISCALE, *Quiscalus*.

Bec glabre, droit et comprimé à la base, robuste, pointu, à bords anguleux, fléchis en dedans; mandibule supérieure formant un angle aigu dans
les plumes du front, inclinée à son extrémité. Pl. J, nᵒ 2.

Narines dilatées, ovales, couvertes d'une membrane.

Langue plate, bifide à la pointe.

Tarses nus, annelés.

Doigt intermédiaire soudé avec l'extérieur, le long de la première phalange, et totalement séparé de l'interne.

Ailes moyennes; première et cinquième rémiges égales; deuxième, troisième et quatrième les plus longues de toutes.

Queue à douze rectrices.

Les trois espèces qui composent cette division ont été classées dans le
genre du mainate; il suffit seulement de comparer leur bec à celui de ce
dernier, pour s'assurer qu'elles y sont déplacées, ainsi que parmi les pies, où
Brisson et Buffon ont mis le *grand quiscale* et le *versicolor;* car ils en diffèrent au moins autant que des mainates.

Quoiqu'on rencontre quelquefois ces oiseaux dans l'intérieur des bois, ils
se tiennent ordinairement sur les lisières, d'où ils se répandent dans les
prairies, les champs cultivés et les habitations rurales, pour chercher les vers,
les insectes, les baies et les graines dont ils se nourrissent. Étant d'un naturel
très-sociable, on les voit, pendant presque toute l'année, en troupes très-
nombreuses. Ils habitent dans le nouveau continent, depuis la Jamaïque
jusqu'à la baie d'Hudson; mais ils quittent à l'arrière-saison les contrées
boréales. Ils se mêlent à l'automne avec les *carouges noirs* et les *troupiales
commandeurs*, et tous composent alors ces volées innombrables qui dévastent en peu de jours un champ de maïs; en tout autre temps, chacune de
ces espèces fait toujours bande à part. Les quiscales se tiennent souvent,
comme nos pies et nos corneilles, à la suite de la charrue, pour se nourrir
des vers et larves que le soc met à découvert.

A l'époque des premiers établissemens européens dans l'Amérique septen-

L'Astrapie à gorge d'or.
Astrapia gularis.

trionale, tous ces oiseaux firent un tel dégât dans les champs de graines
céréales, qu'on mit leur tête à prix; on les extermina aisément, car ils sont
peu méfians, et plus ils sont en nombre, plus facilement on les approche;
mais il a résulté de leur destruction presque totale un mal qu'on n'avait pas
prévu : les blés et les pâturages furent dévorés par les vers et les insectes : on
fut donc forcé de les ménager pour écarter un fléau inconnu jusqu'alors. Le
dégât, qu'ils font encore, devenant moins considérable à mesure que la culture
fait des progrès; et leur chair étant dure et sèche, on ne leur fait aujourd'hui
la chasse que par amusement. Ils nichent sur les arbres, et leur ponte est de
quatre ou cinq œufs.

LE QUISCALE VERSICOLOR, *Quiscalus versicolor.*

Pl. CVIII.

Nigro-violaceus, purpureus, viridi-aureus (mas.);
Nigricans (femina);
Suprà fuscus, subtùs rufescens (junior).
La pie de la Jamaïque, *Briss., Ornith., tom.* 2, *pag.* 41, *n°* 3.
Idem, *Buffon, Hist. nat. des Ois., tom.* 3, *pag.* 97, *n°* 2.
Purple jackdaw, *Catesby, car.* 1, *pag.* 12, *pl.* 12.
Gracula quiscala, *Linn., Gmel., Syst. nat., edit.* 13, *n°* 7.
Idem, *Lath., index, n°* 7.
Purple grakle, *Lath., Synopsis, tom.* 1, *pag.* 462, *n°* 6.

De tous les oiseaux voyageurs du nord de l'Amérique ce quiscale est le
dernier qui abandonne le centre des États-Unis; car il ne le quitte qu'au mois
de novembre. Il paraît qu'il s'en éloigne peu, puisqu'il y revient au mois de
février. Il fréquente alors les marais, où il se nourrit des graines de la ziza-
nie aquatique, et se retire au mois de mars dans les taillis et les vergers voisins
des habitations rurales. Il cherche à cette époque sa nourriture devant les
granges, et même à la porte des maisons, pour prendre sa part des alimens
qu'on distribue à la volaille. Les bois, et de préférence ceux dont le fonds

est marécageux, sont les lieux où il se plaît à nicher ; il construit son nid sur les arbres de moyenne hauteur, en compose l'extérieur de tiges d'herbe sèche, de joncs, de bûchettes, et en garnit l'intérieur du chevelu des racines : le tout est fortifié avec de la terre gâchée. La ponte est de cinq à six œufs bleuâtres, tachetés et rayés de brun sombre et de noir ; il en fait ordinairement deux par an. Le chant du mâle, qu'il ne fait entendre qu'au printemps, m'a paru sonore et assez agréable, quoique mélancolique. Les Américains l'appellent *black bird* (oiseau noir) ainsi que toutes les espèces de sa couleur. C'est la *pie de la Louisiane*, dont parle le page Dupratz dans l'histoire de cette contrée, le *tequixquiacatznalt*, ou l'étourneau des marais salés de Fernandez, le *maisdielb* de Kalm (it. 3, pag. 33).

Quand on regarde le mâle, dans son plumage parfait, il présente à l'œil, sous certains aspects, les couleurs du prisme dans tout leur éclat ; les reflets les plus riches et les plus brillans, bleus, pourpres, violets, verts, dorés, se jouent sur un noir velouté. Le bec et les pieds sont d'un noir mat ; l'iris est argenté. Longueur totale, 11 pouces.

La femelle est un peu moins grande que le mâle, et n'a guère que 9 pouces et demi de longueur ; le bas du dos, le croupion, les ailes et la queue sont noirâtres ; le reste du plumage d'un brun tirant au fuligineux en dessus, avec quelques reflets verts.

Le jeune est brun sur toutes les parties supérieures, le bec et les pieds ; roussâtre en dessous ; d'une nuance plus foncée sur la poitrine, plus sombre sur les flancs et sur l'anus : on remarque une tache noire entre le bec et l'œil. Il porte cette livrée jusqu'à la mue, laquelle a lieu aux mois d'août et de septembre, ensuite le plumage des jeunes mâles est pareil à celui des adultes, et ceux-ci en portent un moins éclatant que celui des vieux.

On compte plusieurs variétés accidentelles, dans cette espèce : telles sont, 1° le cassique de la Louisiane (*oriolus ludovicianus*) ; 2° la variété de ce prétendu cassique décrite dans le supplément du Synopsis de Latham, qui a été vue à la baie d'Hudson dans une bande de quiscales ; 3° l'individu rapporté à ce quiscale par cet ornithologiste.

Le Quiscale Versicolor, *Quiscalus Versicolor*

10ème DIVISION. CASSICAN, *Cracticus*.

Bec glabre et formant à la base un angle arrondi dans les plumes du front, droit, allongé, robuste, épais, fléchi à la pointe; les deux mandibules échancrées vers le bout. Pl. J, n° 3.

Narines ovales, nues.

Langue.....

Tarses glabres, annelés.

Doigt intermédiaire réuni à la base avec l'externe, totalement séparé de l'interne.

Ailes à penne bâtarde courte; première et deuxième rémiges les plus longues de toutes.

Queue à douze rectrices.

Les sept espèces de cette division appartiennent à l'Asie méridionale et à l'Australasie; leur extérieur seul est connu. Latham et Gmelin les ont dispersés dans leurs genres *corvus*, *coracias* et *paradisea;* mais elles ont des caractères qui les éloignent de ces trois groupes, et qui m'ont paru suffisans pour en composer une division particulière et distincte.

LE CASSICAN RÉVEILLEUR, *Cracticus streperus.*

Pl. CIX.

Niger; maculá alarum, crisso caudáque basi albis.

Corvus graculinus, Withe-vinted crow, *With's Journ. bot. bay pl. pag.* 251.

Coracias strepera, *Lath.*, *index*, n° 21.

Noisy roller, *Idem, Synopsis*, 2e *suppl.*, *pag.* 121, n° 3.

Réveilleur de l'île Norfolk, *Daudin, Orn. tom.*, 2, *pag.* 267.

Le cassican réveilleur, 2e *édit. du Nouv. Dict. d'Hist. nat., tom.* 3, *pag.* 356.

Ce cassican, très-commun dans l'île de Norfolk, est d'un naturel doux, ne dort point, ou très-peu pendant la nuit, ne cesse alors de s'agiter et de jeter des cris qui interrompent le sommeil des hommes et des animaux : de là lui est venu le nom de *réveilleur*, qu'on lui a imposé dans diverses langues. Tout son plumage est noir, à l'exception de la base des six premières rémiges, des couvertures et du côté extérieur des pennes latérales de la queue, qui sont blancs; l'iris est orangé; le bec et les pieds sont noirs. Longueur totale, 18 pouces.

11ème DIVISION. ROLLIER, *Galgulus*.

Bec glabre à sa base, plus haut que large, robuste, entier, convexe en dessus, comprimé par les côtés; mandibule supérieure crochue vers le bout. Pl. J, n° 4.

Narines linéaires, latérales, obliques, à demi closes en dessus par une membrane, ouvertes en dessous.

Langue cartilagineuse, frangée à sa pointe.

Tarses nus, annelés.

Doigt intermédiaire réuni à la base avec l'externe, totalement séparé de l'interne.

Ailes moyennes; première rémige plus courte que la troisième, deuxième la plus longue de toutes.

Queue à douze rectrices.

Nous soupçonnons que tous les oiseaux que l'on a présentés pour des rolliers ne méritent pas ce nom. En effet, on en a décrit plusieurs comme appartenant à l'Amérique, et il paraît certain qu'il ne s'en trouve point sur le nouveau continent. Nous croyons qu'en réduisant leur nombre à douze ou quatorze espèces, nous approchons de la vérité.

La famille des rolliers est répandue en Afrique, dans l'Asie méridionale, et un seul se trouve en Europe. Ils ont dans les couleurs et les caractères des rapports avec les geais; mais on les distingue facilement à leurs narines en grande partie découvertes, linéaires et obliques; tandis que ceux-ci les ont arrondies et cachées par des plumes dirigées en avant. Ces oiseaux vivent de baies et d'insectes, nichent ordinairement sur les arbres, et leur ponte est composée de quatre ou cinq œufs. Plus sauvages que les geais et les pies, ils

Le Cassican réveilleur, *Cracticus streperus*.

se tiennent dans les bois les moins fréquentés, les plus épais, et ne se montrent dans les champs qui sont dans le voisinage de leur retraite que pour y chercher leur nourriture.

LE ROLLIER VERT, *Galgulus viridis.*

Pl. CX.

Vertice, collo superiori, dorso, scapulariis, tectricibus alarum, corpore subtùs cœruleo-viridibus; fronte gulâque rufescente-albis; caudâ cœruleâ.

Le rollier vert, *Levaillant, pl.* 31 *des Ois. de paradis.*

Rollier vert, 2ᵉ *édit. du Nouv. Dict. d'Hist. nat.*, tom. 29, *pag.* 436.

Ce rollier, dont nous devons la connaissance à M. Levaillant, se trouve dans les Indes orientales. Le front et la gorge sont d'un blanc roussâtre; le dessus de la tête et du cou, le haut du dos, les plumes scapulaires, les couvertures des ailes et le dessous du corps d'un vert d'aigue-marine; le croupion et les tectrices supérieures de la queue d'un vert bleuâtre; les rectrices bleues; les pieds roux; le bec est noir.

9ᵉᵐᵉ FAMILLE. BACCIVORES, *Baccivori.*

Pieds médiocres, un peu forts.

Tarses nus, annelés.

Doigt intermédiaire réuni avec l'extérieur jusqu'au milieu, ou seulement à l'origine; postérieur épaté.

Bec à large ouverture, à base glabre ou emplumée, rarement ciliée, dilatée, à dos un peu caréné, à pointe courbée, entière chez les uns, échancrée chez les autres.

Queue à dix ou douze rectrices.

Iʳᵉ DIVISION. ROLLE, *Eurysthomus.*

Bec glabre et très-déprimé à sa base; épais, robuste, entier, large, caréné en dessus; mandibule supérieure crochue et échancrée à sa pointe; l'inférieure droite, plus courte. Pl. J, n° 5.

Narines linéaires, obliques, à demi couvertes d'une membrane, ouvertes en dessous.

Langue cartilagineuse, frangée à sa pointe.

Bouche très-ample.

Tarses nus, annelés.

Doigt intermédiaire réuni à la base avec l'externe, totalement séparé de l'interne.

Ailes moyennes; deuxième rémige la plus longue de toutes.

Queue à douze rectrices.

Les sept espèces, que contient cette division, ont été classées avec les rolliers par Linnée, Latham, Brisson, etc., mais elles en diffèrent en ce qu'elles ont le bec plus court et plus large à sa base; les ailes plus longues et les pieds moins longs à proportion. On n'a aucuns renseignemens positifs sur leur genre de vie; cependant l'ampleur de leur bouche nous fait soupçonner que leur nourriture principale consiste en baies qu'elles avalent entières, et en insectes qu'elles happent en volant.

LE ROLLE A GORGE BLEUE, *Eurysthomus cyanocollis.*

Pl. CXI.

Capite viridi-fusco; gutture cœruleo; dorso fuscescente; pectore viridi-cœruleo; remigibus cyaneis, viridibus et nigris.

Le rolle à gorge bleue, *Levaillant, pl.* 96 *des Ois. de paradis.*

Idem, 2ᵉ *édit. du Nouv. Dict. d'Hist. nat., tom.* 29, *pag.* 425.

Ce rolle, qu'on rencontre dans les Grandes-Indes, est bleu sur la gorge et le devant du cou; d'un brun terreux, nuancé de vert sur la tête et le dessus du cou; brunâtre sur le manteau; d'une couleur d'aigue-marine sur le bas du devant du cou et les parties postérieures; de la même couleur et noir-brun sur les pennes de la queue; d'un vert bleu sur les couvertures supérieures des ailes; vert, bleu et noir sur les rémiges; d'un rouge orangé sur le bec; d'un jaune brun sur les pieds. Longueur totale 9 pouces.

Le Rollier vert, Galgulus viridis.

P. Oudart del.

Litho de C. Motte.

Le Rolle à gorge bleue, Eurystomus cyanocollis.

P. Oudart del.

Lith. de I. Motte.

2ème DIVISION. CORACINE, *Coracina.*

Bec à base glabre chez les uns, couverte de plumes veloutées ou sétacées chez les autres, épais, robuste, déprimé, anguleux en dessus, étroit vers le bout; mandibule supérieure entière ou échancrée, courbée vers la pointe; l'inférieure plus courte, un peu aplatie en dessous.

Narines ovales, ouvertes, situées près du front.

Bouche ample.

Tarses nus, annelés.

Doigt intermédiaire réuni à la base avec l'externe, totalement séparé de l'interne.

Ailes à penne bâtarde courte; deuxième, troisième, quatrième rémiges les plus longues de toutes.

Queue à douze rectrices.

Cette division, qui contient neuf espèces, est composée de trois sections: la première renferme celles qui ont le bec garni à sa base de plumes veloutées; la deuxième celles dont les narines sont recouvertes de plumes sétacées, dirigées en devant, et dont la mandibule supérieure est échancrée vers le bout; la troisième renferme le *cephaloptère*, qui a les narines découvertes et le bec entier. Les principaux caractères indiqués ci-dessus m'ayant paru assez prononcés et assez distincts de ceux des corbeaux, parmi lesquels Latham et Gmelin ont classé mes coracines; j'ai cru pouvoir les en retirer pour en composer une nouvelle division.

Les unes se trouvent dans les forêts de l'Amérique méridionale, et les autres dans celles de l'Asie australe. Toutes sont du nombre des oiseaux dont la partie historique est encore inconnue.

Bec garni à sa base de plumes veloutées. Pl. J. n° 6.

LA CORACINE A COU NU, ou GYMNODÈRE,
Coracina gymnodera.

Pl. CXII.

Nigra; capite tomentoso-sericeo, postice et lateribus sub-calvo; remigibus extùs obliquè grisescentibus (mas.);

Alis corporeque nigrisescente-fuscis; scapulariis, pectore cinereo-marginatis (femina);

Collo pennato (junior).

Col-Nud de Cayenne, *Buffon, Hist. Nat. des Ois.*, tom. 3, pag. 82, *pl. enl.*, n° 609.

Corvus nudus, *Linn., Gmel., Syst. nat., edit.* 13, n° 30.

Gracula fœtida, *Idem, n°* 3.

Gracula nuda, *Lath., index,* n° 3. Gracula fœtida, *Idem,* n° 5.

Bare-Necked crow, *Lath., Synopsis,* tom. 1, pag. 382, n° 15.

Fetid grackle, *Idem, pag.* 460, n° 4.

Gymnodère, Gymnodera, *Geoffroy Saint-Hilaire, Mémoire.*

Cette espèce, qu'on trouve à la Guiane, fréquente les bois, s'approche des habitations à l'époque de la maturité des fruits, et niche au bord des rivières, sur les arbres les plus élevés.

Chez le mâle adulte le cou est nu sur les côtés, avec quelques plumes isolées; le dessus de la tête, du cou, et la gorge sont couverts de petites plumes noires, serrées et veloutées; la bordure extérieure des rémiges intermédiaires, les secondaires, et toutes les couvertures supérieures des ailes d'un gris bleuâtre; les primaires et la queue d'un noir à reflets; le reste du plumage et les pieds noirs. On remarque au-dessous de l'œil une peau nue et jaune; l'iris est d'un rouge brun; le bec blanchâtre, et noir à sa pointe. Longueur totale, 16 pouces.

La femelle a les ailes d'un noir brun dans la partie qui est bleuâtre chez le mâle, les plumes scapulaires et de la poitrine bordées de gris; le reste de

La Coracine gymnodère. *Coracina gymnodera.*

Lith. de C. Motte.

sa robe d'un brun noirâtre sans reflets. Le jeune lui ressemble et a le cou entièrement couvert de plumes.

B *Narines recouvertes par des plumes sétacées, dirigées en avant. Mandibule supérieure échancrée vers le bout, l'inférieure aiguë et retroussée à la pointe. Pl. J, n° 7.*

LA CORACINE CHOUCARI, *Coracina papuensis.*

Pl. CXIII.

Cinerea; abdomine albo; remigibus nigricante-fuscis.

Choucas de la Nouvelle-Guinée, *Buff., Hist. nat. des Ois., t.* 3, *p.* 81, *pl. enl., n°* 630.

Corvus papuensis, *Linn., Gmel., Syst. nat., edit.* 13, *n°* 29.

Idem, *Lath., Index, n°* 15.

Papuan crow, *Idem, Synopsis, tom.* 1, *pag.* 382, *n°* 14.

Le gris-cendré qui domine sur le plumage de cette coracine, est foncé sur le dessus du corps, clair en dessous, et se dégrade presque jusqu'au blanc, sur le ventre et les parties postérieures; une bande noire entoure le bec; les grandes pennes des ailes sont d'un brun noirâtre; les pieds petits, gris; les ongles courts; le bec est jaunâtre. Longueur totale, 11 pouces. On trouve cette espèce à la Nouvelle-Guinée.

C *Bec entier, narines découvertes.* Pl. J, n° 8.

LA CORACINE CÉPHALOPTÈRE, *Coracina cephaloptera.*

Pl. CXIV.

Tota nigra nitens; cristâ concolore, albâ; lateribus colli glabris, cyaneis.

Céphaloptère, *Geoffroy-Saint-Hilaire, Mémoire.*

Coracine céphaloptère, 2ᵉ *édit. du Nouv. Dict. d'Hist. nat., tom.* 8, *p.* 5.

Cette espèce, qu'on dit se trouver au Brésil, y est très-rare, car on ne connaît jusqu'à présent que le seul individu rapporté de Lisbonne, par

M. Geoffroy-Saint-Hilaire, et déposé au muséum d'histoire naturelle. Elle a
le bec, les pieds et tout le plumage d'un beau noir, à reflets métalliques et
éclatans sur diverses parties; les plumes du dessus de la tête, longues, à tige
très-grêle, moitié blanches, terminées par un épi de barbes décomposées,
se recourbant vers le bout, de manière que le bec et la tête semblent être
sous un large panache qui, dans sa circonférence, représente assez bien un
parasol. Cet oiseau est encore remarquable par une expansion cutanée, en
forme de jabot, recouverte, par-devant et sur les côtés, de plumes allongées,
larges, et formant un faisceau qui s'isole en s'avançant sur le haut de la
poitrine, et qui laisse à découvert une partie des côtés du cou, dont la
peau est nue et d'un bleu de ciel.

3ème DIVISION. PIAUHAU, *Querula*.

Bec très-déprimé et garni à sa base de plumes et de soies dirigées en avant,
triangulaire, convexe dessus et dessous; mandibule supérieure échancrée et
crochue vers le bout; l'inférieure à pointe très-grêle, retroussée et très-
aiguë. Pl. J, n° 9.

Narines ouvertes, un peu arrondies, couvertes par les plumes du *capistrum*.

Langue.....

Bouche ample, garnie de cils sur les angles.

Tarses nus, annelés.

Doigt intermédiaire soudé avec l'externe jusqu'à la première articulation,
totalement séparé de l'interne.

Ailes longues; première et huitième rémiges égales; deuxième plus courte
que la sixième; quatrième la plus longue de toutes.

Queue à douze rectrices.

On ne connaît qu'une seule espèce de cette division, laquelle habite la
Guyane, où elle se tient dans les bois, et se nourrit d'insectes et de fruits.
Les piauhaus, d'un naturel vif, sont presque toujours en mouvement; se
rassemblent en troupes, se plaisent dans la société des toucans, et les
précèdent ordinairement, toujours en criant aigrement : *pi-hau-hau*. Cette

La Coracine choucari, *Coracina papuensis*.

La Coracine céphaloptère, Coracina cephaloptera.

P. Oudart   Lith. de C. Motte.

espèce a des rapports avec les gobe-mouches, parmi lesquels des ornithologistes l'ont classée; « mais, comme dit Buffon, elle est si éloignée de toutes
les espèces de gobe-mouches, moucherolles et tyrans, qu'il faut lui laisser une
place isolée comme celle qu'elle paraît occuper dans la nature. »

LE PIAUHAU A GORGE ROUGE, *Querula rubricollis.*

Pl. CXV.

Nigra; menti gutturisque arcâ ingente rubrâ.

Le grand gobe-mouche de Cayenne, *Briss., Ornith., tom.* 2, *pag.* 386,
n° 15, *pl.* 38, *fig.* 3.

Piauhau, *Buffon, Hist. nat. des Ois., tom.* 4, *pag.* 588, *pl. enl. n°* 381,
sous le nom de grand gobe-mouche noir de Cayenne.

Muscicapa rubricollis, *Linn., Gmel., Syst. nat., edit.* 13, *n°* 31; Idem,
Lath., Index, n° 87.

Purple throated fly-catcher, *Idem, Synopsis, tom.* 2, *pag.* 365, *n°* 78.

Tout le plumage, le bec et les pieds de cet oiseau sont d'un noir profond,
avec une belle tache d'un pourpre foncé sur la gorge du mâle, et que n'a
pas la femelle. Longueur totale, 11 pouces.

4ème DIVISION. COTINGA, *Ampelis.*

Bec médiocre, déprimé et presque trigone à sa base, un peu caréné en
dessus; mandibule supérieure à pointe rétrécie, échancrée et courbée; l'inférieure un peu aplatie en dessous, retroussée et acuminée à son extrémité.

Narines presque orbiculaires, à demi closes par une membrane, et couvertes par les plumes du *capistrum.*

Langue cartilagineuse, bifide à la pointe.

Bouche ample.

Tarses nus, annelés.

Doigt intermédiaire réuni avec l'externe jusqu'à la deuxième articulation,
totalement séparé de l'interne; postérieur aussi long que le dernier, et le
plus fort de tous.

Ailes moyennes; première rémige plus courte que la sixième; deuxième, troisième, quàtrième, cinquième, les plus longues de toutes chez la plupart.

Queue à douze rectrices.

Cette division, qui contient quinze espèces, est composée de deux sections, d'après quelque différence dans la conformation du bec. Les caractères de la première sont de l'avoir moins déprimé et plus fort que dans la deuxième, où il est d'une consistance faible. Parmi les oiseaux d'un riche plumage que la nature a rassemblés entre les tropiques, la plupart des cotingas sont de ceux qui charment tous les yeux : leur robe est parée des couleurs les plus pures, les plus éclatantes. Sur les uns, elles paraissent opposées; mais le contraste est d'une belle entente; sur d'autres, elles se fondent les unes dans les autres de la manière la plus suave, et presque sur tous elles se multiplient par des reflets sans nombre. Cette brillante parure n'est, pour plusieurs mâles, que leur habit de noces, et disparaît avec les amours; alors ils se trouvent confondus avec les femelles; sur lesquelles on cherche en vain l'éclat et la heauté.

Tout ce que l'on sait du genre de vie de ces oiseaux, c'est qu'ils ne voyagent point, et que leurs courses se renferment dans un cercle étroit : on ne les trouve guère au delà du Brésil, du côté du sud, et au delà de la Nouvelle-Espagne, du côté du nord. Ils se montrent deux fois l'année près des habitations, en petites troupes, se plaisent dans les lieux arrosés et marécageux; ce qui leur a fait donner, à Cayenne, le nom de *poule d'eau.*

Les cotingas sont baccivores et entomophages; plusieurs préfèrent les termes ou pous de bois; tous mangent différentes baies et fruits moux. Selon Sonnini qui a eu occasion de les observer à la Guyane, ils ne sont point granivores; Montbillard aurait donc eu tort de les présenter comme des dévastateurs des rizières.

Le Piauhau à gorge rouge, Querula rubricollis.

P. Oudart del. — Litho. de C. Motte.

A. *Bec dur, peu déprimé.* Pl. K. n° 1.

LE COTINGA BLEU, *Ampelis cærulea.*

Pl. CXVI.

Nitidissima cærulea ; subtùs purpurea ; alis, caudâque nigris.

Le cotinga, *Briss., Ornith., tom.* 2, *pag.* 340, *n°* 1, *pl.* 34, *fig.* 1.

Le cotinga bleu, *Buffon, Hist. Nat. des Ois., tom.* 4, *pag.* 442, *pl. enl., n°s* 186 *et* 188, *sous le nom de cotinga bleu du Brésil.*

Ampelis cotinga, *Linn., Gmel., Syst. nat., edit.* 13, *n°* 4.

Idem, *Lath. Index*, n° 2.

Purple breasted chatterer, *Lath., Synopsis, tom.* 2, *pag.* 94, *n°* 2.

On trouve cette espèce à Cayenne et à Surinam, où elle est assez commune.

Chez le mâle le plumage est généralement d'un beau bleu d'outremer, à reflets violets sur quelques parties; la gorge, la poitrine, le haut du ventre sont d'un pourpre éclatant; les pennes des ailes et de la queue, le bec, les pieds noirs. Longueur totale 8 pouces un quart.

La femelle est d'un brun noirâtre sur le dessus de la tête et du corps, sur les couvertures des ailes et de la queue. Cette teinte est plus foncée sur les parties inférieures, et à reflets d'un bleu verdâtre : l'extrémité des plumes porte une bordure blanche, qui se rétrécit tellement sur la tête, qu'elle n'a l'apparence que d'un point; mais elle est très-grande sur quelques couvertures des ailes, dont les pennes primaires sont noirâtres, et les autres bordées de blanc et de roux; celles de la queue pareilles au dos; la gorge est roussâtre; le bas-ventre et les couvertures inférieures de la queue sont d'un roux-clair. Le jeune (Pl. 37 des oiseaux rares de Le Vaillant) ne diffère de la femelle qu'en ce que ses couleurs sont plus ternes, et que les plumes ont leur extrémité terminée par une lunule roussâtre; le bec et les pieds sont bruns.

B. *Bec mou, très-déprimé.* Pl. K. n° 2.

LE COTINGA AVÉRANO, *Ampelis variegata.*

Pl. CXVII.

Cinereo-alba; capite rufo; alis nigris; gulâ carunculatâ (mas adultus.);
*Fusco, nigricante, virescente variegata; capite obscuro fusco; remigibus
nigricantibus* (mas junior *et* femina);

Guira punga, *Raj. Av.*, pag. 166, n° 4.

Le cotinga tacheté, *Briss., Ornith., tom.* 2, *pag.* 354, *n°* 9.

L'avérano, *Buffon, Hist. nat. des Ois., tom.* 4, *pag.* 457.

Ampelis variegata, *Linn., Gmel., Syst. nat., edit.* 13, *n°* 10.

Idem, *Lath., index, n°* 10.

Variegated chatterer, *Lath., Synopsis, tom.* 2, *pag.* 499, *n°* 9.

Les auteurs cités dans la Synonymie n'ont décrit que la femelle ou le
jeune de ce cotinga, que les Portugais du Brésil appellent *Ave de verano*
(oiseau d'été), parce qu'il ne se fait entendre que pendant six semaines
environ, en décembre et janvier, c'est-à-dire au plus fort de l'été dans cette
contrée méridionale; saison où tous les animaux, animés de feux non
moins vifs que ceux de l'atmosphère, expriment par l'agitation, par des
chants et des cris, l'ardeur de leurs désirs et la douceur de leurs jouis-
sances. C'est alors que l'avérano se fait entendre de loin au milieu de ce
concert général, qui, tout discordant qu'il est, n'en a pas moins l'amour
pour régulateur. Sa voix est forte, et en même temps peu agréable; il la
modifie de deux manières différentes. Tantôt c'est un bruit semblable à celui
qu'on ferait, en frappant sur un coin de fer avec un instrument tranchant;
tantôt c'est un son pareil à celui d'une cloche fêlée. On exprime le premier de ces cris par les syllabes *kock, kick,* et le second par *kur, kur, kur.*

Le mâle, sous son plumage parfait, est d'un gris presque blanc; la tête est
rousse; les ailes sont noires; la gorge est nue et garnie d'un grand nombre
de caroncules aplaties, longues au moins d'un pouce, larges d'une ligne,
noires chez l'oiseau mort, et bleuâtres chez l'oiseau vivant; le bec et les

Le Cotinga bleu, *Ampelis cœrulea*.

P. Oudart del.

Lith. de l' Matte.

Le Cotinga averano, Ampelis Averano.

P. Oudart del.

Lith. de C. Motte.

pieds sont noirs; l'iris est d'un noir bleuâtre. Le même dans son jeune âge,
et la femelle, ont un vêtement mêlé de noirâtre, de brun et de vert-clair,
sans appendices à la gorge. Le mâle adulte a le plumage d'une teinte noirâtre, qui s'adoucit en brun-foncé sur la tête, s'obscurcit en noir parfait
sur les petites couvertures supérieures des ailes, et s'éclaircit par un mélange de cendré sur tout le corps. Une nuance de vert-brun se mêle aussi
au noirâtre des grandes couvertures des ailes.

5ème DIVISION. JASEUR, *Bombycilla*.

Bec court, un peu déprimé et trigone à sa base, convexe en dessus; mandibule supérieure échancrée, fléchie vers le bout; l'inférieure comprimée,
entaillée, retroussée à sa pointe. Pl. K, n° 3.

Narines ovales, couvertes par des petites plumes dirigées en avant.

Langue cartilagineuse, bifide à sa pointe.

Bouche ample.

Tarses nus, annelés.

Doigt intermédiaire réuni à la base avec l'externe, totalement séparé de
l'interne.

Ailes à penne bâtarde très-courte; première et deuxième rémiges les
plus longues de toutes; plusieurs secondaires élargies, à leurs extrémités,
en disque ovale, lisse, membraneux et rouge chez l'adulte.

Queue à douze rectrices.

Les deux espèces de cette division ont été classées par Brisson avec les
merles, par Latham et Gmelin avec les cotingas; mais nous avons cru
devoir les isoler, attendu qu'ils ont des attribus qui les éloignent de ces deux
grouppes. (Voyez *Merle* ou *Grive*, et *Cotinga*.)

Les jaseurs, dont une espèce habite en Europe, et l'autre dans l'Amérique
septentrionale, sont erratiques, voyagent en bandes nombreuses, et ne se
tiennent par paires que pendant le temps des couvées. Ils sont d'un naturel
tellement sociables que, dès que les jeunes peuvent se suffire à eux-
mêmes, tous les individus du même canton se réunissent et forment des
volées assez considérables. Ils sont de véritables baccivores; car toutes les

baies sèches ou molles font leur principale nourriture. Quand ces alimens sont rares, ils vivent d'insectes, et prennent les mouches au vol avec la même adresse, et de la même manière que les moucherolles. Ils nichent sur les arbres, et leur ponte est de quatre ou cinq œufs.

Quoiqu'on ait donné à ces oiseaux le nom de *jaseur*, il n'en est guère de plus silencieux; ils jettent seulement de temps en temps un cri assez faible, qui m'a paru exprimer les syllabes *zi, zi, zi;* fait que je puis assurer, puisque j'en ai gardé en captivité pendant plusieurs années.

LE JASEUR DU CÈDRE, *Bombycilla cedrorum*.

Pl. CXVIII.

Cristata; fronte gulâque nigris; caudâ apice flavâ; remigibus secundariis apice membranaceo, colorato (mas.);

Cristâ breviore; coloribus pallidioribus (femina);

Cristâ ferè nullâ; corpore suprà sordide griseo, subtùs fusco maculato; remigibus secundariis sine membranâ (junior).

Chatterer of Carolina, *Catesby, car.* 1, *pag.* 12, *pl.* 46.

Le jaseur de la Caroline, *Briss., Ornith., tom.* 2, *pag.* 337, *n°* 64.

Idem, *Buffon, Hist. Nat. des Ois., tom.* 3, *pag.* 441.

Ampelis garrulus, Var. B. *Linn., Gmel., Syst. nat., edit.* 13, *n°* 1. Idem, Var. A. *Lath., index, n°* 1.

Waxen Chatterer, Var., *Lath., Synopsis, tom.* 2, *pag* 91, *n°* 1.

Ce jaseur qu'on rencontre dans l'Amérique, depuis la baie d'Hudson jusqu'à Cayenne, porte au Mexique le nom de *coquantototl*, et au Canada, celui de *récollet*, à cause de quelques rapports entre sa huppe en repos et le capuchon de ce moine.

Le mâle a la huppe, le dessus de la tête et du cou d'un gris roux, plus foncé sur la dernière partie; une bande noire couvre le front, descend sur les côtés, enveloppe l'œil et se termine sur les joues; la gorge est de la même couleur; le croupion gris-ardoisé, de même que les pennes des ailes, dont le bord extérieur est d'une nuance plus claire; plusieurs secondaires ont des appendices membraneux et rouges à leur extrémité; la queue est

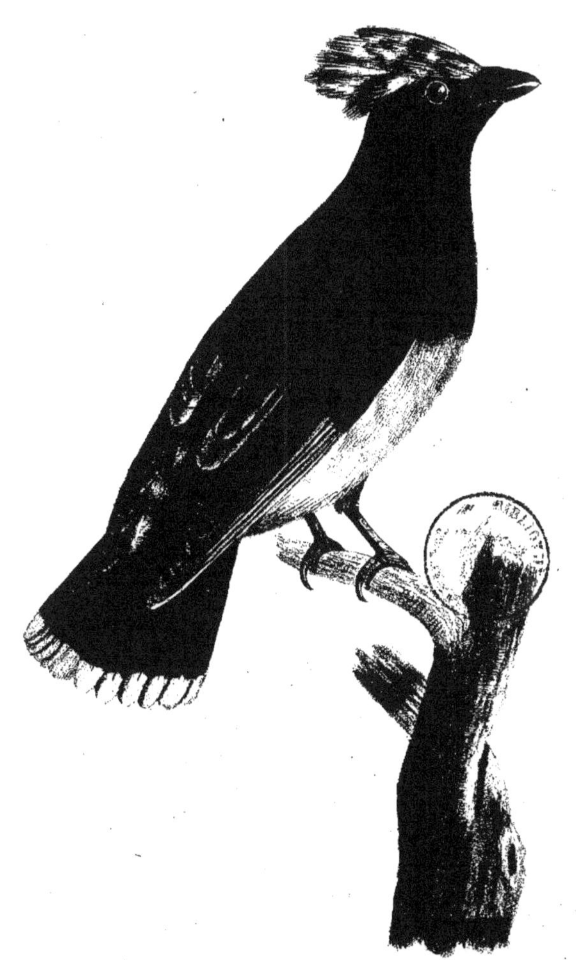

Le Jaseur du Cèdre, *Bombycilla cedrorum*.

P. Oudart del.   Lith. de C. Motte.

pareille aux ailes, et terminée de jaune; une ligne blanche borde la mandibule inférieure, et s'étend jusque sous l'œil; la poitrine est d'un grisroux; le ventre gris-jaunâtre; le bas-ventre et les couvertures inférieures de la queue sont gris-blancs; le bec et les pieds noirs; l'iris est noisette. Longueur totale 5 pouces 10 lignes.

La femelle ne diffère du mâle que par une huppe plus courte et par des couleurs plus ternes. Le jeune, avant sa première mue, porte une huppe très-peu apparente, et est d'un gris-sale sur les parties supérieures; tacheté de brun sur les inférieures, d'un blanc terne sur le milieu du ventre, d'un jaune pâle à l'extrémité de la queue; brun sur le bec et les pieds.

6ème DIVISION. TERSINE, *Tersina*.

Bec court, très-déprimé à sa base, caréné en dessus, à bords fléchis en dedans; mandibule supérieure à pointe rétrécie, inclinée et échancrée; l'inférieure plate en dessous, aiguë et retroussée à son extrémité. Pl. K, n° 4.

Narines larges, situées à la base du bec, couvertes d'une membrane et en partie cachées sous les plumes du *capistrum*, Pl. K, n° 4.

Langue très-courte, étroite, bifide à sa pointe.

Bouche ample, très-fendue.

Tarses nus, annelés.

Ailes moyennes; première rémige la plus longue de toutes.

Queue à douze rectrices.

La seule espèce que renferme cette division se trouve au Brésil; c'est à quoi se borne ce que l'on sait de son genre de vie.

LA TERSINE BLEUE, *Tersina cœrulea*.

Pl. CXIX.

Nitida, cœrulea; fronte oculisque nigro circumdatis; ventre et abdomine albis; hypochondriis nigro transversim maculatis (mas);

Viridis; fronte, gulá cinereis, et griseo-punctatis; collo anteriore, pectoreque flavescente-rufis (femina);

Corpore subtùs rufo et albo maculato (junior).

La tersine, *Buffon*, *Hist. nat. des Ois.*, tom. 4, *pag.* 446.

Ampelis tersa, *Linn.*, *Gmel.*, *édit.* 13, *n°* 7. Idem, *Lath.*, *index*, *n°* 4.

Blue breasted chatterer, *Lath.*, *Synopsis*, tom. 2, *pag.* 95, *n°* 4.

Le mâle a le bec et les yeux entourés de noir ; la gorge de cette couleur ; le dessus de la tête et du cou, le dos, le croupion, la poitrine, les flancs et les petites couvertures des ailes d'un bleu d'aigue-marine, à reflets clairs ; les rémiges et les rectrices de la même teinte à l'extérieur, et noires dans le reste ; le milieu du ventre et les parties postérieures d'un blanc pur, avec des taches transversales noires sur les côtés ; le bec et les pieds de cette couleur. Longueur totale 6 pouces.

La femelle est d'un vert brillant où le mâle est bleu ; le tour du bec et des yeux, la gorge, sont d'un gris-clair, pointillé d'un gris plus foncé ; le devant du cou et la poitrine d'un roux verdâtre ; le milieu du ventre et les parties postérieures d'un blanc un peu lavé de roux, avec des taches transversales de la dernière teinte sur les côtés ; le bec et les pieds d'un gris rembruni. Le jeune en diffère en ce que toutes les parties inférieures portent des taches rousses et blanches.

10ème FAMILLE. CHÉLIDONS, *Chelidones.*

Pieds courts, grêles.

Tarses nus, annelés ou emplumés.

Doigts antérieurs unis à la base par une membrane ou totalement séparés et le pouce dirigé en avant, ou les extérieurs réunis à la base, l'externe totalement libre, et le pouce dirigé en arrière.

Bec petit, à base déprimée, cilicé ou glabre, à large ouverture et à pointe échancrée et courbée.

Ailes très-longues.

Queue à dix ou douze rectrices.

A. *Doigt intermédiaire uni à la base avec l'externe, totalement séparé de l'interne.*

Ière DIVISION. HIRONDELLE, *Hirundo.*

Bec petit, à base déprimée, glabre et presque triangulaire, comprimé et étroit vers la pointe ; mandibule supérieure entaillée et courbée vers le bout ; l'inférieure droite et plus courte. Pl. K, n° 5.

Narines situées à la base du bec, un peu lunulées ou arrondies, closes en arrière par une membrane, à ouverture antérieure arrondie.

Langue courte, large, cartilagineuse, bifide à son extrémité.

Bouche très-ample.

Tarses courts, nus, annelés, ou en partie emplumés.

Doigt intermédiaire soudé à la base avec l'externe, totalement séparé de l'interne.

Ailes longues ; première rémige la plus longue de toutes.

Queue le plus souvent fourchue, à douze ou dix rectrices.

A. *Queue à douze rectrices.*

Des soixante espèces que cette division, composée de deux sections d'après le nombre des pennes caudales, renferme, les unes sont répandues en Europe ; les autres en Afrique, en Asie, en Amérique, dans l'Australasie et la Polynésie. Celles qui habitent les contrées froides et tempérées n'y restent que pendant la belle saison ; mais on ne sait où elles se tiennent pendant la mauvaise ; car, à l'exception de notre hirondelle de cheminée qu'on dit avoir vue au Sénégal peu de temps après son départ d'Europe, on n'en a encore rencontré aucune autre de celles des climats tempérés, dans quelque partie du monde que ce soit. La plupart de celles qui vivent sous la zone torride, y sont sédentaires. Que deviennent les autres, s'engourdissent-elles comme certains quadrupèdes ? c'est sur quoi l'on n'est pas d'accord ; quoique des gens dignes de fois assurent en avoir trouvé, pendant l'hiver, engourdies dans un arbre creux [1] ; fait qu'on a cherché à com-

---

[1] *Voyez* l'article de l'hirondelle bleue, *hist. nat. des Ois. de l'Amér. Sept.*, tom. 1, *page* 57.

battre sans y réussir. Pourquoi la nature aurait-elle refusé à des oiseaux la même prérogative qu'elle a accordée à des quadrupèdes, des poissons, des insectes, des serpens? Ne nous pressons pas de juger! Attendons de nouveaux faits puisés dans des observations réitérées, et ne donnons pas des conjectures pour des réalités.

Pas de doute que c'est le froid réuni au manque de nourriture qui les éloigne des contrées tempérées et glaciales, puisque n'y trouvant plus d'insectes, leur seul aliment, elles sont forcées d'aller en chercher ailleurs, ainsi que font tous les oiseaux enthomophages, mais la plupart des hirondelles des Tropiques y trouvant en tout temps des alimens abondans, y sont sédentaires pendant toute l'année, ainsi qu'on l'a remarqué en Afrique, dans l'Asie et l'Amérique méridionale. Ces oiseaux voyageurs ont une telle affection pour les lieux de leur naissance, qu'ils y reviennent au printemps, et reprennent leur ancien domicile. Les jeunes s'emparent des nids qui sont vacans, et vont en construire ailleurs s'il n'y a plus de place. D'un caractère très-sociable, elles vivent en famille, et se réunissent en bandes nombreuses, surtout à l'époque du départ. Les unes placent leur nid en terre; d'autres l'attachent très-artistement contre une muraille, un rocher; d'autres le suspendent à une poutre. elles font, dans le Nord, deux et rarement trois pontes composées de quatre ou cinq œufs. Toutes les hirondelles n'habitent pas dans les mêmes cantons; cependant la plupart se tiennent près ou dans les habitations; tandis que plusieurs préfèrent les solitudes les plus sauvages : d'autres se plaisent sur les lieux les plus élevés, dans les rochers, et quelques-unes près des marais et des eaux. Dans quelques espèces, le bec est plus fort, et les pieds plus longs que dans les autres; enfin il n'y a pas souvent une grande différence dans le plumage du mâle et de la femelle, dans celui du jeune et de l'adulte.

La Tésine bleue, Tersina cœrulea.

P. Oudart del.

Lith. de C. Motte.

L'HIRONDELLE A PLASTRON BLANC, *Hirundo albicollis.*

Pl. CXX.

Nigra; collo albo.

Hirondelle à plastron blanc, 2ᵉ *édit. du Nouv. Dict. d'Hist. nat.,
tom.* 14, *pag.* 524, *n°* 4.

Le mâle de cette espèce, que M. Delalande a rapporté du Brésil, a le bec,
les pieds et le plumage noirs, avec un demi-collier blanc sur le dessus du
cou, et un plastron de cette couleur en dessous. La femelle ne diffère qu'en
ce que le collier et le plastron sont moins apparens. Longueur totale, 9 pouces
environ.

B *Queue composée de dix rémiges.*

Cette section contient les *hirondelles acutipennes*, dont une espèce a été
trouvée à la Nouvelle-Hollande; les autres habitent le nouveau continent.

2ᵉᵐᵉ DIVISION. MARTINET, *Cypselus.*

Bec petit, très-fendu, déprimé et trigone à sa base, comprimé latéralement, étroit à sa pointe; mandibule supérieure entaillée et courbée vers le
bout; l'inférieure plus courte et un peu retroussée à son extrémité. Pl. K,
n° 6.

Narines larges, closes en arrière par une membrane, couvertes par les
plumes du *capistrum*, ouvertes vers le milieu.

Langue courte, cartilagineuse, large, bifide à sa pointe.

Bouche ample.

Tarses très-courts, à demi-vêtus.

Doigts totalement séparés; postérieur articulé sur le côté interne du
tarse, tourné en devant. Pl. BB, n° 11.

Ongles courts, étroits, très-arqués, acuminés, fort rétractiles.

Ailes longues; première et deuxième rémiges les plus longues de toutes.

Queue à dix rectrices.

Les quatre espèces de cette division n'ont que deux manières d'exister ; elles passent leur vie dans un extrême mouvement, ou dans un repos absolu ; elles s'agitent sans cesse dans le vague de l'air, ou elles restent blotties dans leur trou. Vrais oiseaux aériens, jamais ils ne se posent à terre d'eux-mêmes, et lorsqu'ils tombent par accident, ils s'élèvent avec la plus grande difficulté sur un terrain plat, et s'y traînent plutôt qu'ils ne marchent. Il leur est impossible de faire autrement ; car leurs pieds sont fort courts, leurs ongles très-crochus, et lorsqu'ils sont posés, les tarses portent à terre jusqu'au talon, de manière qu'ils sont presque couchés sur le ventre. Il leur faut donc une élévation quelconque pour mettre en jeu leurs longues ailes, une pierre, une taupinière leur suffit. «Si, comme dit Buffon, tout le terrain « était uni et sans aucune inégalité, les plus légers des oiseaux deviendraient « les plus pesans des reptiles ; et s'ils se trouvaient sur une surface dure et « polie, ils seraient privés de tout mouvement progressif : tout changement « de place leur serait interdit.» Les martinets nichent dans des trous de muraille, de rocher, et ne font qu'une ou deux pontes dans nos climats, où ils arrivent aux mois d'avril et de mai, et d'où ils partent en septembre, et le plus souvent en août.

LE MARTINET A VENTRE BLANC, *Cypselus melbus.*

Pl. CXXI.

Griseo-fuscus ; gulâ abdomineque albis.
La grande hirondelle d'Espagne, *Briss.*, *Ornith.*, tom. 2, *pag.* 504, *n°* 11.
Le grand martinet à ventre blanc, *Buffon*, *Hist. nat. des Ois.*, tom. 6, *pag.* 660.

Hirundo melba, *Linn.*, *Gmel.*, *Syst. nat.*, *edit.* 13, *n°* 11.
Idem, *Lath.*, *Index*, *n°* 36.
Greatest martin or swift, *Edwards ois.*, *pl.* 27.
White-bellied swift, *Lath.*, *Synopsis*, tom. 2, *pag.* 586, *n°* 36.

L'Hirondelle à plastron blanc, Hirundo albicollis.

P. Oudart del.

Litho. de C. Motte.

On rencontre cette espèce en Suisse, à Constantinople, en Italie et en Savoie, où elle arrive vers le commencement d'avril; elle se tient pendant les premiers quinze jours sur les étangs et les marais, et ne gagne les hautes montagnes, son domicile habituel, qu'à la fin de ce mois. Elle s'élève plus haut que le martinet noir, et vole avec beaucoup plus de rapidité. Comme celui-ci, elle se tient en troupes plus ou moins nombreuses, et circule sans cesse autour des pointes de rochers qui s'élèvent au-dessus des précipices où elle a placé son nid. Ce nid, que M. Jules Delamotte, amateur très-distingué et très-bon observateur, a vu sous les abat-vent des clochers de la cathédrale de Fribourg, était attaché le long d'un soliveau; il est très-petit, proportionnellement à la grosseur de l'oiseau, composé de paille et de mousse liées ensemble avec une matière gluante qui, lorsqu'elle est sèche, lui donne une consistance fort dure. Il est de la forme de celui de l'*hirondelle salangane;* la ponte est de quatre à cinq œufs blancs, allongés.

Lorsque cet oiseau se retire dans son gîte, il le fait d'emblée, comme les chauve-souris, et n'y rentre que quand il fait entièrement nuit. Le mâle et la femelle s'y tiennent blottis l'un contre l'autre, et sont alors si peu farouches qu'il faut les toucher pour les faire partir. Leur cri est faible, plaintif et assez doux; mais il est plus retentissant et plus soutenu que celui du martinet noir, lorsqu'ils s'élèvent au-dessus des précipices. Ils sont connus en Savoie sous le nom de *jacobin,* d'après leur plumage qui est d'un gris-brun sur la tête et toutes les parties supérieures, plus foncé sur les ailes et la queue, avec des reflets rougeâtres et verdâtres (ces couleurs sont plus rembrunies chez les mâles); la gorge, la poitrine et le ventre sont blancs; un collier gris-brun marqué de noirâtre est sur le cou; les flancs sont variés de la dernière couleur et de blanc; le bas-ventre et les couvertures inférieures de la queue, du même brun que le dos; les pieds couleur de chair, garnis de duvet sur le devant et le côté intérieur; le bec est noir. Longueur totale 8 pouces et demi. Le jeune se distingue de l'adulte en ce que les plumes des parties supérieures sont terminées par une lunule d'un gris-blanc.

3ᵉᵐᵉ DIVISION. ENGOULEVENT, *Caprimulgus*.

Bec petit, très-déprimé, et garni à sa base de soies divergentes ; mandibule supérieure à pointe comprimée, échancrée et crochue ; l'inférieure retroussée vers le bout. Pl. K, n° 7.

Narines largés, closes par une membrane, et à ouverture tubuleuse.

Langue étroite, cartilagineuse, entière, pointue.

Bouche très-fendue, très-ample.

Tarses courts, en partie emplumés, annelés.

Doigts antérieurs réunis à leur base par une petite membrane ; postérieur grêle, articulé sur le côté du tarse, et versatile chez plusieurs. Pl. BB, n° 12.

Ongle intermédiaire, dentelé sur le bord interne chez la plupart.

Tête aplatie.

Cou très-court.

Oreilles très-amples.

Yeux grands.

Ailes longues, deuxième ou troisième rémige la plus alongée de toutes.

Queue de diverses formes, à dix rectrices.

Parmi les trente espèces de cette division, deux se trouvent en Europe, d'autres en Afrique, plusieurs en Amérique, et quelques-unes dans les grandes Indes et en Australasie ; ainsi donc cette famille est répandue sur tout le globe ; mais les engoulevens sont beaucoup plus nombreux dans le sud que dans le nord. Tous sont demi-nocturnes, chassent pendant les crépuscules ; plusieurs s'en occupent avant le coucher du soleil, et d'autres dans une partie de la nuit, au clair de la lune. Tous ont un genre de vie et des mœurs à peu près pareils ; tous sont insectivores, et, comme les hirondelles et les martinets, ils saisissent leur proie en volant à sa rencontre, le bec ouvert, engloutissant même les plus gros insectes, qu'ils retiennent dans leur large bouche, au moyen d'une salive gluante ; et ils semblent les aspirer pour les avaler.

Quelques-uns se posent à terre, et ont la faculté de s'élever dans les airs, tandis que d'autres en sont privés, si, comme les martinets, ils ne trouvent

Le Martinet à ventre blanc. Cypselus melbua.

V. Andrea del.   Lith. de C. Motte.

une petite élévation pour pouvoir s'aider de leurs longues ailes. Ceux qui se perchent sur les arbres ne le font pas tous de la même manière : les uns se posent longitudinalement sur une branche, et semblent la cocher, comme le coq fait la poule; d'autres s'accrochent aux arbres, le corps vertical, de même que les pics, et la plupart ne peuvent se tenir perchés qu'appuyés sur le tarse; enfin il en est qui n'ont pour refuge qu'un trou d'arbre. Des espèces ne fréquentent que les lieux découverts, et se réunissent pour chasser en commun; d'autres sont solitaires, et ne se plaisent que dans l'intérieur des bois, tandis que plusieurs se trouvent dans les uns et dans les autres. Toutes celles dont on connaît les habitudes font leur ponte sur la terre nue; cependant il faut en excepter quelques-unes, qui, comme l'*urutau*, la font dans le creux d'un arbre sec : elle n'est ordinairement que de deux ou trois œufs.

L'ENGOULEVENT CLIMACURE, *Caprimulgus climacurus.*

Pl. CXXII.

Vertice, corpore suprà cinereis; capite maculis nigris; uropygio nigricante punctato; rectricibus lateralibus fuscis, nigro transversim maculatis, exterioribus albo terminatis; mento nigro; gutturâ, ventre albis; pectore nigrescente transversim striato.

Cette espèce, que l'on trouve au Sénégal, a les plumes de la tête, du cou et du corps grises, avec des taches longitudinales noires sur la première partie, de très-petits points noirâtres sur le croupion, et quelques raies longitudinales sur les couvertures supérieures de la queue; les deux rectrices du milieu grises et ondées de noir; les autres brunes, et traversées par des bandelettes de la dernière teinte; l'avant-dernière, de chaque côté, terminée de blanc; la plus extérieure terminée de même, et bordée de cette couleur, qui présente, sur le haut de l'aile, une bande longitudinale un peu oblique, borde le bas des quatre ou cinq rémiges primaires, et forme une sorte de plastron sur la gorge, dont le haut est noir. Le devant du cou est d'un gris rembruni; les parties postérieures sont roussâtres, avec des raies transversales, noirâtres sur la poitrine; les plumes scapulaires, noires et jaunâtres; les rémiges noires, avec du blanc à l'extrémité des intermédiaires, et du gris vers le bout des secondaires; la queue est longue et étagée; le bec brunâtre; les pieds sont d'une couleur de chair rembrunie. Longueur totale, 12 pouces environ.

4ème DIVISION. PODARGE, *Podargus.*

Bec entouré à sa base de soies dirigées en avant jusqu'à sa pointe, très-déprimé latéralement, très-robuste, arqué; mandibule supérieure emboîtant l'inférieure, crochue à son extrémité, à arête dorsale, très-élevée et comme isolée; l'inférieure plus courte, et un peu inclinée en en bas vers sa pointe. Pl. K, n° 8.

Narines cachées sous les soies.

Langue.....

Bouche très-fendue.

Tarses nus, annelés.

Doigts totalement séparés; postérieur articulé en arrière du tarse, assez robuste

Ongle intermédiaire entier et le plus fort de tous.

Première rémige la plus courte des primaires, et en forme de sabre; troisième, quatrième et cinquième, les plus longues de toutes.

Queue à dix rectrices.

Cette division n'est composée que d'une seule espèce, qui se trouve à la Nouvelle-Hollande.

LE PODARGE GRIS, *Podargus cinereus.*

Pl. CXXIII.

Cinereus; corpore nigro, albo punctato et maculato.
Le Podarge, *Cuvier, Règne animal, tom. 4, pag. 172, pl. 4, fig. 1.*
Le Podarge gris, 2e *édit. du nouv. Dict. d'Hist. nat., tom. 27, pag. 151.*
Tout le plumage de cet oiseau présente un mélange de points et de taches

L'Engoulevent climacure, *Caprimulgus climacurus*.

P. Oudart del.   Litho. de C. Motte.

Le Podarge gris. *Podargus cinereus.*

P. Oudart del.

Litho. de C. Motte.

longitudinales et rondes sur un fond gris; parmi ces taches, les unes sont noires, les autres blanches; elles sont irrégulières et rares sur les ailes; les pieds, le bec et les ongles sont noirs. Longueur totale 16 pouces.

11ème FAMILLE. MYIOTHÈRES, *Myiotheres*.

Pieds médiocres, grêles.

Tarses nus, annelés.

Doigts au nombre de quatre; trois devant, un derrière; les extérieurs soudés seulement à leur base, ou jusqu'au milieu; le postérieur mince.

Bec très-fendu, dilaté horizontalement, garni de soies à son origine, courbé vers la pointe, échancré vers le bout de sa partie supérieure, chez les uns; glabre à la base, entier, aplati dessus et dessous, droit et obtus chez d'autres.

1ère DIVISION. TODIER, *Todus*.

Bec droit, aplati dessus et dessous, entier, obtus à sa pointe. Pl. K, n° 9.

Narines petites, ovales, couvertes d'une membrane.

Langue courte, plate, entière.

Bouche ample, ciliée sur ses angles.

Tarses nus, annelés.

Doigt intermédiaire réuni avec l'extérieur jusqu'au delà du milieu, et avec l'interne seulement à sa base, chez l'espèce dont nous publions la figure.

Ailes à penne bâtarde, courte; troisième rémige la plus longue de toutes.

Queue à douze rectrices.

Des neuf espèces qu'on a classées dans cette division, nous n'en connaissons que quatre qui en aient vraiment les caractères, et qui forment deux sections, d'après la manière dont les doigts sont réunis. Le todier vert, le seul dont on connaît le genre de vie, se rapproche du martin-pêcheur, non-seulement par la réunion de ses doigts, mais encore par l'habitude de se tenir au bord des eaux, et de nicher sur les rivages dans un trou en terre. Toutes habitent l'Amérique, et on n'en a pas encore rencontré dans les autres parties du monde.

LE TODIER VERT, *Todus viridis.*

Pl. CXXIV.

Viridis; subtùs roseo flavescens; gulâ, collo rubris.

Le todier, *Briss., Ornith., tom.* 4, *pag.* 528, *n°* 1, *pl.* 41 , *fig.* 2.

Le todier de l'Amérique septentrionale, *Buffon, Hist. nat. des Ois.,* tom. 7, *pag.* 225, *pl. enl.,* *n°* 585, *fig.* 1 et 2, *sous le nom de todier de Saint-Domingue.*

Todus viridis, *Linn., Gmel., Syst. nat.,* edit. 13, *n°* 1. Idem, *Lath.. Index, n°* 1.

Green tody, *Lath., Synopsis, tom.* 1, *pag.* 657, *n°* 1.

Ce petit oiseau, qui habite dans les grandes îles Antilles, porte à Saint-Domingue le nom de *perroquet de terre,* d'après l'habitude de s'y tenir presque toujours, et sa belle couleur verte; c'est là qu'il place son nid, ordinairement sur le bord des rivières, dans des crevasses. Autrement il choisit un tuf tendre, y fait un trou avec son bec et ses pieds, lui donne une forme ronde et un fond évasé, dans lequel il amasse de la paille souple, de la mousse, du coton et des plumes, qu'il arrange assez artistement. La ponte est de quatre œufs d'un gris-bleu tacheté de jaune foncé; le mâle a, dans la saison des amours, un petit ramage assez agréable, et jette en tout autre temps un cri triste, qu'il répète fort souvent. Ce todier se nourrit d'insectes et de mouches, qu'il attrape en volant. Son vol est peu étendu, et, quand il est en repos, son attitude a quelque chose de stupide, en portant alors la tête très en arrière et le bec verticalement.

Un beau vert domine sur la tête et sur tout le dessus du corps; un liséré blanc enveloppe la base de la mandibule supérieure, borde le rouge qui couvre la gorge et le devant du cou, dont une partie et la poitrine offrent un mélange de blanc et de gris; les ailes sont brunes à l'intérieur; le ventre est d'un jaune pâle, mêlé d'une nuance rose, auquel succède un jaune clair, teinté de rose sur les côtés et les couvertures inférieures de la queue; les rectrices sont vertes en dehors et brunes en dedans; les pieds de cette couleur; le bec est rougeâtre en dessus, et de couleur de corne en dessous. Longueur totale 3 pouces 9 lignes. La femelle ne diffère du mâle que par des couleurs moins vives.

2ᵐᵉ DIVISION. PLATYRINQUE, *Platyrhynchos*.

Bec nu, ou garni à sa base de soies dirigées en avant, très-déprimé horizontalement, quelquefois trois fois plus large que haut à son origine, caréné en dessus, entaillé et crochu à la pointe de sa partie supérieure.

Narines glabres, plus ou moins couvertes par les soies, larges ou linéaires, obliques.

Langue courte, aplatie.

Bouche ample.

Tarses nus, annelés.

Doigt intermédiaire réuni avec l'externe à la base ou jusqu'au delà du milieu, totalement séparé de l'interne.

Ailes à penne bâtarde chez la plupart; deuxième et troisième rémiges les plus longues de toutes.

Queue à douze rectrices.

Le bec n'étant pas tout-à-fait conformé de même, les narines présentant des dissemblances particulières, et les doigts n'étant pas réunis de la même manière pour les vingt-huit espèces de cette division, il en est résulté trois sections.

On ne rencontre point de platyrhinques en Europe, mais on en trouve en Afrique, aux Indes orientales, en Amérique et dans l'Australasie. Ces oiseaux font partie de la nombreuse tribu des muscivores, qui se compose des *tyrans*, des *gobe-mouches*, des *moucherolles*, etc., et qui se rapproche des *pie-grièches* par les tyrans, des motteux par les autres.

Des platyrhinques ont été classés avec les *todiers*, auxquels ils tiennent, surtout le *todier vert*, par l'union des deux doigts extérieurs; mais ils en diffèrent par la partie supérieure du bec, laquelle est chez eux crochue, pointue et entaillée à son extrémité; tandis que chez les todiers elle est entière, droite et un peu arrondie à sa pointe. Plusieurs oiseaux de cette division sont remarquables par l'agrément de leur ramage, d'autres par la beauté de leur huppe, et quelques-uns par l'extrême longueur des deux pennes intermédiaires de la queue.

Tous vivent principalement d'insectes ailés, qu'ils prennent au vol avec une grande adresse. On ne connaît le genre de vie que de trois espèces; tels sont : 1° le barbichon (*pl. barbatus*), qui place son nid loin des eaux, dans des endroits découverts, sur les branches les moins garnies de feuillage. Ce nid est d'autant plus apparent, qu'il est d'une grosseur excessive : il a douze pouces de haut sur plus de cinq de diamètre, totalement composé de mousse, fermé en dessus, avec une ouverture étroite dans les flancs, à trois pouces du sommet; 2° le platyrhinque gillit (*pl. bicolor*), qui se tient dans les terrains inondés, ne se montre pas à découvert à la cime des plantes et des buissons, les parcourt avec vivacité, et vole, pour changer de place, le plus bas qu'il peut; 3° le platyrhinque musicien (*pl. musicus*). Le nom qu'on a imposé à cet oiseau est tiré de sa voix éclatante, et qu'on entend de fort loin. Il siffle la gamme descendante, et commence par la note *ut* de la première octave, fait le *sol*, le *mi*, l'*ut*, et finit par le *sol* de la première octave; il reste deux temps à chacune, et languit un peu sur la dernière. Les forêts les plus touffues et situées au bas des collines, sont les lieux qu'il préfère, et le sommet des arbres est sa résidence habituelle.

A. *Bec deux fois au moins plus large que haut, un peu bombé en dessous, nu à sa base. Narines linéaires, obliques. Doigt intermédiaire réuni avec l'extérieur jusqu'au delà du milieu.* Pl. K, n° 10 et 11.

LE PLATYRHYNQUE HORSFIELD, *Platyrhynchos horsfieldi.*

Pl. CXXV.

Capite nigro; occipite genisque purpureo-nigriscentibus; corpore subtùs vinaceo; tectricibus caudæ inferioribus flavis; remigibus rectribusque nigris; dorso, scapulariis flavo maculatis. (Mas.)

Le Todier vert, *Todus viridis*.

P. Oudart del.   Lith. de C. Motte.

Le Platyrhynque Horsfield, *Platyrhyncus Horsfieldi.*

V. Audart del.   Litho de C. Motte.

Fronte nigrâ; vertice gulâque violaceo-cinereis; corpore subtùs pallidè roseo-griseo; hypochondriis virescentibus; pectorali rimâ, colloque superiore fuscis. (Femina.)

Eurylaime horsfield, *Theminck, pl. col. faisant suite aux pl. enl. de Buffon; pl.* 130 *le mâle,* 131 *la femelle ou le jeune.*

Chez cette espèce, que l'on trouve à Java et à Sumatra, sur les bords des rivières, où elle se nourrit d'insectes, le mâle a les plumes de la tête d'un noir pourpré, les joues et l'occiput noirâtres, les parties inférieures d'une couleur de lie de vin plus ou moins pure; les flancs nuancés de jaunâtre; les couvertures inférieures de la queue jaunes; le haut du dos brun, le bas et les rémiges noirs; les plumes scapulaires, les pennes alaires et les tectrices supérieures de la queue tachetées longitudinalement de jaune citron; les rectrices intermédiaires totalement noirés, les autres terminées par une tache blanche; le bec d'un rouge brun plus ou moins marbré de jaunâtre; les pieds noirâtres. Longueur totale, 6 pouces.

Chez l'individu dont nous publions la figure, le front est noir; le dessus de la tête, ses côtés et la gorge sont d'un gris violacé, plus foncé sur le ventre; le devant du cou et les parties postérieures d'un rose pâle, glacé de gris, avec du verdâtre sur les flancs; une bandelette brune, en forme de collier, se fait remarquer sur l'estomac; le dessus du cou est de cette couleur; le dos, les ailes et les pennes de la queue, dont les latérales ont à leur extrémité une tache jaune, sont noirs; les deux premières parties et le croupion portent de grandes taches d'un beau jaune; les couvertures supérieures de la queue sont de cette couleur; les inférieures d'un jaune pâle; le bec et les pieds noirâtres.

B. *Bec moins fort, garni de soies à sa base, aplati en dessous. Pl. K, n°* 12 *et* 13.

LE PLATYRHYNQUE BRUN, *Platyrhynchos fuscus.*

Pl. CXXVI.

Fusco lutescens; vertice plumbeo; gulâ albicante; alis caudâque fuscis.

Le todier platyrhinque, *Desmarest, pl.* 1re, *des todiers.*

Todus platyrhynchos, *Linn.*, *Gm.*, *Syst. nat.*, *édit.* 13, *n°* 14.

Todus rostratus, *Lath.*, *Index.*, *n°* 13.

Broard-billed tody, *idem.*, *Synopsis*, *tom* 1, *pag.* 664, *n°* 13.

Le platyrhynque brun et jaune, 2e *édit. du Nouv. dict. d'Hist. nat.*, *tom.* 27, *pag.* 12.

Cet oiseau, qu'on trouve au Sénégal, mais très-rarement, a une bande-lette blanche sur le milieu du sommet de la tête, dont le fond est d'un gris plombé; le dos est d'un brun jaunâtre, la gorge blanchâtre; les parties postérieures sont jaunes, les ailes et la queue brunes, les pieds jaunâtres; le bec est blanchâtre. Longueur totale, 4 pouces.

3ème DIVISION. CONOPOPHAGE, *Conopophaga.*

Bec nu à sa base, tendu, déprimé latéralement, un peu caréné en dessus; mandibule supérieure échancrée, et courbée vers le bout, l'inférieure aplatie.

Narines oblongues, ouvertes.

Langue courte, ciliée à la pointe.

Tarses nus, allongés, annelés.

Doigt intermédiaire soudé avec l'externe jusqu'à la deuxième phalange, et séparé de l'interne.

Ailes courtes, un peu arrondies, à penne bâtarde courte; troisième rémige la plus longue de toutes.

Queue courte, à douze rectrices.

Cette division n'est composée que de deux espèces, qui se trouvent dans l'Amérique méridionale. Buffon les a rangées avec les fourmilliers; Gmelin les présente comme des manakins, et en outre une des deux espèces pour un *turdus.* On sait seulement qu'elles vivent d'insectes, qu'elles nichent dans les buissons, et que leur ponte est de trois ou quatre œufs.

Les conopophages se rapprochent des fourmilliers par leurs pieds allongés, leur queue et leurs ailes courtes; des manakins par la liaison des doigts, et des platyrhinques, par la dépression du bec; c'est d'après la réunion de

Le Platyrhynque brun, *Platyrhynchos rostratus*.

P. Oudart del.　Lith. de C. Motte.

ces caractères que nous nous sommes décidés à en faire une division particulière.

LE CONOPOPHAGE A OREILLES BLANCHES,
Conopophaga leucotis.

Pl. CXXVII.

Olivaceo et rufo varia; subtus rufa; abdomine griseo; vertice fusco; temporibus guláque nigris; fasciculo plumarum nivearum, longiorum utrinque ad collum.

Le fourmillier à oreilles blanches, *Buffon, Hist. nat. des Ois., tom.* 4, *pag.* 477, *pl. eul., n°* 822.

Pipra leucotis, *Linn., Gmel., Syst. nat., édit.* 13, *n°* 19. Ibidem, *turdus auritus, n°* 94. Idem., *Lath., Index, n°* 123.

White-heared thrush, *Lath., Synopsis, tom.* 2, *pag.* 84, *n°* 116.

Le mâle a le dessus de la tête brun; ses côtés et la gorge noirs; le dessus du corps d'une couleur olive mélangée de roussâtre; le devant du cou et le haut de la poitrine roux; les parties postérieures grises; une petite bande d'un beau blanc luisant qui descend jusqu'au bas de la gorge; les plumes dont elle est composée sont larges et longues; les pieds bruns; l'angle postérieur du bec blanc. Longueur totale, 4 pouces 9 lignes. La femelle en diffère par le dessus de la tête et les joues, qui sont roussâtres, et par sa gorge blanche.

4ème DIVISION. RAMPHOCÈNE, *Ramphocœnus.*

Bec très-long, droit, à bords déprimés, depuis son origine jusqu'au milieu, ensuite étroit et très-grêle; mandibule supérieure à dos distinct et arrondi, crochue et légèrement échancrée à sa pointe; l'inférieure un peu plus courte et très-aiguë. Pl. K, n° 15.

Capistrum aplati et au niveau du bec.

Narines un peu avancées sur le bec, larges, oblongues, couvertes d'une membrane en dessus, à ouverture longitudinale et linéaire.

Langue......

Tarses nus, annelés.

Doigt intermédiaire soudé avec l'externe jusqu'à la première articulation, et totalement séparé de l'interne.

Ailes courtes, arrondies, à penne bâtarde; les cinq premières rémiges étagées; cinquième, sixième, égales, les plus longues de toutes.

Queue à douze rectrices.

Cette division ne contient qu'une seule espèce, dont nous devons la connaissance à M. Delalande fils, naturaliste, attaché au Muséum d'Histoire naturelle, qui l'a rapportée du Brésil, où elle se tient continuellement dans les buissons et les broussailles, pour y chercher les insectes, sa principale nourriture.

LE RAMPHOCÈNE A QUEUE NOIRE, *Ramphocœnus melanurus.*

Pl. CXXVIII.

Capite, corpore suprà rufis; subtus rufescente-albo; caudâ nigrâ.

Le ramphocène à queue noire. *Vieillot.*, 2ᵉ *édit. du Nouv. Dict. d'Hist. nat., tom.* 29, *pag.* 6.

Chez ce petit oiseau, la tête, le dessus du cou et du corps, le bord externe des pennes alaires, sont roux; la gorge, le devant du cou et les parties postérieures, d'un blanc ombré de roussâtre, et d'un roux prononcé sur les côtés de la poitrine et sur les flancs; les pennes de la queue noires, avec du blanc sur le bord extérieur de la première de chaque côté; toutes paraissent rayées en travers, lorqu'on les voit sous un certain aspect; les quatre intermédiaires sont de la même longueur, et toutes les autres régulièrement étagées; le bec est brun en dessus, blanchâtre en dessous; les pieds sont de la première couleur.

Le Conopophage à oreilles blanches, Conopophaga Leucotea.

Le Ramphocène à queue noire, *Ramphocœnus melanurus*.

5ème DIVISION. PITHYS, *Pithys.*

Bec grêle, médiocre, plus large que haut à sa base, anguleux en dessus, à bords un peu déprimés; mandibule supérieure entaillée et recourbée vers le bout; l'inférieure droite entière. Pl. L., n° 13.

Narines rondes, ouvertes, un peu cachées par des petites plumes du *capistrum* dirigées en avant.

Langue....

Tarses nus, annelés, élevés.

Doigt intermédiaire soudé avec l'externe jusqu'à la deuxième phalange et avec l'interne à sa base.

Ailes moyennes, à penne bâtarde large et assez allongée; première rémige plus courte que la cinquième; troisième la plus longue de toutes.

Queue moyenne, à douze rectrices.

La seule espèce que renferme cette division se trouve à la Guiane, et est rangée, par Latham et Gmelin, parmi les manakins; mais, comme le dit Buffon, elle n'est point de ce genre : elle leur ressemble, il est vrai, par la manière dont ses doigts antérieurs sont réunis; mais son bec est bien différent. Cet illustre naturaliste lui trouve des rapports avec les fourmiliers, et il ajoute qu'elle s'en éloigne par la disposition de ses doitgs; cependant elle s'en rapproche par sa queue moyenne, ses pieds assez élevés et la forme de ses ailes : malgré cela, n'étant ni un manakin ni un fourmilier, ni même une pie-grièche, quoiqu'elle soit présentée comme telle dans le règne animal, je me suis décidé à l'isoler, et à la donner pour le type d'une nouvelle division.

LE PITHYS A PLUMET BLANC, *Pithys leucops.*

Pl. CXXIX.

Cristâ albâ; corpore rubro-testaceo; dorso nigro; gutture albo; nigro marginato; femoribus cærulescentibus.

Le plumet blanc, *Buffon, Hist. nat. des Ois., tom. 4, pag. 429.*

Le demi-fin à huppe et gorge blanches, *Idem, tom.* 5, *pag.* 335, *pl. enl.*, *n*° 707, *fig.* 1, *sous le nom de Manikup de Cayenne.*

Pipra albifrons, *Linn., Gmel., Syst. nat., édit.* 13, *n*° 5, Idem, *Lath. Index., n*°. 21, *et Var.*

White faced manakin, *Lath., Synopsis, tom.* 2, *pag.* 530, *n*° 18. *Idem,* Edwards, *Glean., pl.* 344.

La huppe de cet oiseau est composée de plumes blanches, étroites, pointues, qu'il couche sur sa tête dans son état de repos, et qu'il relève lorsqu'il est agité de quelque passion. La gorge est de la même couleur, et bordée d'une zone noire qui va d'un œil à l'autre; le derrière de la tête, le devant du cou, la poitrine, le ventre, le croupion, les pennes de la queue, ses couvertures supérieures et inférieures, sont d'un orangé plus ou moins éclatant; le haut du dos, le bas du cou, dans la partie qui se rapproche des ailes, d'un cendré foncé, tirant au bleu, plus ou moins; les couvertures supérieures des ailes, les plumes des jambes, de la même couleur; le bas du dos, le bec, noirs; les pieds d'un jaune orangé. Longueur totale, 5 pouces un quart. Des individus ont le corps d'un ferrugineux testacé; la queue et les ailes noires. Ne serait-ce pas la distinction des sexes?

6ème DIVISION. ÉCHENILLEUR, *Campephaga.*

Bec robuste, aussi large que haut à la base; mandibule supérieure un peu arquée, carénée en dessus, échancrée et courbée à sa pointe; l'inférieure plus courte, à pointe très-grêle, retroussée et entaillée vers le bout. Pl. L., n°. 1.

Narines rondes, ouvertes.

Langue cartilagineuse, triangulaire.

Bouche ample, avec quelques poils sur les angles.

Tarses nus, annelés.

Doigt intermédiaire réuni avec l'externe jusqu'à la deuxième articulation et avec l'interne à la base.

Ailes médiocres, à penne bâtarde courte; troisième et quatrième rémiges les plus longues de toutes.

Le Pithys à plumet blanc, *Pithys leucopa*.

P. Oudart del.   Imp. de C. Motte

Queue à douze rectrices.

Des cinq ou six espèces dont se compose cette division, trois ont été trouvées en Afrique par M. Levaillant, à qui on doit l'établissement de ce groupe. Ce savant voyageur indique un caractère qui, je crois, ne se trouve dans aucun oiseau. Il consiste dans la forme de plusieurs plumes du croupion dont la tige est forte, roide dans la plus grande partie de sa longueur, et ensuite terminée par un petit flocon de barbes. Ces oiseaux vivent des chenilles qui se trouvent sur les arbres les plus élevés.

L'ÉCHENILLEUR GRIS, *Campephaga cana.*

CXXX.

Cœrulescente-cinerea ; capistro, loris, alis caudâque nigris (mas.);
Capistro, loris cinereis (femina);
Gulâ, pectore, ventre et uropygio nigro transversim maculatis (junior).

L'échenilleur gris, *Levaillant, oiseaux d'Afrique, pl.* 162 *et* 163,
Idem, 2e *édit. du Nouv. Dict. d'Hist. nat., tom.* 10, *pag.* 49.

Le mâle de cette espèce, qu'on trouve en Afrique, est d'un gris bleu d'ardoise en dessus et en dessous, avec du noir sur le *capistrum*, les *lorums*, et autour de l'œil; les pennes alaires et caudales, le bec et les pieds, sont noirs. Longueur totale 11 pouces. La femelle en diffère en ce qu'elle n'a point de noir à la tête, et que la rectrice la plus extérieure de chaque côté est terminée de blanc.

Le jeune, dont nous publions la figure, n'était pas connu. Il a le dessus de la tête, du cou, le dos et les rectrices supérieures des ailes, d'un gris d'ardoise clair; le croupion, les couvertures inférieures de l'aile, la gorge et toutes le parties inférieures, jusqu'au bas-ventre, rayés transversalement de noir sur un fond blanc; l'abdomen et les plumes, qui recouvrent la queue en dessous, de la dernière couleur; les rémiges lisérées en dehors, et la rectrice la plus extérieure de chaque côté terminée de blanc.

7ème DIVISION. MOUCHEROLLE
ou GOBE-MOUCHE, *Muscicapa*.

Bec déprimé horizontalement, un peu trigone, et garni de soies à sa base, grêle, subulé ; mandibule supérieure échancrée et courbée vers le bout ; l'inférieure plus courte, droite, un peu aplatie en dessous. Pl. L., n° 2 et n° 3.

Narines presque rondes, glabres, ou couvertes plus ou moins par les soies.

Langue aplatie, terminée par des soies courtes et roides.

Tarses nus, annelés.

Doigt intermédiaire soudé avec l'externe à sa base, totalement séparé de l'interne.

Ailes des uns à penne bâtarde courte ; deuxième et troisième rémiges les plus longues de toutes ; des autres sans penne bâtarde.

Queue à douze rectrices dirigées horizontalement ou verticalement.

Cette division, qui contient cent vingt espèces au moins, se compose de deux sections, d'après les formes de la queue. Buffon les décrit sous les noms de *Moucherolle* et de *Gobe-mouche* : il donne le premier aux espèces qui sont moins grandes que les tyrans, et le dernier aux espèces dont la taille ne surpasse pas celle du rossignol.

Ces oiseaux sont en général d'un naturel sauvage et solitaire ; leur physionomie est triste, inquiète, et a quelque chose de dur : forcés de saisir leur proie dans les airs, on les voit presque toujours à la cime des arbres et rarement à terre. Chasseurs aux mouches, leur véritable patrie a dû être les pays méridionaux ; aussi, contre trois ou quatre espèces que nous connaissons en Europe, nous ne trouvons presque toutes les autres qu'en Afrique, dans les régions chaudes de l'Asie, de l'Amérique et de l'Australasie ; c'est aussi dans le nouveau continent qu'on rencontre les tyrans, qui ne diffèrent guère des précédens qu'en ce qu'ils sont plus grands. « Sans tous ces muscivores, sans leur secours, dit l'immortel historien de la nature, l'homme ferait de vains efforts pour écarter les tourbillons d'insectes volans dont il serait assailli ; comme la quantité est innombrable, et que leur pullulation est très-

L'Échenilleur gris (Jeune) Campephaga cana.

prompte, ils envahiraient notre domicile; ils rempliraient l'air et dévaste-
raient la terre, si ces oiseaux n'établissaient pas l'équilibre de la nature vivante, en détruisant ce qu'elle produit de trop. » Les moucherolles nichent
sur les arbres et dans des trous d'arbres et de murailles. Leur ponte est de
quatre ou cinq œufs; ils en font quelquefois deux par an dans les contrées
tempérées, mais davantage entre les tropiques.

A. *Queue horizontale.*

LE MOUCHEROLLE GUIRAYETAPA, *Muscicapa risora.*

Pl. CXXXI.

*Capite, dorso, pectore, alis caudáque nigris; gutture, ventre albis;
uropygio cinereo; rectricibus lateralibus rufo marginatis, exterioribus
duabus nigris, longissimis, verticalibus* (mas.).

*Capite, collo anteriore albidis; pectore sordide rufo; hypochondriis
rufis; tectricibus alarum minoribus, dorso, uropygio, rufescente-fuscis;
remigibus rectricibusque nigrescentibus, fusco marginatis* (femina.).

Cola rara pardo y blanco, *de Azara, apuntamientos para la historia natural de los paxaros del Paraguay y Rio de la Plata*, tome 2, pag. 244.

Le guirayetapa, 2e *édit. du Nouv. Dict. d'Hist. nat.*, tom. 12, pag. 409.

Le nom latinisé sous lequel nous décrivons cette espèce est celui qu'elle
porte au Brésil; les Guaranis, peuplade du Paraguay, l'appellent *guirayetapa*,
qui dans leur langue signifie *oiseau coupeur*, ou *en ciseaux.*

Quatre couleurs sont répandues sur son plumage, le blanc, le noir, le
roux et le gris. La première occupe la gorge, le ventre, les parties postérieures, se fait remarquer sur les couvertures supérieures des ailes et à
l'extérieur de leurs pennes. La seconde couvre les plumes de la tête, du
cou, du dos, de la poitrine, forme quelques taches sur les couvertures supérieures de la queue, domine sur ses pennes, les rémiges, le bec et les
pieds. La troisième sert de bordure aux rectrices, à l'exception des deux

plus extérieures, qui ont sept ou huit pouces de longueur, sont posées verticalement et garnies sur un seul côté de barbes longues de dix-huit lignes. Enfin la quatrième règne seule sur le croupion. Longueur totale, 11 pouces et demi. Des individus ont les plumes du dessus de la tête, du cou et du dos, bordées de roux; ils sont probablement moins avancés en âge que le précédent.

Je rapproche de cette espèce la *pardo y blanco* de M. de Azara, quoiqu'il présente dans ses couleurs quelques différences. Le mâle a les plumes qui environnent l'oreille noires; celles du tour de l'œil, de la base de la mandibule supérieure, de la gorge, du devant du cou, et de tout le reste des parties inférieures, blanches, avec un demi-collier noir, bordé de brun clair sur le bas du cou et une partie de la poitrine; les plumes de la tête et du cou noirâtres, avec une bordure d'un brun clair; celles du dos et du croupion bordées de même, sur un fond plombé; les pennes alaires brunes, avec un liséré blanc; les grandes couvertures supérieures noires et bordées de blanc; les autres marbrées de blanc et de cendré; les pennes de la queue blanchâtres, terminées de brun, avec leur milieu noirâtre, à l'exception de l'extérieure de chaque côté, qui est entièrement noire; le tarse noirâtre; l'iris brun, et le bec de couleur de paille sèche.

Chez la femelle, dont les dimensions sont beaucoup plus petites que celles du mâle, la tête est blanchâtre, ainsi que le devant du cou jusqu'au demi-collier, qui est d'un roux sale; le dessous du corps est blanc, avec un peu de roux sur les flancs; le dos, le croupion et les petites couvertures supérieures des ailes sont d'un brun roussâtre; les grandes couvertures, d'une nuance plus foncée, et bordées de roux; les pennes de la queue et des ailes finement bordées de brun sur un fond noirâtre; et le reste comme dans le mâle; mais elle est privée des deux longues pennes de la queue.

M. de Azara dit qu'il lui a paru que cette espèce est composée de huit à dix fois plus de femelles que de mâles; car il a vu quelquefois des bandes de trente femelles sans un seul de ceux-ci. Elle est sédentaire, et a les mêmes formes et les mêmes habitudes que le suivant. Comme le savant naturaliste espagnol a vu que des individus qui avaient du mâle la partie droite de la queue et la gauche de la femelle, il est tenté de soupçonner qu'il existe aussi

Le. Moucherolle guirayetapa, Muscicapa risora.

des hermaphrodites parmi les oiseaux; ne serait-ce pas plutôt des jeunes
dans leur première mue? Au reste, ces deux oiseaux ont moins de roux
que les femelles, et moins de blanc que les mâles, de sorte que les teintes
de leur plumage tiennent le milieu entre celles des femelles et des mâles.

B. *Queue verticale.*

LE MOUCHEROLLE GALLITO, *Musicapa alectrura.*

Pl. CXXXII.

Vertice, collo superiore, caudâ nigrescentibus ; semi-collare nigro;
   dorso, uropygio cinereis ; tectricibus alarum minoribus albis.

Cola rara galitto, *de Azara, apuntamicutos para la Hist. natural de
los paxaros del paraguay y rio de la Plata, tom.* 2 *pag.* 240.

Gallitte tricolor, 2ᵉ *édit. du Nouveau Dict. d'hist. nat., tom.* 12,
pag. 402 '.

*Thenminck, pl. coloriées, faisant suite aux pl. ent. de Buffon, mâle
et femelle.*

Le nom de *Gallito,* que Sonnini, dans la traduction des oiseaux du
Paraguay, etc., a remplacé par celui du *petit coq,* a été donné par de Azara à cet oiseau, à cause de la forme de sa queue. Il ne l'a rencontré
qu'entre le 26ᵉ et demi, et le 27ᵉ degré et demi, où il arrive en septembre; il en repart en mai. Le mâle vole avec légèreté, sans secousse, monte
quelquefois presque verticalement dans les airs en battant vivement des
ailes, et relevant beaucoup sa queue; il paraît alors plutôt un papillon
qu'un oiseau. Quand il est à trente-six pieds de hauteur, il se laisse tomber obliquement pour se poser sur quelque plante. Les mâles ne s'élèvent
ni ne s'éloignent pas beaucoup. Les campagnes voisines des eaux sont les

---

' J'ai donné, dans cet ouvrage, cet oiseau pour le type d'un nouveau genre, d'après
la description qu'on a publiée de Azara ; mais depuis, l'ayant vu en nature, je me suis
assuré que c'était un vrai moucherolle, et qu'on devait le classer dans cette division et
en faire une section particulière, d'après la forme de sa queue.

lieux qu'ils préfèrent; ils n'entrent point dans les bois, et ils ne se perchent que sur les joncs et les plantes aquatiques ; jamais sur les arbres et
les buissons. Ils se jettent sur les insectes qui passent près d'eux; mais pour
l'ordinaire, ils les prennent à terre. Lorsqu'ils sont effrayés, ou qu'ils veulent dormir, ils se cachent si bien sous les plantes, qu'il est impossible
de les en faire sortir.

Le Gallito, ajoute M. de Azara, à qui nous devons la connaissance de cet
oiseau et du précédent, n'est ni farouche ni inquiet, et quoique deux mâles
se trouvent rarement plus rapprochés de six cents pieds, il est assez ordinaire de rencontrer deux et jusqu'à six femelles presque ensemble; cela
vient de ce que leur nombre est au moins double de celui des mâles. C'est
un attribut particulier à cette espèce de tenir toujours la queue verticale
comme celle du coq. On la trouve dans l'Amérique australe.

Le mâle a le front marbré de blanc et de noir; les côtés de la tête, et
les parties inférieures, de couleur blanche avec les extrémités des pennes
noirâtres, ainsi que l'extérieur des jambes; un demi-collier, au bas du devant du cou, d'un noir profond; le dos et le croupion cendrés; les plumes
scapulaires, le pli et les petites couvertures du dessus de l'aile d'un beau
blanc; les grandes couvertures et les pennes noirâtres avec une bordure
blanche; le tarse noir, l'iris brun, le bec olivâtre et noir à sa pointe. Longueur totale, 5 pouces 1/2.

La femelle, qui est plus petite que le mâle, a les côtés de la tête et le
dessous du corps d'un blanc moins pur; les plumes du dessus de la tête et
du cou d'un brun noirâtre, bordé d'une teinte plus claire; le dessus du
corps d'un brun roussâtre; toutes les couvertures supérieures et les pennes
des ailes noirâtres et bordées finement de blanchâtre; les pennes de la
queue ne diffèrent point de celles de la queue du mâle; mais elles se plient
en deux parties, et forment en dessus un angle obtus, ou un enfoncement,
et l'oiseau ne les relève jamais au-dessus du croupion. Quelques femelles
sont en dessous d'un blanc moins sale, ont la gorge brune et les autres
teintes moins vives.

Le Moucherolle gullito; Muscicapa alectrura.

8ᵉᵐᵉ DIVISION. TYRAN, *Tyrannus.*

Bec robuste, allongé, garni de soies à sa base, déprimé sur toute sa longueur; mandibule supérieure convexe, échancrée et crochue vers le bout; l'inférieure droite, plus courte, un peu applatie en dessous, retroussée et aigüe à son extrémité. Pl. L, n° 3.

Narines rondes, ouvertes, situées près du *capistrum.*

Langue plate, étroite, lacérée à sa pointe.

Bouche ample.

Tarses nus, annelés.

Doigt intermédiaire, réuni avec l'externe à sa base, totalement séparé de l'interne.

Ailes moyennes; première, deuxième, troisième rémiges, les plus longues de toutes chez les uns; troisième et quatrième chez les autres.

Queue à douze rectrices.

Cette division contient dix-huit espèces environ, qui ne se trouvent qu'en Amérique. Le nom de *tyran* leur a été imposé par Buffon, pour les distinguer des autres muscivores, qu'elles surpassent par la grosseur, le courage, la force et la méchanceté. Elles se rapprochent des pie-grièches, parmi lesquelles des auteurs en ont classé le plus grand nombre, par leur naturel audacieux et querelleur; mais elles en diffèrent par la conformation de leur bec, qui, chez celles-ci, est comprimé latéralement, tandis que chez elles il est déprimé dans toute sa longueur. Il a beaucoup plus d'analogie avec celui des mouchcrolles, et surtout des platyrhynques, puisqu'il y a des tyrans qui l'ont d'une grande largeur; tels sont des *tictivies,* des *titiris,* etc. (*Voyez* le bec du premier, pl. 1 des Ois. de l'Am. Septent., n° 16.) Il est peu d'oiseaux d'une moyenne taille qui montrent un courage et une intrépidité aussi remarquables que ceux-ci. Ce sont des gardiens utiles qui veillent sans cesse à la sûreté de la volaille, en faisant une guerre continuelle aux éperviers, aux cresserelles, et à des accipitres encore plus forts; ils les attaquent avec courage, et les combattent avec une telle opiniâtreté, qu'ils les forcent de s'éloigner des habitations, surtout lorsqu'ils ont leur femelle et leurs petits à défendre. La plupart construisent leur nid sur les branches, et quelques-uns dans un trou d'arbre. La ponte est de quatre ou cinq œufs.

LE TYRAN INTRÉPIDE, ou PIPIRI, *Tyrannus intrepidus.*

Pl. CXXXIII.

Corpore.suprà nigrescente-griseo; subtus albo-cinereo; vertice aurantio et nigro. (Mas.)

Corpore suprà fuscescente; vertice fere omninò nigro.

Femina. *Vertice nigrescente, sineflavo* (junior).

Tyrant of Carolina, *Catesby, car.* 1, *p.* 55, *pl.* 55.

Tyran de la Caroline, *Buff. Hist. nat. des ois.*, tom. 4, *pag.* 577, *pl. enl.*, n° 676, sous le nom de *gobe-mouche* de la Caroline.

Tyran de la Louisiane, *idem, pag.* 579, *pl. enl.*, n° 676, sous le nom de *gobe-mouche* de la Louisiane.

Tyrannus Carolinensis, Var. b., *Linn., Gm., Syst. nat.*, *édit.* 13, n° 13. Idem, *Ludovicianus, var. s.*

Tyrannus cinereus, var. b. *Lath. index*, n° 53.

Tyrannus plumbeus, var. c. *Idem.*, n° 53.

Louisiana tyrant, *Lath. Synopsis, tom.* 1, *pag.* 186, n° 37, var. c.

Caroline tyrant, *idem. var. b.*

Tyran pipiri, *Vieillot, Hist. nat. des Ois. de l'Am. sept., tom.* 1, *pag.* 73, *pl.* 44.

Parmi les tyrans, celui-ci est remarquable par son intrépidité; rien ne lui en impose, lorsqu'il a ses petits à défendre; l'aigle lui-même fuit à son approche [1]; il menace même l'homme par ses cris, dès que sa pré-

---

[1] J'en ai vu un, dit *Catesby*, qui s'attacha sur le dos d'un aigle, et le persécutait de manière que celui-ci se renversait sur le dos, tâchait de s'en délivrer par les différentes postures où il se mettait en l'air, et enfin fut obligé de s'arrêter sur le haut d'un arbre voisin, jusqu'à ce que le petit tyran fût las, et jugea à propos de le quitter.

sence lui porte ombrage; il ose même l'attaquer s'il cherche à lui enlever sa jeune famille. Son attachement est tel pour elle, qu'il ne balance pas à combattre les corbeaux et d'autres oiseaux de proie, s'ils s'arrêtent près de son nid, et même à une certaine distance de son domicile : aussitôt qu'il les aperçoit, il vole à leur rencontre, les poursuit avec une audace et une intrépidité dignes d'être citées. Il déploie alors l'art de voler dans toutes ses combinaisons : si son adversaire évite sa fureur et l'impétuosité de son attaque par un vol sinueux, ou à raz de terre, le pipiri, toujours maître du sien, en change la direction, et profite de la flexibilité de ses mouvemens pour le frapper aux yeux. Si, au contraire, son antagoniste cherche au haut des airs un abri contre ses coups, il le pince sous les ailes, le harcelle de toute manière, et le fatigue par une lutte si violente, qu'il le force d'abandonner le champ de bataille, et de s'enfuir au loin. Dès que son ennemi a disparu, le vainqueur revient à son nid, et annonce à sa compagne, par une trépidation d'ailes, son triomphe et sa joie.

La saison des amours est la seule où les grands oiseaux peuvent lui en imposer; car, dès qu'il n'a plus de famille à défendre, il est presque aussi timide que les petits volatiles. Cet ennemi des abeilles leur fait une guerre à outrance, et ne recule devant elles que lorsqu'elles l'attaquent en masse.

On rencontre cette espèce dans l'Amérique, depuis le Mexique jusqu'au nord des États-Unis. Elle arrive dans les provinces du centre, au mois d'avril, par petites troupes de dix à quinze, et y porte le nom de *king bird* (oiseau roi). Elle construit son nid sur les arbres de moyenne hauteur, en compose l'extérieur avec des branches sèches, de petites racines, et en tapisse l'intérieur de laine et de bourre. La ponte est de trois à cinq œufs d'une couleur blanchâtre, mouchetée de brun, de pourpre foncé et rayée de noir vers le gros bout. Les petits naissent couverts d'un duvet grisâtre.

Le mâle a les plumes du sommet de la tête longues, orangées avec leur extrémité noire; la première couleur n'est apparente que quand il les relève en forme de huppe; le reste de cette partie, le dessus du cou et du corps, les couvertures supérieures des ailes et de la queue sont d'un gris noirâtre, plus foncé sur les rémiges et sur les rectrices, qui sont terminées de blanc; la gorge et toutes les parties postérieures sont d'un gris-blanc; l'iris, le bec et les pieds noirs. Longueur totale, 7 pouces 2 lignes.

La femelle en diffère en ce que ses parties supérieures sont brunâtres, que la couleur orangée de la tête est plus pâle et beaucoup moins étendue. Les jeunes n'ont pas, avant la mue, de jaune à la tête, et la couleur du dessus du corps est d'une nuance moins sombre. Le *tyran de la Louisiane* est un individu d'un âge très-avancé, et n'est pas, ainsi que le précédent, une variété du tyran matinal, ou titiri, comme l'ont pensé Latham et Gmélin.

9ème DIVISION. BÉCARDE, *Tityra*.

Bec rond et glabre à sa base, robuste, épais, droit; peu déprimé, convexe en dessus et en dessous; mandibule supérieure échancrée, et un peu courbée vers le bout; l'inférieure entaillée, retroussée et acuminée à sa pointe. Pl. L, n° 4.

Narines ovales.

Langue large, courte, lacérée à son extrémité.

Bouche ample, ciliée.

Tarses nus, annelés.

Doigt intermédiaire réuni à la base avec l'externe, totalement séparé de l'interne.

Ailes moyennes; première et deuxième rémiges les plus longues de toutes.

Queue à douze rectrices.

Des quatre espèces de cette division, nous n'en avons vu qu'une seule en nature; les trois autres y ont été classées par provision, d'après les descriptions qu'en a faites M. de Azara. Elles ont des rapports avec les tyrans et les pies-grièches, ce qui a sans doute déterminé les auteurs à les classer dans le groupe de ces dernières. Cependant elles n'en ont pas les caractères, ce dont on peut s'assurer en comparant le bec des uns et des autres. (*Voyez* Pl. L, n° 4 et n° 5). Elles en diffèrent encore par un corps plus

Le Tyran intrépide, *Tyrannus intrepidus.*

P. Oudart del:

Litho. de C. Motte.

trapu, plus épais et plus long; ce qui les rapproche des tyrans avec lesquels elles ont encore de l'analogie dans leurs habitudes et leurs mœurs.

J'ai distrait de leur division la *bécarde à ventre jaune* de Buffon, qui est un *tyran*, et en double emploi, sous le nom de *garlu*, et sa *bécarde à ventre blanc*, ou le *vanga*, dont j'avais d'abord fait un grouppe particulier, mais qu'ayant mieux examinée, j'ai placée dans celui des bataras. Quant à la *bécarde tachetée*, ce n'est point une espèce distincte de celle qui suit, mais sa femelle ou un jeune.

LA BÉCARDE GRISE, *Tityra cinerea.*

Pl. CXXXIV.

Cinerea; capite, remigibus, primoribus rectricibusque nigris. Mas. *Varia.* Femina aut. junior.

Pie-grièche cendrée de Cayenne, *Briss. Ornith.*, *tom.* 2, *pag.* 158, *pl.* 14, *fig.* 1.

Pie-grièche tachetée de Cayenne, *idem, pag.* 160, *pl.* 14, *fig.* 2.

La bécarde, *Buff.*, *tom* 1, *pag.* 511, *pl. enl.*, *n*° 304, sous le nom de *pie-grièche grise de Cayenne* (mâle).

La pie-grièche tachetée de Cayenne, *idem, pl. enl.*, *n*° 377, *femelle ou jeune.*

Lanius Cayanus, *Linn.*, *Gm. Syst. nat.*, *édit.* 13, *n*° 20.

Nœvius, var. b. *Idem*, *Lath. index*, *n*° 47, *et var. b.*

Cayenne Shrike, *Lath. Synopsis*, *tom.* 1, *pag.* 181, *n*° 41 *et var. b.*

Quoique cette espèce ne soit pas rare à Cayenne, nous n'en connaissons que l'extérieur. Le mâle a la tête, le dessus des pennes alaires, et la queue noirs; le dessus du cou, le dos, le croupion, le dessous du corps et des ailes d'un cendré clair; le bec d'abord rouge et ensuite noir; les pieds cendrés; les ongles noirâtres. Longueur totale, 8 pouces. L'individu, que nous croyons être la femelle ou un jeune, diffère du précédent en ce qu'il est tacheté longitudinalement de noir sur le milieu de chaque plume des parties inférieures.

12ème FAMILLE. COLLURIONS, *Colluriones*.

Pieds médiocres, un peu grêles.

Tarses annelés.

Quatre doigts, trois devant, un derrière; extérieurs réunis à la base, quelquefois jusqu'au milieu; postérieur grêle.

Bec un peu robuste, convexe, comprimé par les côtés, denté ou échancré; souvent crochu vers le bout de sa partie supérieure; retroussé, très-aigu et quelquefois entaillé à l'extrémité de l'inférieure.

1ère DIVISION. PIE-GRIÈCHE, *Lanius*.

Bec robuste, médiocre, garni de soies sur les côtés, convexe en dessus, comprimé latéralement; mandibule supérieure crochue et dentée vers le bout; l'inférieure plus courte, retroussée et très-aiguë à sa pointe. Pl. L, n° 5.

Narines rondes, petites et situées près des plumes du *capistrum*.

Langue courte, triangulaire, lacérée à sa pointe.

Tarses nus, annelés.

Doigt intermédiaire réuni avec l'externe à sa base, et totalement séparé de l'interne.

Ailes courtes, à penne bâtarde courte; deuxième et troisième rémiges les plus longues de toutes.

Queue à douze rectrices.

Cette division, qui n'est, selon nous, composée que de quarante-quatre espèces, en contient un plus grand nombre dans Latham et Gmelin; mais nous avons dû en retrancher quelques-unes, puisqu'elles nous y ont paru déplacées; tels sont des *drongos*, des *tyrans*, des *bataras*, les *laugraiens* les *gonoleks*, qui tous forment des grouppes particuliers et distincts.

On trouve des pie-grièches sur tout le globe, et partout elles ont à peu près les mêmes mœurs, les mêmes habitudes et le même genre de vie; toutes sont armées d'un bec fort et crochu; ont un caractère fier, coura-

La Becarde grise, *Tyira cinerea*.

geux, et un appétit sanguinaire: elles présentent beaucoup d'affinité avec les accipitres; naturellement intrépides, elles se défendent avec vigueur, et osent même attaquer des oiseaux beaucoup plus forts et beaucoup plus grands qu'elles, les poursuivre à outrance, s'ils osent approcher de leur nid; il suffit même qu'ils passent à leur portée; le mâle et la femelle se réunissent alors, vont au-devant, les attaquent à grands cris, les chassent avec une telle fureur qu'ils fuient souvent sans oser revenir. Les Pie-grièches se nourrissent d'insectes, poursuivent au vol les petits oiseaux et les dévorent s'ils sont pris au lacet. Lorsqu'elles en saisissent, elles ouvrent d'abord le crâne, avalent la cervelle, et les déchirent ensuite par lambeaux. Elles nichent sur les arbres moyens, et le plus souvent dans les grands buissons. Leur ponte est de quatre à six œufs.

LA PIE-GRIÈCHE A DOS ROUX, *Lanius pyrrhonotus.*

Pl. CXXXV.

Fronte, mystacibus, alis caudáque nigris; dorsi parte inferiore, uropygio rufis; gutture, collo anteriori albis.

Chez cette espèce, qu'on trouve dans plusieurs parties des Grandes-Indes, le front, le tour des yeux, les moustaches, les ailes et la queue sont d'un beau noir; le reste de la tête, le dessus du cou, et le haut du dos, d'un gris bleuâtre, varié de quelques traits noirs sur la première partie; le bas du dos, le croupion et les couvertures de la queue roux; cette teinte est très-claire sur la poitrine et les flancs; la gorge, le devant du cou, le milieu du ventre, l'extrémité de toutes les rectrices latérales, la base de plusieurs rémiges primaires sont blancs; le bec et les pieds noirs; la queue est très-étagée. Longueur totale, 8 pouces. De ma collection.

2ème DIVISION. SPARACTE, *Sparactes.*

Bec très-robuste, garni à sa base de soies dirigées en avant, convexe en dessus; mandibule supérieure échancrée en forme de dent et crochue vers le bout; l'inférieure déprimée large, plus courte, entière, obtuse. Pl. M, n° 4.

Narines ovales, à demi couvertes par les soies.

Langue courte, triangulaire, lacérée à sa pointe.

Tarses robustes, nus, annelés.

Doigt intermédiaire réuni avec l'externe à sa base, totalement séparé de l'interne.

Ailes moyennes; première rémige courte; troisième et quatrième les plus longues de toutes.

Queue à dix rectrices.

LE SPARACTE HUPPÉ, *Sparactes cristata.*

Pl. CXXXVI.

Cristâ, corpore supra nigris, gulâ rubrâ; uropygio, tectrecibus caudæ superioribus virescente-flavis.

Le bec de fer, *le vaillant, ois. d'Afrique, pl.* 79.

Idem, *Sonnini, Édit. de Buffon, tom.* 56, *pag.* 79.

Le sparacte huppé, *deuxième édit. du Nouv. Dict. d'Hist. nat.,* tom. 31, *pag.* 526.

On soupçonne que cette espèce se trouve dans les îles de la mer du Sud. Sa huppe est composée de plumes étroites, inégales, et dont les plus grandes ont près de quatre pouces de longueur, et sont creusées en gouttière; sa couleur est d'un noir pur, de même que celle qui domine sur tout son plumage. Les plumes de la gorge sont roides, dures, et d'un rouge vif, entremêlé sur le bas de cette partie de quelques traits jaunes; une

La Pie-grièche à dos roux, *Lanius pyrrhonotus*.

Le Sparacte huppé, *Sparactes cristatus*.

F. Oudart del.

Litho. de C. Motte.

large bande de cette couleur, flambée de quelques lignes rouges sur le milieu, et pointillée de noir sur les côtés, traverse le milieu du corps ; le croupion et les couvertures supérieures de la queue sont d'un jaune verdâtre ; les pennes moyennes des ailes blanches sur leur bord extérieur, ce qui donne lieu à des lignes de cette couleur sur celles-ci, pour peu qu'elles se déploient ; le bec est d'un gris de fer ; les pieds sont d'un bleu clair, et les ongles noirs. La taille de cet oiseau est celle du merle ; mais son corps est plus gros et plus ramassé.

3ème DIVISION. FALCONELLE, *Falcunculus*.

Bec court, robuste, très-comprimé latéralement, un peu arqué ; mandibule supérieure dentée et crochue vers le bout ; l'inférieure plus courte, à pointe retroussée et acuminée. Pl. L, n° 6.

Narines rondes, latérales, situées près des plumes du *capistrum*.

Langue courte, triangulaire, lacérée à son extrémité.

Tarses nus, annelés.

Doigt intermédiaire soudé avec l'externe à la base, totalement séparé de l'interne.

Ailes moyennes ; première rémige la plus longue de toutes.

Queue à douze rectrices.

La seule espèce qui compose cette division se trouve à la nouvelle Hollande. C'est à quoi se borne jusqu'à présent sa partie historique.

LA FALCONELLE A FRONT BLANC, *Falcunculus frontatus*.

Pl. CXXXVII.

Cristatus ; fuscus ; subtus flavus ; capite colloque nigris ; lateribus vitis duabus albis.

Lanius frontatus, *Lath. Index, suppl.*, n° 8.

Frontal shrike, *idem, Synopsis, deuxième suppl., pag.* 75, *n°* 14, *pl.* 122.

La falconelle à front blanc, *deuxième édit. du Nouveau Dict. d'Hist. nat., tom.* 11, *pag.* 44.

Cet oiseau a deux bandes blanches sur les côtés de la tête, qui, dans le reste, est noire, ainsi que le cou; l'une des bandes part de l'œil, et s'étend vers l'occiput; l'autre est en avant de l'œil, passe sur le front, et descend sur les côtés de la gorge; les joues sont noires; le corps est d'un joli vert-olive en dessus, et d'un beau jaune en dessous; les ailes et la queue sont brunes; celle-ci a son extrémité blanche; le bec est noir, et le tarse brun.

4ème DIVISION. LANION, *Lanio.*

Bec robuste, comprimé latéralement, caréné en dessus, rétréci vers le bout; mandibule supérieure évasée vers son extrémité, munie dans son milieu et sur chaque bord d'une dent tronquée; l'inférieure plus courte, à pointe échancrée, aiguë et retroussée. Pl. L, n° 7.

Narines rondes, bordées d'une membrane, ouvertes, situées près des plumes du *capistrum.*

Langue...

Bouche ciliée.

Tarses nus, annelés.

Doigt intermédiaire réuni à la base avec l'externe, totalement séparé de l'interne.

Ailes moyennes; première rémige plus courte que la sixième, troisième et quatrième les plus longues de toutes.

Queue à douze rectrices.

Cette division n'est composée que de deux espèces dont on ne connaît pas les habitudes naturelles. Elles se trouvent dans l'Amérique méridionale, au Brésil et à la Guiane.

La Falconelle à front blanc. *Falcunculus frontatus.*

Oudart del.

litho de C. Motte.

LE LANION MORDORÉ, *Lanio atricapillus.*

Pl. CXXXVIII.

Rubescente-rufus; capite, alis caudáque nigris. Mas. *rufus.* Femina.

Tangara mordoré, *Buff., Hist. nat. des Ois., tom.* 4, *pag.* 215, *pl. enl.* , *n°* 809, *fig.* 2 , sous le nom de Tangara jaune à tête noire.

Tanagra atricapilla, *Linn. gm. syst. nat. édit.* 13, *n°* 43 ; idem *Lath. index, n°* 13.

Black-Headed tanager, *Lath. , Synopsis, tom.* 2, *pag.* 224, *n°* 13.

La tête du mâle est d'un beau noir lustré, de même que les ailes et la queue; le corps d'une belle couleur mordorée, plus foncée sur le devant du cou et sur la poitrine; le bec et les pieds sont noirs. Longueur totale, 7 pouces. La femelle est rousse et n'a nulle trace de noir dans son plumage.

5ème DIVISION. BATARA, *Tamnophilus.*

Bec convexe, tendu, crochu à la pointe; mandibule supérieure comprimée sur les côtés, dentée ou échancrée vers le bout, l'inférieure souvent renflée en dessous, entaillée, retroussée et aiguë à l'extrémité. Pl. L, n° 8.

Narines ovales, ouvertes, situées près du *capistrum.*

Langue un peu épaisse, bifide à la pointe.

Bouche ciliée.

Tarses nus, annelés.

Doigt intermédiaire uni à l'externe presque jusqu'au milieu, et avec l'interne à la base chez la plupart.

Ailes courtes, arrondies, à penne bâtarde courte; troisième, quatrième et cinquième rémiges les plus longues de toutes.

Queue à douze rectrices, le plus souvent étagées.

Cette division est composée de trente individus; mais je ne puis assurer qu'ils constituent tous des espèces distinctes, attendu qu'on ne connaît que la dépouille de la plupart. Au reste, on pourrait diviser leur groupe par sections, d'après la conformation du bec, qui est, chez les uns, très-robuste et renflé en dessus; moins fort et peu bombé chez d'autres, et très-grêle chez quelques-uns. Parmi ceux-ci on remarque le Batara à calotte noire (*Lanius ater*, Lath.) Le Batara coraya (*Turdus coraya*, id.) Le Batara à front roux (*Turdus rufifrons*, id.) Le Batara grisin (*Sylvia grisea*, id.), etc., qui tous sont indiqués par une étoile dans la deuxième édit. du *nouv. Diction. d'histoire naturelle.*

Le plus grand nombre des Bataras se trouve en Amérique, mais seulement depuis les Florides jusqu'au Paraguay inclusivement; le reste habite l'Afrique, et partout ils ont le même genre de vie. Tous se plaisent dans les halliers les plus épais et les plus fourrés, où ne pénètrent jamais directement les rayons du soleil, ni les eaux de la pluie. On ne les rencontre point dans les buissons desséchés ou isolés, et ils ne sortent de leur retraite que le matin et le soir. Alors même ils ne se posent que sur des branches basses, de sorte qu'à peine ils s'élèvent à quelques pieds au-dessus du sol. On ne les voit point dans les grandes forêts, à moins qu'il n'y ait des broussailles épaisses; ils évitent également les campagnes et les lieux découverts, ne se réunissent que par paires, et se nourrissent d'insectes qu'ils saisissent dans les halliers ou à terre. Ces oiseaux sont sédentaires, volent peu, et seulement pour passer d'un buisson à un autre; ils sont peu farouches, et se tiennent communément dans les broussailles des cantons cultivés et des enclos. Le cri de la plupart est fort et s'entend de très-loin, mais ils se taisent dans toute saison qui n'est pas celle des amours.

Beaucoup ont de grands rapports avec les Fourmiliers dans leurs mœurs et dans leurs habitudes; aussi M. de Azara, à qui nous devons des détails intéressans sur les Bataras, me paraît très-fondé à les rapprocher les uns des autres. Ils en ont aussi, par leur extérieur, avec les Pie-grièches, parmi lesquelles plusieurs ont été classés. Si on veut comparer le genre de vie des Pie-grièches, des Bataras et des Fourmillers, qu'on suppose qu'ils vivent dans le même canton, et même que chaque genre se trouve dans le même buisson, on verra toujours les premiers sur le sommet, les seconds au centre et les derniers au pied.

Le Lanien mordoré. *Lanio atricapillus*.

P. Oudart del.

Lith. de I. Motte.

LE BATARA BLANCHOT, *Tamnophilus olivaceus.*

Pl. CXXXIX.

Capite virescente-cinereo; corpore suprà olivaceo, subtùs flavo; tectricibus alarum flavo maculatis.

La Pie-grièche blanchot, *Levaillant; Hist. nat. des Ois. d'Afrique,* pl. 185.

Idem, *deuxième édit. du nouv. Dict. d'hist. nat., tom.* 25, *pag.* 135.

Cette espèce, qu'on trouve au Sénégal et dans d'autres parties de l'Afrique, a le dessus de la tête d'un gris bleuâtre; les *lorums* blancs; le tour de l'œil, toutes les parties inférieures jaunes; des taches de cette couleur sur les couvertures des ailes et à l'extrémité de la queue; le dessus du corps d'un vert olive; les rémiges noirâtres et finement frangées de jaune à l'extérieur; le bec et les pieds couleur de plomb. Longueur totale, dix pouces et demi.

6ème DIVISION. PILLURION, *Cissopis.*

Bec court, robuste, bombé dessus et dessous, un peu comprimé vers le bout; mandibule supérieure échancrée et courbée à sa pointe; l'inférieure plus courte, droite. Pl. L, n° 9.

Narines orbiculaires, ouvertes.

Langue.....

Bouche ciliée sur les angles.

Tarses nus, annelés.

Doigt intermédiaire soudé avec l'externe à la base, totalement séparé de l'interne.

Ailes courtes; troisième et quatrième rémiges les plus longues de toutes.

Queue à douze rectrices.

La seule espèce, que renferme cette division, se trouve au Brésil. On ne connaît que son extérieur. Combien d'autres sont encore dans le même

cas et qui y seront encore long-temps, si l'on continue d'envoyer à grands
frais des naturalistes auxquels on ne donne d'autre mission que de recueil-
lir des dépouilles d'animaux, qui en conséquence ne s'occupent nullement
de nous faire connaître leurs mœurs, leurs habitudes, leur genre de vie,
et qui souvent ne peuvent nous donner des renseignemens certains sur ce
qui distingue le vieux de l'adulte, la femelle du mâle et le jeune de tous
les trois! Ce n'est pas ainsi que se sont comportés les Levaillant, les de
Azara, les Wilson, etc.; mais ces excellens observateurs voyageaient à
leurs frais; pourquoi ceux qu'on paie, qu'on décore, et auxquels on accorde
des pensions, en agissent-ils autrement, quoique tout le monde convienne
que l'histoire des animaux est la partie la plus intéressante, et pour le véritable naturaliste et pour les gens du monde? Il semble qu'on ne vise qu'à
plaire aux curieux en entassant les animaux dans une collection, comme
dans un magasin de pelleteries. Hélas! combien d'auteurs veulent passer
pour d'illustres savans, parce qu'ils ont trouvé dans cette foule et décrit un
individu inédit!

LE PILLURION BICOLOR, *Cissopis bicolor.*

Pl. CXL.

Corpore albo nigroque vario; rectricibus lateralibus apice albis.
Lanius picatus, *Lath. index*, n° 20. Idem *Suppl.*, n° 3.
Lanius leverianus, *Mus. Lev.*, pag. 241, *pl.* 59.
Corvus collurio, *Daudin, Ornith.*, tom. 2, *pag.* 246.
Magpie Shrike, *Lath. Synopsis*, tom. 1, *pag.* 192, n° 49.
Idem *Suppl.* 1, *pag.* 54, idem *Suppl.* 2, *pag.* 70, n° 3.
Pie Pie-grièche, *Levaillant, Ois. d'Afrique*, pag. 33, *pl.* 60.
Pillurion bicolor, *deuxième édit. du nouv. Dict. d'hist. nat.*, tom. 26,
pag. 417.

Chez cet oiseau, la queue est longue et étagée; les plumes du haut de la
poitrine sont allongées, étroites et pointues; le bec, les pieds, la tête, le
cou, la poitrine; les grandes couvertures supérieures des ailes, toutes leurs

Le Batara Blanchot, Tamnophilus olivaceus.

Le Pellurion bicolor Cissopis bicolor

P. Oudart del.

Lithog. de Mtte.

pennes et celles de la queue d'un noir lustré ; le dos, les petites rectrices alaires, le bord des rémiges secondaires, le ventre, les parties postérieures et l'extrémité de toutes les rectrices latérales d'un blanc pur. Longueur totale, 9 pouces. Cette espèce se trouve au Brésil et très-rarement à la Guiane.

7ème DIVISION. DRONGO, *Dicrurus*.

Bec garni à sa base de soies dirigées en avant, assez robuste, un peu comprimé latéralement ; mandibule supérieure un peu carénée en dessus, échancrée et crochue vers le bout ; l'inférieure retroussée et acuminée à la pointe. Pl. L, n° 12.

Narines oblongues, grandes et couvertes par des soies.

Langue.....

Tarses nus, annelés.

Doigt intermédiaire soudé avec l'externe à la base et séparé de l'interne.

Ailes à penne bâtarde très-courte ; deuxième, troisième et quatrième rémiges les plus longues de toutes.

Queue à dix rectrices, fourchue.

Gmelin et Latham ont dispersé les neuf espèces de cette division dans leurs genres *Corbeau*, *Pie-grièche* et *Gobe-mouche;* on en trouve même encore un dans celui du *Coucou (Cuculus paradiseus.)* Les Drongos, que M. Levaillant a observés en Afrique, vivent en société et se rassemblent au déclin du jour ; ils sont très-turbulens, jettent des cris perçans ; se nourrissent d'insectes et principalement d'abeilles, ce qui les a fait nommer par les colons du cap *bey-vreter* (mangeurs d'abeilles), et par ceux qui sont témoins de leur réunion nocturne, sans en savoir la cause, *dey-wels voogel* (oiseaux diaboliques.) Ils nichent sur les arbres, et leur ponte est ordinairement de cinq œufs. On trouve aussi des Drongos dans diverses parties de l'Inde, qui, ayant les mêmes caractères extérieurs de ceux d'Afrique, doivent avoir les mêmes habitudes naturelles.

LE DRONGO HUPPÉ, *Dicrurus cristatus.*

Pl. CXLI.

Cristâ frontali erectâ; corpore nigro-viridi. Mas.
Cristâ et magnitudine brevioribus. Femina.
Alis caudâque nigrescente-fuscis; tectricibus caudœ inferioribus albis; capite corporeque nigro-griseis. Junior.

Le grand Gobe-mouche noir huppé de Madagascar, *Briss., Ornith., tom.* 2, *pag.* 388, *n°* 16, *pl.* 37, *fig.* 4.

Le Drongo, *Buff., Hist. nat. des Ois., tom.* 4, *pag.* 586, *pl. enl., n°* 189, sous le nom de *Gobe-mouche huppé de Madagascar.*

Lanius forficatus, Linn. Gm. Syst. nat., édit. 13, *n°* 1. Idem, *Lath. index, n°* 1.

Fork-Tailed crested shrike, *Lath. Synopsis, tom.* 1, *pag.* 158, *n°* 1.

Chez cette espèce, qu'on rencontre à Madagascar et au cap de Bonne-Espérance, le mâle a un chant fort et soutenu; mais il ne le fait entendre que dans la saison des amours. Elle poursuit les abeilles, principalement le soir, après le coucher du soleil et le matin avant son lever. Pour cet effet, ces Drongos se tiennent en petites bandes, se rangent le long des bois et s'y perchent sur un arbre mort et isolé, d'où ils s'élancent après leur proie, comme font les Tyrans et les Gobe-mouches. Ils jettent alors un cri qui exprime très-bien *pia-griach griach.* Il y en a quelquefois vingt à trente sur le même arbre, qui, dans leur chasse, se croisent en tous sens.

Le mâle est généralement d'un noir changeant en vert, avec de longues plumes très-étroites, sur le sinciput, immédiatement au-dessus de l'origine de la mandibule supérieure; ces plumes s'élèvent perpendiculairement, se courbent en devant et lui font une espèce de huppe; le bec et les pieds sont noirs. Longueur totale, 10 pouces.

La femelle se distingue par une taille moindre et une aigrette plus courte. Le jeune est d'un noir brun sur les ailes et la queue; d'un noir glacé de gris sur le reste du plumage avec du blanc sur les couvertures inférieures

Le Drongo huppé. Dicrurus Cristatus.

P. Oudart del.   Lithog. de C. Motte.

de la queue. La jeune femelle n'a point de huppe apparente. Celle des jeunes mâles n'a que huit à dix lignes de long, tandis que chez les oiseaux adultes, il en est qui ont une aigrette longue d'un pouce huit lignes.

8ème division. BAGADAIS, *Prionops*.

Bec garni à sa base de plumes dirigées en avant, tendu, très-comprimé par les côtés ; mandibule supérieure échancrée et crochue vers le bout ; l'inférieure retroussée et amincie à la pointe. Pl. M, n° 1.

Narines oblongues cachées sous les plumes du *capistrum*.

Langue....

Paupières bordées de plumes disposées en forme de dentelures.

Tarses nus, annelés.

Doigt intermédiaire soudé avec l'externe à la base et totalement séparé de l'interne.

Ailes moyennes, à penne bâtarde allongée ; troisième rémige la plus longue de toutes.

Queue à 10 rectrices.

La seule espèce qui compose cette division se trouve au Sénégal, où elle se nourrit d'insectes et de vers, qu'elle cherche, à ce qu'on soupçonne, dans les terrains humides.

LE BAGADAIS GEOFFROY, *Prionops Geofroii*.

Pl. CXLII.

Cristá, collo, gulá, pectore ventreque albis; occipite, aurium pennis griseis; dorso et uropygio nigrescentibus; caudá nigrá et albá.

Le Geoffroy, *Levaillant, Hist. nat. des Ois. d'Afrique, pl.* 80.

Le Bagadais Geoffroy, *deuxième édit. du nouv. Dict. d'Hist. nat.,* tom. 3, pag. 145.

Cet oiseau a la huppe, les plumes du *capistrum*, une partie des joues, le cou, la gorge, la poitrine, les parties postérieures, une bande longitudi-

nale sur l'aile, le milieu intérieur de ses pennes, la rectrice la plus extérieure de chaque côté, le bout des autres d'un beau blanc; le bas et les
côtés de l'occiput, et les plumes des oreilles, d'une couleur gris de fer; le
dos, le croupion, les ailes et la queue noirs; le bec de cette couleur; les
paupières, les pieds et les ongles jaunes. Longeur totale, 8 pouces 1/4.

9ème DIVISION. GONOLEK, *Laniarius.*

Bec nu à la base, peu robuste, convexe en dessus, droit, un peu comprimé latéralement; mandibule supérieure échancrée et crochue vers le bout;
l'inférieure plus courte, retroussée et aiguë à la pointe. Pl. M, n° 2.

Narines oblongues, couvertes d'une membrane.

Langue....

Bouche ciliée.

Tarses nus, annelés.

Doigt intermédiaire soudé à la base avec l'externe, totalement séparé
de l'interne.

Ailes moyennes, à penne bâtarde courte; deuxième rémige la plus
longue de toutes.

Queue à douze rectrices.

Des six espèces de cette division, les unes se trouvent en Afrique et les
autres dans les Grandes-Indes; quelques-unes ont été présentées comme des
Merles et d'autres pour des *Pie-grièches;* cependant nous croyons qu'on
peut en faire une division particulière et distincte.

LE GONOLEK VERT A COLLIER, *Laniarius viridis.*

Pl. CXLIII.

*Olivaceo-viridis; fronte flavâ; gulâ rubrâ; caudâ nigrescente-
fuscâ.*

Le Merle vert à collier de Congo, *Sonnini, édit. de Buff.*, tom. 46,
pag. 207.

Le Bagadais Geoffroy, Prionops Geoffroii.

P. Oudart del.   Lithog. de C. Motte.

Le Gonolek vert à collier, *Laniarius viridis*.

Le Gonolek vert à collier, *deuxième édit. du nouv. Dict. d'hist. nat.,
tom.* 13, *pag.* 300.

Nous devons la connaissance de cette belle espèce au naturaliste Perrein,
qui l'a trouvée dans le royaume de Congo et de Cacongo. Elle se tient dans
les bois les plus fourrés, à la cime des plus grands arbres, où le mâle
fait entendre un sifflet fort, qui a quelque rapport avec celui de la caille
d'Europe. On l'approche difficilement, si on n'imite sa voix; car il est d'un
naturel sauvage et très-défiant. Les baies sont sa nourriture principale.

Ce Gonolek a le dessus de la tête et du cou, le dos, le croupion, les plumes scapulaires, les couvertures supérieures des ailes et de la queue d'un
vert-olive, plus clair sur le ventre; le front jaune; la gorge d'un très-beau
rouge, entouré d'une bandelette noire, qui part de l'angle du bec, et forme
sur la poitrine une sorte de hausse-col, lequel est bordé sur les côtés de
jaune et de rouge vif, et dont la partie inférieure est de la dernière couleur,
qui alors prend une nuance marron. Les pennes de la queue sont d'un
brun noirâtre; celles des ailes pareilles au dos, en dehors; l'iris est jaune;
le bec noir; le tarse brun. Longueur totale, 8 pouces.

10ème DIVISION. LANGRAIEN, *Artamus.*

Bec glabre à sa base, très-lisse, longicône, arrondi, assez robuste, convexe en dessus, un peu comprimé latéralement, vers le bout; mandibule
supérieure un peu fléchie en arc et échancrée à sa pointe; l'inférieure aiguë et presque retroussée à son extrémité. Pl. M, n° 3.

Narines petites, oblongues.

Langue.....

Tarses nus, annelés.

Doigt intermédiaire soudé avec l'externe à sa base, totalement séparé
de l'interne.

Ailes longues, pointues, à penne bâtarde très-courte; première et
deuxième rémiges les plus longues de toutes.

Queue à douze rectrices.

Cette division renferme six espèces, dont les unes se trouvent en Afrique, d'autres dans les Grandes-Indes et une aux terres australes. Ces oiseaux, à ailes longues et dépassant quelquefois la queue, ont le vol de l'hirondelle, et, comme celle-ci, volent rapidement et continuellement à la poursuite des insectes ailés, qui paraissent être leur principale nourriture; ils ont, suivant Sonnerat, le courage des Pie-grièches, et ils osent même attaquer les corbeaux.

LE LANGRAIEN A CROUPION BLANC, *Artamus leucorhynchos.*

Pl. CXLV.

Nigrescens; rostro, pectore, abdomineque albis.
La Pie-grièche de Manille, *Briss., Ornith., tom.* 2, *pag.* 180, *n°* 17, *pl.* 18, *fig.* 2.
Le Laugraien, *Buffon, Hist. nat. des Ois., tom.* 1ᵉʳ, *pag.* 310, *pl. enl., n°* 9, *fig.* 1ʳᵉ, sous le nom de *Pie-grièche de Manille.*
Lanius leucorhynchos, *Linn., Gm., Syst. nat.,* édit. 13, *n°* 28.
Idem, *Lath. index, n°* 38.
White bellied shrike, *Lath., Synopsis, tom.* 1ᵉʳ, *pag.* 181, *n°* 33.

La tête, la gorge, le cou, le dos, les couvertures supérieures des ailes, leurs pennes, et celles de la queue sont d'un gris d'ardoise très-sombre; les *lorums* noirs; le croupion, les couvertures supérieures de la queue, la poitrine et les parties postérieures d'un beau blanc; le bec est d'un gris blanchâtre; le tarse noirâtre. Longueur totale, 7 pouces. Cette espèce se trouve à Manille.

13ème FAMILLE. CHANTEURS, *Canori.*

Pieds médiocres ou un peu allongés.
Jambes totalement emplumées, très-rarement en partie nues.
Tarses annelés, glabres.
Doigts extérieurs quelquefois réunis jusqu'au milieu, ordinairement à la base seule; pouce épaté.

Bec médiocre, presque droit, comprimé par les côtés, subulé, quelquefois entier ou dentelé; mandibule supérieure le plus souvent échancrée, à pointe courbée ou seulement fléchie; l'inférieure entière, retroussée à son extrémité chez quelques-uns, droite chez quelques autres.

Ière DIVISION. MERLE ou GRIVE, *Turdus*.

Bec à base glabre ou emplumée, aussi large que haute, ensuite comprimé latéralement, plus ou moins robuste, convexe en dessus; mandibule supérieure échancrée et courbée vers sa pointe; l'inférieure droite et entière. Pl. M, n° 5.

Narines ovales, couvertes d'une membrane, situées vers l'origine du bec.

Langue cartilagineuse, fendue à son extrémité.

Bouche ciliée chez les uns, glabre chez les autres.

Tarses nus, annelés.

Doigt intermédiaire soudé avec l'externe à la base, totalement séparé de l'interne.

Ailes moyennes, à penne bâtarde, le plus souvent très-courte; première et deuxième rémiges chez les uns; deuxième et troisième chez d'autres; troisième, quatrième et cinquième chez quelques-uns, les plus longues de toutes.

Queue à douze rectrices.

Cette division, composée au moins de cent soixante espèces, est susceptible de deux sections. Dans la première se trouvent celles qui ont les narines découvertes; et dans la deuxième, celles qui les ont cachées sous les plumes du *capistrum;* on pourrait encore en faire une troisième avec les Merles dont la base de la mandibule supérieure s'avance en angle aigu dans les plumes du front.

On doit penser que parmi un si grand nombre d'oiseaux décrits sous les noms de Grive et de Merle, l'instinct, les habitudes, les mœurs présentent des dissemblances frappantes; en effet il en est, comme ces espèces d'Afrique, que M. Levaillant a fait connaître sous la dénomination de

Choucador, de *Vert-doré*, de *Nabirop*, etc. qui ont, ainsi que le Merle rose, une grande analogie dans leurs habitudes avec les Étourneaux. Si nous observons les autres espèces, nous en voyons qui vivent isolés ou par couples pendant toute l'année ; tandis que d'autres se réunissent à l'arrière saison en troupes, et d'autres seulement en familles. Toutes vivent d'insectes, de vers et un grand nombre y joint les baies et les fruits. Les mêmes endroits ne leur conviennent pas pour nicher ; les uns placent leur nid presqu'à terre dans les broussailles, d'autres au centre d'un buisson épais, plus ou moins élevé, d'autres sur les arbres. Le Merle de roche l'attache au plafond d'une caverne ; le Merle rose le cache dans les rochers, ainsi que plusieurs espèces étrangères ; les Merles bleus et solitaires le construisent quelquefois à la cime des édifices les plus élevés, et quelques-uns enfin le suspendent entre les roseaux.

J'ai déjà dit, et je le répète, que les *Turdus* et les *Sylvia*, ou les *Motacilla* de Linnée présentent dans leurs attributs génériques une telle analogie qu'il n'est guère possible de tracer entre eux une ligne de démarcation ; aussi des ornithologistes ont-ils classé parmi les premiers des espèces que d'autres rangent avec les derniers ; par exemple le *Turdus coronatus* de Latham est dans Gmelin un *Motacilla*, et le *Turdus trichas* de celui-ci est un *Sylvia* de Latham. Depuis peu M. Cuvier vient encore de déplacer la Rousserolle *(Turdus arundinaceus)*, pour la classer dans les Bec-fins Fauvettes.

A. *Narines découvertes.*

LE MERLE LESCHENAULT, *Turdus Leschenaulti.*

Pl. CXLVI.

Vertice, dorso posteriore, uropygio, caudæ apice albis ; collo alisque nigris.

Le Merle Leschenault. *Deuxième édit. du nouv. Dict. d'hist. nat., tom. 20, pag. 269.*

Le Langraïen à croupion blanc, *Artamus leucorhynchos*.

P. Oudart del.

Lithog. de C. Motte.

Cet oiseau, dont nous devons la connaissance à M. Leschenault qui l'a trouvé dans ses voyages aux Grandes-Indes, a le dessus de la tête, le ventre, les parties postérieures, le bas du dos, le croupion, une partie des couvertures supérieures de l'aile, les deux pennes de la queue les plus extérieures et l'extrémité de toutes les autres d'un beau blanc; le reste du plumage et le bec noir; les pieds couleur de chair, une taille svelte, la queue très-longue et très-étagée. Longueur totale, 9 pouces et demi.

B. *Narines couvertes par les plumes du capistrum.*

LE MERLE ÉCLATANT, *Turdus splendens.*

Vertice colloque superiore smaragdinis; gulá, pectore et ventre cupreo-viridibus; tectricibus alarum minoribus cœruleis; vittá remigum albá.

L'Éclatant, *Levaillant, Ois. d'Afrique, pl.* 85.

L'Étourneau éclatant, *Buff., édit. de Sonnini, tom.* 45, *pag.* 90.

Le Merle éclatant, *deuxième édit. du nouv. Dict. d'hist. nat., tom.* 20, *pag.* 260.

Le nom que M. Levaillant a imposé à cet oiseau lui convient sous tous les rapports; en effet, les couleurs les plus riches, les reflets les plus brillans règnent sur son plumage. Un beau vert d'émeraude domine sur le dessus de la tête et du cou; il est terminé sur le bas de la dernière partie par un pourpre doré qui s'étend un peu sur les plumes scapulaires; celles-ci sont d'un vert cuivreux, ainsi que la gorge, la poitrine et le ventre; un beau bleu d'acier poli règne sur les petites couvertures des ailes et celles du dessus de la queue; un vert pointillé d'or brille sur les grandes tectrices; la queue est d'un vert canard, à reflets pourpres et violets; une barre blanche coupe le vert changeant des rémiges; le bec et les pieds sont noirs; taille du Merle commun. M. Levaillant soupçonne que cette espèce se trouve en Afrique.

2ème DIVISION. ESCLAVE, *Dulus*.

Bec un peu robuste, convexe en dessus, comprimé latéralement ; mandibule supérieure un peu arquée, échancrée vers le bout ; l'inférieure droite. Pl. M , n° 6.

Narines arrondies, nues.

Langue cartilagineuse, bifide à sa pointe.

Tarses nus, annelés.

Doigt intermédiaire soudé avec l'externe à sa base, totalement séparé de l'interne.

Ailes moyennes, à penne bâtarde courte ; deuxième et troisième rémiges les plus longues de toutes.

Queue à douze rectrices.

Tous les auteurs ont classé l'espèce qui constitue cette division parmi les Tangaras, à l'exception de M. Desmarets, qui l'en exclut avec raison ; mais il s'est mépris en la présentant comme un Gobe-mouche ; sans doute qu'il ne l'a pas vue en nature, car ce naturaliste judicieux, dont les travaux annoncent une étude réfléchie, aurait pris une autre détermination. Il y a encore un grand nombre d'oiseaux qui sont classés mal à propos dans ce genre, puisqu'ils ont le bec autrement conformé que les vrais Tangaras ; c'est au point qu'on ne les y chercherait certainement pas, si on n'avait pour guide que les caractères désignés par les méthodistes pour signaler ce groupe.

Le nom, que j'ai conservé à l'espèce de cet article , est celui que les habitans de Saint-Domingue lui ont imposé, parce qu'elle montre pour le palmiste une préférence marquée ; en effet, on la trouve sur cet arbre pendant presque toute l'année , et elle n'y souffre aucun autre oiseau que le *Carouge esclave;* cependant elle rencontre quelquefois dans un Troupiale noir un rival redoutable qui la chasse de son domicile, s'empare de son nid, détruit sa couvée, et ne lui permet plus d'y résider.

Le Merle Leschenault, Turdus Leschenaulti.

P. Oudart del.

Lithog: de C. Motte.

L'ESCLAVE DES PALMIERS, *Dulus palmarum.*

Pl. CXLVII.

*Suprà fuscus, viridi-olivaceo mutans; subtus albus, fusco macu-
latus.*

Le Tangara de Saint-Domingue, *Briss., Ornith., tom.* 3, *pag.* 37,
*n*º 21, *pl.* 2, *fig.* 4.

L'Esclave, *Buff., Hist. nat. des Ois., tom.* 4, *pag.* 263, *pl. enl.,
n*º 156, *fig.* 2; sous le nom de *Tangara de Saint-Domingue.*

Tanagra dominica, *Linn., Gm., Syst. nat., édit.* 13, *n*º 16. Idem,
Lath., index, *n*º 16.

S. Domingo Tanager, *Lath., Synopsis, tom.* 2, *pag.* 226, *n*º 17.

Comme chez nos Moineaux, dans la saison des amours, les mâles se
disputent les femelles avec acharnement, et jettent alors des cris analogues. Leur ramage est presque nul, et leur cri est très-aigu, quand ils
sont inquiétés. L'instinct de ces oiseaux est si social, que plusieurs couples font leur nid sur le même palmiste, et le construisent sur les petites
tiges qui servent de support à la graine. Ils les placent très-près les uns
des autres, et les nouveaux sur les anciens, de sorte que ces nids contigus
et composés de bûchettes à l'extérieur, étant réunis à ces tiges, forment,
autour de l'arbre, un cercle qui ne présente qu'une masse de petites
branches serrées et liées avec tant d'industrie qu'il est très-difficile de les
détruire, et si épaisse que le gros plomb ne peut la traverser. L'intérieur
est garni de plantes soyeuses et du chevelu des racines. La femelle s'occupe seule de sa construction; le mâle l'accompagne dans toutes les
courses qu'exige la recherche des matériaux et veille à sa sûreté, quand
elle couve.

L'un et l'autre portent un plumage pareil. La tête, le dessus du cou et
du corps, les ailes et la queue sont d'un brun à reflets vert-olives, plus
prononcés sur le croupion que sur les autres parties; la dernière couleur
sert de bordure extérieure aux couvertures supérieures des ailes, de leurs

pennes et de celles de la queue ; la gorge, le devant du cou et les parties postérieures sont blancs et tachetés de brun ; les taches occupent le milieu de la plume dans toute l'étendue de sa tige ; le bec est d'un gris brun ; les pieds sont d'un gris clair. Longueur totale, 6 pouces.

3ème DIVISION. SPHÉCOTHÈRE, *Sphecothera.*

Bec glabre et droit à sa base, épais, robuste, entier, convexe en dessus ; mandibule supérieure fléchie vers le bout ; inférieure plus courte. Pl. M, n° 7.

Narines orbiculaires, ouvertes, situées près du front.

Langue...

Orbites nues.

Tarses glabres, annelés.

Doigt intermédiaire soudé avec l'externe à la base, totalement séparé de l'interne.

Ailes moyennes ; première, deuxième rémiges à peu près égales et les plus longues de toutes.

Queue à douze rectrices.

On ne connaît que la dépouille de l'espèce dont se compose cette division. Elle a été apportée de l'Australasie.

LE SPHÉCOTHÈRE VERT, *Sphecothera virescens.*

Pl. CXLVIII.

Virescens; subtus flavescente-viridis; capite nigro.

Le Sphécothère vert, *deuxième édit. du nouv. Dict. d'hist. nat.,* tom. 32, pag. 5.

La tête, le bec et les pieds de cet oiseau sont noirs ; le dessus du cou, le manteau et toutes les autres parties supérieures verdâtres ; toutes les inférieures d'un vert jaunâtre. Longueur totale, 9 pouces environ.

L'Esclave des Palmiers, Dulus Palmarum.

Le Sphécothère vert, *Sphecothera virescens*.

C. Oudart del.   Lithog. de C. Motte.

4ᵉᵐᵉ DIVISION. MARTIN, *Acridotheres*.

Bec droit, tendu, convexe en dessus, comprimé latéralement; mandibule supérieure à pointe un peu déprimée : inclinée, ou entière, ou échancrée; l'inférieure plus courte, droite. Pl. M, n° 8.

Narines oblongues, couvertes d'une membrane.

Langue cartilagineuse, fourchue à la pointe.

Tête en partie ou seulement les *orbites* dénuées de plumes.

Tarses nus, annelés.

Doigt intermédiaire soudé avec l'externe à la base, totalement séparé de l'interne.

Ailes moyennes; deuxième, troisième, quatrième rémiges les plus longues de toutes.

Queue à douze rectrices.

Cette division contient dix espèces, qui se trouvent en Afrique et dans les Grandes-Indes. Elles ont de l'analogie, par quelques attributs, avec les *Merles*, et seulement dans les habitudes avec les *Étourneaux;* mais ce qui les distingue des premiers, c'est d'avoir une partie de la tête ou seulement les orbites dénuées de plumes; le bec tendu et plus comprimé latéralement.

Parmi ces oiseaux il en est dont l'histoire semble être liée avec celle de l'homme; telle est celle du Martin proprement dit. D'un appétit très-glouton, les Martins font une guerre cruelle à tous les insectes, qu'ils vont même chercher jusque sur le dos des bestiaux; à leur défaut, ils vivent de fruits et mangent même quelquefois les petits mammifères, tels que souris et rats; mais les Sauterelles n'ont pas d'ennemis plus redoutables, ce qui doit rendre ces oiseaux très-précieux pour les pays sujets à être ravagés par ces insectes. Presque tous ont un chant remarquable ; quelques-uns apprennent facilement à parler, et sont très-recherchés pour la cage. Les uns nichent sur les arbres, d'autres dans des trous de muraille.

LE MARTIN BRAME, *Acridotheres pagodarum.*

Pl. CXLIX.

Cristatus; griseus; capite, corpore subtùs, remigibus caudâque nigris; abdomine albo lineato; crisso albo.

Le Martin brame, *Sonnerat, Voyag. ind.,* tom. 2, *pag.* 189.

Turdus pagodarum, *Lath. index,* n° 20.

Pagoda thrush, *idem, Synopsis,* tom. 2, *pag.* 30, *n*° 20.

Le Martin brame, *deuxième édit. du nouv. Dict. d'hist. nat.,* tom. 19, *pag.* 390.

On trouve cette espèce au Malabar et au Coromandel, où elle porte le nom de *Povie* ou *Pove.* Comme on la voit presque toujours sur les tours des pagodes, les Européens lui ont donné celui de *Brame.* On la nourrit en cage à cause de son chant.

Les plumes de la tête sont longues, étroites, pointues, noires à reflets violets, et présentent la forme d'une huppe que l'oiseau redresse à volonté. Celles de la gorge, du cou, de la poitrine, du ventre sont longues, déliées, terminées en pointe et d'un jaune roussâtre, avec un trait blanc sur chacune; cette couleur couvre les plumes des jambes, celles du dessous de la queue et une partie des pennes; tout le dessus du corps est gris; les rémiges et les rectrices sont noires en dessus et brunes en dessous; le bec est noir, l'iris bleu; les pieds et les ongles sont jaunes. Taille de l'Étourneau. On remarque de la variation dans le plumage de ces Martins, car il en est qui ont le dos et les ailes d'un gris bleu; le cou en entier et le dessous du corps d'un roux brunâtre; tandis que chez d'autres le cou et la poitrine sont d'un roux plein; le dos, les ailes et la queue d'un gris clair.

4ᵉᵐᵉ DIVISION. MANORINE, *Manorina.*

Bec court, un peu grêle, à base garnie, sur les côtés, de petites plumes dirigées en avant et couvrant l'origine des narines, anguleux en dessus,

Le Martin-brame, *Cridotheres pagodorum*.

V. Audart del.   Lithog. de l'Atelie.

très-comprimé latéralement, entier, pointu ; mandibule supérieure un peu arquée du milieu à la pointe, et couvrant les bords de l'inférieure ; celle-ci plus courte et droite. Pl. M, n° 9.

Narines amples, occupant en longueur la moitié de la mandibule supérieure, s'étendant de l'arête jusqu'aux bords du bec, élargies à la base, finissant un peu en pointe, couvertes d'une membrane, à ouverture linéaire située au-dessous.

Langue...

OEil entouré d'une peau nue.

Tarses nus, annelés.

Doigts antérieurs grêles ; l'intermédiaire soudé avec l'externe à la base, totalement séparé de l'interne ; postérieur très-épais et plus long que les latéraux.

Ailes à penne bâtarde allongée, large et pointue ; première rémige plus courte que la sixième ; deuxième et quatrième égales ; troisième la plus longue de toutes.

Queue à douze rectrices.

Ongles crochus, étroits, aigus ; postérieur le plus fort et le plus long de tous.

La seule espèce que renferme cette division se trouve à la Nouvelle-Hollande ; elle est placée avec les Martins au Muséum d'histoire naturelle ; que l'on compare les caractères de ces deux divisions et on s'assurera si elle est à la place qui lui convient?

LA MANORINE VERTE, *Manorina viridis.*

Pl. CL.

Olivaceo-viridis; loris flavis; mystacibus duobus nigris. Mas.
Loris viridibus; mystacibus nullis. Femina.
Manorine verte, *deuxième édit. du nouv. Dict. d'hist. nat., tom.* 19, *pag.* 236.

Le mâle de cette espèce est généralement d'un vert olive, tirant un peu au jaune sur les parties inférieures, foncé sur les couvertures supérieures et le bord interne des pennes alaires ; les plumes des côtés du *capistrum* et qui s'avancent sur les narines sont noires ; les *lorums* d'un jaune comme velouté ; deux moustaches noires partent de la mandibule inférieure et descendent sur les côtés de la gorge ; le bec et les pieds sont jaunes. Longueur totale, 5 pouces 10 lignes. La femelle diffère du mâle en ce qu'elle n'a point de moustaches, que les *lorums*, etc. sont verts, et que son plumage est d'une nuance terne et assez uniforme.

5ème division. GRALLINE, *Grallina*.

Bec grêle, droit, un peu cylindrique, convexe en dessus ; mandibule supérieure échancrée et courbée vers le bout ; l'inférieure entière.

Narines rondes.

Langue...

Tarses allongés, nus, annelés.

Doigt intermédiaire réuni à la base avec l'externe, totalement séparé de l'interne.

Ongles antérieurs très-petits, grêles ; postérieur robuste et très-crochu.

Ailes allongées, à penne bâtarde courte ; deuxième et troisième rémiges les plus longues de toutes.

Queue médiocre, à douze rectrices.

Cette division n'est composée que d'une seule espèce qui se trouve en Australasie, et dont on ne connaît que la dépouille.

LA GRALLINE NOIRE et BLANCHE, *Grallina Melanoleuca*.

Pl. CLI.

Superciliis, pectore, ventre, uropygio caudâque partim albis ; gutture, collo anteriori, alis nigris. Mas. *Fronte gulâque albis.* Femina.

La Manorine verte, Manorina viridis.

La Gralline, noire et blanche, *Grallina melanoleuco*.

P. Oudart del.   Lith. de C. Motte.

La Graline noire et blanche, *deuxième édit. du nouv. Dict. d'his. nat., tom.* 13, *pag.* 401.

Le mâle de cette espèce a les sourcils, les côtés de la gorge et du cou, la poitrine, les parties postérieures, le bas du dos, le croupion, la plus grande partie des pennes caudales et une bande longitudinale sur chaque aile d'un beau blanc; cette bande, part de sa partie antérieure et s'étend presque jusqu'à l'extrémité de ses pennes intermédiaires; le reste du plumage et les pieds sont noirs; le bec est de cette couleur vers son extrémité et blanchâtre dans le reste. La femelle en diffère principalement en ce qu'elle a la gorge et le front blancs.

7ème DIVISION. AGUASSIÈRE, *Hydrobata.*

Bec grêle, emplumé et arrondi à sa base, droit, finement dentelé sur les bords, un peu comprimé et fléchi à son extrémité. Pl. M, n° 10.

Narines oblongues, concaves, couvertes d'une membrane.

Langue cartilagineuse, fourchue à la pointe.

Genoux nus.

Tarses hauts, glabres, annelés.

Doigt intermédiaire réuni à la base avec l'externe, totalement séparé de l'interne.

Ailes courtes, arrondies, à penne bâtarde très-courte; deuxième rémige la plus longue de toutes.

Queue plus courte que le pied, à douze rectrices.

La seule espèce, que cette division renferme, a été classée par Latham avec les *Turdus,* et par Gmelin avec les *Sturnus;* mais n'ayant point les caractères génériques de ces deux genres, et en possédant qui lui sont particuliers, constans, et qui sont étrangers à toute autre division générique, j'ai cru devoir l'isoler génériquement.

Le nom français que j'ai imposé à cet oiseau est celui qu'il porte dans les Pyrénées, lequel est tiré de sa manière de vivre; en effet, il se plaît dans les eaux vives et courantes dont la chute est rapide et le lit entrecoupé de pierres, de morceaux de roche ou couvert de gravier. Peu d'oiseaux offrent dans leur histoire autant de faits curieux, et aussi singuliers que celui-ci. Consultez ci-après sa partie historique.

L'AGUASSIÈRE A GORGE BLANCHE, *Hydrobata albicolliis.*

Pl. CLII.

Nigrescens; gulá albá; abdomine ferrugineo. Mas. *Cinereo-fusca; abdomine rufescente.* Femina. *Fulvescente-fusca; abdomine albido.* Junior.

Le Merle d'eau, *Briss., Ornith., tom.* 5, *pag.* 252, n° 19.

Idem, *Buff., Hist. nat. des Ois., tom.* 8, *pag.* 134, *pl. enl.* 940.

Sturnus cinclus, *Linn., Gm., Syst. nat., édit.* 13, n° 5.

Turdus cinclus, *Lath., Index,* n° 57.

Water-ouzel, *Idem, Synopsis, tom.* 2, *pag.* 48, n° 50.

Tous les oiseaux à pieds palmés nagent ou plongent dans l'eau; ceux à longues jambes ne s'y tiennent qu'autant que leur corps n'y trempe point; celui-ci a seul la faculté de s'y promener au fond comme les autres sur la terre, d'y marcher d'un pas compté, soit en suivant la pente du lit, soit en le traversant d'un bord à l'autre. Dès que l'eau est au-dessus de ses genoux, il déploie ses ailes, les laisse pendantes et les agite alors comme s'il tremblait, se submerge jusqu'au cou, et ensuite par-dessus la tête, qu'il porte sur le même plan que s'il était en l'air, descend au fond, va et revient sur ses pas, le parcourt en tous sens, tout en gobant les chevrettes d'eau douce, et d'autres insectes aquatiques, dont il fait sa principale nourriture. On a remarqué que l'eau est pour cet oiseau un élément aussi naturel que l'air; qu'il n'hésite ni se détourne pour y entrer; et quetant qu'on l'aperçoit au fond, il paraît comme revêtu d'une couche d'air qui le rend brillant et semblable aux *Ditiques* et aux *Hydrophiles,* qui sont toujours dans l'eau au milieu d'une bulle d'air. Les plumes de l'Aguassière ont la même conformation que celles du Canard, c'est-à-dire qu'elles sont enduites d'une espèce de graisse qui empêche l'eau de les imprégner; en

L'Aguassière à gorge blanche, *Hydrobata albicollis*.

P. Oudart del.

Lithog. de C. Motte.

effet, comme le dit Sonnini, si on le plonge dans un vase rempli d'eau, il en sort parfaitement sec, et on voit les gouttes d'eau rouler en globules sur les plumes et tomber sans les mouiller.

C'est en volant fort vite en droite ligne et en rasant la surface de l'eau, comme le Martin-pêcheur, qu'il fait entendre, surtout au printemps, un petit cri. D'un caractère solitaire, on voit le mâle toujours seul, si ce n'est dans le temps des amours où il est accompagné de sa femelle. Celle-ci cache son nid avec beaucoup de soin, le plus souvent près des routes et des usines construites sur les ruisseaux; le compose de mousse et le voûte en haut en forme de four. Sa ponte est de quatre ou cinq œufs d'un blanc laiteux, longs d'un pouce, ayant six lignes de diamètre au gros bout et se terminant en pointe très-sensible.

On rencontre cette espèce dans les Pyrénées, les Alpes, en Angleterre, en Suède, en Hollande, dans le Jutland, aux îles Feroë, en Russie, en Sibérie et même au Kamtschatka. On la trouve aussi en Espagne, en Italie, en Sardaigne, etc. Elle se tient partout aux sources des rivières et des ruisseaux qui tombent des rochers; mais elle ne peut s'accommoder des eaux troubles ni d'un fond de vase.

Le mâle a la tête et le dessus du cou, jusqu'aux épaules, d'un cendré noir; le dos, le croupion, les ailes et la queue d'un cendré ardoisé; la gorge, le devant du cou et la poitrine blancs; le ventre ferrugineux; le bec et les pieds noirs. Longueur totale, 7 pouces 1/2. La femelle est d'un cendré brun sur la tête et le dessus du cou, moins blanche sur la poitrine, et roussâtre sur les parties postérieures. Le jeune en diffère par son plumage supérieur d'un brun un peu fauve, et en ce que sa couleur blanche est sale.

8ᵉᵐᵉ DIVISION. BRÈVE, *Pitta*.

Bec épais à la base, robuste, droit, convexe en dessus, comprimé par les côtés, pointu; mandibule supérieure échancrée et inclinée vers le bout, l'inférieure entière à pointe droite. Pl. M, n° 11.

Narines oblongues, garnies de petites plumes à leur origine.

Langue...

Tarses hauts, nus., annelés.

Doigt intermédiaire réuni à la base avec l'externe, totalement séparé de l'interne.

Ailes allongées; première, deuxième et troisième rémiges graduelles et les plus longues de toutes.

Queue très-courte, à douze rectrices.

Selon les ornitologistes, ce genre n'est composé tout au plus que de trois espèces, les autres Brèves n'étant présentées que comme des variétés. Mais ne connaissant point leur partie historique, peut-on assurer que ces déterminations soient bien réelles ? surtout ne pouvant pas même dire si les dissemblances qu'on remarque dans leur vêtement, sont des attributs sexuels ou les effets de l'âge plus ou moins avancé : il faut cependant en excepter celle dont nous publions la figure, dont la femelle et le jeune ne sont connus que depuis quelques années, et qu'on n'aurait pas dû présenter comme un *Turdus,* genre dans lequel Brisson a classé les Brèves, qui néanmoins s'en rapprochent beaucoup plus que des *Corvus,* parmi lesquels Gmelin et Latham les ont placées.

LA BRÈVE AZURINE, *Pitta cyanura.*

Pl. CLIII.

Spadicea; subtùs cœrulea et flavis strüs transversis, alternis varia; vertice ad nucham usque, remigibus et fasciâ oculari nigris; alterâ aurantiâ, fasciâ pectorali et caudâ cuneiformi cœruleis. Mas.

Vertice, corpore suprà caudâque fuscis; superciliis rufis; fasciâ collari, augustissimâ, nigrâ; abdomine nigro rufoque transversim striato. Femina. Junior.

L'Azurin, *Buff., Hist. nat. des Ois.,* tom. 3; *pag.* 410, *pl. enl.* n° 355, *sous le nom de* Merle de la Guiane.

Turdus cyanurus, *Linn., Gm., Syst. nat.,* édit. 13, *n°* 99, idem, *Lath., Index,* n° 128.

La Brève azurine, Pitta cyanura.

Blue tailled thrush, *Luth., Synopsis, tom.* 2, *pag.* 88, *n*° 121.

Le nom imposé à cette espèce, qu'on ne trouve point à Cayenne comme le dit Buffon, mais bien dans les Indes orientales, vient d'une grande plaque bleu d'azur qui couvre la poitrine du mâle. Des raies transversales de la même couleur sont dessinées sur le ventre qui est jaune ainsi que toutes les parties inférieures, à l'exception du plastron bleu. Des bandes d'un jaune orangé et d'autres d'un beau noir velouté occupent en entier le dessous et les côtés de la tête et du cou; les sourcils son jaunes; le dessus du corps est d'un brun rougeâtre; les ailes sont noires avec une bande blanche et dentelée profondément; la queue est bleue; le bec et les pieds sont bruns. Longueur totale, 8 pouces environ.

La femelle diffère du mâle en ce qu'elle a les sourcils roux; un collier noir très-étroit sur le devant du cou; les parties inférieures rayées en travers de noir et de roux; le sommet de la tête, la queue et le dessus du corps bruns. Le jeune lui ressemble.

9ème DIVISION. GRALLARIE, *Grallaria.*

Bec droit, garni de petites soies à sa base, un peu fort, convexe en dessus, à dos un peu caréné, comprimé par les côtés; mandibule supérieure échancrée et courbée vers le bout; l'inférieure entière.

Narines larges, ouvertes, à demi cachées par les plumes du *capistrum.*

Langue épaisse, courte, bifide à la pointe.

Jambes glabres sur leur partie inférieure.

Tarses élevés, nus, annelés.

Doigt intermédiaire réuni à la base avec l'externe, totalement séparé de l'interne.

Ailes courtes, arrondies; première rémige courte; quatrième et cinquième les plus longues de toutes.

Queue très-courte, à douze rectrices.

La seule espèce que renferme cette division, est distraite de la famille des Fourmiliers et du genre des *Turdus,* d'après plusieurs caractères qui lui sont particuliers, comme d'avoir les jambes nues sur leur partie inférieure, les tarses longs proportionnellement à sa taille, etc. Elle habite dans les forêts de la Guiane et du Brésil, et se perche très-rarement; elle fait son nid dans les buissons; sa ponte est de deux ou trois œufs.

LA GRALLARIE BRUNE, *Grallaria fusca.*

Pl. CLIV.

Rufo-fusca; subtus dilutior; occipite plumbeo; fronte albo fuscoque variâ.

Le Roi des Fourmiliers, *Buff., Hist. nat. des Ois.,* tom. 4, *pag.* 468, *pl. enl. n*º 702.

Turdus rex, *Linn., Gm., Syst. nat., édit.* 13, *n*º 100.

Turdus Grallaria, *Lath., Index, n*º 129.

King thrush, *Idem, Synopsis,* tom. 2, *pag.* 89, *n*º 122.

Quoique Buffon ait rangé cet oiseau parmi les Fourmiliers, il avoue qu'il ne serait guère possible de le reconnaître à la seule inspection pour un de ces oiseaux; car, ajoute-t-il, il a le bec d'une grosseur et d'une forme différentes de celles du bec de tous les autres Fourmiliers; et en diffère encore par ses jambes à demi nues et la hauteur de ses pieds; cependant il s'en rapproche par sa queue très-courte, et par plusieurs habitudes communes avec ces mêmes oiseaux.

On ne voit jamais la Grallarie en troupes et très-rarement par paires; et comme elle est presque toujours seule parmi les autres Fourmiliers qui sont en nombre, et qu'elle est plus grande qu'eux, on lui a donné le nom de *Roi.* Elle se tient presque toujours à terre; et elle est beaucoup moins vive que les autres qui l'environnent en sautillant. Elle fréquente les mêmes lieux, et se nourrit d'insectes, surtout de Fourmis.

Les dimensions en grandeur et les nuances des couleurs sont sujettes à varier dans les différens individus; car il y en a dont les couleurs sont

plus ou moins tranchantes, comme aussi de plus et de moins grands, quoiqu'adultes, que celui dont nous publions la figure.

Il a 7 pouces 1/2 de longueur totale ; la queue longue de 14 lignes ; les
pieds de 2 pouces ; les ailes, dans l'état de repos, aboutissent à l'extrémité de la queue. Les parties supérieures sont d'une couleur mêlée de
brun et de roux, qui présente des nuances différentes sur le cou, le dos
et les ailes ; deux petites bandes blanches descendent des coins du bec ; la
poitrine porte une tache de la même couleur ; cette partie, la gorge et le
devant du cou sont roussâtres ; le ventre est d'un blanc légèrement teint
de roux ; le bec et les pieds sont bruns. La femelle diffère du mâle par
plus de grosseur.

10ème DIVISION. FOURMILIER, *Myrmothera*.

Bec plus haut que large à sa base, droit, un peu fort, convexe en dessus ; mandibule supérieure échancrée et crochue vers le bout ; l'inférieure
entaillée et retroussée à sa pointe. Pl. M, n° 12.

Narines étroites et couvertes d'une membrane.

Langue courte, terminée par de petites soies.

Tarses élevés, nus, réticulés.

Doigt intermédiaire joint à l'externe presque jusqu'au milieu, et avec
l'interne à la base ; postérieur plus long que celui-ci.

Ongle du pouce plus long et plus crochu que les antérieurs.

Ailes courtes ; première rémige la plus courte de toutes ; quatrième et
cinquième les plus longues.

Queue très-courte, à douze rectrices.

Cette division contient environ seize espèces ; cependant comme le plumage est très-variable dans la plupart, et souvent dans la même ; je ne
puis assurer si parmi elles il ne se trouve pas de doubles emplois, attendu que je n'ai pour guide que leur dépouille.

C'est d'après Sonnini, le seul naturaliste qui ait observé la plupart de
ces oiseaux dans les forêts de la Guiane que nous allons entrer dans les
détails qu'exige leur partie historique. Les Fourmiliers vivent, générale-

ment parlant, en petites troupes, se nourrissent principalement de Fourmis, qui sont en quantité prodigieuse dans les terres chaudes et humides de cette partie de l'Amérique méridionale. Nulle part sur le globe il n'existe un plus grand nombre de ces insectes que dans ces contrées ; nulle part aussi plus d'espèces d'animaux ne sont destinées à s'en nourrir. Ils sont, pour quelques-unes de ces espèces, non-seulement une pâture de prédilection, mais encore un aliment nécessaire et exclusif. Les quadrupèdes auxquels on a donné, par cette raison, le nom de *Fourmiliers*, n'en ont pas d'autre, et il en est de même des oiseaux dont il est ici question.

Une pareille nourriture n'exige pas un fréquent exercice de vol ; il suffit, pour la trouver, de voltiger d'une fourmilière à une autre. Aussi les oiseaux fourmiliers se tiennent presque toujours à terre ; ils y courent avec légèreté, et s'ils la quittent, ce n'est que pour sauter sur quelques branches des buissons ou des arbres peu élevés sur lesquels ils passent la nuit. Ils y attachent aussi leur nid, tissu d'herbes sèches assez grossièrement entrelacées et de forme hémisphérique. La ponte est ordinairement de trois ou quatre œufs, à peu près ronds. La structure des parties qui servent au mécanisme du vol dans les oiseaux ; répond, dans ceux-ci, à leur genre de vie. Ils ont les ailes et la queue très-courtes, et par conséquent, fort peu propres à les élever dans les airs ; mais en même temps leurs pieds sont longs et disposés pour la course, il ne leur en fallait pas davantage.

Ces oiseaux sont vifs et agiles, on les voit presque toujours en mouvement, mais toujours fort loin des lieux habités, où ils ne rencontreraient pas l'abondance des insectes dont ils composent leur subsistance. Leur naturel est social ; ils se réunissent, non-seulement en petites troupes de la même espèce, mais encore d'espèces différentes ; et leur plumage généralement sans éclat, paraît se ressentir de ce mélange ; car il est rare de trouver, surtout dans les petites, des individus qui se ressemblent parfaitement.

Parmi ces espèces, que l'on connaît à la Guiane sous la dénomination de *Petites Perdrix*, et que les naturels du pays appellent *Palikours*, il en est qui sont très-remarquables par leur ramage. Le Fourmilier dit le

La Grallarie brune, *Grallaria fusca*.

grand Béfroy (Turdus Tinnicus, Lath.), donne l'alarme et semble avertir l'homme de se tenir sans cesse sur ses gardes au milieu des dangers qui l'environnent dans les vastes forêts de la Guiane. Cet oiseau les fait retentir de sons graves, mais éclatans et précipités, qui paraissent être ceux d'une cloche sur laquelle on frappe rapidement. Les Fourmiliers carillonneurs *(Turdus campanellus,* Lath.), qu'on rencontre en petites troupes, sautillant sur les branches des arbrisseaux, forment entre eux le carillon de trois cloches de ton différent, d'une voix très-forte, comparativement à leur petite taille. On en remarque parmi les autres qui sifflent comme l'homme et modulent la gamme et des airs harmonieux comme le musicien, tandis que d'autres sonnent le tocsin.

Les Fourmiliers et les Bataras présentent de tels rapprochemens que M. de Azara les a confondus ; cependant les premiers s'éloignent des derniers par leurs pieds proportionnellement plus longs et par leur queue très-courte et égale. Gmelin et Latham les ont classés dans leur genre *Turdus,* mais, en comparant leurs caractères génériques, on s'apercevra facilement qu'ils ne peuvent nullement convenir aux *Turdus.*

LE FOURMILIER MOUCHETÉ, *Myrmothera guttata.*

Pl. CLV.

Cœrulescens; alis nigris, flavo maculatis; ventre caudáque rufis.

Cette nouvelle espèce, que M. le comte de Riocour possède dans sa riche et précieuse collection , se trouve à Cayenne. Elle est d'un gris bleuâtre sur la tête, le cou, le dos et le croupion; de la même teinte, mais plus claire, sur la gorge, le devant du cou et la poitrine; d'un beau noir sur les couvertures supérieures et les pennes des ailes les plus proches du dos, avec des taches d'un jaune foncé sur les plus longues plumes; d'un brun bordé de vert à l'extérieur sur les autres rémiges; d'un rouge ardent sur les tectrices supérieures de la queue, sur les pennes et sur le ventre; brun sur le bec et les pieds. Longueur totale, 3 pouces.

11ème DIVISION. PÉGOT, *Accentor*.

Bec plus large que haut à sa base, droit, grêle, pointu, à bords recourbés en dedans; mandibule supérieure échancrée et un peu inclinée vers le bout; l'inférieure à pointe droite. Pl. N, n° 1.

Narines situées près du *capistrum;* dans une membrane large et concave.

Langue cartilagineuse, fourchue à la pointe.

Tarses nus, annelés.

Doigt intermédiaire soudé avec l'externe à la base, totalement séparé de l'interne; pouce le plus fort de tous.

Ongle postérieur le plus robuste.

Ailes à penne bâtarde, courte, arrondie à la pointe; deuxième et troisième rémiges les plus longues de toutes.

Des deux espèces que renferme cette division, l'une, celle dont nous publions la figure, ne se plaît que sur les plus hautes montagnes de l'Europe et de l'Asie septentrionale, où elle niche dans les fentes de rocher. L'autre *(la Fauvette d'hiver* ou *Mouchet)* habite nos bois pendant l'été, et les haies des habitations rurales pendant l'hiver. Ces deux espèces sont sédentaires en France; elles se nourrissent, à défaut d'insectes, de petites graines qu'elles avalent entières, et c'est leur principale nourriture pendant l'hiver. Leurs petits naissent couverts de duvet.

LE PÉGOT DES ALPES, *Accentor Alpinus*.

Pl. CLVI.

Griseus, gulâ albâ, fusco maculatâ; tectricibus alarum ingricantibus, apice albis; remigibus fuscis; rectricibus intùs ad apicem maculâ rufescente notatis.

La Fauvette des Alpes, *Buff. Hist. nat. des Ois.*, tom. 5, *pag.* 156, *pl. enl.* 668, *fig.* 2.

Le Fourmillier moucheté, *Myrmothera guttata*.

Motacilla Alpina, *Linn., Gm., édit.* 13, *n°* 65. Sturnus collaris, *idem, n°* 16. Sturnus moritanus, *idem, n°* 7.

Alpine Warbler, *Lath., Synops., tom.* 2, *pag.* 434, *n°* 25.

Collared stare, *idem, pag.* 8, *n°* 5. Persian starling, *idem,* 2ᵉ *Supp., n°* 4.

Sturnus collaris, *Lath., Index, n°.* 5. Sturnus moritanicus, *idem, n°* 11.

Le nom de Pégot est celui que cette espèce porte dans les montagnes du Haut-Comminge ; *Péc;* en langue vulgaire du pays, signifie un imbécille. Elle habite les Pyrénées et les Alpes, où elle choisit constamment les pointes les plus élevées et les plus solitaires des montagnes arides. Son nid est circulaire, formé de mousse et de gramen ; elle le place dans le creux abrité d'un rocher, car elle paraît craindre le vent du nord, aussi se tient-elle toujours à l'exposition du midi. La ponte est de cinq ou six œufs verts.

Ces Pégots n'abandonnent les sommets de leurs montagnes chéries que lorsqu'il s'élève, en hiver, des tempêtes ou des ouragans ; alors ils se précipitent en troupes dans les vallées, ou se réfugient dans les anfractuosités des rochers, ou derrière les arbrisseaux qui croissent dans les fentes ; ils sont si effrayés ou si hébêtés qu'ils donnent dans tous les piéges, aussi servent-ils de jouet aux enfans, qui s'amusent à les tuer à coups de bâton.

Les voyageurs rencontrent souvent des Pégots sur les sommets des montagnes, posés à terre deux à deux, et quelquefois grimpant le long des rochers en s'aidant de leurs ailes. Soit confiance, soit stupidité, l'aspect de l'homme ne les effraie pas, et ils se laissent approcher de très-près. Ces oiseaux se tiennent communément à terre, courent vite, en filant comme la Caille et la Perdrix, et non en sautillant comme les Fauvettes. Ils se posent sur les pierres, mais rarement sur les arbres, vont par petites troupes, et jettent, pour se rappeler entre eux, un cri semblable à celui de la Lavandière. On les trouve non-seulement sur les Alpes et les Pyrénées, mais encore sur les hautes montagnes de la Perse, sur celles de la Carniole, de la Carinthie, de la Suisse et de l'Italie.

Le dessus de la tête et du cou est d'un gris cendré, et en outre varié de brun sur le dos ; la gorge tachetée de deux nuances brunes sur un fond

blanc ; la poitrine est d'un gris cendré ; les parties postérieures sont variées de gris plus ou moins blanchâtre et de roux ; les couvertures inférieures de la queue marquées de noirâtre et de blanc ; les supérieures des
ailes noirâtres et tachetées de blanc à la pointe ; leurs pennes brunes, bordées extérieurement , savoir , les primaires de blanchâtre , et les secondaires de roussâtre ; les tectrices inférieures de la queue brunes , bordées
de gris verdâtre et de roussâtre ; ses pennes terminées par une tache de la
dernière couleur sur leur côté intérieur ; le bec est noir et sa base inférieure jaune ; les pieds sont jaunâtres. Longueur totale , six pouces huit
lignes. La femelle ne diffère du mâle que par des couleurs plus ternes.

12ème DIVISION. MOTTEUX, *OEnanthe*.

Bec plus large que haut à la base, garni de quelques poils sur ses angles , fendu presque jusqu'aux yeux, droit, subulé ; mandibule supérieure
échancrée et courbée vers le bout, un peu obtuse à sa pointe ; l'inférieure
plus courte, entière, droite et pointue. Pl. N, n° 2.

Narines à peu près ovales , couvertes d'une membrane.

Langue cartilagineuse , échancrée à son extrémité.

Tarses nus , annelés.

Doigt intermédiaire soudé avec l'extérieur à sa base, totalement séparé
de l'interne.

Ailes à penne bâtarde moyenne ; deuxième et troisième rémiges , les
plus longues de toutes.

Queue à douze rectrices.

Cette division est composée de trente-huit espèces, connues, les unes
sous le nom de *Motteux* , les autres sous ceux de *Traquet* et de *Ta-
rier*. Elles sont répandues en Europe, en Afrique, en Asie et en Amérique. Les *Motteux* se plaisent dans les lieux secs , arides et pierreux,
surtout pendant la saison des amours ; ils se perchent rarement à la cime
des arbres , se tiennent presque toujours à terre sur des mottes et des
pierres, sous lesquelles la femelle cache souvent son nid. La ponte est de
quatre ou cinq œufs.

Le Pégot des Alpes.   Accentor Alpinus.

Le bec de ces oiseaux , un peu déprimé à sa base , et leur bouche assez fendue, les lient aux Gobe-mouches à bec étroit vers le bout , et font les nuances qui séparent ceux-ci des Fauvettes. En effet , ils tiennent aux dernières par presque tous leurs caractères extérieurs , et ils se rapprochent des Gobe-mouches en ce qu'ordinairement ils poursuivent en l'air les insectes ailés , et les saisissent au vol avec la même adresse que ceux-ci ; mais ils diffèrent des uns et des autres par leurs habitudes. Bechstein et Meyer en ont fait un genre particulier, sous le nom de *Saxicola;* mais nous leur avons conservé celui d'*OEnanthe* , que leur ont imposé Gesner, Willugbhy, Ray , etc.

LE MOTTEUX A QUEUE ÉTAGÉE, *OEnanthe climazura.*

Pl. CLVII.

Capite, corpore suptús, caudá apice albis; remigibus, rectricibus nigris; dorso cœrubscente-cinereo.

Nous ne connaissons qu'un seul individu de cette espèce , qu'on trouve au Brésil. Il a un trait noir à travers de l'œil et le dépassant ; les pennes des ailes et de la queue de la même couleur , les couvertures alaires brunes, le dos d'un gris bleuâtre; la tête, la gorge , le cou , toutes les parties postérieurs, le croupion et l'extrémité des rectrices d'un beau blanc ; le bec et les pieds noirs. Longueur totale , 5 pouces 1/2.

13ème DIVISION. ALOUETTE, *Alauda.*

Bec cylindrique, subulé, garni à sa base de petites plumes dirigées en avant et couvrant les narines , droit chez les uns , plus ou moins arqué chez les autres, entier, quelquefois échancré vers le bout de sa partie supérieure.

Narines arrondies , à demi-closes par une membrane voûtée.

Langue cartilagineuse, fendue à sa pointe.

Tarses nus , annelés.

Doigt intermédiaire soudé à la base avec l'extérieur, totalement séparé de l'interne.

Ongle postérieur, droit ou presque droit, acuminé, ordinairement plus long que le pouce.

Ailes à penne bâtarde très-courte; deuxième et troisième rémiges les plus longues de toutes; deux secondaires presque aussi allongées que les primaires, échancrées sur le bout, ainsi que les intermédiaires.

Queue à douze rectrices.

Des vingt-cinq espèces que renferme cette division, les unes ont le bec droit et entier; chez d'autres il est échancré et presque droit; et chez quelques-unes il est entier et plus ou moins arqué; ce qui donne lieu à trois sections. A l'exemple des ornithologistes allemands, nous en avons distrait plusieurs oiseaux que Gmelin, Latham, Buffon, etc., ont classés dans le même genre; nous les ferons connaître ci-après sous le nom de *Pipi.*

Toutes les Alouettes nichent à terre; la plupart ont un ramage remarquable et très-varié; elles chantent en volant, et s'élèvent si haut dans les airs qu'on les perd de vue; quelques-unes se perchent, mais rarement. Elles sont séminivores, insectivores, herbivores, et avalent les graines entières. On rencontre des Alouettes dans toutes les parties du monde.

A. *Bec conique, droit, plus haut que large à la base, un peu grêle.*
Pl. N, n° 3.

L'ALOUETTE A HAUSSE-COL NOIR, *Alauda alpestris.*

Pl. CLVIII.

Fronte guláque flavis; corpore supra rufo, griseo-fusco vario; subtùs albido; vertice, fasciá suboculari pectoralique nigrá. Mas. *vertice nigrescente; fasciá pectorali angustá.* Femina. *Corpore tuprà rufo griseoque vario; subtùs albido; fasciá pectorali nullá.* Junior.

Le Motteux à queue étagée,   Œnanthe climazura.

l'Ouchart del.   Litho. de C. Motte.

Lark, *Catesby, car.* 1, *fig.* 32.

L'Alouette de Virginie, *Briss., Ornith., tom.* 3, *pag.* 367, *n°* 12.

Le Hausse-Col noir, ou l'Alouette de Virginie, *Buff. Hist. natur. des Oiseaux, tom.* 5, *pag.* 55.

La Ceinture de prêtre, ou l'Alouette de Sibérie, *idem, tom.* 5, *pag.* 61, *pl. enl. n°* 650, *fig.* 2, (mâle en été).

Alauda Alpestris, *Linn. Gm. Syst. nat., édit.* 13, *n°* 10. Idem, *Lath. Index, n°* 21.

Alauda Flava, *Gm., n°* 32.

Shore Lark, *Lath. Synopsis, tom.* 2, *pag.* 385, *n°* 19.

Cette espèce ne se plaît pendant l'été que dans les parties les plus boréales des deux continens, et quitte ces contrées glaciales vers le mois de septembre, pour s'avancer en grande volée vers le sud. En Amérique, elle ne dépasse guère les Carolines; en Europe, la Russie paraît être le terme de ses voyages; cependant quelques individus portent leur course plus loin, car on en a vu aux environs de Dantzick, en Allemagne, et même en Lorraine. Pallas a trouvé cette Alouette en Sibérie et l'y a vue arriver, à la fin de février, dans les landes de Liset; aux États-Unis elle quitte sa retraite hivernale dans le mois de mars, pour se retirer dans les pays les plus voisins du pole, où, à l'abri de la guerre que lui font les hommes, elle se livre sans inquiétude à l'éducation de sa jeune famille.

Cette espèce ne diffère guère de notre Alouette commune que par le plumage, car elle en a le cri, le vol et le genre de vie; ainsi qu'elle, on ne la voit jamais perchée sur des arbres, et elle se tient toujours à terre. Ne l'ayant observée que pendant l'hiver, je ne l'ai point entendue chanter, mais je juge à son gazouillement qu'elle doit avoir un ramage qui ne doit pas le céder à celui de notre réveille-matin. Pendant son séjour dans le sud, elle fréquente de préférence les champs cultivés, les landes, les dunes, les terres en friches, se tient à l'abri dans de petites fosses, d'où lui est venu le nom de *Chi-chip-pisue,* que lui donnent près d'Albani les naturels du pays. Elle se nourrit de l'avoine qui croît sur les sables, de grains de froment et d'autres plantes céréales.

Le mâle a le front et un trait derrière l'œil d'un beau jaune; cette cou-

leur sert de bordure au noir qui couvre le sommet de la tête ; on remarque une bandelette de la dernière teinte qui descend des coins de la
bouche sur les côtés de la gorge ; celle-ci et les côtés du cou sont jaunes ;
une grande tache noire, en forme de hausse-col, couvre la poitrine ; les
parties postérieures sont d'un blanc pur, ombré de jaune chez quelques
individus ; un gris rembruni domine sur les parties supérieures du corps
et est tacheté d'une nuance plus foncée sur le dos ; les petites couvertures, dont l'extrémité est gris-blanc, et les pennes secondaires des ailes
sont brunes ; les flancs d'un gris-roux ; les rémiges primaires et les rectrices noires ; les deux pennes intermédiaires de la queue, pareilles aux
rémiges secondaires ; les latérales ont à l'extérieur un liseré blanc ; le bec
est gris ; les pieds sont noirs. Longueur totale, 6 pouces 9 lignes.

La femelle est un peu plus petite que le mâle, et en diffère par un jaune
moins vif, par le sommet de sa tête qui est noirâtre, et par un plastron
moins grand et moins apparent. Le jeune mâle lui ressemble pendant
l'hiver, et est, avant sa première mue, privé de jaune, de noir et de
hausse-col.

La *Ceinture de prêtre*, donnée par Buffon et Gmelin pour une espèce
particulière, est un mâle sous son habit de noce.

B. *Bec très-arqué. Pl. N, n° 4.*

L'ALOUETTE SIRLI, *Alauda Africana.*

Pl. CLIX.

*Caudâ, remigibus et tectricibus alarum fuscis, margine albis ;
corpore subtùs albo, maculis oblongis, fuscis vario.*

Le Sirli du cap de Bonne-Espérance, *Buff. Hist. nat. des Ois,
tom.* 5, *pag.* 65, *pl. enl.*, *n°* 712.

Alauda Africana, *Linn. Gm. Syst. nat.*, édit. 13, *n°* 6. Idem, *Lath
Index, n°* 24.

African Lark, *Lath., Synopsis, tom.* 2, *pag.* 389, *n°* 22.

L'Alouette hausse-col noir, *Alauda alpestris*.

1.e Alouette Sirli; Alauda Africana.

P. Oudart del.

Lith. de C.e Motte.

Selon M. Levaillant, qui a observé cette Alouette dans son pays natal, elle se tient sur les dunes sablonneuses, et c'est du haut d'une petite éminence qu'elle fait entendre son chant qui exprime *sirrrrrli, sirrrrrli,* en traînant beaucoup sur la première syllabe *sir,* qu'elle prononce autant que le permet son haleine, et qu'elle termine ensuite par la dernière *li,* poussée avec force et du ton le plus aigu. On rencontre cette espèce dans toute l'Afrique, la Barbarie, jusqu'au cap de Bonne-Espérance, et une race très-voisine a été depuis peu découverte en Provence par M. Dupont naturaliste.

Toutes les parties supérieures sont variées de brun, de roux et de blanc; les inférieures ont des taches brunes sur un fond blanc; les ailes, la queue et les pieds sont bruns; le bec est noir. Longueur totale, 8 pouces. Des individus n'ont point de taches sur le dessous du corps, et quelques-uns ont le bec beaucoup plus long que les autres.

C. *Bec gros, plus haut que large, un peu fléchi en arc. Pl. N, n° 5.*

L'ALOUETTE DE TARTARIE, *Alauda Tatarica.*

Pl. CLX.

Nigra ; pennis albido marginatis ; remigibus rectricibusque nigris. Mas. *Fronte canâ.* Femina.

Alauda Tatarica, *Pallas, it., tom.* 2, *pag.* 707. *Pl. C.*

Alauda Mutabilis, *Linn., Gm., Syst. nat., édit.* 13, *n°* 29, (femelle).

Alauda Tatarica, *Lath., Index, n°* 15.

Tanagra Siberica, Sparm., Mus., Carts. Pl. 19. Idem, *Linn., Gm., Syst., n°* 42.

Black, Lark, *Lath., Synopsis, tom.* 2, *pag.* 380, *n°* 13.

Mutable Lark, *idem, pag.* 381, *n°* 14, (femelle).

Alouette de Tartarie, *Buff., édit. de Sonnini, tom.* 50, *pag.* 18.

On doit à l'illustre Pallas la connaissance de cette espèce, qui passe l'été dans les solitudes arides du midi de la Tartarie, et l'hiver au nord de la mer

Caspienne. On ne l'entend presque jamais chanter, et on ne la voit en petites troupes dans le voisinage des lieux habités, que pendant la saison des frimas ; elle se montre quelquefois en Italie.

Le mâle a les plumes d'un noir foncé avec un liseré blanchâtre souvent nul sur les parties supérieures, ainsi que sur la plupart des pennes, alaires et caudales. Le bec est jaunâtre avec du noir à la pointe ; les pieds sont de la dernière couleur. Longueur totale, 7 pouces 1/2. La femelle est grisâtre sur le front, et toutes les plumes des parties inférieures sont terminées par des lignes grises. Chez les jeunes, le plumage est brun ; les bordures des plumes ont plus de largeur et sont jaunâtres.

14ème DIVISION. PIPI, *Anthus*.

Bec glabre à sa base, grêle, subulé, droit, à bords un peu courbés en dedans vers le milieu ; mandibule supérieure échancrée à son extrémité, un peu plus longue que l'inférieure. Pl. N, n° 6.

Narines un peu ovales, en partie couvertes par une membrane.

Langue cartilagineuse, fourchue à sa pointe.

Tarses nus, annelés.

Doigt intermédiaire soudé à la base avec l'extérieur, totalement séparé de l'interne.

Ongle postérieur plus long que le pouce, presque droit, très-grêle, très-aigu chez les uns ; crochu et pas plus long que ce doigt chez les autres.

Ailes sans penne bâtarde ; première, deuxième, troisième rémiges, les plus longues de toutes ; deux secondaires allongées ; la plus proche du dos atteignant presque le bout de la première des primaires ; les intermédiaires échancrées à leur extrémité.

Queue un peu fourchue, plus courte que l'aile, à douze rectrices.

Cette division contient quinze espèces, dont le plus grand nombre se trouve en Europe ; d'autres habitent l'Afrique et l'Asie, et quelques-unes dans l'Australasie. On les avait toujours classées avec les Alouettes ; mais Bechstein les en a distraites pour en composer un genre distinct ; en

L'Alouette de Tartarie, Alauda Tartarica.

effet, les Pipis diffèrent des véritables Alouettes, en ce qu'ils ont un bec
plus fin, échancré sur chaque côté vers le bout de sa partie supérieure, ce
que nous n'avons remarqué que chez une seule de ces dernières, que,
d'après cette dissemblance, nous avons placée dans une section particulière
qui lie les deux divisions. Ils en diffèrent encore par leurs ailes privées de la
petite penne bâtarde, par une taille plus svelte, par un mouvement de
queue de bas en haut, qui les rapproche des *Hochequeues*, avec lesquels
ils ont encore de l'analogie par la longueur des pennes secondaires les plus
proches du dos. Ils tiennent aux Alouettes, proprement dites, par la forme
de ces deux pennes, par l'échancrure qui termine toutes les rémiges intermédiaires et par la plupart de leurs habitudes. Comme celles-ci, ils
chantent en volant et s'élèvent à une certaine hauteur dans les airs, ne
cherchent leur nourriture, ne nichent et ne couchent qu'à terre. Les uns
fréquentent les champs cultivés et les prairies ; d'autres se plaisent, surtout pendant la belle saison, sur la lisière des bois, dans les clairières,
les terrains arides, les bruyères et les bosquets clair-semés. Plusieurs préfèrent alors les montagnes, les falaises, les écueils et les pâturages maritimes ; quelques-uns enfin habitent, pendant l'été, les collines dans les
lieux sablonneux ou pierreux, et se tiennent à l'arrière-saison dans les champs
ou sur les bords des rivières, où ils cherchent leur nourriture sur la
grève ; très-peu ont la facilité de se percher constamment sur les arbres.
Ils font ordinairement deux couvées, et leur ponte est composée de quatre
ou cinq œufs.

A. *Ongle postérieur presque droit et plus long que le pouce.*

LE PIPI ROUSSET, *Anthus rufulus.*

Pl. CLXI.

*Corpore suprà pennis fuscis margine rufis vestito, subtùs subrufo;
pectore fusco maculato; tectricibus, alis caudáque nigricantibus,
margine exteriore rufescentibus; rectrice primá extus, secundá apice
albo.*

Le Pipi rousset, *deuxième édit. du nouv. Dict. d'hist. nat., tom.* 26, *pag.* 494.

Ce Pipi, que l'on trouve au Bengale, est le plus petit de tous ; il a à peine cinq pouces de longueur totale. Toutes les parties supérieures sont brunes et fauves ; cette dernière teinte occupe le bord des plumes ; la gorge est blanche ; le cou, la poitrine et les parties postérieures sont rousses avec quelques taches brunes sur le bas du devant du cou et sur la poitrine ; les couvertures supérieures et les pennes des ailes sont noirâtres et bordées de roussâtre ; toutes les pennes latérales de la queue, d'un brun sombre et terminées de blanc. Le bec est brun en dessus et jaunâtre en dessous ; les pieds sont verdâtres.

B. *Ongle postérieur arqué et pas plus long que le pouce.*

LE PIPI LEUCOPHRYS, *Anthus leucophrys.*

Superciliis albis; corpore suprà fusco-cinereo, subtùs albido; pectore maculis fuscis longitudenaliter vario; alis caudâque fuscis; remigibus primariis extus nigro marginatis; rectrice extimâ extus apiceque albidâ.

Le Pipi leucophrys, *deuxième édit. du nouv. Dict. d'hist. nat., tom.* 26, *pag.* 522.

On rencontre ce Pipi en Afrique, surtout au cap de Bonne-Espérance. Une bandelette blanche passe au-dessus de l'œil, s'élargit ensuite et s'étend presque sur les côtés de l'occiput ; toutes les parties supérieures sont d'un gris rembruni, avec des petites marques noirâtres sur la tête ; toutes les inférieures d'un blanc terne, avec des taches longitudinales, isolées et d'un brun effacé sur le devant du cou et sur la poitrine ; les ailes et la queue sont brunes ; les premières rémiges liserées en dehors d'une teinte noire ; la première rectrice de chaque côté est d'un blanc terne à l'extérieur et vers le bout ; le bec est brun en dessus et jaunâtre en dessous ; les pieds sont couleur de chair. Longueur totale, 5 pouces 1/2.

Le Pipi rousset, Anthus rufulus.

15ème DIVISION. HOCHEQUEUE, *Motacilla*.

Bec grêle, cylindrique, subulé, droit; mandibule anguleuse entre les narines, entaillée vers le bout; l'inférieure entière.

Narines glabres, ovales.

Langue en forme de flèche, garnie à sa pointe de quelques soies.

Tarses nus, annelés.

Doigt intermédiaire réuni à la base avec l'extérieur, totalement séparé de l'interne.

Ailes moyennes; première, deuxième et troisième rémiges les plus longues de toutes; une des secondaires très-prolongée; les intermédiaires échancrées à leur extrémité.

Queue à douze rectrices égales et allongées.

On connaît dix-neuf espèces d'oiseaux qui doivent faire partie de cette division, dont Latham est l'auteur; Linnée les a classées avec les Fauvettes, d'après des rapports dans la forme du bec; mais elles s'en éloignent par des caractères qui leur sont propres et qu'on ne rencontre point dans ces dernières. En effet, si on consulte leurs mœurs et leurs habitudes, on voit qu'elles ont un tout autre genre de vie; elles s'en éloignent encore par une penne secondaire fort longue, qui au lieu d'être échancrée comme chez les Alouettes, est entière et pointue comme chez les oiseaux de rivage. On pourrait composer cette division de deux sections, dont l'une contiendrait les Hochequeues dont l'ongle postérieur est arqué et de la longueur du pouce, tandis que chez d'autres il est presque droit, subulé et un peu plus long que ce doigt.

Ces oiseaux fréquentent les prairies, les lieux humides et marécageux, se plaisent au bord des ruisseaux et des rivières. La plupart ont le vol onduleux; tous courent plutôt qu'ils ne marchent, se perchent rarement, chantent ou crient en volant et construisent leur nid à terre, ou le long des rivages dans une pile de bois ou dans un trou de muraille dont la base baigne dans l'eau. Le insectes et les vermisseaux sont leur unique nourriture. Le nom de *Hochequeue* leur a été imposé, parce qu'ils halancent leur longue queue de bas en haut, et quelques-uns ont été appelés *Bergeronnettes* ou *Bergerettes*, parce qu'ils ont l'habitude de suivre les bestiaux dans les pâturages.

LE HOCHEQUEUE JAUNE, *Motacilla boarula.*

Pl. CLXII.

Suprà cinerea; subtùs flava; mento guláque nigris ; rectrice primá totá, secundá latere interiori albá. Mas æstivus. *Mento, guláque albidis.* Mas hiemalis et Femina.

La Bergeronnette jaune, *Briss., Ornith., tom.* 3, *pag.* 471, *n°* 41, *pl.* 23, *fig.* 3.

Idem, *Buff., Hist. nat. des Ois., tom.* 5, *pag.* 268, *pl. enl., n°* 28, *fig.* 1. Mâle en hiver ou Femelle.

Motacilla boarula, *Linn., Gm., Syst. nat., édit.* 13, *n°* 51. Idem, *Lath., index, n°* 4.

Grey Wagtail, *Lath., Synopsis, tom.* 2, *pag.* 398, *n°* 4.

Nous ne voyons cette espèce que pendant l'hiver, au bord des eaux stagnantes, des ruisseaux et des rivières ; lorsque ceux-ci sont gelés, elle s'approche des habitations et ne craint point de venir chercher sa pâture au milieu des villes. Elle nous quitte au mois de mars et passe l'été en Piémont et en Allemagne. Etant d'un naturel solitaire, on rencontre plus souvent, pendant la mauvaise saison, un individu seul que deux ensemble. Ce Hochequeue niche dans des tas de pierre, dans le gravier ou dans un trou en terre. Sa ponte est de cinq ou six œufs, épais d'un bout et fort pointus de l'autre, d'un blanc sale, très-couvert de taches, surtout vers le gros bout, de deux nuances couleur de chair, l'une sombre et l'autre claire.

Le mâle a, pendant l'été, la tête et le manteau d'un gris glacé d'olivâtre sur le dos ; le croupion et les couvertures supérieures de la queue d'un vert jaunâtre ; la gorge et le devant du cou noirs ; les sourcils, la poitrine et les parties postérieures d'un jaune éclatant ; les couvertures

Le Hochequeue Jaune, *Motacilla boarula*.

P. Oudart. del.

Lithog. de C.ᵉ Motte

et les pennes des ailes noirâtres ; les secondaires bordées d'un jaune pâle et
blanches à leur base ; les six pennes intermédiaires de la queue noirâtres
et frangées en dehors de vert-olive ; les six autres blanches, savoir, les plus
extérieures presque en entier, les deuxième et troisième en dedans et
vers le bout ; celles-ci plus ou moins noirâtres en dehors ; le bec brun,
les pieds couleur de chair. Longueur totale, 7 pouces 3 à cinq lignes.

Le mâle, pendant l'hiver, et la femelle ont la gorge, le devant du cou
et les sourcils d'un gris blanc ; le jaune des parties inférieures pâle et le
manteau d'un gris olivâtre. Le jeune n'en diffère qu'en ce que le jaune de
la poitrine incline au blanc, et qu'il est plus terne sur le bas-ventre et
sur les couvertures inférieures de la queue.

15ème DIVISION. MÉRION, *Malurus*.

Bec très-grêle, droit, court, entier, subulé. Pl. N, n° 7.
Narines très-petites, arrondies.
Langue......
Tarses très-grêles.
Doigt intermédiaire, réuni avec l'extérieur, jusqu'à la deuxième pha-
lange ; l'interne libre.
Ailes courtes, arrondies, un peu concaves, à penne bâtarde courte ;
deuxième et troisième rémiges les plus longues de toutes.
Queue à douze rectrices longues, faibles et grêles.

Les quatre espèces dont cette division est composée, se trouvent à la
Nouvelle-Hollande. On ne connaît le genre de vie que d'une seule
(le Mérion-Binnion) qui se tient continuellement dans les herbes et les
joncs.

LE MÉRION SUPERBE, *Malurus cyaneus*.

Pl. CLXIII.

Nigro-cyaneus, subtùs albus; capite nigro-sericeo, tumido; sinci-

pite, genis, lunuláque cervicis cœruleo nitidis; fasciá per oculos nigrá. Mas. Supra fuscus, circa oculos cœruleus. Femina.

Sylvia Cyanea, *Lath., index, n° 142.*

Superb Warbler, *idem, Synopsis, tom. 2, pag. 591, n° 137.*

Le Mérion superbe. *Deuxième édit. du nouv. Dict. d'hist. nat., tom. 20, pag. 215.*

Le mâle de cette belle espèce, qu'on rencontre sur la terre de Van-Diemen et dans les parties méridionales de la Nouvelle-Hollande, porte de longues et nombreuses plumes sur la tête, au-dessous des yeux et sur le haut de la gorge, qui sur la première partie prennent la forme d'une huppe très-garnie, naturellement élevée, et sur les autres présentent des espèces de faisceaux. Celles du front, du dessous de l'œil et dés oreilles sont d'un bleu foncé; un petit trait noir part du bec et passe à travers les yeux; le reste de la tête, jusqu'à la nuque, est d'un beau noir de velours, auquel succède un croissant bleu; cette couleur tranche agréablement sur l'uniformité de la teinte noire qui couvre le dessus du cou et du corps; les plumes de la gorge et le dessus de la queue sont de la même couleur; le reste du dessous du corps est d'un bleu blanc; les pennes des ailes ont leurs barbes noirâtres, et leur tige couleur marron; celles de la queue ont deux pouces et trois lignes de longueur et sont étagées; le bec et les ongles noirs; les pieds d'un brun noirâtre. Longueur totale, environ 5 pouces 1/2.

Parmi les individus qu'on soupçonne être des femelles et des jeunes, les uns ont les tiges des rémiges noirâtres; le dessous du corps d'un brun sombre; l'occiput traversé par une raie qui tend au blanc et forme en arrière un large triangle. D'autres sont d'un gris rembruni en dessus et d'une nuance plus claire sur la tête; toutes les parties inférieures sont blanchâtres et les pennes de la queue plus ou moins blanches à leur extrémité; le bec est brun. D'autres enfin, tel que le *Sylvia pucilla* de Latham, figuré dans le journal de White, page 257, sont totalement bruns; mais cette couleur est plus pâle sur les parties inférieures; le bec et les pieds sont noirs.

Le Mérion Superbe, *Malurus Cyaneus*.

P. Oudart del.   Lithog. de C. Motte.

17ème DIVISION. FAUVETTE, *Sylvia*.

Bec grêle, subulé, à base un peu comprimée chez les uns, un peu déprimée chez les autres, rarement tout-à-fait droit, toujours étroit à son extrémité ; mandibule supérieure entière ou échancrée vers le bout, le plus souvent fléchie à la pointe ; l'inférieure droite.

Narines garnies d'une membrane en dessus, à ouverture de diverse forme, oblongues, linéaires ou lunulées.

Langue cartilagineuse, lacérée à oa pointe.

Bouche ciliée.

Tarses nus, annelés.

Doigt intermédiaire réuni à la base avec l'extérieur totalement séparé de l'interne.

Ailes à penne bâtarde, courte chez le plus grand nombre : rémiges les plus longues variables ; les première et deuxième chez les uns, les deuxième et troisième chez les autres, les troisième et quatrième chez plusieurs.

Queue à douze rectrices.

Cette division renferme au moins deux cent cinquante espèces qui sont répandues sur tout le globe, et composée de deux sections, dont l'une contient celles qui ont le bec échancré et plus ou moins incliné à la pointe de sa partie supérieure ; chez l'autre le bec est droit et aigu.

Toutes quittent les régions boréales et tempérées aux approches de la saison où les arbres étant dépouillés de feuilles et de fruits, les insectes morts ou engourdis, les privent de leur nourriture habituelle ; mais dès que les fleurs commencent à s'épanouir, que les bocages se couvrent d'une naissante verdure et offrent de tendres alimens à des milliers de petits animaux, la nombreuse famille des Fauvettes reparaît et se disperse dans les campagnes et les forêts ; plusieurs se fixent dans les jardins et les bosquets, tandis que d'autres préfèrent la lisière des taillis ou l'épaisseur des bois ; d'autres ne se plaisent que dans les lieux aquatiques, où elles établissent leur domicile d'amour. Toutes animent les endroits qu'elles ha-

bitent par la gaîté de leurs chansons, la variété, la vivacité de leurs mouvemens, de leurs jeux et leurs combats amoureux.

Parmi ces oiseaux les uns ne vivent que d'insectes, d'autres joignent à
cette nourriture les baies et les fruits succulens. Les bosquets, les buissons, les halliers sont les endroits que la plupart choisissent pour y établir leur nid; d'autres accordent la préférence aux roseaux et aux joncs;
enfin quelques-uns nichent à terre ou dans des trous d'arbre et de muraille. La ponte est composée de quatre à six œufs, dont le mâle partage
l'incubation.

A. *Bec échancré et plus ou moins incliné à la pointe de sa partie
supérieure.* Pl. N, n° 8.

LA FAUVETTE A TÊTE ROUSSE, *Sylvia raficapilla.*

Pl. CLXIV.

*Olivacea; subtùs flava; collo et pectore maculis longitudinalibus
rufis variis; vertice rufo; tectricibus alarum, remigibus rectricibusque fuscis, margine olivaceis.* Mas. *Vertice olivaceo; gutture flavo.*
Femina.

Le Figuier de la Martinique, *Briss., Ornith.,* tom. 3, *pag.* 490,
n° 50, *pl.* 22, *fig.* 4.

Le Figuier à tête rousse, *Buffon, Histoire nat. des Ois.,* tom. 5,
pag. 306.

Motacilla ruficapilla, *Linn., Gm., Syst. nat.,* édit. 13, n° 106.

Sylvia ruficapilla, *Lath., Index, n°* 119.

Bloody side Warbler, *Idem, Synopsis,* tom. 2, *pag.* 489, *n°* 115.

Cette Fauvette, qu'on trouve à la Martinique, voltige sans cesse d'arbre
en arbre, de buisson en buisson, et ne se repose que pour manger. Son
chant est court, faible et mélodieux.

Le mâle a la tête, la gorge et le haut du cou en devant roux; les parties inférieures et le dessous des ailes d'un beau jaune, avec des taches

La Fauvette à tête rousse, Silvia ruficapella.

P. Oudart del.

Lithé de C. Motte.

longitudinales d'un roux vif seulement sur le bas du cou, la poitrine et les
flancs; le dessus du cou et le dos d'un vert olive foncé; le croupion d'un
vert jaune; les petites et grandes couvertures supérieures des ailes et les
pennes d'un verdâtre foncé, bordé en dehors d'un vert olive; les moyennes
tectrices frangées de jaune; les deux rectrices intermédiaires pareilles aux
rémiges; toutes les latérales verdâtres à l'extérieur et jaunes à l'intérieur
en dessus et en dessous; les pieds et le bec bruns. Longueur totale,
4 pouces 4 lignes. Chez la femelle la tête est pareille au dos, et la gorge
jaune; les taches des parties inférieures sont peu apparentes et la couleur
jaune est plus pâle.

B. *Bec parfaitement droit, aigu. Pl. N, n° 9.*

LA FAUVETTE-PITPIT BLEUE, *Sylvia Cayana.*

Pl. CLV.

Cœrulea; capistro, humeris, alis caudáque nigris. Adulte.
Viridis; gulá cand́; remigibus fuscis, margine viridibus. Junior.
Viridis; capite et tectricibus alarum superioribus cœruleis. Ætatis
varietas.

Le Pitpit bleu de Cayenne, *Briss., Ornith.,* tom. 3, *pag.* 533, *n°* 72,
pl. 28, *fig.* 1.

Idem, *Buff., Hist. nat. des Ois.,* tom. 5, *pag.* 339, *pl. enl.,* n° 669,
fig. 1 et 2.

Le Pitpit vert; *Idem, pag.* 531, *n°* 70, *pl.* 28, *fig.* 4.

Motacilla Cayana, *Linn., Gm., Syst. nat.,* édit. 13, *n°* 40.

Motacilla cyanocephala, *idem, n°* 163.

Sylvia cyanocephala, *Lath., Index, n°* 144.

Cayeum Warbler, *Lath., Synopsis,* tom. 2, *pag.* 502, *n°* 138.

Blue-Headed Warbler, *idem, pag.* 503, *n°* 139.

Le plumage de ce Pitpit étant varié dans les deux premières an-

nées, il en est résulté des doubles emplois, comme on le voit dans la synonymie. On le trouve en Amérique sous la zone torride, où il est sédentaire.
Il se tient dans les bois, sur les grands arbres, se plaît à leur cime et vit
en troupes plus ou moins nombreuses.

Cet oiseau, sous son plumage parfait, a le front, les côtés de la tête,
le haut du dos, les ailes et la queue noirs; le reste du plumage d'un beau
bleu; le bec noirâtre et les pieds gris. Longueur totale, 4 pouces 3/4. Il
est, dans son premier âge, vert, et ne présente aucune trace de bleu et de
noir. Parmi les variétés d'âge, on remarque le Pitpit vert (*Sylvia cyanocephala*), lequel diffère du premier en ce qu'il n'a point de noir sur le
front et sur les côtés de la tête; en ce que la gorge est d'un gris bleuâtre,
que les grandes couvertures des ailes et tout le corps sont d'un vert brillant;
les pennes claires, brunes et bordées de vert; celles de la queue d'un vert
obscur. Enfin, l'individu, dont Edwards a publié la figure, pl. 263,
sous le nom de *Blue manakin*, a la gorge noire, le front et les côtés
de la tête du même bleu que le reste du corps. On en remarque encore
d'autres qui ont plus ou moins de bleu, plus ou moins de vert dans leur
plumage; mais tous font partie d'une même espèce.

18ème DIVISION. ROITELET, *Regulus*.

Bec très-grêle, court, droit, un peu comprimé latéralement, subulé,
pointu; mandibule supérieure finement entaillée vers le bout. Pl. N, n° 10.

Narines ovales, couvertes par deux petites plumes décomposées et dirigées en avant.

Langue cartilagineuse, terminée par de petites soies.

Tarses nus, annelés.

Doigt intermédiaire, réuni à la base avec l'externe, totalement séparé
de l'interne; postérieur le plus fort de tous.

Ailes à penne bâtarde très-courte; première et septième rémiges égales;
troisième et quatrième les plus longues de toutes.

Queue à douze rectrices.

Les caractères qui distinguent parfaitement les trois espèces dont cette

La Fauvette Pipit bleu, Silvia Cayana.

division est composée, des *Fauvettes* et *Troglodytes*, sont un bec nullement déprimé à sa base et les deux petites plumes décomposées qui se dirigent sur les narines. Les Roitelets vivent d'insectes qu'ils cherchent sur
les arbres et qu'ils saisissent quelquefois au vol. Ils ont, dans leur genre de
vie, quelque analogie avec les Mésanges; car, comme celles-ci, ils se suspendent à l'extrémité des branches les plus flexibles, s'y accrochent pour
fureter dans les feuilles et les fleurs et y chercher les petits animaux qu'elles
recèlent. Leur nid est suspendu aux rameaux et fait avec beaucoup d'art.
Leur ponte est assez nombreuse.

LE ROITELET OMNICOLOR, *Regulus omnicolor*.

Pl. CLXVI.

*Cristâ nigrâ, flavescente rubrâque; genis cœruleis et nigris; dorso
virescente; gulâ albâ; corpore subtùs flavo; tectricibus caudœ inferioribus rubris.*

Cette nouvelle espèce, que nous devons à M. Auguste Saint-Hilaire, se
trouve au Brésil, particulièrement dans les forêts qui bordent Rio-Grande.

Les plumes du sommet de la tête sont assez longues pour former une
huppe pareille à celle de notre Roitelet, quand l'oiseau les redresse; ces
plumes sont noires, jaunâtres et rouges; cette dernière couleur présente
une tache assez remarquable sur le milieu de l'occiput; la partie supérieure
des joues est bleue, et l'inférieure du même noir qui couvre l'espace qui sépare le bec de l'œil, les ailes et la queue dont la penne la plus extérieure
est blanche, ainsi que le dehors de celle qui la suit; le haut de la gorge est
blanc, de même qu'une bande sur les côtés et une autre presque transversale sur les ailes; quelques pennes intermédiaires sont de la même couleur;
le dessus du cou, le dos et le croupion sont verdâtres; mais cette teinte
s'obscurcit sur le bas de la deuxième partie, et sur la dernière : le devant
de la première, la poitrine et les parties postérieures sont jaunes; les couvertures inférieures de la queue rouges; le bec, les pieds noirs. Longueur totale, 3 pouces 3/4.

19ème DIVISION. TROGLODYTE, *Troglodytes*.

Bec fin, entier, subulé, pointu, droit ou un peu arqué; mandibules égales.

Narines ovales, couvertes d'une membrane.

Langue cartilagineuse, divisée à sa pointe.

Tarses nus, annelés.

Doigt intermédiaire réuni à la base avec l'externe, totalement séparé de l'interne.

Ailes courtes, concaves, arrondies, à penne bâtarde moyenne; troisième et quatrième rémiges les plus longues de toutes.

Queue à douze rectrices, susceptibles de rester relevées.

Les espèces de cette petite division sont au nombre de trois ou quatre, dont une seule se trouve en Europe et les autres dans l'Amérique. La dénomination de *Troglodyte*, que Montbeillard a imposée à l'espèce européenne, qu'on confond souvent avec le *Roitelet* en lui appliquant le même nom, lui convient parfaitement et peint son goût pour les petites cavernes, les trous de muraille et généralement les endroits obscurs; habitude qu'on remarque aussi dans les espèces américaines. Toutes ne vivent que d'insectes qu'elles cherchent dans les piles de bois, les tas de branchages morts, sous les toits, aux pieds des haies et des buissons, qu'elles parcourent gaîment en sautillant sans cesse, et les mâles en faisant entendre son joli ramage. Les unes cachent leur nid dans un trou d'arbre ou de muraille, sous le revers d'un fossé, sous une racine; les autres l'attachent au chaume qui couvre les toits rustiques, lui donnent une forme oblongue, close de tous côtés et pratiquent l'entrée sur le côté. La ponte est ordinairement de six à huit œufs, chez les individus qui vivent parmi nous. Ceux qui habitent les régions boréales, en émigrent à l'automne et n'y reviennent qu'au printemps.

Le Roitelet omnicolor, Regulus omnicolor.

Oudart del.

Lith. de C. Motte.

LE TROGLODYTE BRUN, *Troglodytes furva.*

Pl. CLXVII.

Furva ; dorso, alis caudáque atro striatis.
Le Roitelet de Surinam, *Ferm. Surin.*, 2, *pag.* 201.
Brown Warbler, *Brown, Illust., pag.* 68, *pl.* 28.
Idem, *Lath., Synopsis, tom.* 2, *pag.* 508, *n°* 144.
Sylvia furva, *idem, Index, n°* 151.
Motacilla furva, *Linn., Gm., Syst. nat., édit.* 13, *n°* 168.

Dans la deuxième édition du *Nouveau Dictionnaire d'histoire naturelle,* j'ai rapproché du Troglodyte Aédon l'oiseau dont je publie la figure, quoique celui-là se trouve dans les États-Unis et l'autre au Brésil et à Cayenne ; mais on ne peut guère les séparer ; puisque le Troglodyte brun n'en diffère qu'en ce qu'il a le dos et l'abdomen sans aucune des raies transversales qu'on remarque sur les mêmes parties de l'Aédon, du reste ils se ressemblent parfaitement ; et tous les deux ont un chant mélodieux, fort et aussi sonore que celui de notre Pinson *(Fruigilla cœlebs),* mais plus moelleux, plus étendu et plus varié, d'où leur est venu le nom de *Rossignol.* Ils placent ordinairement leur nid dans un arbre creux, le composent de filamens de racine, de bourre, de mousse, d'herbes fines, employés sans art, et sur lesquels la femelle dépose six à huit œufs un peu couleur de chair.

Le mâle et la femelle ne présentent pas de dissemblance dans leur plumage ; ils ont le dessus de la tête, du cou et du corps bruns ; les plumes du bas du dos tachetées de blanc dans le milieu, ce qu'on n'aperçoit qu'en les soulevant ; les couvertures supérieures des ailes, leurs pennes, de même que celles de la queue, sont traversées de noir sur un fond brun ; la gorge, la poitrine et le milieu du ventre gris ; les flancs et les couvertures inférieures de la queue teints de roussâtre ; le bec brun en dessus, d'une nuance plus claire en dessous ; les pieds d'une couleur de corne jaunâtre. Longueur totale, 4 pouces.

14ᵉ FAMILLE. GRIMPEREAUX, *Anerpontes*.

Bec entier, ordinairement grêle, droit ou arqué, très-aigu, ou terminé en forme de coin.

Doigts au nombre de quatre, trois devant, un derrière.

A. *Doigts extérieurs inégaux; pouce grêle plus long que le doigt interne.*

* *Pennes caudales entières.*

Iʳᵉ DIVISION. THRYOTHORE, *Thryothorus*.

Bec long, épais à sa base, cylindrique, arqué, délié, entier, comprimé latéralement, pointu; mandibules égales. Pl. N, n° 11.

Narines oblongues, en partie couvertes d'une membrane proéminente.

Langue cartilagineuse, grêle, aiguë.

Tarses nus, annelés.

Doigt intermédiaire réuni à la base avec l'extérieur, totalement séparé de l'interne.

Ongle postérieur le plus long de tous.

Ailes courtes, arrondies, concaves, à penne bâtarde allongée et large; troisième, quatrième, cinquième rémiges les plus longues de toutes.

Queue à douze rectrices, susceptibles de se tenir relevées.

La plupart des Thryothores fréquentent les lieux aquatiques, grimpent sur les plantes, non pas de la même manière que les Grimpereaux proprement dits; mais ils saisissent, en travers, avec leurs pieds le roseau ou la tige d'une plante quelconque, et les parcourent de bas en haut par petits sauts comme le font plusieurs Fauvettes de rivage, et particulièrement l'Effarvatte. Ils ont, dans leur plumage, des rapports avec les Troglodytes; aussi plusieurs ont été classés avec eux. Ils s'en rapprochent encore par la forme de leurs ailes, le port de leur queue et les raies transversales des

Le Troglodyte brun, Troglodytes furva.

P. Oudart del.

litho. de C. Motte

rémiges et des rectrices ; mais ils en diffèrent par leur bec plus robuste, plus allongé et par leur pouce toujours plus long que le doigt interne. Les cinq espèces de ce petit groupe n'habitent que l'Amérique ; deux sont fixées dans le nord et les autres dans le sud de ce continent. Quelques-unes présentent entre elles une telle analogie, que les descriptions peuvent quelquefois ne pas paraître suffisantes pour les bien distinguer ; mais on saisit facilement leur dissemblance, quand on les compare en nature ou exactement dessinées.

LE THRYOTHORE A LONG BEC, *Thryothorus longi-rostris.*

Pl. CLXVIII.

Vertice fusco; superciliis albis; genis sordidè albidis, fusco maculatis; corpore suprà fuscescente-rufo; gulâ albâ ; pectore ventreque rufis.

Le Thryothore à long bec, *deuxième édit. du Nouv. Dict. d'hist. nat., tom.* 34, *pag.* 56.

On distinguera toujours facilement ce Thryothore des autres par son bec robuste, long de quinze lignes, à partir des coins de la bouche, et un peu arqué depuis son milieu jusqu'à sa pointe. Le dessus de la tête est d'un brun sombre ; les sourcils sont blancs ; une tache brune part du coin postérieur de l'œil, et s'étend jusqu'aux oreilles ; les joues sont d'un blanc sale, tacheté de brun ; toutes les parties supérieures d'un roux rembruni ; les pennes des ailes et de la queue rayées en travers de roux et de noir ; la gorge est blanche ; toutes les parties postérieures sont rousses ; les pieds noirâtres ; le bec est de cette couleur en dessus, et jaunâtre en dessous à sa base. Cette espèce se trouve au Brésil.

2ème DIVISION. MNIOTILLE, *Mniotilla.*

Bec court, subulé, grêle, droit, entier, comprimé latéralement ; mandibules égales, aiguës.

Narines presque ovales , couvertes d'une membrane.

Langue cartilagineuse, pointue.

Tarses nus , annelés.

Doigt intermédiaire soudé avec l'externe à sa base , totalement séparé de l'interne; pouce grêle, allongé.

Ongle postérieur le plus long de tous.

Ailes moyennes, première, deuxième, troisième rémiges graduelles et les plus longues de toutes.

Queue à douze rectrices.

Cette division n'est composée que d'une seule espèce, qui se trouve dans l'Amérique septentrionale, et qu'on a classée parmi les Fauvettes , mais qui nous paraît devoir en être distraite; puisqu'outre quelques différences dans la conformation du bec, du doigt postérieur et de son ongle, on la voit toujours grimper le long des troncs et des grosses branches des arbres. Cette observation avait déjà été faite avant moi par le correspondant d'Edwars, qui a nommé cet oiseau *Grimpereau noir et blanc*. Il en est du Mniotille, comme des Sittelles, des Grimpereaux de muraille; les pennes de sa queue ne lui servent point d'appui pour grimper, aussi sont-elles faibles, droites et jamais usées à leur extrémité, comme les rectrices des véritables Grimpereaux.

LE MNIOTILLE VARIÉ, *Mniotilla varia*.

Pl. CLXIX.

Albo nigroque maculata; fasciis alarum duabus albis; gulâ nigrâ. Mas. *Gulâ albâ.* Femina.

Le Figuier varié de Saint-Domingue, *Briss., Ornith.,* tom. 3, *pag.* 529, *n°* 69, *pl.* 27, *fig.* 5.

Idem, *Buff., Hist. nat. des Ois.,* tom. 5, *pag.* 305.

Black and White Creeper, *Edwards, glanures, pl.* 300.

Motacilla varia, *Linn., Gm., Hist. nat.,* édit. 13, *n°* 23.

Sylvia varia, *Lath., Index, n°* 118.

White-poll Warbler, *Idem, Synopsis,* tom. 2, *pag.* 488, *n°* 114.

Litho de C. Motte

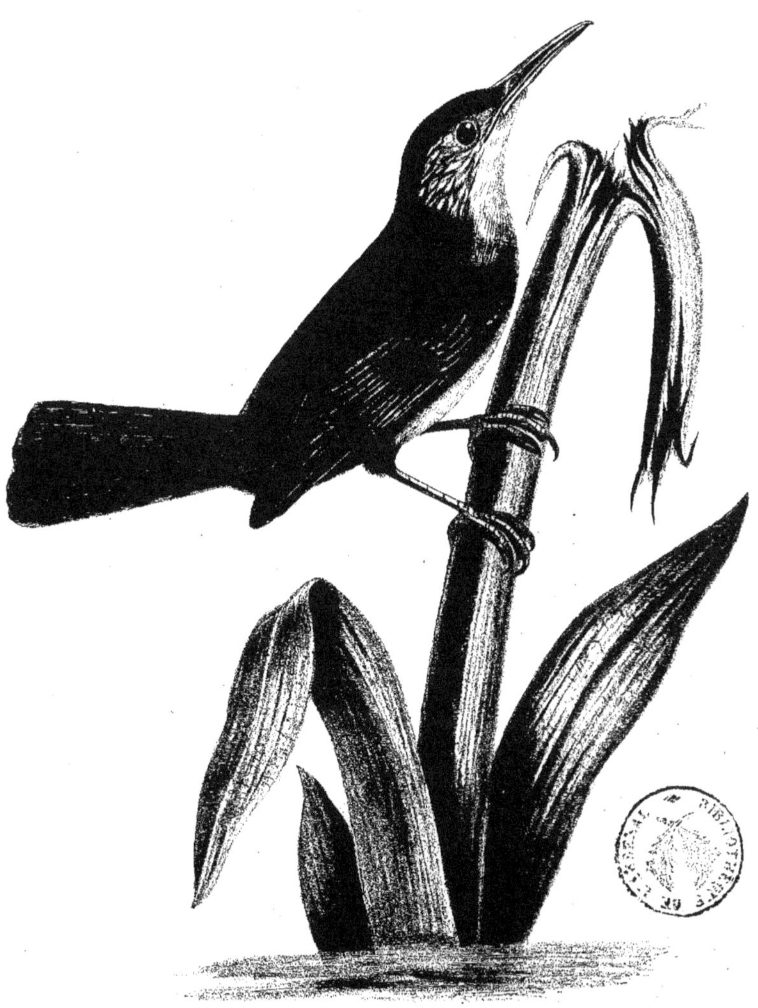

Le Thriothore à long bec, *Thriothorus longirostris.*

P. Oudart del.

Cette espèce arrive au centre des États-Unis dans le mois d'avril, et le quitte en septembre pour passer l'hiver dans les grandes îles Antilles. Elle se nourrit d'insectes qu'elle cherche dans la mousse et les lichens qui couvrent les troncs et les grosses branches des arbres, et c'est en les dépeçant avec son bec qu'elle découvre ceux qu'ils recèlent.

Le mâle a le menton et une partie de la gorge noirs; une large tache de cette teinte sur les joues; le reste du plumage blanc et noir; ces deux couleurs forment des raies longitudinales sur la tête et sur tout le dessus du corps; la dernière se présente par taches isolées sur les parties inférieures, et domine sur les couvertures des ailes, leurs pennes et celles de la queue; toutes celles-ci sont bordées de blanc, et les tectrices sont en outre terminées de cette même couleur; les pieds sont bruns, de même que le dessus du bec, dont le dessous est jaunâtre. Longueur totale, 4 pouces environ. La femelle et le jeune se distinguent du mâle en ce que leurs joues et leur gorge sont blanches.

3ème DIVISION. SITTINE, *Neops.*

Bec grêle, très-comprimé par les côtés, entier, pointu; mandibule supérieure droite; l'inférieure plus étroite, plus courte, courbée en bas vers le milieu, ensuite retroussée. Pl. N, n° 12.

Narines ovales, couvertes d'une membrane, situées à la base du bec.

Langue.....

Tarses nus, annelés.

Doigt intermédiaire uni à l'externe jusqu'au-delà du milieu et à l'interne à la base.

Ongle postérieur le plus long de tous.

Ailes moyennes; première rémige plus courte que la cinquième; troisième et quatrième les plus longues de toutes.

Queue à douze rectrices.

Les trois espèces que renferme cette division, ont des rapports avec les Sittelles; mais elles en diffèrent par leurs narines qui ne sont pas couvertes de plumes, et surtout par la manière dont leurs doigts sont soudés. On n'a aucune notion sur leur genre de vie; mais on présume qu'elles grimpent sur les arbres comme les Sittelles, et qu'elles vivent des insectes que cachent les lichens ou l'écorce des arbres.

LA SITTINE A QUEUE ROUSSE, *Neops ruficauda*.

Pl. CLXX.

Suprà rufo-fusca , subtùs saturate griseo, rufo adumbrato ; genis, gutture juguloque albis, fusco maculatis; rectricibus intermediis externisque rufis; secundâ intùs nigrâ; tertiâ apice extùsque rufâ; quartâ, quintâ nigris.

La Sittine à queue rousse, *deuxième édit. du Nouv. Dict. d'histoire nat., tom.* 31, *pag.* 338, *pl. P,* 20, *fig.* 2.

Cette espèce, qu'on trouve à Cayenne, mais rarement, a le dessus de la tête, du cou et du corps d'un brun roux, de même que les couvertures supérieures des ailes; cette teinte prend un ton plus rembruni sur les pennes secondaires, qui ont leurs bords et leur extrémité roux; les tectrices inférieures sont de cette couleur, de même que les pennes primaires à leur origine et à leur extrémité, lesquelles sont d'un brun sombre dans le reste; la teinte rousse occupe encore les couvertures supérieures de la queue, les deux pennes intermédiaires et la plus extérieure de chaque côté; la latérale la plus proche de celle-ci est noire en dedans sur une partie de sa longueur; celle qui la suit rousse seulement à sa pointe et sur son bord externe dans les deux tiers de son étendue; les autres sont totalement noires; les sourcils blanchâtres; les joues et le devant du cou blancs et tachetés de brun; les parties postérieures d'un gris sombre, ombré de roux. Le bec est brun en dessus, sur les bords et à l'extrémité de sa partie inférieure, qui est blanchâtre en dessous; les pieds sont bruns. Longueur totale, 4 pouces 1/2.

La femelle ou le jeune est d'un brun plus foncé sur les ailes et la queue, d'une teinte plus claire sur le ventre, d'un blanc sale sur la gorge; mouchetée de blanchâtre sur le devant du cou et sur la poitrine; du reste, cet individu est pareil au précédent.

La Sittine à queue rousse Néops. rusicauda

Litho. de C. Molle.

4ème DIVISION. SITTELLE, *Sitta*.

Bec couvert à sa base de petites plumes dirigées en avant, entier, droit, comprimé latéralement, ou un peu arrondi, terminé en forme de coin ; les deux mandibules égales ; l'inférieure quelquefois un peu retroussée. Pl. O, n° 1.

Narines rondes, ouvertes, cachées sous les plumes du *capistrum*.

Langue large à son origine, courte, cartilagineuse, aplatie, cornée et bifide à sa pointe.

Tarses nus, annelés.

Doigt intermédiaire réuni à la base avec l'externe, totalement séparé de l'interne; pouce plus long que celui-ci.

Ongle postérieur très-crochu, le plus robuste de tous.

Ailes moyennes à penne bâtarde très-courte; deuxième, troisième et quatrième rémiges les plus longues de toutes.

Queue à douze rectrices.

Des ornithologistes ont placé dans cette division au moins treize espèces ; mais il n'en existe réellement que cinq qui soient bien connues; les autres sont ou en double emploi ou ne peuvent pas y être classées, d'après la forme de leur bec.

Les Sittelles ont des habitudes communes avec les Pics et les Mésanges, en ce qu'elles frappent de leur bec contre l'écorce des arbres, qu'elles grimpent le long du tronc, comme les premiers ; mais elles diffèrent des uns et des autres par la forme du bec, de la langue et des pieds. Elles ont encore dans leur manière de grimper de l'analogie avec les véritables Grimpereaux, mais leur bec et leur queue sont autrement conformés ; elles se nourrissent d'insectes, de noisettes et de graines qu'elles percent à grands coups de bec, après les avoir fixées solidement dans une fente quelconque. Leur naturel est solitaire, leur vol doux et leurs mouvemens fort lestes. Elles nichent ordinairement dans des trous d'arbre, et font au moins une ponte par an.

n'a aucune notion sur leur genre de vie; mais on présume qu'elles grimpent sur les arbres comme les Sittelles, et qu'elles vivent des insectes que cachent les lichens ou l'écorce des arbres.

LA SITTINE A QUEUE ROUSSE, *Neops ruficauda*.

Pl. CLXX.

Suprà rufo-fusca, subtùs saturate griseo, rufo adumbrato ; genis, gutture juguloque albis, fusco maculatis; rectricibus intermediis externisque rufis; secundâ intùs nigrâ; tertiâ apice extùsque rufâ; quartâ, quintâ nigris.

La Sittine à queue rousse, *deuxième édit. du Nouv. Dict. d'histoire nat.*, tom. 31, *pag.* 338, *pl. P,* 20, *fig.* 2.

Cette espèce, qu'on trouve à Cayenne, mais rarement, a le dessus de la tête, du cou et du corps d'un brun roux, de même que les couvertures supérieures des ailes; cette teinte prend un ton plus rembruni sur les pennes secondaires, qui ont leurs bords et leur extrémité roux; les tectrices inférieures sont de cette couleur, de même que les pennes primaires à leur origine et à leur extrémité, lesquelles sont d'un brun sombre dans le reste; la teinte rousse occupe encore les couvertures supérieures de la queue, les deux pennes intermédiaires et la plus extérieure de chaque côté; la latérale la plus proche de celle-ci est noire en dedans sur une partie de sa longueur; celle qui la suit rousse seulement à sa pointe et sur son bord externe dans les deux tiers de son étendue; les autres sont totalement noires; les sourcils blanchâtres; les joues et le devant du cou blancs et tachetés de brun; les parties postérieures d'un gris sombre, ombré de roux. Le bec est brun en dessus, sur les bords et à l'extrémité de sa partie inférieure, qui est blanchâtre en dessous; les pieds sont bruns. Longueur totale, 4 pouces 1/2.

La femelle ou le jeune est d'un brun plus foncé sur les ailes et la queue, d'une teinte plus claire sur le ventre, d'un blanc sale sur la gorge; mouchetée de blanchâtre sur le devant du cou et sur la poitrine; du reste, cet individu est pareil au précédent.

La Sittelle à tête noire, Sitta mélanocephala.

dessous. Longueur totale, 5 pouces 3 lignes. La femelle ne diffère du mâle
qu'en ce que sa couleur noire est moins foncée sur la tête et les ailes.

5ème DIVISION. PICCHION, *Petrodroma.*

Bec un peu déprimé et triangulaire à sa base, plus ou moins fléchi en
arc, grêle, un peu arrondi, entier, pointu. Pl. O, n° 2.

Narines à demi-closes en dessus par une membrane, situées, vers l'origine du bec, dans une rainure longitudinale.

Langue très-dilatée à sa base, garnie sur ses côtés de petits crochets
très-pointus et susceptible de se lancer.

Tarses nus, annelés.

Doigt intermédiaire réuni à la base avec l'extérieur, totalement séparé
de l'interne; pouce plus long que ce dernier.

Ongle postérieur grêle, peu courbé, aussi long que le doigt.

Ailes à penne bâtarde courte; deuxième, troisième, quatrième rémiges
les plus longues de toutes.

Queue à douze rectrices, larges, faibles et obtuses à leur extrémité.

Des deux espèces que renferme cette division, l'une habite l'Europe,
et l'autre la Nouvelle-Hollande. En comparant les caractères des Picchions
à ceux des véritables Grimpereaux, on saisira facilement les différences
qui ont donné lieu de les diviser en deux groupes distincts. Nous ne connaissons point le genre de vie de l'espèce, dont nous publions la figure;
mais nous sommes tentés de croire qu'il est le même que celui du Picchion
d'Europe (le *Grimpereau de muraille* des auteurs). Celui-ci, qu'il faut
chercher sur les rochers coupés à pic et les murailles des vieux édifices,
ne grimpe point sur les arbres, et choisit, pour nicher, les fentes et les
crevasses des rochers solitaires. Il voyage seul et quitte les contrées qu'il
habite pendant l'été, pour passer l'hiver sous des régions plus chaudes.

LA SITTELLE A TÊTE NOIRE, *Sitta melanocephala.*

Pl. CLXXI.

Cinerea, subtùs candicans; abdomine imo rufescente; capite et collo superiore nigris; rectricibus lateralibus albo nigroque variis.

Nuthatch, *Catesby, carol.* 1, *pl.* 22.

La Sittelle de la Caroline, *Briss , Ornith. , tom.* 3, *pag.* 596, *n°* 6.

La Sittelle à tête noire, *Buff., Hist. nat. des Ois., tom.* 5, *pag.* 473.

Sitta Europœa, Var. y, *Linn., Gm., Syst. nat. , édit.* 13, *n°* 1.

Sitta Carolinensis, *Lath. Index, n°* 3.

Black headed Nuthatch, *Lath. , Synopsis, tom.* 1 , *n°* 650, Var. B.

On a mal à propos présenté cette Sittelle comme une variété de celle d'Europe, et Latham nous paraît très-fondé à la donner dans son Index pour une espèce très-distincte, qui ne se trouve que dans l'Amérique septentrionale où elle est répandue jusqu'à la baie d'Hudson. Elle en part aux mois de septembre et d'octobre, et va passer l'hiver dans le Sud; cependant quelques individus se tiennent pendant cette saison au centre des États-Unis. Elle jette différens cris, tantôt elle semble prononcer, surtout en hiver, *ti, ti, ti, ti,* et en été *quank, quank,* qu'elle répète fréquemment. Elle niche dans un trou d'arbre, dans ceux des clôtures et sous les corniches brisées des cavernes. La ponte est de cinq œufs d'un blanc terne, tacheté de brun vers le gros bout.

Le dessus de la tête et la nuque sont noirs; les soies, qui recouvrent les narines, les joues et les sourcils d'un gris blanc; le manteau est de couleur d'ardoise; les couvertures supérieures des ailes et leurs pennes sont noires et bordées en dehors de gris bleuâtre; les deux pennes intermédiaires de la queue de cette couleur; les deux plus proches de celles-ci noires et terminées de blanc; celles qui les suivent, d'un gris bleuâtre à leur extrémité; les latérales blanches de chaque côté, et de couleur d'ardoise foncée vers la pointe; les parties inférieures, depuis le bec jusqu'au bas-ventre, d'un gris blanc, les flancs tachetés de roux; les plumes des jambes de cette teinte; les pieds noirâtres; le bec est noir en dessus et gris en

Le Pichion Baillon, Petrodroma Bailloni.

Tarses nus, annelés.

Doigt intermédiaire réuni à la base avec l'externe, totalement séparé de l'interne; postérieur plus long que l'intérieur.

Ailes courtes, à penne bâtarde très-courte; troisième et quatrième rémiges les plus longues de toutes; première plus courte que la septième.

Queue à douze rectrices roides, un peu arquées, pointues.

Cette division renferme un très-grand nombre d'espèces dans les *Systèmes* de Linnée, de Brisson, de Gmelin et de Latham; mais la plupart n'étant pas de vrais Grimpereaux, et ayant des caractères particuliers, j'ai cru devoir les en distraire pour en composer de nouveaux groupes, sous les noms de *Guit-guit*, *Héorotaire* et *Soui-manga*; j'en ai aussi retiré le *Grimpereau de muraille*, qui diffère de tous par la forme de ses ailes, de sa queue et de sa langue. *Voyez* PICCHION. Il résulte donc de ces retranchemens, que cette division ne contient qu'environ quatre espèces, dont une se trouve en Europe et les autres en Amérique.

Ces petits oiseaux ne se plaisent que dans les bois, les vergers et y restent pendant toute l'année. Sans cesse en mouvement, on les voit grimper continuellement le long des arbres, et voltiger de l'un à l'autre pour chercher les insectes et les larves dont ils font leur seule nourriture. Ils nichent ordinairement dans un trou d'arbre, et leur ponte est assez nombreuse.

LE GRIMPEREAU CINNAMON, *Certhia cinnamomea.*

Pl. CLXXIII.

Cinnamomea, subtùs alba.

Cinnamon Creeper, *Lath.*, *Synopsis*, *tom.* 1, *pag.* 740, *n°* 46.

Le Grimpereau cinnamon, *Vieillot, Ois. dorés, pl.* 62 *des Grimpereaux.*

Le Grimpereau cinnamon, *deuxième édit. du nouv. Dict. d'histoire nat., tom.* 13, *pag.* 504.

Certhia cinnamomea, *Linn.*, *Gm.*, *Syst. nat.*, *édit.* 13, *n* 47.

Idem, *Lath.*, *Index*, *n°* 56.

LE PICCHION BAILLON, *Petrodroma bailloni.*

Pl. CLXXII.

Virescente fusca ; remigibus primoribus intùs rufo maculatis ; rectricibus sordidè cœrulscente-griseis.

Le Picchion baillon, *deuxième édit. du nouv. Dict. d'histoire natur. tom.* 26, *pag.* 107.

Le nom que nous avons imposé à cet oiseau, est celui d'un naturaliste très-distingué, très-bon observateur, et à qui nous en devons la connaissance. Cette espèce, qu'il a reçue de la Nouvelle-Hollande, a le dessus de la tête, du cou, du corps et des ailes d'un brun verdâtre, tirant au gris sur le croupion; les pennes primaires des ailes, à l'exception de la première, brunes avec une tache rousse vers le milieu de leur côté interne ; les secondaires de cette couleur, ensuite noires et terminées de gris ; les pennes de la queue d'un gris blanchâtre sale; les intermédiaires en entier, toutes les autres pareilles à leur pointe, noires sur le reste, avec une tache blanchâtre à leur intérieur; la gorge, le devant du cou et toutes les parties postérieures d'un blanc roussâtre; la poitrine tachetée de blanc sur les côtés; la queue un peu arrondie; le bec jaunâtre à la base de sa partie inférieure et brun dans le reste; les pieds et les ongles d'un brun noir. Longueur totale, 5 pouces 4 lignes.

*** Pennes de la queue pointues.*

6ère division. GRIMPEREAU, *Certhia.*

Bec médiocre, entier, un peu trigone, comprimé par les côtés, grêle, fléchi en arc, aigu. Pl. O, n° 3.

Narines situées à la base du bec, à demi-couvertes par une membrane, ouvertes dans une rainure longitudinale.

Langue cartilagineuse, aiguë.

Le Grimpereau Cinnamon.   Certhia Cinnamonna

P. Oudart del   Litho. de C. Motte

Ce Synallaxe a le dessus de la tête roux; un trait jaunâtre sur les côtés, lequel part de l'œil; les *Lorums* et les joues d'un cendré foncé; le dos d'un brun lavé de vert olive; les rémiges et les rectrices rousses à l'extérieur; la queue longue et étagée; la gorge d'un gris mélangé de blanc; la poitrine grise; les flancs pareils au dos; l'abdomen blanchâtre; le bec noir; les pieds bruns. Longueur totale, 5 pouces.

Nous rapprochons de cet oiseau un individu du même pays, et décrit dans l'ouvrage cité ci-dessus sous le nom de *Synallaxe à queue rousse.* Peut-être que les différences qu'on remarque dans leur plumage caractérisent-elles les sexes.

Toutes ses parties supérieures sont d'un brun légèrement nuancé de roux; les ailes et la queue de cette couleur; le menton est jaune, la gorge, la poitrine et le ventre sont blancs; les flancs et les couvertures inférieures de la queue gris.

B. *Doigts extérieurs égaux; postérieur le plus court de tous.*

8ème DIVISION. PICUCULE, *Dendrocopus.*

Bec médiocre ou long, comprimé par les côtés, droit ou arqué, pointu. Pl. O, n° 5.

Narines arrondies, ouvertes, situées à la base du bec.

Langue étroite, grêle, cornée vers le bout, très-aiguë.

Tarses nus, annelés.

Doigts extérieurs réunis à leur base et d'égale longueur; l'interne totalement libre et moins long; le postérieur le plus court de tous. Pl. BB, n° 13.

Ailes un peu concaves, à penne bâtarde courte; troisième et quatrième rémiges les plus longues de toutes.

Queue à douze rectrices, un peu arquées, aiguës et à tige roide.

Cette division est composée de douze espèces, qui, toutes, appartiennent à l'Amérique méridionale. On leur a donné le nom de *Pic-Grimpereau,* parce qu'elles participent des Pics et des Grimpereaux. En effet,

On ne connaît que le plumage de cette espèce qui se trouve à Cayenne. Elle a la tête, le dessus du cou, le dos, le croupion, les pennes des ailes et de la queue d'une couleur de cannelle; le dessous du corps blanc; les rectrices terminées en pointe très-aiguë et privées de barbes, à deux lignes environ de leur extrémité; le bec noir; les pieds d'un brun obscur. Longueur totale, 5 pouces.

7ème DIVISION. SYNALLAXE, *Synallaxis*.

Bec grêle, entier, pointu; mandibule supérieure un peu arquée; l'inférieure droite. Pl. O, n° 4.

Narines oblongues, couvertes d'une membrane et de petites plumes à leur origine.

Langue....

Tarses nus, annelés.

Doigt intermédiaire réuni à la base avec l'externe, totalement séparé de l'interne ; pouce allongé.

Ailes courtes, arrondies ; première rémige courte; quatrième la plus longue de toutes.

Queue à douze rectrices.

Nous ne connaissons que deux espèces d'oiseaux qu'on peut classer dans cette division; encore une est fort douteuse. On les trouve au Brésil : voilà à quoi se borne ce que nous savons de leur partie historique.

LE SYNALLAXE A TÊTE ROUSSE, *Synallaxis ruficapilla*.

Pl. CLXXIV.

Vertice rufo; loris genisque griseis ; dorso fusco, viridi-olivaceo ; gutture cinereo, alboque mixto ; abdomine albido.

Le Synallaxe à tête rousse, *deuxième édit. du nouv. Dict. d'histoire nat., tom.* 32, *pag.* 10.

Le Synallaxe à tête rousse — *Synallaxis ruficapilla.*

P. Oudart del.

Litho de G. Motte

Le Picucule à bec en faucille, *Dendrocopus falcularius*.

P. Oudart del.

Lith. de C. Motte.

et est rayée longitudinalement d'un blanc roussâtre sur la tête, la gorge et le cou; le bec et les pieds sont noirs. Longueur totale, 8 pouces. On trouve cette espèce au Brésil, où elle se tient dans les grands bois des hautes montagnes, et y vit solitaire. Elle tourne autour du tronc pour y chercher sa nourriture. Elle a été tuée dans les montagnes des Orguis par M. le docteur Quoy, qui a accompagné M. le capitaine Freyssinet dans son voyage autour du monde.

15e FAMILLE. ANTHOMYZES, *Anthomysi.*

Bec grêle, droit ou arqué; quelquefois dentelé, très-aigu, ou tubulé à sa pointe.

Langue extensible, fibreuse.

Pouce grêle, plus court que le doigt interne.

1ère DIVISION. GUIT-GUIT, *Cœruba.*

Bec un peu épais à sa base, ensuite grêle, long ou médiocre, trigone, fléchi en arc, à pointe aiguë; mandibule supérieure très-finement entaillée vers le bout. Pl. O, n° 6.

Narines petites, couvertes d'une membrane.

Langue divisée en deux filets ou ciliée à sa pointe.

Tarses nus, annelés.

Doigt intermédiaire, soudé à la base avec l'extérieur, totalement séparé de l'interne.

Ailes médiocres; première et deuxième rémiges les plus longues de toutes.

Queue à douze rectrices.

Cette division est composée de huit espèces qui, toutes, se trouvent en Amérique sous la zone torride. Elles se nourrissent d'insectes, et quelques-unes y joignent le suc doux et visqueux de la canne de sucre, qu'elles récoltent en enfonçant leur bec dans les gerçures de la tige, par où découle la surabondance de cette liqueur sucrée. Les unes vivent en troupes

avec leurs congénères et avec d'autres petits oiseaux ; quelques-unes,
comme les Guit-guits sucriers, se tiennent par paires ; mais aucunes ne
grimpent, quoique presque tous les ornithologistes en aient fait des Grimpereaux. Les créoles de Cayenne confondent ces oiseaux avec les Colibris,
parce que, comme ceux-ci, les Guit-guits voltigent autour des fleurs pour
y saisir, avec leur bec, les insectes qu'elles recèlent. Il paraît qu'ils font
leur nid avec beaucoup d'art, du moins les deux espèces, dont on connaît
le genre de vie, le suspendent par la base à l'extrémité d'une branche
faible et mobile, et son ouverture est toujours tournée du côté de la terre.
Cette construction et cette position mettent la femelle et sa couvée à l'abri
des lézards et de tous leurs ennemis. La ponte est de quatre œufs, et répétée
plusieurs fois dans le courant d'une année.

LE GUIT-GUIT AUX AILES VARIÉES, *Cœreba cyanea.*

Pl. CLXXVI.

*Cœrulea; fasciâ oculari, humeris, alis caudâque nigris; vertice
beryllino ; remigum latere interiore et tectricibus alarum inferioribus
sulphureis.* Adultus.

*Viridis nitida, subtùs albo striata; rectricibus viridibus; laterali-
bus interiùs nigricantibus.* Junior.

*Corpore suprà viridi; subtùs viridi-albo; abdomine flavescente;
humeris cœruleis nitentibus; tectricibus alarum inferioribus flavis;
suropygio cœruleo maculato.* Junior pennas mutans.

Grimpereau bleu de Brésil, *Briss., Ornith.,* tom. 3, *pag.* 628, *n°* 13,
pl. 31, *fig.* 5.

Grimpereau vert de Cayenne, *idem, pag.* 636, *n°* 17, *pl.* 33, *fig.* 2.
(Jeune).

Guit-guit noir et bleu, *Buff., Hist. nat. des Ois.,* tom. 5, *pag.* 529,
pl. enl., n° 83, *fig.* 2, sous le nom de *Grimpereau* du Brésil.

Guit-guit vert tacheté, *idem, pag.* 538. (Jeune).

Certhia cyanea, *Linn.*, *Gm.*, *Syst. nat.*, *édit.* 13, *n*° 24, *idem*, *Lath.*, *Index*, *n*° 34.

Certhia Cayana, *Linn.*, *Gm.*, *n*° 9. *Idem*, *Lat.*, *Index*, *n*°
Certhia armillata, *Lath.*, *Index*, *n*° 55.
Black and Blue-Creeper, *Lath.*, *Synopsis*, *tom.* 1, *pag.* 724, *n*° 26.
Cayenne Creeper, *idem*, *pag.* 728. (Jeune).
Certhia armillata, *Sparmam*, *fasc.* 2, *pl.* 26. (Jeune).
Blue-Throated Creeper, *Lath.*, *Synopsis*, *tom.* 1, *pag.* 724, *n*° 26.
Certhia gularis, *Sparmam*, *fasc.* 4, *pl.* 79. (Jeune en mue).

Ce Guit-guit, qu'on rencontre au Brésil, à Cayenne et en diverses autres contrées de l'Amérique méridionale, a le dessus de la tête d'une couleur d'aigue-marine; les côtés de cette partie, le dessous du corps, les moyennes couvertures des ailes, les supérieures de la queue, le bas du dos et le croupion d'un bleu d'outre-mer; le dessous et les bords intérieurs des rémiges d'un beau jaune; les plumes de la poitrine brunes à la base, vertes sur leur milieu et bleues à leur extrémité, de manière que, toutes étant bien rangées, bien couchées les unes sur les autres, le bleu seul paraît à l'extérieur; le reste du plumage et le bec sont noirs; les pieds sont orangés, ou jaunes, ou pareils au bec. Longueur totale, 4 pouces un tiers. La femelle diffère du mâle en ce qu'elle a les ailes doublées de gris jaunâtre.

Chez le jeune le dessus de la tête et du corps est vert; la gorge roussâtre; les joues sont variées de vert et de blanchâtre; la poitrine et les parties postérieures vertes et blanches; les pennes intermédiaires de la queue pareilles au dos; les latérales et les rémiges noirâtres et terminées de vert; les pieds gris. Quand les jeunes commencent à quitter leur première livrée, leur plumage présente une variation de couleurs qui a donné lieu d'en faire des espèces particulières; mais quand on les compare les uns aux autres, l'on s'aperçoit qu'ils ont alors des attributs qui ne laissent aucun doute sur leur identité. En effet, tous ont les ailes doublées de jaune, la même grosseur, la même taille et un ensemble parfait. Tels sont ceux que nous avons cités dans la Synonymie.

2ème DIVISION. SOUI-MANGA, *Cinnyris*.

Bec arqué, quelquefois droit, court ou long, un peu trigone, aigu, souvent à bords finalement dentelés.

Narines situées à la base du bec, à demi closes par une membrane un peu voûtée.

Langue très-longue, divisée en deux filets du milieu à la pointe, susceptible de se lancer.

Tarses nus, annelés.

Doigt intermédiaire réuni à la base avec l'externe, totalement séparé de l'interne.

Ailes moyennes à penne bâtarde très-courte ; première et cinquième rémiges presque égales ; deuxième et troisième les plus longues de toutes.

Queue à douze rectrices.

Montbeillard a généralisé à toutes les espèces de cette division, qui en contient au moins quatre-vingts, le nom de *Soui-Manga* qu'une d'elles porte à Madagascar. Linnée, Latham et d'autres ornithologistes les ont classées dans la division des *Grimpereaux ;* mais, si ce n'est la courbure du bec, elles n'ont aucun rapport avec ceux-ci : de plus, ce nom ne peut nullement leur convenir, puisqu'elles ne grimpent point, et qu'elles ont des habitudes et des mœurs très-opposées à celles des vrais Grimpereaux. Des voyageurs et même des naturalistes les confondent avec les *Colibris,* mais ils ont des attributs étrangers à ceux-ci ; savoir, douze pennes à la queue ; le bec effilé et formant un angle plus aigu ; les tarses plus allongés et dénués de plumes, par la conformation de leurs doigts, de leurs ongles et de leurs ailes. En outre, on est certain aujourd'hui que les Colibris et les oiseaux-mouches sont confinés en Amérique. Ainsi donc tous les oiseaux de l'Afrique et de l'Asie, auxquels on a appliqué leur nom, appartiennent à la famille des Soui-Mangas, qui les remplacent dans l'ancien continent.

De même que les Colibris, ces oiseaux portent un plumage paré des couleurs les plus riches et les plus éclatantes ; ce sont les mâles surtout que la nature décore avec tant de luxe, mais seulement dans le temps des

Le Guit-guit aux ailes variées Cœreba-cyanea.

amours ; car, à toute autre époque, ils portent ordinairement un vêtement assez ressemblant à celui des femelles, et souvent au point qu'on ne peut les distinguer, si l'on n'a pour guide que leur plumage. Leur langue est pareille à celle des Colibris, et, comme eux, ils se nourrissent, indépendamment des insectes, du suc mielleux des fleurs. Elle est mue par le même mécanisme, qui leur facilite les moyens de l'allonger et de la retirer à volonté. Ses parois sont d'une substance cornée et creusée en gouttière, formant une sorte de trompe, dont l'extrémité est munie de plusieurs filets nerveux, qui, par leur nature, sont le premier siége du goût. Ces filets servent, non-seulement à déguster la liqueur, mais ils servent encore de crible pour empêcher les matières les plus grossières de passer avec la liqueur sucrée à travers le tube de la langue qu'elles obstrueraient. La partie supérieure de la langue, qui répond à l'œsophage, est munie de deux allonges qui, passant de chaque côté du larynx, vont en remontant derrière la tête, s'implanter au front, et servent, comme chez les Pics, à pousser la langue hors du bec, suivant la profondeur à laquelle l'oiseau a besoin d'atteindre pour trouver sa nourriture favorite.

Les Soui-Mangas ont un ramage gai, beaucoup de vivacité, et aiment la compagnie de leurs semblables. Les uns construisent leur nid dans les buissons et sur les arbustes, d'autres préfèrent un tronc d'arbre. Leur ponte est de deux à quatre œufs.

A. Bec arqué. Pl. O, n° 7.

LE SOUI-MANGA DE MALACCA, *Cinnyris lepidus.*

Pl. CLXXVII.

Violaceo-nitens ; subtùs flavus ; sincipite viridi ; lateribus colli strigá longitudinali virescente, alteráque violaceá ; gulá rubro-fuscá.

Le Grimpereau de Malacca, *Sonnerat, Voyage aux Indes, tom.* I, *pag.* 116, *fig.* 1.

Certhia lepida, *Lath., Index, n°* 60.

Yellow-Bellied Creeper, *idem, Synopsis*, 1ᵉʳ *Suppl.*, *pag.* 131, *n*°54.

Le Soui-Manga de Malacca, *deuxième édit. du nouv. Dict. d'histoire nat., tom.* 31, *pag.* 504.

Cette espèce, dont nous devons la connaissance à Sonnerat, se trouve à Malacca. Le mâle a le front d'un vert foncé chatoyant ; une bande longitudinale d'un vert terreux, laquelle part de l'angle supérieur du bec, passe au-dessous des yeux, et descend sur les côtés du cou, où elle finit en s'arrondissant ; une raie d'un beau violet naît à l'angle des deux mandibules et se prolonge jusqu'à l'aile ; un rouge brun couvre la gorge, une teinte violette, ayant le poli et le brillant du métal, s'étend sur les petites couvertures alaires ; les moyennes sont mordorées ; les grandes d'un brun terreux ; le dos, le croupion et la queue d'un beau violet changeant ; le dessous du corps est jaune ; l'iris rouge ; le bec noir ; les pieds sont bruns. Longueur totale, 5 pouces environ.

La femelle et le jeune sont d'un vert olive sur toutes les parties supérieures, et d'un jaune verdâtre sur les inférieures.

B. Bec droit. Pl. O, n° 8.

LE SOUI-MANGA MIGNON, *Cinnyris elegans.*

Pl. CLXXVIII.

Viridis ; collo anteriore flavo ; pectoris medio pallidè rubro ; ventre sordidè flavo.

Soui-Manga à bec droit, *Vieillot, Ois. dorés, tom.* 2, *pag.* 110, *pl.* 65.

Soui-Manga mignon, *deuxième édit. du nouv. Dict. d'hist. natur., tom.* 31, *pag.* 506.

Le Soui-manga de Malacca Cynniris lepida.

Cette rare espèce, que nous soupçonnons se trouver en Afrique ou dans les Grandes-Indes, a le dessus de la tête et du cou, le dos, le croupion, les couvertures des ailes et la gorge d'un vert cuivré; les pennes alaires et caudales d'un brun clair, et bordées de vert sale; le devant du cou jaune; deux petits faisceaux de cette couleur sur les côtés de la poitrine, qui est d'un rouge pâle; le ventre d'un jaune sale, qui s'éclaircit sur les couvertures inférieures de la queue; le bec et les pieds noirâtres. Longueur totale, 3 pouces 1/2.

3ème DIVISION. COLIBRI, *Trochilus*.

Bec droit, grêle, arqué chez les Colibris, droit chez les oiseaux-mouches, plus long que la tête, entier, quelquefois dentelé sur les bords, garni à la base de petites plumes et déprimé en dessus, subulé vers le bout et finissant en pointe; mandibule supérieure couvrant les bords de l'inférieure.

Narines situées vers la base du bec, linéaires, couvertes en dessus d'une membrane renflée, ouvertes.

Langue susceptible de s'allonger, entière à la base, divisée en deux filets depuis le milieu jusqu'à la pointe.

Bouche très-petite.

Pieds impropres à la marche.

Tarses annelés, plus courts que le doigt du milieu.

Doigts séparés dès leur origine.

Ongles courts, très-rétractiles, très-crochus, fort aigus.

Ailes très-longues, étroites; première rémige, la plus longue et terminée en forme de faux; toutes les autres étagées jusqu'à la dernière secondaire, la plus courte de toutes.

Queue à dix rectrices.

Cette division est composée d'environ quatre-vingt-six espèces, dispersées dans trois sections, d'après la conformation du bec, sous les noms de *Colibri* et d'*oiseau-mouche*. C'est dans les contrées les plus chaudes de l'Amérique qu'elles se trouvent; presque toutes sont confinées entre les tropiques; celles qui s'en éloignent, ne séjournent sous les zones tempérées que pendant l'été; elles suivent le soleil, s'avancent et se retirent avec lui. Des deux oiseaux-mouches, qui passent la belle saison dans l'Amérique septentrionale, l'un (le *Rubis*) pénètre jusqu'au Canada, et l'autre (le *Sajin*) jusqu'au 54e degré et 12 minutes de latitude, où Mackensie l'a rencontré. Les espèces de l'Amérique australe ne s'éloignent pas autant des tropiques que les deux dont il vient d'être question; car M. de Azara nous assure qu'elles n'outrepassent pas le 35e degré de latitude sud.

Quoique des voyageurs aient pris pour des Colibris des oiseaux d'un plumage aussi brillant, et qui vivent de la même manière, dans les contrées chaudes de l'ancien continent, il est certain qu'il n'y en existe point, ni dans les îles de la mer Pacifique, ni dans les terres australes, telles que la Nouvelle-Hollande et la Nouvelle-Zélande. C'est donc en Amérique que la nature a fixé un de ses chefs-d'œuvre; prodigue envers eux, elle les a comblés de ce qu'elle n'a fait que partager entre les autres oiseaux. Grâces, fraîcheur et velouté des fleurs, poli des métaux, éclat des pierres les plus précieuses, elle a tout réuni sur ses petits favoris; aussi les Indiens, frappés de l'éclat et du feu que jettent les couleurs de ces oiseaux, leur ont donné les noms de *rayons* ou *cheveux du soleil*. Tous emploient les mêmes matériaux pour la construction de leur nid; la plupart le construisent dans les mêmes endroits, sur les arbres ou dans les buissons. Il est composé de diverses sortes de coton, ou d'une bourre soyeuse recueillie sur les fleurs; son tissu est si fort, qu'il a la consistance d'une peau douce et épaisse. Ils l'attachent indifféremment à un seul brin d'oranger, de citronnier, de cafier, à des feuilles même, et quelquefois à un fétu qui pend de la couverture d'une case. Les plus forts et les plus gros Colibris le posent ordinairement sur une branche, et toujours son extérieur est couvert de lichens pareils à ceux qui croissent sur l'arbre où il est construit. La ponte n'est, chez tous, que de deux œufs.

Leur langue est composée de deux fibres creuses, formant un petit canal, divisé du milieu à la pointe en deux petits filets; elle a la forme d'une trompe, dont elle fait les fonctions.

Le Soui-manga mignon. *Cynniris elegans.*

P. Oudart del.

Litho de C. Motte

L'oiseau la darde hors de son bec par un mécanisme de l'os hyoïde , semblable à celui de la langue du Pic [1].

Le vol de ces oiseaux est continu, bourdonnant et tellement rapide, qu'on n'aperçoit nullement le mouvement de ses ailes, dont le battement est si vif, que l'oiseau, s'arrêtant dans les airs, paraît, non-seulement immobile, mais tout-à-fait sans action. On le voit ainsi s'arrêter quelques instans devant une fleur, partir comme un trait pour aller à une autre et les visiter toutes, en plongeant sa langue dans leur sein, afin d'y saisir sa nourriture qui consiste dans leur suc mielleux, et de très-petits insectes. Jamais ces oiseaux ne marchent ni ne se posent à terre. Ils passent la nuit et le temps de la plus forte chaleur du jour sur une branche et souvent sur la plus grosse de l'arbre. Pour l'ordinaire, ils ne font entendre de cris que quand ils quittent une plante ou un arbre en fleur, pour en rechercher un autre. Ce cri se compose des syllabes *tére*, prononcées d'un son de voix plus ou moins fort, plus ou moins aigu. Ils sont d'un naturel solitaire, et s'il y en a un qui soit sur un arbre, d'autres n'en approchent pas ; mais ils se rassemblent souvent, voltigent en nombre, et se croisent sans cesse avec une extrême rapidité au-dessus des plantes et des arbrisseaux en fleur. Ils se battent entre eux avec acharnement, et disparaissent sans qu'on puisse voir l'issue du combat. Ils ne montrent pas moins de courage pour attaquer les autres oiseaux qui viennent près de leur nid ; quelquefois ils les assaillissent sans motif, les mettent en fuite et même les poursuivent.

A. *Bec arqué, entier. Pl. O, n° 9.*

[1] Voyez son Anatomie sur la planche *B*, 10 de la deuxième édition du Nouv. Dict. d'histoire naturelle, et son explication , tom. 7, pag. 342 et 343.

LE COLIBRI LAZULITE, *Trochilus lazulus.*

Pl. CLXXIX.

Suprà aurato-viridis ; subtùs cœruleus ; tectricibus caudœ inferio-
ribus albis.

Le Colibri lazulite, *Encyclopédie méthod.*, *(Ornithol.) page* 557.

Ce Colibri, qui habite dans l'Amérique méridionale, est d'un vert doré
à reflets sur la tête, le dessus du cou et du corps, les couvertures supérieures des ailes et de la queue; d'un bleu éclatant sur la gorge, le devant
du cou, la poitrine et le milieu du ventre; blanc sur les autres parties
inférieures; violet sur les rémiges et les rectrices; noir sur le bec et les
pieds. Longueur totale, 4 pouces 1/2.

B. *Bec entier, droit, pl. O, n°* 10.

L'OISEAU-MOUCHE GÉANT, *Trochilus gigas.*

Pl. CLXXX.

Capitis, colli dorsique pennis fusco-viridibus, apice rufis; uropygio
albo, rufo mixto ; corpore subtùs fusco-rufescente et albido; rectri-
cibus cinereis, apice viridibus.

Le Brésil est la patrie de cette nouvelle espèce : l'individu, dont nous
publions la figure, ne nous paraît qu'un jeune mâle, le vieux ne nous
est pas connu; mais nous croyons reconnaître la femelle dans un individu que possède M. Becœur, naturaliste ; elle diffère du jeune en ce que
son plumage est généralement d'un gris un peu foncé. Celui-ci a la tête,
le dessus du cou, le dos d'un vert brun, plus chargé sur la dernière partie;
chaque plume est bordée d'une ligne plus sombre, et terminée de roux ;
le croupion est d'un blanc mêlé de roux ; les couvertures supérieures de
la queue sont vertes et bordées de blanc; les rectrices pareilles avec une
petite tache blanche à leur extrémité; les petites et moyennes tectrices

Le Colibri lazulite.   Trochilus Lazulus.

P. Oudart del   Litho de C. Motte

des ailes vertes bordées comme les plumes du dos et terminées de blanc
roussâtre ; les rémiges portent à leur bout une tache triangulaire et blanche
sur un fond d'un noir violacé ; les parties inférieures sont d'un blanc roussâtre , et chaque plume est terminée de blanchâtre ; l'abdomen et les
couvertures inférieures de la queue blancs ; les rectrices grises avec du vert
à leur extrémité ; le bec et les doigts noirs ; la queue est très-fourchue et
longue de trois pouces. Longueur totale, 8 pouces environ. Nous devons
la connaissance de cet individu à M. Portier attaché au ministère de la
marine.

4^{ème}DIVISION. **HÉOROTAIRE**, *Melithreptus*.

Bec arrondi à sa base, entier, plus long ou plus court que la tête,
arqué, acuminé.

Narines ovales, à demi-couvertes d'une membrane.

Langue longue, divisée en deux filets ou ciliée à sa pointe.

Tarses nus, annelés.

Doigt intermédiaire réuni à la base avec l'externe, totalement séparé
de l'interne.

Ailes moyennes ; les trois premières rémiges presqu'égales et les plus
longues de toutes chez les uns, les quatrième et cinquième chez les autres.

Queue à douze rectrices.

Les trente espèces que renferme cette division, se trouvent dans l'Australasie et la Polynésie. On assure que leur nourriture consiste en miel et
insectes. C'est à quoi se borne leur partie historique. Elles sont divisées
en deux sections d'après la longueur du bec, son épaisseur et sa courbure
plus ou moins prononcée.

M. Cuvier me reproche, dans son Règne animal, d'avoir singulièrement
mêlé les espèces de son genre *Philedon* avec les Grimpereaux ; mais,
avant la publication de son ouvrage, j'en avais donné les motifs dans
l'Introduction de mon Ornithologie élémentaire, et j'en avais signalé l'emploi en disant : « J'ai placé dans divers genres la plupart des Héorotaires
» que j'avais classés avec les Grimpereaux dans l'histoire des Oiseaux

» dorés ou à reflets métalliques; quoique alors je sentisse le besoin de les
» en distraire, je ne pouvais m'éloigner du plan fixé pour cet ouvrage
» dont je n'étais que le continuateur. » De plus, comme il n'y a pas de
doute que cet illustre naturaliste ait lu les ouvrages de l'auteur qu'il cri-
tique, sa mémoire s'est trouvée en défaut; puisqu'elle ne lui a pas rappelé
ce que j'ai dit dans cette histoire, tome 2, page 85. *Les Héorotaires
devaient faire une nouvelle tribu, distincte des véritables Grimpe-,
reaux, parce qu'ils n'en avaient pas les habitudes, et que leur
langue était autrement conformée que celle de ces oiseaux, mais
qu'ils s'en rapprochaient par la forme du bec.* Au reste, le classement
de mes Héorotaires, dans le genre Grimpereau, ne provenait point de
moi, mais de Latham, de Gmelin, de Shaw et de Brown; ce que M. Cuvier
ne doit pas ignorer : c'est donc à ces auteurs qu'il devait en faire le re-
proche. Ayant fait dessiner les Héorotaires d'après nature, j'ai remarqué
que plusieurs avaient le bec échancré: c'est donc avec raison que ce grand
naturaliste les a classés dans son genre *Philedon* (mes *Polochions*);
mais il n'aurait pas dû généraliser pour tous cette classification; car il en
est qui n'ont point d'échancrure au bec, seul caractère distinctif de ces
Philedons : tels sont, entre autres, les *Héorotaires bleu, noir et blanc,
noir, mellivore, cap-noir,* etc. C'est pourquoi je les ai laissés dans le
groupe où je les avais placés précédemment.

A. *Bec épais à sa base, robuste, très-allongé et très-arqué.*
Pl. O, n° 11.

L'HÉOROTAIRE ÉCARLATE, *Melithreptus vestiarius.*

Pl. CLXXXI.

Coccineus; alis caudáque nigris.
Carmosin rother honing fanger, *Merrem beytr.*, t. 1, *pag.* 16, *pl.* 4.
Certhia coccinea, *Linn.*, *Gm.*, *Syst. nat.*, *édit.* 13, *n°* 29.
Certhia vestiaria, *Lath.*, *Index*, *n°* 5.

L'Oiseau-mouche géant. *Trochilus gigas.*

P. Oudart d'après le dessin de M.ʳ Prête.

Lith. de C. Motte

Hookbilled red Creeper, *Idem, Synopsis, tom.* 1, *pag.* 704, *n°* 5.

L'Héorotaire, *Vieillot, Oiseaux dorés et à reflets métalliques*, *tom.* 2, *pag.* 86, *pl.* 52 *des Héorotaires*.

L'Héorotaire proprement dit, *deuxième édit. du Nouv. Dict. d'hist. nat., tom.* 14, *pag.* 322.

Ce bel oiseau se trouve dans l'île d'Atooï, où il porte le nom d'*Héoro-taire* et celui d'*Ecce-eve* dans l'île des Amis. Il est très-recherché des habitans pour ses plumes rouges, qu'ils entremêlent avec d'autres pour s'en faire une parure.

Il porte un plumage écarlate, à l'exception des ailes et de la queue, qui sont noires; une tache blanche se fait remarquer sur les couvertures alaires les plus proches du corps; le bec et les pieds sont blanchâtres. Longueur totale, 5 pouces 2 lignes. Une couleur de buffle, mêlée de noirâtre, domine sur la livrée des jeunes.

B. *Bec grêle, plus ou moins courbé en arc, très-rarement plus long que la tête.*

L'HÉOROTAIRE A TÊTE BLANCHE ET NOIRE,
Melithreptus albicapillus.

Capite nigro alboque; corpore suprà olivaceo-viridi; subtùs albo.

L'Héorotaire à tête blanche et noire, *deuxième édit. du nouv. Dict. d'hist. nat., tome* 7, *page* 329.

Idem, *Encyclopédie méthodique, (Ornithologie), pag.* 606.

Chez cette espèce, qu'on trouve à la Nouvelle-Hollande, un beau noir couvre la tête jusqu'au bas des joues, descend un peu sur les côtés de la gorge, et est traversé par une bande blanche, laquelle part de l'œil, et passe entre le vertex et l'occiput. Toutes les parties inférieures sont d'un blanc pur; le dessus du cou et du corps est d'un vert olive brillant : cette couleur sert de bordure extérieure aux rectrices et aux rémiges secondai-res; les primaires portent une frange blanche; le bec est noir; les pieds sont jaunes. Longueur totale, près de 6 pouces.

16ème FAMILLE. ÉPOPSIDES, *Épopsides*.

Bec plus court ou plus long que la tête, glabre à sa base, plus ou moins arqué, entier ou échancré.

Langue médiocre ou courte, entière ou ciliée à sa pointe.

Ière DIVISION. FOURNIER, *Furnarius*.

Bec aussi épais que large, comprimé latéralement, entier, robuste, fléchi en arc, pointu.

Narines longitudinales, couvertes d'une membrane.

Langue médiocre, étroite, usée à la pointe.

Tarses nus, annelés.

Doigt intermédiaire réuni à la base avec l'externe, totalement séparé de l'interne.

Ailes faibles, à penne bâtarde; deuxième, troisième, quatrième rémiges les plus longues de toutes.

Queue à douze rectrices.

Cette division est composée de trois espèces qui se trouvent dans l'Amérique australe ; une seule était connue de Buffon, et les méthodistes l'ont classée avec les *Guépiers*, quoiqu'elles ne présentent avec eux aucun rapport, si ce n'est dans la forme du bec. Le nom de *Fournier* est la traduction de celui de *Hornero*, que porte cet oiseau à la rivière de la Plata ; mais au Tucuman il est connu sous la dénomination de *Casero* (Ménagère). Ces deux noms font allusion à la forme extérieure de son nid, qui ressemble à celle d'un four. On l'appelle au Paraguay *Alonzo garua*. Sa ponte est de quatre œufs.

_ l'Hérotaire écarlate Meliphreptus vestiarince

LE FOURNIER ROUX, *Furnarius rufus*.

Pl. CLXXXII.

Rufus ; remigibus fuscis, exteriore margine rufis.
Le Fournier, *Buff.*, *Hist. nat. des Ois.*, tom. 6, *pag.* 476, *pl. enl.* ,
n° 739, *sous le nom de Fournier de Buénos-Ayres.*
Merops rufus, *Linn.* , *Gm.* , *Syst. nat.*, *édit.* 13 , *n°* 20.
Idem, *Lath.* , *Index*, *n°* 22.
Rufous Bec-Eater, *idem*, *Synopsis*, *tom.* 1 , *pag.* 683 , *n°* 19.

Le nid de ce Fournier est bâti dans un endroit apparent, sur une
grosse branche dégarnie de feuilles, sur les fenêtres des maisons, sur les
croix, les palissades, ou sur les poteaux de plusieurs pieds de haut. Ce
nid hémisphérique a la forme d'un four à cuire du pain ; il est construit
en terre, et quelquefois deux jours suffisent pour sa construction. Le mâle
et la femelle y travaillent de concert , et ils apportent chacun une boulette
d'argile, grosse comme une petite noix, qu'ils arrangent et vont chercher
alternativement. En dehors, ce nid a six pouces et demi de diamètre et un
pouce d'épaisseur. L'ouverture, pratiquée sur le côté, est du double plus
haute que large ; l'intérieur est partagé en deux parties, par une cloison
qui commence au bord de l'entrée, et va se terminer circulairement à la
partie intérieure, en laissant une ouverture, pour pénétrer dans une espèce
de chambre où sont déposés, sur une couche d'herbes, quatre œufs un
peu pointus à un bout, piquetés de roux sur un fond blanc, et dont les
diamètres ont dix et neuf lignes.

Quelquefois d'autres oiseaux se servent des vieux nids à Fournier pour
y faire leur nichée ; mais ceux-ci en chassent les usurpateurs, quand ils
en ont besoin, parce qu'ils ne se donnent pas la peine de faire chaque
année de nouveaux nids , et les pluies ne les détruisent qu'au bout d'un
certain temps.

Cette espèce n'est ni voyageuse, ni inquiète, ni farouche ; elle s'approche des habitations champêtres et des bourgs , construit son nid de

préférence près des maisons , quelquefois même dans leur intérieur. Elle
se tient dans les buissons, et se montre dans les lieux découverts ; elle ne
pénètre point dans les grands bois, et on ne la voit point sur les endroits
élevés. On trouve toujours ces oiseaux par paires , et ils ne vont jamais
en familles ni en troupes. Leur vol ne se prolonge pas beaucoup, parce
que leurs ailes un peu courtes ne sont pas très-fortes.

C'est à M. de Azara à qui nous sommes redevables de la connaissance
des habitudes intéressantes et de l'histoire des Fourniers, dont un seul
n'était connu que par la description de ses formes et de ses couleurs.
Quand le Fournier roux, ajoute-t-il , jouit de sa liberté en domesticité, il
mange du maïs pilé, et préfère toujours la viande crue ; si le morceau est
trop gros pour être avalé , il le presse contre terre avec son pied et le tire
avec son bec. Lorsqu'il veut marcher, il s'appuie vivement sur un pied, et
lève l'autre en même temps avec la même promptitude ; et après l'avoir
tenu un peu en l'air, il le pose en avant et loin pour lever l'autre. Après
avoir répété plusieurs fois ce manége, il se met à courir avec rapidité, et
s'arrête ensuite tout à coup, et il reprend sa marche lente et grave. Il s'a-
vance ainsi alternativement à pas majestueux et précipités d'un air libre
et dégagé , la tête haute et le cou élevé. Quand cet oiseau chante , il avance
le corps , allonge le cou et bat des ailes. Son ramage, qui est commun
aux deux sexes, et qui se fait entendre pendant toute l'année , est d'un ton
élevé, et consiste dans la répétition fréquente de la syllabe *chi ,* d'abord
par intervalles, ensuite prononcée assez vivement pour ne plus former
qu'un fredon ou une cadence qui s'entend à un demi-mille.

Ce Fournier a le dessus de la tête d'un brun roux ; les sourcils , le dessus
du cou et du corps de même que les couvertures supérieures et les rémiges secondaires d'un roux jaunâtre, mais d'un ton plus foncé sur les
ailes dont les premières pennes sont brunes ; la queue est de cette couleur, ainsi que le bec et les pieds ; la gorge blanche ; toutes les parties
postérieures sont d'un roux très-clair. Longueur totale , 5 pouces 1/2.
La taille varie chez ces oiseaux ; d'autres ont jusqu'à sept à huit pouces
de long.

Le Fournier roux   furnarius rufus.

P. Oudart del   Litho de C. Motte

2ème DIVISION. POLOCHION, *Philemon.*

Bec médiocre ou long, nu à sa base, arqué, un peu comprimé par les côtés, acuminé; mandibule supérieure échancrée vers le bout. Pl. P, n° 1.

Narines ovales, couvertes d'une membrane par derrière.

Langue terminée par un pinceau de soies.

Tarses nus, annelés.

Doigt intermédiaire réuni à la base par une membrane avec l'externe, totalement séparé de l'interne.

Ailes à penne bâtarde courte; deuxième rémige la plus longue de toutes.

Queue à douze rectrices.

Cette division, qui contient au moins vingt-cinq espèces, est composée de deux sections: la première renferme celles dont la tête est totalement emplumée, et la seconde celles qui l'ont en partie dénuée de plumes sur les côtés. Toutes se trouvent dans l'Australasie et dans les Grandes-Indes. On dit que parmi elles il en est qui se nourrissent de miel; que d'autres sont très-babillardes et très-courageuses, et que plusieurs ont un ramage harmonieux. C'est à quoi se borne tout ce qu'on sait du genre de vie de ces oiseaux.

LE POLOCHION KOGO, *Philemon cincinnatus.*

Pl. CLXXXIII.

Ex virescente splendide niger; tectricibus alarum majoribus et fasciculo pennarum crisparum ad utrumque colli latus albis; tectricibus caudæ cœruleis.

New Zeeland Creeper, *Brown, Zool. illust.*, pag. 18, *pl.* 9. *Cook*, *vol.* 1, *pag.* 48.

Novæ Seelandiæ Merops, *Linn.*, *Gm.*, *Syst. nat.*, édit. 13, n° 18.

Merops cincinnatus, *Lath.*, *Index*, n° 18.

Poë Bec-Eater, *idem, Synopsis*, *tom.* 1, *pag.* 682, n° 17.

La Cravate frisée, *Levaillant, Ois. d'Afrique*, *pl.* 92.

Les naturels de la Nouvelle-Zélande, qui donnent à cet oiseau le nom de *Kogo*, ont pour lui la plus grande vénération, d'après son beau plumage, sa voix harmonieuse, sa chair délicate et savoureuse. Il est connu des navigateurs anglais sous la dénomination de *Poë-bird*.

Sa robe est d'un noir verdâtre foncé, très-brillant sur quelques parties du corps; un croissant d'un beau bleu forme un large demi-collier sur le devant du cou, dont les plumes sont longues, effilées et frisées à leur pointe; elles portent chacune un trait blanc dans leur milieu, et celles des côtés sont d'un blanc pur, ainsi que les grandes couvertures des ailes; les tectrices du dessus de la queue présentent une belle couleur bleue; les rectrices sont pareilles au corps et égales entre elles; le bec est noir, et garni à sa base de quelques soies; la langue et les côtés de la bouche sont jaunes. Longueur totale, 10 pouces. La femelle et le jeune ne sont pas connus.

3ème DIVISION. PUPUT OU HUPPE, *Upupa*.

Bec plus long que la tête, faiblement arqué, trigone à sa base, convexe en dessus, un peu comprimé latéralement, un peu grêle, entier, presque émoussé; mandibule supérieure plus longue que l'inférieure. Pl. P, n° 2.

Narines petites, ovales, étendues, situées à la base du bec.

Langue très-courte, triquêtre, entière, obtuse.

Tarses nus, annelés.

Doigt intermédiaire réuni à la base avec l'externe, totalement séparé de l'interne.

Ailes à penne bâtarde très-courte; première rémige plus courte que la sixième; troisième et quatrième, les plus longues de toutes.

Queue à douze rectrices.

Des deux espèces dont cette division est composée, l'une se trouve en Europe et en Afrique, tandis que l'autre ne se tient que dans cette dernière partie du monde; vers le royaume de Congo et de Cacongo, et au-

Prêtre del.

delà. Celle-ci, dont nous avons publié la figure dans l'Histoire des oiseaux dorés et à reflets métalliques, n'est point un jeune de l'autre, comme le dit M. Themminck dans son Manuel d'Ornithologie; car celui-ci ne diffère nullement de l'adulte, si ce n'est qu'il a un plus grand nombre de taches longitudinales sur les flancs, et un plumage plus terne, tandis que la Huppe du midi de l'Afrique est naturellement plus petite, porte des couleurs plus vives et une aigrette moins haute, sur laquelle il n'y a aucun vestige du blanc qu'on remarque sur celle des vieux et des jeunes de l'autre race ; de plus, la bande transversale de la queue est plus rapprochée du croupion que chez les autres. Nous sommes persuadés que, si ce savant veut examiner de nouveau le jeune oiseau de l'espèce d'Europe, il avouera qu'il s'est mépris.

Les Huppes ont le vol lent, sautillant, sinueux, et paraissent ne se soutenir en l'air que par un mouvement d'ailes souvent répété. Leur marche est uniforme et posée, comme celle de la Perdrix. Lorsqu'elles sont surprises, elles s'arrêtent, fixent l'objet qui leur porte ombrage, et s'envolent. Elles vivent d'insectes, surtout de vers de terre; elles les saisissent du bout du bec, les relèvent avec vivacité, et faisant un mouvement, comme pour lancer leur proie en l'air, l'aspirent pour l'avaler. Quand elles veulent boire, elles plongent brusquement leur bec dans l'eau, pompent et avalent en même temps la quantité qui leur est nécessaire ; elles boivent peu, aussi les prend-on rarement dans les piéges que l'on tend près des fontaines et des abreuvoirs.

Ces oiseaux sont solitaires, rarement on en voit plusieurs ensemble; ils se plaisent à terre, dans les lieux humides ; quand ils se perchent, c'est toujours à une moyenne hauteur; rarement on les rencontre sur les hautes montagnes. C'est aussi à une petite élévation qu'ils construisent leur nid, soit dans un trou de muraille, de rocher ou d'un viel arbre. La ponte est de quatre à sept œufs, un peu plus gros que ceux de notre Merle commun.

LE PUPUT A HUPPE COURTE, *Upupa cristatella*.

Pl. CLXXXIV.

*Cristâ brevi, rufâ, nigro marginatâ; corpore rufo; uropygio albo;
caudâ nigrâ, albo fasciatâ.*

La Huppe d'Afrique, *Vieillot*, Ois. dorés et à reflets métalliques,
tom. 1.er, pl. 2 de l'Histoire des Promerops.

Idem, *deuxième édit. du Nouv. Dict. d'histoire nat.*, tom. 15,
pag. 422.

Cette race, qu'on trouve en Afrique depuis Malimbe jusqu'au cap de
Bonne-Espérance, diffère de celle d'Europe, comme je l'ai dit ci-dessus,
par une taille plus courte, par des couleurs plus vives, leur disposition
sur les ailes, par la bande transversale de la queue plus rapprochée du
croupion, et par son aigrette, qui est moins haute et n'a point de vestige
de blanc sur les plumes qui la composent. Du reste, elle a le même genre
de vie, le même cri, et elle se nourrit des mêmes alimens.

Elle porte une aigrette d'un roux foncé, frangé de noir; le reste de la
tête, le cou, le haut du dos, les petites couvertures des ailes, le dessous
du corps sont du même roux, mais qui s'éclaircit sur le ventre et les
jambes. Les couvertures inférieures de la queue présentent cette même
teinte, et ont leur extrémité du même blanc, qui couvre le croupion ; les
huit premières pennes de l'aile sont noires; les suivantes en partie de cette
couleur et blanches depuis leur origine jusque vers le milieu; dans les
trois quarts de leur longueur, le blanc prend la forme d'une bande étroite,
terminée par du roussâtre; les trois plus proches du corps sont d'un brun
foncé et bordées de roux; les rectrices portent une large bande transversale
et blanche sur un fond noir; le bec est grisâtre à sa base et ensuite noir;
les pieds sont de cette dernière teinte. Longueur totale, 9 pouces.

Le Huppier à huppe noire.   Upupa cristatella.

Oudart del.   Lith de C. Motte

4ème DIVISION. PROMEROPS, *Falcinellus*.

Bec plus long que la tête, fendu jusque sous les yeux, comprimé latéralement, plus ou moins arqué, aigu ; mandibule supérieure carenée, striée sur les côtés, un peu plus longue que l'inférieure.

Narines oblongues, ouvertes, situées à l'origine d'une strie.

Langue....

Tarses nus, annelés.

Doigt intermédiaire réuni à l'externe le long de la première phalange ; pouce robuste, aussi long que les doigts latéraux.

Ongles étroits; très-crochus, aigus ; postérieur le plus fort.

Ailes à penne bâtarde moyenne; troisième, quatrième, cinquième rémiges les plus longues de toutes.

Queue à douze rectrices.

Cette division ne nous paraît composée que de dix espèces, quoiqu'on en ait décrit un plus grand nombre. En effet, il est très-incertain que les *Promerops orangé et à ailes bleues* fassent partie de ce groupe. On trouve ces espèces, à l'exception de celles-ci, en Afrique et aux Grandes-Indes. Leur partie historique est bien loin d'être complète ; car on sait seulement qu'il y en a parmi elles qui s'accrochent au tronc des arbres, et nichent dans leurs trous.

LE PROMEROPS A DOUZE FILETS, *Falcinellus resplendiscens.*

Pl. CLXXXV.

Niger purpureo et violaceo nitens ; uropygio ventreque albis ; pennis hypochondriorum duodecim longissimis, apice setaceis.

Le Manucode à douze filets, *Vieillot, Oiseaux dorés à reflets métalliques, tom. 2, pl.* 13 *des oiseaux de Paradis.*

Le Promerops à douze filets, *deuxième édit. du Nouv. Dict. d'hist. nat., tom. 28, pag.* 165.

La figure de l'individu, publiée dans l'ouvrage cité, manque d'exactitude; ce qui provient de ce que le peintre n'avait pour guide qu'un dessin imparfait; mais celle que nous publions ici est d'après l'oiseau en nature auquel il ne manque que les six premières pennes des ailes : ce qui a induit en erreur l'auteur du Règne animal, quand il a dit que les rémiges sont courtes, et beaucoup moins nombreuses qu'aux oiseaux ordinaires.

La tête, le cou, le haut du dos et de la poitrine sont d'un beau noir velouté, d'où il rejaillit, sous divers aspects, des reflets pourpres et violets; les plumes de la dernière partie sont terminées par de larges lunules d'une couleur d'or éclatante, selon l'incidence de la lumière; le reste du dos et de la poitrine, le croupion, le ventre et les jambes sont d'un beau blanc; plusieurs plumes d'un vert brillant, à reflets bleus, plus longues que celles qui les avoisinent, parent les flancs vers l'origine des plumes subalaires; celles-ci présentent à peu près la forme de celles des oiseaux de Parad-si émeraudes; mais elles paraissent plus larges; leurs barbes sont effilées, flottantes et d'un blanc nuancé de jaune tendre; les douze filets partent de l'extrémité des plumes subalaires latérales, et les plus proches du corps; ces filets sont de la force et de la grosseur d'un crin de cheval, longs d'environ dix pouces, à peu près nus et contournés en divers sens. Un beau noir pourpré couvre les rémiges et les rectrices; le bec et les pieds sont d'un noir mat. Longueur totale, 9 pouces 1|2. depuis le bout du bec jusqu'à l'extrémité de la queue.

On trouve cette espèce à la Nouvelle-Guinée. Peut-être est-ce la même que l'oiseau de Paradis noir et blanc (*paradisea alba,* Var. Lath.), qu'il dit n'être guère moins rare que le blanc.

17ème FAMILLE. PELMATODES, *Pelmatodes.*

Bec plus loug que la tête, droit ou arqué; pieds courts; jambes dénuées de plumes sur leur partie inférieure.

Doigts extérieurs réunis jusqu'au-delà du milieu.

Pl. 185.

Le Promerops à douze filets. Falcinellus resplendiscens.

P. Oudart del.   Lith. de C.e Motte

Iere DIVISION. GUÊPIER, *Merops*.

Bec épais à sa base, allongé, presque tétragone, entier, un peu fléchi en arc, subulé, à pointe aiguë. Pl. P, n° 3.

Narines rondes, petites, couvertes à leur origine de petites plumes dirigées en avant, quelquefois totalement glabres.

Langue étroite, lacérée à la pointe chez la plupart.

Pieds courts.

Jambes dénuées de plumes sur leur partie inférieure.

Doigts extérieurs réunis dans la plus grande partie de leur longueur.

Ongle intermédiaire le plus fort de tous, et dilaté sur son bord interne.

Ailes longues, à penne bâtarde, très-courte ou moyenne; première rémige la plus longue de toutes chez les uns, la troisième chez les autres.

Queue à douze rectrices.

On ne trouve les trente-neuf espèces dont cette division se compose que dans l'ancien continent. Les oiseaux de la Nouvelle-Hollande auxquels Lathan et Shaw ont imposé le nom de *Merops*, appartiennent à d'autres divisions (*Voyez* Polochion et Créadion). Quant aux Guêpiers indiqués par des auteurs, comme se trouvant à Cayenne et au Brésil, ils n'habitent pas dans ces contrées, si ce sont réellement des Guêpiers ; car il paraît certain qu'on n'en a pas encore rencontré dans l'Amérique.

Les Guêpiers ont des rapports avec les Hirondelles dans leur genre de vie : comme celles-ci, ils saisissent leur proie en volant ; ils se rapprochent des Martin-pêcheurs par les belles couleurs de leur plumage et la conformation de leurs pieds. Comme eux et l'Hirondelle de rivage, les Guêpiers, dont on connaît le genre de vie, nichent au fond des trous qu'ils creusent eux-mêmes en terre ; ils se nourrissent d'insectes volans, diptères et tétraptères, particulièrement de Guêpes et d'Abeilles, d'où sont venus leurs noms latin et français.

LE GUÊPIER BICOLOR, *Merops bicolor.*

Pl. CLXXXVI.

*Corpore suprà cinereo-vinaceo ; subtùs sanguinolento ; genis albis;
remigibus rectricibusque nigricante-fuscis.*

Le Guêpier bicolor, *Sonnini, édit. de Buffon, tom.* 54, *pag.* 274.

Idem, *deuxième édit. du Nouv. Dict. d'hist. nat., tom.* 14, *pag.* 12.

On doit la connaissance de cette espèce au naturaliste Perrin, qui l'a
trouvée à Malimbe dans le royaume de Congo et Cacongo, où elle ne se
montre que pendant trois mois; elle voyage en troupes, vole avec la même
rapidité que l'Hirondelle, se perche rarement; et dès qu'elle le fait, c'est
sur les arbres presque dénués de feuilles. Lorsque ces Guêpiers ont établi
leur croisière dans un canton, tous se réunissent et soutiennent leur vol
pendant des journées entières, jusqu'à ce qu'ils aient détruit tous les insectes dont ils se nourrissent, spécialement les hyménoptères; alors ils partent ensemble pour un autre canton, où ils continuent de chasser en
commun.

La tête, le dessus du cou et du corps, les couvertures supérieures des
ailes de ce Guêpier sont d'un cendré-jaunâtre vineux; les rémiges et un
trait sur l'œil d'un brun noirâtre; les joues et les côtés de la tête d'un beau
blanc; le dessous du corps est d'un rouge sanguin; le dessous des ailes et
de la queue d'un gris brun; le dessus d'un brun noirâtre; les deux rectrices
intermédiaires sont plus longues d'un pouce et demi que les autres, et
terminées en pointe fort aiguë; le bec est blanc à la base de sa partie
inférieure, et noir dans le reste; l'iris rouge. Longueur totale, 10 pouces.

2ème division. MARTIN-PÊCHEUR, *Alcedo.*

Bec long, gros à la base, trigone chez les uns, tétragone chez les autres, comprimé latéralement, droit, très-rarement échancré et incliné vers
le bout, à bords très-légèrement dentelés vers la pointe.

Narines situées près du *capistrum*, étroites, longitudinales ou oblon-gues, à ouverture recouverte d'une membrane transparente.

Langue courte, déliée, en carré long à sa base, triangulaire dans le reste.

Pieds courts, placés un peu à l'arrière du corps.

Jambes dénuées de plumes sur leur partie inférieure.

Tarses arrondis et quelquefois sans écailles.

Doigts au nombre de trois ou de quatre; les extérieurs réunis presque jusqu'aux ongles; l'intérieur très-court. Pl. CC, n° 1.

Ongles courbés, comprimés sur les côtés, aigus ; l'intermédiaire dilaté sur son bord interne.

Ailes courtes ; les quatre premières rémiges à peu près égales et les plus longues de toutes.

Queue à douze rectrices.

Cette division renferme au moins soixante espèces, et se compose de deux sections d'après le nombre des doigts, et la première de deux para-graphes d'après la forme du bec. On trouve des Martin-pêcheurs sur tout le globe, mais en bien plus grand nombre entre les tropiques. On n'en con-naît qu'une seule espèce dans le nord de l'Europe et deux dans les contrées septentrionales de l'Amérique. Presque tous se tiennent au bord des eaux courantes ou stagnantes; tous vivent isolés, quelquefois par couples, ra-rement en familles et jamais en troupes. Ils se posent de préférence sur des branches sèches, surtout sur celles qui s'avancent au-dessus de l'eau. Leur principale nourriture consiste en poissons : quelques espèces ne vi-vent que d'insectes terrestres, et se tiennent éloignées des lieux aquatiques

Comme les ichtyophages ne peuvent saisir leur proie qu'au passage, ils doivent être doués d'une grande patience; aussi, pour l'épier, restent-ils immobiles pendant des heures entières sur une branche, sur une pierre , même à terre ; et aussitôt qu'ils aperçoivent un poisson, ils fondent dessus avec la plus grande rapidité, en tombant d'à plomb , la tête en bas, dans l'eau, où ils restent très-peu de temps; si leur capture est d'une grosseur qui ne leur permet pas de l'avaler de suite, ils la portent à terre, contre laquelle ils la battent afin de la tuer, et ils la dépècent ensuite par morceaux. Ces oiseaux ne se trompent pas ordinairement sur la profondeur à laquelle ils doivent réduire leur chute dans l'eau; plus elle est grande, plus grande est la hauteur d'où ils se laissent tomber. Peu de volatiles de leur taille ont des mouvemens aussi prompts; au moment où ils volent avec le plus de vélocité, ils s'arrêtent tout d'un coup, demeurent stationnaires en l'air, et s'y soutiennent pendant plusieurs secondes en battant des ailes, pour attendre que le poisson paraisse à leur portée : leur corps, qui reste immobile, a alors sa partie postérieure inclinée vers le bas; et cette position prouve la force de leurs ailes, qu'ils agitent dans un autre sens que la plupart des oiseaux. Ces mouvemens d'ailes peuvent être comparés à ceux des Colibris quand ils cherchent leur nourriture dans le calice des fleurs. Lorsqu'ils sont à terre, ils ne marchent ni ne sautent, et peuvent prendre leur essor depuis le sol.

Les Martin-Pêcheurs portent un plumage (lustré chez les icthyophages), sur lequel le bleu domine sous ses différentes nuances, et tous se distinguent des autres oiseaux par leurs formes. Ils ont le corps épais, très-compacte, la tête allongée, grosse, couverte de plumes étroites, plus ou moins longues, et qui, chez la plupart, forment vers l'occiput une espèce de huppe, souvent immobile et toujours dans une direction contraire à celle du bec; les ailes courtes, mais vigoureuses; le vol rapide, très-bas, long et horizontal, mais qu'ils élèvent facilement pour se précipiter sur leur proie; les pieds courts et placés un peu à l'arrière du corps, le bas de la jambe nu; le tarse arrondi, souvent sans écailles, assez robuste et très-court; les doigts antérieurs réunis de manière qu'ils forment en dessous une plante de pied, et qu'ils ne servent guère plus que s'il n'y avait qu'un seul doigt plus gros.

Ces oiseaux rejettent par le bec les arrêtes et les écailles de poisson qui se roulent dans leur estomac spacieux et lâche comme celui de l'oiseau de proie. Ils se nourrissent aussi d'insectes diptères et tétraptères, particulièrement d'Abeilles et de Guêpes qu'ils prennent au vol. Tous placent leur nid dans des trous, ordinairement sur les bords escarpés des eaux. Leur ponte est de quatre à six œufs, et ils en font tout au plus deux dans les régions septentrionales.

Le Guépier bicolor Merops bicolor.

P. Oudart del.

Litho de C. Motte.

A. *Quatre doigts. Bec droit, quadrangulaire. Pl. P, n° 4.*

LE MARTIN-PÊCHEUR A FRONT GRIS, *Alcedo cinereifrons.*

Pl. CLXXXVII.

Corpore suprà glauco ; fronte cinereá ; gulá ventreque albidis ; tectricibus alarum superioribus nigris.

Le Martin-Pêcheur à front gris, *deuxième édit. du Nouveau Dict. d'hist. nat., tom.* 19, *pag.* 403.

On rencontre cette espèce à Malimbe sur la côte occidentale de l'Afrique ; elle se plaît davantage au bord de la mer qu'ailleurs ; on la trouve aussi au Sénégal, où elle n'est pas rare.

Le mâle a le front gris ; le reste de la tête, le cou, le dos, le croupion, le dessus de la queue et la poitrine d'un bleu d'aigue-marine ; de même que le bord extérieur des pennes alaires, si ce n'est à la pointe qui est noirâtre, ainsi que leur intérieur ; la gorge et les couvertures inférieures de la queue sont blanches ; un trait noir traverse l'œil et le dépasse ; le dessous des rectrices et les plumes scapulaires sont de cette couleur ; le bec est rouge en dessus et noirâtre en dessous ; l'iris rose ; les pieds sont de la première teinte avec des écailles noires. Longueur totale, 10 pouces 1/2.

La femelle diffère en ce que la tête, le cou, le dos et la poitrine sont d'un gris bleuâtre ; les scapulaires et les couvertures des ailes brunes.

Bec trigone, échancré et incliné vers le bout de sa partie supérieure. Pl. P, n° 5.

LE MARTIN-PÊCHEUR GÉANT, *Alcedo gigantea.*

Pl. CLXXXVIII.

Cristata ; olivacea subtùs et albido obscurè striata ; temporibus ex occipite sordidè albis ; caudá ferrugineo et chalybeo lineatá, apice albá. Mas. Crista brevior ; corpore subtùs albo. Femina.

Le grand Martin-Pêcheur de la Nouvelle-Guinée, *Sonnerat, Voy.,* pag. 171, *pl.* 106.

Le plus grand Martin-Pêcheur, *Buff., Hist. nat. des Ois., tom.* 7, pag. 181, *pl. enl., n°* 663, sous le nom de *grand Martin-Pêcheur de la Nouvelle-Guinée.*

Alcedo fusca, *Linn., Gm., Syst. nat., édit.* 13, *n°* 33.

Alcedo gigantea, *Lath., Index, n°* 1.

Great brown Kingsfischer, *idem, Synopsis, tom.* 1, *pag.* 609, *n°* 1.

Cette espèce est une de celles auxquelles on a appliqué le nom de *Martin-Chasseur,* parce qu'elles ne vivent point de poisson, et se tiennent constamment éloignées des eaux; elles se distinguent des autres en ce que leur plumage n'est pas lustré.

Sonnerat a découvert ce grand Martin-Pêcheur à la Nouvelle-Guinée, et les Anglais à la Nouvelle-Hollande, où il est connu sous le nom de *Googone-gang;* son espèce n'est pas nombreuse; il vit toujours isolé de ses semblables, et se nourrit d'insectes, de vers et quelquefois de graines. Son cri ressemble à un éclat de rire; son vol est vif, mais court. Il s'éloigne des Martin-Pêcheurs ichthyophages par la forme de son bec, par son plumage sans aucun lustre, par ses habitudes et sa nourriture; ce qui a donné lieu à M. Leach d'en faire un genre particulier sous le nom d'*Acelo.*

Le mâle a les plumes du sommet de la tête vertes, longues, étroites, brunes et rayées d'une nuance plus claire; les côtés, au-dessus de l'œil et l'occiput, mélangés de noirâtre et de blanc sale; les côtés du cou d'un brun foncé; le dessus du dos et les ailes d'un brun olive; le croupion d'un vert bleu clair; une tache de cette couleur sur les couvertures alaires; les rémiges bordées de bleu, blanches à leur base et noires vers le bout; les rectrices d'un fauve roux, avec des ondes noires et blanches à leur extrémité; le dessous du corps lavé d'une couleur de bistre claire, légèrement traversée de petites stries noires, qu'on remarque aussi sur le collier blanc qui entoure le cou; le bec est noir en dessus, orangé en dessous; les pieds sont gris et les ongles noirs. Longueur totale, 16 pouces. Des individus ont du blanc sur le milieu de l'aile. La femelle à les plumes de la tête courtes; le dessous du corps blanc et les pieds bruns.

Le Martin pêcheur à front gris, Alcedo cinereifrons

P. Oudart del.   Litho de C. Motte.

_ Le Martin pêcheur géant, Alcedo gigantea.

L. Oudart del.

Lithog. de C. Motte.

B. *Trois doigts, deux devant, un en arrière.*

LE MARTIN-PÊCHEUR DE L'ISLE DE LUÇON, *Alcedo tridactyla.*

Pallidè violaceo-rubescens; subtùs alba; alis cœruleo-atris; remigibus margine cœruleis.

Le Martin-Pêcheur de l'île de Luçon, *Sonnerat, Voy.*, pag. 65, *pl.* 31.

Alcedo tridactyla, *Linn.*, *Gm.*, *Syst. nat.*, *édit.* 13, n° 40.

Idem, *Lath.*, *Index, n°* 42.

Black-capped Kingsfischer, Var. A, *Lath.*, *Synopsis*, tom. 1, n° 15.

Martin-Pêcheur de l'île de Luçon, *deuxième édit. du Nouveau Dict. d'histoire nat.*, tom. 19, pag. 420.

Nous devons à Sonnerat la connaissance de cet oiseau, qui a le dessus de la tête et du corps d'une couleur lilas foncé; les ailes d'une teinte d'indigo sombre, entouré, sur chaque plume, d'un bleu vif et éclatant; tout le dessous du corps blanc; le bec et les pieds rougeâtres. Longueur totale, 4 pouces.

18ème FAMILLE. ANTRIADES, *Antriades.*

Bec médiocre, un peu voûté.
Doigts extérieurs, soudés jusqu'au milieu.

1ère DIVISION. RUPICOLE, *Rupicola.*

Bec robuste, un peu voûté, convexe en dessus, comprimé latéralement vers le bout; mandibule supérieure échancrée et crochue vers sa pointe; l'inférieure plus courte, droite, aiguë. Pl. P, n° 6.
Narines ovales, grandes, ouvertes.
Langue....

Tarses nus, annelés.

Doigts extérieurs étroitement unis jusqu'au milieu, pouce allongé, épaté et fort. Pl. CC, n° 2.

Ongle postérieur robuste et très-crochu.

Ailes moyennes; première rémige filiforme, échancrée, presque imberbe vers le bout et pointue; deuxième et septième égales; quatrième et cinquième les plus longues de toutes.

Queue à douze rectrices.

Cette division est composée de deux espèces, dont une est peu connue : toutes les deux se trouvent dans l'Amérique méridionale. Celle, dont nous publions la figure, se trouve à la Guyane, où elle habite les fentes profondes des rochers , les grandes cavernes , où la lumière du jour ne peut pénétrer. Ces lieux ont pour elle tant d'attraits, qu'elle s'y plaît beaucoup plus que dans les endroits éclairés. Le mâle et la femelle sont également vifs et très-farouches; on ne peut les tirer qu'en se cachant derrière quelque rocher, où il faut les attendre souvent pendant plusieurs heures, avant qu'ils se présentent à la portée du coup; parce que, dès qu'ils aperçoivent le chasseur, ils fuient assez loin par un vol rapide, mais court et peu élevé. Les mâles sortent plus souvent des cavernes que les femelles, qui se montrent rarement, et qui, probablement, ne quittent leur retraite que pendant la nuit.

LE RUPICOLE ORANGÉ, *Rupicola aurantia.*

Pl. CLXXXIX.

Corpore aurantio; cristâ erectâ et duplici plumarum serie conflatâ; tectricibus rectricum truncatis.

Le Coq de roche, *Briss. , Ornith. , tom.* 4, *pag.* 437, *n°* 1, *pl.* 34, *fig.* 1.

Idem , *Buff. , Hist. nat. des Ois., tom.* 4, *pag.* 432, *pl. enl., n°* 39 et 47.

Hoopoë Hen., *Edward, glean., pl.* 364.

Pipra rupicola, *Linn.* , *Gm.*, *Syst. nat.* , *édit.* 13, *n°* 1.
Idem, *Lath.* , *Index*, *n°* 1.
Rock Manakin, *Lath. ; Synopsis, tom.* 2, *pag.* 511, *n°* 1.

On trouve cette espèce à la Guyane dans la montagne courouaye près de la rivière d'Aprouack. Elle place son nid dans un trou de rocher, le construit grossièrement de rameaux secs ; sa ponte est ordinairement de deux œufs sphériques et blancs, de la grosseur de ceux du pigeon. Elle se nourrit de petits fruits sauvages, et elle a l'habitude de gratter la terre, de battre des ailes et de se secouer comme les poules.

La belle huppe du Rupicole est longitudinale, en forme de demi-cercle, double et composée de deux plans inclinés qui se rejoignent au sommet. Le plumage du mâle est d'une couleur orangée très-vive ; on remarque quelques traits blancs au pli et sur le milieu de l'aile ; les rémiges sont brunes, terminées et bordées extérieurement de jaune clair ; les rectrices d'un brun foncé, terminées de même et coupées carrément, ainsi que leurs tectrices ; le bec, les pieds et les ongles sont d'un blanc teint de jaunâtre. Longueur totale, 11 pouces.

La femelle est plus petite que le mâle, entièrement brune, avec quelque apparence de roux sur le croupion. Le bec est brun, et porte un trait jaune sur le milieu de sa partie convexe.

Le mâle, dans sa première année, est à peu près pareil à la femelle ; ses plumes sont grises ou d'un jaune très-pâle, inclinant au brun ; mais, à mesure qu'il avance en âge, on aperçoit d'abord sur son plumage des points et des taches de couleur rousse ; ensuite les taches deviennent rouges, et finissent par présenter cette belle couleur orangée qui distingue l'oiseau parfait.

19ᵉ FAMILLE. PRIONOTES , *Prionoti.*

Bec plus long que la tête, dentelé ou crenelé.
Doigts extérieurs joints jusqu'au-delà du milieu.

Ière DIVISION. MOMOT, *Baryphonus*.

Bec long, robuste, épais, un peu comprimé latéralement, convexe en dessus; les deux mandibules dentelées, courbées en en bas vers le bout. Pl. P, n° 7.

Narines situées à la base du bec un peu obliquement, arrondies et en partie cachées sous les plumes du capistrum.

Langue étroite, allongée et barbée sur les bords.

Paupières glabres.

Tarses nus, annelés.

Doigt intermédiaire réuni avec l'externe jusqu'au-delà du milieu, et avec l'interne à sa base. Pl. CC, n° 3.

Ailes courtes, à penne bâtarde médiocre; troisième, quatrième, cinquième rémiges à peu près égales entre elles et les plus longues de toutes.

Queue à dix ou douze rectrices.

Les trois espèces, dont cette division est composée, se trouvent dans l'Amérique méridionale. Leur plumage est très-fourni sur la tête, le cou et le corps; toutes les plumes sont longues, faibles et décomposées. Leurs ailes, étant courtes et peu fortes, ne peuvent servir à un vol soutenu; leurs paupières sont nues, et des petites plumes remplacent les cils. Les Momots sont, suivant M. de Azara, des oiseaux un peu carnassiers, qui mangent les très-petits volatiles et les souris: ils les avalent entiers, après les avoir froissés eu les frappant contre terre. On présume qu'ils doivent faire beaucoup de ravages dans les nids des oiseaux; ils se nourrissent aussi de fruits mous, ne boivent jamais, et ne font aucun cas des graines; ils se servent de leurs serres pour saisir leur nourriture. Leurs mouvemens sont lourds et roides; leur démarche se compose de sauts brusques, droits et obliques, en ouvrant beaucoup les jambes; ils sautent sans cesse, dorment perchés et ne descendent à terre que pour manger. On trouve ces oiseaux dans les bois fourrés, et la seule espèce dont on connaisse le nid le fait dans un trou en terre.

Le Rupicole orangé, *Rupicola aurantia*.

E. Oudart del.   Lithog. de C. Motte

LE MOMOT DOMBEY, *Baryphonus ruficapillus*.

Pl. CXC.

Vertice rufo; dorso, tectricibus alarum superioribus viridibus; remigibus primariis cœruleis; rectricibus 10.

Le Momot Dombey, *Levaillant, Histoire nat. des Oiseaux de Paradis et des Rolliers, pl.* 39.

Idem, *deuxième édit. du Nouv. Dict. d'histoire nat., tom.* 21, *pag.* 315.

Cet oiseau, qu'on dit se trouver au Pérou, se distingue du Momot-Houtou, avec lequel il a des rapports dans son plumage, en ce que le dessus de la tête est roux, que la couleur bleue des rémiges primaires et des rectrices est plus pure, de même que le vert du bout des ailes; en outre, il a les moustaches noires; le tour de l'œil bleu; le dessus du cou, le dos, le croupion et les couvertures supérieures des ailes olivâtres; une tache d'un noir bleu sur le milieu de la poitrine; les rémiges primaires bleues en dehors; les autres pareilles au dos; les rectrices olivâtres et bleues vers leur extrémité; la gorge, le devant du cou et le haut de la poitrine couleur d'olive; le bas de la dernière partie et le haut du ventre d'un roux clair; les parties postérieures bleuâtres; le bec noir; les pieds bruns. Longueur totale, 14 pouces. La queue est composée de dix pennes, et ses deux intermédiaires sont entières, tandis que dans le Momot de la Guyane elles n'ont pas de barbe vers le milieu.

2ème DIVISION. CALAO, *Buceroc*.

Bec long, trigone, grand, cellulaire, arqué en faux, à bords crenelés chez la plupart, quelquefois entiers; mandibule supérieure casquée, rarement simple. P. P, n° 8.

Narines petites, ovales, ouvertes, situées à la base du bec.

Langue courte, étroite, pointue.

Paupière supérieure ciliée.

Tarses nus, annelés.

Doigt intermédiaire étroitement uni avec l'externe jusqu'au-delà du milieu, et avec l'interne jusqu'à la deuxième phalange.

Ailes moyennes; première rémige courte; deuxième, troisième, quatrième et cinquième à peu près égales entre elles et les plus longues de toutes.

Queue à dix ou douze rectrices.

Cette division est composée d'environ trente espèces, dont aucune ne se trouve en Europe ni dans l'Amérique; les unes habitent l'Afrique, d'autres l'Asie méridionale, et quelques-unes dans l'Australasie. Si l'on s'attachait strictement aux diverses espèces de bec, on serait forcé de faire presque autant de sections que d'espèces; en outre, ces formes varient dans les premières années de chacune; car, selon M. Levaillant, celles à bec casqué naissent toutes avec cette partie presque simple, et dans leur jeunesse elle n'est surmontée que d'une très-petite proéminence; laquelle, à mesure que l'oiseau avance en âge, croît, grandit, change peu à peu, et ne prend enfin la forme qui lui est propre que lorsqu'il est parvenu à son état parfait.

Ce bec monstrueux, chez presque tous les Calaos, n'est ni fort, à proportion de sa grandeur, ni utile à raison de sa structure; il est au contraire très-faible, très-mal conformé, et paraît nuire plus qu'il ne sert à l'oiseau qui le porte. Il n'a point de prise; sa pointe, comme dans un levier très-éloigné du point d'appui, ne peut serrer que mollement. Sa substance est si tendre, qu'elle se frèle à la tranche par le plus léger frottement: cependant ces cassures accidentelles se raccommodent tous les ans; car la corne du bec repousse d'elle-même à chaque mue de l'oiseau, et cette pousse continuelle rend toujours au bec sa première forme et ses dentelures naturelles.

Les Calaos se tiennent ordinairement en grandes bandes, vivent d'insectes, de reptiles, de rats, de souris; mais, avant d'avaler ces animaux, ils les amollissent dans leur bec et les avalent entiers. Ils recherchent aussi les charognes et s'en nourrissent comme les Vautours; néanmoins

Le Momot Dombey (Baryphonus ruficapillus)

Lithog. de C. Motte

ils donnent la préférence aux intestins; enfin il en est parmi eux qui mangent des fruits, principalement des noix muscades et des noix vomiques. Tel est le *Calao des Moluques*, selon Bontius. Celui des Philippines, suivant George Castel, vit de figues, d'amandes, de pistaches et d'autres fruits qu'il avale entiers.

Ces oiseaux marchent peu et fort mal, sautent des deux pieds, quand ils veulent changer de place; ils se tiennent le plus souvent sur les grands arbres, et préfèrent ceux qui sont morts sur pied, dans les trous desquels ils nichent, et à défaut de trous, proche le tronc sur les plus grosses branches. La ponte est ordinairement de quatre ou cinq œufs.

LE CALAO CARONCULÉ OU D'ABYSSINIE, *Buceros abyssinicus.*

Pl. CXCI.

Niger; remigibus majoribus albis; fronte osseá prominentiá antrorsum semicirculari, canaliculatá; gulá carunculatá. Adultus. *Fuscescente-niger; gulá nudá, simplice.* Junior.

Le Calao d'Abyssinie, *Buff., Hist. nat. des Ois.*, tom. 7, *pag.* 115, *pl. enl., n°* 779, sous le nom de grand Calao d'Abyssinie. (Jeune).

Le Calao caronculé, *Levaillant, Hist. des Ois. d'Afrique, pl.* 230, (Adulte) 231. (Jeune).

Buceros Abyssinicus, *Linn., Gm., Syst. nat., édit.* 13, *n°* 5.

Idem, *Lath., Index, n°* 17.

Abyssinian Hornbill., *Lath., Synopsis, tom.* 1, *pag.* 34, *n°* 4.

On rencontre cette espèce au Sénégal, de même qu'en Abyssinie, où le célèbre voyageur Brown l'a observée. Là elle se tient communément dans les champs où croît le teff, et y est attirée par des gros coléoptères verts qui se trouvent en abondance sur cette plante, et dont elle se nourrit. Sa chair a une odeur fétide, ce qui fait croire qu'elle vit de charognes. On la nomme dans la partie de l'est de ce royaume, *Abbagumba,* et dans celle de l'ouest, *Erkooms,* et enfin sur les frontières de

Sennara et de Raas el Feel on l'appelle *Teir el Naciba* (l'oiseau du destin). Elle niche sur les grands arbres les plus touffus, et, quand elle peut, proche des grands édifices. Son nid est couvert comme celui de notre Pie, et quatre fois aussi large que celui de l'Aigle. Elle l'appuie et l'affermit contre le tronc, et ne le place pas à une grande hauteur; l'entrée est toujours du côté de l'est. Il est à présumer que sa ponte est nombreuse; car on a vu des vieux accompagnés de dix-huit jeunes qui, à terre, le suivaient pas à pas; mais lorsqu'ils sont forts, ils s'accouplent deux à deux, et chaque couple se tient éloigné l'un de l'autre, soit qu'ils volent, soit qu'ils marchent.

L'Adulte est de la grosseur du Coq d'Inde, et a la gorge caronculée, et d'un brun violet; une plaque rougeâtre près de l'origine de la mandibule supérieure ; le bec très-grand, très-gros avec un casque à cannelures arrondies en dessus, ouvertes par devant, où le bord des cannelures forme un trèfle régulier. Tout son plumage est d'un noir foncé, à l'exception des premières pennes de l'aile qui sont d'un blanc fauve; le bec et les pieds sont noirs. Longueur totale, 3 pieds 2 pouces. Le jeune est d'un noir bleuâtre, n'a point de caroncules sur la gorge, et son casque est uni, bordé de chaque côté, à arête tranchante, et fermé par devant.

20me FAMILLE. PORTE-LYRES, *Lyriferi*.

Bec droit, conico-convexe, garni à sa base de plumes sétacées, dirigées en avant.

Ongles obtus.

Ière DIVISION. MÉNURE, *Menura*.

Bec médiocre, garni à sa base de plumes sétacées, dirigées en avant, droit, un peu grêle, conico-convexe, incliné à sa pointe; mandibule inférieure plus courte que la supérieure. Pl. P, n° 9.

Narines ovales, grandes, couvertes d'une membrane, situées vers le milieu du bec.

Le Calao caronculé, *Buceros Abyssinicus*.

P. Oudart del.

Lith. de L. Motte

Langue....

Tarses allongés, maigres, couverts en devant de cinq ou six grandes écailles annelées.

Doigts longs, grêles, trois devant, un derrière ; les extérieurs étroitement unis jusqu'à la deuxième articulation.

Ongles longs, peu crochus, aussi larges qu'épais, convexes en dessus, obtus ; le postérieur le plus long. Pl. CC, n° 4.

Ailes concaves, arrondies ; les huit premières rémiges graduelles, la première courte; les huitième et neuvième les plus longues de toutes.

Queue à quatorze rectrices de diverses formes chez le mâle; à douze chez la femelle.

La seule espèce que renferme cette division se trouve à la Nouvelle-Galles du sud, où elle se tient dans les endroits rocailleux et les montagnes, d'où lui est venu le nom de *Faisan de montagne*, que lui ont imposé les Anglais qui habitent cette partie de l'Australasie. Elle se perche sur les arbres, et ne descend à terre que pour chercher sa nourriture.

LE MÉNURE PARKINSON , *Menura Novæ Hollandiæ.*

Pl. CXCII.

Corpore rufo-fusco; subtùs cinerescente; gulâ rufâ; rectricibus 14; *prœlongis, scapis à basi ad medium binis ,pinnulis disjunctis distatiibus ; intermediis duabus angustis , albidis, longissimis , versùs apicem revolutis.* Mas. *Minor, colore toto fusco; rectricibus* 12. Femina et junior.

Menura Novæ Hollandiæ, *Lath. , Index, n° 1.*

Superb Menura, *idem, Synopsis, deuxième Suppl., pag.* 279, *n° 1, pl.* 136.

Le Ménure parkinson , *Vieillot, Oiseaux dorés et à reflets métalliques , tom. 2, pag.* 30 *, pl.* 14 *et* 15.

Une teinte grise, tirant au brun sur les parties supérieures et au cendré sur les inférieures, est généralement répandue sur le plumage de cette espèce. Il faut cependant excepter la gorge, les couvertures supérieures et les pennes des ailes, qui sont d'une couleur rousse; une petite huppe se fait remarquer sur la tête, mais ce qui distingue le mâle, c'est la conformation des pennes caudales ; dix d'entre elles sont garnies vers leur origine d'un duvet très-épais, et portent des barbes très-longues, presque dénuées de barbules et éloignées les unes des autres dans toute leur étendue; les intermédiaires n'ont des barbes que d'un côté; celles-ci sont courtes, serrées, si ce n'est vers leur extrémité, où elles s'écartent et sont privées de barbules. Ces deux pennes sont les plus longues de toutes et se recourbent en arc vers le bout : les deux latérales ont, lorsqu'elles sont relevées, la convexité de leur extrémité du côté opposé à celles des précédentes ; leurs barbes sont courtes à l'extérieur, longues à l'intérieur, d'un gris brun en dessus, blanches en dessous, serrées depuis la tige jusqu'au tiers de leur longueur, ensuite moins pressées, et finissent par s'éloigner les unes des autres : alors leur couleur se mélange de brun foncé et de brun roussâtre, dont une partie offre la transparence du cristal; seize bandes larges et alternatives indiquent ces deux teintes; enfin ces plumes sont terminées par un noir velouté, frangé de blanc. L'iris est couleur de noisette ; les orbites sont nus; les pieds noirs. Longueur totale, 37 à 38 pouces, dont quinze du bout du bec à l'origine de la queue.

La femelle diffère du mâle en ce qu'elle est un peu plus petite et en ce que sa queue n'est composée que de douze pennes, de la même forme que celle des aut res oiseaux. Les plumes de la tête sont plus courtes, et son plumage est généralement d'un brun sale foncé, à l'exception du ventre qui est cendré. Les plus longues des rectrices ont dix-sept pouces de longueur, et les plus extérieures n'en ont que dix; toutes sont étagées. Les jeunes mâles lui ressemblent dans leur premier âge.

21ème FAMILLE. DYSODES, *Dysodes*.

Bec robuste, en partie dentelé, comprimé latéralement.
Pieds courts.
Doigts au nombre de quatre.
Ongles allongés, étroits, aigus.

Le Ménure Lyre (Menura Nova Hollandiæ).

1ère DIVISION. SASA, *Sasa.*

Bec garni à sa base de soies divergentes, épais, robuste, comprimé latéralement, à bords dentelés vers son origine, ensuite lisses et tranchans; mandibule supérieure arrondie en dessus, fléchie en arc vers la pointe; l'inférieure plus courte, proéminente en dessous vers sa racine. Pl. P, n° 10.

Narines latérales, arrondies, épatées, couvertes d'une membrane, situées vers le milieu du bec.

Langue....

Orbites et *gorge* nues.

Cou grêle, plus long que le corps.

Tarses courts, réticulés.

Doigts totalement séparés; l'intermédiaire plus long que le tarse; le postérieur portant à terre sur toute sa longueur. Pl. CC, n° 5.

Ailes arrondies, concaves, courtes, à penne bâtarde très-courte; les quatre premières rémiges étagées; les cinquième, sixième, septième les plus longues de toutes.

Queue arrondie, à dix rectrices, planes et longues.

L'espèce qui compose cette division a été classée par tous les auteurs parmi les Faisans; mais il est facile de voir que la plupart de ses caractères génériques l'en éloignent complètement; et si on consulte son genre de vie, on voit qu'il n'a aucun rapport avec celui des Gallinacés. En effet, le Sasa observé par Sonnini, dans la Guyane, ne se trouve qu'au bord des eaux, ou dans les lieux inondés, et cette préférence tient au genre de sa nourriture. Il mange les fruits et les feuilles d'un très-grand *arum*, appelé dans le pays *Moucou Moucou* (*arum arborescens*, Linn.), et qui couvre de grands espaces dans les savanes noyées. Partout où ces plantes croissent abondamment, l'on est assuré de rencontrer des Sasas, quelquefois par paire, et quelquefois par petites troupes de sept ou huit. Ils se tiennent pour l'ordinaire, sur la même branche, l'un à côté et fort près de l'autre. Ils sont peu défians, et se laissent aisément approcher; sans doute parce qu'on leur fait rarement la chasse, d'abord à cause de l'éloignement et de la nature des lieux qu'ils habitent, ensuite par le peu d'intérêt que l'on peut avoir à les rechercher ; la forte odeur de *castoreum* qu'ils exhalent ne permet pas de les manger.

LE SASA HUPPÉ, *Sasa cristata.*

Pl. CXCIII.

Suprà fusca ; subtùs rufo-alba ; crisso rufo ; capite cristato ; arcâ oculorum nudâ, rubrâ ; caudœ apice flavo.

L'Hoazin, *Buff., n° 337, sous le nom de Faisan huppé de Cayenne.*
Phasianus cristatus, *Linn., Gm., Syst. nat., édit.* 13, *n°* 10.
Idem, *Lath., Index, n°* 7.
Crested Pheasant, *Lath., Synopsis, tom.* 2, *pag.* 720, *n°* 7, *pl.* 64.
Le Sasa, *Sonnini, édit. de Buffon, tom.* 42, *pag.* 294.

On trouve cette espèce à Cayenne, où elle niche sur les arbres ; sa ponte est de quatre à six œufs. Montbeillard l'a confondue avec l'*Hoazin du Mexique*, en lui en appliquant le nom et en lui assignant des mœurs totalement opposées à celles qui lui sont naturelles. En effet, l'Hoazin, décrit par Hernandèz, dans son *Hist. avi. Nov.-Hisp., cap.* 10, *p.* 320, qui, outre qu'il présente des disparités dans son plumage avec le Sasa, et de plus dans sa taille qui est presque celle d'une Poule d'Inde, et dans son bec recourbé, en diffère encore par ses habitudes, ne paraît qu'à l'automne dans les contrées les plus chaudes du Mexique, et fait sa nourriture ordinaire de serpens ; au lieu que le Sasa de la Guyane est sédentaire et frugivore.

Le Sasa est remarquable par une très-longue huppe composée de plumes étroites et couchées en arrière, qu'il peut soulever, mais non relever en forme de panache, lorsqu'il est affecté. Ces plumes sont rousses depuis leur origine jusqu'à leur milieu, et noires dans le reste : celles du dessus et des côtés du cou ont des taches blanches sur un fond brun : cette couleur occupe aussi, mais avec des reflets verts et cuivrés, toutes les parties supérieures ; en prenant du roux sur les pennes des ailes et du verdâtre sur la queue; les couvertures alaires portent une bordure blanche; les pennes caudales sont terminées par un liseré jaune; les parties inférieures sont d'un blanc nuancé de roux, mais cette dernière teinte est pure sur le ventre, les jambes et les couvertures du dessous de la queue; le bec est d'un gris verdâtre; les pieds sont rouges; les ongles noirs. Longueur totale, 22 pouces.

22ème FAMILLE. COLOMBINS, *Columbini.*

Bec garni à sa base d'une membrane cartilagineuse et gonflée, crochu ou seulement incliné à sa pointe.

Doigts antérieurs séparés ou unis à leur origine par une très-petite membrane.

Ière DIVISION. PIGEON, *Columba.*

Bec médiocre, comprimé latéralement, couvert à sa base d'une membrane voûtée sur chacun de ses côtés et étroite en devant; mandibule supérieure plus ou moins renflée vers le bout, crochue ou seulement inclinée à sa pointe.

Narines oblongues, placées dans un cartilage bombé, ouvertes vers le milieu du bec.

Langue entière, pointue.

Tarses nus ou en partie emplumés.

Doigts antérieurs totalement séparés ou unis à leur base par une très-petite membrane. Pl. CC, n° 6.

Ailes allongées et pointues, ou médiocres et arrondies.

Queue à douze ou quatorze rectrices.

Cette division, qui contient au moins cent vingt-cinq espèces, est composée de trois sections auxquelles M. Levaillant a imposé les noms de *Colombe, Colombar* et *Colombi-galline.* La première contient les Pigeons, qui ont le bec droit, grêle, flexible et renflé vers le bout; les tarses courts, les ailes longues et pointues. La deuxième, ceux dont le bec est assez robuste, large à sa base, renflé et crochu à sa pointe ; les tarses et les ailes comme les précédens : les espèces de la troisième ont le bec pareil à celui de la première, mais elles en diffèrent par leurs tarses plus allongés, par leurs ailes courtes et arrondies. On ne rencontre en Europe aucun individu des deuxième et troisième sections ; parmi ceux de cette dernière les unes se trouvent en Amérique, en Afrique et dans l'Asie orientale ; les autres en Afrique et dans les Grandes-Indes.

L'on n'est pas d'accord sur la place que les Pigeons doivent occuper dans un système. Linnée les classe dans son ordre des *Passères ;* Brisson, Pennant et Latham les isolent dans un ordre particulier, et d'autres auteurs les mettent dans celui des Gallinacés. Je me suis conformé à l'opinion de l'illustre naturaliste Suédois, parce qu'elle me paraît plus analogue à la nature de ces oiseaux ; en effet, ainsi que presque tous les *Passères*, les Pigeons se tiennent par paires dans la saison des amours ; le mâle et la femelle travaillent à la construction du nid, partagent les soins de l'incubation et de l'éducation de leurs petits ; et ceux-ci sont nourris dans leur berceau, éclosent aveugles, ne le quittent que couverts de plumes, et sont encore quelque temps, après leur sortie du nid, sans pouvoir se suffire à eux-mêmes. Leurs traits de dissemblance consistent dans leur manière de boire et d'alimenter leur jeune famille, dans la singularité de leurs caresses et dans la nature des plumes ; ils en diffèrent encore en ce qu'ils ne chantent ni ne crient, quand ils sont adultes ; leur voix est alors un son plein et roulant qu'on appelle *roucoulement*. Ces disparités les éloignent aussi des vrais Gallinacés, avec lesquels ils n'ont point d'analogie dans leur instinct, leurs habitudes et leurs amours. En effet, ceux-ci sont presque tous polygames, font une ponte nombreuse par chaque couvée et rarement plus d'une sous les zones tempérées ; tandis que les Pigeons ne pondent que deux œufs, font plusieurs couvées, et sont tous monogames. Chez les Gallinacés, le mâle ne soulage point la femelle dans le travail du nid et de l'incubation ; leurs petits naissent clair-voyans, quittent leur berceau, courent et mangent seuls dès qu'ils sont éclos ; le *Ganga* seul fait exception. Enfin un caractère extérieur et tranchant éloigne les Pigeons de ces derniers et les place naturellement avec les *Passères*, c'est d'avoir, comme ceux-ci, le doigt postérieur articulé au bas du tarse, sur le même plan que les antérieurs, posant à terre sur toute sa longueur et embrassant le juchoir. Au contraire, chez les Gallinacés ce doigt est articulé sur le tarse plus haut que les autres, ne porte à terre que sur l'ongle ou sur la première phalange, et reste perpendiculaire quand ils sont perchés. Cependant on ne peut disconvenir qu'il se trouve parmi les Pigeons des espèces qui participent en quelque chose des Gallinacés dans leurs mœurs et dans leurs allures ou par quelques conformités extérieures : tels sont ceux de la troisième section, qui tous ont les pieds plus allongés que ceux de leurs congénères et des ailes de perdrix, c'est-à-dire des ailes arrondies, et dont les deux premières pennes sont plus courtes que les troisième et quatrième. De tous les Pigeons que j'ai eu occasion d'étudier dans la nature vivante, les Cocotzins sont ceux qui m'ont paru avoir le plus de rapports avec les perdrix ; car, outre qu'ils ont, comme les autres Colombi-gallines, les ailes un peu concaves et arrondies, ils courent comme les perdrix, et se tiennent constamment dans les champs et les savanes, y cherchent leur nourriture et jamais sur les arbres, s'élèvent en l'air et s'y soutiennent de la même manière que celles-ci, le fendent par un vol court et ne s'abattent qu'à terre ; c'est pourquoi les Anglais et les habitans des États-Unis, frappés de ces allures, les appellent *Ground-dove* (Pigeon de terre).

M. Levaillant, qui le premier a établi la deuxième section, caractérise les espèces dont elle se compose par un bec plus épais, plus large que celui des deux autres ; les mandibules se renflant du bout forment ensemble une pince solide, une sorte de tenaille, souvent dentée sur les tranches, laquelle sert à ces oiseaux à pincer le fruit dont ils se nourrissent généralement. Ils ont la tête plus grosse et le cou plus court que les autres Pigeons ; le tarse court, robuste et nerveux ; leurs doigts, particulièrement celui de derrière, larges, épatés, et ceux de devant comme soudés à leur base ; ce qui leur fait un pied plat, chagriné en dessous, et donne à ces oiseaux une forte assise ; ils se tiennent le jour dans les bois, vivant isolément par paire, mâle et femelle. Ils construisent leur nid dans des trous d'arbre ; leur vol n'est pas aussi précipité que celui des autres Pigeons ; leur ramage est une espèce de gémissement concentré qui diffère encore du roucoulement des Colombes. L'espèce que nous décrirons ci-après sous le nom de *Pigeon Waalia*, est la seule dont on connaisse les habitudes, les mœurs et l'existence. On ne doit donc pas se presser de les généraliser à toutes les autres.

Les Pigeons sont granivores, et beaucoup parmi eux sont aussi baccivores dans l'état sauvage. Ils avalent les graines et les baies entières; ces alimens se macèrent et s'amollissent dans le jabot avant de descendre dans l'estomac. Ils ne digèrent point les noyaux de certains fruits, et les rendent avec leurs excrémens, sans que ces noyaux soient privés de la faculté de végéter; c'est un moyen que la nature emploie pour disséminer diverses plantes et les propager à de grandes distances. La première alliance de ces oiseaux est ordinairement la seule qu'ils contractent dans le cours de leur vie, à moins qu'elle ne soit interrompue par quelque accident. Ils se tiennent par paires dans le temps des amours, et la plupart se réunissent en troupes plus ou moins nombreuses à l'arrière-saison. Chaque bande est toujours composée d'individus de la même espèce. Les uns nichent sur les grands arbres, d'autres dans les taillis, dans les bosquets, d'autres préfèrent les crevasses de rocher. Tous ou presque tous construisent leur nid assez légèrement avec de petits rameaux, lui donnent une forme presque plate et assez large pour contenir le mâle et la femelle. Leur ponte est ordinairement composée de deux œufs que l'un et l'autre couvent alternativement. Ils partagent aussi tous les soins qu'exigent leurs petits; et les nourrissent, quand ils sont nouvellement éclos, d'alimens réduits dans leur jabot en forme de bouillie; ensuite ils leur donnent la graine macérée, et enfin telle qu'ils l'avalent eux-mêmes. Les petits reçoivent leur nourriture d'une manière tout-à-fait particulière à ces espèces d'oiseaux; pour cet effet ils mettent leur bec en entier dans celui de leur nourricier, l'y tiennent entr'ouvert pendant que celui-ci fait remonter l'aliment de son jabot, action qu'il accompagne d'un mouvement convulsif des ailes et du corps. Les pigeonneaux naissent couverts d'un duvet léger, et ne quittent leur nid que très-garnis de plumes; mais ils ont encore besoin de leurs parens pour les nourrir pendant quelque temps après qu'ils se sont envolés.

P. Oudart del.   Lith. y de C. Motte.

A. *Bec droit, grêle, flexible et renflé vers le bout, pl. Q, n° 1; tarses courts; ailes longues et pointues.*

LE PIGEON A TÊTE BLANCHE, *Columba leucocephala.*

Pl. CXCIV.

Orbite et vertice albis; corpore cærulescente, mas. et femin. *Vertice griseo.* Junior.

White Crowned Pigeon, *Catesby, carol.* 1, *pl.* 25; *idem, Lath.,* *Synopsis, tom.* 2, *pag.* 317, *n°* 5.

Le Pigeon de rocher de la Jamaïque, *Brisson, Ornith., tom.* 1, *pag.* 137, *n°* 33.

Columba leucocephala, *Linn., Gm., Sys. nat., édit.* 13, *n°* 14. *Idem, Lath., Index, n°* 5.

Cette espèce, qui se trouve dans les Grandes-Antilles et au Mexique, fréquente les grands bois, et niche dans les rochers, d'où lui est venu le nom de *Pigeon de rocher* que des naturalistes lui ont imposé. Elle vit principalement de baies, surtout de celles de l'arbre appelé *bois doux.* Sa chair devient savoureuse, très-grasse et d'un goût agréable, quand ces baies sont en abondance; mais d'autres fruits lui donnent de l'amertume.

La calotte blanche, qui couvre la tête de ce Pigeon, est bordée d'un liseré noir; cette dernière couleur prend la forme d'une frange sur les plumes du cou qui sont vertes et à reflets bleus, gris et dorés, selon l'incidence de la lumière; un gris ardoisé domine sur tout le corps, les ailes et la queue, mais il est plus clair sur le ventre; la peau nue, qui entoure les yeux, est rouge dans la saison des amours et blanchâtre dans tout autre temps; le bec est de cette teinte depuis les narines jusqu'à sa pointe et pourpré dans le reste; l'iris est jaune; les pieds sont rouges et les ongles bruns. Longueur totale, 12 pouces. Je n'ai pas remarqué de différence entre le mâle et la femelle; mais les jeunes ont le dessus de la tête gris, et leur plumage est terne.

B *Bec assez robuste, élargi à sa base, renflé et crochu à sa pointe,*
     pl. Q, n° 2; tarses courts; ailes longues.

LE PIGEON WAALIA, *Columba waalia.*

Pl. CXCV.

Olivaceo-viridis; abdomine flavo; maculâ alarum purpureâ; fe-
moribus albis, fusco maculatis.

Columba abyssinica, *Lath., Index, n° 72.*

Waalia Pigeon, *idem, Synopsis, deuxième Suppl., pag.269, n° 6.*

Le Colombar, *Levaillant, Ois. d'Afrique, pl. 276, 277.*

Le Pigeon Waalia, *deuxième édit. du Nouv. Dict. d'Histoire natur.,*
tom. 26, pag. 393.

Cette espèce qu'on trouve dans toute l'Afrique, depuis l'Abyssinie jusqu'au cap de Bonne-Espérance, a été décrite par le chevalier Bruce, sous
le nom que nous lui avons conservé. Au rapport de cet illustre voyageur,
ces Pigeons se plaisent dans les lieux bas, se perchent sur les arbres les
plus élevés, particulièrement en Abyssinie sur une espèce de hêtre, où
on les voit très-souvent, et où ils restent en repos pendant la chaleur du
jour. Ils ont, dit-il, le vol très-élevé; ils se réunissent en bandes nombreuses, et se retirent pendant la saison pluvieuse au sud et sud-est de
Kolla. Selon M. Levaillant, qui les a observés au cap de Bonne-Espérance, ils nichent dans un trou d'arbre, et leur ponte est de quatre œufs.

Le mâle a le dessus du corps, de la tête et du cou d'un vert olive, plus
foncé et moins vif sur les deux dernières parties; le haut de l'aile d'un
beau rouge; les rémiges liserées de blanc à l'extérieur; la queue d'un
bleu pâle et sale; les couvertures inférieures et les cuisses tachetées de
brun et de blanc; le ventre d'un jaune vif; le bec d'un blanc bleuâtre; l'iris
d'un orangé foncé; les tarses jaunâtres. Longueur totale, 10 à 11 pouces.

La femelle est un peu plus petite que le mâle, et en diffère par son
ventre, qui est, de même que toutes les autres parties du corps, d'un vert
olivâtre uniforme.

Pl. 104.

Le Pigeon à tête blanche.   Columba leucocephala.

P. Oudart pinx.   Lithog. de C. Motte.

Le Pigeon Waalia Columba Waalia

P. Oudart del.   Litho de C. Motte

C. *Bec mince, flexible, très-peu renflé vers le bout; tarses un peu
allongés; ailes courtes et arrondies.*

LE PIGEON COCOTZIN, *Columba passerina.*

Pl. CXCVI.

*Fronte, collo anteriore pectoreque vinaceis; capite purpurascente;
dorso fusco-cinereo, tectricibus alarum griseis, punctis 5 chalybeis.*

La petite Tourterelle d'Amérique, *Briss., Ornith.*, tom. 1, *pag.* 113,
n° 19, *pl.* 9.

La petite Tourterelle de Saint-Domingue, *Buff., Histoire nat. des
Ois., pl. enl., n°* 243, *fig.* 2, sous le nom de petite Tourterelle de la
Martinique.

Columba passerina, *Linn., Gm., Syst. nat.*, édit. 13, *n°* 34.

Idem, *Lath., Index, n°* 67.

Ground dove, *Catesby*, car. 1, *pl.* 26.

Ground Pigeon, *Lath., Synops.*, tom. 2, *pag.* 659, *n°* 59.

Cette espèce est connue dans l'Amérique septentrionale sous plusieurs
noms; les Mexicains l'appellent *Cocotzin;* les habitans de la Caroline:
Ground Dove (Pigeon de terre); les Espagnols, *Palomito;* elle porte à
Saint-Domingue celui d'*Ortolan,* parce qu'elle prend de même que cet
oiseau beaucoup de graisse, et qu'alors sa chair est d'un goût délicat et
très-exquis; enfin, les aborigènes de cette île la signalaient par la dénomination de *Tlapalcocolli,* que l'on a transportée à une autre race qui se
trouve à la Guyane.

Les Cocotzins sont répandus dans le Mexique, dans toutes les grandes
îles Antilles, et pénètrent dans les États-Unis jusqu'à la Caroline du sud,
où ils ne passent que la belle saison; on les rencontre encore dans la
Georgie et les Florides; mais on ne les voit point à la Louisiane. Ils se
tiennent constamment à terre, et, quand on les inquiète, ils s'élèvent en
l'air, et ne volent qu'à une petite distance. Ils courent aussi vite que notre

Perdrix grise, et en ont toute la démarche; leur roucoulement, qu'on n'entend que de près, est doux, faible et languissant; le mâle et la femelle ont beaucoup d'affection l'un pour l'autre et se quittent rarement; aussi voluptueux que leurs congénères, mais moins prodigues de caresses, ils se communiquent leurs feux, et satisfont leurs désirs avec autant de plaisir et de sensibilité. Ils placent leur nid indifféremment au pied d'un buisson touffu, d'une haie très-fourrée, ou sur les branches basses d'un arbrisseau; de la mousse et des buchettes sont les matériaux dont ils le composent. La ponte est de deux œufs blanchâtres, et plusieurs ont lieu dans la même année sous la zone torride.

Les Cocotzins sont moins sauvages dans l'état de liberté que notre Tourterelle: je les ai vus souvent à Saint-Domingue dans les babitations ne pas s'effaroucher du bruit et se laisser approcher d'assez près. Ils préfèrent les plaines aux mornes, habitent les Savannes, se promènent dans les chemins, et recherchent la fraîcheur des bosquets. Ils se nourrissent de diverses baies, particulièrement de celles du *xanthoxillum* (*clava Herculis*), de riz, de millet, de graines d'indigo et d'une espèce de pariétaire, mais le millet est pour eux un mets de préférence; c'est pourquoi ils dévastent en peu de temps les champs, s'il se trouve en maturité à l'époque où ils se réunissent en bandes nombreuses.

Le mâle a le front d'une teinte vineuse pâle; les côtés de la tête et le haut de la gorge d'un gris blanc, glacé d'un bleu très-clair; le devant du cou et la poitrine du même gris et d'un brun vineux; le sommet et le derrière de la tête d'un bleu pâle, mélangé de pourpre; le dos d'un brun cendré; les plumes scapulaires d'un pourpre pâle; les couvertures supérieures des ailes grises et enrichies de taches isolées d'un bleu brillant, à reflets pourprés; les pennes secondaires pareilles au dos; les primaires noirâtres et frangées de brun rougeâtre; le ventre d'un bleu vineux pâle; les plumes du bas-ventre d'un cendré foncé et bordées de blanc; les deux pennes intermédiaires de la queue du même cendré; les autres noirâtres; le bec d'un jaune orangé à sa base et noir à sa pointe; l'iris orangé; les paupières et les pieds rouges. Longueur totale, 6 pouces environ.

Le Pigeon cocotzin. *Columba passerina*

E. Oudart del.

Lith. de J. Gillotte

La femelle, dont le dos et les couvertures de la queue sont d'un gris de souris, n'a point ou très-peu de vineux sur le devant du cou et sur la poitrine; le sommet de la tête est sans nuance bleue; la gorge d'un blanc terne; les côtés du cou sont d'une couleur d'argile pâle et sombre; la poitrine est d'un brun cendré, légèrement teint de pourpre; le reste du plumage pareil à celui du mâle, mais moins vif et moins brillant.

Le jeune n'a point de taches à reflets sur les ailes, et porte une livrée assez uniforme; la couleur des parties inférieures est sale, et celle des supérieures roussâtre.

2ème DIVISION. GOURA, *Lophyrus*.

Bec droit, un peu grêle, un peu renflé vers le bout; mandibule supérieure sillonnée, inclinée vers la pointe; l'inférieure plus courte. P. Q, n° 3.

Narines petites, orbiculaires, situées dans une rainure.

Langue charnue, entière.

Tarses allongés, garnis d'écailles rondes, isolées.

Doigts antérieurs réunis à leur base par une petite membrane.

Ongles comprimés latéralement, courbés, pointus.

Ailes courtes, arrondies; première rémige plus courte que la cinquième; troisième la plus longue de toutes.

Queue à douze rectrices.

Cette division n'est composée que d'une seule espèce, que nous avons distraite de celle des Pigeons, dont elle diffère par son bec sillonné, ses narines, la disposition et la forme des écailles du tarse. On la trouve dans l'Inde, où elle niche sur les arbres; sa ponte n'est composée que de deux œufs.

LE GOURA COURONNÉ, *Lophyrus coronatus*.

Pl. CXCVII.

Cœrulescens; suprà cinereus; orbitis nigris; cristâ erectâ; humeris ferrugineis.

Le Faisan huppé des Indes, *Brisson*, *Ornith.*, *tom.* 1, *pag.* 279, *n*° 6, *pl.* 26.

Idem, *Buff.*, *Hist. nat. des Ois.*, tom. 2, *pag.* 354, *pl. enl.*, *n*° 118.

Le Goura de la Nouvelle-Guinée, *Sonnerat, Voy.*, *pag.* 169, *pl.* 104.

Columba coronata, *Linn.*, *Gm.*, *Syst. nat.*, *edit.* 13, *n*° 17.

Idem, *Lath.*, *Index*, *n*° 9.

Great Crowned indian Pigeon, *Edwards, glan.*, *pl.* 338.

Idem, *Lath.*, *Synopsis*, *tom.* 2, *pag.* 620, *n*° 9.

Cet oiseau semble s'éloigner des Pigeons par sa grosseur, qui est presque celle d'un Dindon femelle. Aussi Brisson l'a-t-il présenté comme un Faisan; cependant on ne peut disconvenir qu'il appartient à la famille des Pigeons, et qu'il doit en faire une section. On le trouve à Banda, à la Nouvelle-Guinée, dans plusieurs îles de l'Archipel des Moluques, dans celle de Waigion, et à Tomogui, où il porte le nom de *Matutu;* les Papons l'appellent *Manipi;* il est connu à Java sous celui de *Goura,* et les Hollandais le nomment *Crown Vogel* (oiseau couronné). Lorsque le mâle peint à sa femelle la vivacité de ses désirs, et l'invite à leur répondre, il incline sa tête sur sa poitrine, et fait entendre une voix mugissante, triste et plaintive. On apporte quelquefois en Europe cette espèce vivante; mais jusqu'à présent elle n'a pas produit en France ni en Hollande. Ses œufs sont aussi gros que ceux de la Poule, et le nid est composé de foin et de paille.

Tout son plumage est d'un cendré bleu, rembruni sur les pennes des ailes et de la queue; les couvertures supérieures des ailes sont d'un marron pourpré, et une partie des grandes est bleue; un trait d'un noir velouté part du bec et traverse l'œil. La huppe est composée de plumes à barbes désunies et un peu frisées, longues de cinq à six pouces; elle est, dans l'état de repos, aplatie sur les côtés, et elle prend alors la forme d'un croissant; mais quand l'oiseau la fait jouer, elle se présente comme une belle aigrette large et circulaire; l'iris est rouge; les pieds sont cendrés ou noirâtres. Longueur totale, 27 pouces.

23ème FAMILLE. ALECTRIDES, *Alectrides.*

Bec un peu voûté.

Gorge nue et caronculée, ou seulement les joues glabres.

Doigts antérieurs réunis à leur base par une membrane; le postérieur articulé au niveau des autres.

Ière DIVISION. YACOU, *Penelope.*

Bec nu à sa base, convexe en dessus, médiocre, un peu voûté; mandibule supérieure couvrant les bords de l'inférieure, courbée à sa pointe. Pl. Q, n° 4.

Narines à moitié closes par une membrane, ovales, latérales et ouvertes en devant.

Langue charnue, entière, pointue.

Gorge garnie d'une caroncule longitudinale, ou seulement le tour de l'œil et les *lorums* nus.

Tarses allongés, glabres et réticulés.

Doigts antérieurs réunis à leur base par une membrane. Pl. CC, n° 7.

Ongles courbés, pointus, robustes, et comprimés latéralement.

Ailes concaves, arrondies, courtes; première rémige très-courte; cinquième, sixième, septième à peu près égales entre elles et les plus longues de toutes.

Queue à douze rectrices.

Les six espèces, dont cette division est composée, se trouvent dans l'Amérique méridionale. Elles offrent de grands rapports avec les Gallinacés, dans leur corps épais, dans la forme de leurs ailes et de leurs pieds; mais, de même que les oiseaux Sylvains, elles ont le pouce posé sur le tarse au niveau des doigts antérieurs, et portant à terre sur toute la longueur; tandis que chez les Gallinacés il est articulé plus haut que les autres doigts et ne porte à terre que sur le bout; ce qui m'a déterminé à les classer avec les premiers, et à en faire la dernière famille de leur ordre, sous un nom qui indique leur analogie avec les Gallinacés. De plus, elles se rapprochent des Sylvains par une grande partie de leurs habitudes, et des Pigeons par leur manière de boire, par la position et la construction de leur nid; ce qui me fait soupçonner qu'elles y nourrissent aussi leurs petits, et que ceux-ci ne la quittent qu'en état de voler. Comme on ne les rencontre le plus souvent que par paires, on peut croire qu'elles sont monogames.

Les Yacous ont le vol bas, horizontal et de peu de durée; ils habitent dans les forêts les plus grandes et les plus fourrées de l'Amérique méridionale, depuis la Guyane jusqu'à la rivière de la Plata : ils se perchent sur les branches inclinées des arbres, et marchent, en s'aidant de leurs ailes, avec tant de légèreté, qu'un homme ne peut les atteindre. Ils passent la journée cachés sur les arbres touffus; mais le matin et le soir ils sont en mouvement, et ils se montrent à la lisière du bois, sans néanmoins entrer dans les campagnes ni dans d'autres lieux découverts. Ils composent leur subsistance de fleurs, de bourgeons et de fruits. Tous font entendre la syllabe *pi* d'un ton aigre, mais bas sans ouvrir le bec et comme par les narines. Ils portent la queue un peu baissée et ouverte ; presque à chaque pas elle fait un petit mouvement, en s'élargissant horizontalement. Lorsqu'ils boivent, ils plongent leur bec dans l'eau, remuent quelquefois la mandibule inférieure, remplissent d'eau la gorge et une partie du jabot, et pour l'avaler, ils lèvent la tête. Ils construisent leur nid avec des petites branches, et le placent sur un arbre touffu. Leur ponte est peu nombreuse, et très-rarement elle est de huit œufs. Leur attitude pour dormir est d'appuyer la poitrine sur leurs jambes pliées; on les rencontre ordinairement par paires; mais le plus souvent on les voit réunis en famille. Ils ont tant d'affection les uns pour les autres, que souvent on en tue, sur le même arbre, jusqu'à sept ou huit de suite. Ces oiseaux sont aussi disposés à la domesticité que les poules, et ils se nourrissent des mêmes subsistances ; mais quoiqu'ils avalent des grains de maïs, ils ne les digèrent point, et les rendent tout entiers avec leurs excrémens. C'est à M. de Azara que nous devons tous ces détails historiques, et qui jusqu'alors étaient inconnus.

Le Goura couronné Lophyrus coronatus.

L'YACOU MARAIL , *Penelope Marail.*

Pl. CXCVIII.

Virescente—nigra ; arcâ oculorum , gutture subnudis ; collo pecto-reque albo punctatis.

Le Marail, *Buff.*, *Hist. nat. des Ois.*, tom. 2, pag. 390, *pl. enl.*, *n°* 338, sous le nom de *Faisan*, *verdâtre de Cayenne.*

Penelope Marail, *Linn.*, *Gm.*, *Syst. nat.*, *édit.* 13, *n°* 5.

Idem, *Lath.*, *Index*, *n°* 4.

Marail, *Lath. ; Synopsis*, tom. 2, pag. 682, n° 5.

Les colons de la Guyane, entraînés par les ressemblances que cet oiseau présente au premier aspect avec les Faisans, ne lui donnent pas d'autre nom; c'est aussi celui que lui applique Montbeillard; mais il se trompe en le présentant pour la femelle de l'*Yacou-guan.* La dénomination de *Marail*, ou plutôt de *Maraye*, est du langage des naturels de la Guyane.

Les Marails habitent les forêts solitaires de cette contrée, y vivent rarement en troupe, et presque toujours par couple. Ils se nourrissent de graines et de fruits sauvages qu'ils ramassent à terre. Hors le temps où ils recherchent leur nourriture, ils restent perchés sur les arbres les plus touffus, et y placent leur nid. Leur ponte est de deux à cinq œufs.

Cet oiseau a le dessus de la tête couvert de plumes assez longues, qu'il redresse en forme de huppe, lorsqu'il est agité; la gorge nue et rouge, ainsi que les côtés de la tête; tout le plumage d'un noir verdâtre à reflets cuivrés, avec quelques mouchetures blanches sur le cou et la poitrine; les couvertures supérieures des ailes légèrement bordées de blanc; leurs pennes roussâtres; le ventre d'un gris mêlé de brun; le bec noir; l'iris jaune; les pieds d'un beau rouge. Taille d'une poule.

FIN DU TOME PREMIER.

L'Yacou marail. *Pelenope marail*

P. Oudart del.   Lithog. de C. Motte.

TABLE DES MATIÈRES.

Dédicace.

Introduction.

PREMIÈRE PARTIE.

PREMIER ORDRE.

Accipitres, *Accipitres.* . . . . . . page   1

FAMILLES.

Vautourins, *Vulturini.*   2
Gypaètes, *Gypaeti.* 25
Accipitrins, *Accipitrini.* 27
Aegoliens, *Aegolii.* 53

ESPÈCES.

Vautour noir, *Vultur niger.*   4
Néophron percnoptère, *Néophron perc-*
  nopterus   7
Zopilote, dit roi des Vautours, *Gypagus*
  papa   9
Gallinaze aura, *Catharista aura.* . . . 16
Iribin noir, *Daptrius ater.* 19
Rancanca à ventre blanc, *Ibycter leuco-*
  gaster. 20
Caracara, proprement dit *Polyborus*
  Vulgaris 23
Phène des Alpes, *Phene ossifraga.* . . 26
Aigle de Thèbes, *Aquila heliaca.* . . . 29
Pygurgue girrenera, *Haliaëtus girrenera.* 31
Balbuzard américain, *Pandion america-*
  nus 33
Circaète gris, *Circaëtus cinereus.* . . . 35
Busard montagu, *Circus montagui.* . . 37
Buse noire et blanche, *Buteo melanoleu-*
  cus. 40
Milan à queue étagée, *Milvus sphenurus.* 41
Élanoïde riocour, *Élanoides riocourii.* 43
Ictinie ophiophage, *Ictinia ophiophaga.* 44
Faucon pigmée, *Falco cœrulescens* . . . 46
Macagua ricaneur, *Herpetotheres ca-*
  chinnans. 47
Asturine cendrée, *Asturina cinerea.* . . 49
Spizaète huppé, *Spizcëtus ornatus* . . . 51
Épervier noir, *Sparvius niger.* 52
Chouette tengmalm, *Strix tengmalmi.* 55
Hibou moucheté, *Strix manclosa.* . . . ib.

2ᵉ PARTIE.

2ᵉ ORDRE.

Sylvains, *Sylvicolæ.*   1

FAMILLES.

Psittacins, *Psittacini.*   1
Macroglosse, *Macroglossi.*   7
Auréoles, *Aureoli.* 11
Pteroglosses, *Pteroglossi.* 13
Barbus, *Barbati.* 15
Imberbes, *imberbi.* 25
Frugivores, *Frugivori.* 42
Granivores, *Granivori.* 53
Ægithales, *Ægithali.* 85
Pericalles, *Pericalles* 97
Tisserands, *Textores.* 114
Leimonites, *Leimonites.* 133
Caronculés, *Carunculati.* 140
Manucodiates, *Paradisci.* 145
Coraces, *Coraces.* 153
Baccivores, *Baccivori.* 175
Chelidons, *Chelidones.* 188
Miyothères, *Miyotheres.* 197
Collurions, *Colluriones.* 218
Chanteurs, *Canori.* 232
Grimpereaux, *Anerpontes.* 274
Anthomyses, *Anthomysi.* 287
Épopsides, *Epopsides.* 300
Pelmatodes, *Pelmatodes.* 308
Antriades, *Antriades.* 315
Prionotes, *Prionoti.* 317
Portelyre, *Lyriferi.* 322
Dysodes, *Dysodes.* 324
Colombins, *Columbini.* 327
Alectrides, *Alectrides.* 337

ESPÈCES.

Ara hyacinthe, *Macrocercus hyacinthi-*
  nus   3
Kakatoès rose, *Cacatua rosea.*   5
Perroquet à palette, *Psittacus discurus.*   7
Microglosse noir, *Microglossus aterri-*
  mus.   47
Pic à ventre rouge, *Picus rubri-ventris.*   8
Torcol de Cayenne, *Yunx minutissima.* 10
Jacamar vert à longue queue, *Galbula*
  macroura. 12
Toucan-aracari-grigri, *Ramphastos ara-*
  cari. 14
Couroucou oranga, *Trogon atricollis.* . 17
Barbican de Barbarie, *Pogonia crythro-*
  melas. 18
Barbu à gorge noire, *Bucco niger.* . . . 20
Barbu tamatia, *Bucco tamatia.* 21

Cabeson à gorge bleue, *Capito cyano-collis*. 22
Monase à face blanche, *Monasa perso-nata*. 23
Malkoha à tête rouge, *Phænicophaus pyrrhocephalus*. 24
Taco vieillard, *Saurothera vetula*. . . . 25
Scythrops goërang, *Schythrops novæ hollandiæ*. 27
Vouroudriou vert, *Leptosomus viridis*. 29
Coulicou tait-sou, *Coccyzus cæruleus*. 31
Coucou cuivré, *Cuculus cupreus*. . . . 33
Ani des Savannes, *Crotophaga ani*. . 35
Ani guira-cantara, *Crotophaga piririgua*. 36
Indicateur (grand), *Indicator major*. . . 39
Toulou rufalbin, *Corydonix pyrrholeu-cus*. 41
Musophage violet, *Musophaga violacea*. 43
Musophage varié, *Musophaga variegata*. 44
Touraco pauline, *Opæthus erythrolo-phus*. 46
Coliou huppé, *Colius senegalensis*. . . 54
Bec-croisé leucoptère, *Loxia leucoptera*. 56
Dur-bec rouge, *Strobiliphaga enuclea-tor*. 58
Bouvreuil azuré, *Pyrrhula cærulea*. . . 61
Bouvreuil à gorge orangée, *Pyrrhula auranticollis*. 62
Bouvreuil d'Europe, *Pyrrhula Europæa*. 63
Bouvreuil noir, *Pyrrhula nigra*. 65
Gros-bec rose-gorge, *Coccothraustes rubricollis*. 67
Gros-bec à tête noire, *Coccothraustes erythromelas*. 70
Gros-bec ponceau, *Coccothraustes ostrina*. . . . . id.
Fringille à deux brins, *Fringilla super-ciliosa*. 73
Fringille venturon, *Frigilla citrinella*. 75
Fringille à tête marron, *Fringilla italiæ*. 76
Fringille beau-marquet, *Fringilla ele-gans*. 77
Fringille sizerin, *Fringilla borealis*. . . 78
Passerine nonpareil ou le pape, *Passerina ciris*. 81
Bruant huppé, *Emberiza cristatella*. . . 84
Mésange azurée, *Parus cyanus*. 87
Mésange moustache, *Parus biarmicus*. . 89
Mésange remiz, *Parus pendulinus*. . . 91
Tyranneau huppé, *Tyrannulus elatus*. 93
Manakin varié, *Pipra serena*. 95
Pardalote pointillé, *Pardalotus puncta-tus*. 96
Phibalure à bec jaune, *Phibalura flavi-rostris*. 97

Némosie à gorge jaune, *Nemosia flavi-collis*. 99
Tangara multicolor, *Tanagra multicolor*. 100
Habia vert-olive, *Saltator olivaceus*. . . 103
Arremon à collier, *Arremon torquatus*. 105
Jacapa scarlatte, *Ramphocelus cocci-neus*. 106
Touit noir, *Pipillo erythrophthalmus*. 109
Pyranga bleu et jaune, *Pyranga cyanic-terus*. 112
Tachyphone leucoptère, *Tachyphonus leucopterus*. 113
Loriot d'or, *Oriolus auratus*. 115
Tisserin masqué, *Ploceus personatus*. . 117
Ictérie dumicole, *Icteria dumicola*. . . 119
Carouge chrysocéphale, *Pendulinus chrysocephalus*. 122
Baltimore vulgaire, *Yphantes baltimore*. 124
Troupiale rouge et noir, *Agelaius mili-taris*. 128
Cassique noir, *Cassicus niger*. 132
Stournelle à collier, *Sturnella collaris*. . 134
Étourneau unicolor, *Sturnus unicolor*. 138
Piquebœuf roussâtre, *Buphaga rufescens*. 139
Glaucope cendré, *Callæas cinerea*. . . 141
Creadion à pendeloques, *Creadion ca-runculatus*. 142
Mainate religieux, *Gracula religiosa*. . . 144
Manucode royal, *cicinnurus regius*. . . 146
Sifilet à gorge dorée, *Parotia sexseta cea*. 148
Lophorine superbe, *Lophorina superba*. 149
Samalie rouge, *Paradisea rubra*. . . . 152
Corbeau noir et blanc, *Corvus leuco-phœus*. 155
Pic acahé, *Pica chrysops*. 157
Geai bleu huppé, *Garrulus cristatus*. . 160
Coracias à bec rouge, *Coracia erythro-ramphos*. 163
Choquart des Alpes, *Pyrrhocorax alpi-nus*. 165
Cassenoix moucheté, *Nucifraga guttata*. 166
Temia variable, *Crypsirina varians*. . 168
Astrapie à gorge d'or, *Astrapia gularis*. 169
Quiscale versicolor, *Quiscalus versico-lor*. 171
Cassican réveilleur, *Cracticus streperus*. 173
Rollier vert, *Galgulus viridis*. 175
Rolle à gorge bleue, *Eurysthomus Cya-nocollis*. 176
Coracine à cou nu, *Coracina gymnode-ra*. 178
Coracine choucari, *Coracina papuensis*, 179
Coracine cephaloptère, *Coracina cepha-loptera*. 179

Piauhau à gorge rouge, *Querula rubricollis* . . . 181
Cotinga bleu, *Ampelis cœrule.* . . . 183
Cotinga averano, *Ampelis variegata.* . 184
Jaseur du cèdre, *Bombycilla cedrorum.* . . . 186
Tersine bleue, *Tersina cærulea.* . . . 187
Hirondelle à plastron blanc, *Hirundo albicollis.* . . . 191
Martinet à ventre blanc, *Cypselus melbus.* . . . 192
Engoulevent climacure, *Caprimulgus climacurus.* . . . 195
Podarge gris, *Podargus cinereus.* . . . 196
Todier vert, *Todus viridis.* . . . 198
Platyrhynque horsfield, *Platyrhynchos horsfieldi* . . . 200
Platyrhynque brun, *Platyrhinchos fuscus.* . . . 201
Conopophage à oreilles blanches, *Conopophaga leucotis* . . . 203
Ramphocène à queue noire, *Ramphocanus melanurus* . . . 204
Pithys à plumet blanc, *Pithys leucops.* 205
Échenilleur gris, *Campephaga cana.* . 207
Moucherolle guirayetapa, *Muscicapa risora.* . . . 209
Moucherolle gallito, *Muscicapa alectrura.* . . . 211
Tyran intrépide, *Tyrannus intrepidus.* 214
Bécarde grise, *Tityra cinerea.* . . . 217
Pie-grièche à dos roux, *Lanius pyrrhonotus.* . . . 219
Sparacte huppé, *Sparactes cristata.* . . . 220
Falconelle à front blanc, *Falcunculus frontatus* . . . 221
Laniou mordoré, *Lanio atricapillus.* . 223
Batara blanchot, *Tamnophilus olivaceus.* . . . 225
Pillurion bicolor, *Cissopis bicolor.* . . . 226
Drongo huppé, *Dicrurus cristatus.* . . . 228
Bagadais geoffroy, *Prionops geoffroii.* . 229
Gonolek vert à collier, *Lanianus viridis.* 230
Langraien à croupion blanc, *Artamus leucorhynchos* . . . 232
Merle leschenault, *Turdus leschenaulti.* 234
Merle éclatant, *Turdus splendens.* . . . 235
Esclave des palmiers, *Dulus palmarum.* 237
Sphécothère vert, *Sphecothera virescens.* . . . 238
Martin brame, *Acridotheres pagodarum.* . . . 240
Manorine verte, *Manorina viridis.* . . 241
Gralline noire et blanche, *Grallina melanoleuca.* . . . 242

Aguassière à gorge blanche, *Hydrobata. albicollis* . . . 244
Brève azurine, *Pitta cyanura.* . . . 246
Grallarie brune, *Grallaria fusca.* . . . 248
Fourmilier moucheté, *Myrmothera guttata.* . . . 251
Pégot des Alpes, *Accentor alpinus.* . . 252
Motteux à queue étagée, *Œnanthe climazura.* . . . 255
Alouette à hausse-col noir, *Alauda alpestris.* . . . 256
Alouette sirli, *Alauda Africana.* . . . 258
Alouette de Tartarie, *Alauda tatarica* . . . 259
Pipi rousset, *Anthus rufulus.* . . . 261
Pipi leucophrys, *Anthus leucophrys.* . 262
Hochequeue jaune, *Motacilla boarula.* 264
Mérion superbe, *Malurus cyaneus.* . . . 265
Fauvette à tête rousse, *Sylvia ruficapilla.* . . . 268
Fauvette-pitpit bleue, *Sylvia cayana.* . . 269
Roitelet omnicolor, *Regulus omnicolor.* . . . 271
Troglodyte brun, *Troglodytes furva.* . 273
Thryothore à long bec, *Thryothorus longirostris.* . . . 275
Mniotille variée, *Mniotilla varia.* . . . 276
Sittine à queue rousse, *Neops ruficauda.* 278
Sitelle à tête noire, *Sitta melanocephala.* . . . 280
Picchion baillon, *Petrodroma bailloni* . 282
Grimpereau cinnamon, *Certhia cinnamomea.* . . . 283
Synallaxe à tête rousse, *Synallaxis rufi capilla* . . . 284
Picucule à bec en faucille, *Dendrocopus falcularius* . . . 286
Guit-guit aux ailes variées, *Cœruba cyanea.* . . . 288
Soui-manga de Malacca, *Cinnyris lepidus* . . . 291
Soui-manga mignon, *Cinnyris elegans.* 292
Colibri lazulite, *Trochilus iazulus.* . . . 296
Oiseau-mouche géant, *Trochilus gigas.* Id.
Héorotaire écarlate, *Melithreptus vestirius.* . . . 298
Héorotaire à tête blanche et noire, *Melithreptus albicapillus* . . . 299
Fournier roux, *Furnarius rufus* . . . 301
Polochion Kogo, *Philemon cincinnatus.* 303
Puput à huppe courte, *Upupa cristatella* . . . 306
Promerops à douze filets, *Falcinellus resplendiscens.* . . . 303
Guêpier bicolor, *Merops bicolor.* . . . 310

44

Martin-pêcheur à front gris, *Alcedo cinereifrons* 313
Martin-pêcheur géant, *Alcedo gigantea*. 313
Martin-pêcheur de l'île de Luçon, *Alcedo trydactila* 315
Rupicole orangé, *Rupicola aurantia*. . . 316
Momot dombey, *Baryphonus ruficapillus*. 319
Calao caronculé, *Buceros abyssinicus*. 321
Ménure parkinson, *Menura Novæ Hollandiæ*. 323
Sasa huppé, *Sasa cristata*. 326
Pigeon à tête blanche, *Columba leucocephala*.. 331
Pigeon Waalia, *Columba waalia*. 332
Pigeon cocotzin, *Columba passerina*. . 333
Goura couronné, *Lophyrus coronatus*. 335
Yacou marail, *Penelope marail*. .. , . 339

Fin de la Table des matières.

ERRATA.

PREMIÈRE PARTIE.

37   *ligne* 10, bus, *lisez* : rectricibus.
48   *ligne* 21, melanolencus, *lisez* : melanoleucus.
Idem. *ligne* 26, *au lieu de* est, *mettez* : sur un.

DEUXIÈME PARTIE.

18   *ligne* 18, *après* séparés, *ajoutez* : pl. BB, n° 3.
24   *ligne* 1re, *après* narines, *ajoutez* : lunulées.
Idem. *ligne* 12, *après* pyrrhocephalus, *ajoutez* : pl. 37.
25   *ligne* 25, jugalo, *lisez* : jugulo.
40   *ligne* 27, *après* versatile, *ajoutez* : pl. BB, n° 4.
42   *ligne* 20, *après* versatile, *ajoutez* : pl. BB, n° 6.
47   *ligne* 24, *au lieu de* idem, *mettez* : Latham.
56   *ligne* 13, fuscia, *lisez* : fascia.
61   *ligne* 26, *au lieu de* entier, *mettez* : échancré.
114   *ligne* 17, *après* tisserands, *mettez* : textores.
232   *ligne* 9, *au lieu de* 145, *mettez* : 144.
234   *ligne* 25, *au lieu de* 146, *mettez* : 145.
237   *ligne* 2, *au lieu de* 147, *mettez* : 146.
238   *ligne* 21, *au lieu de* 148, *mettez* : 147.
240   *ligne* 2, *au lieu de* 149, *mettez* : 148.
241   *ligne* 25, *au lieu de* 150, *mettez* : 149.
242   *ligne* 26, *au lieu de* 151, *mettez* : 150.
244   *ligne* 4, albicolliis, *lisez* : albicollis.
251   *ligne* 26, rouge, *lisez* : roux.
263   *ligne* 2, *après* mandibule, *ajoutez* : supérieure.
269   *ligne* 13, adulte, *lisez* : adultus.
Idem. *ligne* 25, Cayanne, *lisez* : Cayenne.
270   *ligne* 13, elaires, *lisez* : alaires.
272   *ligne* 20, de son, *lisez* : leur.
278   *ligne* 5, adumbrato, *lisez* : adumbratâ.
290   *ligne* 23, *supprimez* : par.
311   *ligne* 25, les, *lisez* : ces.
320   *ligne* 12, espèces de bec, *lisez* : formés du bec.

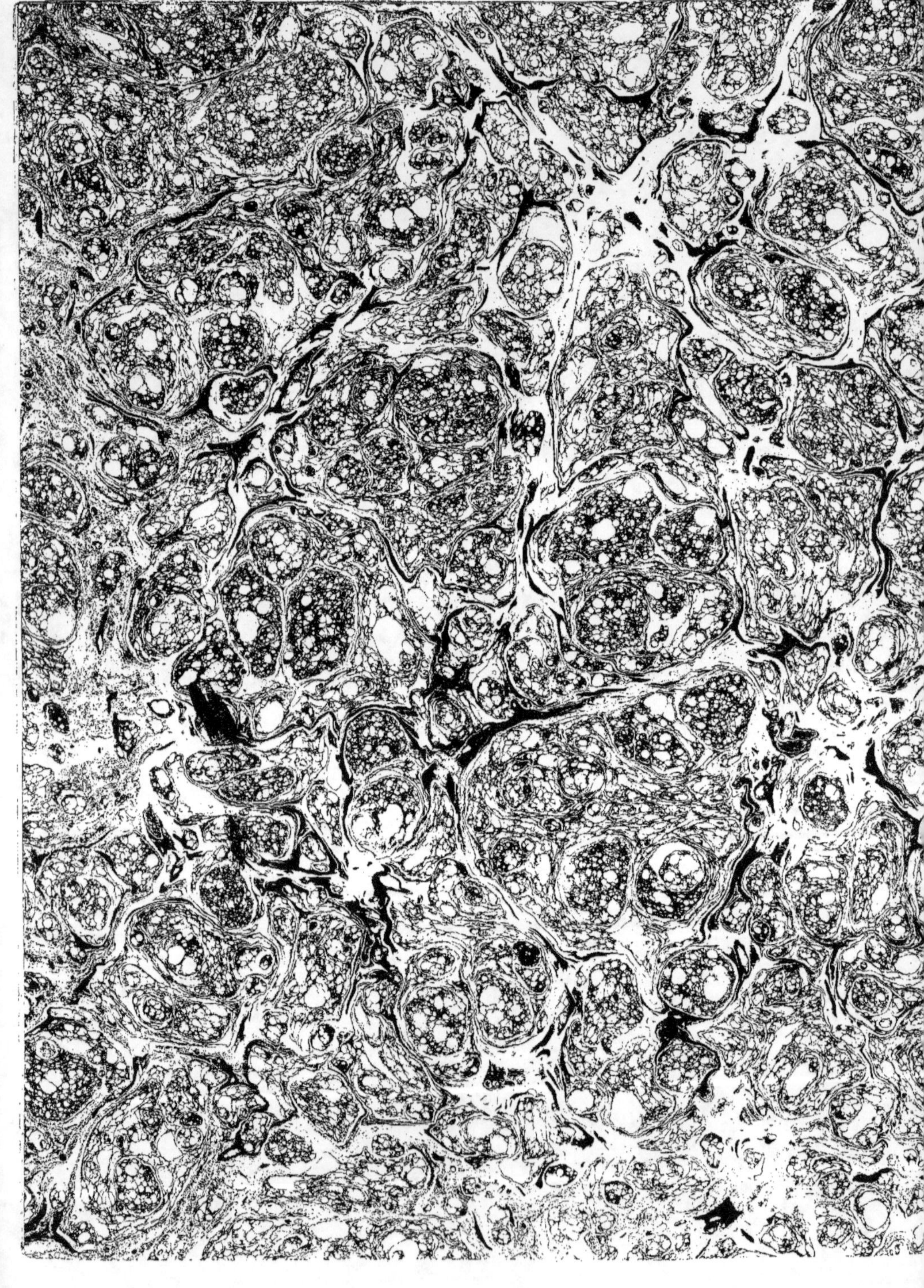

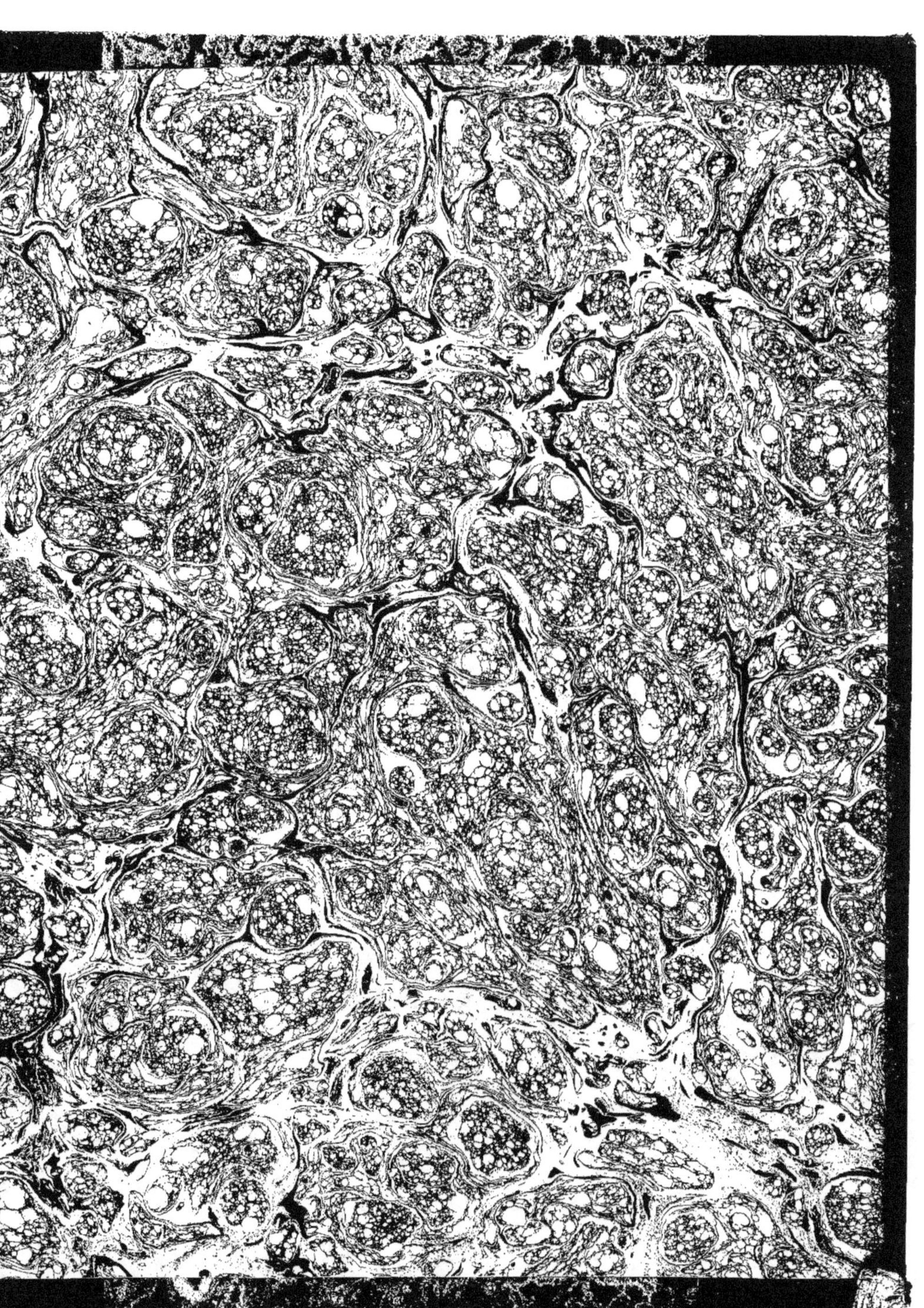

www.ingramcontent.com/pod-product-compliance
Lightning Source LLC
Chambersburg PA
CBHW070700100726
47907CB00001B/8